JASON M. HOUGH

DARWIN CITY

DIE LETZTEN DER ERDE

ROMAN

Aus dem Englisch
von Simone Heller

KNAUR

Die englische Originalausgabe erschien 2013 unter dem Titel
»The Darwin Elevator« bei Del Rey.

Besuchen Sie uns im Internet:
www.knaur.de
Besuchen Sie uns auch auf Facebook:
https://www.facebook.com/KnaurFantasy/

FSC
www.fsc.org
MIX
Papier aus verantwortungsvollen Quellen
FSC® C083411

Deutsche Erstausgabe September 2016
Knaur Taschenbuch

Redaktion: Oliver Hoffmann / Julia Becker (Textmenschen)
Covergestaltung: Guter Punkt
Coverabbildung: Kim Hoang
Satz: Wilhelm Vornehm, München
Druck und Bindung: CPI books GmbH, Leck
ISBN 978-3-426-51934-9

2 4 5 3 1

Für meine Frau Nancy und ihr Vertrauen
in diesen irren Traum.
Für meine Söhne Nathan und Ian.
Mögen sie nie aufhören zu forschen.
Für meinen Freund Kevin und die Geschichten,
die er uns hinterlassen hat. Zürne weiter, Bruder.

Die Menschheit ist gefangen. Ein blindes Neugeborenes,
das an der Nabelschnur einer unbekannten Mutter hängt.
Sie setzt die Welt in Flammen, während sie uns
in Flammen wickelt.

– Vers aus dem jakobitischen *Testament der Leiter*

Sie sagten: »Die Sanftmütigen werden die Erde besitzen«,
als sei das etwas Gutes.
Vielen Dank auch, ihr Arschlöcher.

– Skadz, 2271

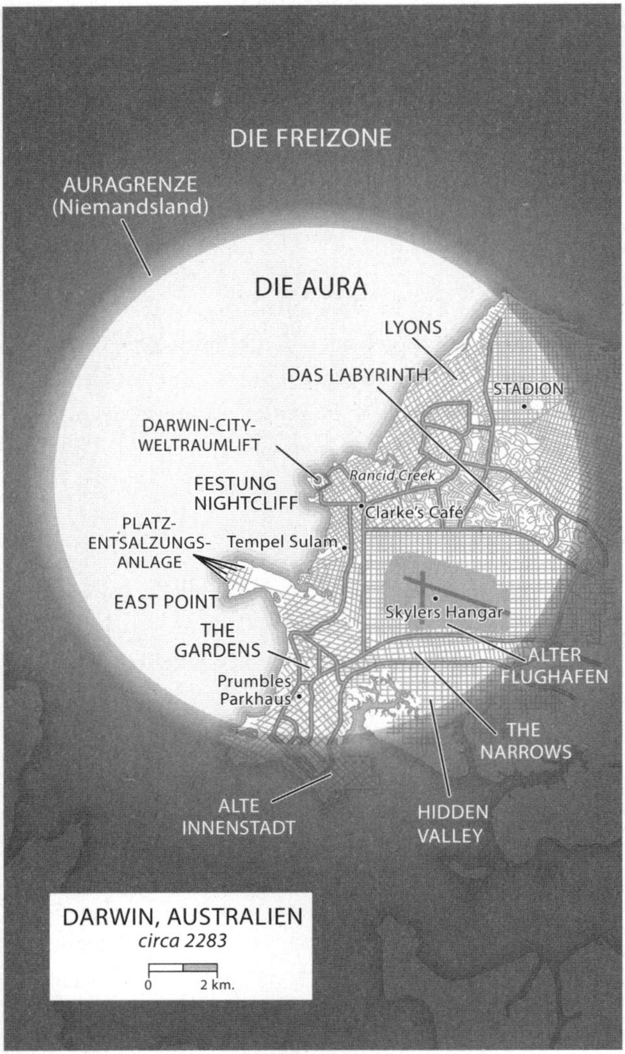
DIE FREIZONE
AURAGRENZE (Niemandsland)
DIE AURA
LYONS
DAS LABYRINTH
STADION
DARWIN-CITY-WELTRAUMLIFT
Rancid Creek
FESTUNG NIGHTCLIFF
Clarke's Café
PLATZ-ENTSALZUNGS-ANLAGE
Tempel Sulam
EAST POINT
Skylers Hangar
THE GARDENS
ALTER FLUGHAFEN
Prumbles Parkhaus
THE NARROWS
ALTE INNENSTADT
HIDDEN VALLEY
DARWIN, AUSTRALIEN
circa 2283
0
2 km.

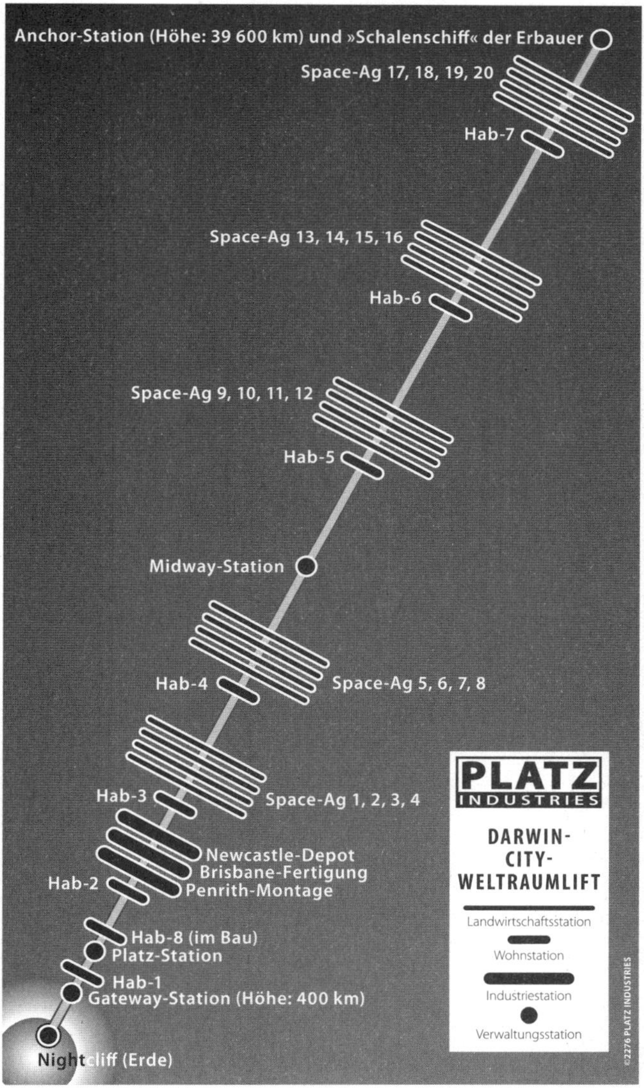

Anchor-Station (Höhe: 39 600 km) und »Schalenschiff« der Erbauer
Space-Ag 17, 18, 19, 20
Hab-7
Space-Ag 13, 14, 15, 16
Hab-6
Space-Ag 9, 10, 11, 12
Hab-5
Midway-Station
Hab-4
Space-Ag 5, 6, 7, 8
Hab-3
Space-Ag 1, 2, 3, 4
Newcastle-Depot
Brisbane-Fertigung
Hab-2
Penrith-Montage
Hab-8 (im Bau)
Platz-Station
Hab-1
Gateway-Station (Höhe: 400 km)
Nightcliff (Erde)
PLATZ
INDUSTRIES
DARWIN-
CITY-
WELTRAUMLIFT
Landwirtschaftsstation
Wohnstation
Industriestation
Verwaltungsstation
©2276 PLATZ INDUSTRIES

KAPITEL 1

Über dem Indischen Ozean

12.1.2283

Blut rann an der Innenseite der winzigen Phiole hinab und sammelte sich am Boden. Mit einem dumpfen Geräusch pochte ein Finger, die Quelle der Flüssigkeit, gegen das Glas.

Skyler drehte das Gefäß wieder um. Frisch aus der Thermostat-Hülse entnommen, hinterließ die Phiole ein kühles Gefühl auf der Haut. Eine kleine Erfrischung im sonst schwülen Cockpit.

Vor seinem inneren Auge spielte sich die Szene noch einmal ab: der tote Subhumane und der Rauch, der von einer Hälfte des dürren Körpers aufstieg, der Geruch nach verbranntem Haar, so stark, dass Skyler würgen musste. Dann Samantha, wie sie – immer nur machen, nie denken – triumphierend über der Leiche stand. Sie riss das Kampfmesser aus der Scheide an ihrem Unterschenkel, und es blitzte abermals, als sie es in die Hand der elenden Kreatur stieß. Zwei Finger und ein halber Daumen kullerten davon. »Ehe alles verbrennt«, hatte sie gesagt.

»Wir brauchen nur einen«, hatte Skyler erwidert, sobald seine Nerven es erlaubt hatten.

Haare wären einfacher und sauberer gewesen, doch die waren alle abgesengt. Eine ziemliche Sauerei, das Ganze, aber es kam nur auf das Endergebnis an, sagte er sich.

»Sichtkontakt mit dem Lift«, meldete Angus vom Pilotensitz.

Skyler knurrte bestätigend und drehte die Phiole wieder um. Der muskulöse Finger war schmutzverkrustet und endete in einem gelben, gespaltenen Nagel, der ungleichmäßig abgekaut war. Es sprengte fast die Vorstellungskraft, dass er von einer ehemals menschlichen Hand abgetrennt sein sollte. Fast.

Sogar für einen Subhumanen war diese Kreatur außergewöhnlich aggressiv gewesen und hatte zu einem großen Rudel gehört, doppelt so viele wie die typische »Familie«. Seltsam, ja, aber jetzt zum Glück Vergangenheit.

Er hob den Blick. Weiter vorne deutete eine Reihe von Lichtern den Verlauf des Liftkabels an. Acht Gondeln zählte Skyler, von den Wolkengipfeln bis zu den Sternen. Er beobachtete sie lange genug, um zu erkennen, in welche Richtung sie sich bewegten. Im Moment aufwärts. Also Luft und Wasser für die Orbitalen. Vielleicht auch ein paar Ersatzteile und obendrauf noch etwas Schmuggelware.

Er stellte sich den Inhalt seines Frachtraums vor, der bis obenhin mit der Ausbeute aus einer verrottenden Basis der malaiischen Luftwaffe vor Kuala Lumpur gefüllt war. In ein, zwei Tagen würde eine dieser Gondeln die Gegenstände nach oben befördern, die dahinten verstaut waren. Erst das Geld natürlich.

Skyler lächelte. Erfolg war ein gutes Gefühl. Er hatte fast vergessen, wie er sich anfühlte. Allein schon der Finger würde die Kosten der Mission decken, wenn die DNA stimmte.

»Wollen Sie wieder ans Steuer?«, fragte Angus.

Mit dieser Frage löste sich der unerbittliche, hypnotische Bann, in den ihn das in der gläsernen Röhre hinablaufende Blut gezogen hatte. Er ließ die Phiole wieder in ihre Hülle gleiten und versiegelte sie. Aus reiner Gewohnheit griff er nach dem Steuerknüppel, dann hielt er inne. Alte Gewohnheiten bekam man nur schwer los. Er ballte die Faust und zog sie zurück. »Mach du das diesmal.«

»Sicher?«

»Du bist so weit. Lass es einfach langsam angehen.«

Angus drehte sich auf dem Pilotensitz und versuchte vergeblich, Skyler über die Schulter anzuschauen. Ein paar Sekunden verstrichen, ehe der Junge halbherzig zustimmend lächelte.

Die *Melville* ging in Sinkflug über. Skyler lehnte sich nach links und sah auf die Wolkengebirge hinab, die sich ihnen entgegentürmten. Blitze tanzten unter dem purpurnen Morast, der immer weiterwuchs, bis das Flugzeug schließlich in den dichten Nebel glitt.

Knappe zehn Sekunden lang wallten geisterhafte Schwaden rund um das Cockpitfenster, dann waren sie durch. Sobald sie sich unter dem Sturm befanden, prasselte Monsunregen gegen das Cockpitfenster und hämmerte auf den Rumpf ein.

Es dauerte eine weitere Minute, bis sie unter dem Sturm hervorkamen. Über Darwin war der Himmel klar, eine Ausnahme in der Regenzeit. Ein schöner Willkommensgruß für die Heimkehrer.

»Auragrenze«, sagte Angus. »In zehn, neun …«

Skyler schloss die Augen. Ein kleiner Teil von ihm wollte es spüren, wollte die eigenartige Aura des Lifts physisch erleben. Das unsichtbare Feld umgab den Weltraumlift etwa neun Kilometer weit, ehe es ein abruptes Ende fand. Die im Inneren des Feldes schützte es vor der außerirdischen Krankheit, die den restlichen Planeten verheert hatte. Wie – oder warum – die Aura diesen Effekt hatte, war ein ebenso großes Rätsel wie der Lift selbst.

»… fünf, vier …«

Der unstete, wogende Effekt endete in einer Zone, die man Auragrenze nannte. Ein Niemandsland, in dem der Schutz langsam verblasste.

Skyler lehnte im Kopilotensitz den Kopf zurück. Er würde nichts spüren. Er spürte nie etwas; genauso wenig die übrige Mannschaft. Die Krankheit hatte keine Wirkung auf sie.

Sie waren immun, das war eine unausweichliche Tatsache. Segen und Fluch zugleich, eine Eigenschaft, die nur wenige andere hatten. Sehr wenige.

»... drei ...«

Obwohl die Immunität ihm erlaubte, die Stadt jederzeit zu verlassen, gab es einen kleinen Teil von Skyler, der normal sein wollte, gefangen wie alle anderen. Er wollte nicht besonders sein. Oder begehrt. Eigentlich wäre er am liebsten wieder in den Niederlanden gewesen, auf alltäglichen Patrouillenflügen für die Luftwaffe, hätte ein gutes Leben geführt. Aber das war lange her, in einer anderen Welt.

»... zwei, eins ... jetzt.«

Das Flugzeug bockte.

Nicht stark, aber Skyler merkte es. *Verdammt gutes Timing für Turbulenzen,* dachte er. Ein verlegenes Lachen kam ihm über die Lippen.

Unter ihnen, jenseits der Scheibe, war der Stadtrand von brennenden Müllhalden gesäumt. Menschentrauben drängten sich um die Flammen, eher zum Schutz als wegen der Wärme. So weit entfernt vom Lift lebten die, denen es am schlechtesten ging, so nahe an der Freizone. Skyler stellte sich vor, es sei, als würde man am Rand einer Klippe leben.

»Bizarr. Haben Sie diesen Ruck gespürt?«, fragte Angus. Dann sagte er: »Ach du Scheiße. Schauen Sie mal.«

Skyler sah auf. Die Stimme des Jungen klang nicht mehr staunend, sondern besorgt.

Vor ihnen hatte sich etwas verändert. Skyler war nicht klar, was ...

»Wo sind die Gondeln hin?«, fragte Angus.

Die Lichter am Kabel waren weg. »Was um alles in der Welt ...?«

Das Funkgerät rauschte. »*Melville,* hier Nightcliff-Aufsicht«, übertönte eine panische Stimme das statische Rauschen. »Was zum Teufel haben Sie gemacht?«

Skylers Kehle wurde trocken. Er konnte nur den Streifen Himmel anstarren, wo die Gondeln gewesen waren.

»*Melville!* Antworten Sie, oder wir schießen Sie ab!«

»Angus«, sagte Skyler, ohne auf den Funkspruch zu achten. »Hier schweben.«

Der Junge nickte, brachte das Flugzeug in die Waagerechte und schaltete auf Vertikalschub um.

»Denk nach, denk nach«, flüsterte Skyler vor sich hin. Er beugte sich nach vorn, als würden ihm die paar zusätzlichen Zentimeter bessere Sicht gewähren. Mit zusammengekniffenen Augen zog Skyler eine gedankliche Linie von der Spitze des Nightcliff-Turms aus.

Vor den trüben Wolken sah er dort den schwarzen Umriss einer Gondel, die reglos am Kabel hing. Also nicht verschwunden, nur ausgefallen.

Stromausfall?, dachte er. Das war unmöglich. Er erinnerte sich, dass es etwas mit der Reibung durch die Atmosphäre zu tun hatte. Der Lift konnte gar nicht anders, als Energie zu erzeugen. In den fünf Jahren, seit Skyler in die Stadt gekommen war, hatte er Darwins Skyline nie ohne den ehrfurchtgebietenden Anblick der Gondeln gesehen, die an ihrem Kabel entlangglitten und frische Luft und Wasser hinauf zu den Orbitalen oder Nahrung zurück nach unten brachten.

»*Melville*«, erklang die zerhackte Stimme erneut. »Letzte Warnung.«

Skyler tippte geistesabwesend auf den Sendeknopf. »Nightcliff, hier *Melville*. Nicht schießen. Wir halten unsere Position. Was ist los?«

Während er auf die Antwort wartete, sah Skyler die Scheinwerfer der Gondeln flackern und dann in voller Helligkeit wieder aufleuchten.

Ein paar Sekunden später gingen sie erneut aus. Eines nach dem anderen diesmal, in einer perfekten Abfolge vom Weltraum bis hinunter zur Festung.

Minuten vergingen. Skyler spürte, wie ihm Schweiß über die Schläfen lief, und wischte ihn mit dem Handrücken weg.

Ein statisches Rauschen aus dem kleinen Lautsprecher ging der Stimme des Wachhabenden voraus. »Setzen Sie neuen Kurs auf Nightcliff, um sich einer Inspektion zu unterziehen. Kommen Sie dem Befehl nicht nach, schießen wir Sie ab. Bei jeglicher Verzögerung schießen wir Sie ebenfalls ab. Sie haben dreißig Sekunden zur Bestätigung.«

Der Befehl kam Skyler vor wie ein schlechter Witz. Die Mission war einwandfrei verlaufen, ein Glanzstück, bis jetzt. Inspektion. Er schüttelte den Kopf. Die ganze harte Arbeit, zerschlagen von diesem einen bedeutungsschweren Wort.

»Was soll ich sagen?«, fragte Angus. Er kämpfte mit seinem Gurt, um Skyler über die Schulter anschauen zu können.

Die braunen Augen des jungen Mannes flehten um beruhigende Worte. Skyler konnte nur die Achseln zucken. »Halt sie hin«, sagte er. »Ich denke nach.«

Er versuchte, sich die letzte Inspektion ins Gedächtnis zu rufen. Sie musste zwei Jahre her sein. Länger. Damals hatten sie behauptet, sie hätten Angst vor einer Grippeepidemie. Eine Kiste Wodka hatte die Angelegenheit bereinigt, wenn er sich recht entsann. Damals war er Pilot gewesen, hatte sich nicht aus dem Cockpit bewegt und nichts mit der Sache zu tun gehabt. Diesmal würde sein Kopf auf dem Richtblock liegen.

Die erste erfolgreiche Mission seit Monaten, seit Skyler den Kapitänssitz übernommen hatte, und nun das. Eine gottverdammte Inspektion.

Vermutlich wollten sie nur etwas abhaben. Das Sahnestück der Beute eines heimkehrenden Bergungsflugzeugs. Möglicherweise hatten sie das Licht der Gondeln absichtlich ausgehen lassen, jetzt, wo er darüber nachdachte. Eine wirklich clevere List.

Im Geiste ging er den Frachtbrief der *Melville* durch. Zwei Tage hatten sie sich durch das verlassene Gelände gewühlt und das alte Mädchen bis obenhin vollgepackt. Es herrschte kein Mangel an

Waren, mit denen man Nightcliff bestechen konnte. Der Trick würde darin bestehen, sie von den guten Sachen abzulenken. Den konkreten Bestellungen.

Skylers Blick fiel auf die Neoprenhülle, die hinten am Pilotensitz hing. Er dachte an ihren morbiden Inhalt und die Kommune, die zusammengelegt hatte, um das Beweisstück bergen zu lassen. Viel Geld und dazu das Versprechen von sechs Kisten frischer Nahrung. Selbst nachdem Prumble seinen Anteil erhalten hatte, war diese Belohnung zu gut, um sie sausen zu lassen. »Wir wollen nur Gewissheit über das Schicksal unseres Vaters. Bringt uns etwas, irgendetwas, das wir ordentlich begraben können.«

Wie einen Finger. Skyler riss den Behälter von seiner Schnur und ließ ihn in die Innentasche seiner Jacke gleiten.

Er aktivierte die Gegensprechanlage. »Sam, Jake, ihr müsst diesen Schweißer verstecken.«

Es dauerte ein paar Sekunden, bis Samantha antwortete: »Wir könnten ihn über Bord werfen. Ihn später wieder holen.«

»Negativ. Wir sind über dem Labyrinth.«

»Du landest doch nicht etwa, oder? Lass ihren Bluff auffliegen«, sagte sie. »Sie werden keine Rakete an uns verschwenden.«

Skyler unterdrückte den Drang zu widersprechen. Auf den Schweißer, ein spezielles Modell, mit dem man auf einer Raumstation arbeiten konnte, war eine hohe Belohnung ausgesetzt. Er war das Wertvollste, was sie an Bord hatten. Es wäre schwierig, ihn den Bewohnern des Elendsviertels unter ihnen wieder abzunehmen, und sehr gefährlich.

Angus unterbrach seine Gedanken. »Fünf Sekunden. Wir sollten besser antworten.«

Skyler seufzte, unzufrieden mit der Alternative. »Bestätige. Setz neuen Kurs auf Nightcliff und geh auf zweihundert Meter runter.«

Innerhalb von Sekunden drehte sich das Flugzeug und ging in Sinkflug. Die Festung Nightcliff, die die Basis des Lifts umgab, kam in Sicht.

Samanthas Stimme kam knisternd über den Lautsprecher. »Also spielen wir brav mit, ja?«

»Wir können unsere Liftnutzungsrechte nicht aufs Spiel setzen. Kannst du mit Jake die Kisten durchgehen und alles Wertvolle nach unten räumen?«

Mit einem frustrierten Ächzen sagte sie »Aye, aye« und klinkte sich aus.

Skyler grunzte. Er zog in Erwägung, ein paar ausgewählte Gegenstände in der Nähe der Tür zu platzieren – eine unausgesprochene Bestechung –, aber das konnte auch nach hinten losgehen.

Durch das regennasse Panoramadach sah Darwin aus wie schon seit Jahren: fast kreisrund, am Rand bestehend aus chaotischen Elendsvierteln und dichter Barackenbesiedlung, aus der Richtung Mitte immer höhere Gebäude wurden. Gärten gediehen auf den leichter zu verteidigenden Dächern.

Im Herzen des Ganzen, direkt an der Küste, umgab die Festung Nightcliff den Weltraumlift.

Dahinter zog sich eine Flottille verfallener Kähne und rostiger Frachtschiffe hinaus in den Ozean. Die Fische, die man aus dem Meer holen konnte – auch ein Garten –, wurden jeden Tag weniger.

»Die Gondeln bewegen sich nicht«, sagte Angus.

Skyler sah vom Turm von Nightcliff bis ganz hinauf in die Wolken. Ja, die Gondeln waren wie festgefroren.

»Seltsam«, sagte er. Seine tieferen Sorgen behielt er für sich. Kein Verkehr auf dem Lift bedeutete keinen Handel. Keine Möglichkeit, die Waren zu befördern, die sie aus Malaysia geholt hatten.

So ein verdammtes Pech.

Angus drehte sich erneut halb im Sitz um. »Soll ich Nightcliff danach fragen?«

»Spar dir die Mühe«, sagte er. »Wir werden es bald erfahren.«

* * *

Angus flog mit der *Melville* einen weiten Bogen, um sich der Festung wie angewiesen von Osten zu nähern – die Windböen meisterte er mit stiller Präzision.

»Achte auf die Höhe«, sagte Skyler. Der Junge war als Pilot ein Naturtalent, und es steigerte sein Selbstvertrauen, wenn man ihm den Pilotensitz überließ, und sei es nur für kurze Abschnitte wie diesen. Doch während die *Melville* für den Anflug auf Nightcliff wieder in die Waagerechte ging, erwischte sich Skyler dabei, wie er die Handgriffe des Piloten imitierte. Er liebte das Fliegen, das Band zwischen Mensch und Maschine. Das Verlangen war tief in seiner Psyche verankert. Die Aufgabe de Piloten abzugeben hatte sich angefühlt wie das Ende einer lebenslangen Freundschaft.

Jemand muss der Anführer sein, rief er sich in Erinnerung. Mit einem schiefen Lächeln überlegte er, Angus auf den Kapitänssitz zu setzen. Der Gedanke, wieder zum einfachen Vergnügen des Fliegens zurückzukehren, ließ es fast erstrebenswert scheinen.

Von der inzwischen untergegangenen Sonne war nur noch eine rote Schliere am westlichen Horizont geblieben. Darwin verbarg sich überwiegend im Schatten. Von oben wirkte es beinahe friedlich – ein grausames Trugbild.

So weit entfernt vom Lift hatten nur wenige Gebäude Strom. Sie wurden von Mini-Thoriumreaktoren versorgt, die sich tief im Untergrund befanden. Die Höhe der Summen, die man Skyler für die Suche nach Ersatzteilen – Sicherungen, Kabel und dergleichen mehr – bot, verhalf ihm zu einer Vorstellung davon, wie begehrt solche Gebäude bei den Einwohnern waren. Elektrizität bedeutete in jeder Hinsicht Macht. Die Möglichkeit, Lampen und eine Klimaanlage zu betreiben oder sogar Kondensatoren zu stromen, konnte den Ausschlag geben, wenn es darum ging, eine Gegend für sich zu beanspruchen.

Näher an Nightcliff wurden die Gebäude höher. Alle Dächer waren von Gärten bedeckt, die der Skyline im schwindenden Licht eine unheimliche, waldartige Silhouette verliehen. Die Gärten waren noch besser bewacht als die Energiequellen. Die Reichen, wenn man sie so nennen konnte, verschanzten sich in den oberen Stockwerken, um ihre private Nahrungsquelle zu schützen, ihre Wasserzisternen. Gartenbesitzer mussten sich nicht um rationierte Nahrungsmittel streiten, die aus dem Orbit nach unten kamen. Sie konnten verhältnismäßig behaglich leben und ihren Überschuss gegen Waren und Dienste eintauschen, die sie benötigten. Zum Beispiel die Rückführung der sterblichen Überreste eines zurückgelassenen Patriarchen. Skyler tätschelte die Phiole in seiner Tasche.

Die Dachbewohner konnten allerdings ihre Penthouse-Enklaven nicht verlassen. Nicht ohne schlagkräftige, vertrauenswürdige Eskorte. Der Preis des Erfolgs.

Darwins Ärmste lebten auf Straßenniveau, abgeschnitten von den Dächern. Zum Überleben waren sie ganz auf Nahrung aus dem Orbit angewiesen und kämpften um jeden Krümel. Einige hatten inoffizielle Jobs, machten Besorgungen für die Gartenbesitzer oder trieben Schutzgelder von den umliegenden Straßenhändlern ein. Wanderarbeiter, Aushilfen, Diebe. Talente jedweder Art garantierten so gut wie immer ein Leben in gemäßigtem Komfort. Fahrradreparatur war beinahe genauso gefragt wie Hebammendienste.

Als Mitglied einer Bergungsmannschaft, wie Skyler, hatte man Promi-Status und alle Probleme, die damit einhergingen. Jeder brauchte etwas von draußen, aber nur wenige konnten zahlen.

Das Dröhnen der Maschinen der *Melville* veränderte sich, als Angus Schub auf die Vertikaldüsen gab. Beim Blick nach vorn über die Schulter seines Piloten sah Skyler inzwischen deutlich die Mauern Nightcliffs. Sie würden die gewaltige Barriere in weniger als einer Minute überfliegen.

Er spürte, wie ihm Schweiß den Rücken hinablief. »Sam, Jake, wie läuft's da hinten?«

»Wir brauchen mehr Zeit«, sagte Samantha über den Lautsprecher. »Eine Kiste noch.«

Skyler fluchte.

»Soll ich hier schweben?«, fragte Angus.

»Nein, das sieht verdächtig aus.« Skyler schaltete die Gegensprechanlage ein. »Wir haben keine Zeit mehr, Sam. Macht schneller.«

»Was ist, wenn wir was echt Problematisches finden?«

Skyler hielt inne. Er wusste, was sie meinte: *Sollen wir es verstecken?* Ihr wäre genau das natürlich am liebsten gewesen.

»Captain, schau dir das an«, sagte Angus.

Skyler beugte sich vor, um Angus besser über die Schulter sehen zu können.

Bei dem Anblick verkrampften sich seine Eingeweide.

Vor dem Südtor Nightcliffs, auf dem Ryland Square, brodelte und wogte eine riesige Menschenmasse. Aus allen angrenzenden Gassen strömten Leute herbei.

Ein Aufstand, erkannte Skyler.

Ordnungshüter bildeten eine Reihe vor dem Tor. Ihre schwarzen Schlagstöcke hoben und senkten sich wie die Beine eines Tausendfüßlers. Ganze Bereiche in der Mitte des Platzes waren unter weißem Tränengas verborgen. Durch den Dunst erkannte Skyler einen großen Frachtcontainer, der auf der Seite lag. Zerlumpte Bürger, die sich Stofffetzen vors Gesicht hielten, schwärmten wie Ameisen über seinen Inhalt. Am Rande der Menge sah Skyler Kinder, die Müll auf die Festung warfen.

»Was zum Teufel geht da vor?«, fragte Angus mit einem hysterischen Unterton.

»Entspann dich«, sagte Skyler. »Tief durchatmen. Kurs halten.«

Die Gegensprechanlage rauschte, und Samantha meldete sich. »Skyler? Was sollen wir tun? Wir haben hier hinten etwas ONC-Schnur.«

Octanitrocubanschnur. Er erinnerte sich aus seiner Grundausbildung daran und zuckte zusammen. Hochexplosiver Sprengstoff in Strangform. Übler Kram, perfekt für präzise Detonationen. Genau die Sorte Zeug, die Nightcliff so weit wie möglich fernhalten wollte. Die Festung hatte vor allem einen Auftrag: für die Sicherheit des Lifts zu sorgen. Solche Waffen galten als Gefahr für die von Außerirdischen errichtete Anlage.

Wie paralysiert vom Anblick des Aufstands und den verdunkelten, erstarrten Liftgondeln flüsterte Skyler: »Ich weiß nicht, Sam. Ich weiß nicht.«

»Wir können es verstecken oder es über Bord werfen«, sagte sie. »Deine Entscheidung, Captain.«

Er bezweifelte, dass ihr die dritte Möglichkeit, es Nightcliff zu überlassen, überhaupt in den Sinn kam. So dachte sie einfach nicht. Skyler schon, und er nahm an, ein Beutestück wie dieses würde die Inspektoren womöglich davon abhalten, sich zu viel anderes zu nehmen. Vorausgesetzt, sie kamen nicht auf den Gedanken, dass sie es zu einem bestimmten Zweck geholt hatten.

»Wir sind über die Mauer«, sagte Angus.

»Sam«, sagte Skyler, »wir sind drin. Wir können es nicht abwerfen.«

Er beobachtete, wie die gewaltige Mauer der Festung unter ihnen hindurchglitt und ihnen die Sicht auf den Aufstand nahm. Nur vage bekam er mit, wie Angus sich mit den Wachhabenden im Turm der Festung auf ein Landefeld einigte. Das Flugzeug schlingerte, als der junge Mann ihren Kurs anpasste.

»Ruhig, Angus«, sagte Skyler. »Tief durchatmen.«

»Tut mir leid.«

»Schaffst du's? Ich gehe nach hinten.«

»Ich werde es versuchen«, sagte Angus.

Skyler tippte wieder auf die Gegensprechanlage. »Lass den Sprengstoff, wo er ist. Wenn sie ihn finden, soll es so sein.«

»Ich wusste, dass du das sagen würdest«, erwiderte sie.

* * *

Im Laderaum kauerten Samantha und Jake über einer grünen Mun-Kiste mit weißer Blockschrift oben und an den Seiten. Sie sortierten Magazine. Neben ihnen stand ein bereits halb voller Spind.

»Wir können behaupten, es sei unser Zeug«, sagte Jake, »und stamme nicht von der Mission.«

Eine Absicherung dagegen, dass Nightcliff die Fracht vollständig konfiszierte, übersetzte Skyler, und er konnte es ihnen nicht verübeln. Munition diente in weiten Teilen Darwins als Währung, und jenseits der Auragrenze hatte sie definitiv ihren Nutzen. Skyler nickte und ging weiter.

Sam vertrat ihm den Weg. Mit ihren über zwei Metern musste sie sich in dem engen Raum leicht bücken. Aufrecht hätte sie ihn überragt, aber so nach vorne gebeugt waren sie auf Augenhöhe. Ihr langes, blondes Haar steckte unter einer Tarnmütze, was ihre ohnehin scharf geschnittenen Züge noch stärker betonte. »Du lässt Angus landen?«

»Sam … nicht jetzt.«

Er ging um sie herum zur hinteren Laderampe. Das Flugzeug kam stark in Schräglage, als Angus es nach unten brachte, was Skyler zwang, nach den ausgefransten Nylonhaltegurten an der Wand zu greifen.

Das Bergungsgut der Mission füllte sechs große Holzkisten in der Mitte des Frachtraums, gehalten von gelben Plastiknetzen, die mit Haken am Boden befestigt waren. Obwohl Sam und Jake sie eilig durchsucht hatten, sahen die Kisten immer noch gut gesichert aus.

»Gute Arbeit«, sagte Skyler. »Als hättet ihr sie nie angerührt.«

Ein dumpfer Schlag von unten verriet, dass die *Melville* gelandet war, gleich darauf wurde das Summen ihrer Turbinen schnell leiser.

»Gut gemacht, Angus«, sagte Skyler in die Gegensprechanlage.

»Danke. Draußen wartet … äh … ein Haufen Soldaten.«

KAPITEL 2

Darwin, Australien

12.1.2283

Da er nicht wusste, was er sonst tun sollte, drückte Skyler mit der Handfläche den Schalter, der die Rampe bediente.

Von der Decke erklang ein Warnton, dazu kam ein bernsteinfarbenes Drehwarnlicht. Die Glühbirne flackerte, als wolle sie ihn daran erinnern, sie zu ersetzen, eine Aufgabe, die er schon mehrfach verschoben hatte. Einige Monate ohne erfolgreiche Mission bedeuteten auch, dass Pflichten auf der Strecke blieben. *Tut mir leid, altes Mädchen,* dachte er. *Du verdienst etwas Besseres.*

Unter dem Boden sprang summend die Hydraulik an, und er trat von der Rampe zurück, als sie sich absenkte.

Regenwasser von dem Sturm in der Atmosphäre, aufgepeitscht vom restlichen Schub aus den ersterbenden Triebwerken der *Melville,* sprühte durch die Öffnung herein und klatschte Skyler ins Gesicht. Er kniff die Augen zusammen, während er das Wasser mit dem Ärmel abwischte.

Als sich die Rampe senkte, kam allmählich das weitläufige Gelände Nightcliffs in Sicht. Links von Skyler erhob sich der Lift-Turm über zweihundert Meter in einen tiefvioletten Himmel. In jeder anderen

Nacht hätte eine Reihe von Leuchtpunkten, bestehend aus den Scheinwerfern der Gondeln, das Aufzugsseil kenntlich gemacht, wie ein vertikaler Strang von Lichterketten, die sich bis hinauf in den Weltraum erstreckten.

Aber nicht in dieser Nacht. Durch die dunklen Gondeln war das dünne Kabel so gut wie unsichtbar.

Skyler fragte sich, ob es nur die stehen gebliebenen Kabinen gewesen waren, die die Menge draußen zur Gewalt getrieben hatten. Vielleicht war der Abschaltung etwas anderes vorausgegangen. Eine Konfrontation mit dem Orbitalrat oder streikende Wassertransporter. Solche Gerüchte breiteten sich aus wie ein Lauffeuer. Der kleinste Hauch von Problemen, von einer ernstzunehmenden Veränderung ihrer ohnehin schon trostlosen Lage, konnte die Menschen zu solchen verzweifelten Gewalttaten treiben.

Eine Ansammlung hoher Gebäude stand um den Fuß des Turms, so dass man den Krater nicht sehen konnte, der entstanden war, als das Seil in die Erde eingedrungen war. In den Gebäuden belud man die Gondeln hinter gewaltigen Rolltoren und reihte sie hintereinander auf. Eine Reihe von Kränen, jeder höher als fünfzig Meter, umringte den Bereich. Sie befestigten Frachtcontainer an den Gondeln oder nahmen sie ab. Skyler sah eine leere Gondel an einem der Kräne. Die spinnenartigen Kabinen bestanden aus einer Mittelachse mit Elektromotoren, Inversionsplatten und Milliarden von winzigen Armen, die das unfassbar dünne Kabel umschlossen. Oben und unten an der Achse waren acht Gerüstarme angebracht, an denen die Fracht hing. Auf dem Asphalt wartete ein Stapel langer Stahlkisten, untätige Arbeiter drängten sich in der Nähe zusammen.

Rechts von ihm, an der am Meer verlaufenden Mauer der Festung, sah Skyler ein Durcheinander aus Baracken und anderen Hilfsgebäuden, darunter auch den alten Platz-Familiensitz, der schon längst zugenagelt war. Jemand hatte ihm erzählt, dieses einst luxuriöse Anwesen diene inzwischen als Lagerraum. Was für eine Verschwendung.

Die Festung Nightcliff war aus purer Notwendigkeit entstanden, um den von Außerirdischen errichteten Lift einzufassen und zu verteidigen. Warum die Erbauer siebzehn Jahre zuvor den Lift hier errichtet hatten, wusste niemand. Nur wenige interessierten sich noch dafür. Die Außerirdischen waren nie in Erscheinung getreten, hatten sich nie vorgestellt. Keine Erklärung, nur ein automatisiertes Baugefährt, das im Orbit stehen blieb und seinen Faden wie eine Angelschnur in den Boden schoss.

Skyler war Anhänger der Theorie der »reinen Glückssache«. Das Kabel war vom Himmel gefallen, ihm voraus eine pfeilförmige schwarze Masse, und hatte sich tief in diesen kleinen Landstrich hineingebohrt.

Fast über Nacht hatte sich Darwin von einer verschlafenen Stadt am Meer in eine wuselige Metropole verwandelt: ins Zentrum der Welt. Skyler erinnerte sich an die Aufnahmen, die er in der Schule gesehen hatte: Vorher-nachher-Vergleiche, die seinen jungen Geist verblüfft hatten. Eine Zeit des Fortschritts und der Wunder. Eine Zeit des Zukunftsglaubens.

Sie war nicht von Dauer gewesen.

Fast fünf Jahre nach der Ankunft des Lifts war die Krankheit ausgebrochen und hatte sich über den Erdball verbreitet. Warum oder wie der Lift sie unschädlich machte, blieb ein Rätsel. Es gab eine Verbindung zwischen beiden, so viel war klar, aber in dieser Zeit der weltweiten Panik war es nur auf eines angekommen: auf nach Darwin. Darwin ist sicher. Die Stadt war damals unter dem Ansturm der Flüchtlinge, darunter Skyler, zusammengebrochen. Die Erinnerungen an seine Reise brachten ihn auch jetzt noch zum Zittern. Erstaunlich, was Menschen einander antun konnten, wenn ihr Überlebensinstinkt einsetzte.

Die Rampe der *Melville* traf mit einem tiefen Knirschen auf Beton, was Skylers Aufmerksamkeit von der Aussicht ablenkte.

Russell Blackfield, der Präfekt von Nightcliff, wartete auf dem Landefeld. Seine Anwesenheit zerstörte sämtliche Hoffnungen, die Skyler noch gehegt hatte, es könne sich um eine reine Routineinspektion handeln.

Neben dem mächtigen Mann standen vier Schutzwachen, zwei an jeder Seite. Sie trugen braune Kampfhelme, das einzige Stück Rüstung, das sie besaßen. Ihre übrige Ausstattung entsprang einer Vielzahl von Militäruniformen aus der Zeit vor der Krankheit. Hauptsächlich sah Skyler unterschiedlich gut erhaltene Arbeitsuniformen der australischen Armee. Einer trug einen schlecht sitzenden chinesischen Offiziersmantel.

Ihre Waffen waren auf Skyler gerichtet – alle hatten schlanke, dunkle Maschinengewehre. Ihre Uniformen passten nicht zueinander, ihre Knarren schon.

Russell trat vor. »Kommen Sie da raus. Ihre Mannschaft auch. Die Hände so, dass ich sie sehen kann.«

Der Mann trug ein einfaches, weißes T-Shirt, das völlig durchnässt war. Sein kurzgeschorenes blondes Haar klebte in feuchten Klumpen am Kopf. Er trug keine Waffen, soweit Skyler sah.

Skyler schaute nach hinten und sah, dass Jake und Samantha bereits herauskamen. »Jake, hol Angus.«

Sein Schütze nickte und wandte sich um.

Samantha ging zwischen ihnen die Rampe auf den Asphalt hinab. Russell verfolgte sie mit lüsternem Blick, die Diskussion war plötzlich vergessen.

Skyler beugte sich vor, um dem Präfekten die Sicht zu verstellen. »Was soll das?«

»Sabotage«, brummte Russell und reckte den Kopf, um an Skyler vorbeizuschauen.

Sekunden später kam Jake mit Angus im Schlepptau aus der Maschine. Die beiden traten neben Samantha, die Hände nach vorne gestreckt.

»Nun gut«, sagte Russell. »Was zum Teufel haben Sie mit meinem Lift angestellt?«

Stille senkte sich über den Hof.

Da der Antrieb der *Melville* ganz aus war, hörte man nur den fernen Lärm der aufständischen Menge vor dem Südtor.

Hinter Russells Diktatoren-Fassade erkannte Skyler Sorge. »Sie glauben, das hätten wir verursacht?«

Der grobschlächtige Mann trat näher. Er kniff die Augen zu. »Der Strom ist in dem Augenblick ausgefallen, als Sie auf die verdammte Aura gestoßen sind. Ganz genau. Stellen Sie sich ruhig dumm, Plünderer, aber wir werden der Sache auf den Grund gehen.«

Russell machte eine Geste. Drei Wächter rannten die Rampe herauf und schickten sich an, die gelben Netze von den Frachtbehältern zu entfernen. Der vierte blieb stehen, sein Gewehr deutete auf den Boden zwischen sich und der Mannschaft.

Skyler konnte nur hilflos zusehen. »Schauen Sie, wir waren überrascht über die Verdunkelung der Gondeln, genau wie Sie. Wir haben nichts an Bord, das so etwas auslösen könnte. Ich weiß nicht mal, wie das passieren konnte.«

Russell marschierte halb die Rampe hinauf, eher auf den Inhalt des Flugzeugs konzentriert als Skyler. »Ihr seid die Crew aus Immunen, oder?«

»Stimmt. Wir kommen gerade von einer Tour im Norden zurück.«

Falls Russell das gehört oder eine Meinung dazu hatte, gab er sie nicht zu erkennen. Seine Aufmerksamkeit blieb auf die Frachtkisten gerichtet. »Immunität. Muss schön sein, die Stadt ohne den Anzug zu verlassen. Echte Reisefreiheit.«

»Das da draußen ist kein Garten Eden«, sagte Skyler.

»Dennoch haben Sie die Wahl.«

Skyler schwieg. Er erzählte so gut wie nie von seiner Immunität gegen die Krankheit, wegen der Fragen, die darauf folgten. Es waren immer dieselben: Fühlst du dich anders? Glaubst du, die Erbauer haben dich auserwählt? Könntest du nach meiner Frau oder meinem

Kind oder den sterblichen Überresten des Gemeindevorstands, den wir zurückgelassen haben, suchen?

Und schließlich: Warum kehrst du überhaupt zurück?

Er hatte keine zufriedenstellenden Antworten für sie.

Am meisten hasste er es, die Außenwelt zu beschreiben. Freizone nannten sie sie. »Wie ist es da?«, fragten sie immer. Keiner wollte hören, dass die Welt vor die Hunde gegangen war, dass alle großen Metropolen der Menschen nun Unkraut, Ratten, Krähen und Schlimmerem eine Heimstatt boten. Nein, sie wollten glauben, die Welt hätte sich von den Sünden der Menschheit erholt. Nach allem, was geschehen war, brauchten sie einen Silberstreif am Horizont.

Von Russell Blackfield, dem Despoten von Nightcliff, hätten solche Fragen eine ganz eigene surreale Anmutung gehabt. Obwohl er es nie zugegeben hätte, wünschte sich Skyler, er hätte Sams Rat befolgt und den Aufruf zum Landen ignoriert.

Zu seiner Überraschung ließ Russell das Thema fallen. Er schien gänzlich uninteressiert. »Definieren Sie ›Norden‹«, sagte er.

»Malaysia«, sagte Skyler. »Eine Luftwaffenbasis.«

»Sind Ihnen Subs begegnet?«

»Nicht auf dieser Tour«, log Skyler. Er spürte das Gewicht des Subhumanen-Fingers in seiner Jackentasche.

Russell starrte in den Frachtraum, als erwarte er, dass ein Subhumaner daraus hervorsprang. »Das ist schlau«, sagte er, »Militärbasen abzuklappern. Viele Ersatzteile und Vorratslager, durch die man sich wühlen kann?«

»Das ist genau der Gedanke dahinter«, sagte Skyler.

»Was ist mit Waffen?«

Bei dieser rhetorischen Frage zuckte Skyler die Achseln.

»Vielleicht eine EMP-Bombe?«

Womit ich mein eigenes Flugzeug genau wie jedes andere Gerät in der Stadt abschießen würde, Dumpfbacke. »Ich sehe, worauf das hinausläuft«, sagte Skyler. »Ich sage Ihnen, wir haben den Lift nicht sabotiert. Er ist doch unsere Lebensader.«

»Er ist unser aller Lebensader«, sagte Russell.

»Das trifft es noch eher.«

Der Präfekt ging die Rampe hinauf zum Eingang des Frachtraums. Seine Männer zerrten alles aus den Kisten und warfen die Fracht nach einem beiläufigen Blick beiseite. »Ist hier drin etwas für die Orbitalen?«, fragte Russell.

»Keine Ahnung«, erwiderte Skyler. »Unser Agent gibt uns eine Liste, und wir versuchen, sie abzuarbeiten. Es ist seine Sache, an wen er verkauft.«

»Sie machen sich nicht die Hände schmutzig, was? Bestreitbarkeit. Das gefällt mir.«

Skyler schüttelte den Kopf. »Ich konzentriere mich einfach auf die Mission.«

»Wer ist Ihr Agent?«, fragte Russell. »Grillo?«

»Prumble.«

»Ah«, sagte Russell. Er hob die Stimme, um zu allen Anwesenden zu sprechen. »Ein unbedeutender Mittelsmann ist an ein Team wie Ihres verschwendet. Sie sollten direkt für mich arbeiten. Für Nightcliff.«

Skyler warf einen Blick auf seine Mannschaft. Sam verschränkte die Arme vor der Brust, den Blick voller Trotz. Jake war wie immer nicht einzuschätzen. Der junge Pilot Angus starrte Skyler an, er sehnte sich nach Orientierung, zumindest seinem Gesichtsausdruck nach zu urteilen.

»Eine Gruppe wie Sie könnte ich gebrauchen«, fügte Russell hinzu. »Wir hier in Nightcliff brauchen jede Menge Zeug, das würde Sie beschäftigt halten, und Sie müssten sich nicht mit dem Pöbel da draußen abgeben.« Er machte eine beiläufige Geste zum Südtor, wo inzwischen der Aufstand tobte, wenn man nach dem Lärm ging, der über die hohe Mauer drang.

Niemand antwortete. Skyler suchte nach Worten, irgendetwas, mit dem er seine Position als derjenige behaupten konnte, der die Entscheidungen traf. Aber er fand keine, und der Augenblick ging vorüber.

»Denken Sie drüber nach«, sagte Russell, während er die Rampe zum Frachtraum hinaufmarschierte.

Sie nahmen sich die ganze Maschine vor, von vorne nach hinten, fast eine halbe Stunde lang.

Einmal sah Skyler, wie Russell in ein Walkie-Talkie sprach. Kurz danach kam ein weiteres Team aus Nightcliff zum Flugzeug. Keine Wachen, sondern Arbeiter in öligen Overalls. Sie hatten eine Ameise dabei.

Auf Russells Befehl hin luden sie ausgewählte Gegenstände auf.

Wieder ein Reinfall, dachte Skyler bestürzt. Der vierte in Folge. Er bezweifelte, dass sie sich einen fünften leisten konnten.

»Ich hab dir gesagt, du sollst nicht landen «, bemerkte Samantha, gerade laut genug, dass Skyler es hörte.

Er schüttelte den Kopf, Enttäuschung machte sich in ihm breit. Sie ließ keine Gelegenheit zum Auftrumpfen aus.

Dann stapfte Russell die Rampe herab, mit grimmigem Gesicht, die Kiste mit ONC-Schnur in den Armen. »Sie wissen, dass ich so einen Dreck nicht in der Stadt dulden kann. Das habe ich schon oft bekanntgemacht.«

»Haben wir unabsichtlich eingepackt«, sagte Skyler.

»Zur Strafe werden wir ein paar Dinge an uns nehmen.«

Skyler begutachtete die Sachen, die sie aufgeladen hatten. Drei Mun-Kisten, eine Kiste Whiskey und die Schweißer-Ausrüstung. Der Schweißer ärgerte ihn am meisten. Das Gerät hatte Prumble konkret angefordert, vermutlich auf Anweisung eines Orbitalen. Ein erheblicher Teil ihrer Bezahlung hatte sich damit erledigt.

Es hätte schlimmer kommen können. Sie hätten alles nehmen können, und er hätte sie nicht aufhalten können. Wieder hielt er den Mund.

Eine dröhnende Detonation erschütterte den Hof.

Aus der Ferne, aus Richtung des Aufstands. Ein plötzlich aufblitzendes Licht erhellte die Hochhäuser jenseits der Mauern von Nightcliff. Ein Feuerball züngelte empor, bevor er sich auflöste.

Der Boden erzitterte und rüttelte an den Flügeln der *Melville,* so dass sich ein Schauer winziger Tropfen löste. Skyler kauerte sich instinktiv zusammen und schloss angesichts des plötzlichen Sprühregens die Augen. Das Geräusch der Detonation hallte wie Donner über das Gelände.

Alle zuckten zusammen. Außer Russell Blackfield.

»Sehen Sie, was ich mit Sprengsätzen in der Stadt meine?« Er hielt sich wieder das Walkie-Talkie an den Mund. »Ich will eine zweite Einheit am Tor, voll gerüstet, in fünf Minuten. Es wird Zeit, diese Irren plattzumachen.«

Skyler sah die Rauchwolke gen Himmel steigen. Als er wieder nach unten schaute, stand Russell unmittelbar vor ihm. Sie sahen einander in die Augen.

»Ich verstehe«, sagte Russell. »Sie sind ein hochgeschätzter Dienstleister, das verstehe ich. Aber der Schmuggel hat ein Ende, und zwar verdammt noch mal jetzt.«

»Aber wir haben keine EMP-Bomben an Bord, stimmt's?«

»Verarschen Sie mich nicht, Skyler«, sagte er. Dann grinste er. »Sie sind für den Augenblick vom Haken. Vergessen Sie nicht, dass ich Ihren einzigen Zugang zu denen in der Hand habe, die über uns stehen und leben. Den kann ich genauso gut abdrehen.«

Skyler warf einen Blick nach oben, wo unsichtbar das haarfeine Kabel verlief. »Verstanden.«

»Sie verschwenden Ihre Zeit, wenn Sie Müll für den Pöbel da draußen holen. Oder die gottverdammten Orbitalen«, sagte Russell. Er hielt inne und sah Skyler abschätzend an. »Denken Sie über mein Angebot nach. Ehe ich es widerrufe.«

»Werde ich«, sagte Skyler.

Russell wandte sich an die größere Gruppe. »Ich verkürze Ihren Aufenthalt nur ungern, aber ich muss mich an eine bewundernde Öffentlichkeit wenden.«

Damit entfernte er sich. Gemächlichen Schrittes, als wäre nichts geschehen. Die Wachmänner und Arbeiter folgten ihm, die Ameise mit der Beute hinter sich.

»Angus«, sagte Skyler.

»Ja?«

»Ab nach Hause.«

Der Pilot brauchte keine weitere Aufforderung und eilte die Rampe hinauf.

Als Nächstes kam Jake, still wie immer, sein hartes Gesicht nicht zu deuten. Der Mann rasierte sich immer sauber den Kopf, und an seiner Schläfe pochte eine Ader, was bei ihm wohl als Gefühlsregung durchging. Skyler hatte noch nie gesehen, wie er die Fassung verlor. Für einen Scharfschützen war das eine gute Eigenschaft, wenn auch vielleicht nicht für den Zusammenhalt des Teams. Trotzdem kam er mit Samantha zurecht, was, wie Skyler klar war, wahrscheinlich die Geduld eines Scharfschützen erforderte.

Der Gedanke ließ ihn grinsen.

»Findest du das witzig?«, fragte Samantha. Sie wartete mit verschränkten Armen auf dem Landefeld

»Nein, es ist nur … komm schon, Sam, es ist kein totaler Verlust. Sie haben nicht alles genommen.«

»Sie haben genug genommen«, sagte sie. »Wieder eine Nullnummer.«

Sie stapfte die Rampe hinauf, ihre Springerstiefel dröhnten auf dem Stahlboden.

Skyler blieb zurück, versuchte, sich etwas auszudenken – irgendwas –, das er zu ihr sagen könnte, um ihre Unterstützung zu gewinnen. Er dachte an die Mannschaft zurück, wie sie gewesen war, bevor Skadz weggegangen war. Der frühere Captain hatte keine Probleme im Umgang mit Samantha gehabt – ihre Einwände hatte er irgendwie immer in Witze verwandelt.

Er dachte daran, sie zu feuern, verwarf die Idee aber so schnell, wie sie ihm gekommen war. Er brauchte sie, und zwar nicht nur, weil sie immun war. Es gab herzlich wenig Immune auf der Welt, aber Samantha konnte auch noch kämpfen.

Schritte aus Richtung des Liftturms rissen ihn aus seinen Gedanken.

Ein bleicher Mann, hager. Kränklich, fand Skyler. Strähniges graues Haar hing in feuchten Strähnen um das knochige Gesicht des Mannes. Er trug einen langen, dunkelblauen Mantel, der wie eine nasse Decke an ihm klebte. Beide Hände hatte er tief in die Vordertaschen geschoben. Ein weiterer Beamter von Nightcliff, der auf Schmiergeld aus war.

»Sie sind Skyler, ja?«, fragte er. »Der Immune?«

Nicht noch eine Spezialanforderung, dachte Skyler. »Möglich. Wer will das wissen?«

»Sie arbeiten über Prumble?«

»Ja«, sagte Skyler.

Der Mann hielt inne, die Stirn gerunzelt, als träfe er eine Entscheidung. »Würden Sie ihm ein Schreiben übergeben? Ich kann wegen der Abriegelung nicht weg.«

Ehe Skyler antworten konnte, holte der Mann eine dünne Speicherkarte aus dem Mantel. Er drückte sie Skyler in die Hand. »Danke«, sagte er und drehte sich um.

»Warten Sie.«

»Ja?«

»Was ist mit den Gondeln passiert?«

Der kränkliche Mann richtete den Blick nach oben. »Eine Fehlfunktion«, sagte er. »Die Energie war weg, dann kam sie wieder.«

Eine Fehlfunktion. Der Gedanke, dass der Lift ausfallen könnte, löste eine stechende Woge der Angst aus. Das wäre das Ende, dachte er, für alle außer ihn und eine Handvoll anderer Immuner. »Wenn die Energie wieder da ist, weshalb fahren sie dann noch nicht?«

»Blackfield nutzt die Gunst der Stunde. Jetzt geht's darum, zu beweisen, wer der Feigling ist«, sagte er und entfernte sich.

Skyler wusste nicht, was das bedeutete. Er entschied sich, nicht nachzuhaken. »Was soll ich sagen, von wem es kommt? Das Schreiben, meine ich.«

Der Mann im Mantel ging weiter. »Kip!«, rief er über die Schulter. »Er weiß dann schon Bescheid. Sorgen Sie dafür, dass er das Schreiben erhält.«

Während der Fremde davontrottete, steckte Skyler die Speicherkarte ein.

Im Cockpit angekommen, bat Skyler um die Starterlaubnis, und der Tower erteilte sie. Angus wartete nicht auf einen Befehl, um die Vertikaldüsen zu starten.

Auf dem kurzen Flug zum alten Flughafen sah Skyler genau hin, um das Liftseil zu sehen – ohne die Warnlichter ein schweres Unterfangen.

Schließlich machte er die verdunkelten Gondeln aus, die immer reglos am Kabel hingen. Geblähte mechanische Spinnen, die sich verzweifelt festkrallten.

KAPITEL 3

Platz Space-Ag-Station 12

13.1.2283

Tania Sharma sah gespannt zu, wie ein Schwarm winziger schwarzer Ameisen die Überreste einer zu Boden gefallenen Avocado wegtrug. Die Frucht, dunkel und verfault, lag unbrauchbar auf dem weißgekachelten Boden.

Über ihr wucherte der große Baum, von dem sie gefallen war, chaotisch vor sich hin, die grauen Äste waren übersät mit grünen Blättern. Ausgehend von einer zentralen Röhre, die mit nährstoffreichem künstlichem Erdreich gefüllt war, breitete er sich in alle Richtungen aus. Eine sanfte Brise ermunterte die Blätter sporadisch zu einem kleinen Tanz, der nach und nach den ganzen Obsthain erfasste. Jedes Mal, wenn der Wind wehte, atmete Tania tief ein und versuchte, die ganzen Gerüche zu identifizieren, die er mit sich trug – eine unterhaltsame Aufgabe, auch wenn es hoffnungslos war.

Der »Himmel« darüber wurde dunkler, dann wieder heller, während die Station sich anpasste, um weiterhin Sonnenlicht einströmen zu lassen. Bewegliche Spiegel lenkten die Strahlen durch teure Borosilikat-Fenster. Als Kind hatte Tania Aufbau und Programmierung der Farmen fasziniert auswendig gelernt. Sie hatte die dort angebauten Pflanzen studiert, ihre genetischen Veränderungen und die ideale Bodenzusammensetzung. Alles, was ihr junger, unersättlicher Geist darüber herausgefunden hatte. Selbst jetzt, mit sechsundzwanzig, regten die Farmen im Orbit ihre Phantasie an.

»Haben wir eine übersehen?«

Sie drehte sich zu der bekannten Stimme um.

In der niedrigen künstlichen Gravitation hüpfte Neil Platz auf sie zu wie ein kleines Kind – die Bewegung strafte seine silbergraue Mähne Lügen. An sich mochte Tania die volle Erdschwerkraft lieber, wie sie auf den meisten Stationen herrschte, aber sie wusste, dass die Landwirtschaftsplattformen für optimales Pflanzenwachstum konfiguriert waren, nicht für menschlichen Komfort. Äpfel wuchsen am besten bei einem Bruchteil des Erdstandards, während Kartoffeln den optimalen Ertrag lieferten, wenn die Anziehungskraft höher war als bei Mutter Natur üblich. Das kam Tania immer besonders seltsam vor.

Neils Grinsen sprach von der Freude, die es ihm bereitete, hier so leichtfüßig zu sein. Trotz seines Alters strahlte er mehr Lebensfreude aus als jeder andere, den Tania kannte. Er war leger gekleidet, in eine schwarze Freizeithose und ein einfaches weißes Sweatshirt. An den Füßen trug er ein Paar neue Laufschuhe.

Bei seinem Anblick schmunzelte sie. »Was haben wir übersehen?«

Neil landete anmutig vor ihr und ging auf ein Knie, um die Avocado zu betrachten. »Dieses Kerlchen hier. Den Ameisen scheint es recht zu sein.«

»Die Ameisen folgen nur ihren Genen.«

»Die preisgünstigste Reinigungsmannschaft, die ich je eingestellt habe«, sagte er. »Wunderbar effizient.«

Tania glättete ihren einfachen blauen Overall und faltete die Hände im Schoß. »Du wolltest mich sehen?«

»Genau«, sagte er. »Danke, dass du gekommen bist.«

»Mir gefällt es hier, die Luft ist so ... sie ist einfach wundervoll.«

Er atmete tief ein und nickte. »Ich habe dich vermisst, mein Liebes. Du strahlst richtig, ein wahres Ebenbild deiner Mutter.«

»Der Bart gefällt mir«, antwortete sie. »Steht dir.«

Er kratzte sich über die grauen Stoppeln, die sein Kinn bedeckten. »Mir ist die gottverdammte Rasiercreme ausgegangen. Ich hoffe, die Bergungsmannschaften finden noch was.« Er sprach mit australischem Akzent, der stark war wie eh und je, obwohl er so viel Zeit im Orbit verbracht hatte. Tania fand das charmant.

»Hat dich Zane begleitet? Ich habe ihn schon lange nicht mehr gesehen.«

»Mein Bruder ist auf Gateway und hält den Rat in Schach.«

»Vier Monate zwischen zwei Besuchen ist ziemlich lang«, sagte sie und betonte jedes Wort, um sicherzustellen, dass Neil die Rüge auch wahrnahm.

Er wandte sich von der Insektenparade ab und setzte sich neben sie auf die Bank. »Ich hatte zu tun. Nun aber, angesichts dieser Blockade der Gondeln ...«

Tania wusste, warum er angerufen hatte, warum er sich ein persönliches Treffen an einem einsamen Ort gewünscht hatte. Veränderte Prioritäten, das Ende von Herzensangelegenheiten. Vier Monate lag ihre Anfrage zurück, vier Monate lang Stille, und nun würde er es offiziell beenden.

Sie biss sich auf die Zunge, gestattete ihrer Enttäuschung, langsam nachzulassen. »Die Stromschwankungen auf dem Kabel. So ernst ist es also?«

»Ha!«, bellte er. »Manch einer hätte das gern. Der selbsternannte König in Nightcliff hat die Gelegenheit mit beiden Händen ergriffen und alles lahmgelegt. Genau die Ausrede, die er brauchte.«

»Lahmgelegt bis wann?«

Neil schaute auf, als eine weitere Brise die Äste erschauern ließ. »Bis er eine zufriedenstellende Erklärung bekommt.«

»Nun«, sagte sie vorsichtig. »Es kam noch nie vor. Wir sollten es von einer Arbeitsgruppe untersuchen lassen.«

Er wischte ihre Bemerkung beiseite. »Entspann dich. Ich beauftrage Greg und Marcus damit. Du musst an einem wichtigeren Projekt arbeiten.«

Aufregung, die schnell in Angst umschlug, erfasste Tania. Jedes Mal, wenn die Theorie zur Sprache kam, verpflichtete Neil sie zur Geheimhaltung. Sie sah über die Schulter zum Eingang.

»Wir sind unter uns. Ich habe dem Personal ein paar Stunden freigegeben. Außer den Ameisen natürlich.«

Sie atmete die wohlriechende Luft ein, zwang sich zur Ruhe. »Ich dachte, du hättest es möglicherweise vergessen.«

»Im Gegenteil. Ich kriege die Idee einfach nicht mehr aus dem Kopf.«

»Ich hatte die Theorie schon beinahe aufgegeben, Neil«, sagte sie im Wissen, wie kleinlaut sie klang. »Du hättest es mir sagen sollen. Warum hast du so lange gewartet?«

Er schnitt eine Grimasse.

Tania musterte ihn genau, um in seinem Gesicht einen Subtext zu erkennen, und fand wie üblich wenig. Sie kannte sein Gesicht besser als das ihres eigenen Vaters. Manchmal träumte sie von ihrem Vater, möge seine Seele in Frieden ruhen, und er hatte Neils Gesicht.

»Tut mir leid«, sagte er. »Ich musste mich vorbereiten.«

»Vorbereiten?«

Er lehnte sich zurück, neigte das Gesicht dem gespiegelten Sonnenlicht entgegen und schloss die Augen. »Tania, du bist eine ausgezeichnete Wissenschaftlerin. Die beste, die ich habe. Aber man muss auch politisch denken. Wenn deine Hypothese stimmt, wird sich die Welt verändern. Erneut.«

»Möglich. Solange ich aber keine Analyse durchführen kann …«

»Ich muss darauf vorbereitet sein, was passiert, falls du recht hast«, sagte er. In seiner Stimme schwang der satte, sonore Unterton mit, den Tania nur von seinen früheren Reden vor den Orbitalen oder den Bürgern Darwins kannte. Zu ihr hatte er noch nie so gesprochen, nicht, wenn sie allein waren.

Seit sie drei Jahre zuvor zum ersten Mal ihre Theorie geäußert hatte, war das Thema oft zur Sprache bekommen. Manchmal beim Tee in seinem opulenten Büro in der Platz-Station, manchmal in knappen interstationären Nachrichten. Den auslösenden Gedankenblitz hatte ihr Neil geliefert, mit seiner hingeworfenen Bemerkung, die Erbauer wären »wahrscheinlich noch nicht fertig«, obwohl er behauptete, er habe nichts dergleichen gesagt. Tania hatte die Idee aufgenommen und weitergedacht, hatte die Theorie aufgestellt, dass sie vielleicht nach einem bestimmten Plan vorgingen. Die Krankheit war fast zwölf Jahre nach dem Lift gekommen, 11,7, um genau zu sein, und es klang sinnvoll für Tania, dass sie, falls sie zurückkehrten, eine ähnliche Zeitspanne verstreichen lassen würden.

»Vielleicht werden sie faul und brauchen länger«, hatte Neil vier Monate zuvor in einer Nachricht gesagt.

Diese Bemerkung hatte Tanias Tunnelblick beendet. *Oder … was, wenn sie früher kommen? Was, wenn sie schon da sind, und wir haben es nicht gemerkt?* Leicht panisch hatte sie Neil angerufen, ihn gebeten, die Daten, die sie brauchte, sofort zu suchen. Er hatte gesagt, er werde sich darum kümmern, und seitdem nicht mehr über das Thema gesprochen.

»Es ist nur …«, sagte sie. »Zugegeben, wir haben möglicherweise noch Jahre, falls sie überhaupt zurückkehren. Aber es könnte genauso gut schon zu spät sein. Ohne die Daten ist das unmöglich zu sagen.«

»Ich weiß«, entgegnete er. »Ich weiß.«

»Außerdem dauert die Analyse möglicherweise ewig. Wenn mir meine Assistentin Natalie helfen könnte … Sie ist ausgezeichnet.«

»Vergiss es«, sagte Neil. »Geheimhaltung ist von höchster Bedeutung. Das musst du allein machen.«

Erneut kam ein Lufthauch auf, raschelte in den Blättern der Baumreihe.

»Dieses Geräusch erinnert mich an das Meer.« Neils Stimme klang wieder väterlich. »Wellen am Ufer von Nightcliff vor der Ankunft der Krankheit.«

»Ich erinnere mich kaum daran«, sagte Tania. »Nur an Details. Meine Heimat war immer hier oben.«

Er lächelte. »Ich bin immer mit deinen Eltern an den Felsen entlanggegangen, um ihre Forschung am Lift mit ihnen zu besprechen. Dein Vater und ich haben dich abwechselnd getragen. Du hasstest es, wenn deine Füße nass wurden.«

Dann wich die Heiterkeit aus seinem Gesicht. Tania kannte diesen Ausdruck – eine unvermeidliche Folge, wenn ihre Eltern zur Sprache kamen. Jetzt dachte er wohl an ihren Tod, und sie hoffte, er würde nicht darüber reden.

Damals war sie einundzwanzig gewesen, in den ersten Tagen der Krankheit. Ihre Mutter, eine Ärztin, war zurück nach Indien geeilt, in der Hoffnung, eine Möglichkeit zu finden, SUBS aufzuhalten. Rückblickend eine vergebliche Reise. Tania hatte nie wieder von ihr gehört.

Zur gleichen Zeit hatte Neil ihren Vater auf eine der älteren Raumstationen geschickt, die die Firma betrieb, eine, die weit vom Lift entfernt war. Aber ein unvorhersehbarer Unfall hatte sie zerstört. Ihr Vater war allein an Bord gewesen.

Neil fühlte sich für beide Tode verantwortlich, obwohl Tania ihm das Gegenteil versichert hatte. Sie waren weg, zusammen mit fast allen anderen. Für sie war es schwer, um ihre Eltern zu trauern, wo doch so viele andere gestorben waren.

Sie wechselte das Thema. »Was hattest du gesagt, wegen der Vorbereitungen?«

»Ja«, antwortete er. »Du weißt, wir versuchen seit Jahren, eine weitere Habitat-Station fertigzustellen. Hab-8.« Als sie nickte, fuhr er fort. »Sie steht viel kürzer vor der Vollendung, als dem Rat klar ist. Es ist besser, wenn du nicht mehr darüber weißt. Auf jeden Fall habe ich sie bestückt wie einen Bunker, nur für den Fall.«

»Für ... welchen Fall?«

»Welchen, genau«, sagte Neil. »Den unbekannten, eines der Dinge, die ich am wenigsten mag – und da kommst du ins Spiel.«

»Es ist möglicherweise gar nichts dran. Es ist nur eine Hypothese.«

»Eine geniale Hypothese«, sagte er mit einem Hauch Ärger in der Stimme. »Es ist was dran. Ich weiß es. Nenn es Bauchgefühl. Mir egal.«

Sie nickte, obwohl sie anderer Meinung war. Sie war nicht zu solchen Gedankensprüngen fähig, nicht ohne Beweise. »Ohne die Daten ...«

»Deswegen wollte ich dich treffen. Die Daten.«

Wieder erfasste sie Aufregung, und jetzt konnte sie sie nicht unterdrücken. Die Vorfreude auf die Entdeckung war zu groß. »Du hast sie!«

»Noch nicht«, sagte er, dann bemerkte er ihre Enttäuschung. »Bald, hoffe ich. Was du verlangst, ist sehr schwer zu beschaffen. Jeder Ausflug hinter die Auragrenze ist enorm gefährlich, und deine Daten sind sehr weit von Darwin entfernt. Das wird mich ein Vermögen kosten.«

Sie schwieg. Dass Neil sich Sorgen um eine Investition machte, wie klein sie auch sein mochte, deprimierte sie.

Dass der Weltraumlift sich etwa siebzehn Jahre zuvor auf Neils Grund und Boden mit der Erde verbunden hatte, hatte ihn zum reichsten Mann der Welt gemacht. Platz Industries war der Platzhirsch beim anschließenden Wiederaufleben der Weltraumaktivitäten gewesen. Neil hatte die Firma mit skrupelloser Effizienz geleitet, Tanias Vater war als sein wissenschaftlicher Leiter nie weit von ihm entfernt gewesen.

Zu oft konnte sie Blicke auf diesen Neil, den Industriekapitän, erhaschen. Aus ihrer Sicht war das alles nicht mehr wichtig. Wohlstand sollte in der Gesellschaft eigentlich keinen Platz mehr haben, und doch blieb er bestehen – tief verwurzelt in der Psyche.

Neil fuhr fort: »Sie müssen ihre eigene Luft und ihr eigenes Wasser mitnehmen. Ihr Leben einem Schutzanzug anvertrauen, der Jahrzehnte alt ist. Ein Löchlein, Tania, und das war's.«

All das wusste Tania. Sie hatte SUBS studiert, soweit das möglich war. Man wusste wenig, denn das Expertenwissen der Menschheit war zum Großteil ausgestorben. Es ähnelte Alzheimer, einer Krankheit, gegen die man beinahe ein Jahrhundert zuvor ein Heilmittel gefunden hatte. Nur eine Einzelheit war wichtig: Die Krankheit tötete die meisten Menschen außerhalb der Auragrenze in weniger als vier qualvollen Stunden. Ungefähr zehn Prozent überlebten in einem tierähnlichen Zustand zu, »rückentwickelt«, ihre urwüchsigen Triebe und Gefühle in einem Maß verstärkt, mit dem der gesunde Verstand nicht mehr fertig wurde. Es half ihnen nicht, nach Darwin zu gehen. Die Aura heilte SUBS nicht; sie versetzte den Virus nur in Stasis. Sobald man die relative Sicherheit verließ und die inaktiven Zellen wieder auf aktive stießen, erwachten und wuchsen sie erneut.

Ein mikroskopisch kleiner Prozentsatz der Menschheit war davon überhaupt nicht betroffen.

»Auf jeden Fall«, sagte Neil, »habe ich Dinge in die Wege geleitet. Heute erst.«

»Dann werden wir sie bald haben?«

»Geduld, Liebes. Selbst wenn die Daten da draußen sind, müssen sie sie finden, nach Darwin bringen und hier heraufschaffen. Das sind schwierige Aufgaben.«

Ihre Gedanken überschlugen sich. Sie wusste von den Bergungsmannschaften in Darwin, deren Abenteuer jenseits der Aura ein beliebtes Gesprächsthema waren. Die Romantik der Gefahr und der Abenteuer an verbotenen Orten. Tania nahm an, dass die Geschichten, bis sie sie zu hören bekam, stark übertrieben waren. »Wen hast du angeworben? Jemand Zuverlässigen, hoffe ich?«

»Keine Ahnung.« Er tätschelte ihren Arm. »Es gibt nichts, das man mit mir in Verbindung bringen kann, falls die Dinge schieflaufen.«

KAPITEL 4

Darwin, Australien

13.1.2283

Der Panzerwagen brummte durch Darwins altes Speicherviertel, unter seinen dicken, genoppten Reifen zermalmte er Steine genauso wie Müll.

»Wo sind denn alle?«

Der Klang der Stimme riss Skyler aus einem Tagtraum. Er war in die Polster des Beifahrersitzes gesunken und hatte seine Sinne von der Wärme des Tages und den Fahrzeugbewegungen einlullen lassen. Durch die geräumige Kabine schaute er zu Angus und bemerkte, wie angespannt er sich ans Steuer klammerte. »Versteckt. Beobachten uns von drinnen.«

Angus nickte, aber auf seine Stirn traten Falten. »Weshalb?«

Die Unschuld in seiner Stimme ließ Skyler grinsen. Nach den Maßstäben Darwins hatte Angus ein privilegiertes Leben geführt. Er war in einem Transporthubschrauber aufgewachsen, im Sitz neben seinem Vater, einem Piloten, der Wasserlieferungen von East Point hinauf nach Nightcliff flog. Mit sechs Jahren hatte ihm sein Vater zum ersten Mal das Steuer überlassen, behauptete zumindest Angus. Jetzt war er siebzehn, ganz schlaksige Glieder und zottige schwarze Haare, und war bereits ein besserer Pilot als Skyler.

Wenn er nur ein wenig vom Leben auf der Straße verstünde, dachte Skyler. »So weit entfernt vom Lift verheißt ein funktionierendes Fahrzeug diesen Leuten einfach nur Ärger.«

Angus lehnte sich wieder zurück. »Stimmt. Nachvollziehbar.«

Sie überholten einen einsamen Fahrradfahrer, der einen Schal vor dem Mund und eine AK-47 auf dem Rücken trug. Am Rahmen über dem eiernden Hinterreifen hingen Satteltaschen. Ein Bote.

»Mach dir nichts vor«, fuhr Skyler fort. »Sobald ihnen klarwird, dass wir nicht aus Nightcliff kommen, werden sie versuchen, es uns abzunehmen.«

Eine kleine Lüge, aber er wollte, dass Angus aufmerksam blieb. Eigentlich konnten die Leute hier kein so großes, komplexes Fahrzeug gebrauchen. Die Wartung hätte sie überfordert, und noch viel weniger konnten sie die Kondensatoren laden, und selbst wenn es gestohlen wurde, wusste Skyler, wo zwanzig weitere baugleiche Fahrzeuge warteten, völlig unbenutzt, in einem Vorratsdepot in Russland. Genau dort, wo Skadz und er dieses hier drei Jahre zuvor gefunden hatten.

Der Radfahrer, der im Rückspiegel verschwand, hatte sehr viel mehr Grund zur Sorge. Ein Fahrrad war auf so viele Arten nutzbar.

Skyler wandte sich zur Scheibe und beobachtete mit vagem Interesse, wie der leichte Nieselregen den Schmutz darauf neu arrangierte.

Beim Blick nach oben, über die Dächer, erkannte er das Liftkabel. Auf dem dünnen Seil gleißte das vormittägliche Sonnenlicht. Es wirkte wie ein Faden aus Spinnenseide, der sich in die Ewigkeit erstreckte. Nach all den Jahren erfüllte ihn der Anblick immer noch mit Ehrfurcht.

Die Nabelschnur zur Erde, hieß es, und doch ging alles Wertvolle nach oben.

Er reckte den Hals, um noch höher hinaufzuschauen, verfolgte die Linie, bis sie sich im Himmel verlor.

»Sind Gondeln zu sehen?«, fragte Angus.

»Keine einzige«, sagte Skyler. Er runzelte die Stirn. Zehn Stunden zuvor hatte Skyler auf dem Dach seines Hangars gestanden und mit wachsender Besorgnis beobachtet, wie sich die festsitzenden Gondeln wieder zu bewegen begannen. Statt ihren Weg nach oben zur Gateway-Station fortzusetzen, waren die Kabinen nach unten gefahren. Seitdem war nichts geschehen. Zum ersten Mal, seit sich Skyler erinnern konnte, war das Kabel leer.

Wenn dieser Zustand noch länger anhielt, fürchtete er, dass es zu einer ausgewachsenen Revolution kommen würde. So übel Blackfield auch war, die Alternativen gefielen Skyler nicht. Ehrgeizige Verbrecherfürsten oder sogar inbrünstige Jakobiten würden sich anschicken, in die Bresche zu springen.

Der Wagen wurde langsamer. Skyler richtete seine Aufmerksamkeit nach vorn und sah ein eingestürztes Wellblechgebäude, das auf die Straße gekippt war. Arbeiter aus verschiedensten Ethnien krabbelten über den Schutt und pickten sich die letzten nützlichen Gegenstände heraus. Rohrstücke aus Kupfer, elektrische Leitungen, Isolierung. Sie arbeiteten unter Aufsicht zweier Asiaten, die mit Macheten bewaffnet waren: Schläger der örtlichen Gang, die auf diesen Straßenabschnitt Anspruch erhob. Die beiden teilten sich eine Zigarette, und einer schlug auf einen pausierenden Arbeiter ein, trieb den mürrischen Jungen mit der flachen Seite seiner Klinge zurück an die Arbeit.

Man würde die Arbeiter mit einer Mahlzeit oder zwei entlohnen. Was für eine Methode, etwas zu beißen auf den Tisch zu bekommen, dachte Skyler. Die Stadt war überfüllt mit diesen ungelernten Arbeitern. Alle, die nach Darwin geflohen waren, während die Krankheit auf dem Planeten getobt hatte, mit nichts als ihren Kleidern am Leib und keinem Ziel außer dem Überleben. Wenige hatten Fähigkeiten, die die Menschheit benötigte, und es gab kaum Gelegenheiten, um sich weiterzubilden. Wenn man ein Handwerk erlernte, bedeutete das, dass man in eine völlig andere Kaste aufstieg. Die Kunst, eine Wunde oder einen Pullover zu nähen, ein Fahrrad zu reparieren, einen Setzling zu ziehen – dieses Wissen hatte wahre Bedeutung.

Etliche Unterstände aus zerfetzten Planen und Mülltüten aus Plastik ballten sich um den Fuß des Schutthaufens. Unter einem drängte sich eine Familie aus dem Nahen Osten, die in zerschlissene Seidenschals und dünne Decken gehüllt war. Eines ihrer Kinder hatte heftigen Husten.

»Fahr außen rum«, sagte Skyler. Auch wenn er gegen die Krankheit außerhalb der Stadtgrenzen immun war, waren irdische Erkrankungen eine gänzlich andere Sache. »Zügig.«

Angus gehorchte, riss das Fahrzeug hart nach rechts und gab Gas. Er quetschte den Wagen zwischen dem Schutt und einer Betonmauer auf der anderen Straßenseite durch, nur wenige Zentimeter trennten sie von der harten Wand.

»Gut gefahren«, kommentierte Skyler.

An der nächsten Ecke sammelte sich eine kleine Menge um einen Mann, der in eine improvisierte weiße Robe gekleidet war. Ein Jakobiten-Prediger. Er stand auf einer Holzkiste, das Gesicht verzerrt, und predigte geifernd. Vor ihm ging eine Frau auf und ab. Sie schwenkte eine ausgefranste Fahne, blutrot, mit einem handgemalten Emblem in Weiß: das christliche Kreuz mit einer Leiter als senkrechtem Balken.

Skyler konnte die Sekte, die glaubte, der Weltraumlift sei die Jakobsleiter, nicht ausstehen. Sie hatte es auf den gelangweilten und verzweifelten Mob in Darwins Außenbezirken abgesehen und war Skylers Ansicht nach nicht viel mehr als eine Verbrecherbande. Noch schlimmer, eine Verbrecherbande mit ergebenen Jüngern.

»Mach einen ganz weiten Bogen um diesen Spinner, Angus«, sagte Skyler.

»Nur zu gern«, erwiderte der.

Skyler musterte die Menge und die Gebäude ringsum. Jakobiten waren meist in Gruppen unterwegs, oft bewaffnet.

Die Predigt stockte, als das Fahrzeug näher kam. Während der Wagen vorbeirollte, starrte der Prediger Skyler mit einem unbeirrbaren Blick an, in dem brodelnder Hass stand.

Er muss annehmen, wir kommen aus Nightcliff, dachte Skyler. *Wenn er Freunde in der Gegend hat …*

»Schnell jetzt, Angus.«

Der Junge lenkte wieder zurück in die Straßenmitte und gab Gas. Der Energieschub brachte die Elektromotoren zum Jaulen, und Skyler spürte, wie es ihn in den Sitz drückte, als sie beschleunigten.

Im Seitenspiegel sah Skyler den Prediger und seine Menge aus dem Blickfeld verschwinden.

Ein paar Blocks weiter befahl er Angus, es wieder langsamer angehen zu lassen. Hier waren die Straßen relativ sauber und sicher. Eine der wenigen Gegenden, wo es so etwas wie Nachbarschaftlichkeit gab. Von oben erkannte man solche Orte leicht, da auf jedem Dach ein Garten blühte. Wenn nebenan Gangster oder eifersüchtige Vandalen wohnten, war es nicht einfach, einen Hain mit Papaya- oder Bananenstauden zu pflegen.

Er fragte sich nicht zum ersten Mal, wie viel Nahrung Darwin wirklich aus dem Orbit gebraucht hätte, wenn die Einwohner aufhören würden, wie Gefangene in einem Gulag zu leben.

Verfallende Lagerhäuser zogen vorbei, Relikte aus der Zeit von Darwins Boom nach der Ankunft des Lifts. Skyler sah die verblassten Logos von Luftfahrtfirmen und Bauunternehmen.

Auf vielen stand *Platz Industries*. Auf einem hatte jemand ein Bild von Neil Platz verewigt, das Stalin nachempfunden war. Das ließ Skyler grinsen; es war ziemlich gut.

»Hier abbiegen«, sagte er und wies auf das unauffällige Parkhaus.

Angus lenkte das Fahrzeug ins offene Maul des mehrstöckigen Gebäudes. Dunkelheit verschluckte sie. Drinnen bremste er abrupt, nur Zentimeter von einem inneren Eisentor entfernt. »Was nun?«

»Einfach warten«, antwortete Skyler.

Eine dicke äußere Sperre rollte hinter ihnen herab und setzte das Fahrzeug von hinten fest. Angus trommelte mit den Fingern aufs Steuer.

Mit einem lauten Quietschen schob sich das Tor vorne aus dem Weg.

»Weiter runter«, sagte Skyler. »Langsam.«

Das Fahrzeug schraubte sich drei Geschosse die altersschwache Betonrampe hinunter. Sie rollten vor einem verrosteten Maschendrahtzaun aus, den nur die Scheinwerfer des Wagens erleuchteten.

»Mach bitte den Motor aus«, sagte Skyler. »Die Lichter auch.«

Wenig begeistert gehorchte Angus. Das hohe Summen der Elektromotoren klang allmählich aus, so dass sie in der Stille saßen, in der nur hin und wieder tröpfelndes Wasser zu hören war. Das einzige Licht kam von den Anzeigen auf dem Armaturenbrett.

»Ich dachte, es gäbe Wachen«, sagte Angus.

»Wer sagt, dass es keine gibt?« Skyler zog seine Pistole aus dem Schulterholster und legte die Waffe bewusst auf das Armaturenbrett vor seinem Sitz. Er wandte sich nach rechts, nickte Angus zu. »Sollte nicht lange dauern«, sagte er. »Bleib wachsam, ja?«

Angus hielt den Blick nach vorne gerichtet und musterte die Raumaufteilung. »Du gehst da allein rein? Unbewaffnet?«

Skyler nickte und schob die Beifahrertür auf. »Entspann dich. Prumble und ich kennen einander schon ewig.«

Seine abgewetzten Springerstiefel dröhnten auf dem Boden, als er sich aus dem Fahrzeug fallen ließ. Ohne ein weiteres Wort schlug er die Tür zu.

Zwei Scheinwerfer hoch oben an den Wänden gingen flackernd an und füllten den Raum mit einem natriumgelben, hellen Licht. Sie summten wie Insektenschwärme, als der Strom die alten Drähte in Mitleidenschaft zog. Skyler hielt den Kopf gesenkt, so dass seine Baseballmütze seine Augen vor der grellen Helligkeit abschirmte.

Er näherte sich dem Zaun mit weit ausgebreiteten Armen und offenen Händen. Ein schmales Tor in der Mitte entriegelte sich mit einem gedämpften Klicken, und Skyler schob sich durch. Auf der anderen Seite wartete er. Die Natrium-Scheinwerfer gingen klickend aus, so dass die Umgebung wieder in Finsternis versank.

Er hörte ein feines metallisches Schaben und sah einen winzigen, gelblichen Punkt auf der Wand vor sich, als sich dort ein Guckloch öffnete.

»Was haben Sie hier zu suchen?«, ließ sich eine Stimme vernehmen.

Skyler unterdrückte den Drang, laut zu lachen. Prumbles Theatralik wuchs mit jedem Besuch. »Ich werde erwartet. Skyler Luiken.«

»Luke Skywalker?«

»Der wird auch nie alt«, brummte Skyler.

»Ah, Sarkasmus. Die niederste Form von Humor.«

Unwillkürlich musste Skyler grinsen. Er schüttelte den Kopf. »Öffne die gottverdammte Tür, Prumble.«

Das Guckloch fiel zu. Skyler sah zu Angus, dessen Gesicht die Anzeigenlichter rot beleuchteten. Der Junge hielt mit einer Hand das Steuer umklammert, mit der anderen trommelte er darauf.

Fast eine Minute verging, bis hinter der Tür Aktionismus ausbrach und viele Schlösser geöffnet wurden.

Schließlich öffnete sich die Tür. »Lass die Waffen draußen.«

* * *

Prumble kicherte schon, als die Tür knallend zufiel. »Wie ist der neue Junge?«, fragte er zwischen Lachern.

Skyler lächelte. »Am Rande des Nervenzusammenbruchs, und das hat er dir zu verdanken.«

Der Fette trug immer ein heiteres Lächeln zur Schau. Trotz der Kälte im Parkhaus stand ihm Schweiß auf dem kahlen Schädel, und er tupfte ihn mit einem weißen Taschentuch ab. Er bedeutete Skyler, ihm zu folgen. »Du bist ein Menschenkenner, Skyler.«

»Kann man von dir auch sagen.« Skyler wies auf den riesigen Raum, in dem sie jetzt standen. »Die berühmte Privatarmee des Mr Prumble.«

Prumble lachte, das Geräusch hallte durch das höhlenartige Parkhaus. »Man muss den Schein wahren, weißt du. Komm, komm. Ich will alles über die Mission hören.«

Skyler folgte dem Mann, der sein Schieber und Freund war, seit man den Bergungsmannschaften den Betrieb des alten Flughafens gestattet hatte.

Prumble war auf einen Gehstock angewiesen und bewegte sich langsam durch das ehemalige Parkhaus, das als Lager diente. Verschiedenste Gegenstände stapelten sich auf jedem freien Platz, viele davon von Skyler und seiner Mannschaft akquiriert. Sie kamen an gut geordneten Bereichen mit Elektronik, Waffen, haltbaren Lebensmitteln, Möbeln, Containern und Kleidung vorbei … mindestens fünfzig Abteilungen, organisiert auf eine Art und Weise, die nur Prumble verstand.

»Was hast du mir gebracht?«, fragte Prumble.

Skyler rieb sich die Hände, dann blies er darauf. »Ich vergesse immer, Handschuhe anzuziehen, wenn ich herkomme.«

»Du hältst mich hin.«

»Ich friere! Ich friere … und halte dich hin.«

»Ach, Mist«, sagte Prumble. »Nicht schon wieder.«

»Wir hatten es. Genau das Modell, das du bestellt hast. Völlig makellos.«

»Was geschah dann? Ist es rausgefallen?«

»Nightcliff hat uns einen Landebefehl erteilt«, sagte Skyler. »Als wir sahen, dass der Lift stillstand …«

»Dann ignorier sie, verflucht. Die hätten euch nicht abgeschossen.«

»Sam hat genau das Gleiche gesagt.«

»Du bist ein Menschenkenner«, wiederholte Prumble. »Hör gelegentlich auf sie.«

Niedergeschlagen spreizte Skyler die Finger. »Sie hatten Angst. Genau wie wir, echt. Rebellen am Tor, die Gondeln, die einfach stillstehen, dunkel, am Kabel. Ich musste landen.«

Der fette Mann grummelte eine Antwort. Er führte Skyler in einen speziell ausgestatteten Raum, den man in der gegenüberliegenden Ecke des Parkhauses nachträglich eingebaut hatte. Die riesige Stahltür war Skyler bekannt wie ein alter Freund. Er und Skadz hatten sie zehn Jahre zuvor auf Prumbles Bitte hin aus dem Kühlhaus einer Fleischerei in Perth geschleppt – ihre erste Mission für den Mann.

Ein Tastenfeld auf der Tür diente als Schloss. »Schau weg«, sagte Prumble, als er die Nummer eintippte. Der Riegel löste sich mit einem gedämpften Geräusch.

Ein alter Eichentisch, abgewetzt und altgedient, beherrschte den Raum. Eine riesengroße Weltkarte bedeckte eine Wand, darauf Markierungen mit Hunderten bunter Reißnägel.

Jede ebene Fläche im Büro war unter Stapeln von Büchern und Papieren verschwunden. Skyler fiel auf, dass die Stapel zum Großteil aus medizinischen Berichten und technischen Nachschlagewerken bestanden. Sie liebte Prumble besonders. Klein und extrem wertvoll. Er verbrachte Stunden damit, sie zu ordnen. Skyler räumte Bücher über Hausgeburten und Geburtshilfe beiseite und nahm den Stuhl neben der Tür.

Prumble ging zur Karte an der Wand. Aus einer Schachtel auf dem Regal darunter nahm er eine blaue Reißzwecke. Skyler beobachtete stumm, wie der große Mann die Markierung leicht nördlich von Kuala Lumpur anbrachte. Blau stand für einen ausgekundschafteten Standort.

»Subhumane?«, fragte Prumble.

»Nein.«

Er nahm eine grüne Reißzwecke und steckte sie neben die blaue. »Noch was Wertvolles dort?«

»Viel«, sagte Skyler. »Genug für mehrere Touren.«

Eine weiße Reißzwecke kam dazu.

Zufrieden ließ sich Prumble in einen Chefsessel aus Wildleder hinter dem hölzernen Schreibtisch fallen und tupfte sich noch einmal die Stirn. Das Taschentuch verschwand in seinem Mantel, zum Vorschein kam ein gelber Bleistift.

Skyler zog die Jacke enger um sich und rieb die Hände aneinander, um die Kälte zu vertreiben.

»Zum Geschäftlichen«, sagte Prumble. Sein Bleistift schwebte über einem dicken, ledergebundenen Hauptbuch. »Mein bestellter Elektroschweißer ist in Blackfields Händen?«

»Tut mir leid«, sagte Skyler. Ein Teil von ihm wollte, dass der große Mann einen Tobsuchtsanfall bekam, sobald er von der neuerlichen Pleite hörte. Skyler wünschte sich, er könne etwas sagen, um sich zu rehabilitieren. Ihm fiel nichts ein.

Es gab keine Kritik. Stattdessen notierte Prumble ruhig etwas in seinem Hauptbuch. »Wenn wir für die Orbitalen bergen, können wir Nightcliffs gierige Finger zumindest in den Preis einrechnen. Sie kontrollieren den Lift, da sollte man fair sein.«

»Damit scheint er sich nicht mehr zufriedenzugeben.«

Prumble brummte: »Wenn er jetzt in unserem Kerngeschäft herumstochert ...«

»Das hat er angedeutet«, sagte Skyler.

Der Bleistift schwebte über dem Buch, während Prumble diese Bemerkung verdaute. »Ich nehme an, du hast das Richtige getan. Landen, meine ich. So, wie sich Blackfield benimmt, hätte er dich auch genauso gut abschießen können, um den anderen Mannschaften eine Botschaft zu schicken. Der Mann ist unberechenbar geworden.«

»Was ist mit den Gondeln?«, fragte Skyler. »Glaubst du, dass das auch eine Botschaft ist?«

»Ja«, sagte Prumble, »aber nicht für dich.« Er verzog das Gesicht. »Das ist alles nur Getue. Ein Stromausfall, auch nur für einen Sekundenbruchteil, ist natürlich beängstigend. Aber den ganzen Verkehr einen Tag lang lahmlegen? Oder gar für mehrere Tage? Nein, er dreht den Orbitalen eine lange Nase.«

»Weshalb?«

»Aus Langeweile wahrscheinlich.« Prumbles Bleistift bewegte sich wieder über das Buch. »Der Verkehr wird wieder aufgenommen werden. Sie brauchen unsere Luft und unser Wasser, wir ihre Lebensmittel. Es gibt keine andere Wahl. Nun gut. Was hast du noch gefunden?«

Aus dem Gedächtnis ratterte Skyler die Liste herunter.

»Die Rationen und Erste-Hilfe-Kästen kann ich an den Mann bringen«, sagte Prumble. »Hast du sie mit?«

»Ist alles im Wagen.«

»Was haben die Bastarde außer dem Schweißer noch genommen?«

Skyler erzählte ihm die Geschichte. Rückblickend hätte es schlimmer sein können. Sie hätten alles nehmen können, sogar die *Melville*. Bei dem Gedanken schüttelte es ihn. Nightcliffs denkwürdiger Ausschluss aus dem Orbitalrat hatte dafür gesorgt, dass Blackfield nur seinen eigenen Launen verpflichtet war, und nach allem, was man wusste, hatte er jede Menge davon.

»Nebenbei gesagt, wir haben den alten Mann gefunden«, sagte Skyler. »Den, von dem die Dachbewohner Abschied nehmen wollten. Er war Sub durch und durch, aber sag ihnen, er war schon tot. Wir haben eine Probe mitgebracht, einen Finger.« Er stellte die Hülle sanft auf die Tischkante.

Prumble betrachtete sie. »Das ist doch mal was. Während ihr weg wart, habe ich einen Quacksalber aufgetrieben, der die DNA testen kann. Der Arme hat nicht viel zu tun. Wenn die Probe passt, kommt ihr vielleicht wenigstens auf null raus.«

»Oh«, sagte Skyler, als ihm der Fremde wieder einfiel. »Ich habe auch ein Schreiben für dich.«

»Du bist jetzt also auch Postbote?«

Skyler nahm die Speicherkarte aus seiner Jacke und warf sie auf Prumbles Tisch. »Ein Typ in Nightcliff bat mich, dir das zu bringen. Seltsamer Typ. Kann mich nicht an den Namen erinnern, aber er kannte meinen.«

Der große Mann nahm die Karte mit zwei Fingern vom Tisch, die Brauen hochgezogen. »Kip Osmak«, sagte Prumble.

»Genau.«

Prumble stand auf, ging zu einem alten Safe, groß wie ein Kühlschrank, und drehte die Kombination. Die dicke Tür schwang auf, und er durchwühlte den Inhalt.

Skyler konnte es sich nicht verkneifen, Prumble über die Schulter zu schauen. Im Safe sah er eine Reihe von äußerst wertvollen Gegenständen – vor allem Munition. Eine Kiste Granaten. Das obere Regal war mit Fläschchen voller Samen gefüllt, jedes gewissenhaft beschriftet.

Schließlich fand der große Mann, wonach er gesucht hatte: einen gelben Umschlag. Er trat den Safe zu und drehte das Kombinationsschloss, ehe er auf seinen Sessel zurückkehrte.

Skyler räusperte sich. »Wer ist dieser Bursche?«

Aus dem Umschlag nahm Prumble eine zweite Speicherkarte und ein starres Blatt aus weißem Plastik. Er legte das Blatt auf den Schreibtisch und platzierte beide Karten in den oberen Ecken. Schwarzer Text füllte das programmierbare »Papier«.

»Osmak ist ein menschliches Wiesel«, sagte Prumble, ohne aufzuschauen. »Ein gut vernetztes Wiesel, zugegeben.«

»Kann man von dir auch behaupten«, sagte Skyler.

Prumble überhörte den Seitenhieb, sein Blick huschte über den Brief vor ihm. Beim Lesen hellte sich seine Miene auf.

»Was ist?«, fragte Skyler.

»Ich habe möglicherweise Arbeit für dich.«

Skyler brummte: »Die brauche ich auf jeden Fall. Die Mannschaft wird meutern, wenn ich ihnen eine weitere Mission auf gut Glück anbiete.«

Prumble runzelte die Stirn. »Skadz hat sich die ganze Zeit damit durchgeschlagen.«

»Seine waren erfolgreich.«

Das Stirnrunzeln des Fetten vertiefte sich. »Biete keine Missionen an, Skyler. Führe sie durch.«

Darauf hatte Skyler keine Antwort. Er fixierte seine Stiefel.

»Wann hast du zum letzten Mal in Japan geplündert?«

Bei der Wortwahl zuckte Skyler zusammen. »Vor etwa zwei Jahren. Das ist hoffentlich keine gottverdammte Mission in Tokio. Da oben gibt es nur schlechte Nachrichten.«

»Du hast eine unbegründete Angst vor Stadtgebieten, mein Freund.«

»Das sehe ich anders. Sie ist ausgesprochen begründet.«

Ein eigenartiger Ausdruck trat auf das Gesicht des Mannes. Verlangend und kindlich. »Wie sehr ich wünschte, ich könnte mitkommen. Aus diesem Grab herauskommen. Darwin, meine ich.«

Dann verstummte er, sein Blick ruhte auf der Karte an der Wand. Skyler wartete. Ihm fiel nichts ein, was er hätte sagen können. Prumble war nicht immun, daher würde er einen speziellen Schutzanzug brauchen, um die Stadt zu verlassen. Skyler wusste von keinem Anzug, der groß genug war, um diesem Koloss zu passen.

»Kann deine Maschine die Insel erreichen, ohne vom Lift ausgeklinkt zu werden?«, fragte Prumble schließlich.

Im Geiste ging Skyler den Stromverbrauch durch. Die Ultrakondensatoren des Flugzeugs wurden damit fertig, aber es würde ein paar Tage dauern, sie zu stromen, wenn sie nicht Woon um eine Einspeisung baten. Was dabei unausgesprochen blieb, bereitete ihm größere Sorgen: Eine Langstreckenmission ohne Nutzung des Lifts bedeutete, unter dem Radar Nightcliffs zu arbeiten. Nach der Inspektion am Vortag fragte sich Skyler, wie einfach das wohl werden würde. »Kommt darauf an«, sagte er schließlich.

»Gute Antwort. Lies das.«

Skyler nahm das Plastikblatt und überflog es. »Fußnagelknipser? Erstaunlich, wie diese Arschlöcher leben.«

Prumble nahm eine Flasche und zwei Gläser aus einer Schreibtischschublade. »Der interessante Teil steht auf der letzten Seite. Lust auf was zu trinken?«

Skyler nickte. Er ging die ganze Liste durch.

Titanoxid-Pulver – 4200 / g
Samen (Zitrus), alle Sorten / Mengen – 100 pro Samen
Verbandmittel und Bandagen – VHB
Zigg Ultrakondensatoren, alle Größen – 6000 / Stück
Filterpatronen-Packung für Aqua-Solve M7 Membran-Verbund – 17 500

Die Liste ging weiter, zwei Seiten lang, und deckte jede erdenkliche gewünschte Ware ab. Vitamine, elektronische Bauteile, Chemikalien und so weiter. Eine typische Liste, Skylers Ansicht nach. Dann kam er auf die letzte Seite:

Prumble,
ein anonymer Klient möchte folgenden Gegenstand geborgen haben:
– NEO Telemetrie-Logs (cubeSTOR bevorzugt), Torafuku-Observatorium, Toyama, Japan. Das volle Set mit der Kennzeichnung 93093xxxxx oder 97259xxxxx. – 200 000 pro Set (nach Verifikation)
Der Betrag ist kein Fehler. Mein Klient und ich werden jedes Wissen um diese Anfrage leugnen, sollte man es konfiszieren.

Wenn mir dieser Gegenstand nicht am 18. 1. im Clarke's geliefert wird, wende ich mich an andere Anbieter.

Skyler pfiff, nahm das angebotene Glas und stürzte den Inhalt in einem Schluck hinunter.

»Der letzte Abschnitt war codiert.«

Skyler spürte, wie ihm der Alkohol die Kehle wärmte, und ließ das Gefühl ausklingen, ehe er sagte: »Keine Spielchen.«

»Es kommt auf Schnelligkeit an«, sagte Prumble. »Drei Tage, oder er kauft anderswo.«

»Anderswo heißt bei Grillo.« Skyler stieß den Namen von Prumbles wichtigstem Konkurrenten wie einen Fluch aus. Grillo führte ein Verbrechersyndikat, das im Prinzip Darwins östliche Elendsviertel regierte. Ihm gehörte auch eine Handvoll skrupelloser Bergungsmannschaften, die das Fußballstadion als Flugstützpunkt nutzten.

»Natürlich.« Prumble gab Skyler einen Stift und ein gelbes Blatt Papier, das er aus seinem Hauptbuch gerissen hatte. »Schreib dir alles auf.«

Während Skyler die Liste abschrieb, nippte Prumble an seinem Glas.

»Es ist riskant«, sagte Skyler. »Vielleicht ist da draußen nichts. Aber die Bezahlung …«

Prumble nickte. »Risiko und Belohnung.«

»Was sind das für Zahlen?«

»Keine Ahnung«, sagte Prumble. »Du kennst doch diese Wissenschaftler. Sie sprechen ihre eigene Sprache.«

»Das kannst du laut sagen – und NEO?«

Prumble zuckte die Achseln. »Das mit der Verifizierung macht mir Sorgen. Vielleicht holt ihr das Ding raus, und dann lehnt der Kunde es einfach ab.«

»Trotzdem, zweihunderttausend in gestempelten Ratsscheinen. Wenn das läuft, gleicht es die letzten beiden Touren mehr als aus.«

»Vier.«

»Ach komm, reit nicht darauf herum, verdammt.«

Prumble ging zurück zur Karte an der Wand. »Wenn es nicht läuft, werden deine Kosten sicher durch einige der anderen Gegenstände gedeckt. Wenn ihr sie findet«, sagte Prumble. »Japan ist noch immer ziemlich gut bestückt. Auch nicht viele Subs.«

»Außer in Tokio. In die Nähe dieser Müllhalde gehe ich nie wieder.«

»Mir recht«, sagte Prumble. Er fuhr über die Stadt Toyama. »Das ist Hunderte Kilometer entfernt. Ländlich. Sind wir im Geschäft?«

»Kannst du mir die Kosten fürs Stromen vorstrecken? Ich kann die Kondensatoren der *Mel* ohne Woons Reaktorkopplung nicht schnell genug laden.«

Prumble sog durch zusammengebissene Zähne Luft ein. »Darum hat Skadz nie gebeten.«

»Er hatte so was einfach im Gefühl.«

»Hatte. Vergangenheit«, sagte Prumble. Eine ungemütliche Stille folgte. »Tut mir leid, ich hätte ihn nicht erwähnen sollen. Klar, ich mache euch flott. Ein Vorschuss auf die Waren im Wagen.«

»Dann sind wir im Geschäft. Gleich morgen früh, wenn Nightcliff uns Starterlaubnis erteilt.«

Prumble nahm einen Stapel Scheine vom Schreibtisch und reichte sie ihm. »Ist das genug?«

Nach einem Grobüberschlag im Kopf nickte Skyler. Er stand auf und stopfte sich das Geld in die Jackentasche.

»Du findest selbst raus«, sagte der Fette. »Sorg dafür, dass dein Fahrer von meinen schwer bewaffneten Wachposten erfährt.«

KAPITEL 5

Darwin, Australien

13.1.2283

Ein paar Dutzend Wanderarbeiter hingen vor dem Tor des alten Flughafens herum.

Sobald Skylers Fahrzeug sichtbar wurde, winkten sie verzweifelt und wollten mit Rufen Aufmerksamkeit erregen, ihre bloßen Füße platschten über die schlammige Straße. Eine Handvoll Söldner hielt sie in Schach und trieb den zerlumpten Haufen mühelos zurück.

Skyler tat sein Bestes, die armselige Meute zu ignorieren. Sie wartete dort Tag und Nacht, bereit, jede Mannschaft auf dem Weg nach draußen anzubetteln. Meist wollten sie Arzneimittel, boten im Austausch ihre Nahrung oder ihre Arbeitskraft. In seltenen Verzweiflungsakten sogar eine Schwester oder Tochter. Manchmal schrieben sie ihre Bitten auf Zettel und schoben sie unter dem Maschendrahtzaun durch. Tausend solcher Zettel verunzierten den Boden gleich hinter der Barrikade; ein Mulch aus ignorierten Hoffnungen. Papierverschwendung.

Sie taten ihm leid. Sie hatten keine andere Chance. Bergungsmannschaften waren der einzige Weg, an etwas zu kommen, das jenseits der Aura lag. Doch er wusste, dass ihre Bitten kaum etwas einbrachten, und oft waren sie unmöglich zu erfüllen. Die Zeit und die Einwirkung der Elemente machten Dinge. *Preservall* funktionierte auch nur in einem begrenzten Umfang. Früher hatte Skyler versucht, es ihnen zu erklären oder sie zu Prumble zu schicken, aber das hatte er längst aufgegeben. Das sollten die Kurzstreckenmannschaften übernehmen, vorausgesetzt, sie brauchten so dringend Arbeit.

Bettler belästigten wiederum die Gruppe der Bittsteller, die Hände mit nach oben gerichteten Handflächen ausgestreckt, in schmutzige Lumpen und behelfsmäßige Schuhe gekleidet. Ein Teil der Menge stand abseits vom Tor in einem Kreis zusammen, der sich nach innen gewandt hatte. Zu ihren Füßen lag ein Leichnam. Skyler kniff die Augen zusammen und erhaschte einen Blick zwischen schlammbespritzten Beinen hindurch. Ein Kind, ein Mädchen, schätzte er, war gestorben. Ihre Augen standen noch offen.

Er rang nach Luft, als er den typischen Subhumanen-Ausschlag an ihrem Hals bemerkte.

In der Nähe des Leichnams brach Aufruhr aus. Die Menge stieß einen älteren Mann herum, schrie ihn an. Er schrie zurück, nacktes Grauen im Gesicht.

»Langsamer«, sagte Skyler.

Angus ging vom Gas, als sie die Söldner erreichten, die das Tor bewachten.

Skyler kurbelte das Fenster nach unten und winkte einen der Männer heran. »Was ist passiert?«

Der Mann wandte den Kopf ab und spuckte aus. »Die verrückte Göre war eine waschechte Subby. Ist aus den Hütten gelaufen und hat sich mit Klauen und Nägeln auf einen Wanderarbeiter gestürzt. Sie haben sie totgeprügelt, Sky. Kann es ihnen nicht verübeln.«

Skyler nickte. Es war bekannt, dass verzweifelte Bettler Kinder nach draußen hinter die Aura trieben, bis sie Symptome entwickelten. Sie ließen die Krankheit fortschreiten, bis der Ausschlag sichtbar wurde, und nutzten sie, um Mitgefühl zu wecken. Sie holten die Kinder wieder nach drinnen, und die Aura hielt die Krankheit auf unbestimmte Zeit in der Schwebe. Den Rest ihres armseligen Lebens verschlimmerte sie sich nicht, wurde aber auch nicht besser. Buschkinder nannte man sie. »Ein Buschkind, hm? Sieht aus, als wäre sie ein bisschen zu lang draußen gewesen.«

»Ihr Pa schwört, dass sie nie draußen war«, antwortete der Söldner. »Eine Lüge, die ihn auch noch das Leben kostet.«

Skyler konnte nur den Kopf schütteln. So eine groteske Behauptung hieß nur, dass der Vater entweder unglaublich dumm war …

Oder tatsächlich glaubte, was er sagte. Wohl eher wahnsinnig. »Weiter, Angus.«

Der Regen hatte aufgehört, war einem klaren Himmel und drückendem Sonnenschein gewichen. Hitze flirrte auf dem rissigen Asphalt am anderen Ende des Flughafens. Weit im Osten zuckten Blitze durch dunkle Wolken.

Angus steuerte das Fahrzeug durch das Tor und einen ungeteerten Weg entlang, der neben der Landebahn verlief. Der kilometerlange Asphalt, der einst erforderlich gewesen war, damit Flugzeuge abheben und landen konnten, diente nun als Basis für eine Reihe eilig errichteter Hangars, Baracken und Lagerhallen.

Durch die Windschutzscheibe beobachtete Skyler einen fünfzig Jahre alten Lastenschlepper im Sinkflug. Die Turbinen jaulten, als das Flugzeug in den Landeanflug überging.

Angus sah es auch. »Wem gehört das?«

Skyler musterte die Aufschrift auf der Seite. »Ist einer von Kantros alten Vögeln.«

»Was transportieren sie deiner Meinung nach?«, fragte der junge Mann.

»Erde. Das alte Mädchen hat keine große Reichweite, deswegen fliegt Kantro meist die Bathurst-Runde.« Die Insel etwa zwanzig Kilometer vor der australischen Nordküste war eine sichere Bank, wenn man jenseits der Auragrenze arbeiten wollte. Isoliert und schon vor langer Zeit von Subhumanen gereinigt. Das hatte zur Folge, dass das Land völlig kahlgeschlagen war. »Abscheuliche Arbeit«, fügte Skyler hinzu.

Der Wagen holperte über den unebenen Boden, Schlamm spritzte unter den Reifen hervor. Skyler bemerkte eine Patrouille, die am hohen Zaun rund um das Rollfeld entlangging. Freiwillige aus den Mannschaften, die auf der alten Landebahn zu Hause waren. Der Anblick erinnerte ihn daran, dass er den Dienstplan prüfen musste, der auf einer Tafel in Woons Gaststätte stand, um herauszufinden, wann er das nächste Mal mit der Runde dran war.

Angus lenkte den Wagen von der ungeteerten Straße auf den flachen Asphalt der Landebahn, ein willkommenes Ende der Ruckelpartie. Er fuhr durch eine enge Gasse, die durch eine Lücke zwischen zwei Betongebäuden entstand, und rollte hinaus ins Sonnenlicht.

Auf der Mitte der alten Landebahn herrschte rege Betriebsamkeit. Mannschaften umschwärmten ihre Flugzeuge, luden Fracht aus oder bereiteten sich auf den Abflug vor. Viele weitere saßen untätig herum, warteten auf Reparaturen, Ersatzteile oder einfach nur eine lohnende Mission.

Angus schlängelte sich zwischen einem Müllwagen und einem alten Transporthubschrauber durch. Der gigantische Helikopter konnte einen ganzen Schiffscontainer heben und eine enorme Last befördern. Zu blöd, dass die Reichweite so begrenzt war.

Vor einem vom Wetter mitgenommenen alten Hangar rollten sie aus. Angus hupte viermal.

Gewaltige Tore quietschten und rollten zurück. In der Mitte des Raums ragte die *Melville* auf. Ihr Name stand in kleinen, einfachen weißen Buchstaben auf der Seite, genau wie beim ersten Mal, als Skyler sie gesehen hatte, vergessen auf einem Landeplatz in den Niederlanden. Ein altes, zerkratztes Flugzeug, olivgrün bemalt. Vier riesengroße Turbinen hingen von Flügeln, die unter dem Gewicht durchsackten – ein Design, das für reichlich Zugang zum

Bauch der Maschine sorgte. Ursprünglich hatte man sie gebaut, um kleine Einsatztrupps in entfernte Winkel der Welt zu transportieren, mitsamt Ausrüstung und Fahrzeug, so dass der Frachtraum Skyler und seiner Mannschaft einigermaßen Raum für geborgene Güter bot. Was ihr an Laderaum fehlte, machte sie mit Reichweite mehr als wett.

Die Unterseite war mit Keramikkacheln bedeckt, eine Eigenschaft, die den Atmosphärenwiedereintritt erlaubte. Die Vierecke waren vom vielfachen Einsatz verkohlt. Soweit ihm bekannt war, wusste kein Mensch, wie man den Hitzeschild reparierte, und sobald auch nur ein Block einen Riss zeigte, würde Skyler den Vogel in den Ruhestand versetzen müssen.

Angus parkte links vom Flugzeug und stellte den Wagen ab. Die Elektromotoren kamen wummernd zum Halten.

»Mach's dir nicht zu gemütlich«, sagte Skyler. »Du musst für mich Jake und Takai suchen.«

Angus runzelte die Stirn. »Wo sind sie?«

Skyler sprang vom Beifahrersitz. »Jake trinkt vermutlich bei Woon. Takai, na ja, hält nach Reparaturarbeiten auf der Straße Ausschau, da hilft er wahrscheinlich aus.«

»Verstanden.« Angus wand sich aus dem Fahrersitz und ließ sich auf den Betonboden des Hangars fallen.

»Oh, Angus. Frag Takai, ob er mit uns springt. Wir brauchen einen Übersetzer.«

»Ich soll ihn fragen?«

Skyler zuckte die Achseln. »Klopf ihn wenigstens etwas weich. Das macht es mir leichter. Abflug um null-dreihundert.«

»So viel zum Thema Schlaf.«

»Ich kann die Flugvorbereitung schon mal starten. Das wird ein wenig helfen.«

»Klar, Captain.« Angus schnappte sich seine Jacke von einem Haken an der Wand des Hangars und machte sich auf den Weg über die Landebahn zur Gemeinschaftsküche und improvisierten Gaststätte bei Woons Hangar.

Während er ihm nachsah, unterdrückte Skyler ein Gähnen. Er überlegte, ein wenig zu schlafen, und wog es gegen die ganzen Vorbereitungen auf, die zu treffen waren. Fallschirme prüfen, Waffen einladen, die *Melville* bereitmachen … und natürlich seine Mannschaft einweisen.

Er entschied, die Fallschirme während des Flugs zu erledigen, und schlurfte über den Boden des Hangars zu einer Leiter. Er kletterte zu einem Steg hinauf, der um das ganze höhlenartige Gebäude herum verlief. Ein grober Missionsplan formte sich in seinem Geist, während er sich zum anderen Ende aufmachte.

Sam wartete vor ihrem Zimmer auf ihn, in der Mitte des Stegs. »Wo geht Angus hin?«

»Auch schön, dich zu sehen. Er holt die anderen. Wir haben Arbeit.«

Sie verschränkte die Arme und lehnte sich ans Metallgeländer, womit sie ihm den Weg versperrte. »Habt du und Prumble noch eine Schnitzeljagd ausgetüftelt?«

»Ob du es glaubst oder nicht, dieser wandelnde Regenmantel letzte Nacht hatte einen ernsthaften Hinweis.«

»Ach, und diesen Hinweis hat er Prumble überlassen und Prumble dir?«

»Genau.«

Sie kniff die Augen zusammen. »Es ist sowieso sinnlos. Die Gondeln hängen fest.«

»Man wird sie reparieren.«

»Das hoffst du. Was, wenn nicht? Die Leute sagen, der Lift hat einfach den Geist aufgegeben. Kaputt.«

Da verstand er, woher ihre Angst kam. In dieser Situation malte sich jeder das Schlimmste aus. Dachte an das, was niemand laut aussprechen wollte.

Also sagte es Skyler. »Wenn das stimmt, ist es vorbei. Ende der Welt.« Ihre Nasenflügel blähten sich, und Skyler hob eine Hand, um sie zu beruhigen. »Deswegen wird man sie auch reparieren. Es wird eine Lösung geben, weil es eine geben muss.«

Ihr Blick huschte nach links und rechts, während sie seine Worte verarbeitete.

Skyler brachte ein dünnes Lächeln zustande und zog das Geldbündel aus der Tasche, das ihm Prumble vorgestreckt hatte. »Das hier hat Potential«, sagte er, »also entspann dich, geh mir aus dem Weg und finde raus, ob Woon uns die Ultrakondis an seiner Primärleitung stromen lässt.«

Sie wandte den Blick nicht von ihm ab. Eine Sekunde lang glaubte er, sie würde nicht gehorchen, aber dann schnappte sie sich das Geld.

Skyler schob sich an ihr vorbei und ging auf dem Steg weiter.

Sie folgte ihm. »Was ist mit Verpflegung? Das Lager ist …«

»Leer. Ich weiß.«

»Ich springe nicht hungrig.«

Skyler fuhr sich mit einer Hand durchs Haar. »Wächst schon was auf dem Dach?«

»Ist noch nichts reif. Aber ich habe jemanden aus Kantros Mannschaft sagen hören, Woon macht Ramen.« Ihre Lippen kräuselten sich zu einem unterdrückten Lächeln.

Er warf sarkastisch die Hände in die Luft. »Oh, was für eine erhebende Ironie.« Skyler hatte Woon die Kiste mit den gefriergetrockneten Nudelpaketen ein paar Monate zuvor für etwas Reaktorzeit verkauft. Gestromte Kondensatoren, die er bei einer unklugen, nutzlosen Mission verbraten hatte.

Sie erreichten die Tür zu Skylers Zimmer. Er seufzte und nahm ein paar weitere Scheine aus der Tasche. »Hol genug für alle.«

Sie nahm es, drehte sich um und ging zur Leiter.

»Einsatzbesprechung in drei Stunden«, rief er ihr nach, dann schloss er die Tür.

Endlich allein, setzte er sich auf die Bettkante und zog seine schmutzigen Stiefel aus. Er musterte die Löcher darin, schob durch eines den Zeigefinger. Wenn sich dieser Job nicht auszahlte, bezweifelte er, dass er die Mannschaft weiterhin zusammenhalten konnte. Nachdem er die Schuhe unzeremoniell in eine Ecke geworfen hatte, ließ er sich auf die Koje fallen und schloss die Augen.

Der Schlaf kam schnell. Er träumte, durch einen riesigen Maschinenraum zu fallen, größer als Darwin. Er brach durch den Boden und fiel immer weiter. Weit unten sah er das Blätterdach eines Urwaldes. Dort lauerte etwas Böses, dunkel und pulsierend, im schwarzen Raum unter den Baumwipfeln auf ihn. Bald peitschten ihm Äste ins Gesicht …

* * *

Als er aus dem Traum erwachte, stand Takai über ihm und klopfte ihm sanft auf die Wange. »Schon gut, schon gut«, sagte Skyler. »Hör auf.«

»Nudeln«, sagte Takai mit starkem japanischem Akzent.

Skyler rieb sich die Augen. »Ja, ja. Bin gleich unten.«

Takai nickte zufrieden und marschierte hinaus.

»Warte«, sagte Skyler. Sein Ingenieur hielt inne. »Hat Angus dir von dem Sprung erzählt?«

Takai nickte. Sein Gesicht blieb unbewegt.

»Kommst du mit?«

Er zögerte. Skyler kannte die Aversion des Mannes gegen Gewalt und gegen die Gefahren des Fallschirmspringens. Dennoch brauchte er ihn.

»Bekomme ich einen vollen Anteil?«, fragte Takai.

»Klar.«

Das Gesicht des Ingenieurs verzog sich vor Konzentration. Ein voller Anteil bedeutete möglicherweise nichts, wie die jüngste

Geschichte bewiesen hatte. Skyler versuchte, sich eine zusätzliche Belohnung auszudenken, aber ehe es ihm gelang, nickte Takai und ging hinaus.

Skyler stand auf und streckte sich, während der Traum in seinem Geist verblasste. Ein Blick auf die Uhr verriet ihm, dass mehr als vier Stunden vergangen waren. Er fluchte und zog seine Stiefel wieder an. An der Tür hielt er inne, um sich in dem Spiegel zu betrachten, der dort hing. Ein besorgter Mann schaute zurück. Ein Versuch, sein wirres braunes Haar glatt zu streichen, scheiterte. Er verzog das Gesicht, weil es langsam ergraute. *Zweiunddreißig und stramm auf die fünfzig zu,* dachte er und drehte den Spiegel, damit er sich nächstes Mal nicht mehr würde sehen müssen.

Als er auf den Steg trat, sah er sein Team, das um die hintere Frachtluke des Flugzeugs herumsaß. Alle hielten Schalen dampfenden Essens in der Hand.

»Sind wir gestromt?«, rief er ihnen zu.

Samantha antwortete zwischen zwei Bissen: »Dreiviertel, das war alle Zeit, die er erübrigen konnte.«

»Reicht das?«

Sie zuckte die Achseln. »Je nachdem, wo zur Hölle wir hinfliegen.«

»Japan.« Skyler hörte einige in der Gruppe ächzen.

Angus ließ sich vernehmen: »Ich würde mich besser fühlen, wenn wir eine Fahrt nach oben kriegen.«

»Keine Fahrt nach oben. Die Gondeln fahren nicht, falls du es noch nicht bemerkt hast.« Er bedauerte den Hauch Unmut, der sich in seine Stimme geschlichen hatte, und holte tief Luft.

»Nun«, sagte Angus, »Japan wird knapp.«

Skyler ging klappernd über den metallenen Steg, bis er direkt über ihnen stand. »Dann halten wir uns an leichte Fracht.«

Angus wischte sich mit dem Ärmel den Mund ab, stellte die Schüssel ab und zog sich ins Cockpit des Flugzeugs zurück.

Nachdem er sich die Leiter hinabgeschlängelt hatte, gesellte sich Skyler zur übrigen Gruppe und nahm sich eine Schale Nudeln, die ihm Takai hinhielt.

An der Brühe verbrannte er sich fast die Zunge, aber sie schmeckte ausgezeichnet.

Samantha brach das Schweigen. »Wenn du Tokio sagst ... «

Skyler kaute auf einem Bissen Nudeln herum, ließ ihn sich schmecken. »Es ist draußen in den Bergen, ein Teleskop. Zeig mal die Karte, Takai.«

Der Ingenieur rollte einen großen Bildschirm zu ihnen herüber und schaltete ihn ein. Skyler, der das Gerät im Konferenzraum einer Mineralerkundungsfirma in Sydney gefunden hatte, schätzte es sehr. Es enthielt detaillierte Satellitenfotos der Erde, bis auf ein paar Meter genau, mit einem Update nur wenige Monate, ehe die Krankheit über den Planeten gekommen war. Er hätte sie auf den neuesten Stand bringen können – die Orbitalen hatten neuere Bilder –, aber die Möglichkeit, sich anzuschauen, wie alles vor dem Chaos ausgesehen hatte, das auf die Krankheit gefolgt war, erwies sich als nützlich, um das Bergungspotential einer bestimmten Örtlichkeit auszuloten.

Skyler schaufelte sich einen weiteren Klumpen Nudeln in den Mund und ging zur Karte. Er vergrößerte die Region, in der sie in Japan landen würden.

Der Teleskop-Komplex schmiegte sich in ein Tälchen in der Nähe eines Berggipfels. Die runde, weiße Kuppel befand sich auf einem großen, rechteckigen Bauwerk. Außenherum gab es Parkplätze, dazu ein paar Nebengebäude. Das Land jenseits davon war in allen Richtungen bewaldet.

Während die Mannschaft die Karte betrachtete, schlang er den Rest seiner Suppe hinunter und stellte die Schale beiseite. Etwas Warmes im Bauch half ihm, sich zu beruhigen.

Angus kam aus dem Cockpit zurück, hob den Daumen. »Flugplan angepasst, Captain. Wenn wir nicht zu sehr Gas geben, sollte es gehen.«

»Ausgezeichnet.«

Jake rieb sich die Schulter, während er das Bild auf dem Monitor musterte. »Viele Hügel, die man nutzen kann«, sagte er. »Rechnen wir mit Subs?«

Skyler fixierte den Mann. »Es ist weit außerhalb der Stadt.«

Sam mischte sich ein. »Was ist mit Immunen?«

Ehe Skyler etwas erwidern konnte, antwortete Jake: »Das sieht nach steilem Gelände aus, schlecht für Ackerland. Ich bezweifle, dass dort draußen nach all der Zeit Immune leben.«

»Halten wir uns an unsere üblichen Vorsichtsmaßnahmen«, sagte Skyler.

»Warum warten wir nicht auf eine Fahrt nach oben?«, fragte Samantha. »Die Gondeln sind doch sicher bald repariert. Also, warum nicht? Können wir's uns nicht leisten?«

»Selbst, wenn ich es mir leisten könnte, muss man das hier heimlich angehen.«

Rasch hoben sich ihre Brauen. Ihr Gesicht wirkte begeistert, als wäre sie ein Kind an Weihnachten. »Es gibt also etwas zu schmuggeln! Geilo. Was suchen wir?«

Skyler zückte die Auftragsliste. »Forschungsdaten.«

Sie runzelte die Stirn. »Langweilig.«

»Möglich, aber der Preis stimmt. Es ist ein Speicherwürfel oder so.«

Takai griff nach der Liste, und Skyler gab sie ihm.

»Oder so?«, fragte Samantha. »Erkennst du es?«

»Takai schafft das.«

Sie verschränkte die Arme und starrte Skyler vernichtend an. »Also springt er mit uns?«

»Klar. Hat er doch schon mal gemacht.« Skyler fand, es sei ihm ganz gut gelungen, die Anspannung aus seiner Stimme fernzuhalten.

»Ja, einmal. Ich spiele nicht die Babysitterin.«

»Verlange ich ja gar nicht«, sagte Skyler. »Ich werde sein Partner sein.«

Jake und Samantha antworteten im Chor: »Du springst auch?«

»Angus hat die Landung in Nightcliff gut hingekriegt, er ist bereit zum Fliegen …«

»Verdammt, Skyler«, sagte Samantha. »Takais zweiter Sprung. Dein erster seit … wann, einem Jahr und Angus am Steuer? Ich habe wohl das Schild ›Amateure am Werk‹ übersehen, als ich reinkam.«

Skyler spürte, wie sich seine Fäuste ballten, und öffnete sie langsam.

»Das reicht. Besprechen wir das in meinem Zimmer.«

Sie trat vor ihn, ihre Größe war wie immer furchteinflößend. »Besprechen wir es genau hier.«

Skyler stand seinen Mann und versuchte, die Stimme heraufzubeschwören, die Skadz immer benutzt hatte. »Wir sind am Ende. Es ist an der Zeit, das einzusehen. Es ist Zeit, dass *ich* es einsehe.« Er verschränkte die Hände und sah alle nacheinander an. »Das ist ein wahnsinnig begabtes Team, keine Frage. Dessen ungeachtet haben wir seit einiger Zeit keinen großen Erfolg mehr verbucht.«

Samantha lachte leise.

»Meiner Ansicht nach«, fuhr er fort, ohne auf sie zu achten, »haben wir drei Pluspunkte. Zum einen die *Melville*, ein verdammt gutes Flugzeug, das über die halbe Erde fliegen kann. Dann Prumbles Vertrauen in uns. Er gibt uns weiter Arbeit. Ich bin mir nicht ganz sicher, weshalb.«

Er warf einen Blick in die Runde, sah allen in die Augen. »Dann natürlich unser größer Bonus: ihr. Diese Mannschaft. Ihr seid alle immun, und ihr seid die Besten in dem, was ihr macht. Keine einzige Mannschaft auf diesem Stück Asphalt kann auch nur eines von beidem von sich behaupten. Selbst Blackfield kann da nicht mithalten. Wenn es also einen Fehler an dieser Unternehmung gibt, bin ich es.«

Ein Teil von ihm hoffte, dass sie ihn jetzt ermutigen würden, aber alle schwiegen. Das tat weh.

Er schluckte schwer. »Ich weiß, es läuft nicht so gut, seit Skadz weg ist. Ich weiß, ich bin nicht der Anführer, der er war, aber ich bin das älteste Mitglied, deswegen bitte ich um eine weitere Chance.« Er richtete den Blick auf den jungen Piloten. »Angus, du bist bereit, das Steuer zu übernehmen. Ich baue darauf, dass du dich gut um unser Mädchen kümmerst.«

Er nickte einmal.

Der Junge hatte es drauf, das wusste Skyler. »Wenn ich diese Mission leiten soll, kann ich das nicht tun, indem ich drei Kilometer über euch kreise. Deswegen springe ich mit euch ab.«

»Hurra«, sagte Samantha ohne Enthusiasmus.

»Das Hauptziel ist es, die Daten-Logs in diesem Observatorium zu bergen. Ja, es ist ein Problem, dass die Gondeln nicht fahren. Ein gewaltiges, übles Problem. Aber es wird vorübergehen, und Prumble wird die Waren verkaufen, wie er es immer tut.«

An dieser Stelle hielt er inne, schätzte ihre Reaktionen ab. Er erkannte, dass er mehr bieten musste. »Wenn wir das, wonach wir suchen, schnell genug finden und der Saft es zulässt, machen wir noch einen Besuch in der nächsten Stadt. Ich habe eine Aufstellung mit gewünschten Waren, dazu das übliche Allerlei. Fragen?«

Jake fragte: »Was passiert, wenn diese Mission nichts wird, Sky?«

Skyler versuchte, dem Scharfschützen in die Augen zu schauen, und stellte fest, dass er es nicht konnte. Er platzte mit einer Antwort heraus, die ihn selbst genauso überraschte wie alle anderen. »Dann werde ich meinen Platz räumen.«

Eine trostlose Stille senkte sich über den Hangar.

»Wer wird deinen Platz einnehmen?«, fragte Sam schließlich.

»Das entscheidet ihr dann.«

Alle redeten durcheinander.

»He, he«, machte sich Skyler über den Lärm bemerkbar, »lasst mich doch zumindest erst mal scheitern.«

Angus hob die Hand und wartete, dass Skyler ihn zur Kenntnis nahm. »Was, wenn niemand führen will?«

Skyler zuckte die Achseln. »Dann lösen wir uns wohl auf.«

Dieser ernüchternde Gedanke ließ sie verstummen.

Sollen sie ruhig mal darüber nachdenken, sagte sich Skyler. So schlecht die Dinge auch standen, die Alternativen waren vielleicht noch viel weniger erbaulich. Das Elend des Alltags in Darwin. Sich zu einer der anderen Mannschaften zu gesellen, nur um durch ihre Abhängigkeit von Schutzanzügen und Druckluft einen Klotz am Bein zu haben. Oder Skadz' Beispiel zu folgen und einfach raus in die Welt zu gehen, um alles hinter sich zu lassen.

»Ich bitte um eine letzte Chance. Machen wir das große Mädchen bereit für den Flug, und ab in die Freizone.«

Die anderen brauchten ein paar Sekunden, um zu erkennen, dass die Ansprache vorbei war. Einer nach dem anderen erhoben sie sich und bereiteten sich routinemäßig auf die Mission vor.

Skyler kehrte schmollend in sein Zimmer zurück und fragte sich, warum er gesagt hatte, was er gesagt hatte. *Eine letzte Chance?,* dachte er und verfluchte sich. Er hatte sich mitreißen lassen und zu viel gesagt. Gerade dachten sie vermutlich alle über eine Methode nach, die Mission zu vermasseln und ihn zum Abgang zu zwingen.

Aus einem Spind, der an die Wand seines Zimmers genietet war, nahm er seine Winteruniform. Russisch, kaum benutzt. Ein leises Klopfen an der Tür lenkte ihn ab. »Herein.«

Samantha stieß die Tür auf. »Schöne Rede. Das Ende hat mir gefallen.«

»Mein Angebot zurückzutreten?«

Sie schüttelte den Kopf. »Dass du ein verdammtes Machtwort gesprochen hast. Den Leuten gesagt hast, was Sache ist.«

Er legte die dicke Winterjacke auf seinen Schreibtisch und wandte sich ihr zu. Er fand keine Worte.

»Ziemlich gute Rede«, sagte sie. »Zu soft, aber nicht schlecht.«

»Hoffen wir, dass sich die Mission lohnt.«

»Das sollte sie. Um deinetwillen.«

Ehe er etwas antworten konnte, schloss sie die Tür.

KAPITEL 6

Hab-8-Station

14.1.2283

Neil Platz erhob sich als ärmerer Mann vom Spieltisch.

Er hatte die Männer der Rumpfmannschaft gewinnen lassen, aber sie waren alle zu betrunken gewesen, um sein vorsätzlich schlechtes Spiel zu bemerken.

Ein einsamer Haufen, der hier mit Geheimbefehlen festsaß und sich aufgrund von Reisebeschränkungen nur zwischen der Platz-Station und Hab-8 bewegen durfte. Eine Baumannschaft, so hieß es. Neil hatte diese Lüge über viele Monate kultiviert. In Wirklichkeit gingen sie der niederen Arbeit nach, Vorräte zu sortieren und zu verstauen.

Dass Neil mit Alkohol in der einen und einem Satz magnetverstärkter Spielkarten in der anderen Hand aufgetaucht war, hatte ihm lächelnde Gesichter und Dank eingebracht. Eine Unterbrechung der Gleichförmigkeit und Isolation. Die Mannschaft legte die Arbeit nieder, ohne lange zu fackeln, und ging zum Pokern über.

Hab-8, das ewige Bauprojekt, die lang versprochene neue Raumstation. Wohnstätten für tausend Leute. Vier Freizeiträume. Die Gelegenheit für weitere Einwohner Darwins, sich über ihre Qualen zu erheben.

Als SUBS ausgebrochen war, hatte die Arbeit auf der Station quasi aufgehört. Die Materialversorgung war versiegt, da der Nachschub aus Darwins Lagerhäusern knapp geworden oder an Plünderer gefallen war. Arbeiter waren in Gedanken bei Freunden und Nahestehenden unten auf der Erde gewesen und hatten getrödelt. Aber Neil hatte gedrängt und in den fünf Jahren seither weitergedrängt, hatte jede eingeschlagene Niete und jede installierte Komponente als Sieg gewertet und schließlich den Job zu Ende geführt. Hab-8 war fertig und sollte schon seit Monaten dem Rat übergeben werden, aber Neil hatte eine andere Verwendung im Sinn.

Er ließ die Tür zufallen. Die acht Mann starke Crew und ihr begeistertes Spiel würden bestens ohne ihn zurechtkommen. Dafür würde der mitgebrachte Scotch sorgen, zwei wertvolle Flaschen, aus denen man mit speziellen Aufsätzen trank. Betrunkene in Schwerelosigkeit, das war immer eine Party.

Neil schaltete die Lampe an seiner Kopfbedeckung an. Blau-weißes Licht erfüllte den Korridor, und er sah in der kalten Luft seinen Atem. Wenn man die Station heizte oder ihre Rotation einleitete, um künstliche Schwerkraft herzustellen, wäre das ein Zeichen dafür gewesen, dass sie fertig war, und das hätte unerwünschte Aufmerksamkeit erregt. Das würde also warten müssen. Er zog den Reißverschluss seines Mantels bis ans Kinn und schwebte Richtung Zentrum der Station.

Schatten tanzten, als sein Lichtstrahl über den schmutzigen Korridor strich. Kisten und Schachteln in allen Formen, Größen und Farben reihten sich an den Wänden, festgezurrt mit einem Netz und Gummischnüren. Er ließ die Finger über die Behälter gleiten, während er vorbeischwebte, zufrieden mit der fortschreitenden Ausstattung der Einrichtung.

Genügend Vorräte, damit fünfhundert Leute sechs Monate überleben konnten, das war sein Ziel. Darüber hinaus die Ausrüstung, die er brauchte, um private Sicherheitskräfte auszustatten.

Alles wegen Tania und ihrer Theorie. Einer Theorie, die er über Jahre hinweg in ihr zur Reife gebracht hatte, durch raffinierte Hinweise und Anregungen, die er nebenbei fallengelassen hatte. Die Idee musste von ihr kommen, und sie würde sie letztlich auch haben.

Die ganze Sache war ein riesiges Glücksspiel. Neil wusste das. Er hatte es akzeptiert und weitergemacht, nicht von ihrer unschuldigen Hypothese getrieben, sondern von den Möglichkeiten dessen, was als Nächstes kommen würde. Seine Phantasie gab ihm den übrigen Schub.

Einmal hielt er inne, an der Tür eines Mannes aus der Crew, der gebeten hatte, nicht an dem Kartenspiel teilnehmen zu müssen, weil er sich den Magen verdorben hatte. Der Arme hatte sich den Bauch gehalten, als er aus dem Gemeinschaftsraum geschwebt war. Neil stellte fest, dass seine Tür versperrt war. »Geht es Ihnen gut da drin?«

Es kam keine Antwort, nur ein leises, würgendes Geräusch.

Der Arme. Überzeugt, dass der Mann in seinem Zimmer bleiben würde, schwebte Neil weiter durch den Hauptkorridor.

Als er die Luftschleuse erreichte, öffnete er die runde Tür und hustete dreimal laut. Er ließ den Blick und damit seine Lampe in die Richtung schweifen, aus der er gekommen war, und sah nichts. Der Lärm der alkoholisierten Spieler war hinter ihm zurückgeblieben. Neil hörte nur das stets präsente Summen der Luftaufbereitung.

Kelly Adelaide trat aus der Tür der Luftschleuse wie ein Gespenst.

»Ich hatte schon Angst, du hättest mich vergessen«, sagte sie heiter.

Neil bot ihr den Arm, um ihren Schwung zu bremsen. Die zierliche Frau, die hautenge schwarze Bekleidung trug, nahm seine Hilfe nicht in Anspruch. Sie schwebte zur gegenüberliegenden Wand, drehte sich in der Luft und landete auf den Füßen. Ihre fließenden Bewegungsabläufe sagten etwas über die Jahre aus, die sie im Orbit verbracht hatte.

Mit einer Hand stabilisierte sie sich. »Dunkel, keine Rotation. Ich gebe auf. Wo sind wir?«, fragte sie.

»Das ist Hab-8«, sagte Neil. Er gab ihr eine kleine Taschenlampe.

Die Frau schaltete sie ein, sah sich um. »Mir war nicht klar, dass du hier Luft reingepumpt hast.«

»Falls jemand fragt«, erwiderte Neil, »habe ich das auch nicht.«

»Wer weiß es noch?«

»Eine Rumpfmannschaft. Mein Bruder Zane, wobei er nicht weiß, weshalb ich alle hinhalte, und ich habe Tania Sharma, einer meiner Forscherinnen, gesagt, dass es ›fast‹ fertig ist.«

Sie grinste schalkhaft. Damit hatte er gerechnet. Die Frau, inzwischen Anfang fünfzig, hatte ein kunterbuntes Leben geführt. Als Missionarstochter hatte ihre Kindheit aus einer Checkliste aller elenden Drittweltlöcher, die die Karte hergab, bestanden. Sie hatte gelernt, erfinderisch zu sein, um zu überleben. Mit achtzehn hatte sie sich dem Pioniercorps angeschlossen, ehe sie sich auf die Spezialeinsatzkräfte verlegte. Danach kam ein kurzer Abstecher als Auftragsmörderin, was sie zu Neil geführt hatte. Man hatte sie bezahlt, um ihn zu ermorden.

Sie hätte es geschafft, das wusste er, aber SUBS war ausgebrochen, und die Welt hatte sich verändert. Alle Verträge null und nichtig. Statt ihre Mission auszuführen, hatte sie Neil um einen Job gebeten – um ein Leben im Orbit. Als Leibwächterin oder Agentin. Was immer er brauchte.

Sein Bauchgefühl hatte ihm geraten, sie zu nehmen, also hatte er es getan. Er hatte früh gelernt, auf solche Instinkte zu vertrauen.

Im vergangenen Jahr hatte sie den Großteil ihrer Zeit damit verbracht, auf Gateway herumzugeistern und Neil mit regelmäßigen Berichten über das zu versorgen, was dort vorging. Sie kannte die Wartungsschächte besser als die Arbeiter, die sie benutzten, und spielte ihnen sogar kleine Streiche, weil ihr langweilig war. Drehte hier ein Drehrad, trennte dort eine Rohrverbindung. Die Leute auf Gateway sprachen von einem Geist, und Kelly war vor Stolz fast geplatzt, als sie den Spitznamen zum ersten Mal gehört hatte.

Neil hatte dafür gesorgt, dass sie einmal pro Woche nach oben zur Platz-Station kommen konnte, wo sie eine ausgewählte Schar seiner Mitarbeiter in Selbstverteidigung und grundlegenden taktischen Manövern unterrichtete. Zur Erholung, wie es hieß. »Ich hätte dich viel früher herbringen sollen«, sagte er.

Kelly musterte die Kisten, die die Wand hinter ihr säumten. »Du warst fleißig.«

»In der Tat.«

»Zeig's mir.«

* * *

Er führte sie auf die zweite Ebene und ließ die Station für sich sprechen. Jeder Raum war nicht etwa möbliert, sondern mit Vorräten vollgestopft.

Stahlkanister mit Druckluft, in ordentlichen Reihen gestapelt, füllten einen Bereich.

»Auf Ebene drei ist nur Nahrung«, sagte er. »Auf vier Wasser, obwohl wir an dieser Front etwas hinterherhinken.«

Kelly schwebte stumm neben ihm her. Schließlich sagte sie: »Das ist wie ein Bunker.«

»Kluge Beobachtung«, sagte er.

»Wie lange hortest du das Zeug schon?«

Fast hätte Neil ihr die einstudierte Lüge erzählt, die er auch im Gespräch mit Tania geäußert hatte. So eine Täuschung, wie unschuldig sie auch sein mochte, hätte bei Kelly jedoch nicht funktioniert. »Fast zwei Jahre.«

»Du weißt augenscheinlich etwas, das ich nicht weiß. Was geht?«

Ich werde es bald erfahren, dachte er. »Nenn es eine Ahnung. Veränderung liegt in der Luft.«

Kelly lachte leise. »Warum zeigst du es mir jetzt?«

»Wegen Raum siebzehn«, antwortete er. Als sie eine Braue hob, lachte auch er. »Hier entlang.«

Die Tür zu Raum siebzehn zierte ein Spezialschloss. »Acht, sieben, vier, vier«, sagte er laut, als er den Code eintippte. »Vergiss ihn nicht.«

Mit einem gedämpften Klicken löste sich das Schloss. Neil schob die Tür auf und bedeutete Kelly einzutreten.

Als sie sah, was sie dort erwartete, keuchte sie auf. Der große Raum, der laut Stationsplanung für die Freizeit vorgesehen war, diente als Waffenkammer. Hier stapelten sich in Armee-Grün oder Polizei-Schwarz Hartschalenkisten mit tödlichem Inhalt. Dieses Versteck war das Ergebnis monatelanger Geheimkäufe und Schmuggellieferungen.

Etwas zögerlich trat Kelly ein. Sie schwebte zur nächstbesten Kiste und öffnete die Riegel. »Sonton 90. Holo-Visier, militärische Ausführung. Ausgezeichnete Pistole«, sagte sie.

»Das hörte ich.«

Sie ließ die Hand über die Reihe identischer schwarzer Pistolen streichen. »Jetzt verstehe ich.«

Neil wartete.

»Du hast bei der Hälfte von dem Zeug keine Ahnung, was es ist, oder?«

»Ich bin nicht mal sicher, ob davon irgendwas funktioniert«, sagte er. »Ich werde in den kommenden Monaten mehr von dir verlangen. Zunächst muss ich wissen, wer in deinen Selbstverteidigungskursen am besten abschneidet. Ich werde dir überdies eine Liste meiner Mitarbeiter mit Militärerfahrung zukommen lassen.«

Sie verkniff sich die Antwort, als Neil die Hand hob.

»Bereite sie vor«, fuhr er fort, »und schick die Vielversprechendsten hierher, um zu üben und zu planen.«

»Was zu planen?«

Neil schnitt eine Grimasse. »Ich weiß noch nicht. Ich würde es dir sagen.«

»Unsinn«, sagte sie. »Ich kenne dich. Du würdest das alles nicht tun, wenn du kein Ziel hättest.«

Jede denkbare Zukunft, zumindest wenn sie einen glücklichen Ausgang hatte, erforderte für Neil Leute wie Kelly an seiner Seite, und er vertraute ihr, vielleicht mehr als jedem anderen. Er hatte lange genug darauf gewartet, jemanden einweihen zu können.

»Also gut«, sagte er. »Die Erbauer kehren zurück. Für die nächste Phase ihres Plans.«

»Wann?«, fragte sie, ohne zu zögern.

»Ich kann es dir noch nicht sagen …«

»Warte«, sagte sie. »Was meinst du mit Plan?«

Er spreizte die Finger. »Ein sprachliches Bild«, sagte er. *Eher ein Versprecher.* »Ich weiß nur, dass es anscheinend ein Zyklus ist, der sich zunehmend beschleunigt, und der macht bald wieder die Runde. Tania Sharma arbeitet an den Details.«

Kelly ließ den Blick über die Waffenkisten schweifen. »Du hast vor, gegen sie zu kämpfen? Mit einer Handvoll bärbeißiger Infanteristen, die mies in Form sind?«

»Ich will gegen niemanden kämpfen«, sagte Neil. »Wenn es nach mir geht, wird diese Station als Rettungsboot dienen, für den Fall, dass wir uns für eine Weile rar machen müssen. Schau mich nicht so an. Wir wissen nicht, was sie vorhaben, und ich werde nicht zulassen, dass Leute, die mir etwas bedeuten, hier oben sterben, wenn die Bastarde uns ganz erledigen wollen. Nenn es verstecken, nenn es Feigheit, ist mir egal.«

Sie musterte seine Augen, ihr Gesicht so eisig wie eine kühle Brise.

»Ich will Leute, die kämpfen können«, fügte Neil hinzu, »falls wir uns hierher durchschlagen müssen. Falls wir einem Ansturm verzweifelter blinder Passagiere standhalten müssen.«

»Schon gut, schon gut«, sagte sie. »Schon kapiert. Meine Schüler in Kämpfer verwandeln. Darum geht's?«

»Nein«, sagte Neil. »Erst musst du mir helfen herauszufinden, was wir hier haben und was uns fehlt.«

Der Kegel ihrer Taschenlampe glitt durch den Raum. Kisten, Behälter und Leinwandsäcke waren in unregelmäßigen Reihen zusammengezurrt. Sie reichten vom Boden bis zur Decke.

»Dann sehe ich mich mal um«, sagte sie.

»Danke. Tu das.«

Sie stieß sich ab, schwebte zur Decke empor und drehte sich, um auf den Füßen zu landen. Mit geschickten, präzisen Bewegungen stieß sie sich in Richtung der gegenüberliegenden Ecke des Raums ab und verschwand dann rasch hinter dicht gepackten Gegenständen, so dass Neil sie nicht mehr sehen konnte.

Er ließ sich an der Tür nieder und fragte sich, ob er zu weit gegangen war. Er hörte im Geiste Tanias häufig wiederholte Warnung: *Es ist nur eine Theorie.* Sie würde die Wahrheit bald selbst entdecken, und dann konnte Neil so tun, als sei er überrascht, und in aller Offenheit auf die Neuigkeiten reagieren. Außerdem konnte Tania die Details ergründen, das Puzzleteil, das Neil so dringend brauchte. Der Teufel steckte wie immer in den Details.

»Habe ich mir doch gedacht, dass Sie sich hier rumtreiben, Arrrrrschloch!«

Beim Klang der undeutlichen Reibeisenstimme zuckte Neil zusammen.

Ein Mannschaftsmitglied schwebte durch den Eingang. Der Kranke, der das Spiel wegen seiner Magenprobleme verlassen hatte. Sein Gesicht leuchtete seltsam rot. »Der mysteriöse Raum … siebzehn …«

» … ist nicht zugänglich«, sagte Neil. »Sie sollten in Ihrem Quartier sein.«

Der Mann ignorierte den Befehl. Stattdessen beugte er sich vor und griff sich vor den Ohren an den Kopf, als wolle er eine unsichtbare Schutzbrille abziehen. Eine Sekunde lang trieb er frei dahin, überwältigt von Schmerz, sein Gesicht vor Qualen verzogen.

»Verflucht, Mann«, sagte Neil. »Was ist mit Ihnen los?«

Die gequälte Miene verschwand so schnell, wie sie gekommen war. Der Mann schob sich mit einer eigenartigen Grobheit in den Raum und rammte Neil mit der Schulter aus dem Weg. »Habe mich schon gefragt, was für Geheimnisse Sie hier drin verstecken«, nuschelte er. »Was das mit dieser Station eigentlich soll.«

Ehe Neil etwas entgegnen konnte, stieß der Mann an die Kiste mit den Sonton-Pistolen. Der Deckel löste sich und schwebte nach oben.

»Bleiben Sie da weg«, sagte Neil. Die Worte klangen lächerlich, energielos.

»Was zum Teufel ...?«, fragte der Mann. Er nahm eine Pistole und musterte sie. Die durch den Alkohol gesteigerte Verwirrung stand ihm ins Gesicht geschrieben. »Waffen? Was ... was zum Geier, Platz?«

Bleib ruhig, bestürmte Neil sich selbst. *Denk nach.* Er warf einen Blick in die Richtung, in der Kelly verschwunden war, sah aber keine Spur von ihr.

Der Mann drehte sich um. Unbewusst wedelte er mit der Pistole in der einen Hand. Seine andere Hand war wieder an seiner Schläfe. Seine Finger tasteten herum, um sich Linderung zu verschaffen, ehe sie nach unten wanderten, um über seinen Hals zu kratzen.

Neil sah den Ausschlag.

Er erstarrte, unfähig zu glauben, was er da direkt vor sich sah. Es war unmöglich.

Der Mann hatte SUBS. Daran hatte Neil keinen Zweifel, und es ergab keinen Sinn. Die Mannschaftsmitglieder waren seit Wochen hier stationiert, er konnte auf keinen Fall die Aura verlassen haben.

Beinahe wäre dem Mann die Waffe entglitten. Er fing sie und umfasste sie fester, während er sie die ganze Zeit wie ein Spielzeug schwenkte.

Neil hatte keine Ahnung, ob sie geladen war. »Legen Sie sie zurück. Sie sind krank, Sie brauchen Hilfe.«

»Freund?« Der Mann schabte sich mit dem Griff der Waffe so fest über den Hals, dass Neil glaubte, er würde sich gleich aufkratzen. »Sei sind mein gottverdammter Boss, nicht mein Freund. Wozu ist das alles?«

»Das geht Sie nichts an.«

»Unsinn!«, schrie der Mann, der jetzt zornig wurde. Die Erkrankung verstärkte seine Gefühle. Sie würde sich im Minutentakt verschlimmern, bis sie ihn vernichtet hatte.

Es musste etwas geschehen, und zwar bald.

»Unsinn«, wiederholte der Mann, nun in einem düstereren Tonfall. Er blinzelte, stammelte. »Hier geht was vor. Ich sollte es jemandem erzählen. Dem Rat ... ja.«

Neil fasste sich. »Wir müssen Sie unter Quarantäne stellen. Sie reden Unsinn.«

Das Crewmitglied schüttelte den Kopf, ein Versuch, sich zu konzentrieren. Seine Atmung wurde zum rauhen Knurren, einem tierischen Geräusch. »Ich habe ... die ganze Zeit geschlafen. Bin jetzt klar und steh im Saft.«

Ein Schatten an der Decke fiel Neil ins Auge. Nein, ein Geist. Kelly. Sie hatte ihre Lampe ausgeschaltet.

»Wie bitte?«, fragte Neil. »Sie reden Unsinn.«

Mit einem würgenden Husten richtete der Mann die Waffe auf Neil. Er zielte mit zitternder Hand, aber das war gefährlich genug. Sein Mund verzog sich zu einem unartikulierten Grollen. »Zur Hölle mit dir. Du willst mir helfen, Arschloch. Oben auf deiner Bohnenstange ...«

Kelly kam völlig geräuschlos von der Decke, eine Spinne in einem unsichtbaren Netz. Sie landete direkt hinter dem Plappernden und fing Neils Blick auf, um mit seiner Zustimmung etwas zu unternehmen.

Innerhalb weniger Minuten hatte die Krankheit den Verstand des Mannes benebelt. Er würde vermutlich bald sterben.

Neil nickte.

In einer einzigen Bewegung schlug sie dem Crewmitglied die Waffe aus der Hand und schlang ihm den Arm um den Hals. Gleichzeitig stieß sie sich von der Wand ab.

Sie taumelten durch die Luft, eine rudernde Masse aus Gliedmaßen. Ohne Hebel konnte der Mann – der Subhumane – nicht die Oberhand gewinnen. Kelly hielt den Arm fest um den Hals des Wesens geschlungen.

Neil konnte die Szene nur wie gelähmt beobachten. Eine Minute verging, ehe sie losließ.

Das Crewmitglied sank tot zusammen. Der schlaffe Leichnam trieb in eine Ecke und kam dort zur Ruhe.

Ein Subhumaner, dachte Neil. *Im Orbit.* Eine endlose Reihe anderer Gedanken rauschte durch seinen Kopf, aber dieser eine erstickte alle anderen. Ein Mensch hatte sich die Krankheit im Orbit zugezogen, obwohl er von der Aura sterilisierte Luft geatmet hatte – zum Teufel, er hatte sich innerhalb der Aura angesteckt. Etwas, was Neil nicht für möglich gehalten hätte.

Ihm kam der Gedanke, das könnte das nächste Ereignis der Erbauer sein. Er hatte angenommen, ein weiteres Schiff werde kommen, so wie es die letzten drei Male passiert war.

Die letzten beiden Male, verbesserte er sich. Auch wenn er die Zählung nur im Geiste falsch gemacht hatte, rügte er sich dafür. Der Lift und die Krankheit, das würden die Geschichtsbücher behaupten. Dabei musste es unter allen Umständen bleiben. Was davor gekommen war, ging nur ihn allein etwas an.

Seine Aufmerksamkeit kehrte schlagartig zurück in die Gegenwart und die Zukunft. Er war so auf die Vorstellung eines weiteren Schiffs fixiert gewesen, dass er nie auf den Gedanken gekommen war, das nächste Ereignis könne einfach eine Veränderung der bestehenden Umstände sein.

Das letzte Ereignis, die Ankunft des Schiffes mit der Saat für die SUBS-Krankheit, hatte alle, denen es möglich gewesen war, dazu gezwungen, sich in die Aura zu drängen. Neil schluckte verbittert, während sein Verstand rasend schnell die Möglichkeiten durchdeklinierte. *Was,* dachte er, *wenn die letzten fünf Jahre nur eine Gnadenfrist waren? Was, wenn sie zur Evakuierung gedacht waren?*

Ein Schauder überlief ihn. Gänsehaut breitete sich auf seinem Rücken und seinen Armen aus.

Er brachte es nicht über sich, den Blick von dem Leichnam abzuwenden, der in der Ecke auf und ab schwebte, die Beine unmenschlich abgewinkelt. »Kelly«, sagte Neil. »Mein Gott. Wie zur Hölle ist er hierherauf gekommen?«

Hände packten ihn an den Schultern, schüttelten ihn. Kellys Hände – sie war irgendwann nahe an ihn herangekommen.

»Es gibt jetzt keinen sicheren Ort mehr«, flüsterte er. »Wir haben es falsch verstanden. Wir sind verloren …«

Sie gab ihm eine Ohrfeige. »Reiß dich zusammen«, fauchte sie.

Der stechende Schmerz vertrieb den Nebel aus seinem Geist. Er schaffte es, seine Aufmerksamkeit auf sie zu richten. Wenn jemand sonst ihn so geschlagen hätte, hätte er ihn innerhalb eines Wimpernschlags zurück in die Elendsviertel Darwins geschickt.

»Was haben wir falsch verstanden? Hast du dieses Ding hier versteckt gehalten?«, fragte sie. »Irgendein gottverdammtes Experiment?«

»Nein«, sagte er ungläubig. »Natürlich nicht. Ich habe keine Ahnung, wie das geschehen konnte.«

»Irgendwie ist er hergekommen«, sagte sie.

»Hör zu«, sagte Neil. »Er war hier. Wochenlang. Ich habe den Mann hierher entsandt. Das … kann nicht sein.«

Sie wandte sich zu dem schwebenden Leichnam um, als sähe sie ihn zum ersten Mal. Die Wut auf ihrem Gesicht wich Entsetzen.

Ich hätte es vorhersehen können, dachte Neil. *Wenn Tanias Vater mich nicht geblendet hätte. Töricht, töricht.* Er verdrängte die Erinnerung. Auf diesem Weg gab es nur Schmerz.

»Wir sollten die anderen Stationen warnen«, sagte Kelly. »Eine Abriegelung in die Wege leiten.«

»Nein«, sagte Neil. »Oh Gott, nein! Das gäbe Chaos. Du warst in Darwin, als die Überlebenden dorthin strömten. Du hast gesehen, wie sich die Leute verhalten haben.«

»Aber …«

»Was, wenn er der Einzige ist?«, sagte Neil. Seine Worte ließen sie beide verstummen. »Eine Anomalie«, fuhr er fort. »Es gibt Leute, die gegen die Krankheit immun sind. Vielleicht gibt es auch welche, die gegen die Aura immun sind.«

»Du klammerst dich an Strohhalme.«

Ein Lachen entrang sich ihm. »Hoffen wir es trotzdem, sonst sind wir wahrhaftig alle verdammt.«

Sie ließ sich mit dem Nicken Zeit. »Dann müssen wir ihn aus der Luftschleuse schaffen, ehe es jemand herausfindet.«

»Was?«

»Wenn du kein Chaos willst, kann die Leiche eines Subhumanen nicht hier oben herumliegen.«

»Aber was dann?«, fragte er. »Die anderen werden wissen, dass etwas passiert ist. Sie werden ihn suchen …«

Sie packte ihn am Kinn, zwang ihn dazu, sie anzuschauen. »Dann gehen wir. Wenn jemand fragt, ist er mit uns gegangen. Du hattest eine andere Aufgabe für ihn.«

Das klang gut. Ganz gleich, wie ekelhaft die Angelegenheit war, eine andere Möglichkeit gab es nicht.

Er führte Kelly, die die Leiche mit sich zog, schnell zu einer Luftschleuse eine Ebene höher. Wegen der fehlenden Gravitation war es kein schwieriges Unterfangen. Es war eine seltsame Vorstellung, erkannte Neil. Mord in der Schwerelosigkeit. Das klang wie der Titel eines Krimis.

An der inneren Tür der Luftschleuse half er Kelly, den Leichnam zu stabilisieren, dann gab er den Code ein, um den Zugang zu überbrücken. Sie versetzte dem Körper einen Stoß und ließ ihn in das kleine Abteil schweben.

»Kanntest du ihn?«, fragte sie.

»Nicht gut«, antwortete Neil. Er schloss die massive Tür und aktivierte die Verriegelung wieder. »Trevor, glaube ich.«

Da der Überbrückungscode noch galt, kümmerte sich Kelly um die Kommandosequenz, die die äußere Tür der Luftschleuse öffneten. Neil konnte nicht anders, er musste durch das Fensterchen schauen. In völliger Grabesstille kam die Schwärze des Alls in Sicht. Feuchtigkeit leuchtete auf, als Luft auf Vakuum traf. Der Leichnam zuckte und drehte sich, wurde mit der Luft in die Leere gesaugt, die schlaffen Glieder schlugen auf groteske Weise um sich. Er entfernte sich mit überraschender Geschwindigkeit.

»Ich bin zu alt für so was«, sagte er.

»Das sind wir beide.«

Neil zwang sich, sich von dem Bullauge abzuwenden. Er drehte sich zu Kelly um und rang nach Worten. Ihm fiel nichts ein.

Kelly packte ihn an der Schulter. »Was getan ist, ist getan. Machen wir, dass wir wegkommen.«

Er grinste trotz der Umstände. Nur er kannte seine vergangenen Sünden. Hier hatte er jetzt eine Mitverschwörerin, jemanden, mit dem er die Last teilen konnte. Daraus konnte er Kraft schöpfen.

KAPITEL 7

Toyama, Japan

14.1.2283

Dreitausend Meter über dem Ziel öffnete sich die hintere Frachtluke des Flugzeugs, und Jake sprang hinaus.

Die Sonne, die über den westlichen Horizont lugte, warf einen tiefroten Schein auf die Oberseiten der Wolken unter ihnen.

Skyler sah dem Scharfschützen nach, der in den Wattewölkchen verschwand. Zufrieden nahm er das Handmikro an der Wand und hielt es sich an den Mund. »Er ist draußen, Angus. Langsam kreisen, Maschinen aus.«

»Verstanden«, sagte der Pilot über den Lautsprecher an der Wand. Einen Augenblick später ließ das Turbinengeräusch nach, bis man nur noch das Rauschen des Windes hörte. Skyler drückte den großen roten Knopf, der die Rampe steuerte. Die Hydraulik seufzte, als sich die dicke Metalltür schloss.

»Sechzig Sekunden«, sagte er und machte sich daran, seinen Fallschirm anzulegen.

Sam lehnte an der Wand der Kabine und kaute auf einem Fingernagel. Sie hatte ihre Ausrüstung schon seit über einer Stunde an. Wintertarnfleck, schwarze Springerstiefel und ihre geliebte abgesägte Schrotflinte, die sie sich quer über die Brust geschnallt hatte.

Skyler machte sie auf sich aufmerksam und deutete auf Takai. »Hilf ihm mal«, murmelte er lautlos. Sie verdrehte die Augen und überprüfte die Ausrüstung des Ingenieurs.

»Der Fallschirm hat schon bessere Tage gesehen«, sagte Skyler, als er die ausgefransten Nähte an einem Saum bemerkte.

»Die ganze Welt hat schon bessere Tage gesehen, Sky.«

Takai wollte sich selbst ein Bild machen, aber Samantha sorgte dafür, dass er nach vorne ausgerichtet blieb. »Nicht lustig«, bemerkte er.

Skyler sah sich das vergilbte Material näher an. »Vielleicht sollten wir mal in einer Nylonfabrik vorbeischauen und das Zeug flicken.«

»Oder«, sagte Sam, »einer Fallschirmjäger-Basis? Darin waren die Briten große Klasse.«

»Noch besser. Teufel auch, vielleicht finden wir sogar Guinness.«

Sie grinste, und er erwiderte das Lächeln. Einen Augenblick lang fühlte es sich an wie früher, als sie noch gleichrangig gewesen waren.

Jakes Stimme kam über Lautsprecher. »Ich bin unten. Hier gibt es keine Aktivitäten; der Absprung ist sicher.«

So sicher es auch sein mag, er flüstert, stellte Skyler fest. »Angus«, sagte er ins Mikro, »sind wir wieder über dem Ziel?«

»In dreißig Sekunden«, lautete die Antwort.

Skyler sorgte dafür, dass seine Hauptwaffe, ein kleines Maschinengewehr, sicher an seiner Brust befestigt war. Auch seine Pistole im Oberschenkelholster überprüfte er nochmals. Zufrieden drückte er den roten Knopf an der Innenwand des Frachtraums, und die Frachtluke öffnete sich erneut.

Draußen toste der Wind. Ein paar Kilometer südöstlich sah Skyler zwei verschneite Gipfel durch die Wolkendecke ragen.

Er sah zu Sam hinüber. Ihre blauen Augen leuchteten in der dunklen Kabine. Ihr ernstes Gesicht verriet ihm, dass sie fertig war.

Takais Gesicht sagte das Gegenteil. Schweiß stand ihm auf der Stirn, und er kämpfte mit der Pistole, die Jake ihm geliehen hatte. Vorsichtig ging Skyler zu ihm, half ihm, die Waffe ordentlich zu verstauen und packte ihn an den Schultern. »Alles klar?«

Takai brachte ein Lächeln zustande. »Ich bin lieber daheim und repariere was.«

»Wird schon werden«, sagte Skyler. »Halte dich an Samantha.«

»Halte dich an Skyler«, rief Samantha über die Windgeräusche. »So war es abgemacht.«

Skyler hatte gehofft, sie hätte dieses Detail vergessen. »Das meine ich doch. Halt dich an mich.«

Mit Anlauf sprang Sam aus dem hinteren Teil der *Melville*. Im nächsten Moment war sie in den Wolken verschwunden.

Takai stand wie angewurzelt, starrte die aufgequollene, rot-graue Wand an. Skyler fürchtete langsam, den kleinen Mann schubsen zu müssen, aber Takai schloss die Augen und folgte Sams Beispiel.

Zufrieden brachte Skyler die beiden Schritte zum Ende der Rampe hinter sich und ging in den heulenden Wind hinein.

Zornig fuhr er ihm in Haar und Kleidung. Skyler trudelte, schaute nach oben und sah, wie die *Melville* hinter ihm zurückblieb. Sie setzte zu einer Kurve an, weil Angus mit den Warteschleifen begann.

Skyler rollte sich herum, als er die Wolken durchschlug.

Japan raste ihm entgegen.

* * *

Er steuerte in Richtung von Sams und Takais Fallschirmen, zwei schwarzen Flecken auf dem Boden unter ihm. Sie waren beide gut gelandet, wie es aussah – auf einer flachen Lichtung, die möglicherweise als Parkplatz für das Observatorium gedient hatte. Ahorne und Kiefern bedeckten die schneegesprenkelte Landschaft.

Als er auf dem Boden aufkam, glitt Skyler auf einer Eisfläche aus, und er fiel hin. Hüfthohes Unkraut zerkratzte ihm das Gesicht, als er auf eine Seite kippte, und die schwarze Masse seines Schirms sank um ihn herum zusammen.

»Ich sehe euch«, sagte Jake über die Helm-Verbindung. »Spitzenlandung, Sky.«

»Ja«, gab er zurück. Die kühle Luft, durch die er hinabgeglitten war, hatte ihm Finger und Nase taub werden lassen. Am Boden war die Luft unbewegt, kalt und still.

»Keine Bewegung«, sagte Jake. »Ich glaube, dieser Ort ist tot.«

Skyler hatte Mühe, sich zu befreien. »Verstanden. Halt uns auf dem Laufenden.«

Die Sonne war fast ganz hinter Wolken verborgen, so dass die Umgebung in gedämpften Grau- und Brauntönen vor ihnen lag, hin und wieder unterbrochen von einem Schneefeld.

Sobald er mit seiner Ausrüstung fertig war, bewegte sich Skyler durch das Unterholz zu Sam und Takai. Er hockte sich mit ihnen hinter ein niedrig aufgeschüttetes Bankett, auf dem frischer Schnee lag, und musterte das Ziel.

Von diesem Aussichtspunkt aus wirkte das Observatorium verlassen. Die Halbkugel der Teleskopkuppel war auf einer Seite eingebrochen. Ein Teil der Anlage war schon vor Jahren ausgebrannt. Die Flammen hatten eine Seite des Hauptgebäudes geschwärzt, und von einem der Nebengebäude war nur ein Haufen verkohlten Holzes geblieben.

Sam wies auf die Rückseite des Hauptgebäudes, die in ihrer Richtung lag. »Die Tür ist offen«, sagte sie und rieb sich die Hände, um sie zu wärmen.

Sie hatte recht: Die Tür hing an einem Scharnier und steckte halb in einer kniehohen Schneewehe, die sich an der Rückseite des Bauwerks aufgehäuft hatte. Selbst aus fünfzig Metern Entfernung sah Skyler die tiefen Kratzspuren darauf, und dort, wo sich das Schloss hätte befinden müssen, fehlte ein großes Stück des Rahmens. Ihm fiel auf, dass sich die Kratzer auf der Innenseite der Tür befanden.

Ein Maschendrahtzaun, der niemanden ernsthaft aufhalten konnte, erhob sich zwischen der Gruppe und dem Gebäude, aber er hatte schon einige Löcher, so dass sie ihn nicht würden überklettern müssen. Skyler drückte einen Finger auf seinen In-Ear-Kopfhörer. »Wir gehen rauf, Jake.«

»Verstanden. Immer noch sauber«, entgegnete er in Skylers Ohr.

Sam brauchte keine weiteren Befehle und rannte geduckt auf den Zaun zu. Skyler entsicherte sein MG. Er bedeutete Takai, ihm zu folgen, und bewegte sich halb geduckt zum Zaun.

Als sie die Tür erreichte, drückte sich Sam an die Außenwand und warf einen raschen Blick nach drinnen. Skyler trat neben sie. Einen Moment blieben sie reglos stehen, ließen zu, dass sich Stille über sie senkte.

Kalter Wind kam auf, wehte an ihnen vorbei und ließ ein tiefes, unheimliches Stöhnen im Inneren des Gebäudes ertönen. Skyler schauderte. Sam knipste die Taschenlampe an, die sich an ihrer Schrotflinte befand, und schaute ihn an, damit er das Zeichen zum weiteren Vordringen gab.

Auch er schaltete sein Licht an und wartete, während Takai eine kleinere Handtaschenlampe aus seiner Gürteltasche kramte. Er musste sie ein paarmal an seine Handfläche schlagen, bis sie funktionierte. Skyler nickte Sam zufrieden zu.

Sie sprang über den schmutzigen Schneehaufen und verschwand im Schatten.

Skyler folgte ihr.

Der Gang erstreckte sich von einer Seite des Bauwerks zur anderen. Ein paar Meter weiter sah er die Überreste eines kleinen Tiers. Knochen und Fell in einem Häufchen, der verblichene Teppich darunter mit Blut verschmiert. Die Tierleiche lag schon seit vielen Monaten hier. Weiter vorne deutete Sam auf weitere Spuren der

Bewohner. Getrockneter Kot und die grauen Überreste von etwas, das einmal ein Apfel gewesen sein mochte.

»Sieht alt aus«, sagte sie.

Skyler nickte. Bei dem Anblick drehte sich ihm der Magen um, doch ein Teil von ihm staunte über die tierischen Instinkte, die trotz der Krankheit im Gehirn der Subhumanen überdauerten. Wissenschaftler hatten vorausgesagt, die Krankheit werde innerhalb von Monaten aussterben, aber beinahe fünf Jahre später hatte sich die Anzahl der Erkrankten allenfalls vergrößert. Skyler hatte Kinder gesehen; er hatte sie genauso umgelegt wie die Erwachsenen.

Genau diese Instinkte mussten in allen Menschen latent vorhanden sein, wie ihm klar war, und er war froh, dass er sich nie würde Sorgen machen müssen, zu einem solchen Lebewesen zu werden.

Er schüttelte den Gedanken ab und tippte wieder auf den Kopfhörer. »Wir sind drin. Der Gang ist sauber.«

Jake bestätigte über Funk. Takai kroch über die Schneewehe und schloss sich ihnen an.

Zufrieden tippte Skyler Sam auf die Schulter und deutete auf den nächsten Eingang im Korridor. Sie führte sie hin, hielt sich dabei dicht an der Wand, die Waffe leicht geneigt.

Als sie an der Tür ankam, drückte sie die Klinke und stellte fest, dass sie verschlossen war. Skyler bedeutete ihr weiterzugehen. Sie zögerte und zeigte auf die verblichenen Kanji an der Wand.

Takai las vor, die Stimme gesenkt: »›Hausmeister‹, glaube ich.«

Sam starrte ihn an. »Du glaubst?«

»Wir brechen sie später auf, weiter jetzt«, sagte Skyler.

Sie gingen weiter durch den Gang und kamen an eine Nische. Auf einer Seite fanden sie einen Lift, der ohne Strom nutzlos war, aber daneben führte eine offene Tür in ein dunkles Treppenhaus.

Takai ging zu einem weiteren Schild unter verschmiertem Glas neben dem Lift. Er wischte mit dem Handschuh darüber und legte eine schematische Karte des Gebäudes frei. »Die Aufzeichnungen lagern im dritten Untergeschoss«, sagte er. »Hier ist das Parterre.«

Skyler nickte. »Siehst du? Ich bin froh, dass du da bist.«

»Ja, hoch erfreut«, sagte Sam.

»Nach unten?«, wollte Skyler wissen.

Sam widersprach: »Wir sollten erst dieses Stockwerk säubern.«

»Alles gut, hier ist nichts.«

»Erst dieses Stockwerk«, beharrte sie, »dann nach unten.«

Skyler unterdrückte den Drang, auf seinem Rang zu bestehen. Stattdessen nickte er.

Die nächste Tür erwies sich als unverschlossen und öffnete sich zu einem Konferenzraum. Wasser troff von der Decke auf einen langen, ovalen Tisch. Überall schimmelte es. Skyler zog sich gegen den Gestank etwas über die Nase. Sitzgelegenheiten in verschiedensten Stadien des Verfalls lagen auf dem Boden verstreut.

»Dieser Bildschirm sieht intakt aus«, sagte Samantha.

Skyler folgte ihrem Blick zu einem großen Bildschirm an der Wand. Er war verstaubt, wirkte aber ansonsten unbeschädigt. »Wahrscheinlich kaputt.«

»Die Komponenten sind recht brauchbar«, sagte Takai.

»Aber auch sehr schwer. Wir schnappen ihn uns auf dem Weg raus. Unsere erste Priorität sind die Waren auf der Liste.«

Sie traten wieder in den Gang. Hinter der letzten Tür fanden sie einen Eingangsbereich und einen kleinen Souvenirladen, der mit allem möglichen Spielzeug zum Thema Weltraum bestückt war. Die meisten Sachen waren elektronisch. Skyler erinnerte sich an Prumbles Liste. »Halt«, sagte er, dann nahm er eine große Segeltuchtasche heraus, die gefaltet in seinem Rucksack lag. Takai half ihm, Ultrakondensatoren aller Größen aus dem runden Regal zu schaufeln, diejenigen, die durch den Lichteinfall und die Zeit geschädigt waren, ließen sie links liegen. Skyler fand noch zwei für Kinder gedachte Walkie-Talkies, von denen er wusste, dass sie eine hervorragende Reichweite besaßen, und sackte sie ein. In einem weiteren Gang entdeckte Takai ein verschlossenes Glasgehäuse, in dem High-End-Game-Tablets aufbewahrt wurden. Er erklärte, die Monitore und der Speicher seien womöglich verwertbar. Skyler stimmte zu, trat das Glas ein und schnappte sich die Behälter.

Er ließ den Blick über den übrigen Eingangsbereich schweifen, suchte nach etwas Wertvollem. Ein Empfangstresen schien das einzige Möbelstück zu sein, das nicht durch die Einwirkung der Elemente zerstört war. Die Oberfläche war leer bis auf einen staubbedeckten Posteingangskasten, in dem noch die Päckchen lagen. »Reicht, gehen wir weiter.«

Sie gingen wieder zur Treppe. Den Beutel mit den Spielsachen ließ Takai im Gang stehen. Skyler spürte, wie er sich entspannte, da die Stille und Sams planvolles Vorgehen ihm Zuversicht verliehen.

Die Treppe führte sowohl nach oben als auch nach unten, in beiden Richtungen war es finster. Auf dem Absatz eine Ebene höher stieß Skylers Taschenlampenlicht auf den Kadaver einer Katze, die schon lange tot war. Nur Fell und Gebeine waren übrig.

»Auf nach unten«, sagte Sam. Sie ging weiter voran, ihre Stiefel dröhnten laut auf den Metallstufen, so dass es durch das Treppenhaus hallte. Das Geräusch brachte Samantha dazu, sich schneller zu bewegen, da sie die Heimlichkeit nicht mehr auf ihrer Seite hatten.

Plötzlich ertönte Jakes Stimme in Skylers Ohr, kaum ein Flüstern. »Bewegungen am Waldrand.«

Skyler packte Sam an der Schulter, hielt sie auf halbem Weg die Stufen hinab an. Er tippte auf den Kopfhörer. »Subs?«

Ein angespannter Augenblick der Stille folgte. »Negativ. Glaubt es mir oder nicht, da nähert sich ein Reh.«

Skyler atmete aus.

»Ich kann es töten, wenn ihr wollt. Ein magerer kleiner Kerl, aber vielleicht ist Fleisch dran«, sagte Jake.

Skyler spürte, wie sich bei dem Gedanken sein Magen verkrampfte. »Nur, wenn es sich entfernt. Halt da draußen vorläufig alles ruhig.«

»Verstanden«, sagte Jake.

»Was geht da vor?«, fragte Sam.

»Örtliche Tierwelt. Weiter.«

Sie tat, wie ihr geheißen. Nach zwei Treppenabsätzen kamen sie an eine weitere verschlossene Tür. Auf Skylers stummen Befehl hin ignorierte Sam sie und ging weiter nach unten.

Das dritte Untergeschoss entpuppte sich als das unterste. Sam näherte sich der Tür und drückte die Klinke.

Sie gab nicht nach, daher bedeutete ihr Skyler, sie solle Gewalt anwenden.

Nach einem Tritt flog die Tür auf und knallte gegen die Wand. Der Lärm hallte durch das ganze Gebäude.

Irgendwo oben hörte Skyler eine Bewegung.

Sam ging in die Hocke und erstarrte. Sie richtete ihre Taschenlampe auf die Stufen nach oben. Skyler tat es ihr nach.

Er sah nichts, doch das Geräusch, als liefen kleine Füße über Blech, dauerte an. Wohl noch eine Katze. Möglicherweise auch ein großes Nagetier.

»Ich glaube, es ist im Zwischenboden über uns«, flüsterte Sam.

»Still«, sagte Skyler und horchte. Er hockte sich hin, strengte die Ohren an, bis das Geräusch verklang.

»Hier ist es abscheulich unheimlich«, sagte Sam.

»Sehe ich auch so«, antwortete er. »Bringen wir's hinter uns.«

Sie warf einen Blick in den Raum hinter der Tür und ließ ihre Schrotflinte und die Taschenlampe darüber streifen. Skyler sah ihr über die Schulter.

Es schien eine große Bibliothek zu sein, etwa zwanzig Quadratmeter. Ein starker Geruch nach Moder und Schimmel hieß sie willkommen. Wasser troff aus zahlreichen Rissen in der Decke.

Skyler fürchtete, das Material in den Regalen sei durch das Wasser unbrauchbar, bis ihm auffiel, dass die Risse nicht die typischen braunen Flecken aufwiesen, die auf eine lange Einwirkung hindeuteten. Also erst vor kurzem.

Sam schob sich hinein, und Skyler folgte ihr.

Die Regalreihen gingen bis an die gegenüberliegende Wand, wo sie eine einzelne verschlossene Tür sehen konnten. Skyler flüsterte Samantha zu: »Erst hier alles prüfen, dann den hinteren Raum säubern, ehe wir Takai loslassen.«

»Ach was.«

Er ließ ihr den Kommentar durchgehen, stattdessen schaute er nach hinten zu Takai.

Die Augen des Ingenieurs waren aufgerissen, sein Gesicht kalkweiß. Er brachte ein Nicken zustande. »Ich werde euch folgen.«

Samantha legte ein hohes Tempo vor, überprüfte jeden der Gänge zwischen den Regalen. Auf den meisten befand sich eine Mischung aus schwarzen Ordnern und beigen Daten-Würfel-Fassungen. Sie schienen alle beschriftet und geordnet zu sein, ein gutes Zeichen, wenn man davon ausging, dass Takai es hinbekam, das benutzte Schema zu erkennen. Vorerst schob Skyler seine Sorgen beiseite und begab sich in den hinteren Teil des Raumes, wo Sam an der Tür wartete.

Er bezog an der Wand rechts des Eingangs Stellung, Samantha stand links. Skyler nickte. Sie drehte den Knauf und schob sie auf.

Skyler hörte, wie Takai beim Anblick dessen, was sie drinnen erwartete, nach Luft schnappte.

Ein Skelett lag auf einem Schreibtischstuhl, den Kopf auf eine Seite geneigt.

Ledrige Hautfetzen spannten sich über die Gebeine. Angesichts der Kleidungsreste nahm Skyler an, dass es sich um einen Mann handelte. Er schien sich in den Mund geschossen zu haben. Die Hand der Leiche hielt eine Handfeuerwaffe umklammert, und an der Wand dahinter war verspritztes Blut dekorativ getrocknet.

»Selbstmord. Schon lange tot«, sagte Skyler. Das war für alle erkennbar, aber er hoffte, Takai beruhigen zu können. Der kleine Mann keuchte.

»Immer noch besser, als sich von den SUBS erwischen zu lassen«, sagte Sam.

Skyler knurrte: »Das will ich nicht bestreiten.« Er verschaffte sich einen Überblick über den restlichen Raum, suchte nach etwas, das wertvoll sein könnte. Aus der Wand ragte ein Schreibtisch aus billigem Marmorimitat. Die Computer-Konsole schien verstaubt, aber in Ordnung zu sein. »Takai, such nach den Cubes.« Er gab seinem Ingenieur den Zettel, den Prumble ihm überlassen hatte.

Takai floh praktisch vor dem morbiden Anblick.

»Ich werde die Tür zur Treppe decken. Das Geräusch vorhin hat mir nicht gefallen«, sagte Sam.

Skyler reckte einen Daumen und machte sich an die Arbeit, das Büro nach Wertgegenständen abzusuchen. Zunächst kam die grauenvolle Aufgabe, den Händen des Toten den Revolver zu entringen. Die Waffe war ein wenig angerostet, aber Skyler hatte das Gefühl, sie reinigen zu können. In Darwin war sie einen Sack Gemüse wert, wenn sie zum Schießen taugte. Er nahm fünf Kugeln heraus, ein netter Bonus. Lächelnd faltete er einen weiteren Leinensack aus seinem Rucksack auseinander und ließ die Waffe hineinfallen.

Alles auf dem Schreibtisch wanderte ebenfalls in die Tasche: die Konsole, der flache Monitor und eine altmodische Tastatur. Obwohl sie verstaubt waren, brachten sie möglicherweise eine schöne Summe ein. Dann ging er auf Hände und Knie, um den Bereich unter dem Tisch zu inspizieren. Das ganze Sammelsurium aus Kabeln wanderte in seine Tasche.

Auf einem Regal hinter dem toten Forscher fand Skyler ein gerahmtes Foto. Er wischte den Staub ab. Auf dem Bild waren vier Männer in legerer Bekleidung zu sehen, die lächelnd vor dem Observatorium standen. Zwei waren Japaner, der dritte ein attraktiver Inder.

Den vierten kannte Skyler.

»Verdammt«, murmelte er vor sich hin.

Der letzte Mann war Neil Platz, der Großindustrielle, dem vor der Ankunft der Krankheit der Großteil Darwins und beinahe der ganze Orbit gehört hatte.

Skyler drehte den Rahmen um und pfriemelte das Bild heraus. Das Datum auf der Rückseite lautete 2260, eine Eröffnungsfeier. Dieser Bastard hatte seine Finger damals überall drin.

Aus einer Laune heraus knickte er das Bild und ließ es in die Jackentasche gleiten. Dann merkte er, dass hinter dem Bilderrahmen eine Glasflasche versteckt gewesen war, in der sich eine bernsteinfarbene Flüssigkeit befand.

»Sehr schön«, sagte er. Auf dem verblassten Label stand, es handle sich um Lagavulin, mehr als fünf Jahrzehnte alt und, ganz entscheidend, ungeöffnet. Genau das Zeug, das man einem Inspektor von Nightcliff geben konnte, damit er ein Auge zudrückte.

Jakes Stimme unterbrach ihn. »Wie läuft's da drinnen?«

»Anständig«, antwortete Skyler. »Wir sind jetzt im Archiv. Eine verwesende Leiche ist bisher alles.«

»Wie lange noch?«, fragte Jake.

»Warum, ist was?«

»Langweilig ist es.«

Takai trat ein, die Stirn gerunzelt, eine kleine, beige Fassung für einen Daten-Würfel in der Hand.

»Einen Moment«, sagte Skyler, Aufregung breitete sich in ihm aus. Er sah Takai an und hob eine Braue. »Ausgezeichnet! Hast du sie schon gefunden?«

»Die Zahlen passen, aber die Cubes fehlen.« Er drehte die leere Fassung, so dass Skyler sie sehen konnte.

In diesem Moment fiel Skylers Aufregung in sich zusammen. Seine Knie knickten ein, zwangen ihn dazu, sich auf den Tisch zu stützen. »Sicher? Hast du den ganzen Raum durchsucht?«

Takai nickte, sein Gesicht eine steinerne Maske.

Skyler holte tief Luft. »Fehlen noch andere Cubes?«

»Nein«, sagte Takai.

Skyler setzte sich auf die Tischkante vor dem Toten und ließ den Kopf hängen. Er bezweifelte, dass ein anderes Team vor ihnen da gewesen war. Reiche Orbitale heuerten manchmal mehrere Mannschaften an, um ihre Chancen zu erhöhen, aber dieser Ort schien ansonsten unberührt. Wahrscheinlicher war, dass der Hinweis eine Niete gewesen war. Alt, überholt oder einfach nur das Wunschdenken eines Orbitalen. Am Ergebnis änderte das nichts.

Eine weitere erfolglose Mission, und schlimmer – eine, die auf die Bergung eines einzelnen wertvollen Gegenstandes ausgerichtet war. Auf die er seinen Job gesetzt hatte.

Wir sollten mitnehmen, was geht, sagte er sich. Wenigstens konnte er die anderen schuldenfrei zurücklassen.

»Sieht aus, als hätten wir kein Glück«, sagte Skyler in seinen Kommunikator. »Schnappt euch, was ihr kriegen könnt. Alles Wertvolle.«

Draußen im Gang hörte er Sam fluchen. Sie trat auf etwas ein.

Jakes Stimme war verrauscht. »Ich werde mit Angus die Abholung klären.«

Skyler schüttelte den Kopf, um die erfolglose Mission in den Hintergrund zu drängen. Es war sinnlos und gefährlich, darauf herumzureiten. »Verstanden. Takai, pack trotzdem ein paar Daten-Würfel ein. Die Orbitalen können leere immer brauchen.«

»Wird gemacht.«

Skyler durchwühlte die Schreibtischschubladen. Zu seiner Erleichterung war keine davon abgeschlossen. Er nahm diverse Gegenstände mit: einen Tacker, eine Schere, eine Schachtel Bleistifte und etwas, das wie eine Armbanduhr aussah, auch wenn es ein seltsames Modell war.

Als Nächstes untersuchte er die Regale an der Seitenwand. Auf einem entdeckte er ein tragbares Musikgerät, in dem Zink-Luft-Batterien waren. Er legte das Ding in die Tasche, die inzwischen ziemlich schwer war. Er stellte sie ab und schlang sich das Gewehr über die Schulter, um beide Hände frei zu haben.

»Ich trage sie«, sagte Takai am Eingang, während er seine Pistole mit linkischen Bewegungen wegsteckte.

Skyler nickte und trat zurück. »Sie sei dein – und jetzt nichts wie raus hier, was?«

Er brachte den Mann zur Treppe. Sam war weg.

»Sie ist nach oben gegangen«, sagte Takai.

Skyler stieg rasch die Treppen hoch und musste auf dem ersten Absatz warten, bis der Ingenieur ihn einholte. Die nächsten beiden Etagen ging er normal schnell weiter. Aus dem Hauptkorridor hörte er Samanthas verärgerte Flüche.

Sie fanden sie im Konferenzraum, die Hände in den Hüften, wo sie zu dem an der Wand befestigten Monitor hinaufstarrte. »Das gottverdammte Ding ist festgenietet. Einer von euch hat doch sicher Schneidewerkzeug dabei?«

Skyler zuckte die Achseln und wandte sich an Takai. Der kleine Mann schnitt eine Grimasse und sagte: »Im Flugzeug.«

»Die Stunde der Amateure.« Sie schob sich an den beiden vorbei und ging durch den Gang zu der Tür, durch die sie hereingekommen waren.

»Warte«, sagte Skyler.

Sam drehte sich um. In ihren zusammengekniffenen Augen stand Groll.

»Irgendwas fühlt sich falsch an«, sagte Skyler.

»Ach, echt jetzt?«, antwortete Sam. »Du hast es vermasselt. Schon wieder.«

»Nicht das. Der tote Typ.«

Sie verschränkte die Arme. »Davon gibt's Milliarden.«

Dennoch nagte etwas an ihm. »Keine anderen Cubes haben gefehlt.«

»Ja und?«

»Seltsam, oder?«

Jakes Stimme knisterte in Skylers Ohr. »Angus braucht noch drei Minuten.«

»Verstanden«, sagte Skyler. Er richtete seine Aufmerksamkeit wieder auf Sam. »Dafür hat jemand ein kleines Vermögen geboten. Wir kommen her, und es ist genau dieses eine Set, das sich nicht in diesem Raum befindet? Wenn ein ganzer Haufen fehlen würde, würde ich das dem Durcheinander vor fünf Jahren zuschreiben. Aber genau das Set, dessentwegen wir gekommen sind, das ist weg?«

Sam nickte widerstrebend. »Gut, Sherlock. Wo ist es dann? Nicht im Raum, nicht an dem Toten … du hast den Leichnam durchsucht, oder?«

Er zögerte, spürte, wie sich in seinem Bauch etwas zusammenzog. »Nein. Hat sich falsch angefühlt.«

Sie stürmte zur Treppe. »Er wird's dir nicht übelnehmen.«

Während ihre Schritte verklangen, begriff Skyler, was ihm entgangen war. Er rannte zurück in den Eingangsbereich, vorbei am Souvenirshop und stattdessen zur Rezeption. Takai wartete an der Tür, von wo aus er immer wieder ängstliche Blicke zum Treppenhaus warf.

Auf dem Tresen im Eingangsbereich fegte Skyler eine dicke Staubschicht von einem ordentlich verpackten kleinen Paket, das in einem der beiden Postkästen lag. Die Maße des Päckchens stimmten mit den Daten-Würfel-Fassungen überein, die Takai aus den Regalen im Archiv geholt hatte. Er riss die bräunliche Papierverpackung ab, was nicht schwierig war, da sie in seinen Fingern zerfiel, bis nur noch ein verblasstes Adressetikett blieb. Skylers Ahnung stellte sich als richtig heraus.

»Takai, schau mal.«

»Wir sollten bei Sam bleiben«, sagte der von der Tür aus.

»Sie kann auf sich selbst aufpassen«, antwortete Skyler. »Komm her.«

Mit ängstlichen Schritten durchquerte Takai den Raum. Er zuckte zusammen, als unerwartet ein Lichtstrahl durch die zerrissenen Vorhänge drang, die die Fenster im Eingangsbereich bedeckten. Innerhalb weniger Sekunden war der Raum von blassorangen Lichtspeeren erfüllt.

Morgengrauen.

Skyler tippte sich aufs Ohr. »Status, Jake? Angus?« Während er auf die Antwort wartete, öffnete er den Plastikbehälter. Darin waren vier Keramik-Würfel in Packnudeln aus Styropor.

»Dreißig Sekunden«, sagte Angus.

An Skylers Ellbogen erschien Takai, Prumbles Liste in der Hand. »Die Zahlen passen zum zweiten Set.«

Auch wenn er Hoffnung auf sich einstürmen spürte, rang Skyler den Impuls nieder, die Sache zu feiern. Er wühlte sich durch den Behälter und stieß unter den Cubes auf ein gefaltetes Blatt Papier. Darauf stand etwas auf Japanisch.

»›Du musst zu Ende bringen, was ich nicht konnte‹«, sagte Takai.

»Hmmm?«

»Das steht da. ›Du musst zu Ende bringen, was ich nicht konnte.‹«

Gänsehaut lief Skyler über den Rücken. Die Nachricht und die ganze Situation legten nahe, dass sich auf diesen Cubes etwas befand, das jede einzelne Rats-Banknote wert war, die man ihnen für die Bergung geboten hatte. Er schloss den Behälter und ließ ihn in seine Jacke gleiten. »Jetzt raus mit uns«, sagte er.

Er wandte sich wieder zur Tür. Takai lief voraus, es reichte ihm nicht mehr, hinterherzugehen.

Im Eingang stieß Skyler auf Sam, die gerade aus dem Treppenhaus kam.

»Habe ein altes Telefon und eine Geldbörse gefunden«, sagte sie. »Warum lachst du?«

»Sage ich dir draußen«, erwiderte Skyler. Er bemühte sich, auf das Grinsen zu verzichten, während er zur Tür am Ende des Ganges lief.

Die Sonne auf den Schneefeldern blendete sie. Er blieb direkt hinter der Tür stehen, so dass sich seine Augen anpassen konnten. In der Ferne sah er Jake zwischen den Bäumen hervortreten, er ein trug kleines Reh über den Schultern. Ein breites Lächeln lag auf seinem hageren Gesicht.

»Nicht so mager, wie ich dachte.« Jake ließ das tote Tier von seinem Rücken gleiten und rieb sich die Schussschulter. »Wildeintopf heute Abend, will ich meinen.«

Während Sam und Takai die Tierleiche bewunderten, tippte Skyler wieder auf das Headset. »Angus, geschätzte Ankunftszeit?«

Der Junge antwortete rasch, seine Stimme war deutlich, da das Gebäude nicht mehr zwischen ihnen war. »Wie flach ist das Feld?«

Skyler stellte sich vor, hier einen Landeversuch zu machen. »Sollte klappen. Eher an der Ostseite.«

»Gab es Widerstand?«

»Nein«, sagte Skyler, »aber machen wir uns lieber schnell vom Acker, ja?«

»Klar.«

»Wie steht es mit den Ultrakondis?«

»Wir schaffen es. Gerade eben.«

Gleich darauf hörte Skyler die Bypass-Triebwerke der *Melville*. Das Geräusch schwoll an, bis sie gezwungen waren, sich die Ohren zuzuhalten.

Angus setzte in der Südostecke des Feldes auf, eine Musterlandung. Er hatte sogar die hintere Frachtluke so positioniert, dass sie zu ihnen wies, offen und einladend. Die Maschinen liefen für einen schnellen Start weiter. Skyler bewunderte den Jungen und neidete ihm sein Naturtalent.

Sam übernahm auf dem Rückweg einmal mehr die Führung durch den Maschendrahtzaun und das Unterholz. Takai und Jake kamen als Letzte, beladen mit ihrer jeweiligen Beute.

Als sie an Bord der *Melville* waren, drückte Skyler den roten Knopf, der die Frachtluke bediente, und wies Angus an abzuheben, sobald das Team angeschnallt war.

»Was ist mit dem Monitor«, fragte Sam, »im Konferenzraum?« Sie hielt einen Werkzeuggürtel in der Hand.

»Vergiss ihn. Die Kondis haben nicht mehr viel Saft.«

»Die Komponenten bringen viel.«

Skyler klopfte sich auf die Jacke und grinste. »Nichts im Vergleich zu …«

Sie drückte auf den Knopf, um die Frachtluke wieder zu öffnen, und rannte zum Observatorium.

»Sam! Verdammt!« Er schlug auf den Kommunikator. »Angus, stopp, Sam ist noch mal reingegangen.«

Angus meldete sich sofort über Lautsprecher. »Turbinen ausschalten?«

Skyler wägte die Optionen ab. Das Turbinen-Geräusch würde zwar Aufmerksamkeit erregen, aber wenn man sie herunterfuhr, musste man sie später wieder hochfahren, was eine Menge Zeit kostete. Er warf einen Blick auf Jake und Takai, die beide zurückstarrten. »Lass sie laufen«, sagte Skyler.

»Ja, Captain.«

»Jake, kannst du mir von der Rampe aus Deckung geben?«

Zur Antwort griff Jake nach seinem langen Scharfschützengewehr und entfernte den Linsenschutz vom Visier. Skyler verschwendete keine Zeit, sondern lief zurück über die Lichtung. Erst als er durch den Zaun stieg, fiel ihm auf, dass er sein MG in der *Melville* gelassen hatte.

Ehe er seine Ersatzpistole aus dem Oberschenkelholster ziehen konnte, kam Samantha wieder aus dem Gebäude, die Arme um den großen schwarzen Monitor geschlungen. Ihr Gesicht war verkniffen, weil er so schwer war.

»Kinderspiel«, sagte sie.

»Nur schwerer als ein Kind.«

Sie lachte. »Schnauze, und hilf mir.«

Mit einem Lachen packte Skyler die Vorderkante. Er drehte sich um und machte sich auf den Weg zum Flugzeug.

Jake kniete auf der Rampe. Aus irgendeinem Grund zielte sein Gewehr weit zur Seite.

Aus dem Lauf der langen Waffe schoss eine Fahne aus Flammen und Rauch. Einen Sekundenbruchteil später erreichte das laute, dröhnende Geräusch der Waffe Skyler, trotz der leerlaufenden Maschinen der *Melville* gut hörbar. Er spürte, wie die Druckwelle seine Kleidung erfasste. Vögel stoben aus den umstehenden Bäumen auf. Skyler sah rechtzeitig hin, um eine menschliche Gestalt ins Unterholz kippen zu sehen, wo sie verschwand.

»Subs! Lauf!«, rief Sam.

Skylers Beine pumpten, so schnell die Gräser es zuließen. Verschneite Abschnitte machten alle Hoffnung auf einen richtigen Sprint zunichte.

Er sah rechts zwei weitere Subhumane, die auf sie zugaloppierten. Der, der ihnen am nächsten war, rannte vorgebeugt, eine Hand setzte er als Stütze ein. In der anderen hielt er ein Stück Sperrholz. Eine Art Knüppel. Der weiter hinten hatte angehalten. Er krümmte sich, um etwas zu werfen.

Ein weiterer Schuss erdröhnte vom Flugzeug. Der Steinewerfer zuckte zurück und fiel auf die Knie, brach dann zusammen und war nicht mehr zu sehen.

Der Läufer schloss in beachtlichem Tempo zu Skyler und Sam auf.

Skyler spürte, wie sein Griff um den schweren Bildschirm sich lockerte. Sein Bauchgefühl riet ihm, das unhandliche Gerät zurückzulassen, dann knallte Jakes Waffe erneut. Skyler warf rechtzeitig einen Blick auf den Läufer, um zu sehen, wie er ins Unterholz rollte.

Sie erreichten die Frachtluke, die Takai in dem Moment schloss, als ihre Füße die Rampe berührten. Der Ingenieur wies auf eine

Decke, die er auf dem Boden ausgelegt hatte. »Stellt ihn hierhin«, sagte er.

Skyler und Sam stellten den Monitor vorsichtig auf die wattierte Decke und legten ihn flach.

»Sichert ihn«, sagte Skyler und tippte auf das Mikrofon. »Angus, weg hier, aber mach langsam, bis wir alles verstaut haben.«

»Verstanden«, antwortete der.

Skyler wandte sich an Jake, der schon damit beschäftigt war, sein Gewehr auseinanderzunehmen. »He.«

Jake hielt inne und drehte sich um, um Skyler anzuschauen, wobei er sich jetzt heftiger die Schulter rieb – die Schulter, an der er den Kolben seines Gewehrs anlegte.

»Gut geschossen!«, sagte Skyler.

Jake zuckte die Achseln. »Sie haben es mir leichtgemacht, wie sie so geradewegs auf euch zugerannt sind.«

KAPITEL 8

Darwin, Australien

18.1.2283

Der Würdenträger war in einen perfekten Geschäftsanzug und ein falsches Lächeln gekleidet.

Er glitt auf den nassen Stufen aus, als er aus der Gondelkabine stieg, sein Grinsen geriet ebenso ins Wanken wie sein Gleichgewicht. Eine Hand schoss vor und schloss sich um das Geländer, gerade noch rechtzeitig, um ihn vor einem Slapsticksturz die restlichen Stufen hinab zu bewahren. Er richtete sich auf und setzte sein Lächeln wieder auf. »Mr Blackfield«, sagte er und streckte eine glatte, bleiche Hand aus. »Wie schön, Sie zu treffen.«

Russell dachte, er würde möglicherweise nie wieder zu lachen aufhören, wenn er jetzt den Mund aufmachte, deswegen nahm er stattdessen die dargebotene Hand.

»Michael Carney«, sagte der Mann. »Einwanderungsdirektor des Orbitalrats.«

Er sprach mit einem starken britischen Akzent, unterstrichen von wabbelnden Wangen, die bei jedem Wort erzitterten. Weit vorn auf seiner Nase, so dass er den Kopf nach hinten legen musste, um durchzuschauen, trug er eine Brille – das war eine Seltenheit.

»Einwanderung«, sagte Russell. »Warum hat man Sie geschickt?«

»Ich habe mich freiwillig gemeldet«, antwortete Michael. Er atmete tief durch seine großen, haarigen Nasenlöcher ein. »War seit zehn Jahren nicht mehr hier unten, ich wollte den Regen riechen.«

»Na, Wahnsinn. Wir fühlen uns geehrt, Sie mal schnuppern zu lassen.«

»Danke.« Wenn ihm der Spott auffiel, war er sehr gut darin, es zu verstecken. »Danke, dass die Gondel nach unten fahren durfte.«

»Danken Sie mir, wenn ich beschließe, dass sie wieder nach oben kann.«

Der Blick des Mannes huschte von hier nach da. Hinter ihm warteten geduldig ein paar Sekretäre in höflichem Abstand. Russells eigener Sicherheitstrupp hing ein paar Meter zurück.

Auf der anderen Seite des Frachthofs arbeitete ein Team daran, einen Nahrungsmittelbehälter von der Gondel zu lösen. Aus einer dritten Kabine stieg eine Reparaturmannschaft. Sie trug einheitliche graue Schutzanzüge und war zu einer der Entsalzungsanlagen auf der anderen Seite der Bucht unterwegs. Eine der großen Verarbeitungseinheiten hatte eine Fehlfunktion, und Russell hatte das Gefühl, dass er beträchtlichen guten Willen demonstriert hatte, indem er der Reparaturmannschaft gestattet hatte, sich mit auf die einzelne Gondel zu schwingen.

»Genug der Gefälligkeiten«, sagte Russell. »Sie sind zum Verhandeln hier, also verhandeln Sie.«

Michael warf einen Blick in die Runde. »Vielleicht an einem weniger öffentlichen Ort?«

»Hier passt es ausgezeichnet.«

»Also gut.« Der Mann holte Luft und wies auf den Nahrungsmittelcontainer. »Ein Friedensangebot.«

»Brauchen wir nicht«, sagte Russell. »Strengen Sie sich mehr an.«

Die Brauen des Mannes wanderten nach oben, wenn auch nur eine halbe Sekunde lang. »Mein Besuch beweist, dass die Gondeln problemlos arbeiten. Der Stromausfall letzte Woche sollte, auch wenn er definitiv seltsam war, unsere Handelsübereinkünfte nicht weiter behindern.«

»Seltsam?«, fragte Russell. »Ist das alles, was Ihnen dazu einfällt? Seltsam?«

»Wir haben alles dreimal geprüft, Russell, und keinen Fehler gefunden.«

»Dann geben Sie sich mehr Mühe. Bis ich eine Erklärung bekomme, bleiben die Gondeln, wo sie sind.«

»Es gibt nichts mehr zu überprüfen, Russell. Vielleicht, wenn wir Ihnen bei Ihrer Analyse hier unten zur Hand gehen könnten?«

Viele Jahre zuvor hatte Russell einen weisen Rat von einem runzligen alten Betrüger erhalten. »Wenn jemand, der dir gerade erst begegnet ist, ständig deinen Vornamen sagt, lügt er dich entweder an oder hat etwas zu verbergen.« Er hatte diesen Tipp nie vergessen, und er hatte sich schon oft als nützlich erwiesen.

»Sie glauben, wir machen das absichtlich«, sagte Russell. »Dass wir … was, den Stromausfall vorgetäuscht haben?«

»Ich kann nur sagen, dass wir nichts ausschließen«, antwortete der Mann mit einem selbstgefälligen Grinsen.

Ein Politiker durch und durch.

Russell hätte dem Mann am liebsten die Faust in die schiefen Zähne gerammt.

Regen prasselte um sie herum auf den Boden. Dicke, warme Tropfen. Innerhalb von Sekunden entwickelte sich das Tröpfeln zu einem Guss.

»Vielleicht«, sagte Michael Carney, »könnten wir uns nach drinnen begeben?«

Russell drehte sich um und marschierte davon, wodurch das Ratsmitglied sich beeilen musste, um mitzuhalten. Er zog in Erwägung, Höflichkeit walten zu lassen und den Besucher in sein opulentes Büro zu führen, aber ihm kam eine bessere Idee.

Mit wachsendem Tempo steuerte Russell auf Nightcliffs riesige Südtore zu. Zwei massive Torflügel, Flickenteppiche aus rostendem Metall und hastigen Schweißnähten. Er bog zu einem Gerüstaufgang neben dem großen Tor ab und ging klappernd die Stufen hinauf, immer zwei auf einmal.

Oben hielt er an, damit Carney aufholen konnte.

Der Brite keuchte, als er auf der letzten Stufe ankam. Sein einst makelloser Geschäftsanzug hatte sich wie ein trockener Schwamm mit Regen vollgesogen. Perlende Wassertropfen bedeckten seine Brillengläser. Er nahm die Brille ab und suchte nach etwas, um sie abzuwischen, gab aber schnell auf und stopfte sie in seinen Blazer.

Russell trat zur Seite, um ihm Platz zu machen. Der schmale Steg führte um den gesamten Umfang der Wälle der Festung, aber er wusste, dass er seinen Gast nicht weiter als bis hierher würde bringen müssen.

Unter ihnen erhob sich ein Gemurmel auf. Michael schaute über die Mauer und war sprachlos.

Beim Anblick eines Mannes, der etwas anderes trug als das Schwarz Nightcliffs, regte sich die Menge. Sie spürte, dass es etwas zu bedeuten hatte. Etwas Wichtiges. Das Gemurmel schwoll an, erst zu einem furchtsamen Geschnatter und dann zu zornigen Rufen, die sich wie eine Schockwelle in der Menge ausbreiteten.

Am Vortag hatte die Laune der Menschen nach beinahe einer Woche sinnloser Proteste umgeschlagen, von aufständisch zu gelangweilt. Trotz des unbeständigen Wetters hatten sie auf dem Ryland Square gelagert. Sie hatten gesungen und im Schlamm Fußball gespielt. Ein paar eher drollige Faustkämpfe waren ausgebrochen. Hin und wieder hatten sie Steine auf die Festung geworfen.

Russell hatte sie lange beobachtet und bemerkt, wie oft ihre Blicke zum Lift wanderten, in der Hoffnung, dass sich die Gondeln wieder bewegten. In der Hoffnung, eine Mahlzeit werde am Kabel herabschweben.

Keine Mahlzeit, dachte Russell. *Aber ich habe euch ein Opferlamm gebracht.*

»Meine Güte«, sagte Michael, der sich endlich gefangen hatte. Er wischte sich das Wasser vom Gesicht und bemühte sich, das Meer aus Menschen genau zu erkennen. »Was tun die alle hier?«

Russell klopfte ihm auf den Rücken. »Sie brennen darauf zu erfahren, was Sie ihnen anbieten wollen.«

Michael zog sich vom Rand der Mauer zurück. »Das kann nicht Ihr Ernst sein«, quiekte er.

Zur Antwort hielt ihm Russell ein kleines Mikrofon hin, das er in den letzten Tagen benutzt hatte, um sich an die Menge zu wenden. Er hatte es an ein Lautsprechersystem angeschlossen, das ursprünglich dazu hätte dienen sollen, Alarm zu geben, wenn ein Angriff auf den Lift bevorstand.

Carney starrte das Gerät an wie eine angriffsbereite Kobra.

»Nur zu«, sagte Russell. »Sagen Sie es ihnen.«

Der Mann stotterte. Es gelang ihm, das Mikrofon mit einer Geste abzulehnen. »Verstanden, Mr Blackfield. Die Leute sind unruhig, das ist mir klar …«

Russell gab nicht nach. »Sie meinen, ich mache Witze?«

Der Ratsangehörige riss die Augen auf. Der Regen prasselte immer stärker herab. Er lief ihm in Strömen übers Gesicht.

»Na schön«, sagte Russell, »ich mache es.« Er wandte sich an das Meer zerlumpter Gestalten und hob den Arm. Dann drückte er das Mikrofon an die Lippen. »Wir haben einen Gast von oben!«

Die Menge brandete nach vorne, rief Beleidigungen. Sie war inzwischen über die Verzweiflung hinaus. Wer wusste, wie man in Darwin an eine Mahlzeit kam, hatte den Platz längst verlassen. Selbst die Jakobiten hatten aufgegeben.

Die Verbliebenen waren wahrhaft erbärmlich.

Russell fuhr fort: »Er kommt mit einem Friedensangebot.« Seine Stimme schallte über die weite Fläche, hallte von den zusammenbrechenden Wolkenkratzern auf der anderen Seite wider. Die Stimmung des Pöbels schlug bei diesen Worten um, und Russell nutzte die Gelegenheit. Er bewegte den Arm in einem Halbkreis über ihre hungrigen Gesichter. »Fünf Container mit frischer Nahrung, alles für euch. Was sagt ihr?«

Sie brüllten wie ein Mann. Russell fand das Geräusch betörend.

Michael beugte sich zu ihm. »Ich habe nur einen dabei«, zischte er durch zusammengebissene Zähne, »und der war für Sie und Ihre Mitarbeiter.«

»Entspannen Sie sich«, sagte Russell. »Ich werde ein paar aus der Notreserve abziehen. Die strecke ich Ihnen vor.«

»Was? Das ... das kann ich nicht autorisieren.«

Russell grinste die Menge an. Er legte Michael Carney einen Arm um die Schulter und drehte ihn, so dass er die jubelnde Masse anblickte. »Genau das ist das Problem, Michael. Sie sind ein machtloses Arschloch. Deshalb stelle ich Sie vor die Wahl. Ich kann Sie hier und jetzt über die Mauer stoßen, oder Sie können zu ihren Vorgesetzten zurückkehren und ihnen sagen, dass ich die Anarchie noch für ein paar Tage zurückgedrängt habe, trotz ihrer Unentschlossenheit und Inkompetenz. Aber im Gegenzug schulden sie mir was, und zwar mehr als Nahrung.«

»Nämlich?«

»Ganz einfach. Ich werde die Gondeln wieder starten, wenn ich einen Sitz im Rat erhalte.«

Der Mann erstarrte. Er wollte etwas sagen, dann klappte er den Mund zu.

Russell winkte weiter der Menge zu. Er schob den Ratsangehörigen näher an die Brüstung.

»Es wird eine Abstimmung erforderlich sein«, sagte Michael. »Das dauert möglicherweise etwas.«

»Sie überbringen einfach die Nachricht, Michael. Das schaffen Sie doch sicher.«

»Was ist mit den Gondeln? Bitte! Diese Menge beweist, dass Sie Nahrungslieferungen genauso brauchen wie wir Wasser und Luft.«

Russell seufzte. »Ich schätze, ich kann sie als Geste des guten Willens vorübergehend anwerfen. Im Austausch will ich aber selbst hinauffahren. Einen kleinen Besuch abstatten.«

Michael wollte widersprechen.

»Halten Sie den Mund und hören Sie zu«, sagte Russell. »Ich will mich mit Alex Warthen treffen, im Orbit, und ich will von nun an nur mit ihm verhandeln.«

»Die Verhandlungen sind meine Aufgabe«, sagte Michael.

»Mir scheißegal. Mit Alex kann ich arbeiten. Sie? Sie sind ein Laffe, und ich mag Sie nicht.«

Aus dem Gesicht des Mannes wich alle Farbe. Er schluckte, seine Fassung war wie weggeblasen.

Russell riss den Mann herum, so dass sie einander von Angesicht zu Angesicht gegenüberstanden. Er zog an seinen durchnässten Jackenaufschlägen und glättete die tropfende Krawatte. »Ein Geschäftsanzug?«, fragte er. »Sie haben die Welt vergessen, in der wir leben. Sie sind zu abgehoben, Sie alle.«

»Ich … ich weiß nicht, was ich sagen soll. Mir fehlen die Worte.«

»Danken Sie Gott dafür. Einfach lächeln und ein letztes Mal denen zuwinken, die sich in der Scheiße wälzen. Dann können Sie wieder hoch zu Platz und den anderen fahren und ihnen meine freundlichen Grüße überbringen.«

KAPITEL 9

Darwin, Australien

18.1.2283

Neil Platz kratzte sich am Bart, immer noch nicht an die Borsten gewöhnt. Als er die Hand wegnahm, waren seine Fingerspitzen mit schwarzer Theaterschminke verschmiert.

»Ich kann nicht glauben, dass das funktioniert hat«, rief er. Die Windstöße, die in den Passagierraum des Wassertransporters peitschten, übertönten die Worte. Neil hatte gebeten, die Tür offen zu lassen, damit er die salzige Luft genießen konnte.

Sein Assistent saß auf dem Mittelsitz der Bank, flankiert von weiteren Mitgliedern der angeblichen Reparaturmannschaft. Leibwächter, allesamt. Sein Assistent, erstarrt und mit grünem Gesicht, schüttelte den Kopf zur Antwort und wies auf sein Ohr. Der arme Kerl hatte sich kurz nach dem Abflug von Nightcliff erbrochen und sah aus, als würde er es gleich wieder tun.

Neil hob die verschmierten Finger und wackelte grinsend damit. Die Verkleidung, ein schwarzer Bart und der graue Overall eines Technikers, hatte perfekt funktioniert. Sein Herz raste vor Aufregung darüber, Nightcliff unentdeckt durchquert zu haben, direkt unter der Nase dieses Bastards Blackfield. Niemand hatte ihn erkannt, und nachdem er die letzten rund dreißig Jahre als der prominenteste lebende Mensch verbracht hatte, fand Neil das Gefühl der Anonymität berauschend.

Doppelt sogar, weil er mit der einzigen Gondel herabgekommen war, die seit sechs Tagen nach unten gefahren war und ein Ratsmitglied befördert hatte, das mit Russell Blackfield verhandeln sollte. »Neil sendet Grüße«, sagte Carney in Neils Vorstellung zu diesem lästigen Mann. »Er bedauert, dass er die Reise nicht persönlich antreten konnte.«

Neil lachte laut. Er fühlte sich lebendig, als sei er nur halb so alt, wie er war. Das bedauerliche Ereignis auf Hab-8 war nur noch eine vage Erinnerung. Machtmenschen mussten Entscheidungen treffen und weitermachen. Es war zwecklos, auf der Vergangenheit herumzureiten, und außerdem hatte er schlimmere Leichen im Keller. Viel schlimmere.

Er freute sich auf die Rückfahrt, wenn er wieder als normaler Mensch durch Nightcliff gehen würde. Vielleicht hätte er Spion oder Betrüger werden sollen. Vielleicht hatte er seine wahre Berufung verfehlt, obwohl er vermutete, dass manch ein ehemaliger Konkurrent behaupten würde, er sei ein ausgefuchster Schwindler. Der Gedanke ließ sein Grinsen noch breiter werden.

Der gewaltige Transporter kreuzte über der Bucht südwestlich von Nightcliff, auf dem Weg zu einer Nehrung namens East Point. Neil stemmte sich gegen den Gurt und beugte sich aus dem Flugzeug, um direkt nach unten zu schauen. Sie waren inzwischen weit genug von der Küste entfernt, dass er unten das wogende Meer sah und nicht mehr die Bootswracks, die die Küste säumten. Wellen rollten auf die Stadt zu. Er atmete tief ein – trotz des leichten Kloakengeruchs war die Luft erfüllt von einer ganzen Flut geschätzter Erinnerungen.

Als die Maschine allmählich leiser wurde, sah Neil die Küste von East Point näher kommen.

Sechs riesengroße Entsalzungsanlagen säumten die Küste. Eckige, himmelblaue Bauwerke, umgeben von Nestern aus Rohren jeder vorstellbaren Größe. Ansaugröhren schlängelten sich weit ins Meer hinaus, verschwanden in den Tiefen. Gigantische Türme spien weiße Wolken aus nukleargetriebenem Dampf hoch in den Himmel. Bei diesem Anblick platzte er vor Stolz, weil sie immer noch täglich tonnenweise Meerwasser aufwirbelten – jahrzehntelanger ununterbrochener Betrieb. Sie waren der erste Teil des Platz-Imperiums, den er von seinem Vater übernommen hatte. Bis zur Ankunft des Lifts hatten die Anlagen Trinkwasser für beinahe das ganze Northern Territory geliefert, und das zu einer Zeit, in der man um diese Annehmlichkeit Kriege geführt hatte.

Sein Vater war das wahre Genie hinter dem Bau der Anlagen. Zehn Jahre vor der Wasserkrise hatte er die Grundlagen für die Entsalzungsanlagen geschaffen: das Land gekauft, die richtigen Ingenieure eingestellt und die Räder der Bürokratie geölt. Als der von Außerirdischen errichtete Weltraumlift in Darwin zur Erde gekommen war, hatten diese Anlagen der Stadt gestattet, sich schnell zur Mega-City zu entwickeln.

Ein unglaubliches Glück für die Familie Platz, sagten alle. Die Wahrheit war eine Bürde, die Neil mit ins Grab zu nehmen gedachte.

In der Welt nach der Krankheit waren diese Maschinen einer der Hauptgründe für das Überleben der Menschheit. In Darwin und im Orbit. Regenwasser wässerte die Dachgärten, das schon, aber bis es in die Straßen hinabsickerte, war es eine verschmutzte Brühe, und auch wenn der Lift vor der SUBS-Krankheit schützte, so versorgte er doch keinen Menschen. Das sah Neil als seine Aufgabe an, so undankbar sie auch sein mochte.

Fünfzehn weitere solche Anlagen lagen außerhalb der Auragrenze, verstreut an der nördlichen Küste, für die Welt verloren. Sie dienten als Ersatzteillager. Bergungsmannschaften suchten sie hin und wieder auf. Nur diese hier, an der Küste von East Point, konnte man warten.

Das Flugzeug neigte sich zur letzten Anlage der Reihe hin. Als der Pilot den Vogel auf einer Rollbahn hinter der Anlage landete, fühlte sich Neil wie ein abgesetzter Präsident, der aus dem Exil zurückkehrte. Er rief sich seine Verkleidung ins Gedächtnis; für den Augenblick war er einfach Teil der Reparaturmannschaft.

Er ließ seine Mannschaft als Erstes aus der Passagierkabine. Neil stieg als Letzter aus und hielt den Kopf gesenkt. Beim Herunterfahren gaben die Maschinen ein gellendes Geheul von sich. Neil ging geduckt, inmitten der heftigen Abluft auf sein Gleichgewicht konzentriert.

Es lief bereits eine Mannschaft auf das Flugzeug zu und löste den leeren Wassercontainer, der darunter befestigt war. Solche Produktivität machte Neil glücklich.

In der Anlage folgte er seiner Gruppe durch das höhlenartige Erdgeschoss. Es war vom stetigen Summen der Wasseraufbereiter erfüllt, jeder so groß wie ein Einfamilienhaus. Ein Dutzend Ablassventile stießen Dampf aus. Reihen von Triacetat-Membran-Arrays nahmen ein Viertel des Raumes ein und sahen aus wie Raketen, die zur Erde ausgerichtet waren.

Er sah die Einlassrohre, so groß wie er und tropfend vom Kondenswasser. Neil stellte sich das Meereswasser vor, das hindurchströmte, direkt in eine Reihe von Kammern, wo es rapide erhitzt wurde, um das Salz abzuscheiden. Er hatte diese Anlage jahrelang geleitet und kannte jedes Detail.

»Ich bin darüber nicht glücklich, Neil.«

Die vertraute Stimme löste seine Aufmerksamkeit von der Maschine. Neil wandte sich um und stand vor Arkin, dem Manager der Anlage. »Sei bitte leise.«

Der Mann ging ärgerlich neben Neil her. »Netter Bart«, sagte er.

»Extra für diesen Besuch stehen lassen. Ich musste so tun, als sei mein Vorrat an Rasierklingen alle. Woran hast du mich erkannt?«

Arkin zuckte die Achseln. »Ich kenne dich schon mein ganzes Leben lang. Du bewegst dich wie ein Tyrann.«

Neil lachte bellend.

»Ich bin darüber nicht glücklich«, wiederholte Arkin.

»Wir reden draußen.«

* * *

Arkin führte die Gruppe vom Wasserverarbeitungs-Bereich weg und ins angrenzende Lagerhaus.

Er ging schnell, so dass Neil wenig Zeit blieb, die Inhalte des Lagerbereichs zu prüfen. Auf Holzregalreihen lagerten die Ersatzteile, die die Anlage am Laufen hielten. Einige Sektionen sahen schlecht bestückt aus, aber Neil entschied, dies sei wohl kein guter Zeitpunkt, darauf hinzuweisen.

Wassercontainer füllten den Großteil des Lagerhauses. Die massiven Zylinder stapelten sich vom Boden bis zur Decke, gehalten von Metallgerüsten. Neil ließ den Blick auf der Suche nach Anzeichen des Verschleißes darüberschweifen.

»Würdest du zuerst gern über deine speziellen Container sprechen«, sagte Arkin, »oder über deine, äh, Gäste?«

»Also sind sie da?«

Arkin führte Neil und sein Team schweigend um die letzte Reihe Wassercontainer herum.

Am Ende des Gebäudes, in der Nähe einer Reihe von Verladedocks und Garagentoren, wartete ein Panzerwagen.

Drei Wachmänner standen neben dem Fahrzeug und plauderten. Beim Anblick ihres Chefs nahmen sie Haltung an.

Arkin blieb vor dem Wagen stehen und zog Neil zur Seite.

»Ich bin darüber nicht glü …«

»Das sagst du schon die ganze Zeit«, antwortete Neil. »Wie lang sind sie schon hier?«

Arkin behielt seine Sorgen für sich. »Zehn Minuten, schätze ich.«

»Mit verbundenen Augen?«

»Wie verlangt.«

Neil sah sich um, dann richtete er seine Aufmerksamkeit auf den Wagen. »Lass mich übernehmen. Wir reden nachher über die Container. Ich will einen umfassenden Bericht. Wir werden die Sache möglicherweise bald beschleunigen müssen.«

»Was ist mit den Gondeln?«

»Mach dir darüber keine Sorgen. Während wir uns hier unterhalten, wird ein Abkommen getroffen.«

Arkin zögerte.

»Du bist nicht glücklich, ich weiß«, sagte Neil. »Kümmere dich um deinen Kram, ich werde dafür sorgen, dass du sie bald wieder los bist.«

* * *

Neil bedeutete einem der Leibwächter, die Tür des Lieferwagens zu öffnen. Das Fahrzeug war mit dicken Platten gepanzert, und Neil glaubte, dass es in der Ära vor der Krankheit wohl für Geldtransporte gedient hatte.

Drinnen saßen auf Bänken, die die ganze Länge des Abteils einnahmen, zwei Männer einander gegenüber. Beide trugen schwarze Kapuzen über dem Kopf, aber damit endeten die Gemeinsamkeiten auch. Der Linke war dürr, der rechts auffallend übergewichtig.

Ein dritter Mann saß bei ihnen, neben der Tür. Er gehörte zu Arkins Sicherheitskräften. Neil beugte sich vor, um mit ihm zu reden. »Wie ist es gelaufen?«

»Wir haben sie in einem Café im Labyrinth aufgestöbert. Clarke's heißt es. Den Hageren haben wir dorthin verfolgt, wo der andere schon gewartet hat.«

»Sind sie freiwillig mitgekommen?«

»Mehr oder weniger«, sagte der Wächter.

Neil nickte. »Bringen Sie den Typen aus Nightcliff raus, ich möchte mich mit dem anderen unterhalten.«

Mit professioneller Ruhe nahm der Wächter den dürren Mann am Oberarm und führte ihn aus dem Wagen. Zufrieden stieg Neil ein, setzte sich auf die freigewordene Bank und schob die Tür zu.

»Sie«, sagte Neil, »müssen Mr Prumble sein.«

Der Kopf des Fetten neigte sich unter der schwarzen Kapuze. »Zu Ihren Diensten, Mr Platz.«

Verdammter Mist. Neil riss die schwarze Kapuze weg und legte sie beiseite. »Woher wussten Sie das?«

»Ich kenne Ihre Stimme«, sagte Prumble. »Habe Ihre Reden gehört.«

Neil musterte den Schmuggler. Schweiß glitzerte auf dem fast kahlen Kopf des Mannes. Er atmete in kurzen, abgehackten Zügen, wohl ein Nebeneffekt seines Gewichts. In einer Stadt voller hungernder Seelen hatte Neil noch nie jemanden mit Gewichtsproblemen gesehen. Er fand es leicht ekelerregend.

»Nennen Sie mich Neil. Wie ist Ihr Vorname?«

»Nicht der Rede wert.«

»Ich verstehe. Darwin war ein Neuanfang für Sie, schätze ich?«

Prumble neigte den Kopf. »Wir haben alle Opfer gebracht, um die Stadt zu erreichen.«

Darwin diente vielen genauso dazu, sich vor ihrer Vergangenheit zu verstecken, wie vor der Krankheit – und wer konnte ihnen einen Vorwurf daraus machen? »Na gut. Also Prumble.«

Der dicke Mann rutschte auf seinem Platz hin und her. Sein langer, lederner Staubmantel quietschte, als er über die Plastikbank rieb. Mit viel Mühe erreichte er eine Innentasche, aus der er einen metallenen Flachmann holte. Er schraubte die Kappe auf und bot ihn Neil an.

»Nein, danke.«

Prumble zuckte die Achseln und nahm einen tiefen Schluck von dem Getränk. »Verzeihen Sie mir mein Verhalten, Mr Platz. Ich treffe nicht jeden Tag einen Orbitalen. Besonders nicht einen Ihres … Ranges.«

»Nennen Sie mich Neil«, wiederholte er.

Prumble hob den Flachmann noch einmal. »Natürlich. Ich vergaß.«

»Kommen wir zum Geschäft«, sagte Neil. »Sie hatten den Auftrag, etwas für mich in Japan zu finden.«

»Ah«, sagte Prumble. »Sie sind der Käufer. Bei der extravaganten Belohnung hätte ich mir das denken können.«

»Ich wollte gewährleisten, dass ich ganz oben auf der Prioritätenliste lande.«

»Gewiss. Nun, ich glaube, ich hatte Erfolg.« Prumble verstaute den Flachmann wieder im Mantel und fischte in einer noch tieferen Tasche herum.

Neil mahnte sich zur Ruhe. Die abgestandene Luft im Fahrzeug roch nach Schweiß.

Der dicke Mann zog schließlich einen Gegenstand aus der Tasche und überreichte ihn Neil.

Ein Kinderspielzeug. Ein grünes Fellmonster mit großen Augen, weißen Zähnen und einer drohend erhobenen Hand.

»Nicht ganz das, was ich mir erhoffte hatte«, sagte Neil.

Prumble kicherte. Er schob die Finger durch ein kleines Loch im Rücken und wühlte herum, bis er den versteckten Inhalt herausgeangelt hatte: einen kleinen Keramikwürfel.

»Mein Team hat davon vier gefunden«, sagte Prumble und legte das winzige Speichermedium in Neils offene Hand. »Aus der Anlage in Japan geborgen, wie verlangt.«

Neil sah sich das Ding genau an. Der Würfel mit seinen paar Zentimetern Seitenlänge hatte eine weiße Außenhülle aus Keramik. Ein Gitter aus dunklen Graphenanschlüssen verlief entlang einer Kante.

Im Inneren, wusste Neil, befand sich ein Array von dünnen Kristallplatten, die die Daten in holographischer Form enthielten. Ein Würfel konnte eine große Menge Informationen speichern. »Ich muss das prüfen.«

Prumble räusperte sich. »Die anderen sind sicher in meinem Büro verwahrt.«

»Natürlich«, antwortete Neil. Er drehte sich um und klopfte mit den Fingerknöcheln an die Tür des Wagens. Als sie sich öffnete, rief er seinen Assistenten zu sich. »Meinen Aktenkoffer bitte.«

Sobald der silberne Koffer in seiner Hand lag, schob Neil die Tür wieder zu. Er legte die Daumen auf die Scharniere, seine Fingerabdrücke öffneten das Schloss. Drinnen leuchtete der Bildschirm eines tragbaren Terminals auf.

»Was passiert mit meinem Partner?«, fragte Prumble.

Neil sah von dem Gerät auf. »Mr Osmak hat seinen Zweck erfüllt. Sie werden ab jetzt direkt mit mir arbeiten.«

Prumble schnitt eine Grimasse. »Das ist ein wenig unfair.«

»Ich werde ihn gut bezahlen«, sagte Neil. »Mir ist es lieber, wenn nur ein Minimum an Leuten in meine Angelegenheiten involviert ist. Ein falsches Wort zur falschen Zeit, so sagt man doch ...«

Darüber lachte der dicke Mann. Ein durchtriebenes Kichern voller Ironie. »Damit befinde ich mich wohl auf gefährlichem Terrain.«

Das Verzeichnis des Daten-Würfels ließ sich fehlerfrei wiederherstellen und erschien auf dem Bildschirm. »Möglicherweise«, sagte er. »Wer erledigt die Bergungsarbeiten für Sie?«

»Wie, Sie können sich nicht vorstellen, dass ich in Japan herumscharwenzle?«

Neil grinste. »Man hat schon Pferde kotzen sehen.«

Auf dem Bildschirm sah er ein Handvoll Erkennungszeichen – Datumsangaben, das Logo des Observatoriums, japanische Namen –, die bestätigten, dass die Daten zu Tanias Anfrage passten.

Wir haben es, dachte Neil. Er zwang sich, den Ansturm der Aufregung zu besänftigen. Er konnte beinahe hören, wie Tania ihm ins Gedächtnis rief, »es« sei vielleicht gar nichts.

Prumble seufzte. »Ich mache Verträge mit einer Vielzahl von ...«

»Namen, Mr Prumble. Sicherheit hat für mich Vorrang.«

Prumble leckte sich die Lippen. »Vielleicht sollte ich diese Information für mich behalten. Zu meiner eigenen Sicherheit.«

»Ich könnte Kip fragen«, sagte Neil. »Ihm ein Leben im Orbit in Aussicht stellen, dafür würde er, wie ich annehme, beinahe alles tun.«

Der dicke Mann starrte Neil an, sein Gesicht ein Sinnbild der Aufmerksamkeit. »Stellen Sie mir diese Belohnung in Aussicht?«

»Namen.«

Eine weitere Schweißperle lief dem Mann über die Stirn. Er wischte sie mit seinem schmutzigen Taschentuch ab. »Schön. Ein Pilot namens Skyler Luiken und seine Mannschaft.«

»Vertrauenswürdig?«

»Extrem«, sagte Prumble, »obwohl ich nicht für sein ganzes Team haften kann.«

»Das sollten Sie aber besser. Ich will, dass sie exklusiv für mich arbeiten.«

»Skyler ist gut. Ein entsetzlicher Anführer, viel zu nett, aber ein guter Mann. Seine Mannschaft ist ... einzigartig.«

»Inwiefern?«

»Es sind Immune. Alle.«

Neil konnte sein Erstaunen nicht verbergen. Er wusste, dass einige Leute immun gegen SUBS waren, ein paar Dutzend unter der Million Menschen, die noch lebte. In den frühen Jahren der Krankheit hatte er ein paar angeworben, um sie von seinen medizinischen Mitarbeitern untersuchen zu lassen. Aus dieser Forschung war nichts Sinnvolles hervorgegangen, und so hatte man das Projekt aufgegeben.

Eine Gruppe von ihnen, die sich als Bergungsmannschaft zusammentat, war ein guter Schachzug. Zeugte von Geschäftssinn. Die

Möglichkeiten überschlugen sich in seinen Gedanken. Sie konnten tage- und nicht nur stundenlang draußen bleiben und mussten sich niemals Sorgen über einen Riss im Schutzanzug machen. »Sie könnten sehr hilfreich sein«, sagte er. »Ihr Flugzeug, taugt es was?«

Der Fette zuckte die Achseln. »Es tut, was es soll, solange Nightcliff sie in Ruhe lässt.«

Das ist der Haken, dachte Neil. Natürlich würde man eine solche Mannschaft besonders gründlich in Augenschein nehmen. Doch es gab Wege um dieses Problem herum.

»Nun«, sagte er, »wir haben die echte Ware, wie es aussieht.« Er hielt Prumble den Daten-Würfel hin. »Ich lasse Sie von meinen Männern zurückfahren, damit Sie die übrigen drei holen können.«

»Es gibt da noch«, sagte Prumble, »die Sache mit der Bezahlung.«

»Wenn wir die Daten haben, bezahle ich Sie komplett, inklusive Vorschuss für zukünftige Anfragen.«

Prumble schürzte die Lippen, als müsse er sich eine Antwort verkneifen. Neil wusste, dass der Mann jetzt entscheiden würde, ob er einer solchen Einigung trauen konnte. In den Elendsvierteln von Darwin zu leben hieß, stets einen Blick über die Schulter zu werfen, und eine solche Geisteshaltung änderte sich nicht so leicht.

Neil streckte die Hand aus. Ein sanfter Schubs in Richtung Übereinkommen.

Der dicke Mann nahm sie und schüttelte sie mit festem, wenn auch verschwitztem Griff.

»Wir sind im Geschäft«, sagte Neil. »Bitte setzen Sie die Kapuze auf.«

Prumble tat es.

Zufrieden legte Neil den Würfel wieder in seinen Koffer und schob die Tür des Wagens auf. Vor dem engen Fahrzeug streckte er sich und rief seinen Assistenten zu sich herüber.

»Sir?«

»Gibt es Neuigkeiten von Nightcliff?«

Der Mann nickte. »Die Gondeln fahren wieder, zumindest vorerst.«

»Phantastisch«, sagte Neil, »und was mussten wir Blackfield für seine Kooperation geben?«

»Carney hat ihm angeboten, sich mit Alex Warthen zu treffen, an Bord von Gateway. Blackfield hat zugestimmt.«

»Was für ein Idiot«, sagte Neil. Er hatte den Verdacht, dass Russell sich einfach nur freute, überhaupt etwas angeboten zu bekommen. »Vielleicht sollte ich ihn von Alex festnehmen und in den Bau werfen lassen.«

»Es heißt, vor Nightcliff feiert eine Menschenmenge.«

»Die bejubeln zweifellos Blackfields Namen.« Das war der wahre Grund für diese Blockade, wie Neil annahm.

Sein Assistent trat ängstlich von einem Fuß auf den anderen.

»Ist noch etwas?«, fragte Neil.

»Auf einer der Farm-Plattformen ist etwas passiert«, sagte der Mann. »Vor einer Stunde.«

»Was denn? Raus damit, Junge.«

»Der Sicherheitsdienst musste eine Frau umlegen. Sie ist offenbar durchgedreht.« Der Assistent schluckte schwer. »Es heißt, sie hatte den Ausschlag.«

»Unmöglich«, antwortete Neil, eine Lüge, die ihm mühelos über die Lippen kam, auch wenn sein Verstand raste. Das Geschöpf, das Kelly und er erledigt hatten, war kein Einzelfall gewesen. Ein weiterer Subhumaner innerhalb der Aura? Das deutete auf einen möglicherweise verheerenden Wandel hin. Einen Wandel mit untadeligem Timing. Ein Aussetzer in der Wirksamkeit der Aura zu diesem Zeitpunkt, so kurz vor der nächsten Phase des Plans der Erbauer, konnte kein Zufall sein. »Ich werde es mir ansehen«, brummte Neil. »Zweifellos eine Fehldiagnose.«

Die Bemerkung half nicht gerade, den besorgten Blick seines Assistenten zu bannen. Der Mann wandte seine Aufmerksamkeit dem Wagen zu. »Wie lauten Ihre Befehle?«

»Bringen Sie den Fetten zurück zu sich nach Hause. Er schuldet mir drei Daten-Würfel. Wenn Sie sie haben, bezahlen Sie ihn und lassen ihm ein Sat-Comm und eine Schüssel da.«

Der Mann nickte, dann winkte er den anderen Wachen, wieder einzusteigen.

»Was ist mit dem anderen?«, fragte er.

Neil sah zu der Garageneinfahrt, wo Kip mit dem Gesicht zur Wand stand, den Kopf in der Kapuze gesenkt. Ein bewaffneter Wachposten wartete neben ihm.

»Wir brauchen seine Dienste nicht mehr«, sagte Neil. »Verdoppeln Sie seinen Lohn und lassen Sie ihn in der Absteige raus, in der Sie ihn aufgegabelt haben.«

KAPITEL 10

Anchor-Station

21.1.2283

An der Hauptluftschleuse auf Ebene Rot versuchte Tania vergeblich, ihren Laborkittel glatt zu streichen – ein Unterfangen, das ohne Schwerkraft noch schwieriger wurde. Immerhin hatte sie daran gedacht, sich das Haar zusammenzubinden.

Eine Reihe dumpfer, mechanischer Schläge kam von der großen, runden Tür. Darauf folgte ein Geräusch, das sie normalerweise wie jeden anderen Orbitalen in Panik hätte ausbrechen lassen: wertvolle Luft entwich. Das Zischen dauerte ein paar Augenblicke, während sich der Druck anglich.

»Die Spannung bringt mich um«, sagte Natalie. Sie trieb links von Tania und trug einen einfachen weißen Overall statt ihres Laborkittels.

»Ein paar Sekunden noch«, antwortete Tania. Sie hatte ihre Assistentin von der Forschung abgezogen, um ein paar spezielle Gäste zu treffen. Die junge Frau war Neil Platz oder seinem umgänglichen Bruder Zane noch nie begegnet, und Tania hatte das Gefühl, der Zeitpunkt sei gekommen. Natalie konnte ihr bei ihrem Spezialprojekt zur Hand gehen, was Neil bisher verboten hatte. Wenn sie sich trafen und anfreundeten, würde er seine Meinung möglicherweise ändern. »Ich bin froh, dass du dir die Zeit nehmen konntest, mich zu begleiten.«

»Du hast mich aus dem Labor gelassen! Die Freude ist ganz auf meiner Seite.«

»Ich erwarte trotzdem, dass du die Grafiken zum Thema Weltraumschrott fertig machst.«

Natalie lachte. »Sklaventreiberin.«

»Ruhe jetzt.«

Die Tür der Luftschleuse schob sich nach innen und zur Seite. Tania fragte sich, ob sie einen formelleren Empfang hätte vorbereiten sollen. Zu spät.

Neil schwebte mit verstimmter Miene in der Verbindungsröhre. Er trug einen grauen Rollkragenpulli, eine schwarze Freizeithose und in einer Hand einen Aktenkoffer.

Hinter ihm warteten zwei weitere Personen, von denen keine der jüngere Platz-Bruder Zane war.

Tania erkannte den zweiten Mann als Alex Warthen, den Sicherheitschef und steten Stachel in Neils Fleisch. Er kam selten nach Anchor, was Tania als Segen betrachtete. Sie hatte nie verstanden, warum hier ein Sicherheitstrupp nötig war, und vermutete, dass die meisten ihrer Mitarbeiter derselben Meinung waren.

»Willkommen«, sagte Tania, »auf der Anchor-Station.«

Neil ließ ein breites Lächeln aufblitzen. »Tania, eine Freude, wie immer.« Er schwebte vor und schüttelte ihr die Hand, als kennten sie einander kaum.

Sie wies auf ihre Begleiterin. »Das ist meine Laborassistentin Natalie Ammon.«

Neil verneigte sich leicht in ihre Richtung, seine Bewegungen in der fehlenden Schwerkraft waren flüssig und anmutig. »Hocherfreut«, sagte er.

»Sie ist eine begnadete Datenanalystin«, fügte Tania hinzu. »Ohne sie käme ich nicht klar.«

»Unterschätzen Sie sich nicht«, sagte Neil. »Kennen Sie Alex Warthen und Sofia Windon?«

»Alex, hallo«, sagte Tania. Der Mann nickte nur. Er hatte die Station schon ein paarmal besucht, sich aber immer nur mit seinem eigenen Sicherheitspersonal abgegeben. Tania wandte sich dem anderen Gast zu. »Miss Windon, ich hatte noch nicht das Vergnügen.«

Sofia lächelte höflich, mehr aber auch nicht, als sie Tania die Hand schüttelte.

Die Frau saß im Orbitalrat, doch Tania wollten keine Details über sie einfallen. Dies war ihre erste Amtszeit, wenn sie sich recht erinnerte. Ein früheres Mitglied des australischen Senates. Sie war klein, mollig und trug ein braunes Kostüm mit wenigen sichtbar ausgebesserten Stellen. Der schwarze Schultergurt einer Umhängetasche verlief diagonal über ihre Brust. Da es keine Gravitation gab, hielt sie die Tasche mit einem Ellbogen an ihrer Seite.

Wenige Ratsmitglieder machten sich die Mühe, Anchor zu besuchen. Der Großteil ihrer Wähler wohnte auf Stationen am erdnahen Ende des Kabels. Die vierzigtausend Kilometer lange Reise nach Anchor, nur um sich mit einer Schar anachronistischer Forscher zu treffen, war eine Aufgabe, der sie gern aus dem Weg gingen. Nur Neil und hin und wieder sein Bruder Zane machten sich die Mühe.

»Sofia leitet das Ressourcenmanagement«, sagte Neil. »Sie können ihr für die zeitgenauen Lieferungen von Nahrung, Luft und Wasser danken.«

»Schön, Sie kennenzulernen«, sagte Tania. »Mir war nicht klar, dass Sie jemanden mitbringen würden, Neil.«

»Mir auch nicht.«

Warthen schwebte vor und packte einen Handgriff, um sich mit professioneller Mühelosigkeit zu stabilisieren. »Eine Entscheidung in letzter Minute. Wir wollten persönlich mit der Gruppe reden, das das Stromproblem löst. Die Lage hat sich verschlechtert.«

»Weitere Schwankungen?«, fragte Tania.

»Schlimmer«, sagte Alex. »An Bord von Space-Ag-3 hat man eine Subhumane gefunden.«

»Was?«, fragte Natalie. »Wie?«

»Unmöglich«, fiel ihr Tania ins Wort.

»Nein, Miss Sharma. Ich habe zwei tote Zivilisten, die Ihnen widersprechen würden, wenn sie noch könnten.«

»Oh Gott«, sagte Natalie, eine Hand über dem Mund.

Tania war wie gelähmt. Sie hatte in den Korridoren Gerüchte über den Ausbruch gehört, aber keine offizielle Stellungnahme. Wenige unter den Stationsmitarbeitern glaubten auch nur an das Gerücht. Die Aura war immer unfehlbar gewesen; niemand hatte je daran gedachte, dass das je anders sein könnte.

»Ich will meinen Stab einweisen, ehe sich die Nachricht verbreitet«, sagte Warthen. »Das sollte jetzt bei allen oberste Priorität haben.«

Tania schaute unwillkürlich zu Neil. Ihr Blick fiel auf den Aktenkoffer in seiner Hand, von dem sie hoffte, dass sich die Daten-Würfel darin befanden. Sie fragte sich, ob Neil sie bitten würde, ihr Spezialprojekt hintanzustellen, wenn solche Ereignisse anstanden.

Die zeitliche Dimension der Nachricht nährte eine merkwürdige Saat der Hoffnung tief in ihr. Der Ausfall des Lifts, eine SUBS-Infektion innerhalb der Aura ... und das genau dann, wenn sie und Neil entschieden, nach Anzeichen für ein weiteres Schiff der Erbauer Ausschau zu halten. Zu viele Zufälle.

Neil beendete die unangenehme Stille. »Ich werde die anstehenden Anrufe hier erledigen, Alex ...«

Sofia Windon unterbrach ihn: »Sprechen wir das doch zu seiner Zeit durch. Ich muss gestehen, Tania, trotz allem ist der wahre Grund, warum ich mitgekommen bin, dass ich die Schale sehen will. Können wir das unterwegs einrichten?«

»Natürlich«, sagte Tania, »kein Problem. Folgen Sie mir?«

Da sie ihr Schweigen als Zustimmung deutete, drehte sie sich um und schob sich in den gekrümmten Korridor. Sprossen auf allen vier Seiten des Ganges trugen zu Tempo und Schwung bei.

Sie runzelte die Stirn darüber, wie spröde die Station im Grunde ausgestattet war, dabei hatte sie sich bisher noch nie mit solchen Einzelheiten befasst. Sichtbare Rohre und Schächte säumten die Wände, die nicht mal gestrichen waren. Flache Oberflächen dienten als Stauraum, in dem maßgefertigte Kästen festgenietet waren. An Ästhetik hatte man dabei kaum gedacht. Verglichen mit dem, was sie auf der Platz-Station gesehen hatte, schien es alles ziemlich profan.

Natalie stieß sie an.

»Das ist das Lager«, sagte Tania zu der Gruppe. »Oder Ebene Rot, wie wir es nennen. Auf jeder Ebene hat der Boden im Mittelgang eine andere Farbe, sonst sähen sie einander zu ähnlich. Wie Sie sehen, befinden sich hier unsere Hauptluftschleuse und Andockbucht, dazu noch etliche Vorratsräume.«

»Auf Grün gibt es einen weiteren Frachtraum für Engpässe«, fügte Natalie hinzu. »Auf Ebene Schwarz am anderen Ende der Station kann man auch andocken. Aber da das Liftkabel nicht bis dorthin reicht, kommt das nie vor.«

Sofia fragte: »Dieser Ring rotiert nicht. Warum?«

»Be- und Entladung sind in der Schwerelosigkeit sehr viel einfacher«, sagte Tania. »Das macht es leichter, Vorräte zu bewegen und den Platz, den wir zur Verfügung haben, optimal auszunutzen.«

»Aber der Gang ist dennoch gekrümmt?«

Neil griff ein. »Konstruktion nach bestehenden Plänen. Ist billiger.«

Die knappe Antwort brachte sie zum Schweigen. Tania bewegte sich weiter durch den breiten Gang, der sich stetig nach oben krümmte. Große, mehrflüglige Türen säumten in regelmäßigen Abständen alle vier Wände. Jede Tür besaß einen mit Schablone aufgesprühten Code.

»Ich werde das alles später begutachten müssen«, sagte Sofia.

»Natürlich«, antwortete Tania. »Es ist alles in Ordnung, da bin ich sicher.«

»Das Problem mit den Gondeln hat alle erschreckt«, sagte Neil. »Sofia hat ein Ratsmandat, sie soll sicherstellen, dass alle Stationen ausreichend Reserven haben.«

»Und«, fügte Alex hinzu, »dass sie angemessen besetzt sind.«

Tania kam Alex' Ton ein wenig giftig vor.

»Kümmern Sie sich nicht um Alex«, sagte Neil. »Er macht sich Gedanken, was er bei seinem Treffen mit Russell Blackfield anziehen soll.«

»Jemand muss ja mit ihm sprechen«, gab Alex zurück.

»Kinder, bitte«, warf Sofia ein. Sie sah Tania mit gerunzelter Stirn an. »Das habe ich mir den ganzen Weg hierher anhören müssen, wie ein Paar Schuljungen.«

Nach einer langen Abfolge von Abstellräumen kamen sie zu einem offenen Aufzug.

Tania wartete am Eingang und bat die Gäste hinein. »Richten Sie sich so aus, dass der rote Boden unten ist.«

Sie stieg als Letzte ein und drückte auf das Bedienpanel, um sie über die Mittelsäule zur Ebene Grün zu bringen.

»Halten Sie sich fest, bitte«, sagte sie.

* * *

Der Aufzug schleppte sich ohne große Geräusche dahin, durchbrochen von einem gelegentlichen Schlingern, als er von Ebene Rot auf die Mittelsäule und dann in den rotierenden Bereich der Station wechselte.

Die Schwerkraft oder besser gesagt, die Illusion von Schwerkraft nahm zu, je weiter der Aufzug sich von der Achse entfernte. Bald stand Tania auf dem Boden, und ihre Gäste schienen sich um einiges wohler zu fühlen.

Sie führte sie rasch durch die Ebene mit dem grünen Teppichboden, wo ihnen lediglich eine Gruppe Forscher begegnete, die sich gerade leise mit der Wartungsmannschaft unterhielten. Als die Arbeiter erkannten, dass neben ihr Neil Platz ging, reagierten sie mit einer Mischung aus stillem Nicken und unbehaglichem Grüßen.

Auf halbem Weg rund um den langen, sterilen Gang kamen sie an eine Abfolge dicker Glastüren. Drei Sicherheitsleute hielten davor Wache. Sie gingen in Habachtstellung, als sie Warthen sahen.

Ehe Tania etwas sagen konnte, bewegte sich Alex auf seine Männer zu. Er begrüßte sie mit Vornamen. In Anwesenheit ihres Kommandanten verkrampften sich die Wächter und waren weit entfernt von ihrer ansonsten entspannten Haltung.

»Steht bequem«, sagte Alex. »Ich will, dass sich die Gruppe in genau fünfzehn Minuten zur Inspektion einfindet.«

Die Wachposten wechselten überraschte Blicke.

»In der Zwischenzeit«, sagte er, »bringen wir Ratsherrin Windon zur Schale. Ich werde sie persönlich begleiten.«

»Ja, Sir«, sagte der dienstälteste Wächter. Er hackte eine Reihe von Codes in seine Konsole, und die ersten beiden durchsichtigen Türen glitten geräuschlos auf.

Tania führte die Gruppe hinein, wo sie warteten, während sich die erste Schleuse wieder schloss. Nach einer kurzen Pause öffnete sich die zweite. Dahinter führte ein langer, gerader Gang in die Ferne, in regelmäßigen Abständen erhellt von trübweißen Lichtkreisen.

Sie legten etwa die Hälfte des Weges schweigend zurück, bis sie ein offenes Schott passierten. »Das ist die halbe Strecke zu Ebene Weiß«, sagte Tania.

»Warum sind diese beiden Ebenen so weit auseinander?«, fragte Sofia.

»Aus Angst«, sagte Neil, ehe Tania den Mund öffnen konnte. »Als wir die Baumaßnahmen hier begannen, um das gottverdammte Ding zu erforschen, waren alle besorgt, dass es in die Luft fliegen könnte. Oder irgend so einen Unfug. Also haben wir beim weiteren Ausbau eine Pufferzone von zweihundert Metern auf jeder Seite von Ebene Weiß eingebaut.«

Am Ende des Verbindungsgangs betraten sie einen zweckmäßigen Tunnel voller unlackierter Metallwände und freiliegender Rohrleitungen. »Ich hätte weiße Böden erwartet«, sagte Sofia.

»Das hier wurde als Erstes gebaut, vor über zwanzig Jahren«, antwortete Tania. »Das Farbschema kam später.«

Sofia machte wieder einen verdutzten Eindruck. »Warum nennt man es dann Weiß?«

Tania zuckte die Achseln. »Gute Frage.«

Neil räusperte sich. »Eigentlich hätte es Eierschale sein sollen, benannt nach dem Schalenschiff, aber alle nannten es immer nur Weiß.«

Die Ebene war übervoll, wirkte im Vergleich zu den anderen planlos. Der Gang bog in rechten Winkeln ab, um nicht abgedeckten Belüftungsschächten und offenen Metallrohren auszuweichen. Elektronische Bedienfelder zierten die Wand wie Kunstwerke. Die Schritte der Gruppe hallten auf einem Boden aus metallischen Gitterplatten. Luft floss durch runde Ventile ein, die von der Decke hingen.

Neil erklärte im Gehen: »Platz Industries hat die Anchor-Station gebaut, um den Lift zu erforschen, und natürlich die Überreste des Konstruktions-Schiffes. Anfangs war das eine recht hektische Angelegenheit. Wir haben sie erst später ausgebaut, als uns klarwurde, was man sonst noch alles erforschen könnte, wo sich doch schon so viel wissenschaftliche Aktivität hier konzentrierte. Das Zentrum des Ganzen, bis die Krankheit kam.«

»Was haben Sie gehofft, hier herauszufinden?«, fragte Sofia.

Neil blieb abrupt stehen und drehte sich um, um sie anzusehen. Ein paar Sekunden lang musterte er ihr Gesicht, ehe er antworte: »Wie man einen weiteren Weltraumlift baut. Wie man dieses unfassbare Geschenk reproduziert.«

Tania lächelte über seine Begeisterung.

»Zu Ihrem eigenen Vorteil«, sagte Alex.

Neil zuckte die Achseln. »Klar. Ich war Geschäftsmann. Selbst jetzt ist es noch ein lohnendes Unterfangen.«

»Wir können doch kaum den einen in Gang halten«, sagte Alex. »Was zum Teufel würden wir mit einem zweiten anfangen?«

Neil funkelte den Sicherheitschef an. »Unsere Handelsquote verdoppeln? Dafür sorgen, dass ein paar seltene Materialien wieder fließen? Es ist von größter Bedeutung, dass wir unsere Forschungen hier fortführen.«

»Wir freuen uns alle auf tatsächliche Ergebnisse«, sagte Alex. »Vielleicht sind Sie ja fertig, ehe der hier komplett den Geist aufgibt.«

Tania sah Neil die Fäuste ballen. Sie wollte sich etwas einfallen lassen, um die ungemütliche Stille zu beenden. Ihr war nie in den Sinn gekommen, dass man die Anchor-Station als Zeitverschwendung ansehen könnte, vor allem nicht als Mitglied des Orbitalrates. Sie fragte sich, ob andere auch so dachten. Ein Blick zu Sofia Windon gab nichts über deren Haltung preis.

Natalie beendete die Stille. »Zur Schale geht es hier entlang«, sagte sie, dann machte sie ein paar Schritte auf das Ziel zu.

Die allgegenwärtige Fröhlichkeit ihrer Stimme entspannte die Lage ein wenig, und der Moment verflog. Tania ging auf ihre Assistentin zu, und formte mit den Lippen lautlos einen Dank. Natalie zwinkerte zurück.

Nach und nach folgten ihr die anderen.

Schließlich kamen sie in einen großen Raum, der einem Auditorium ähnelte. Einige Wissenschaftler saßen an Schreibtischen, die auf eine Reihe von Bildschirmen an der gegenüberliegenden Wand ausgerichtet waren. Zwischen den Bildschirmen befanden sich zwei riesige Fenster.

Die Überreste des Schiffs der Erbauer beherrschten die Aussicht.

Die Schale, inzwischen leer, hatte als Rumpf für die Maschine gedient, die den Lift gebaut hatte. Für Tania glich das glänzende, obsidianschwarze Objekt dem verlängerten Hinterteil einer Wespe, auf ein gewaltiges Maß vergrößert.

Sofia schwieg in unverhohlener Ehrfurcht.

Tania konnte es ihr nicht übelnehmen. Sie erinnerte sich an das erste Mal, als sie es gesehen hatte. Sie war damals erst zehn gewesen und hatte Neil Platz' Hand gehalten, als sie vor diesen Fenstern gestanden hatte. Neil hatte ihr alles über das Schiff erzählt, aber Tania hatte nichts gehört. Sie hatte einfach nur überwältigt gestarrt.

»Weshalb haben Sie es zurückgelassen?«, fragte die Ratsherrin nach einer langen Stille.

»Als Anker«, erklärte Tania. »Daher auch Anchor-Station. Im wahrsten Sinne des Wortes das Gegengewicht für das Liftkabel.«

»Ich kann Ihnen nicht folgen.«

»Tut mir leid«, sagte Tania. »Stellen Sie sich vor, Sie halten ein langes Stück Schnur in der Hand und drehen sich auf der Stelle. Was passiert mit der Schnur? Sie ziehen sie hinterher, und sie krümmt sich, und früher oder später wickelt sie sich um Sie. Aber wenn Sie ein kleines Gewicht ans Ende binden, dann strafft sich die Schnur aufgrund der Fliehkraft.«

Sofia kräuselte die Lippen und nickte.

Ein Forscherteam in dicken Raumanzügen schwebte neben der Schale. Sie waren damit beschäftigt, einen großen Apparat an der Außenfläche anzubringen. Goldfolie und weiße Isolierung vor dem pechschwarzen Gefährt. Das Schiff ließ das Menschen-Gerät zwerghaft erscheinen.

»Hundertneunzehn Meter von Spitze zu Spitze«, sagte Natalie.

»Was tun diese Leute da?«, fragte Sofia, die auf die Wissenschaftler im Raumanzug zeigte.

»Ich bin nicht ganz sicher«, antwortete Tania. »Meine Arbeit findet hauptsächlich im Observatorium statt.«

Ein Wissenschaftler am Fenster wandte sich zu ihnen um. »Ein bildgebendes Verfahren, basierend auf Elektronen-Aberration. Wir erstellen eine genauere Karte der Oberfläche, auf Atom-Ebene.«

»Wozu?«, fragte Sofia.

»Um die Materialien zu verstehen. Das Ding hat eine Reise durch den Interstellarraum überstanden, unversehrt und nach wie vor funktionstüchtig …«

»Könnte das«, wollte Alex wissen, »die Ursache für die Stromschwankungen sein?«

Der Wissenschaftler zögerte. Er sah Tania an. »Ich … es ist ein passiver Scan. Ich weiß nicht …«

»Unwahrscheinlich«, sagte Tania. »Das Liftkabel versorgt die Gondeln, es erzeugt den Strom aus Reibung mit der Atmosphäre.«

Alex wies mit dem Kopf auf die Schale. »Sind Sie so sicher, was sein Innenleben betrifft? Vielleicht lässt es sich nicht gern untersuchen.«

»Das Gefährt ist inaktiv«, sagte der Wissenschaftler, dessen Stimme sich um eine Oktave hob. »Wir tun das schon seit Jahren.«

»Danke, das ist alles.« Neil starrte den Mann an, der schnell wieder an seine Arbeit zurückkehrte. »Unsere Anstrengungen mögen manchen als Verschwendung erscheinen, Sofia. Aber wenn wir herausfinden, wie das hierhergelangt ist, woraus es besteht und wie es die SUBS-Krankheit in Stasis versetzt … das sind alles Schlüssel, um uns aus einem Dasein in den Schatten zu befreien. Deshalb untersuchen wir es. Es ist weltfremd, anders zu denken.«

Alex starrte aus dem Fenster, die Hände hinter dem Rücken verschränkt. »Wollen Sie das vielleicht denen erklären, die heute Morgen auf Space-Ag-3 gestorben sind? Wir hatten einen Subhumanen auf freiem Fuß im Orbit, Herrgott. Die Gondeln haben fast täglich Stromausfälle!«

Seine Stimme, die sich zum Schreien erhoben hatte, brachte den ganzen Raum zum Schweigen. Alle starrten ihn an, die Arbeit war vergessen.

»Das ist unfair«, sagte Tania. Die Worte purzelten heraus, ehe sie sie zurückhalten konnte.

Der Sicherheitschef sah sie an. »Ach ja?«

»Wir haben ein ordentliches Team, das sich die Sache mit dem Strom ansieht. Die Leute arbeiten an einem Plan.«

»Oh, fabelhaft. Ein Plan?« Alex wandte sich zu Sofia Windon. »Eine volle Betriebsprüfung bei Platz würde beweisen, wie die Mitarbeiter zugeteilt werden.«

»Das«, sagte Neil, »ist nicht der richtige Zeitpunkt, um Angelegenheiten des Rates zu diskutieren.«

Tania entschloss sich, das Thema zu wechseln, ehe der Streit sich zuspitzte. »Sollen wir zum Observatorium weitergehen?«

»Fabelhafte Idee«, sagte Neil.

»Machen Sie schnell«, ergänzte Alex. »Ich muss mich mit meinem Sicherheitsstab treffen.«

»Da spricht der Richtige von Zeitverschwendung«, grummelte Neil.

* * *

Ebene Schwarz befand sich am obersten Ende der Anchor-Station, womit sie zum am weitesten von der Erde entfernten menschlichen Habitat wurde.

Trübe, bernsteinfarbene Lichter säumten den Hauptgang. »Rotes Licht hat am wenigsten Einfluss auf die Nachtsicht«, erläuterte Tania. »So erkennt man leichter Einzelheiten, wenn man die Teleskope benutzt.«

»Sie haben Teppich hier oben«, bemerkte Sofia.

Tania schaute nach unten. Daran verschwendete sie nie einen Gedanken. Die rote Oberfläche, die inzwischen nicht mehr zu ersetzen war, hatte viele abgenutzte Flecken. »Dadurch bleibt der Lärm auf ein Minimum beschränkt.«

»Wir sollten eine Tour für die Kinder auf die Beine stellen«, sagte Sofia.

Tania schmunzelte. Die Mitarbeiter, die Kinder hatten, ließen sie in der Obhut anderer auf den unteren Stationen. Sie konnte sich nicht erinnern, wann sie zum letzten Mal ein Kind lachen gehört hatte. »Das wäre herrlich.«

»Ich werde mit dem Bildungsdirektor sprechen.«

Natalie zupfte Tania am Ellbogen. »Ich denke, ich werde zurück an die Arbeit gehen«, sagte sie. »Ist das in Ordnung?«

Tania hörte die unausgesprochene Bitte – Natalie wollte lieber zu ihrer Forschung zurückkehren als sie weiter begleiten, und das sprach Bände. Nat ließ nie eine Gelegenheit verstreichen, um das Labor zu verlassen. »Natürlich, meine Liebe. Ich kriege das schon hin.« Sie zwinkerte ihr zu, und Natalie erwiderte das Zwinkern, ehe sie den anderen zuwinkte.

An der Tür zur Beobachtungslounge hielt Tania inne und streckte den Kopf hinein. Mehr als einmal hatte sie hier verliebte Paare überrascht, die gemeinsam die romantische Aussicht genossen. Im Augenblick war der Raum leer. Sie führte die Gäste hinein.

Sofia rang nach Luft.

Ein doppeltes Paar riesiger geodätischer Fenster beherrschte die Wände rechter und linker Hand. Eines öffnete sich in den Weltraum, und der Anblick war schon beeindruckend genug und auch der, den Tania bevorzugte.

Aber das zur Erde gerichtete Fenster erregte die Aufmerksamkeit der Neuankömmlinge. Wie immer.

Sofia ließ sich im Schneidersitz nieder, ohne auch nur einmal den Blick von der grandiosen Aussicht abzuwenden. Tania beobachtete sie mit einem Hauch Neid. Ein Leben im Orbit bot nur wenig Gelegenheit, Neues zu sehen. Es gefiel ihr, die Reaktion anderer zu beobachten, wenn sie den Lift zum ersten Mal aus diesem Winkel erblickten.

Das hintere Ende der Schale dominierte die Aussicht vor dem Fenster. Etwa vierzigtausend Kilometer dahinter von der Erde. Der Planet lag zu dieser Stunde voll im Sonnenlicht, ein Wirbel aus tiefblauen Meeren und weißen Wolken.

Die anderen Ringe der Anchor-Station lagen um das Wrack des Alien-Schiffes. Da alle Ringe gleichförmig rotierten, schienen sie stillzustehen. Nur Ebene Rot, der Ring, der sich nicht drehte, um Schwerkraft zu erzeugen, war scheinbar in Bewegung.

Zwei Transportshuttles trieben in der Ferne, ihre gelben Warnlichter blinkten. Beide rasten zur nächsten Station weiter unten am Lift, fast tausend Kilometer »tiefer«, und nutzten das Liftkabel als Führungsseil.

»Zauberhaft«, sagte Alex. Er blieb an der Tür. »Darf ich jetzt gehen, Glucke?«

»Alex«, sagte Sofia, »nimm dir fünf Minuten, um dich zu entspannen und das zu genießen. Ihr seid beide viel zu ernst.«

»Ich würde lieber an die Arbeit gehen«, sagte Alex.

Neil schnaubte. »Da sind wir ausnahmsweise einer Meinung.«

»Schön«, sagte Sofia. »Ehe du wegläufst, Alex, können wir zumindest eine Art Einigung erzielen, wie wir mit den Ausfällen der Gondeln umgehen?«

Der Sicherheitschef zuckte die Achseln. »Hier ist genauso gut wie sonst wo«, sagte er. »Danke für die Tour, Miss Sharma. Könnten Sie uns fünf Minuten allein lassen?«

»Sie kann bleiben«, sagte Neil. Ehe Alex widersprechen konnte, fügte er hinzu: »Sie ist praktisch für diese Station verantwortlich und kennt die Mitarbeiter besser als irgendwer sonst. Wenn jemand das Untersuchungsteam koordinieren kann, dann sie.«

Eine kurze Stille folgte. Sofia durchbrach sie. »Ich bin damit einverstanden, wenn du es auch bist, Alex.«

Tania blieb ruhig und schaute zu Neil, um irgendeinen Hinweis zu bekommen, was er von ihr erwartete. Sie wollte nichts mehr, als sich auf ihr Geheimprojekt zu konzentrieren, und konnte nicht verhindern, dass sie einen Blick auf die eckige Ausbuchtung in Neils Jackentasche warf – eine Daten-Würfel-Fassung, wie sie erkannte.

Ihr fiel auf, dass Warthen sie anstarrte. Als sie seinen Blick auffing, schaute er weg und zuckte die Achseln. »Was immer erforderlich ist, um die Sache zu lösen.«

»Gut«, sagte Sofia. »Zunächst einmal glaube ich …«

Ein Alarm schnitt ihr das Wort ab.

Das unerwartete Heulen war so laut, dass Tania sich die Ohren zuhielt, ohne nachzudenken. Drei lange Pieptöne, kratzend und abscheulich. Sie hallten durch den Gang von Ebene Schwarz.

Eine Stimme vom Band meldete sich über die Lautsprecheranlage der Station.

»SICHERHEITSTRUPPS AUF EBENE GRAU. SICHERHEITSTRUPPS AUF EBENE GRAU.«

»Was soll das?«, fragte Neil.

Tania warf erst ihm einen Blick zu, dann Warthen. Der Sicherheitschef wirkte gleichmütig, die Augen nach oben gerichtet, während er der Durchsage lauschte. Tania sah eine kleine Waffe in seiner Rechten. Eine Pistole, so schnell und sicher gezogen, dass ihr seine Bewegung offenkundig nicht einmal aufgefallen war. Die Schusswaffe machte ihr mehr Angst als der Alarm.

Eine Reihe dumpfer Klicktöne näherte sich durch den gekrümmten Korridor.

»Was ist das? Was ist los?«, rief Sofia.

»Die Türen verriegeln sich«, sagte Alex. »Sicherheitsvorkehrung.«

»Vorkehrung wogegen?«

Alex hörte nicht auf sie. Er machte zwei rasche Schritte zur Tür und stellte einen Fuß in die Öffnung. Sein Timing hätte nicht besser sein können, denn die Tür glitt ferngesteuert zu. Sie traf seinen Schuh und zog sich zurück, halb offen.

Der Alarm erklang von neuem. Drei kreischende Pieptöne.

Als der Lärm vorbei war, kauerte Alex sich hin und prüfte seine Pistole. Sein Fuß hielt immer noch die Tür offen. »Tania, wie weit bis Ebene Grau?«

Sie hörte die Frage. Die Worte ergaben Sinn. Ihr fiel nur keine Antwort ein. Sie erkannte, dass sie zitterte, und versuchte, die Hände stillzuhalten.

»Tania!«, rief Neil. Sie starrten sie an.

»Eine«, sagte sie und verachtete die Angst, die in ihrer Stimme lag. Sie schluckte und versuchte es erneut. »Eine Ebene weiter. Nicht weit, aber Sie werden einen Code brauchen, um die Verbindungstür zu überbrücken.«

»Ich brauche keinen Code«, sagte Alex.

»Natürlich, ich …«

»Sie bleiben hier, bis der Alarm beendet ist.«

»Nein«, sagte Sofia. »Ich will nicht in diesen dunklen kleinen Raum eingesperrt sein. Der Alarm könnte ewig dauern.«

Neil nickte. »Sie hat recht. Wir kommen mit.«

»Sie kommen nicht mit«, sagte Alex. »Ende der Diskussion.«

»Ebene Grau ist nicht weit weg«, antwortete Neil. »Was soll …«

»Das Problem ist nicht auf Ebene Grau«, sagte Alex. Seine Stimme war so ruhig, so gefasst.

»Wovon zum Teufel reden Sie?«, fragte Neil.

Alex hatte seine Waffe zu seiner Zufriedenheit geprüft. Er hielt sie jetzt nach oben gerichtet, einen Finger am Abzug. Er schaute unverwandt nach draußen auf den Korridor. »Wir trommeln die Sicherheitskräfte nicht an dem Ort zusammen, an dem das Problem auftritt, erst recht nicht bei einem stationsweiten Alarm. Wir sammeln uns in der angrenzenden Sektion, damit wir zusammen reingehen können.«

Die Erkenntnis traf Tania wie ein Schatten, der sich auf sie herabsenkte.

»Das Problem ist nicht auf Grau«, sprach es Neil für sie alle aus. »Es ist hier, auf dieser Ebene.«

»Ja«, entgegnete Alex. Seine Stimme hatte sich fast zu einem Flüstern gesenkt, wie Tania auffiel. »Warten Sie hier. Ich bin gleich wieder da.«

Tania trat einen Schritt vor. »Wir könnten zur Teleskopsteuerung gehen. Das ist nur ein paar Türen weiter. Da gibt es Nahrung, Wasser und eine Toilette. Falls …«

Alex sah aus, als wolle er Streit anfangen, aber dann schob er die Tür auf. »Gut. Wir verschwenden nur Zeit. Folgen Sie mir, aber nicht zu dicht.«

Der verlassene Gang hinter der Tür war von hellen, gelben Not-LEDs erleuchtet, die in Streifen an den Rändern des Fußbodens verliefen. Alle paar Augenblicke leuchtete eine Reihe roter Lichter an der Decke auf.

Alex ging vor, hielt sich an einer Seite des nach oben gekrümmten Ganges. Mit den Fingern der Linken streifte er beim Gehen die Wände. Seine Pistole blieb auf die Decke gerichtet. In der Helligkeit wirkte die Waffe klein, ja erbärmlich.

An der ersten Tür warf Alex einen Blick zurück auf Tania, die Brauen hochgezogen. Sie schüttelte den Kopf und signalisierte mit vier Fingern die Anzahl der Türen, die noch zu passieren waren.

Er nickte und ging weiter. Zehn Sekunden später hielt er plötzlich inne und ging in die Hocke.

Ohne nachzudenken ahmte Tania die Bewegung nach. Sie wagte einen Blick nach hinten und sah, dass Neil und Sofia es ihr gleichgetan hatten.

Auf Neils Lippen erkannte sie den Hauch eines Lächelns. Ein Teil von ihm hatte Spaß.

Alex machte ein leises Geräusch. Tania drehte sich wieder zu ihm um und stellte fest, dass der Sicherheitschef zu ihr zurückgekommen war. Auge in Auge kauerte er direkt vor ihr.

Er legte einen Finger an die Lippen und deutete in die Richtung, aus der sie gekommen waren.

Tania drehte sich um, ihr Herz raste. Sie spürte, wie ihre Augen tränten und erkannte, dass sie eine ganze Weile nicht geblinzelt hatte. Es fühlte sich an, als hielte ihr jemand die Lider offen. Sie zwang sich zum Blinzeln und spürte, wie sich in den Augenwinkeln Tränen bildeten.

Alex legte ihr eine Hand fest auf die Schulter und schob sie weiter, damit sie sich schneller bewegte. Er lenkte sie zurück zu der Tür, an der sie gerade vorbeigekommen waren. Neil und Sofia gingen weiter, bis Alex ganz leise mit der Zunge schnalzte. Sie drehten sich gleichzeitig um, dann hielten sie inne.

Mit professioneller Ruhe glitt Alex neben Tania, erhob sich und tippte einen Code ein, um die Verriegelung der Tür zu überbrücken. Das Geräusch, als das Schloss sich öffnete, ließ sie zusammenzucken.

Er kauerte sich wieder hin und flüsterte: »Da rein. Bleiben Sie dort, bis der Alarm aufhört. Kein Lärm.«

Die Worte ließen keinen Diskussionsspielraum.

* * *

Eine halbe Stunde verging in völliger Stille. Dann noch eine.

Der Raum, die leerstehende Unterkunft eines Mitarbeiters, war noch kleiner als der Observationsraum. Eine Schlafkoje an der anderen Wand, ein Schreibtisch mit Terminal, ein paar Regale mit Büchern und ein Schrank. Die Standardversion, identisch mit Tanias Zimmer. Sie hatte sich sofort ans Terminal begeben, nur um festzustellen, dass es durch das Passwort des Bewohners gesichert war.

Sofia Windon setzte sich auf den Boden, die Füße untergeschlagen. Sie hielt sich in der Nähe der Tür, bereit, sofort aufzubrechen, sobald es möglich war.

Neil und Tania saßen auf der Koje. Zweimal hatte Neil zu sprechen versucht, aber Tania hatte ihm das Wort abgeschnitten. Sie versuchte, sich auf Geräusche zu konzentrieren. Jeder kleine Laut sprach zu ihr.

Jede kleine Verschiebung im Summen der Luftaufbereitung. Ein sich wiederholendes Mahlen irgendwo in den Wänden, vermutlich ein schadhaftes Lager in einem Ventilator. Neils Finger, die zerstreut auf die Bettdecke trommelten.

Ihre eigene ruhige Atmung.

Während die Minuten verstrichen, ohne dass draußen etwas geschehen wäre, ohne Kampfgeräusche oder Gefechtslärm, spürte sie, wie sich ihr Puls einigermaßen normalisierte. Als Neil zum dritten Mal etwas sagte, versuchte sie nicht, ihn davon abzuhalten.

»Alex und ich verstehen uns vielleicht nicht«, flüsterte er, »aber er kann damit umgehen. Was immer es ist.«

Sie nickte. Der Mann hatte ihrer Ansicht nach überraschend souverän reagiert.

Falls Sofia zuhörte oder es interessant fand, zeigte sie es nicht. Ihre Aufmerksamkeit blieb fest auf die Tür gerichtet.

Neil tippte Tania auf den Arm. Er hatte seinen Aktenkoffer zwischen ihnen aufs Bett gestellt und irgendwann geöffnet. Drinnen befand sich eine kleine Kiste. Er hob den Deckel und sagte leise: »Die richtige Ware. Ich hoffe, du kannst Japanisch lesen.«

Tania schüttelte den Kopf. Sie war wütend, dass Neil ihr Geheimprojekt jetzt besprechen wollte. Aber das Gefühl ließ nach. Nachdem sie eine Stunde ohne irgendeine Spur von Alex herumgesessen hatten, hatte etwas Ablenkung ihren Reiz. Sie wagte einen Blick in die Kiste.

Vier weiße Würfel schmiegten sich hinein, jeder mit Kanji gekennzeichnet. Die Anspannung aufgrund ihrer Lage fiel von ihr ab, während sie sich konzentrierte. »Ich kann kein Japanisch lesen«, sagte sie, »aber ich kann es durch den Übersetzer unten im Computerzentrum jagen.«

»Ist das sicher?«

Tania zuckte die Achseln. »Es wird eventuell mitgeloggt.« Sie bemühte sich zu flüstern. »Aber zumindest die Ergebnisse kann ich auf einen sicheren Würfel umziehen.«

»Dann tu das«, sagte er, »aber lösche die Logs, wenn du fertig bist.«

»Ich habe keine Ahnung, wie man das macht, und solche Dinge werden überwacht.«

»Zum Teufel«, schimpfte Neil. Er rang die Hände. »Warum ist alles so schwierig?«

Tania lehnte sich an die Wand, während sich seine Laune verschlechterte. Sie versuchte, mit ihrer Stimme Ruhe zu vermitteln. Was einigermaßen schwierig war, wenn man sich flüsternd unterhielt. »Es kann etwas dauern. Wenn ich Natalies Hilfe bekommen könnte …«

»Das haben wir schon besprochen«, sagte Neil. »Es ist zu früh, um noch jemandem zu vertrauen. Bis wir wissen, womit wir es zu tun haben …«

»Wenn wir es mit etwas zu tun haben«, verbesserte Tania.

»Wenn? Wenn? Natürlich haben wir. Warum sollten die Erbauer den …« Er hielt inne, warf einen Blick auf Sofia. Die Frau hatte sich nicht bewegt. Neil senkte die Stimme noch weiter. »Warum sollten die Erbauer den Weltraumlift schicken, dann die gottverdammte Krankheit, nur um hier aufzuhören? Um uns einen Streich zu spielen? Nein, es wird etwas geschehen. Vielleicht passiert es bereits.«

»Was meinst du?« Sie kannte die Antwort, fragte aber dennoch.

Er runzelte die Stirn und wies mit den Augen ruckartig auf die Tür. »Die Stromunterbrechungen auf dem Kabel? Der Subhumane auf Ag-3? Ich habe so eine Ahnung, was da draußen vor der Tür vorgeht. Langsam habe ich das Gefühl, dass das die Anzeichen des vierten – entschuldige, dritten – Ereignisses sind. Was wäre, wenn statt eines weiteren Schiffes der Lift einfach den Dienst quittiert?«

Seine Worte ließen sie bis ins Innerste erschauern. Noch nie hatte sie ihn so erlebt, so übermannt von angestauter Angst. Tania schloss die Augen und verdaute seine Worte. »Es ist eine reine Hypothese. Vielleicht zutreffend, aber eine Hypothese. Die Daten werden es uns verraten. Bis dahin gibt es keinen Grund, sich zu sorgen.«

»Es gibt allen Grund zur Sorge«, sagte er mit zusammengebissenen Zähnen. Er lehnte sich an die Wand, massierte sich die Schläfen.

»Neil …«

»Lass mich nachdenken.«

»Nein, Neil … die Tür.«

Ein Schatten verdunkelte die winzige Linie aus Licht am Fuß der Tür. Ein lautes Klopfen ertönte, und Sofia sprang auf, um sie zu öffnen.

»Finde heraus, ob ein weiteres Schiff kommt, Tania«, sagte Neil, während er aufstand. »Mach es schnell, aber mach es allein.«

Warthen stand draußen auf dem Gang. Er wirkte zerzaust. Tanias Blick fiel sofort auf einen Blutfleck auf seinem Hemdsärmel.

»Es ist vorbei«, sagte er. »Ich halte die Abriegelung noch aufrecht, bis wir aufgeräumt haben.«

Niemand sprach.

Alex beantwortete die unausgesprochene Frage. »Ein weiterer Sub. Eine Frau.«

Tania legte sich die Hände über den Mund, um ihr Aufkeuchen zu verbergen. »Oh, nein. Wer?« Bitte nicht Natalie.

»Jemand aus der Gebäudereinigung, sagte man mir. Sie dachte, alles und jeder wolle sie umbringen, und ist weggerannt, bis man sie in die Ecke gedrängt hat.«

»Ist jemand verletzt?«, fragte Neil. Er klang abgekämpft.

»Sechs Verletzte, einer davon schwer. Die Subhumanen mussten wir … ausschalten.«

»Oh nein«, sagte Tania. Ein Tod, ein gewaltsamer Tod auf der Station. Für sie war das abwegiger als die Schale der Erbauer. Ihr wurde schwindlig, und sie stützte sich an der Wand ab. Ihr Herz raste. Sie sah Neil an, verlangte nach der Kraft, die sie bei ihm schon so oft gefunden hatte.

Er starrte mit einem Ausdruck zu ihr zurück, der hart war wie Stein.

Tania erkannte, dass auch er nach Kraft suchte.

KAPITEL 11

Darwin, Australien

22.1.2283

Bezahlung«, sagte Prumble, als er den schweren Beutel auf dem Holztisch abstellte. Drei Kaffeetassen klirrten auf der abgenutzten Fläche.

Skyler starrte die Tasche an.

»Vollständig«, fügte der Fette hinzu. Er schnappte sich den einzigen freien Stuhl – einen weißen Plastik-Balkonstuhl, längst vergilbt und abgenutzt. Mit einem angestrengten Knurren quetschte er sich hinein.

Das kleine Café hatte nur einen Tisch und zwei Stühle. Auf dem Schild auf der Wand draußen stand »Clarke's«, und es prahlte mit »echtem Kaffee«, eine Behauptung, die Skyler für weit hergeholt hielt. Er ließ den dampfenden Becher trotz des angenehmen Duftes stehen.

Sam hatte ihren Platz aufgegeben, als Prumble hereingekommen war. Sie lehnte an der Wand neben dem schmierigen Fenster des Cafés, die Arme verschränkt, das Gesicht ausdruckslos. Als Skyler ihr von dem merkwürdigen Ort erzählt hatte, an dem ihr Schieber sich mit ihnen treffen wollte, hatte sie darauf bestanden, ihn zu begleiten.

Als Schutzmaßnahme, hatte sie gesagt.

Das untere Geschoss des Cafés blickte hinaus auf eine dunkle, enge Gasse tief in einem Gebiet namens Labyrinth.

Dieses irrgartenähnliche Viertel stieß an Nightcliffs Ostmauer und lag beiderseits des Territoriums eines mächtigen Slumlords namens Grillo. Seine Schläger patrouillierten auf den Märkten, die sich allmorgendlich spontan bildeten und auf denen Leute ihre wenigen Besitztümer für überschüssige Nahrung verkauften. Skyler konnte nicht ergründen, weshalb jemand dort zwischen ungezügelten Diebereien und Bestechungen Geschäfte machen wollte. Der Wunsch zu überleben, auch nur die kleinste Verbesserung der Lebensumstände zu erreichen, machte die Leute wohl blind für die Gefahren.

Die ursprünglichen Hochhäuser verbargen sich unter einer Kruste aus maroden Anbauten, die die alten Straßen zu schmalen, ungeplanten Gassen zusammenquetschten, in denen nur selten die Sonne schien. Skyler hasste diesen Ort. Er stank nach menschlichem Abfall.

»Gut gemacht, dieser Job«, sagte Prumble, ein zufriedenes Lächeln im Gesicht. »Angemessene Belohnung et cetera.«

Eine alte Frau mit dunkler, runzliger Haut und zottigem grauem Haar schlurfte herein und brachte einen alten, rostfreien Stahlbecher. Dampf wallte aus der Öffnung. »Kaffee«, brachte sie in gebrochenem Englisch hervor und grinste. Mit großer Sorgfalt stellte sie das Getränk vor Prumble.

»Renuka, meine Liebe, du bist ein Engel«, sagte er.

Die Alte strahlte über das Kompliment, ein zahnloses Grinsen, das sich über ihr runzliges Gesicht legte.

»Eines Tages werde ich ihr dieses Etablissement abkaufen«, sagte Prumble, als die Dame davonschlurfte. »Einfach nur hiersitzen und mit den Leuten hier reden. So ein Lebensabend würde zu mir passen.«

Da die Stimme des Mannes so ehrlich klang, war Skyler klar, dass er es ernst meinte.

»Sag doch was, Mann! Zähl es!«, drängte Prumble.

Skyler nahm den Beutel, und das Gewicht gefiel ihm. Zufriedenheit erfüllte ihn. Erst jetzt fühlte sich die Japan-Mission wie ein Erfolg an. Er widerstand dem überwältigenden Drang, zu Samantha zu sagen, dass er recht gehabt hatte. Diesen kleinen Sieg würde er sich für später aufheben.

»Es ist eine Woche her«, sagte Skyler so beiläufig er konnte. »Ich habe damit gerechnet, dass die Würfel die Prüfung nicht überstanden haben.« Vorsichtig zog er den Reißverschluss auf.

Vor dem schmutzigen Fenster hetzten die Bürger Darwins vorbei, vornübergebeugt, ohne auf die anderen zu achten. Ihre festliche Stimmung der letzten paar Tage, als sie die Wiederaufnahme der Gondelfahrten gefeiert hatten, hatte sich bereits verflüchtigt. Das Leben kehrte zur Normalität zurück, und nun hofften sie vermutlich, den Tag ohne Klappmesser im Rücken zu überstehen.

Die meisten von ihnen würden in ihrem ganzen Leben nie Papiergeld zu Gesicht bekommen, das noch einen Wert besaß. Der Beutel vor Skyler enthielt es stapelweise.

Sam beugte sich dicht zu ihm. *Diesmal,* dachte er, *ist sie sprachlos.*

Er konnte nicht widerstehen, griff hinein und strich mit dem Daumen über das Geld. Frische, unzerknitterte australische Dollars. In einer Ecke war das geprägte Wasserzeichen des Orbitalrates deutlich erkennbar. In einer anderen der Stempel des Geldmaklers aus der Milner Street. Das einzige rechtmäßige Zahlungsmittel in Darwin, obwohl es nur wenige akzeptierten. Ein normaler Bürger hätte Schwierigkeiten gehabt, es auszugeben, aber Skyler konnte es. Die meisten Mannschaften auf der Landebahn akzeptierten es im Austausch für Vorräte und hin und wieder einen Wetteinsatz. Er kannte eine Handvoll Gartenbesitzer, die frisches Gemüse dafür eintauschen würden. Manchmal sogar Samen.

Die Typen in Nightcliff würden es nehmen und dafür ein Auge zudrücken. Sie wussten, wo die anspruchsvollsten Freudenhäuser waren.

Am besten aber konnte er es einsetzen, um eine Fahrt auf der Gondel für die *Melville* zu kaufen, mit dem Lift hinauf bis an den Rand des Weltalls. Wenn sie sich dort ausklinkten, verdoppelte sich die Reichweite des alten Mädchens beinahe. Nightcliff verlangte für dieses Privileg eine hohe Summe – die sich nur wenige Bergungsmannschaften leisten konnten.

Skyler spürte, wie eine Last von seinen Schultern abfiel. Zum ersten Mal seit Monaten wendeten sich seine Gedanken angenehmen Dingen zu und nicht seinen Geschäften.

Er zog in Erwägung, der Mannschaft ein paar Wochen freizugeben. Sie könnten vielleicht zu einer abgelegenen Insel fliegen und etwas die Sonne genießen. Fidschi oder Palau. Ein paar frische Fische fangen und am Strand grillen. Ein Lagerfeuer aufschichten und wie die Irren darum herumtanzen.

Prumble verschränkte die Hände hinter dem Nacken, grinste von einem Ohr zum anderen. »Der Käufer ist sehr beglückt.«

»Sollte er auch«, sagte Skyler. »Sein Anteil nur dafür, dass er die Liste weitergereicht hat, muss …«

»Nein, nein, ich meine den Käufer. Kip, dieses Wiesel, ist nicht mehr Teil der Kette.«

Skyler stellte den Beutel ab, als sei er giftig.

Samantha sprach untypisch leise. »Tot?«

Prumble tat diesen Gedanken mit einer Geste ab. »Nichts so Dramatisches. Der Kunde macht lieber direkt mit uns Geschäfte.«

»Wer ist es?«, fragte Skyler.

Prumble grinste.

»Komm schon, wer?«

Der dicke Mann genoss die Aufmerksamkeit.

Er nippte an seinem Kaffee, schluckte und stellte den Becher ab. »Neil Platz.«

»Scheiße«, murmelte Samantha.

»Du hast mit ihm geredet?«, fragte Skyler.

Prumble tänzelte praktisch in seinem Stuhl. »Noch besser. Ich habe ihn persönlich getroffen.«

»Nicht oben …«

»Natürlich nicht. Ich? Im Orbit? Ich bezweifle, dass ich durch die Luftschleuse passen würde«, sagte Prumble mit einem grollenden Lachen. »Nein, man hat mich aus diesem Café hier an einen geheimen Ort entführt. Neil war sogar verkleidet.«

Die Konsequenzen schwärmten durch Skylers Gedanken wie aufgebrachte Hornissen. »Aus diesem Café? Wolltest du dich deswegen hier mit uns treffen?«

»Schuldig im Sinne der Anklage«, sagte Prumble. »Kip und ich treffen uns oft hier. Ich hatte gehofft, er würde vielleicht auftauchen, damit ich mir sicher sein könnte, dass kein böses Blut zwischen uns ist.«

»Und falls doch, hättest du Sam und mich dagehabt, um dir zu helfen.«

»Wir sind ein Team, oder etwa nicht?«

»Es scheint dir sehr wichtig zu sein, das zu betonen.«

Prumble seufzte. »Platz und ich haben eine Abmachung getroffen. Wir sollen exklusiv ihn beliefern. Ich, du und deine Mannschaft.«

»Du hast zugestimmt? Für mich mit?«

»Keine Sorge. Ich habe für dich gebürgt.«

Skyler schaute auf das Geld auf dem Tisch. »Dahinter steckt also Platz.«

Prumble nickte. »Mächtiger Mann.«

Er hatte eine Verkleidung getragen. »Mächtige Feinde.«

Das Lächeln verschwand. »Ich konnte nicht ablehnen«, sagte Prumble.

»Es ist nur«, entgegnete Skyler, »dass wir immer saubere Hände hatten. Ich liefere an dich, du belieferst deinen Kontakt, und der kümmert sich um jedweden Scheiß, der von da an passiert.«

Prumbles Gesicht verdüsterte sich. »Ich dachte, du wärst dankbar.«

»Das ist es nicht«, sagte Skyler. »Sam, würdest du uns einen Augenblick allein lassen?«

Sie zuckte die Achseln. »Was soll ich denn tun?«

»Von den malerischen Boutiquen auf der Promenade Gebrauch machen?«, schlug Prumble vor.

Sie zeigte ihm den Mittelfinger.

»Oder die Tür bewachen«, sagte Skyler. »Kannst du dir aussuchen.«

Sie salutierte ironisch und stapfte aus dem Raum.

Als sich die Tür hinter ihr schloss, lachte Prumble. »Ganz schön anstrengend.«

»Ihr fehlt Skadz.«

Prumble rieb sich über das stoppelige Kinn. »Das könnten Erfolge abmildern. Die Verheißung von mehr.«

Reflexhaft betrachtete Skyler das Geld.

»Ich habe dich beobachtet«, sagte Prumble. »Du behandelst sie, als wären sie dir gleichgestellt. Sie sollen dir folgen, nicht dich mögen. Das kommt später.«

»Würdest du darauf deinen Anteil setzen?«

»Du weißt, dass ich nicht wette«, sagte Prumble.

Skyler stieß ein schnaubendes Lachen aus.

Der dicke Mann hob seinen Kaffeebecher. »Du hast dein Getränk nicht angerührt«, sagte er.

»Apropos Wetten …« Skyler beäugte den Becher argwöhnisch.

»Unsinn«, sagte Prumble, »den hast du geliefert. Die Vietnam-Mission vor ein paar Jahren?«

Er erinnerte sich. Eine Klinik in der Nähe von Da Lat, wo sie Ersatzteile aus einem Röntgenapparat geborgen hatten. In einem Lager war Skyler auf eine Kiste gut erhaltenen Kaffee gestoßen. Prumble hatte ordentlich für die Bohnen und die Spezialkanister bezahlt, in denen sie verpackt waren. Sehr viel wertvoller als das gemahlene Instant-Zeug, das normalerweise hier aufschlug, hatte er erklärt. »Sie hat sie gekauft?«, fragte Skyler und warf einen Blick auf die Alte hinter dem Tresen.

»Ein Geschenk«, sagte Prumble. »Um die Grundlage für meinen Ruhestand zu schaffen.«

Skyler nippte. Das starke Gebräu hatte ein würziges Aroma, viel Zucker überdeckte die Bitterkeit. »Gott, ist das gut.«

Prumble hob seinen Becher zum Salut und trank.

Aus der Brusttasche seiner Fliegerjacke holte Skyler das Foto. »Schau mal«, sagte Skyler. »Das habe ich im Büro eines Toten im Observatorium gefunden.«

Prumble warf einen Blick darauf und zuckte die Achseln.

»Platz hat das Ding gegründet«, sagte Skyler.

»Ja und?«

Skyler hob eine Augenbraue. »Kommt mir seltsam vor.«

Der dicke Mann schüttelte den Kopf. »So seltsam nicht. Damals haben ihm viele Sachen gehört. Eventuell hat ihn die Nostalgie gepackt, und er wollte etwas von den Forschungen, die dort durchgeführt wurden, wiederhaben.« Er gab Skyler das Bild zurück.

»Geht uns nichts an, mit anderen Worten«, sagte Skyler, der das Foto wieder in die Tasche steckte. »Was nun?«

»Platz sagte, er würde Kontakt mit uns aufnehmen. Er scheint erpicht auf weitere Geschäfte zu sein, und davon nicht wenig.«

Ein stetiger Strom von Aufträgen vom einflussreichsten lebenden Menschen. Skyler konnte ein Schmunzeln nicht unterdrücken. Es war vielleicht doch keine so schlechte Abmachung.

»Es ist mir ein Vergnügen, mit Ihnen Geschäfte zu machen, Captain«, sagte Prumble mit einer gespielten Verbeugung und einem heiteren Grinsen.

KAPITEL 12

Über Darwin, Australien

23.1.2283

Russell Blackfield verspürte ein perverses Gefühl der Befriedigung, als er Darwin unter der Gondel schrumpfen sah.

Der flache Monitor, der in die Kabinenwand der Gondel eingelassen war, zeigte eine Live-Übertragung der Außenansicht, genau auf das Liftkabel ausgerichtet. Die Stadt glich aus dieser Höhe einem grauen Klecks. Einem aschfarbenen Kotzfleck an Australiens ansonsten herrlicher Küste. Russell zog einen Finger über den Bildschirm, fuhr den kreisförmigen Umriss der Stadt nach, der aus dieser Höhe so deutlich erkennbar war.

Er sah auf seine Füße hinab, stellte sich diesen Anblick unter sich vor anstatt des langweiligen schwarzen Kachelbodens. Er sah sich selbst, wie er langsam nach oben trieb wie eine Seele, die zur großen Fete im Himmel unterwegs war. Einen Augenblick lang begriff er, was diese dummen jakobitischen Predigten so anziehend machte. Eine Himmelsleiter – klar, warum auch nicht?

Die unförmige Gondel krabbelte am Liftkabel hinauf wie eine fette Spinne, die den ersten Faden eines Netzes von epischen Ausmaßen überquerte, auf der acht Kilometer langen Fahrt zur Gateway-

Station. Die faultierartige Geschwindigkeit hatte zur Folge, dass die Reise vierzehn Stunden dauerte.

Russell seufzte. »Die Amerikaner haben nur vier Minuten gebraucht, um in den Orbit zu gelangen, und das war vor dreihundert Jahren.«

Die einzige andere Person in der Kabine, ein Mann mittleren Alters, hing in seinem Sessel, einen dicken Wälzer mit vergilbten Seiten auf dem Schoß. Ein Orbitaler, wie Russell klar war. Extravagant gekleidet und übertrieben gut im Futter, und dann auch noch so tun, als wäre man taub; das ging gar nicht.

»Vier Minuten«, sagte Russell lauter. »Wie klingt das?«

Der Mann sah von seinem Buch auf. »Na ja, der Lift ist sehr viel effizienter. Bei so furchtbar knappen Ressourcen …«

»Aber wir haben das gottverdammte Ding nicht gebaut, oder?« Russell blaffte die Bemerkung regelrecht heraus. Dem Anschein nach zu laut, denn der Orbitale zuckte zusammen. »Nein, ein paar gottverdammte Aliens mussten es uns geben, und sie konnten sich nicht mal die Mühe machen, kurz stehen zu bleiben und Hallo zu sagen.«

»Na ja«, sagte der Mann, »wir haben die Gondeln gebaut. Die Infrastruktur.«

»Vier gottverdammte Minuten«, beharrte Russell. Soweit es ihn betraf, war die Sache damit klar.

Der Mann schluckte seine Antwort und las weiter.

Russell betrachtete ihn mit stiller Verachtung. Er hatte wie bei jeder Gondel das Ladeverzeichnis studiert und wusste, dass der Mann ein Administrator war, der im Ressourcenmanagement auf der Gateway-Station arbeitete. Oder, Russells Ansicht nach, ein Mann, der das Plündern von Darwins Süßwasservorräten plante. Er fragte sich, wie es wäre, zu beobachten, wie der Trottel aus dieser Höhe abstürzte. »Was lesen Sie da?«

Der Mann schaute auf das Cover des Buches, wo der Titel klar und deutlich in großen Buchstaben prangte. *Krieg und Frieden?*

»Nie gehört«, sagte Russell. »Bei welchem Teil sind Sie grade?«

»Das ist Buch drei …«

»Krieg oder Frieden?«

Der Mann stammelte: »Es ist nicht …«

»Die eine Hälfte klingt interessant«, sagte Russell. »Ich kann mich aber nicht erinnern, dass ein Buch auf der Frachtliste stand.«

Der Mann erbleichte. »Ich habe doch nicht … es ist doch ein persönlicher Gegenstand …«

»Schmuggel wird nicht toleriert.«

»Das ist lächerlich! Es ist ein Buch, in Gottes Namen! Ich bin kein Verbrecher.«

Russell spazierte zu dem Mann hinüber. Er streckte die Hand aus und wies auf das dicke Buch.

Der Mann versuchte, Russells Blick standzuhalten, gab aber nach ein paar Sekunden auf. Seufzend reichte er das Buch weiter. »Ich denke, ich werde die restliche Fahrt schlafen, wenn es Ihnen nichts ausmacht.«

»Wie Sie wollen.« Russell kehrte auf seinen Platz zurück, genoss das Gewicht des Romans. Er dachte, der »Krieg«-Teil könnte einen Blick wert sein. Er hatte einmal versucht, *Die Kunst des Krieges* zu lesen. Sein Vorgänger hatte es auf dem Schreibtisch zurückgelassen, als er aus Nightcliff verschwunden war. Ein Abschiedsgeschenk, und zwar ein ziemlich ödes.

Die Gondel schwankte. Die Motorengeräusche ließen nach, bis es still war, und die Lichter in der Kabine gingen flackernd aus, ersetzt von trüben Notglühbirnen.

Beinahe hätte Russell das schwere Buch fallen gelassen, als die Fahrtbewegung ausblieb. Sein Begleiter schoss hoch, klammerte sich beiderseits an die Bank.

Wenige Sekunden später ging das Licht wieder an, und die Elektromotoren erwachten geräuschvoll zum Leben. Russell spürte die

Bewegung, als das Gefährt wieder zu steigen begann. »Da kommt das Blut in Wallung«, sagte er.

Der andere ignorierte ihn und sah zur Decke und auf die Wände, als würde er gerne durch sie hindurchschauen. Die nackte Angst in seinem Gesicht hatte eine komische Note.

Schließlich ließ er sich wieder auf seinem Sitz nieder und schloss abermals die Augen.

Russell lachte leise in sich hinein. Die unerklärlichen Fehlfunktionen hätten zu keinem besseren Zeitpunkt kommen können, fast, als hätte er sie geplant. Fast. »Günstige Gelegenheit«, brummte er und lachte noch einmal.

* * *

Er schwebte an der Luftschleuse, während die anderen sieben Frachtgondeln ausgeladen wurden. »Warum zum Teufel kommen wir als Letztes dran?«

Die Frage blieb unbeantwortet. Er sah sich nach einer Antwort seines Reisegefährten um und bemerkte, dass der Mann immer noch schlief.

Mit einem langen Zischen öffnete sich die Luftschleuse, so dass das Innere einer biegsamen weißen Röhre sichtbar wurde, die sich an die Gondel anschloss. Auf der ganzen Länge des runden Gangs gab es Plastikfenster, die eine weitläufige Sicht auf den Frachthangar dahinter gewährten, wo emsige Dockarbeiter vorbeiflogen, ohne auf oben oder unten zu achten. Hin und wieder erleuchteten kleine gelbe Lichtkreise die dunkelgrauen Wände des Frachthangars. Der Raum war an die achteckige Gestaltung der Gondeln mit ihren acht Schächten angepasst, und von Russells Position aus konnte man die Frachtcontainer sehen, die bis an die Wand aufgereiht standen und darauf warteten, bei einer Fahrt nach oben oder unten angehängt zu werden.

Russell schwebte hinaus, an einer Reinigungsmannschaft und Reisegästen vorbei, die auf ihre Fahrt hinab nach Nightcliff warteten. Sie machten Platz, damit er sich vorbeidrücken konnte, und er erkannte jeden von ihnen aus dem Ladeverzeichnis, das er am Vortag geprüft hatte. Sie sahen alle nicht allzu glücklich über ihre anstehende Reise aus, als wäre die Fahrt nach Nightcliff eine furchtbare Pflicht, die zu ertragen sie gezwungen waren.

Scheißtypen, dachte er.

Er trieb weiter durch die Zugangsröhre, die an die Passagierkabine andockte, und ließ unterwegs die Hand über das weiche Material gleiten. Er sah seine Fingerspitzen an: kein Staub. Hier oben nahmen sie es genau. Ein Leben in einer solchen Sauberkeit wäre entweder erfrischend oder unvorstellbar langweilig – er konnte sich nicht recht entscheiden.

Der Titel »Direktor von Nightcliff«, eine Position, für die er ein Jahr zuvor mit Zähnen und Klauen gekämpft hatte, brachte viele Vorteile mit sich. Nun konnte er einen Besuch in Gateway mit auf die Liste setzen. Sein Bluff mit dem Gondelverkehr hatte ihm diesen Ausflug eingebracht, einen Fuß in der Tür, genau, wie er es vorhergesehen hatte.

Der Rat würde ihn ernstnehmen müssen.

Am Ende der Röhre wartete eine Frau in einem weißen Mantel und einer weißen Hose auf ihn. Sie hatte rote Locken und Sommersprossen auf den Wangen. Auch weiche Haut und eine kurvige Figur – kein Vergleich mit den knochigen Frauen Darwins.

»Sind Sie das Empfangskomitee?«, fragte Russell.

»Ich fürchte, ich bin die Krankenschwester. Zur Dekontaminierung da lang.«

Sie stieß sich mit geübter Mühelosigkeit von der Wand ab und verschwand um die Ecke. Russell versuchte, in der Luft zu schwimmen, um schneller zu werden, wodurch er nur in Rückenlage geriet und desorientiert wurde. Er brummte, als sein Körper auf die Wand traf.

Die Frau lachte, ein Geräusch, das sie mit einer Hand vertuschen wollte. Russell hörte es aber und spürte in seinem Inneren brodelnde Wut.

»Das braucht Übung«, sagte sie.

In ihrer Stimme lag eine Verbindlichkeit, die er beruhigend fand. Ein angenehmes Lächeln noch dazu. »Ficken ist wohl schwer«, sagte Russel. »Hier oben. Wenn man so rumeiert.«

Das Lächeln der Krankenschwester verflüchtigte sich. »Wir werden bald wieder Gravitation haben.«

»Wenn Ihnen das lieber ist«, grinste Russell. Er zwinkerte ihr zu, aber die Frau wandte sich ab.

»Folgen Sie mir bitte«, sagte sie. Kurz angebunden jetzt.

Sie führte ihn durch einen langen, weißen Gang, der von einer Reihe roter Sprossen an der Wand gesäumt war. Je weiter sie kamen, desto schwindliger wurde Russell. Er ahmte die Bewegungen der Frau nach, sobald sie anfing, die Sprossen an der Wand zu nutzen, um sich davon führen zu lassen.

Allmählich zog die Schwerkraft an ihm. Da merkte er, dass sie sich zum äußeren Rand der ringförmigen Station bewegten. Aus den Sprossen in der Wand wurde eine Leiter, und bald wurde es für ihn leichter, zu klettern statt zu schweben.

Schließlich kamen sie unten an, und Russell fühlte sich geerdet. Oben war endlich oben und unten unten.

Die Krankenschwester führte ihn durch eine Tür und in einen blendend weißen Raum. »Dahinten gibt es eine Dusche«, sagte sie. »Lassen Sie Ihre Kleider hier. Ich werde sie reinigen lassen.«

»Ihre Kleider könnten auch schmutzig sein«, sagte er. »Möchten Sie mir Gesellschaft leisten?«

Sie eilte schweigend aus dem Raum.

War einen Versuch wert, dachte er.

Dreißig Minuten später saß er frisch geduscht und bekleidet in einem unbequemen Metallstuhl. »Ist das alles nötig? Ich habe kein SUBS.«

Eine neue Krankenschwester, nicht annähernd so süß wie die erste, setzte sich neben ihn. Sie bereitete eine Spritze vor. »Der Lift schützt davor«, sagte sie. »Es geht um den Rest, den wollen wir draußen halten. Schnupfen, Grippe ... die ganzen üblichen Verdächtigen.«

»Ich bin sicher, es war nichts«, sagte Russell, während sie eine Blutprobe nahm, »aber mein Mitfahrer in der Gondel hat etwas gehustet.«

Die Augen der Krankenschwester wurden groß.

Russell zuckte die Achseln. »Hatte höchstwahrscheinlich bloß Durst. Trotzdem, ich dachte, ich erwähne es mal lieber.«

»Haben Sie neben ihm gesessen?«

Hoppla. »Sehe ich wie ein Idiot aus?«

»Tut mir leid«, sagte die Krankenschwester.

Obwohl sie nicht so anziehend wie die erste Schwester war, sah sie nach den Standards von Darwin immer noch ziemlich gut aus. Von seinen Wachen hatte er sämtliche Geschichten und Witze über orbitale Frauen gehört. Wenn man sich seine Bürger aus der Gesamtheit der Herde aussuchen konnte, weshalb sollte man sich mit den Hässlichen abgeben? Der Gedanke erregte ihn. Selbst am Rande der Auslöschung benahmen sich Menschen immer noch wie Menschen.

»Sie haben die Freigabe, die Station zu betreten«, sagte sie, dann entfernte sie sich.

Russell zog seinen Mantel wieder an, steckte sich das neu erworbene Buch unter den Arm und schlenderte mit einem Lächeln auf dem Gesicht aus dem Untersuchungsbereich.

Er salutierte knapp vor dem Sicherheitsinspektor, der Dienst hatte und ihn verwirrt durch den Checkpoint winkte. Es war der erste Wächter, den Russell zu Gesicht bekam, und es dämmerte ihm, wie leicht es wäre, eine Gondel voller Soldaten hierherauf zu bringen und die Station zu überrennen. Wenn man seinen Forderungen nicht nachkam, wäre das eine Möglichkeit.

Alex Warthen wartete auf der anderen Seite des Checkpoints.

Russell war dem Mann schon ein paarmal begegnet, aber immer in Nightcliff. Sie waren gleichgestellt, hatte Alex ihm versichert. Nur für unterschiedliche Aspekte des Lifts zuständig.

Für die Nadelöhre, dachte Russell.

Dennoch hatte Alex einen Sitz im Orbitalrat, obwohl er nur über einen Bruchteil der Bevölkerung und einen unermesslich kleineren Bereich herrschte. Währenddessen blieb Russell ein einfacher Angestellter, ein Hund, der ihre Befehle befolgte.

Ich liefere euch Luft und Wasser, dachte er. *Ich kann das auch einfach lassen. Dann verhungern eben ein paar Einwohner Darwins. Sind sowieso zu viele.*

Der Mann wirkte elegant wie immer. Das schwarze Haar mit Seitenscheitel, sauber rasiert und ein Gesicht, aus dem man nichts ablesen konnte.

»Sind Sie zu den Klassikern übergegangen?«, fragte Alex, als sie einander die Hand reichten.

Russell hob eine Braue. »Inwiefern?«

Alex wies auf das Buch.

»Oh«, sagte Russell, »wir werden sehen. Wie läuft es, Kumpel?«

Alex seufzte. Ein langes, lautes Zischen entweichender Luft. »Schlecht. Die Gondeln fallen aus, und jetzt hatten wir hier oben ein paar Subhumane auf freiem Fuß. Alle haben Angst.«

»Dann stimmen die Gerüchte also.«

»Ich fürchte es.«

Russell wusste, dass ein solches Geschöpf unter keinen Umständen den ganzen Weg in den Orbit bewältigt haben könnte, ohne aufzufallen. Nein, jemand hatte sich die Krankheit in der Aura geholt. Eine andere Erklärung gab es nicht. Er grinste beinahe über diese Wendung der Ereignisse. Mehr Holz auf dem Scheiterhaufen. »Klingt, als bräuchten Sie Urlaub«, sagte Russell.

»Keine Zeit und kein Ort, an den man könnte. Wie wäre es mit einem Drink?«

Russell bedeutete seinem Gegenüber vorauszugehen. Er erwartete, dass man ihn in ein Büro brachte. Stattdessen führte Alex ihn in eine Bar nicht weit entfernt vom Eingang zur Station.

Auf einem Schild an der Wand neben der Tür stand ZEHN HINTEN. Alex trat als Erster ein und schob sich durch den vollgestopften Raum.

Russell warf einen Blick auf die Gesichter der Gäste. Eine bunte Mischung aus Männern und Frauen, die meisten in blauen Overalls, füllte das Dutzend Tische, man unterhielt sich und trank. Falls ihn jemand erkannte, zeigte er oder sie es nicht. Eigentlich reagierten sie auch kaum auf Alex' Eintreffen. Russell fragte sich, über wie viel Ansehen der Mann wirklich gebot.

Alex begab sich zur kargen Bar. Die Gäste, die sich dort drängten, trugen zum Großteil Schwarz – Sicherheitspersonal. Ihre Unterhaltung erstarb, als sie Alex sahen, und sie machten ihm Platz.

»Was trinken Sie?«, fragte Alex.

»Ich bin in der Stimmung für Wodka.«

Der Barkeeper ignorierte die Flasche, die ihm auf dem Regal am nächsten war, und griff nach einer mit einem gedruckten Etikett, einer von früher. Russell erkannte die Flasche nicht und brummte. Zweifelsohne heraufgeschmuggelt. Eine kleine Posse, die Alex wahrscheinlich nur arrangiert hatte, um ihn zu ärgern.

Während der Barkeeper Drinks einschenkte, machte Russell eine Bestandsaufnahme des emsigen Raums. »Haben diese Leute nichts zu tun?«

»Arbeit, Trinken, Ficken, so sagt man hier oben«, meinte Alex. »Es ist gut, sich gelegentlich unter sie zu mischen.«

Russell hob sein Glas.

»Sláinte«, sagte Alex.

Sie tranken. Das Geschnatter im Raum war so gut wie erstorben, fiel Russell auf. Er spielte mit der Idee, eine Rede vor den Einheimischen zu halten. Nach einem weiteren Drink traf er eine Entscheidung.

»Genug von dem Zirkus«, sagte Russell. »Gehen wir in Ihr Büro und klönen ein wenig.«

* * *

Das öde Zimmer fühlte sich weniger einladend an als eine jakobitische Gebetshalle. Die Möbel beschränkten sich auf einen Tisch aus Granitimitat und zwei einfache Metallstühle. Keine persönliche Note zierte den Tisch oder die Wände; es war nur das Minimum, um den Job zu erledigen.

»Schöne Aussicht«, sagte Russell. Der Raum war fensterlos. Russell hatte seit seiner Ankunft kein Fenster gesehen. Diese Erkenntnis sorgte dafür, dass sich die ganze Station noch etwas kleiner anfühlte.

Sein Gegenüber bot ihm einen Stuhl an, und Russell setzte sich. Der Sitz war hart wie Stein, außerordentlich ungemütlich.

Alex wurde ernst. Er stützte die Ellbogen auf die Armlehnen und verschränkte die Finger ineinander. »Ich muss Sie etwas fragen, nur unter uns.«

»Schießen Sie los.«

»Doktern Sie an den Gondeln herum? Lösen Sie diese Stromausfälle aus?«

Der Vorwurf überraschte Russell. Sein aufblitzender Zorn wich Stolz. Stolz auf das Wissen, dass Alex ihn für so intrigant hielt. Er stellte sich vor, wie er an einem cartoonartigen Hebel stand und ihn umlegte auf »off«, während er wie wahnsinnig kicherte, nur um ihn dann wieder auf »on« zu stellen. Russell legte den Kopf in den Nacken und lachte. »Nein«, sagte er. »Aber das ist keine schlechte Idee. Ich könnte Sie dasselbe fragen.«

»Wir sind genauso perplex wie Sie«, entgegnete Alex.

»Das ist … offen gesagt furchtbar.«

Alex nickte langsam und nachdenklich. »Na ja, danke, dass Sie die Gondeln wieder fahren lassen. Der Rat weiß das zu schätzen.«

»Dem Rat schmeicheln«, sagte Russell. »Dafür lebe ich.«

Eine bedeutungsschwangere Pause entstand. Alex sank sichtlich in seinem Stuhl zusammen, sein Blick huschte von einer Seite des Tisches zur anderen.

Russell räusperte sich. »Wie geht's Ihrem alten Freund Platz?«

Warthen lächelte. »Ich habe gehofft, das könnten Sie mir verraten.«

Sein Tonfall erwischte Russell unvorbereitet. »Was soll das heißen?«

»Ich habe von seinem Besuch letzte Woche erfahren.«

Russell spürte, wie seine Wangen heiß wurden. Er hasste es, dumm dazustehen, vielleicht mehr als alles andere. »Was reden Sie da?«

Alex lächelte.

»Verarschen Sie mich?«

Alex lehnte sich zurück, er hatte augenscheinlich Spaß. »Entweder werden Sie nachlässig, oder der alte Mann hat Freunde auf niedrigstem Niveau.«

Russell zuckte zusammen. Ihm gefiel nicht, worauf Alex da anspielte. Das Wortspiel gefiel ihm auch nicht. »Was zum Teufel hat er dort getan?«

»Meiner Quelle zufolge«, sagte Alex, »hat er etwas vom ehrenwerten Mr Prumble gekauft.«

»Was denn?«

»Daran arbeite ich«, sagte Alex.

Russell fühlte sich angesichts der vielen Möglichkeiten verloren. »Vielleicht sollte ich mir das ansehen. Prumble mal besuchen …«

Alex hob eine Hand zum Widerspruch. »Legen Sie etwas Subtilität an den Tag, ja? Lassen Sie die Dinge sich entwickeln.«

Die Mitteilung brachte Russells Blut in Wallung. Wenn es sich als wahr herausstellte, hatte das alarmierende Folgen. Strenge Kontrolle über das, was durch Nightcliff kam und ging, war einer der wenigen

Reste wahrer Macht, die Russell besaß. Sie war fast bedeutungslos, falls der berühmteste lebende Mensch unbemerkt durchschlüpfen konnte.

Russell wollte etwas kaputt schlagen. Jemanden. Am besten wechselte er das Thema, entschied er. »Gibt es Fortschritte«, sagte er, »bezüglich meiner Anfrage?«

Ein säuerlicher Ausdruck trat auf Alex' Gesicht, wenn auch nur einen Atemzug lang. »Der Rat hat dagegengestimmt. ›Es ist der Orbitalrat. Mr Blackfield befindet sich auf dem Boden.‹ Deren Worte, nicht meine.«

Perfekt, dachte Russell. Er zwang sich, enttäuscht zu wirken. »Der Boden. Das ist nicht nur Erde und Stein, wissen Sie. Wir haben auch Luft und Wasser.«

Alex spreizte die Finger. »Die Anlagen verarbeiten, die Platz gehören.«

»Sie müssen durch Anlagen, die ich betreibe.«

Alex verdaute die Anmerkung wie ein faules Ei. »Der Rat wird davon nichts hören wollen.«

Russell spreizte seinerseits die Finger. »Man würde vermutlich Ihnen befehlen, mit Ihren überaus fähigen Truppen dort runter zu gehen.«

»Was Sie«, sagte Alex, »sicher überraschen würde.«

»Stellen Sie sich vor, wie das liefe. Wie Ihre Soldaten im Zweierpack aus diesen beengten kleinen Gondeln steigen.«

»Interessant«, sagte Alex.

Es folgte Stille. Nur das Geräusch der Luft, die eine in der Wand verborgene Maschinerie in den Raum blies, war zu hören. Es diente als wundervolles Echo für Russells Argumentation.

Er tippte auf den dicken Roman auf dem Tisch. »*Krieg und Frieden*. Wir beide leben in der Grauzone dazwischen.«

Alex' Gesicht blieb unbewegt. »Es scheint, als befänden wir uns in einer Sackgasse.«

»Warum haben Sie mich dann hergeholt? Werfen Sie mich in den Bau?«

»Die Idee kam zur Sprache …«

»Von Ihnen oder vom vielgepriesenen Rat?«

»Das ist dasselbe«, sagte Alex. »Ich bin immerhin Mitglied.«

»Stimmt«, sagte Russell. »Das einzige Mitglied, das über bewaffnete Wächter verfügt. Eigentlich herrschen wir beide über die einzigen verbliebenen Soldaten der Welt.«

Alex schwieg. Sein Gesicht war nicht zu deuten.

Russell fuhr fort: »Uns gehören die Nadelöhre, Ihnen und mir. Ich sehe nicht ein, warum wir irgendjemandem gehorchen sollen. Vor allem nicht dem alten Bock Neil Platz.«

Noch immer keine Reaktion.

Russell nahm das als gutes Zeichen und fuhr fort: »Ziemlich viel Macht in unseren Händen, hm?«

»Interessant.«

»Stoff zum Nachdenken«, sagte Russell. »So wie ich das sehe, wenn ich nach oben schaue, will Platz einfach den Status quo aufrechterhalten. Der Chef sein, wie er es sein ganzes Leben lang war.«

»Aber was wollen Sie, Russell?«

Der Chef sein. Nicht die beste Antwort, das wusste er. »Ich will, dass wieder ein bisschen Einsatz in die Welt zurückkehrt. Solange wir alle in der Falle sitzen, an der Zitze des Liftes nuckeln, sollten wir unsere Aufmerksamkeit darauf richten, wie man das Leben angenehm gestaltet. Für jeden.«

Alex Warthen, sein Gesicht eine Maske, nickte ansatzweise, und das, dachte Russell, reichte auch.

Die Saat war gesät.

KAPITEL 13

Anchor-Station

23.1.2283

Um 19 Uhr fuhr die Innenbeleuchtung laut Programmierung auf 20 Prozent Helligkeit herunter und änderte ihre Farbe zu einem weichen Silber. Mondschein-Modus. Die Luftzirkulatoren passten ihre Wärmesteuerung an, um für eine leichte Kühle in der Luft zu sorgen.

Die Beschäftigten schlossen sich dem Wechsel an. Forschungsprojekte und andere Pflichten wichen dem Abendessen, dann der Freizeit. In der Cafeteria lief *Casablanca.* Müßige Prozessoren renderten virtuelle Welten, die man in der Immersionskammer erkunden konnte. Die Tischtennisliga hielt ihre Meisterschaft vor einer kleinen, aber lärmenden Menge ab.

Drei Mannschaftsmitglieder von Anchor lagen noch auf der Krankenstation. Ein vierter, einer der Wissenschaftler, fiel ins Koma, und man evakuierte ihn nach Gateway, wo es die beste medizinische Versorgung gab.

Bis Mitternacht hatten sich die meisten in ihre Betten zurückgezogen, allein oder paarweise. In wenigen Fällen auch mehr als zwei.

Die Anchor-Station schlief.

Tania ging still durch die leeren Gänge, die Schuhe hatte sie weggelassen und trug stattdessen ein Paar warme Socken. In Ebene Schwarz traf sie niemanden. Einmal störte ein Ausbruch gedämpften Gelächters die Stille – eine Gruppe, die sich bei einem privaten Kartenspiel amüsierte, wie sie sich vorstellte. Sie ging weiter, eine Hand lag auf ihrem Kittel, und darunter schmiegten sich die Daten-Würfel.

In der Verbindungsröhre zu Ebene Grau, dann zu Weiß begegnete Tania niemandem. Selbst der Observationsraum mit Blick auf die Schale war zu dieser Stunde verlassen. Am Schott zu Ebene Grün nutzte sie ihre ID-Karte, um durch die Sicherheitstüren zu gelangen. Ein Nachtwächter am Posten dahinter winkte sie desinteressiert durch, auf seinem Schoß befand sich ein Taschenbuch mit Eselsohren. Tania nahm an, dass die Anchor-Station ein begehrter Posten bei der Orbital-Security war.

Stützträger, die sich in regelmäßigen Abständen an den Wänden und der Decke befanden, waren in blaugrünes Licht getaucht, was Tania an Bäume im Mondschein erinnerte, die sie in alten Filmen gesehen hatte. Sie folgte der leichten Krümmung des Ganges, bis sie eine Tür erreichte, auf der GENERAL COMPUTER LAB stand. Ein rasches Durchziehen ihrer ID-Karte entsperrte sie, und sie trat ein.

Die Luft drinnen war eiskalt, ihr dünner Kittel konnte die Kühle nicht abhalten. Zitternd ging sie zwischen den Reihen der Computer-Terminals entlang. Zwei Forscher arbeiteten noch spät, hockten vor einem Terminal-Monitor. Sie unterhielten sich leise, so eingenommen von ihrer Arbeit, dass es ihnen kaum auffiel, als sie eintrat. Tania rief sich in Erinnerung, beiläufig zu tun, als gehöre sie zu dieser Stunde hierher.

An Reihen von Terminals vorbei, hinter Regale mit blinkenden Servern, ganz nach hinten, wo sie einen Bereich zum gemeinschaftlichen Arbeiten betrat, in dem man zu dritt vor einem Verbund aus riesigen Bildschirmen sitzen konnte. Darauf hüpfte das Logo von Platz Industries fröhlich in plastischer Auflösung vor ihr herum.

Leise schloss sie die Tür hinter sich und setzte sich auf den mittleren Sitz vor die Konsole. Aus ihrem Laborkittel zog sie die vier Daten-Würfel und einen Notizzettel.

Nachdem sie tief Luft geholt hatte, tippte sie das Passwort ein. Der wandgroße Bildschirm glomm auf, dann ordnete er sich neu an, um Tanias bevorzugte Ansicht zu zeigen. Stationsstatus, persönliche Nachrichten und eine To-do-Liste füllten den linken Rand. Bilder der Teleskop-Aktivität in der letzten Nacht dominierten den Rest.

Tania ignorierte all das. Stattdessen schob sie die Daten-Würfel in die wartenden Slots. Wahlmöglichkeiten ploppten auf dem Bildschirm vor ihr auf. Sie arbeitete fieberhaft und begann mit dem Datentransfer.

Das System, das ihr zur Verfügung stand, erwies sich als ähnlich altertümlich wie die im Observatorium, so dass ihre Ängste zum Thema Kompatibilität sich verflüchtigten. Die Anlage musste aus der Zeit des Baus Anchors stammen.

Die Würfel waren auf einen Zeitpunkt vor etwa sechs Jahren datiert. Bald danach war die SUBS-Krankheit ausgebrochen, und auf dem ganzen Planeten war die technische Renaissance, die die Ankunft des Lifts eingeläutet hatte, zum Stillstand gekommen. Alle hatten ihre Aufmerksamkeit aufs Überleben gerichtet, darauf, Darwin zu erreichen, ehe die Seuche sie erreichte. Tania erschauerte bei dem Gedanken. Sie war damals im Orbit gewesen, um zu forschen, und ihre Eltern hatten darauf bestanden, dass sie im Weltraum blieb, bis »die Lage unter Kontrolle« war. Sie hatte keinen der beiden je wiedergesehen.

Ehe die Tränen kamen, schüttelte sie den Kopf und konzentrierte sich wieder auf die Arbeit vor ihr.

Die erste Aufgabe für die Rechner bestand darin, die Informationen in einer Anordnung zu katalogisieren, die sie verstehen konnte. Der Datensatz lief durch ein Linguistik-Programm. Sie setzte Marker auf Schlüsselfelder, und bald nahm der Datenbestand Form an.

Eine Fortschrittsanzeige zog sich über den Bildschirm, alles andere als zackig. Tanias Aufmerksamkeit ließ nach. Sie stützte sich auf die Ellbogen, legte das Kinn auf den Handrücken und versuchte, sich das Observatorium vorzustellen, in dem man die Daten gefunden hatte. Schneebedeckte Gebirge, Bäume von einem Horizont zum anderen. Ein Teleskop, das sich in ein Tal zwischen die Berge schmiegte, am Ende einer sanft gekrümmten Straße.

Schon fast weggedämmert hörte Tania das leise Geräusch, mit dem sich die Tür öffnete. Ihr fiel ein, dass sie sich keine Geschichte als Ausrede ausgedacht hatte und keinen plausiblen Grund besaß, hier zu sein. Mit rasenden Gedanken wandte sie sich zur Tür um.

Da stand Natalie. Sie wirkte müde, zweifellos gerade aufgestanden.

»Was tust du denn hier?«, fragte Tania. Die Worte klangen lächerlich, noch während sie sie aussprach.

Ihre Assistentin wartete fassungslos im Eingang und betrachtete, was sie vor sich hatte. Ihr ausdrucksloses Gesicht gab nicht preis, was ihr durch den Kopf ging. Dann schaute sie über die Schulter, bevor sie ganz eintrat und die Tür sanft wieder schloss. »Mein Rechner hat mich geweckt. Wir ... du hast Greg und Marcus aus dem System geworfen. Bei ihnen lief gerade die Analyse einer Probe dieser Subhumanen, und sie haben sich ziemlich angepisst bei mir gemeldet.«

Tania erkannte, dass die Bildschirme hinter ihr voller Telemetrie-Daten waren. Sie hackte auf die Taste ein, die das Bild löschte, aber nichts geschah.

Natalie machte einen zögerlichen Schritt in den Raum. »Was geht hier vor?« Sie klang wie ein Kind.

»Ich mache nur ...«, sagte Tania, dann hielt sie inne. Was konnte sie tun? Wenn sie jetzt log, wäre das ein zu großer Verrat. »Nat, es tut mir leid.«

Natalie trat neben Tania. Sie konzentrierte sich auf den riesengroßen Bildschirm, auf dem eine Visualisierung des Datenbestands Form annahm.

»Was ist das?« Ihre Stimme war kaum mehr als ein Flüstern. »Tania?«

»Hör zu«, sagte Tania. »Man hat mir ein spezielles Projekt zugeteilt. Etwas, woran ich allein arbeiten muss. Ich dachte nicht, dass es jemandem auffallen würde.« Die Worte kamen in schnellen Schüben.

»Was für ein Projekt?«

»Ich kann es dir nicht verraten«, entgegnete Tania. »Du solltest gehen.«

Natalie musterte den Bildschirm, als hätte sie nicht zugehört. »Das würde viel schneller gehen, wenn du die Visualisierung und die Fehlerprüfung abstellst.«

»Nat, bitte. Ich muss darauf bestehen ... warte, echt?«

»Außerdem«, sagte sie, »hast du vergessen, ein Index-Feld zu markieren. Es wird später ewig dauern, es im Datenbestand zu suchen.«

Tania warf einen Blick auf den Bildschirm, dann zurück zu Nat.

»Bist du sicher, dass ich gehen soll?« Auf Natalies Gesicht breitete sich ein selbstsicheres Grinsen aus.

Neil Platz' Mahnungen rasten durch Tanias Gedanken. Wenn das, was sie vermuteten, sich als wahr erwies, konnte sich noch einmal alles ändern. Dieses Wissen hatte das außergewöhnliche Potential, den bereits zerbrechlichen Zustand der Menschheit zu erschüttern. Neil wollte das managen.

Doch Tania wusste, dass sie es nicht allein bewerkstelligen konnte. Natalie hatte ihr Geschick bei der Datenanalyse in ihrem Jahr auf der Anchor-Station immer wieder bewiesen. Sie war Tanias beste Freundin. Die perfekte Vertrauensperson, entschied Tania.

Außerdem stand Nat schon hier, kurz davor, ihre ungeplante Forschung aufzudecken. *Neil wird es verstehen*, sagte sich Tania. »Nein«, gab sie zu. »Geh nicht.«

Natalie setzte sich. »Gut, das wäre geregelt. Ein Geheimprojekt, hm? Ich liebe es. Ich bin dabei.«

Zusammen ordneten sie die Datenaufnahme neu. Dank Natalies Expertise würde der Prozess jetzt nur noch ein Viertel der Zeit dauern.

»Du musst das für dich behalten«, sagte Tania, während sie warteten.

»Tratschen? Ich doch nicht!«

Tania warf ihr einen strengen Blick zu.

»Ich hätte dir nie zugetraut, dass du eine dunkle Seite hast«, sagte Natalie. »Gefällt mir. Passt zu deinen Augen.«

Tania errötete. Natalies Neigung zum Flirten war süß und oft brüllend komisch, aber Tania hatte sich mit solchen Aufmerksamkeiten noch nie wohl gefühlt.

Tanias Mutter war in Mumbai eine gefeierte Schönheit gewesen, ihr Vater ein berühmter Astronaut. Doch beide hatten eine tiefgehende Leidenschaft für Wissenschaft geteilt, und sie waren einander begegnet, während sie für Neil Platz und sein erstes Raumfahrt-Projekt gearbeitet hatten: den Ankauf einer Raumstation, die die Europäer aus dem Orbit entfernen wollten. Ihr Vater war Kommandant der ersten privaten Raumstation gewesen, eine Tatsache, die ihn bei Millionen von Indern weithin bekannt gemacht hatte.

Tania hatte von beiden die besseren Eigenschaften geerbt, das behaupteten zumindest alle, und sie ärgerte sich oft über ihre Schönheit. Ihre Mutter, möge sie in Frieden ruhen, hatte ihr die Entschlossenheit eingeimpft, Erfolge mit ihrem Verstand zu erzielen und nicht mit ihrem Aussehen. Eine Herausforderung, die sie sehr ernst nahm.

Vom Rechner kam ein Glockenton. Die Daten waren komplett verarbeitet.

Natalie rückte näher. »Wonach suchen wir?«

»Flugbahnen von Objekten in Erdnähe.«

Besorgnis blitzte auf dem Gesicht der jungen Frau auf. »Wird etwas die Station treffen?«

»Das bezweifle ich«, sagte Tania. »Sieh dir das Datum an, die Quelle.«

Natalie wandte sich wieder zum Bildschirm. »In Ordnung. Japanische Telemetrie-Daten von 2278. Warum?«

»Ich suche nach Unregelmäßigkeiten.«

Natalie runzelte die Stirn. »Wozu?«

»SUBS hat 2278 angefangen«, sagte Tania.

»Ja.« Natalies Stirn lag in Falten. »Was hat das mit … oh.«

Tania beobachtete, wie Natalies Augen aufleuchteten. »Vielleicht ist es ihnen aufgefallen … wenn man davon ausgeht, dass die Krankheit auf einem Schiff der Erbauer kam.«

Tania nickte. »Genau.«

Eine Weile herrschte Stille, während Natalie die Implikationen überdachte. »Ich verstehe nicht. Wir wissen, wo die Krankheit angefangen hat … oh. Heilige Scheiße.«

»Du bist schnell«, sagte Tania.

»Du versuchst herauszufinden, wo sie herkam.«

Tania sah auf den Bildschirm voller Zahlen. »So in etwa.«

»Aber«, sagte Natalie, die ihre Gedanken aussprach, wie sie ihr kamen, »warum? Ich meine, was für eine Rolle spielt das? Das gottverdammte Ding hat den Planeten der Erbauer oder was auch immer vermutlich vor Äonen verlassen. Interessant, das zu wissen, aber …«

Tania hob die Hand. »Nat, wie viel Zeit ist zwischen der Ankunft des Lifts und dem Ausbruch von SUBS vergangen?«

Die andere Frau musste nicht nachdenken. »Zwölf Jahre natürlich. Na ja, elf Jahre, acht Monate und zehn Tage, wenn du es genau wissen willst.«

»Wow. Sehr gut«, sagte Tania. »Ja, ich will es sehr genau wissen.«

»Dann bin ich die Richtige für dich.«

Tania lächelte. »Nat, hast du dich je gefragt, ob sie zurückkommen?«

»Natürlich«, sagte Natalie. »Das tun wir alle.«

Tania wartete.

»Oh!«, rief Natalie. »Oh! Wenn wir wüssten, wo wir hinschauen müssen, könnten wir es diesmal schon vorher sehen …«

»Ich wusste, dass du es verstehst.«

Natalie saß eine Weile bewegungslos da, starrte auf den Bildschirm. »Ich bin erstaunt, dass mir das noch nie vorher gekommen ist.«

»Ich kann nicht behaupten, dass es eine Idee von mir ist«, sagte Tania. »Neil hat mal darüber gescherzt, und das hat mich zum Nachdenken gebracht.«

»Also, wenn SUBS vor fünf … 'tschuldigung, vier Komma neun Jahren ganz genau … begonnen hat, dann hätten wir diesmal einen riesigen Vorsprung. Sieben Jahre!«

Tania konnte ein Lächeln nicht unterdrücken. »Du bist in dieselbe Falle getappt wie ich. Immer unter der Voraussetzung, dass überhaupt ein weiteres Schiff kommt, woher soll man wissen, ob es sich an denselben Zeitplan hält? Es könnten sieben Jahre sein oder sieben Monate oder Jahrtausende.«

Während sie sprach, drehte sich Natalie langsam um, um sie anzusehen. »Aber du bist hier unten, mitten in der Nacht, und arbeitest dran.«

»Neil lechzt nach der Möglichkeit, eine Vorwarnung zu bekommen. Du weißt, wie gerne er plant und wie er sich benimmt, wenn er seine Aufmerksamkeit auf ein Projekt richtet.«

* * *

Sie arbeiteten die ganze Nacht.

Millionen von Objekten hatten die Japaner aufgezeichnet, Objekte so klein wie ein Penny, und das alle zehn Sekunden. Anfänglich erwies es sich als sehr mühsam, zu jedem Eintrag Querverweise auf existierende Kataloge mit Himmelskörpern zu setzen.

Um vier Uhr früh hatte Natalie die geniale Idee, sich vom Rechner Daten zeigen zu lassen, die nicht zum Muster des restlichen Datensatzes passten. Tania hatte diese Daten ausgeschlossen, um alles zu vermeiden, was das Programm durcheinanderbringen könnte. Informationen wie der Titel des Berichts, die Angaben über die Einstellungen des Teleskops und die Namen des Aufsichtspersonals waren ihr wie Zeitverschwendung vorgekommen.

In den Datensätzen, die vom Rest abwichen, fand Natalie eine eingetippte Nachricht direkt unter einem Log-Eintrag, der zu allen anderen passte. Einem Eintrag, der ihnen sonst nie aufgefallen wäre.

»He, sieh dir das an«, sagte sie.

Die Nachricht war auf Englisch.

Tania las sie laut vor. »›Absonderlich! Vektor außerhalb des Bereichs. Bestätigen.‹«

Sie sahen einander an. »Lass mich nachprüfen, ob dieses Objekt noch irgendwo auftaucht«, sagte Natalie.

Der Rechner durchsuchte die Aufzeichnung innerhalb von Sekunden und warf einen weiteren Eintrag und einen weiteren Kommentar aus:

Sugoi! Abweichender Vektor bestätigt.
Mit A. R. Shu (Keck) abgleichen.

Abgesehen vom stetigen Surren der Luftaufbereitung der Station, senkte sich Stille über den Raum. Tania spürte, wie ihre Kopfhaut zu prickeln begann.

»Ich würde sagen, wir haben eine Spur«, erklärte sie.

»Weißt du, wer dieser Shu ist?«

Tania schüttelte den Kopf. »Nein. Aber ein Name ist ein guter Anfang.«

* * *

Nur eine Stunde vor dem Morgenzyklus kehrte Tania in ihr Quartier zurück. Sie schloss und verriegelte die Tür, dann ging sie sofort an ihr Datensichtgerät.

Nach sehr langem Klingeln beantwortete Neil ihren Anruf.

»Hast du was?«, fragte er sofort.

»Die Logs sind echt. Die Daten sind zum Großteil trivial, nichtssagend. Die üblichen Satelliten-Tracking-Logs.«

»Ich habe noch keinen Tee getrunken, Liebes. Komm zur Sache.«

»Ich habe eine interessante Abweichung gefunden.« Tania hätte beinahe »wir« gesagt. Sie holte lange Luft und atmete dann aus.

»Die worin besteht?«, fragte Neil.

»Es ist höchstwahrscheinlich nichts«, entgegnete Tania. »Etwas, das als ›unbekanntes Objekt‹ gekennzeichnet ist – das ist die Standard-Klassifikation, wenn etwas Neues auftaucht. In diesem Fall aber geht damit eine Bemerkung einher: ›Abweichender Vektor‹, und eine Anweisung, die Sache mit einem A. R. Shu vom Keck-Teleskop abzugleichen. Das Datum ist August 2277.«

»Was bedeutet ›abweichender Vektor‹?«

»Eine Flugbahn, die nicht zu den typischen Objekten passt, die uns begegnen«, sagte sie. »Satelliten im Orbit folgen bestimmten Bahnen. Kometen und so weiter kommen aus einigermaßen vorhersehbaren Winkeln.«

Fünf Sekunden vergingen. »Ein Jahr vor SUBS«, sagte Neil hauptsächlich zu sich. »Hast du eine Position herausbekommen? Einen Hinweis, wo man suchen sollte?«

»Es taucht nur zweimal auf«, sagte sie, »und diese Logs enthalten solche Details nicht. Nur Vektoranalysen, die Positionen müssen an anderer Stelle sein. Was wir brauchen, sind mehr Details.«

»A. R. Shu.«

»Sieht nach unserer besten Chance aus«, entgegnete Tania.

»Gibt es in den alten Datenspeichern etwas über diese Person?«

»Da haben wir wohl Glück«, sagte sie. »Nicht zu diesem spezifischen Thema. Die meisten Daten, die wir von der NASA haben, betreffen Raketenbaupläne und Ablaufhandbücher. Wir haben jedoch auch ihre Mitarbeiteraufzeichnungen, und da habe ich einen Andrew Ryoko Shu gefunden.«

»Wenn du mir jetzt sagst, wir brauchen eine Expedition nach Amerika …«

»Nicht aufs Festland«, erwiderte Tania. »Unser Mr Shu war an der Universität von Hawaii in Hilo stationiert. Sie hatte einen Vertrag, alle Daten vom Keck zu speichern.«

Sie hörte, wie Neil im Hintergrund Tee machte, und wartete. »Gut«, sagte er schließlich. »Ich werde mein Team darauf ansetzen. Sag mir, welche Würfel du brauchst, und sie werden sie holen.«

»So einfach ist es nicht. Laut den Archiven haben sie noch veraltete Speichermethoden benutzt, simpel sogar nach den Standards ihrer Zeit. Das Equipment ist wahrscheinlich riesig. Schwer.«

Neil brummte: »Verstehe.«

Sie schwiegen beide eine Zeitlang.

»Ich hoffe, du sagst gleich irgendwas«, meinte Neil.

Tania schnaubte. »Die beste Option ist der Versuch, ihr Datenzentrum wieder hochzufahren, die Daten zu suchen, die wir brauchen, und vor Ort eine Kopie zu ziehen.«

Jetzt lachte Neil. »Hast du eine Vorstellung, wie unwahrscheinlich es ist, dass etwas von diesem Equipment noch funktioniert?«

»Es ist ein unterirdischer Datenspeicher. Laut Archiv wurde 2112 ein Mikro-Thoriumreaktor als Notstrom eingebaut. Er sollte immer noch schnurren. Mit ein paar Stunden Arbeit und der richtigen Ausstattung sollte es möglich sein.«

»Wir müssen sie mit einem tragbaren Ferrin-Array ausstatten? Himmel.«

Tania zögerte. Es gab nur noch wenig Ferrin-Arrays. Sie waren nach der Krankheit im Orbit entstanden, um an so viele verschiedene

Systeme wie möglich ankoppeln zu können. Die komplizierten, fragilen Geräte waren unersetzlich gewesen, um alte Daten abzusaugen, bevor solche Unternehmungen zu riskant wurden.

»Ja.« Sie senkte die Stimme. »Außerdem brauchen wir jemanden, der damit umgehen kann.«

»Du nimmst mich auf den Arm.«

»Es ist eine komplizierte Aufgabe«, sagte Tania. »Diese Bergungsmannschaften, die du anwirbst, werden das nicht können.«

»Wer dann?«

Tania biss sich auf die Unterlippe. »Wir rekrutieren einen Datentechniker, jemanden von Ebene Grün …«

»Auf keinen Fall«, sagte Neil, »das ist nicht drin.«

»Also gut, dann ich oder Natalie.«

»Ich dachte, darüber hätten wir uns schon unterhalten. Lass sie da raus.«

»Ja«, sagte Tania, »was das angeht: Sie hat mich auf frischer Tat ertappt. Ich musste es ihr sagen.«

»Oh, Tania …«

Sie seufzte. »Sie war eine riesige Hilfe. Wir können ihr vertrauen und, das nur nebenbei, es tut gut, eine Freundin zu haben, der man sich hier oben anvertrauen kann.«

Tania hörte Neil am anderen Ende der Leitung atmen. Kurz und heftig. Sie wartete, bis sich alles wieder normalisierte.

»Ich will dich nicht da runterschicken«, sagte Neil. »Das ist viel zu gefährlich.«

»Ich kann sie nicht darum bitten. Ich glaube, ich muss es machen. Außerdem ist es dieser Tage schon riskant, mein Zimmer zu verlassen.«

Neil schwieg. Sie wartete, dann wartete sie noch länger.

»Neil?«

»Ich denke nach.«

»Du musst das nicht jetzt entscheiden«, sagte Tania.

»Nein. Ich kann mir keine andere Möglichkeit vorstellen, und wir dürfen keine Zeit verschwenden«, sagte er. »Nimm den nächsten Transport nach unten. Ich leite alles in die Wege.«

Sie ballte die Fäuste, damit sie nicht zitterten. Eine Exkursion zur Erde. Ein Ausflug hinter die Auragrenze. *Ich muss verrückt sein,* dachte Tania. Doch sosehr sie es ignorieren wollte, der Reiz einer echten Entdeckung lockte sie. »Bin unterwegs«, sagte sie.

»Tania«, fügte Neil hinzu, »falls jemand fragt, du kommst nur zu einem Meeting auf die Platz-Station. Ich habe Zane eingewiesen; er wird das bestätigen. Du musst unterwegs sowieso hier Station machen.«

»Warum?«

»Du wirst eine Verkleidung brauchen.«

KAPITEL 14

Darwin, Australien

26.1.2283

Ganz langsam, Angus.« Skyler spähte aus dem schmutzigen Cockpitfenster und sah, wie die zwanzig Meter hohe Barrikade an Nightcliffs Nordgrenze unter ihnen durchglitt. Ein paar Wachen patrouillierten oben auf dem Wall zwischen Geschützbatterien, die in regelmäßigen Abständen aufgestellt waren.

Angus legte eine Hand über das Mikrofon seines Headsets. »So wie du und der Tower mich volllabert, kann ich gar nicht anders.«

»Tut mir leid«, sagte Skyler. »Dieser Auftrag macht mich etwas nervös.«

Angus ließ ein bellendes Lachen hören. »Echt jetzt!«

»Freigabe für Landefeld vier, Kurs null neun null«, sagte eine Stimme über die Funkanlage des Cockpits.

»Verstanden, Tower«, entgegnete Angus, »Landefeld vier, Kurs null neun null.«

Er verlangsamte das Flugzeug noch weiter und richtete es am Raster aus Landefeldern gleich hinter der Mauer aus. Die vertikalen Schubdüsen jaulten unter der Belastung auf.

»Angus«, sagte Skyler.

»Ich bin beschäftigt.«

»Flieg zu Landefeld vier.«

Angus schüttelte den Kopf und lachte leise. »Du bist so ein Wichser.«

»Diese Aufmüpfigkeit ist inakzeptabel.«

»Ich glaube, das schreit nach einer Disziplinarmaßnahme«, sagte Sam, die über die Sprechanlage der Hauptkabine mithörte.

»Richtig«, sagte Skyler. »Angus, ich schreibe fünf Minuspunkte in deine Akte.«

»Schwachsinn«, sagte Angus. »Du führst eine Akte?«

»Natürlich. Mit vielen Details.«

Angus leitete den Sinkflug zum Landefeld ein. »Wie viele Minuspunkte habe ich gut?«

»Mal sehen«, sagte Skyler. »Fünf.«

»Was ist mit mir?«, wollte Sam wissen.

Skyler warf einen prüfenden Blick über beide Schultern, um sicherzugehen, dass sich nichts in Angus' totem Winkel befand. »Zweitausendvierhundertzwanzig.«

Sanft setzte das Flugzeug auf dem Asphalt auf. Die hydraulischen Landekufen knarzten unter der Last.

»Tower, hier *Melville*. Wir stehen sicher auf Feld vier«, sagte Angus.

»Verstanden, *Melville*«, kam die Stimme. »Maschinen aus, und bereiten Sie sich auf das Einklinken am Kran vor.«

Angus wiederholte die Instruktion und schaltete alle vier Bypass-Triebwerke aus.

Hinter ihrem Flugzeug näherte sich ein alter Baukran auf riesigen Trittflächen. Skyler konnte das mechanische Monstrum gerade noch über der Schulter erkennen.

Er nahm den Helm ab, als die Turbinen herunterfuhren. »Sam?«

»Ja, Sir!«

»Jetzt bitte etwas ernster. Bereite den Haken vor und sag Jake, er soll sich an der hinteren Luke bereithalten.«

»Erwarten wir eine Durchsuchung vor der Mission?«

»Nein. Wir nehmen einen Fahrgast mit.«

Angus warf einen erstaunten Blick nach hinten. »Was?«

»Was zum Teufel soll das heißen?«, wollte Samantha wissen.

»Keine Zeit dafür, Leute«, sagte Skyler. Platz hatte – über Prumble – sehr deutlich gemacht, dass die Einzelheiten dieser Mission so lange wie möglich geheim bleiben sollten. »Sam, den Haken, bitte?«

»Das ist eine richtig blöde Arschlochnummer, Skyler«, sagte sie. »Keine Taxi-Jobs, das war immer unsere Regel. Das Risiko …«

»Ist die Belohnung wert«, ereiferte sich Skyler. »Das steht nicht zur Diskussion.«

Er verstand ihre ausbleibende Antwort als stillschweigendes Einverständnis und wandte seine Aufmerksamkeit dem Wassertransporter auf dem Landefeld nebenan zu. Durch den Nieselregen sah Skyler eine Arbeitsmannschaft, alle in blauen Overalls, auf das gigantische Flugzeug zugehen. Einer von ihnen, in der Mitte der Gruppe, bewegte sich anders als die Übrigen. Kein Seemannsschritt, erkannte Skyler. Das musste sie sein.

»Jake«, sagte Skyler ins Headset.

Am anderen Ende rauschte es. »Leg los.«

»Halte dich an der Luke bereit. Öffne sie auf mein Zeichen.«

»Verstanden«, sagte Jake.

Die Mannschaft erreichte Landefeld drei, auf dem der gigantische Wassertransporter stand. Das plumpe blaue Flugzeug erinnerte an ein Fischskelett – eine riesige leere Höhle hinter dem Cockpit, umgeben von Streben mit speziellen Kupplungen, so dass es einen Wassercontainer von der Größe eines Stadtbusses aufnehmen und transportieren konnte. Zwei der Arbeiter hievten einen dicken

Schlauch zu einem Behälter am Rand des Landefelds. Sie gingen auf allen vieren, um die Verbindung zu inspizieren, und prüften sie zentimeterweise.

Skyler hatte schon beim Schülertheater bessere Darsteller gesehen.

Ein drittes Crewmitglied tat, als würde es die Arbeit überwachen, seine Aufmerksamkeit galt aber nicht der Crew, sondern den nahe stehenden Gebäuden. Das vierte behielt Skyler fest im Auge.

»Da ist der Kran«, sagte Angus.

Skyler wirbelte auf seinem Sitz herum, sah auf die andere Seite des Flugzeugs. Ein großer Baukran schob sich durch den Dunst, rote Warnlichter blinkten. Er ragte über ihnen auf, versperrte dem Kontrolltower die Sicht auf ihr Flugzeug.

»Haken bereit«, sagte Sam in seinem Ohr.

»Gut«, entgegnete Skyler. »Hilf bitte Jake.«

»Wobei?«

»Unseren Gast an Bord zu bringen«, sagte Skyler, »und die Luke zu schließen, so schnell du kannst.« Er versuchte, seine Stimme ruhig zu halten. Sein Herz raste.

Durch das Headset hörte er Sam schnauben. »Was ist, wenn wir wieder kontrolliert werden, glorreicher Anführer?«

Daran hatte er nicht gedacht. »Dann sagen wir … wir haben eine Immune gefunden. Mach dich bereit.«

»Wir sind bereit«, sagte Jake. Ganz geschäftlich, wie immer.

Skyler wandte sich wieder der Mannschaft zu, die auf Landefeld drei arbeitete. Die Frau begab sich zum hinteren Teil des kleinen Wartungswagens der Gruppe und nahm einen riesigen Aktenkoffer heraus. Sie drehte sich um und kam dann schnell zur *Melville*. Zu schnell, dachte Skyler. Aber es würde so gehen müssen.

»Jetzt«, sagte Skyler.

Er spürte die Erschütterung, als Jake und Sam die Luke öffneten. Über die Sprechanlage hörte er leise Stimmen.

Eine weitere Vibration lief durch das Flugzeug, als die Frachtluke sich schloss und versiegelte.

Ihr Gast war an Bord.

* * *

Es dauerte weitere zehn Minuten, bis der Kran die *Melville* vom Boden hob und zur Beladeanlage der Gondeln mitten in Nightcliff brachte.

»Angus, kannst du das zu Ende bringen?«, fragte Skyler.

»Kein Problem.«

Skyler löste seine Gurte und stieg aus dem Sitz. Geduckt ging er durch das enge Cockpit nach hinten und machte sich auf den Weg zum Frachtraum.

Jake und Sam standen in unbehaglicher Stille neben der schönsten Frau, die Skyler je gesehen hatte.

Sie hatte kohlschwarzes Haar, das zusammengebunden war, und glatte, dunkle Haut. Indisch oder Sri-Lankisch, nahm er an. Ihre Augen waren bernsteinfarben gesprenkelt, und ein scharfsinniges Funkeln lag darin.

Jake warf seinen Fliegerhelm schnell von einer Hand in die andere. Sam hatte die Hände hinter dem Rücken verschränkt, die Beine überkreuzt. Sie starrten die Frau beide unverhohlen an.

Diese umklammerte einen silbernen Aktenkoffer wie ihr Erstgeborenes, und ihre Miene hellte sich auf, als sie eine weitere Person in den Frachtraum kommen sah.

»Sind Sie der Captain?« Ihre Stimme war tief, nicht wie die eines Mannes, aber tief genug, um eine gewisse Reife nahezulegen.

Er tippte sich an die Mütze. »Das frage ich mich oft selbst.«

Sie streckte die Hand aus. »Tania Sharma. Forschungsdirektorin, Anchor-Station.«

»Wo ist das?«, fragte Sam.

»Etwa vierzig Kilometer über unseren Köpfen«, entgegnete Jake.

»Eigentlich vierzigtausend Kilometer«, wandte Tania ein.

Jake nickte nur wie erstarrt.

»Skyler Luiken, zu Ihren Diensten. Willkommen auf der *Melville.*«

Er schüttelte Tania die Hand. »Das sind mein Scharfschütze Jake und meine Einsatzexpertin Samantha.«

Sam überragte die Frau um einen Kopf. Unwillkürlich lächelte sie. Sie brauchte nur einen Sekundenbruchteil, um es wieder zu unterdrücken.

»Sie sind eine Orbitale«, sagte Jake.

Tania wandte sich zu ihm. »Ja«, erklärte sie gelassen. »Die Anchor-Station ist im Orbit.«

Die drei starrten sie an. Sie sah von einem zum anderen, wurde sekündlich verlegener.

»Stimmt etwas nicht?«, fragte Tania.

Skyler riss sich aus seiner Trance. »Wir haben nicht oft Gäste, das ist alles.«

Die attraktive Frau runzelte die Stirn, aber sie nickte trotzdem.

»Was ist in dem Koffer?«, fragte Samantha.

Ehe sie antworten konnte, meldete sich Angus über Lautsprecher. »Bereitet euch aufs Anheben vor. Eine Minute noch.«

Nach diesem Hinweis setzten sich Sam und Jake auf die Steuerbordseite des Frachtraums. Skyler nahm ebenfalls Platz und schnallte sich an, bemerkte aber dann, dass ihr Gast immer noch mitten im Raum stand. Er erhob sich und führte sie auf den Platz, den er für sich vorbereitet hatte, und dann klappte er einen weiteren Sitz ihr gegenüber aus.

Tania starrte verwirrt die Gurte an.

»Sehen Sie mir zu«, sagte Skyler. Er machte langsame Bewegungen, um die ersten beiden Gurte um seine Taille zu befestigen.

»Zwanzig Sekunden«, sagte Angus über Lautsprecher.

Tania fing an, hektisch zu werden. Die Verschlüsse klirrten gegeneinander.

»Entspannen Sie sich, es ist genügend Zeit«, sagte Skyler.

Sie hielt inne, um tief Luft zu holen, dann klinkte sie die ersten Gurte zusammen.

»Schultern«, sagte Skyler, griff über seine Schultern und zog sich die beiden zusätzlichen Gurte über die Brust. Er klinkte sie einzeln über den Taillengurten ein.

Die Frau imitierte seine Bewegungen. Als die Gurte sich quer über ihren Oberkörper spannten, versuchte Skyler, nicht zu starren.

»Fünf Sekunden«, gab Angus durch.

»Zu guter Letzt«, sagte Skyler und griff nach oben, um einen dicken Metallstab herabzuziehen.

Tania streckte sich nach dem Stab über ihrem Sitz. Ihre Finger erreichten ihn um ein paar Zentimeter nicht. Sie streckte sich weiter, und der Metallkoffer auf ihrem Schoß rutschte langsam weg.

Die *Melville* neigte sich. Draußen hob der Schleppkran ihre Nase. Bald würde das Flugzeug mit der Nase nach oben dastehen.

»Scheiße«, sagte Skyler. Er schob seinen Haltestab zurück und löste sich so schnell wie möglich aus den Gurten.

Aus Reflex ließ er eine Hand vorschießen, um sich vom Fallen abzuhalten. Er packte Tanias Sitz gleich über ihrer Schulter. Nur ein paar Zentimeter trennten sie jetzt noch. Sie schloss die Augen. »Was ist?«, flüsterte sie.

Skyler sagte mit leiser Stimme, während er sich gegen die Schwerkraft stemmte: »Wir werden an einer Gondel befestigt«, sagte er, als er schließlich den Haltestab über ihrem Sitz zu fassen bekam. Er zog ihn herunter und ließ ihn einrasten.

Tania öffnete die Augen weit genug, um den Stab zu sehen und ihn zu packen.

»Wir müssen aufrecht daran hängen, sonst schaffen wir es nicht über die Spitze des Wachturms«, fuhr Skyler fort. Er brummte, als er sich wieder in den eigenen Sitz schob. Es verlangte ihm alle Kraft ab, sich wieder anzuschnallen, denn das Flugzeug befand sich inzwischen in einem Neunzig-Grad-Winkel. In seinem Sitz sah er direkt auf sie hinab, und sie starrte direkt zu ihm herauf.

Als Nächstes kam ein übelkeitserregender Augenblick, als der Kran anhielt und das ganze Flugzeug frei schwang.

Skyler hielt Tania fest im Blick. »Geht es Ihnen gut?«

Sie schloss die Augen und nickte. Ihre Knöchel am Haltestab waren weiß. »Warum eine Frachtgondel?«, brachte sie hervor.

»Sie bringt uns auf hundert Kilometer Höhe. In den Van-Allen-Gürtel. Den Rand des Weltraums.«

Sie ließ ein ängstliches Lachen hören. »Ich bin Astronomin.«

»Oh. Stimmt.« Skyler lachte. »Na ja, das ist die einzige Möglichkeit, wie wir den Hin- und Rückflug bei abgelegenen Zielen schaffen. Bei hundert Kilometern ausklinken, den Großteil des Weges über der Atmosphäre gleiten, die Kondis für den Rückflug sparen.«

Sie wirkte verwirrt. »Warum nicht noch höher? Wenn man sich bei Gateway ausklinkt …«

Von der anderen Seite der Kabine meldete sich Sam zu Wort. »Schlammbewohner wie wir dürfen da nicht rauf.«

Tania schaute zu ihr, dann wieder zu Skyler. »Tut mir leid, ich habe nicht nachgedacht …«

Skyler schüttelte leicht den Kopf und hoffte, sie würde das Thema fallenlassen.

Ein lautes Scheppern von draußen klang durch die beengte Kabine, gefolgt von einem tiefen Einrast-Geräusch, als das Flugzeug schließlich an der Gondel befestigt wurde. Angus' heitere Stimme erklang über Lautsprecher. »Wir haben den Turm hinter uns. Macht's euch gemütlich; zehn Stunden bis zum Ausklinken.«

Skyler zuckte zusammen, als ihm klarwurde, dass er rückwärts dasaß. Was hieß, dass er nach unten schaute. Seine Sicherungsgurte und die Halterung aus Metall waren alles, was ihn vor dem Fallen bewahrte. Er spürte, wie unangenehm sich die Nylongurte in seine Jacke schnitten.

Zehn Stunden, dachte er, und nichts, was man ansehen könnte, außer sie. Er schloss die Augen, um nicht zu starren.

* * *

Die Arme des Captains reichten beinahe bis an Tanias Hals, seine Hände waren ausgestreckt, als wolle er sie würgen.

Er war während des langen Schleppvorgangs zum Rand des Weltraums eingeschlafen. Auch die anderen schliefen.

Anfangs hatte es etwas Smalltalk gegeben. Die Mannschaft schien darauf erpicht zu sein, über alles andere zu reden als über die vor ihnen liegende Aufgabe. Das frustrierte Tania ungemein, aber sie erkannte darin eine Beruhigungstaktik. Sie riskierten für ihren Auftrag immerhin ihr Leben.

Na ja, für den Auftrag und das Geld, dachte sie. Die Gefahr blieb.

Sie hielt sich zurück, gab sich mit dem Zuhören zufrieden, wartete auf den richtigen Augenblick, um die Diskussion auf die bevorstehende Aufgabe zu lenken. Es würde noch genug Zeit bleiben.

Aber dann waren alle eingeschlafen. Die letzten sechs Stunden hatte sie nichts zu tun gehabt, außer den Captain anzustarren.

Er sah beinahe tot aus, so, wie seine Arme herabhingen, sein Kopf zur Seite gekippt war. Als wäre er ertrunken.

Die Lage war kniffliger gewesen, als die Schwerkraft noch mit aller Macht an ihm gezerrt hatte. Einmal hatte sie sich mit allen Kraftreserven in die linke Seite ihres Sitzes gedrückt, um einem Speichelfaden zu entgehen, der den ganzen Abstand zwischen seinem Mund und ihrer Kopfstütze überbrückt hatte.

Sie konnte den Moment nicht genau benennen, als die ewige Anziehung der Erde langsam nachgelassen hatte, aber sie hatte fasziniert zugesehen, wie seine Bewegungen leichter wurden. Die

Geschwindigkeit, mit der sein Gesicht sich veränderte, erst gequält aussah und dann heiter wie das eines Säuglings, war erstaunlich.

Auf der Stirn hatte er eine Narbe. Eine alte, die verblasst war. In seinem brünetten Haar fanden sich Spuren von frühem Grau, gleich hinter den Schläfen. Schmale Lippen, in rauher Witterung aufgesprungen. Tränensäcke wiesen auf einen schlechten Schlafrhythmus hin. Tania erkannte, dass sie keine Ahnung hatte, wie für ihn das Leben aussah.

»Oder für irgendwen in Darwin«, flüsterte sie.

An der Wand hinter ihm reihten sich verblichene Papierfetzen und alte Fotos, die dort wie zufällig angeklebt waren. Souvenirs von früheren Aufträgen, wie sie annahm. Die Speisekarte einer Gaststätte, einige aufgefädelte Kronkorken. Ein australischer Pass. Eine Hochzeitseinladung. Tania stellte fest, dass sie über das Arrangement lächelte. Das waren echte Relikte der alten Erde, die Dinge, die niemand sonst sammeln würde und die auch niemand bestellte.

Ein Foto erregte ihre Aufmerksamkeit. Das Motiv wirkte vertraut, und sie kniff die Augen zusammen, um sicherzugehen. *Das kann nicht sein*, dachte sie.

So leise wie möglich löste Tania ihre Gurte. Die anderen schliefen weiter, während sie sich aus dem Stuhl schob und zur Wand schwebte, zu dem Foto.

Auf dem Bild standen vier Männer vor einem Teleskop.

»Papa«, flüsterte sie.

Ihr Vater stand da, lächelte unter diesem fürchterlichen Schnurrbart hervor, den er immer getragen und mit dem ihn die achtjährige Tania aufgezogen hatte. Er sah traurig aus, fand sie. Ein Geist, gefangen in einer längst vergangenen Zeit.

Die Wahrscheinlichkeit, dass diese Mannschaft ein Bild von ihrem Vater besaß, war astronomisch gering. Von allen Leuten …

Dann erkannte sie es. Neil Platz stand neben ihm, den Arm um die Schultern ihres Vaters gelegt. Kürzeres Haar, blond, nicht grau. Ein jüngerer Neil.

Tanias Herz raste. Sie hielt die Luft an und nahm das Bild von der Wand. Mit sanfter Behutsamkeit drehte sie es um.

Eine aufgedruckte Information fand sich auf der Rückseite. *Toyama, Japan, 2264.* Die große Eröffnung des Observatoriums, ermöglicht durch die Unterstützung von Platz Industries. Zwei Jahre vor Ankunft des Liftes.

»Neil hat das Ding gegründet …«, flüsterte sie. Er hatte nichts davon gesagt, als Tania ihm verraten hatte, wo die Daten, die sie brauchte, lagerten. Doch da war er, schnitt das Band durch, finanzierte die Anlage. Mit ihrem Vater.

Sie drückte das Foto an die Brust. Verwirrung machte sich in ihrem Geist breit. Höchstwahrscheinlich hatte Neil nicht mehr daran gedacht. Sein Unternehmen hatte viele Projekte finanziert, in einer Zeit, die die meisten längst vergessen hatten.

Nein, sagte eine innere Stimme. Der Zufall war zu groß. Sie dachte daran zurück, wie sie das Teleskop als Informationsquelle ausfindig gemacht hatte. Neil hatte sich ihre Hypothese mit begeisterter Aufmerksamkeit angehört, eine Hypothese, zu der sie nach etlichen weiteren nebensächlichen Bemerkungen seinerseits im Laufe der Jahre gelangt war. Sie waren bis spät nachts aufgeblieben, hatten ein Brainstorming gemacht, die Archive durchforscht. War er dabei immer die lenkende Hand gewesen? Konnte er sie zu ihren Schlüssen geführt haben?

Sie schloss die Augen. Es schien unmöglich, dass er so etwas tun würde. Es ergab keinen Sinn, und außerdem wollte er die Daten genauso sehr wie sie. Mehr vielleicht. Sie sah keinen Zweck darin, im Moment weiter darüber zu spekulieren. Nach der Mission würde sie ihn fragen.

Der Lautsprecher neben Skylers Kopf erwachte knisternd zum Leben. »Captain, bist du wach?«

Skyler regte sich nicht, als die Stimme ertönte, genauso wenig die anderen.

Tania zwang sich, wieder in die Gegenwart zurückzukehren. Sie trieb zu ihrem Sitz und schnallte sich an.

»Captain«, sagte der Pilot lauter über die Sprechanlage.

Der Captain wachte schlagartig auf. Er bäumte sich in der Halterung auf und rief: »Wir fallen!«, ehe ihm klarwurde, wo er war.

Tania bemerkte, dass sie das Foto noch in der Hand hielt. Sie ließ es in die Tasche gleiten.

Skylers Blick fiel auf sie, sein Gesichtsausdruck wurde verlegen. »Habe ich geschnarcht?«

»Nein«, sagte sie und versuchte sich an einem Lächeln.

»Gut.«

»Es gab etwas Sabber.«

Skyler zuckte zusammen und zwang sich, die Augen zu schließen. »Es tut mir leid.«

»Schon okay.«

Er öffnete ein Auge. »Davon müssen Sie eine Menge abkriegen.«

»Entschuldigungen?«

»Sabber.«

Sie konnte ein Lachen nicht unterdrücken. Dann sah sie zu den anderen, die noch schliefen. »Ich muss sagen, sie haben alle gestarrt, als sie mich zum ersten Mal gesehen haben.«

»Jemanden wie Sie sind sie nicht gewohnt«, sagte Skyler.

»Eine ›Orbitale‹?«

Er schüttelte den Kopf. »Eher schon eine Schönheit.«

Sie errötete.

»Captain?«, sagte Angus über Lautsprecher.

Skyler tippte auf den Knopf. »Kommen wir ran?«

»Noch dreißig Minuten«, sagte Angus.

»Verstanden.« Skyler stellte das Mikrofon ab und senkte die Stimme. »Es ist ein Kompliment, wenn Sie so wollen, aber ich sage nur die Wahrheit. Jemanden mit Ihren … Vorzügen sieht man in Darwin einfach nicht.«

»Warum nicht?«

Er löste den Blick von ihrem und begann, sich abzuschnallen. »Es ist ein abscheulicher Ort. Genug davon. Sie sind Wissenschaftlerin, also sagen Sie mir, haben Ihre Leute herausgebracht, was mit der Aura vor sich geht?«

»Wir haben ein Team darauf angesetzt«, entgegnete sie. »Ich fürchte, viel mehr weiß ich nicht.«

»Ich hoffe, es arbeitet schnell. Nightcliff denkt, wir hätten es verursacht. Wussten Sie das?«

»Warum?«, fragte sie.

Skyler zuckte die Achseln. »Der erste Stromaussetzer kam im gleichen Augenblick, als wir in die Aura flogen, auf der Rückkehr von einer Mission. Schlechtes Timing.«

Tania musterte seine Miene. Wenn das, was er sagte, der Wahrheit entsprach, bezweifelte sie, dass es ein Zufall gewesen sein konnte. Vielleicht waren sie nur der Tropfen gewesen, der das Fass zum Überlaufen gebracht hatte, und die Aura hatte tatsächlich das Ende ihrer Funktionstoleranzen erreicht.

Der Captain grinste beruhigend. »Dann wollen wir Sie mal in den Anzug packen.«

Sie verstand den Hinweis und klinkte sich aus. Er zeigte ihr, wie man den Gurt an der Wand neben ihr benutzte, um kurzfristig den Aktenkoffer zu sichern.

Zufrieden, dass er nicht wegtreiben würde, folgte Tania Skyler zum Heck des Flugzeugs. Er hielt neben einem großen Metallspind an und zog ihn auf. Darin wartete ein leuchtend gelber Schutzanzug.

»Ihr Abendkleid.«

Der Anzug wirkte zerschlissen. Als wäre er schon viele Jahre in Benutzung. »Ich hoffe, es passt.« *Und funktioniert.*

»Ein wenig sackartig höchstwahrscheinlich. Solange das Siegel hält, ist aber alles in Ordnung.«

In ihren Gedanken kristallisierte sich heraus, wie schwer das war, was sie bald tun würde. Sie nahm das gelbe Material zwischen zwei Finger, beruhigt von seiner Dicke. »Was ist, wenn das Siegel bricht?«

»Wenn es bricht«, sagte Skyler, »eilen wir zurück nach Darwin, hoffentlich bevor …«

Tania legte ihm die Hand auf den Arm, damit er schwieg. Sie kannte die Folgen, wenn man ungeschützt war, und bezweifelte, dass sie es schnell genug zur Auragrenze schaffen würden, um die Infektion aufzuhalten. Die Aura heilte die Krankheit nicht, sie tötete sie nicht einmal. Sie versetzte die Viren nur in Stasis. Ruhende Zellen würden bleiben, wie sie waren, sogar, wenn man die Aura verließ, bis sie wieder in Kontakt mit einer lebenden Kopie kamen, die die ruhenden Zellen wieder aktivierte. Deswegen wäre es sicher, Luft zu atmen, die in der Aura abgepackt war, vorausgesetzt, sie wurde nie mit verschmutzter Luft von draußen vermischt.

Waren sie über Stunden ungeschützt, starben die meisten Leute, und der Rest entwickelte sich zurück zu einer ursprünglichen Form des Menschen, häufig mit einer verstärkten Emotion, die alle anderen verdrängte. Furcht, Begierde, Hass, Zorn – eine würde den Verstand verzehren. Der Gedanke sorgte dafür, dass sich ihr Magen verkrampfte.

Skyler holte das Kleidungsstück aus dem Spind und gab es ihr. Sie nahm es und zog es über die Beine, einen Arm zur Sicherung an einem Haltegriff an der Wand. Die ganze Zeit beobachtete sie, wie Skyler die Siegel am Helm, an den Handschuhen und Stiefeln begutachtete, die sie als Nächstes anziehen würde.

»Wie haben Sie herausgefunden, dass Sie immun sind?«, fragte sie.

Er antwortete, während er die Ausrüstung musterte. »Ich war zwanzig, ein Kopilot bei der *Luchtmacht* … äh, der niederländischen Luftwaffe. Als SUBS sich in Afrika auszubreiten begann, flogen wir Mediziner und medizinische Versorgungsgüter nach Alexandria.

Dann nach Neapel. Madrid. Jeden Tag zogen wir uns weiter zurück. Auf dem Rückweg von einer Mission, etwa eine Woche nachdem alles anfing, hat mein Pilot ... er ist einfach ausgeflippt. Alles machte ihm furchtbarste Angst. Alles. Seine gottverdammten eigenen Schuhe waren das Schrecklichste, was er je gesehen hatte. Ich musste ihn überwältigen. Ich wusste nicht, was das bedeutete, nicht damals.«

Tania stieß einen langen Atemzug aus, wartete.

»Bis ich wieder zu Hause landete, war überall Chaos ausgebrochen. Es schien, als wären alle besessen, nur benahmen sich keine zwei gleich. ›Jeder hat seinen eigenen Dämon‹ – ich erinnere mich, das gedacht zu haben.« Er hob den unförmigen Helm und setzte ihn ihr auf, drehte ihn auf der Ringverbindung, bis er richtig saß. »Ich bin weggelaufen, habe einen Lkw gestohlen. Bin nach Amsterdam gefahren, um meine Familie zu finden. Bald erkannte ich, dass alle betroffen waren außer mir, soweit ich es sagen konnte. Ich dachte wirklich, ich sei einzigartig. Der letzte vernünftige Mensch.«

»Haben Sie sie gefunden? Ihre Familie?«, fragte sie, während sie sich vorzustellen versuchte, wie sie durch die Straßen von Mumbai rannte, nur um ihre Mutter tot vorzufinden, oder noch schlimmer. Sie wollte seine Antwort eigentlich nicht hören.

Skyler schüttelte den Kopf, und ein paar Minuten lang sagte er nichts mehr, während er ihren Anzug mit einem Luftvorrat verband. Dann kamen die Handschuhe. Während er den ersten über ihre linke Hand schob, sagte er: »Bin nicht mal in die Nähe gekommen. Die ganze Stadt war dem Wahnsinn verfallen. Ein totaler Alptraum. Ich habe einem toten Polizisten eine Knarre abgenommen und es geschafft, mir mit Schleichen und Kämpfen wieder einen Weg auf die offene Straße zu bahnen. Dort habe ich einen anderen Immunen getroffen, einen Typen namens Skadz. Er hat mir verraten, dass überall in den Feeds das Gerücht geht, Darwin sei irgendwie nicht betroffen, deswegen haben wir ein Transportflugzeug aus der Basis gestohlen und sind mehr oder weniger dorthin geflogen.«

Der Mann verstummte. Tania hatte das Gefühl, er hätte genug Details einbauen können, um sie vor der Unternehmung zurückschrecken zu lassen, auf der sie sich befanden. Doch etwas an der ruhigen, methodischen Art, mit der er sie in den Anzug verfrachtete, ließ Vertrauen in ihre Sicherheit in ihr aufkommen.

Nach Handschuhen und Stiefeln setzte Skyler ihren Anzug unter Druck. Das Zischen der Luft war der einzige Hinweis darauf, dass sich etwas verändert hatte.

»Atmen Sie normal«, sagte er.

»Entschuldigung.« Sie hatte ihre gehetzten Atemzüge nicht einmal bemerkt und zwang sich zur Ruhe.

Die Stimme des Piloten kam über Lautsprecher. »Fünf Minuten, Leute.«

Jake und Sam wurden gleichzeitig rührig. Instinkte übernahmen die Kontrolle, und beide prüften sofort ihre Gurte.

»Anzug geprüft«, sagte Skyler. Er nahm sie am Arm und führte sie durch die Kabine. »In diesem Vorrat haben Sie etwa achtzehn Stunden von der Aura gereinigte Druckluft, mehr als genug für die Zeit, die wir in der Freizone verbringen werden.«

Mit seiner Hilfe schwebte sie zurück auf ihren Platz. Die Masse des Schutzanzugs erschwerte jede Bewegung, aber zumindest die Handschuhe lagen eng an. Sie schaffte es, die Sicherheitsgurte allein wieder anzulegen.

»Sie sollten sich vielleicht am Stab festhalten«, sagte Skyler.

Sie nahm den Rat an und ergriff ihn mit beiden Händen. »Danke.«

Er zwinkerte ihr zu und grinste.

Tania entschied, dass sie ihn mochte.

Es schien eine Ewigkeit zu vergehen, ehe Angus' Stimme wieder über die Sprechanlage kam. »Zehn Sekunden. Haltet euch fest.«

Tania hörte, wie Skyler den Countdown murmelte. Er drückte sich fest gegen den Haltestab, machte sich bereit, gegen die Beschleunigungskraft zu kämpfen, die, wie sie erkannte, kurz bevorstand. Bei »eins« wirkte sein ganzes Gesicht verkniffen.

Ein lautes, dumpfes Geräusch ertönte, als das Flugzeug ausgeklinkt wurde, darauf folgte ein Salto rückwärts der gesamten Maschine. Tania fühlte sich in der Schwerelosigkeit wohl, aber nicht bei plötzlicher Beschleunigung, wenn man auf dem Kopf stand. Sie schloss die Augen.

Ein leises Grollen wurde immer lauter. Irgendwo hinter ihr hörte Tania, wie sich etwas löste und über den Boden kullerte. Sie wagte nicht hinzuschauen.

Bei dem ganzen Lärm konnte sie den Piloten kaum verstehen. »Maschinen auf Höchstleistung.«

Das Geräusch wurde ohrenbetäubend.

* * *

»Sie haben uns nie verraten, was in dem Koffer ist«, sagte Sam, nachdem zehn Minuten heftiger Beschleunigung hinter ihnen lagen. Das Flugzeug glitt nun in ruhiger Stille dicht über der Atmosphäre dahin.

»Stimmt, tut mir leid«, sagte Tania. Ihre Stimme kam ihr im Inneren des Helms ihres Anzugs merkwürdig vor. »Vielleicht sollten wir den Plan durchgehen?«

»Wir müssen zwei Stunden totschlagen«, sagte Skyler, »jetzt ist so gut wie jeder andere Zeitpunkt.« Er tippte auf die Sprechanlage. »Angus, komm nach hinten, bitte.«

»Wie viel wissen Sie?«, fragte sie.

»Unser Schieber hatte nicht viele Einzelheiten«, sagte Skyler. »Bringt eine Orbitale zu einem Teleskop auf Hawaii und wieder zurück, das ist in etwa alles, was wir wissen.«

»Besser als Darwin«, sagte Jake.

Samantha knurrte: »Amen.«

Tania mühte sich kurz in ihrem Sicherheitsgurt ab, um genug Platz zu schaffen, damit sie einen Umschlag aus der Tasche nehmen konnte. Sie gab ihn Skyler. »Hawaii stimmt, aber es gibt kein Teleskop. Unser Ziel liegt in der Universität von Hawaii in Hilo.«

»Eine Universität?«, fragte Skyler. Ein Anflug von Sorge trübte seine Gedanken. Teleskope lagen abgeschieden, in großer Höhe. Feindliches Umfeld für Subhumane. Eine Universität konnte sehr viel gefährlicher sein.

»Dort gibt es einen Datenspeicher«, sagte Tania. »Teil einer Arbeitsgemeinschaft mit der NASA vor vielen Jahrzehnten.«

»Noch mehr Daten-Würfel?«, fragte Jake.

Tania klopfte oben auf ihren flachen Aktenkoffer, der aus einem gebürsteten Metall bestand, das Skyler nicht kannte. »Die Anlage ist viel älter, noch ehe es diese Technologie gab. Wir werden die Daten vor Ort abgreifen müssen, damit.«

»Was ist das?«, wollte Sam wissen.

»Ein Ferrin-Multi-Interface-Würfel-Array …« Sie bemerkte, dass alle sie ausdruckslos anstarrten. »Man verbindet es mit alten Rechnern, und es zieht die Daten herunter.«

»Ist es zerbrechlich?«, fragte Skyler. »So, wie sie es im Arm halten, nehme ich das an.«

»Nur, weil davon nicht mehr viele übrig sind.«

Sam sagte: »Wie lange dauert es … was verdammt noch mal es auch ist?«

Tania zuckte die Achseln. »Das hängt davon ab, wie viele Aufzeichnungen vorhanden und wie gut sie organisiert sind.«

»Haben Sie Fotos von der Anlage?«, fragte Jake.

Tania zog zwei Satellitenbilder aus dem Umschlag und reichte sie über den Mittelgang.

»Ich werde mir die auch anschauen, wenn du fertig bist, Jake«, sagte Angus.

Jake hob einen Daumen.

Skyler faltete ein größeres Blatt auf. »Blaupausen sogar. Erstklassig.«

»Her damit«, sagte Sam.

Er ignorierte sie und beäugte das Blatt.

Tania zeigte ihm den Datenspeicher. »Der Datenspeicher ist im Keller, hier, unter diesen vier Gebäuden. Dieses Bauwerk rechts hat einen Landeplatz auf dem Dach«, erklärte sie. »Ich schlage vor, wir landen dort.«

Der Captain saugte an seiner Unterlippe, während er den Lageplan anstarrte. »Von dort könnten wir abheben, denke ich. Tania, wird dieses Gerät da ohne Strom funktionieren?«

»Es gibt einen Notgenerator«, sagte sie und zeigte auf der Blaupause darauf. »Thorium, der geht nie aus. Wir werden ihn von Hand einschalten, wenn es sein muss.«

Sam räusperte sich. »Darf ich bitte die Blaupausen sehen, o ruhmreicher Captain?«

»Studiert den Lageplan, Leute«, sagte Skyler und gab ihn ihr. »Neunzig Minuten bis zum Absprung. Angus?«

»Ich höre!«

»Kleine Kurskorrektur, glaube ich.«

»Bin dabei.«

Die anderen brüteten über den Bildern und Blaupausen, arbeiteten ihre Strategie aus.

Tania starrte Skyler an. »Sagten Sie Absprung?«

* * *

Aus einem Lagerspind, der an den Boden des Flugzeugs genietet war, holte Skyler einen großen Rucksack mit einem komplizierten Riemenset hervor.

»Das«, sagte er, »ist ein Tandem-Fallschirm.«

Tania, die einen Meter entfernt stand, machte keine Anstalten, näher zu kommen.

»Ich beiße nicht.«

Sie sah Skyler an und hob eine Augenbraue. Ein paar Sekunden vergingen. Skyler stellte sich vor, wie sie mit ihrer inneren Stimme rang, die ihr auftrug, diesen Irrsinn zu vergessen. Aber sie kam durch den Frachtraum und trat vor ihn. »Wie funktioniert das?«

Er hielt ihn zwischen ihnen hoch. »Ich trage ihn«, sagte er, »und Sie, na ja, Sie tragen mich.«

Auf der anderen Seite der Kabine unterdrückte Sam ein schnaubendes Lachen.

»Oder Sie können mit Sam springen«, sagte Skyler, »wenn Ihnen das angenehmer ist.«

»Auf keinen Fall«, erklärte Sam. »Tut mir leid, Prinzessin, aber ich springe allein.«

Tania hielt ihre Aufmerksamkeit auf den Fallschirm gerichtet. »Schon recht. Sagen Sie mir nur, was ich tun muss.«

Er nickte. »Am besten ist es, ganz entspannt zu bleiben, und wenn wir landen, heben Sie die Knie, so hoch Sie können, damit ich gut Halt bekomme.«

»Klingt ganz einfach.«

Skyler nahm ein zweites Riemenset aus dem Spind. »Sie müssen das anlegen. Keine Sorge, ich helfe Ihnen. Dann verbinden wird meinen mit Ihrem, und ich steuere den Fallschirm.«

Tania zögerte. »Was passiert, wenn Sie einen Herzanfall haben, ohnmächtig werden oder so was?«

»Notreißleine«, sagte er und wies auf ein rotweißes Zugseil. »Ich zeige es Ihnen, sobald wir fertig sind.«

Auf der anderen Seite des Frachtraums machten Sam und Jake ihre Schusswaffen bereit. Skyler schnallte sich sein übliches Set aus MP und schwerer Pistole um.

»Ihr lasst nichts anbrennen«, sagte Tania.

»Süße«, erwiderte Sam, »die ganze Sache ist ein einziges riesiges Anbrennenlassen.«

Skyler tippte auf seine Pistole und warf einen Blick auf Tania. »Haben Sie je eine Pistole benutzt?«

»Ich hatte noch nie eine Waffe in der Hand«, erwiderte sie sachlich.

»Okay«, sagte er, »jetzt ist nicht der Zeitpunkt, es zu lernen. Halten Sie sich einfach dicht an einen von uns.«

»Keine Sorge.«

Er sah auf den Aktenkoffer. »Soll einer von uns das Ding mit nach unten nehmen?«

»Ich würde es lieber selbst machen«, entgegnete sie.

Er musterte ihre Gurte. »Na gut, dann befestigen wir es irgendwie an Ihnen.«

Zu Skylers Überraschung wog der Metallkoffer so gut wie nichts. Es waren ein paar unbehagliche Augenblicke der Nähe nötig, und er streifte sie nicht ganz gentlemanlike mit dem Unterarm, aber dann hatte er den Koffer an ihrem Brustgurt befestigt, so dass sie die Arme darum schlingen konnte.

Angus' Stimme ertönte im Frachtraum. »Zwei Minuten.«

Skyler drückte auf die Sprechanlage. »Überflug in dreitausend Metern, dann gib mir langsame Kreise, bis Jake in Position ist.«

»Verstanden«, sagte Angus.

Sie standen alle stumm da, während Jake sein Gewehr an den Gurten festmachte. Von einem Ende zum anderen war es fast so lang wie er.

»Dreißig Sekunden«, sagte Angus.

Skyler öffnete die hintere Frachtluke. Das Geräusch des brausenden Windes füllte die Kabine.

»Helllichter Tag«, sagte Sam. »Kopf hoch und Brust rein, Jake.« Er salutierte spielerisch vor ihr.

»Am Ziel«, gab Angus durch.

Jake ging rückwärts über die Laderampe und machte einen Salto, während er sich fallend von ihnen entfernte, in die weißen Wolken darunter.

Skyler schüttelte den Kopf und lachte. Er warf einen Blick auf Tania und stellte fest, dass sie wie erstarrt dastand.

»Keine Sorge«, sagte Skyler. »Ich bin kein Showman.«

Ihr Blick war fest auf die Aussicht aus dem hinteren Teil des Flugzeugs gerichtet, auf die weiße Decke, die sich in alle Richtungen ausbreitete. »Wolken«, bemerkte sie.

»Okay, wollen wir Sie mal ankoppeln«, sagte Skyler.

Sie löste den Blick und setzte sich in Bewegung, bis sie unmittelbar vor ihm stand. Skyler verband das Tandemgeschirr und prüfte die Schnallen dreimal.

»Ziel in Sicht«, sagte Jake in Skylers Ohr über das Zischen des brausenden Windes hinweg. »Es gibt ein Bauwerk mit Turm. Darauf halte ich zu.«

»Wie sieht es aus?«

»Gute Nachrichten. Es brennt Licht«, sagte Jake.

Skyler tippte auf seinen Kopfhörer. »Was, drinnen? Jemand zu Hause?«

»Nein«, sagte Jake, »irgendein Lichtsignal. Ein Funkturm.«

»Sie haben Strom«, sagte Skyler zu Tania. »Er hält auf das große Bauwerk an der Nordseite zu. Wir werden auf das westliche Gebäude runtergehen, auf der anderen Seite des Landeplatzes.«

»Warum nicht auf dem Landeplatz? Dann könnten Sie ihn schon mal begutachten.«

Skyler schüttelte den Kopf. »Da will ich keine Subs hinziehen, bis wir fertig zum Aufbruch sind.«

Schweigsame, angespannte dreißig Sekunden vergingen. Dann kam Jakes Stimme: »Touchdown.«

Die Übertragung ging weiter, es folgte statisches Rauschen.

»Haben wir die Freigabe für den Sprung?«, fragte Skyler. »Jake?«

Das Rauschen ließ nicht nach, dann kam gedämpft Jakes Stimme durch. »Freigabe« und »zusammengebrochen« waren die einzigen Wörter, die Skyler verstand.

»Roger«, sagte er ins Mikrofon. »Klingt, als hätte er auf dem Dach eine schlechte Stelle erwischt, aber wir haben die Freigabe. Fertigmachen.«

Die Welt unterhalb neigte und drehte sich, als Angus das Flugzeug wieder eine Schleife fliegen ließ.

KAPITEL 15

Hilo, Hawaii

26.1.2283

Tanias Schrei brach nach vier Sekunden ab.

Von Angst zur Glückseligkeit in nur vier Sekunden. So etwas hatte sie noch nie erlebt.

Auf Angus' Wort hin hatte Skyler sie buchstäblich hochgehoben, während er die Frachtrampe hinabrannte. Ihr Blick war auf Sam gefallen, beinahe schon unvorstellbar weit unter ihnen, bevor sie selbst das Flugzeug verlassen hatten. Tania hatte die Augen geschlossen und ihrer Furcht freien Lauf gelassen.

Der Wind heulte durch den Lautsprecher in ihrem Helm und peitschte auf ihren Schutzanzug ein. Unnachgiebig, heftig und am Ende berauschend.

Sobald sie sich vom Flugzeug entfernt hatten, zog Skyler an einem Gurt und öffnete den Bremsfallschirm. Kurz vor dem Sprung hatte er ihr erklärt, dass sie dadurch auf eine Geschwindigkeit verlangsamt werden würden, die ein einzelner Springer normalerweise erreichte.

Immer noch über den Wolken ließ Tania den Horizont auf sich wirken. Fast alles war von wattebauschartigen Wolken bedeckt, aber weit im Westen endete die weiße Wand. Dahinter lag der dunkelblaue

Pazifik, hart abgegrenzt vom Himmel. Auf dem Wasser tanzte das Sonnenlicht, und Tania aalte sich darin.

»Alles in Ordnung?«, rief Skyler.

Aufgrund des Windes und der Dämpfung durch ihren Anzug hörte sie ihn kaum. Sie konnte ein Lächeln nicht unterdrücken. »Ging mir nie besser!«, schrie sie zurück.

»Schließen Sie nicht die Augen, sosehr Sie es auch wollen!«, rief er. »Das ist der beste Teil!«

Einen Moment lang dachte sie, er bezöge sich auf ihre gegenwärtige Aussicht. Dann sah sie gerade rechtzeitig nach unten, um den dicken Teppich aus Wolken auf sich zurasen zu sehen. Sie brauchte jedes Quentchen Mut, um die Augen offen zu lassen. Die feste weiße Fläche kam ihnen immer schneller entgegen.

Mit unglaublicher Geschwindigkeit trafen sie auf die weiße Fluffigkeit. Sie spürte nichts, als sei eine Glaskugel um sie herum, die die Feuchtigkeit wegdrückte. Sie erkannte, dass sie offenbar eine Schockwelle aus Luft vor sich herjagten, und jubelte laut.

Als sie die Wolkendecke durchquerten, setzte die Gleichgewichtsstörung ein.

Zum ersten Mal, seit sie erwachsen war, sah Tania die echte Erde jenseits von Darwins sicherer Aura aus einer Entfernung, die man nicht als Weltraum bezeichnete.

Die große Insel Hawaii erstreckte sich unter ihnen. Sie konnte die Teleskopanlage oben auf dem Mauna Kea gerade noch erkennen, links von ihnen. Das berühmte Keck-Observatorium, das die Daten gesammelt hatte, die sie zu bergen hoffte.

Hilo zeichnete sich direkt unter ihr ab. Verlassene Hochhäuser säumten die Küste. Ferienhäuser erstreckten sich vom Strand bis in die Ausläufer der Berge, leere Schwimmbecken dahinter, die in der wuchernden Vegetation gerade noch sichtbar waren.

»Festhalten!«, rief Skyler. Er neigte sich zum Universitätskomplex, einer ausufernden Ansammlung brauner Bauwerke vor der weiten grünen Landschaft. Tania legte die Arme schützend um den Aktenkoffer, der an ihre Brust gegurtet war, und umklammerte ihn mit aller Kraft.

Skyler zog die Reißleine.

Ehe sie auf den Gedanken kam, sich dagegen zu stemmen, zog sich das Geschirr an ihrem Oberkörper heftig zusammen.

Gleich danach lockerten sich die Gurte, und der Schmerz ließ nach.

Von der ungestümen Öffnung des Fallschirms bis zum vielleicht friedlichsten Moment ihres Lebens in einem Augenblick.

Der Wind wurde zur sanften Liebkosung auf ihrem Schutzanzug. Der Campus unter ihr kam im Sekundentakt näher. Eckige Gebäude, die einmal weiß oder beige gewesen waren, waren inzwischen von wildwachsenden Ranken überwuchert. Die Ausdehnung und Vielfalt der Pflanzenwelt schockierte sie, da sie so anders war als die einfachen, gut gepflegten Reihen auf den Landwirtschaftsplattformen.

»Wie fühlen Sie sich?«, fragte Skyler.

»Sehr ergriffen«, sagte sie und war sich bewusst, dass ihre Stimme fast wie die eines Kindes klang.

Sie betrachtete den weiten Pazifik und fühlte sich kleiner als je zuvor, wenn sie von der Anchor-Station auf die Erde geblickt hatte. Das blaue Wasser erstreckte sich bis zum Rand der Welt.

»Ist Sam zur richtigen Stelle unterwegs?«, fragte Skyler.

Tania machte ihren Fallschirm weiter unten ausfindig. Ihre Flugbahn würde sie zu dem Bauwerk an der Westseite des Hofes führen. »Ja«, sagte sie.

Skyler hielt auf dieselbe Stelle zu. »Denken Sie dran, Beine anziehen, kurz bevor wir aufkommen.«

Tania sah nach Norden, zu dem hohen Gebäude, auf dem der Scharfschütze gelandet war. Sie konnte ihn nicht erkennen, aber ein Teil des Dachs war eindeutig eingestürzt. Möglicherweise war er verletzt – hatte sich den Knöchel verstaucht oder das Bein gebrochen.

Sie fragte sich, ob aus der Mannschaft jemand eine medizinische Ausbildung hatte. Auf den Gedanken, vorher zu fragen, war sie nicht gekommen.

Ein paar hundert Meter tiefer landete Sam mitten auf einem Dach, das von Verteilerkästen und den Abluftöffnungen der Klimaanlage gesprenkelt war. Tania sah, wie sie sich ausrichtete, ehe sie den Boden berührte, so dass ihre Beine rennend aufkamen.

Nicht rennend, es war ein ausgewachsener Sprint.

Ein heftiges Krachen klang von dem hohen Gebäude herüber, aus Richtung des Scharfschützen.

Dann ein weiteres. Schüsse.

Sams Fallschirm trieb weg, sie hatte ihn fallen gelassen, ohne daran zu denken, ihn wieder einzusammeln. Tania sah, wie sie im Rennen ihr Jagdgewehr hob.

Eine Windböe erfasste sie. Dadurch kam Skylers Fallschirm vom Kurs ab. Tania spürte, wie er sich bemühte, ihren Sinkflug zu steuern.

Unterhalb wirbelte das Dach außer Sicht. Sie würden es verfehlen. Tania reckte den Hals, um Sam im Blick zu behalten. Die Frau lief immer noch über die fleckige Fläche auf einen Eingang zu. Eine offene Tür.

Dort stand ein Mensch, wild und schmutzig. Hinter ihm zeichneten sich weitere ab.

Sams Jagdgewehr dröhnte, während das ganze Dach aus Tanias Sichtbereich glitt.

»Hoch!«, rief Skyler.

Ihre Aufmerksamkeit verlagerte sich schlagartig nach vorne. Der Wind schob sie über den Hof, weg vom Zielgebäude, über einen weiten, freien Raum auf das Bauwerk mit dem Landeplatz zu.

Sie zog die Beine an, was ihr nach dem langen Fall anstrengender vorkam, als erwartet. Ein Instinkt trieb sie dazu, die Luft anzuhalten.

Skylers Füße trafen auf die Kiesfläche und rutschten weg. Die losen Steinchen boten ihm keinen Halt. Er ging schwer zu Boden, auf den Rücken. Tania landete quer auf ihm, beim Aufprall flog ihr Kopf in den Nacken. Ihr Schädel knallte an die Helminnenseite, und sie erschrak bei dem Geräusch, mit dem sie sein Kinn erwischte.

Vögel stoben vom Dach auf. Aus Bäumen in der Nähe kamen weitere dazu. Sie erfüllten den Himmel.

Skyler rutschte ein paar Meter, ehe die Reibung die Oberhand gewann. Er rollte sie auf eine Seite und löste die Gurte, die sie an ihn gezurrt hielten.

Mit hämmerndem Herzen kam sie auf die Knie. Ein Tropfen Flüssigkeit schlängelte sich ihren Nacken hinab. Blut oder Schweiß, sie wusste es nicht. Der Stoff des Fallschirms sperrte den Himmel aus. Der Wind trieb ihn weiter auf seinem Kurs, über sie hinweg und vom Dach.

»Was ist los?«, rief sie, ohne die Angst aus ihrer Stimme fernhalten zu können. Sie wusste es, musste aber trotzdem fragen. *Subhumane.*

Skyler achtete nicht auf sie. Er machte sich hektisch an den Gurten zu schaffen, an denen seine Waffe befestigt war.

Weitere Schüsse dröhnten von dem Gebäude herüber, auf dem Sam gelandet war. Dann noch eine Salve aus dem Inneren des hohen Bauwerks, in dem sich Jake befand. Seine Schüsse klangen jetzt anders. Gedämpfter, schneller. *Eine andere Waffe,* dachte Tania.

Der Captain bekam seine Waffe frei, legte den Kolben ans Kinn und feuerte eine Salve auf Sams Dach ab, auf den Dacheingang, wo die Kreaturen gewesen waren. Funken sprühten von der Metalltür und dem Geländer darum herum.

Tania erstarrte vor Angst, konnte nur zusehen, als Sam auf den Eingang zurannte. Skyler stellte das Feuer ein, während die große Frau die Tür erreichte und sie zutrat.

Eine jähe, völlige Stille senkte sich über den Campus.

»Bleiben Sie hinter mir«, schrie Skyler.

Sie richtete sich auf die Knie auf und blinzelte sich Tränen aus den Augen. Sie konnte sie sich nicht abwischen.

»Alles klar bei dir?«, rief Skyler zu Sam hinüber.

Die Frau winkte, dann zeigte sie nach Norden. »Wir müssen zu Jake!«

Skyler klopfte sich ab und wandte sich an Tania. »Wie geht's Ihrem Kopf?«

»Blutet, glaube ich«, sagte Tania. »Ihr Kinn im Übrigen auch.«

»Hören Sie«, drängte Skyler, »Sie müssen mir sagen, falls wir abbrechen sollen. Ich kann Ihren Anzug nicht öffnen, um das zu verbinden.«

Tanias Herz hämmerte in der Brust. Sie zwang sich, sich zu entspannen. Ihr Kopf pulsierte, und das Blut hatte sie beunruhigt. Aber der Schmerz fühlte sich schon weniger heftig an. »Ich glaube, es geht«, sagte sie. Der Captain war erstarrt. »Was ist …«

»Still«, flüsterte er.

Tania hörte durch die Lautsprecher in ihrem Helm nur den Wind.

Dann etwas Merkwürdiges. Ein Geräusch, das sie bis ins Innerste erschauern ließ.

Von unten drang das Heulen, das Fauchen Hunderter wilder Stimmen herauf. Sie wurden mit jeder Sekunde lauter. Vögel stoben aus den Bäumen hinter dem Campus.

»Wir müssen nach drinnen«, sagte Skyler. »Sam! Jake! Trefft euch im Keller!«

»Was ist das für ein schreckliches Geräusch?«, fragte Tania. Ihre Knie schlotterten vor Angst; sie spürte, wie sie in Panik verfiel. Es gab keinen Zweifel, was dieses Geräusch verursachte. Sie wollte, dass er es sagte, damit sie aus seinem Optimismus Kraft schöpfen konnte.

»Schwierigkeiten«, sagte er und packte sie am Arm.

* * *

Skyler schleifte die Wissenschaftlerin schneller mit, als ihre Beine es hergaben. Der unförmige Anzug und Luftvorrat verlangsamten sie ebenso wie ihre Furcht, erkannte er.

Etwa auf der Mitte des Daches ragte ein Versorgungseingang aus der Kiesoberfläche. Drei Stufen führten hinauf zu der einfachen weißen Tür, deren Farbe im Laufe der Jahre, in denen sie dem Wetter ausgesetzt gewesen war, Risse bekommen hatte.

Er ließ ihren Arm los, um die Lampe einzuschalten, die unten am Lauf seiner Waffe angebracht war. Die Frau klammerte sich an seine Jacke, dann seinen Rucksack. Er nickte ihr beruhigend zu, dann wandte er sich zum Türgriff um.

Der Knauf drehte sich, die Tür ging auf. Skyler holte Luft, dann riss er sie auf und hob die Waffe.

Ein pechschwarzes Treppenhaus hieß ihn willkommen. Er ließ den Lichtstrahl nach unten gleiten und sah nichts.

»Bleiben Sie bei mir«, sagte er. Durch ihre raschen Atemzüge beschlug die Innenseite ihres Helms, und er wusste, dass er sie bald beruhigen musste. »Es wird schon alles werden.«

Tania nickte, aber ihre Augen sagten etwas anderes.

Nach drei Treppenabsätzen stolperte sie. Er konnte sie gerade noch fangen und wieder auf die Beine stellen.

»Mir ist schwindlig«, gab sie zu.

»Ruhen Sie sich einen Augenblick aus. Kommen Sie wieder zu Atem.« Er lehnte sie an die Wand. »Wenn Sie den Kopf ganz nach links drehen, finden Sie ein Wasserröhrchen. Trinken Sie einen Schluck.«

Während sie sich beruhigte, untersuchte Skyler ihren Schutzanzug. Der Sensor vorne gab grünes Licht – keine Luft entwich –, aber da er fast zwei Jahrzehnte in Gebrauch war, traute Skyler ihm nicht.

Eine flüchtige Untersuchung brachte keine Risse oder Löcher zum Vorschein, daher richtete er seine Aufmerksamkeit auf ihre Lage. Jake saß höchstwahrscheinlich in dem hohen Gebäude auf der Nordseite fest. Womöglich verletzt durch den Sturz, aber nicht so schlimm, dass er nicht schießen konnte. Sam konnte sich um sich selbst kümmern, soweit die Munition es hergab. Er fragte sich, wie viele Subs auf dem

Campus eingezogen waren. So, wie es geklungen hatte, Dutzende. Vielleicht hundert. Zu viele. Normalerweise bildeten sie kleine Rudel.

Er griff nach oben, um auf seinen Kopfhörer zu tippen und fand dort nichts.

»Was für ein …«, sagte er und brach dann ab.

»Was ist los?«, fragte Tania. Ihre Atmung hatte sich, obwohl sie noch schnell ging, etwas beruhigt.

»Nichts«, erwiderte er, da er sie nicht noch weiter in Panik versetzen wollte. Als sie es so eilig gehabt hatten, vom Dach zu kommen, musste das Gerät abgefallen sein. Ohne es hatte er keine Möglichkeit, Angus zu kontaktieren, keine Chance, eine Landung zu arrangieren oder den armen Jungen vorzuwarnen. Jake trug das andere Funkgerät. »Auf in den Keller, suchen wir die anderen.«

Jetzt folgte sie ihm, ohne dass er sie ziehen musste, und Skyler war dankbar für die Bewegungsfreiheit. Er wies sie an, sich zwei Schritte hinter ihm zu halten, und ging weiter nach unten.

Die Türen, an denen sie vorbeikamen, gekennzeichnet mit absteigenden Nummern, ignorierte er, bis sie eine erreichten, auf der B1 stand.

Der gedämpfte Klang von Sams Gewehr hallte durch das Gebäude. Es kam von überall und nirgends.

Zwei Schüsse, ein dritter. Dann nichts mehr.

Skyler kämpfte den Drang nieder, Sam zu Hilfe zu eilen. Er warf einen Blick zurück zu Tania und sah dort Bestürzung. Weniger als vorher, aber nicht verschwunden.

»Gehen Sie. Helfen Sie ihr«, flüsterte Tania, ihre Stimme verstärkt durch den Lautsprecher in ihrem Anzug.

»Ich lasse Sie nicht hier«, sagte er. »Nehmen Sie mich an der Jacke, wir gehen schneller.«

Er drehte am Türknauf und glitt in den Gang dahinter. Sie waren an einer Ecke. Der Linoleumboden hatte Risse. Teile davon rollten sich auf, wo Einzelstücke zusammentrafen. Schwarze Schimmelflecken wucherten an Wänden und Decke. Es stank nach Alter, Stockschwamm und einem Hauch menschlicher Abfälle. Skyler wartete, bis der Brechreiz vorüber war.

Ihm kam der Gedanke, den Auftrag abzubrechen. Er bezweifelte, dass etwas von der Ausrüstung, auf die Tania hier zugreifen musste, noch funktionierte, wenn man vom Ausmaß des Verfalls in diesem Gang ausging. Diese Anlage war eine Ruine.

Die Art, wie sie sich an seine Jacke klammerte, gab ihm mehr Sicherheit.

Die Blaupause hatte einen rechteckigen Keller unter den vier Gebäuden darüber dargestellt. Skyler nahm an, dass der Gang, der auf der einen Seite nach links und auf der anderen geradeaus führte, den gesamten Bereich säumte.

»Jacke wie Hose«, sagte er und ging geradeaus.

Zwei Türen zu beiden Seiten des Flurs standen offen und versperrten ihm die Sicht. Aus einem Raum quoll ein Haufen Schutt – ein Lagerraum, registrierte Skyler. Putzmittel und andere Grundversorgungsgüter. Auf jeder anderen Mission hätte er angehalten, um nach brauchbaren Gegenständen zu suchen. Diesmal schob er sich über den Haufen und half dann Tania, es ihm gleichzutun.

Eine weitere Ecke zeichnete sich ab, fünfzehn Meter weiter vorn.

»Warten Sie«, sagte Tania.

Er drehte sich um. Ihr Gesicht wirkte gespenstisch unter der kleinen weißen LED, die in den Helm ihres Anzugs eingebaut war. »Probieren Sie die Lichter aus«, schlug sie vor und wies auf eine Konsole mit Schaltern an der Wand neben ihnen.

»Gute Idee«, sagte Skyler. Von seiner Taschenlampe würden sich Subs angezogen fühlen wie Motten von einer Flamme. Er durchquerte den Gang und schaltete die Lichtschalter einen nach dem anderen an.

LED-Cluster an der Decke erwachten zum Leben, ließen fahlweißes Licht in den Gang strömen. Zufrieden schaltete Skyler das Licht an seiner Waffe aus.

»Skyler?«

Sams Stimme meldete sich hinter der vor ihnen liegenden Ecke. »Wir sind hier!«, rief er.

»Alles sauber, kommt her zu uns«, rief sie.

Uns. Sie hatte Jake gefunden, und es ging ihm gut. Eine Woge der Erleichterung ergriff Skyler. Er schenkte Tania ein Lächeln und führte sie zur Ecke.

Sam stand auf halbem Weg im nächsten Gang, an einem breiten Alkoven, der sich vor einer Reihe Aufzüge befand. Der Eingang zum Keller und dem Datenspeicher, so stand es zumindest an der Wand. Ein Set aus hässlichen, grünen Stühlen und Sofas war dort aufgestellt, ergänzt von einer Reihe leerer Buchregale.

Jake saß hinter Sam auf dem Boden, den Rücken an der Wand, die Beine ausgestreckt. Um seinen Kopf war eine weiße Bandage gewickelt. Er hatte die Arme um den Bauch geschlungen. Auf Skyler wirkte er tot, bis Jake den Kopf zu ihnen drehte und ihnen zunickte.

»Mit diesen Lichtern hast du uns eine Heidenangst eingejagt«, sagte Sam.

Skyler achtete nicht auf sie und konzentrierte sich auf Jake. Der Kratzer auf seiner Wange machte einen oberflächlichen Eindruck. Blut sickerte durch die Bandage um seinen Kopf.

Bei diesem Anblick unterdrückte Tania ein Keuchen.

»Was ist passiert?«, fragte Skyler.

Jake zuckte zusammen. »Das Dach ist eingebrochen. Vom Wasser durchgefault, das hätte ich sehen sollen. Ich wollte es euch sagen, aber als ich aufgestanden bin, bin ich einfach, ich weiß auch nicht, zusammengeklappt, und als ich wieder zu mir kam, waren die verdammten Subs schon direkt über mir. Echt angriffslustige Bastarde, wie die in

Malaysia. Ich habe sieben oder acht ausgeschaltet, ehe sie Angst bekamen und wegliefen.«

»Schlimmer als Malaysia«, sagte Sam. »Das hier ist wie ein Kaninchenbau, Skyler. Ich habe noch nie so viele an einem Ort gesehen, nicht seit der Säuberung. Sie sind überall in den oberen Stockwerken.«

»Waren die das?«, fragte Skyler und wies auf die Verletzung.

»Nein«, sagte Jake. »Das war der Sturz.«

»Ich hab's verbunden«, fügte Sam hinzu. Sie nahm einen großen Schluck aus ihrer Feldflasche und wischte sich den Mund mit dem Ärmel ab. »Er wird's überleben.«

Der Scharfschütze hustete und hob verzagt den Daumen.

»Ich habe mein Funkgerät auf dem Dach verloren«, sagte Skyler. »Geht deins?«

Jake schüttelte den Kopf. »Ist kaputt.«

Die düstere Nachricht musste sich erst setzen. Sie hatten keine Möglichkeit, der *Melville* Bescheid zu geben.

»Angus macht sich da oben wahrscheinlich in die Hosen«, sagte Sam.

Skylers Gedanken rasten, um einen Plan auszuarbeiten. Er musste Tania zum Datenspeicher bringen; sie hatte gesagt, sie würde womöglich Stunden brauchen, um die Daten zu finden, die sie benötigte. Er sah auf seine Armbanduhr. »Dreißig Minuten nachdem wir den Kontakt verloren haben«, sagte er, vor allem, damit die Frau es mitbekam, »wird Angus wieder vorbeifliegen. Wir müssen auf die eine oder andere Weise seine Aufmerksamkeit erregen und ihm übermitteln, wie viel Zeit er uns hier unten geben muss.«

»Wissen wir das?«, fragte Sam.

»Nicht, bis ich angefangen habe«, sagte Tania und tätschelte ihren Aktenkoffer.

Während sie sprach, schob sich Jake hoch, bis er aufrecht stand. Er betastete seinen Kopf, dann nickte er Skyler zu. *Hab schon Schlimmeres durchgemacht*, sagte seine Miene.

»Okay«, sagte Skyler. »Ich bringe Tania runter, damit sie anfangen kann. Baut aus den Sofas eine Barrikade und haltet die Stellung. Wir werden euch benachrichtigen, noch bevor Angus über uns wegfliegt.«

Sam und Jake nickten gleichzeitig.

Eine Sekunde verging, bis Skyler auffiel, dass Sam nicht widersprochen hatte. Da war wohl die Hölle zugefroren.

Skyler brachte Tania eine weitere Treppe hinunter, da er den Aufzügen nicht traute, obwohl Strom da war. Die Stufen führten nur eine Etage nach unten und endeten an einer schweren Tür. Obwohl sie nicht versperrt war, musste Skyler fest an der Klinke ziehen, damit sie aufging. Kühle Luft schlug ihm entgegen, als die Tür aufschwang, und sie fanden sich am Ende eines breiten Korridors wieder.

Etwas daran kam Skyler merkwürdig vor, und dann begriff er: Er war sauber. Die kühle Luft war wie ein eisiger Hauch, in dem keiner der Gerüche lag, die man typischerweise in verlassenen Gebäuden vorfand. Er war an vielen Orten außerhalb der Aura gewesen, und Mutter Natur hatte sie sich auf die eine oder andere Weise alle zurückgeholt. Nicht diesen.

Sobald sich seine Ohren angepasst hatten, bemerkte er das Summen einer Klimaanlage, kaum hörbar, aber trotzdem da. Sie rumpelte und wimmerte, als würde sie jeden Augenblick ausfallen.

Tania flüsterte: »Könnte hier jemand überlebt haben?«

Skyler sah sie an. Die Angst in ihrer Stimme war so offenkundig, dass er sie in den Arm nehmen wollte. »Wohl kaum«, sagte er. »Wir sind in der Vergangenheit in der Freizone zweimal Immunen begegnet. Einer war im Laufe der Jahre durchgedreht und wollte unser Flugzeug sabotieren. Der andere ist mein Ingenieur.«

Der Gang verlief etwa fünfzehn Meter weiter, ehe er an einer geschlossenen Tür endete. Ein staubbedecktes Fensterchen befand sich auf Schulterhöhe.

»Warten Sie hier«, sagte Skyler und rannte zur Tür. Er tat sein Bestes, um leise aufzutreten, rollte die Füße bei jedem Schritt ab, aber sie hallten immer noch auf dem beigen Linoleumboden.

Er wischte den Staub vom Fenster und schaute hindurch. Im Raum dahinter regte sich nichts. Er probierte den Türgriff aus, ganz sanft, und stellte fest, dass die Tür offen war.

Er winkte Tania zu sich.

Als sie hinter ihm stand, hob Skyler die Pistole und legte einen Finger an die Lippen. Sie nickte. Langsam öffnete er die Tür und beugte sich hinein.

Der Raum war winzig. Weiße Böden, Wände und Decke, nur von einer Reihe grauer Metallspinde an einer Wand durchbrochen. Ein paar standen offen, so dass man ihren Inhalt sah: weiße Overalls und Atemmasken.

Skyler wies auf die Kleidung. »Wozu ist das? Ist es drinnen gefährlich?«

»Das bezweifle ich«, sagte Tania. »Vielleicht, damit kein Staub das Equipment beeinträchtigt.«

»Also nichts, worum wir uns Sorgen machen müssten. Könnte aber was wert sein.« Skyler öffnete den Beutel, der an seiner Brust hing, und nahm einen fest gefalteten Seesack heraus. Er stopfte drei Overalls und Atemmasken hinein.

Die anderen Spinde waren bis auf einen alle verschlossen. Skyler öffnete ihn und fand zivile Kleidung. Er durchwühlte die Hosentaschen.

»Was suchen Sie?«, fragte Tania.

Skyler nahm einen Schlüssel heraus und ließ ihn vor ihr baumeln. In einer anderen Tasche fand er den Firmenausweis. »Andrew Ryoko Shu«, las er vor.

»A. R. Shu«, sagte Tania leise.

Skyler gab ihr die Karte. »Kennen Sie den Typen?«

»Der Name war in den Daten aus Japan. Wir sind richtig.«

Zufrieden hängte er sich den Seesack auf den Rücken und begab sich zur Tür auf der anderen Seite des Raums. Tania blieb einen Schritt hinter ihm.

Die Tür erwies sich als abgeschlossen. Skyler versuchte es der Reihe nach mit den Schlüsseln, die er gefunden hatte. Keiner passte. Dann zog Tania die Zugangskarte durch einen Schlitz an der Wand, und ein Klicken erklang auf der anderen Seite. Die Tür öffnete sich.

Skyler zog sie auf. Der Boden drinnen führte schräg aufwärts und machte dann einen Neunzig-Grad-Bogen. Hier war das Brummen der Klimaanlage viel lauter.

Er trat ein und spürte Angst auf sich einstürmen, als ein reißendes Geräusch an seinen Füßen erklang. Ein Blick nach unten zeigte, dass er auf einer weißen Matte mit klebriger Oberfläche stand, die mit schwachen, staubigen Fußabdrücken bedeckt war.

»Um Schmutz von den Schuhen zu entfernen, denke ich«, sagte Tania.

Skyler ging weiter die Rampe hinauf. Als er um die Ecke bog, kam er in einen großen Raum mit hoher Decke, die von Kabelbündeln gesäumt war. Reihen von Geräten füllten den gigantischen Raum. Das meiste schien noch zu funktionieren, wenn man die unzähligen blinkenden Lichtchen betrachtete.

»Das ist es«, sagte Tania.

Skyler sah sich den Raum an. »Wo fangen wir an?«

Sie wies auf eines der Regale mit Geräten, die noch Strom hatten. »Das hier ist so gut wie jedes andere«, sagte sie.

Skyler schaute auf die Uhr. »Reichen zehn Minuten, um alles aufzubauen?«

Sie nickte.

»Gut«, sagte er, »ich will schnell mal den Raum prüfen, und dann gehört er Ihnen. Warten Sie hier.«

Er prüfte jede Regalreihe. Sie waren alle leer bis auf die letzte, in der Skyler eine Werkzeugkiste fand. Jemand hatte vor vielen Jahren seine Arbeit liegengelassen. Instinktiv ging Skyler die Kiste durch und nahm eine Handvoll nützlicher Werkzeuge heraus, die er in die Jackentasche steckte.

Überzeugt, dass der Raum sicher war, kehrte er zu Tania zurück. »Sie sind dran«, sagte er.

Sie ging zu dem Regal mit den Rechnern und untersuchte seinen Inhalt. Dann ging sie zur anderen Seite der Regalreihe und öffnete ein Zugangspanel auf der Rückseite derselben Sektion. Darin schlängelte sich eine unordentliche Masse bunter Kabel durch Metallringe, die alle Systeme miteinander verbanden.

Tania nahm den Aktenkoffer, der an ihrer Brust befestigt war, und stellte ihn auf den Boden. Sie öffnete ihn, und ein glänzendes, stromlinienförmiges Gerät kam zum Vorschein, eindeutig sehr viel neuer als alles andere in diesem Raum. Sie öffnete ein kleines Display darauf und schaltete es ein.

Skyler beobachtete beeindruckt, wie sie systematisch die Kabel in dem großen Schrank durchging, um herauszufinden, wo sie anfingen und aufhörten.

»Die Handschuhe erschweren das Ganze«, sagte sie.

Anhand irgendwelcher Kriterien, die er nicht verstand, entschied sie sich für eines und zog es von den anderen weg.

Dann holte sie ein ähnliches Kabel aus dem Koffer. An dem Gerät schob sie einen abgedeckten Bereich auf, der eine Reihe von verschiedenen Schnittstellen aufwies. Tania ging sie schnell durch und steckte das Kabel in die passende.

Sie nahm das andere Ende, suchte sich ihr ausgewähltes Kabel in dem alten Computergehäuse und hielt es zwischen zwei behandschuhten Fingern. Dem Koffer entnahm sie einen weiteren Draht mit zwei gabelartigen Klemmen am Ende.

»Vorsicht«, sagte Skyler. Wenn sie nach all der Gewalt um sie herum dieser Mission ein Ende setzte, indem sie sich ein Loch in den Anzug stach …

Tania hielt inne, kam zur Ruhe. Bewusst behutsam stach sie in das Kabel und befestigte die Klemme.

»Ich bin erstaunt, dass von dem Zeug noch etwas funktioniert«, sagte Skyler.

Tanias Finger in den Handschuhen tänzelten über den Bildschirm im Koffer. »Das ist alles Solid State. Keine beweglichen Teile. Wenn genügend Strom und Kühlung da sind, halten die hundert Jahre oder länger. Ich hoffe nur, dass die Daten in einem Standardformat gespeichert sind.«

Informationen strömten in die Schnittstelle. Sie musterte sie wie ein Raubvogel, tippte auf bestimmte Elemente und wischte andere zur Seite, baute Spalten auf, wo vorher keine gewesen waren. Ordnung aus Chaos. Skyler verstand keinen Deut und nutzte den ruhigen Augenblick, um sie zu mustern. Er hatte nie großes Verlangen verspürt, selbst Orbitaler zu werden – zu langweilig, zu eingesperrt –, aber der Gedanke, mehr Zeit mit dieser Frau zu verbringen, hatte auf jeden Fall etwas.

Fast fünf Minuten vergingen, bevor sie auf eine Information auf dem Bildschirm reagierte. »Ich habe die Daten, die ich brauche«, sagte sie. »Gute Neuigkeiten: Es wird nur eine Stunde dauern.«

Skyler sah auf die Uhr. »Ich sollte es den anderen sagen. Kommen Sie hier unten klar?«

Sie nickte abwesend, den Blick auf den Bildschirm gerichtet. »Klar. Nehmen Sie die Karte.«

Er steckte sie ein, beeindruckt von ihrem Mut, aber nicht sicher, ob er ihr glaubte. Er entschied, dass ihm keine Wahl blieb. »Bin zurück, so schnell ich kann.«

Sie sah ihn durch ihren Schutzhelm an und lächelte niedergeschlagen. »Viel Glück.«

Ihr Lächeln ging ihm durch und durch.

KAPITEL 16

Hilo, Hawaii

26.1.2283

Skyler ließ Samantha am Eingang zurück, um die Barrikade zu verteidigen, und brachte Jake auf das Dach. Unterwegs hielt er an dem Berg aus Putzmitteln an, der den Gang blockierte, und sammelte zehn Rollen mit weißen Plastikmülltüten auf.

»Ich habe eine Idee«, sagte Skyler, während sie die Stufen hinaufgingen. Er musste zweimal anhalten, weil Jake strauchelte. Die Augen des Mannes waren umwölkt, seine Hände zitterten.

Auf dem Dach bat Skyler Jake, nach dem verlorenen Kommunikator zu suchen, während er einen Notfallplan umsetzte. Vom Hof und aus dem weiteren Umfeld hörte er das gedämpfte Grunzen der Subhumanen. Hin und wieder schrie einer, ein gequältes und unheimliches Geräusch. Andere nahmen den Schrei auf, ehe sie sich wieder beruhigten.

Die unzähligen weißen Plastiktüten ließen sich zu perfekten Linien ausrollen. Skyler arbeitete schnell, um seine Nachricht in riesengroßen Druckbuchstaben zu schreiben: »30 M.«

Gerade hatte Skyler die letzten Verbesserungen an der provisorischen Anzeige vorgenommen, als die *Melville* über ihnen vorbeitrieb.

Angus drehte und sank tiefer, um sie noch einmal zu überfliegen. Diesmal neigte er die Flügel vor und zurück, um zu zeigen, dass er verstanden hatte.

»Eine halbe Stunde«, sagte Skyler zu Jake. »Sorgen wir dafür, dass sie sich lohnt.«

»Sieh dir das an«, sagte der Scharfschütze. Er stand am Rand des Dachs, beugte sich vor.

Skyler trat neben ihn und schaute hinab. Das weitläufige Freigelände vier Stockwerke tiefer war vollgestopft mit mindestens hundert Subhumanen. Der Großteil war nackt; alle waren schmutzig. Einige trugen primitive Waffen, die sie gefunden hatten – dicke Aststücke, hin und wieder ein Kupferrohr.

Er hatte nur einmal eine so große Gruppe gesehen, viele Jahre zuvor, während der Säuberung. Damals, während der frühen Tage von Darwins Dasein als »letzte Stadt«, war die Subhumanen-Population von Australien riesengroß gewesen. Gewaltige Gruppen waren eher zufällig als aus einem anderen Grund entstanden. In den Jahren seither war die Population auf der ganzen Welt deutlich zurückgegangen. Inzwischen bildeten sie kleine Rudel von vier oder fünf Lebewesen und verbrachten ihre Tage damit, einander zu bekämpfen, wenn sie nicht fraßen oder schliefen.

»Es ist, als hätte eine Horde Wanderarbeiter Speed genommen und eine Orgie angezettelt«, murmelte Jake.

Skyler stieß ein bellendes Lachen aus. Zu laut.

Einer schrie, ein wildes Geräusch, erfüllt von roher Wut.

Das Wesen starrte Skyler direkt an. Wie ein Schimpanse im Zoo sprang es herum und wedelte vor Zorn und Frust mit den Armen.

Weitere nahmen den Schrei auf. Bald sahen alle nach oben und steckten sich gegenseitig mit ihrem von der Krankheit befeuerten Blutdurst an. Ein paar zogen sich in die Ecken des Hofs zurück und kauerten sich hin, da die Krankheit ihren Fluchtinstinkt verstärkte. Andere warfen Steine, die ihr Ziel nicht erreichten.

»Das ist schlecht«, sagte Jake, als die Lautstärke der blutgierigen Schreie anschwoll.

Ein paar der Stärkeren kletterten an der Seite des Gebäudes hinauf, indem sie den Bewuchs aus Ranken, Spalten in den Betonwänden und Fensterbänke nutzten, um sich hochzuziehen.

Skyler hob sein MG und entsicherte es. »Rückzug zur Tür«, sagte er und bewegte sich langsam rückwärts.

Jake folgte ihm.

Sobald er an der Tür war, riss Skyler sie auf und trat ein. Er ließ genug Platz, damit auch Jake hereinkonnte. Der Scharfschütze kniete sich hin und richtete sein langes Gewehr auf die Dachkante aus.

Als der erste Schädel über dem Dach erschien, schoss Jake. Der Kopf des armen Wesens flog in den Nacken, und dann verschwand es dorthin, woher es gekommen war.

Ehe Skyler ein Lob für den Schuss anbringen konnte, legte Jake erneut an und schoss noch einmal. Ein weiterer Subhumaner fiel.

Inzwischen tauchten mehrere auf. Sechs oder sieben. Jake schoss schnell hintereinander, konnte aber nicht mithalten.

Die Subhumanen rannten sehr schnell, ihre hässlichen Körper waren extrem muskulös. Skyler zielte und schoss eine Salve ab, einen traf er in die Brust. Eine Frau, wie ihm auffiel. Sie brach zusammen.

Es kamen immer mehr. Sie quollen jetzt über das Dach.

Einer stach aus der Masse hervor. Er hatte wirres graues Haar und trug Fetzen alter Kleidung. Der Anführer, erkannte Skyler, als der Sub die Arme hob und schrie.

Jake sah ihn auch. Sein Geschoss trat aus der Rückseite des Kopfes des Anführers wieder aus, verspritzte Blut und Gehirnmasse über die Gesichter derjenigen hinter ihm. Das Wesen ging in einem unförmigen Haufen zu Boden.

Die anderen zögerten. Einige wandten sich verwirrt um. Ein paar nicht, sie rannten lachend an der Leiche vorbei. Jakes Gewehr gab einen Trommelrhythmus von sich, *pat-pat-pat*, als er ihre armseligen

Leben beendete. Er schoss so schnell, dass Skyler keine Zeit zum Zielen blieb.

Stille senkte sich herab. Selbst die Vögel waren verstummt.

Ein Dutzend Leichen lag auf dem Dach verstreut, direkt auf dem »30 M«-Schild, das Skyler ausgelegt hatte. Blut lief auf die weißen Plastiktüten, ein starker Kontrast. Teiche und Flecken aus tiefem Rot.

Skyler wischte sich den Schweiß ab. Sein Herz raste in einem Adrenalinschub, er spürte sein Blut in den Schläfen pochen. Lange und tief holte er Luft. »Heilige Scheiße!«, sagte er dann. »Gut geschossen.«

Jake behielt stumm die Dachkante im Auge. Er rechnete damit, dass noch mehr kamen, und das aus gutem Grund. Wenn diese Geschöpfe eines waren, dann beharrlich.

»Wir sollten wieder runtergehen«, sagte Skyler.

»Geh du«, entgegnete Jake, der seine Waffe neu lud. Er legte seine zusätzlichen Magazine in einer Reihe vor sich auf den Boden. »Ich werde die Herde ausdünnen.«

Skyler starrte auf die Rückseite seines Kopfes. »Sicher?«

»Wenn Angus hier landen soll, müssen wir die Bastarde loswerden«, sagte Jake. »Außerdem macht das mehr Spaß, als sich unten in die Dunkelheit zu kauern.«

Skyler klopfte seinem Freund auf die Schulter. Er wandte sich um und hastete die Stufen hinab, nahm immer zwei auf einmal und kam innerhalb von einer Minute bei Sam und ihrer Barrikade an.

»Was war das für ein Krach?«, fragte sie.

»Der Maestro bei der Arbeit«, sagte Skyler. Trotz der relativen Sicherheit kauerte er sich hinter den Stapel Buchregale, die sie aufgehäuft hatte.

Samantha grinste. »Glaubst du, Angus hat unsere Nachricht erhalten?«

»Ja«, sagte Skyler.

»Werden wir genug Saft haben, um nach Hause zu kommen?« Damit sprach sie ihre größte Angst aus. Es war eines, kämpfend unterzugehen, aber etwas ganz anderes, draußen in der Freizone zu stranden.

»Wird eng, glaube ich«, antwortete Skyler. »Hast du das unter Kontrolle?«

Sie nickte, den Blick fest auf den Gang hinter ihrer Barrikade gerichtet.

»Ich gehe dann mal wieder runter. Zieh dich in den Keller zurück, wenn die Dinge interessant werden.«

»Was ist mit Jake?«

»Lass mich nie vergessen, dass wir ihn hegen und pflegen müssen.« Damit drehte sich Skyler um und hastete ins Untergeschoss.

Er folgte dem Weg, den sie vorher genommen hatten, und fand Tania genau da, wo er sie verlassen hatte.

»Haben Sie Angus erreicht?«

»Er gibt uns dreißig Minuten, das ist alle Energie, die wir entbehren können.«

Tania musterte den Bildschirm. Die Anzeige besagte, dass es noch dreißig Minuten dauerte. »Ich brauche mehr Zeit«, sagte sie.

»Ist nicht drin, tut mir leid. Wenn wir länger bleiben, kommen wir nicht mehr heim.«

Tania musterte seine Augen. »Dann hoffe ich, dass es reicht.«

Skyler zog einen zusammengelegten Seesack aus einer Hosentasche. »Ich berge ein paar Sachen, bin nicht weit weg.«

Trotz der Sorge in ihrem schönen Gesicht brachte sie ein einzelnes, steifes Nicken zustande.

Skyler bewegte sich durch den Computerraum. Aus einigen Regalen weiter hinten, die keinen Strom hatten, zog er jedes Kabel ab, das er finden konnte, und warf sie in den Sack. Für Ersatzteile fand man immer Käufer.

Vorne aus den Gehäusen riss er jede abnehmbare Komponente heraus. Einige davon verunzierten verschmorte Netzkabel, aber er sackte sie alle ein, unabhängig von ihrem Zustand. Die konnte Takai sortieren.

Als Nächstes ging er zu den Verteilern an der Seitenwand. Er nahm von denen Abstand, die noch zu funktionieren schienen, weil er Tanias Arbeit nicht stören wollte. Von den anderen holte er sich die Sicherungen und drei große Kabelbäume.

Zufrieden schlang er sich die schwere Tasche über die linke Schulter und ließ den Gurt über seinen Kopf gleiten, so dass er quer über die Brust verlief. Er kehrte zu Tania zurück.

»Sie machen keine halben Sachen«, sagte sie.

Er drehte sich, so dass sie sehen konnte, wie voll der Seesack wirklich war. »Davon zahle ich meine Mannschaft.«

Tania runzelte die Stirn. »Es ist viel mehr als das.«

»Wie meinen Sie das?«

»Die Arbeit, die Leute wie Sie übernehmen, ist der einzige Grund, weshalb jemand im Orbit überleben kann.«

In fast fünf Jahren seines Lebens als Bergungsunternehmer hatte Skyler kaum eine Woche erlebt, in der ihm nicht jemand gedankt, ihn gelobt oder ihm ein Kompliment gemacht hätte. Selbst etwas so Simples wie eine neue Fahrradkette konnte für jemanden, der in der Aura festsaß, einen riesengroßen Unterschied bedeuten. Jeder, der behauptete, ohne Bergungsmannschaften wäre die Welt am Ende, erhöhte einfach nur den Druck.

Tanias Worte brachen diese Barrikade auf. Sie meinte es ganz ehrlich, und in diesem Moment erkannte Skyler, dass all seine Arbeit für sie gewesen war, und andere wie sie. Leute, die danach strebten, mehr auf der Welt zu leisten als nur zu überleben. Leute, die die Hoffnung auf eine bessere Zukunft am Leben hielten.

Es war ihm unmöglich, das auch nur ansatzweise auszudrücken, deshalb schaute er zur Seite und murmelte seine übliche Antwort.

»Nichts für ungut, aber wir tun das nicht für die gute Sache. Es lohnt sich – na ja, manchmal – und versorgt meine Mannschaft und mich mit Nahrung und Obdach, was mehr ist, als die meisten ...«

Schüsse knallten irgendwo über ihren Köpfen. Nicht das Scharfschützengewehr mit seinen einzelnen, lauten Knallgeräuschen, sondern das Dröhnen der Schrotflinte.

»Sam hat Probleme«, sagte Skyler. Er sah auf die Uhr. »Noch zehn Minuten. Scheiße.«

»Gehen Sie und helfen Sie ihr«, sagte Tania. Ihr banger Tonfall strafte ihre Worte Lügen. Sie zitterte.

Er packte sie am Oberarm. »Acht Minuten noch, mehr nicht. Klar?«

Sie nickte.

»Finden Sie den Weg zurück zur Treppe?«

Wieder nickte sie.

»Tief atmen, Tania. Sie werden nicht an uns vorbeikommen, das verspreche ich.«

Sie holte tief Luft und ließ sie langsam wieder entweichen.

Er drückte ihr Handgelenk, wobei er die Gelegenheit nutzte, einen Blick auf die Anzeige an ihrem Anzug zu werfen. Der Luftpegel stand etwas über der Hälfte. Zufrieden lief Skyler zur Treppe.

An der Tür lief er beinahe in Sam hinein.

Sie trat zurück, und sie standen Seite an Seite im Eingang am unteren Ende der Stufen. Sechs Leichen lagen bereits oben auf den Stufen aufgehäuft, mit einem herabrollenden Neuzugang, der gerade erst auf halbem Weg nach unten zum Stillstand kam.

»Hinter uns gibt es eine bessere Stellung«, sagte Skyler. »Das ist zu nahe.«

»Geh vor«, erwiderte Sam.

Er schloss die Tür zur Treppe – eine fast sinnlose Aktion, da sie kein Schloss hatte – und zog sich zur Eingangstür zum Datenspeicher mit dem schulterhohen Fenster zurück. Skyler schlug die Tür hinter ihnen zu, mit dem Gewehrkolben zerschmetterte er das Glas.

Nachdem er die Waffe umgedreht hatte, zielte er damit durch das einstige Fenster und wartete.

Sam lud gleichzeitig nach. »Die Typen hier sind echt richtig im Arsch, Skyler. So aggressiv habe ich sie nie erlebt.«

»Ja, und in einer so großen Gruppe. Verstehe ich nicht.«

Die Tür zur Treppe sprang auf, und Skyler reagierte mit einem Kugelhagel. Durch den ungünstigen Winkel stand Zielen nicht zur Debatte, deswegen schoss er wahllos.

Noch eine der Kreaturen brach zusammen, rutschte, bis sie auf ekelerregende Weise zum Stillstand kam. Blut spritzte aus Wunden an Brust und Beinen.

»Ich habe nicht mehr viel Muni«, sagte Sam.

Skyler schoss wieder, eine kurze Salve. »Wir werden hier unten in der Falle sitzen.«

»Wo ist die Karte?«

Skyler sah auf seine Jacke hinab. »Innentasche!«, rief er über das ratternde Geräusch seiner Waffe hinweg. Sam griff hinein und nahm sie.

»Geh und hol Tania«, sagte Skyler. »Ich wehre sie ab.«

»Wir können beide gehen. Schau, unter dem Computerraum. Da gibt es ein zweites Untergeschoss, das VERSAND UND ANNAHME heißt. Eine Rampe führt nach draußen, zurück zur Oberfläche.«

Sie legte die Karte auf den Boden. Skyler musterte sie und feuerte eine weitere Salve ab, ohne hinzuschauen. Tatsächlich verlief eine Straße von der unterirdischen Laderampe aufwärts zu einem Parkplatz etwa fünfzig Meter entfernt. »Wir wären weit weg von Jake und draußen«, sagte er.

»Aber die ganzen Subs sind dann hier drin. Wir können zwischen den Bäumen durch zur Hinterseite des Gebäudes zurückgehen.«

Er schoss noch einmal durch das Fenster. Der kranke Mensch, der auf die Tür zusprintete, stieß ein wildes Winseln voller Schmerz aus. Er brach zusammen.

»Du gehst davon aus, dass es einen Weg durch den Boden gibt.«

»Den werde ich uns bereiten, wenn ich muss. Immer noch besser als das hier.«

Skyler übernahm die Führung, rannte, so schnell seine Beine es zuließen. Hinter sich hörte er das Brüllen und Knurren der Subhumanen, die versuchten, die Tür mit dem Fenster zu öffnen.

Sie stießen im Datenzentrum auf Tania, die schon ihre Ausrüstung verpackte.

»Haben Sie alles?«, fragte Skyler.

Sie schüttelte den Kopf. »Achtzig Prozent. Das wird reichen müssen.«

Sam drehte die Karte in den Händen, um sich zu orientieren. »Hier, glaube ich.« Sie folgten ihr zur Rückwand. Sam öffnete eine Tür, auf der sich eine Reihe von Warnsymbolen befand, die alle mit Elektrizität zusammenhingen.

»Wir sind im Arsch«, sagte sie. Der Raum hinter der Tür ging gerade mal einen Meter weiter und enthielt einen Stromknotenpunkt, der den ganzen Platz einnahm.

»Hier unten«, sagte Tania, die auf den Boden zeigte. Leitungen aus den Geräten verschwanden in großen Panels, die wie Kacheln in den Boden eingelassen waren. Skyler kniete sich hin und versuchte mit Samanthas Hilfe, eines davon zu lösen, aber es gab keinen Spalt, um die Finger hineinzuschieben.

Tania drehte sich um und lief zurück zur Vorderseite des Raums.

Skyler rief ihr nach: »Wo zum Teufel …«

»Hilf uns, du Schlampe!«, rief Sam.

Tania holte etwas von einer Wand in der Nähe des Eingangs und hastete zu ihnen zurück. Eine Metallstange, übergroß, mit zwei großen Saugnäpfen an jedem Ende.

Sie ließ das Ding auf die Fußbodenkachel knallen und hob es an. Das quadratische Panel löste sich problemlos. Tania warf es zur Seite und stellte sich vor sie.

»Ah«, sagte Sam. »Tut mir leid, das mit der ›Schlampe‹.«

»Können wir?«, fragte Skyler.

Unter dem Boden, auf dem sie standen, befand sich ein Zwischenboden, der voller Kabelbündel und einem Durcheinander an Kühl- und Stromleitungen war. Darunter gab es weitere Kacheln.

Sam setzte sich auf den Rand der Öffnung und trat nach unten. Die schwächere Kachel unten brach auseinander und fiel hinab. Durch das Loch sah man nur Finsternis. Skyler schaltete die Taschenlampe wieder an.

»Vier Meter nach unten«, sagte Sam.

Skyler lachte. »Du bist ja fast so groß, du gehst als Erste.«

»Wollen wir eine Münze werfen?«, fragte Sam.

Im Gang vor dem Computerraum hörten sie ein donnerndes Geräusch, auf das unheimliche Schreie folgten.

»Keine Zeit für Debatten. Runter mit dir.«

Sam ließ sich in der Lücke zwischen den Leitungen durch den Boden hinab. Sie packte den Metallbalken, der die Stelle rahmte, an dem sich die Kachel befunden hatte, und hängte sich daran. Schließlich ließ sie los, ließ sich hinabfallen in den finsteren Raum.

»Mir geht's gut«, rief sie nach oben.

Skyler sah Tania an, stellte fest, dass sie weiß wie ein Bettlaken war, die Augen geweitet vor Schrecken. Er folgte ihrem Blick und sah einen Subhumanen, der um die Ecke am anderen Ende des Computerraums bog.

Nackt, mit Schmutz, Blut und alten Narben bedeckt – hässlicher als die meisten anderen. Auf einer Seite seines Gesichts befand sich eine offene Wunde, widerlich entzündet, aus der der Knochen hervorragte. Das Geschöpf versuchte, sie anzubrüllen, aber es kam nur ein gurgelndes Geräusch heraus.

Skyler zielte und schoss eine Salve ab. Kugeln zerfetzten das Gesicht des erbärmlichen Wesens, rissen seinen Kopf auf groteske Weise in den Nacken. Es ging zuckend zu Boden, bäumte sich einmal auf und lag dann still.

Das Schussgeräusch ließ Tania aufschreien. Sie war am Rande eines Panikanfalls.

»Runter mit Ihnen!«, schrie er sie an, aber sie konnte sich nicht bewegen. Skyler hängte sich die Waffe um und packte sie an den Handgelenken. Er schob sie hinüber zu dem Loch im Boden und ließ sie so weit hinab, wie er konnte.

Tania starrte ihm ins Gesicht, aus ihren Augen liefen Tränen.

Er ließ sie in die Dunkelheit fallen.

Ein weiterer Subhumaner kam in den Computerraum, und Skyler schoss den Rest seines Magazins auf das Geschöpf ab. Er schaffte es, einen Treffer auf das Bein durchzubringen – das reichte, dass die Kreatur zu Boden ging.

Skyler zog den Bauch ein und machte einen so großen Schritt, wie es ihm in dem engen Stromkämmerchen möglich war. Dann packte er den Türgriff und sprang durch das Loch im Boden. Der Schwung des Falls, bei dem er die Klinke festhielt, sorgte dafür, dass die Tür über ihm zuknallte.

Er kam auf dem Boden auf und spürte, wie ihm ein heißer Schmerz bis in die Knie hinaufschoss. Er fiel hin, umklammerte vor Schmerz seine Beine.

Sekunden später war Sam bei ihm. »Scheiße. Was gebrochen?«

Er schüttelte knurrend den Kopf.

»Kannst du laufen?«

»Ich werde es verdammt noch mal versuchen«, sagte er mit zusammengebissenen Zähnen. »Lad meine Waffe nach.«

Sam nahm die Waffe, die er ihr gab, und holte ein Ersatzmagazin aus Skylers Gürtel. Das letzte, das ihm blieb.

»Tania, bist du bei uns?«, fragte er die Wissenschaftlerin.

Sie drückte sich wieder den Aktenkoffer an die Brust. Ihre Lippe zitterte.

»Geniale Idee, dieses … was zum Teufel es auch war zu benutzen. Sie haben uns den Arsch gerettet«, sagte Skyler.

»Saugheber«, entgegnete Tania.

»Hä?«

»Der Chef auf Ebene Grün nennt es Saugheber.« Ihre Stimme kam aus weiter Ferne.

Sam flüsterte Skyler ins Ohr: »Sie hat einen Schock.«

»Ich weiß«, entgegnete er. Dann, lauter: »Gehen wir weiter, hm?« Er ließ sich von Sam aufhelfen, ignorierte den Schmerz in seinen Beinen.

Sie hielt ihre Schrotflinte schräg vor sich und führte sie auf den Ausgang zu.

* * *

Ein großes Falttor, groß genug für Fahrzeuge, nahm die Rückseite des Gebäudes ein. Sie traten in eine beunruhigende Stille hinaus, auf eine von Schlaglöchern übersäte Straße, die sich nach oben krümmte und außer Sicht geriet. Unkraut wuchs hüfthoch aus jedem Spalt in der Oberfläche.

Sam ging voraus, so schnell es Skylers Knie erlaubten. Sie blieb gute zehn Meter voraus, ihr Körper ständig in Bewegung, während sie in jeder Richtung nach sich nähernden Subs Ausschau hielt.

Am Ende der Zufahrtsstraße hielt sie hinter einem Dickicht an, um den Boden zwischen ihrer Position und der Gebäudeansammlung zu mustern. Skyler schätzte, dass es hundertfünfzig Meter bis zu dem Bauwerk waren, in dem Jake auf dem Dach wartete. Er konnte das Dach nicht sehen, auch keine Subhumanen auf dem Boden darum herum. Ein Parkplatz erstreckte sich bis dorthin. Wiesenblumen füllten jede Lücke im Asphalt. Verstreut standen die Überreste von Fahrzeugen herum, dem Verfall überlassen, nachdem die Leute vor der Seuche geflohen waren.

Skyler konnte nicht verhindern, dass er nützliche Teile katalogisierte, während er den großen Parkplatz musterte. Diese Gewohnheit war schwer abzulegen, ganz gleich, wie groß die derzeitige Gefahr war. Stoffe von Autositzen. LED-Lampen in den Scheinwerfern, Komponenten aus dem Armaturenbrett – die Liste ließ sich unendlich fortsetzen.

Ein tiefes Brummen erfüllte die Luft. Die *Melville*, erkannte Skyler, hoch über ihnen. Noch besser als diese Turbinen klangen eigentlich nur Tanias ruhige, gemäßigte Atemzüge. Ihr Blick schien nach wie vor abwesend und fern, aber er war immer zuversichtlicher, dass sie sich bald erholen würde.

Sam erhob sich aus ihrer kauernden Position. »Keine Zeit zu verlieren.«

Sie rannte los. Wegen der stechenden Schmerzen in seinen Knien wollte Skyler schreien, aber mit jedem Schritt ließ das Gefühl nach. Trotz seiner schmerzenden Beine war er schneller als Tania. Sie beschwerte sich nicht, als er sie am Ellbogen packte und mitzog. Trotz des Gewichts ihres Schutzanzugs zeigte die Frau keine Anzeichen der Ermüdung. Skyler fiel auf, dass sie sich kein einziges Mal über das unförmige Kleidungsstück beschwert hatte.

Das Brummen des Antriebs der *Melville* wurde lauter wie sich nähernder Donner.

Am Hintereingang zeigte Sam Skyler zweimal fünf Finger, ehe sie durch die Hintertür rannte. Sie wollte zehn Sekunden, um ihnen den Weg freizumachen.

Skyler führte Tania zur Außenwand und hockte sich vor sie hin. Er konnte das Flugzeug nicht sehen und musste die Entfernung am Geräusch des Antriebs abschätzen. Sehr nah inzwischen, aber immer noch nicht im vertikalen Landemodus.

»Heilige Mutter Gottes«, flüsterte Skyler.

Der Lärm, den die Turbinen veranstalteten, zog Subhumane an wie das Licht Motten. Erschrocken starrte er auf den Waldrand hinter dem Parkplatz.

Die Kreaturen strömten aus dem Wald. Einige eilten auf allen vieren wie Affen dahin. Er hatte noch nie so viele an einem Ort gesehen, die auf dasselbe Ziel ausgerichtet waren, als hätten sie einen Clan gebildet.

Tania keuchte. Sie griff nach Skylers Ärmel.

»Laufen Sie«, sagte er. »Schauen Sie nicht zurück. Los!«

Sie duckte sich nach drinnen, als das Geräusch der Schrotflinte erklang, tief aus dem Inneren des Gebäudes.

Wir sind umzingelt, dachte Skyler.

Die ganze Zeit wurde das Geräusch des sich nähernden Flugzeugs lauter, bis es alles andere übertönte, selbst die Schreie der Subhumanen.

Skyler sah keinen Sinn darin, Kugeln zu verschwenden. Es waren viel zu viele. Das Dach war alles, was zählte. Er folgte Tania, hielt nur an, um die Tür zu schließen.

Sie wartete am Treppenaufgang. Sam stand neben ihr, ihre Atemzüge laut und angestrengt. Ein paar erbärmliche Leichen lagen im Gang dahinter verstreut.

»Zum Dach, los«, sagte Skyler. Er ging vor und hörte ihre Schritte auf der Treppe hinter ihm.

Zwei Absätze weiter oben stieg er über den Leichnam eines Subhumanen hinweg, der einen Schuss durch den Hals abbekommen hatte. Vielleicht war Jake heruntergekommen.

Oben stellte er fest, dass die Tür zum Dach offen war. Leichname lagen überall auf der Kiesfläche verstreut. Hinter ihnen stand die *Melville* auf dem Landeplatz des Gebäudes, die Maschinen im Leerlauf. Skyler erkannte Angus' Gesicht im Cockpitfenster, weiß vor Angst.

Er hielt inne. »Ist Jake an Bord?«, rief er.

Angus las es von seinen Lippen ab, dann schüttelte er den Kopf.

Skyler schaute über das Dach. »Jake?«, rief er laut.

Keine Antwort.

»Jake?«

»Er muss drinnen sein«, sagte Sam. »Du hast die Leiche auf den Stufen gesehen. Gib mir deine Waffe.«

Er tat es. »Ich bin direkt hinter dir.«

Ihr Schrotgewehr klemmte sie sich in die Achselhöhle, in der anderen Hand hielt sie die Maschinenpistole, und damit verschwand Sam in der Dunkelheit, ohne noch ein Wort zu sagen.

Es vergingen keine fünf Sekunden, bis Skyler Schüsse von unten hörte.

Er nahm seine Pistole aus dem Holster an seinem Bein. »Schaffen wir Sie an Bord«, sagte er zu Tania.

Sie gab das Tempo vor, irgendwo zwischen Gehen und Joggen, duckte sich unter den Wirbelwinden aus den Triebwerken der *Melville* weg. Skyler hob einen Arm übers Gesicht, um sich vor dem Malstrom aus Staub und Steinchen zu schützen, den die Turbinen aufwirbelten.

»Wo sind die anderen?«, rief Angus von der offenen Laderampe.

Skyler scheuchte ihn zurück. »Halt dich bereit zum Abflug!«

Angus kehrte zögernd ins Cockpit zurück.

Skyler schob Tania durch den Eingang und warf ihr den Seesack nach. »Schließen Sie die Tür, aber halten Sie sich bereit, uns reinzulassen.«

»Skyler …«

»Los!«

* * *

Bei dem gebrüllten Befehl zuckte Tania zusammen und drückte den Knopf, um die Rampe zu schließen. Skyler verschwand aus ihrem Sichtfeld, als sich die Kabine abriegelte.

Sie war allein, das Flugzeug tödlich still bis auf das schwache Zischen der Maschinen. Es gab keine Fenster im Frachtraum. Sie schleuderte ihren Aktenkoffer auf einen Sitz und ging zur Cockpittür.

Angus warf ihr einen Blick zu und nickte ihr mitfühlend zu. Sie beugte sich vor, um durchs Cockpitfenster zu schauen.

Eine der Turbinen versperrte einen Großteil der Sicht. Sie sah Skyler nur vom Oberkörper abwärts.

Er lief vom Flugzeug zum Eingang des Treppenhauses, die Pistole in beiden Händen, direkt auf die offene Tür gerichtet. Der Wind, den die Triebwerke der *Melville* aufwirbelten, peitschte durch seine Kleider und füllte die Luft mit Staub. Überall lagen die Leichname von Subhumanen.

Tania hielt den Atem an. Der Kontrast von Tod und Paradies ließ ihr Tränen in die Augen steigen.

Skyler betrat die Finsternis des Treppenhauses und war aus ihrer Sicht verschwunden.

* * *

Die Treppen waren zu einem Schlachthaus geworden. Er stieg über zwei weitere tote Subhumane, ehe er unten ankam, und nahm an, dass das Gemetzel noch nicht vorüber war.

Ein Schuss kam aus der Richtung des Alkovens mit der Barrikade, und Skyler rannte.

Er fand Sam, die über Jakes schlaffem Körper kniete. Sie wiegte seinen Kopf im Schoß, Tränen liefen ihr über die Wangen. Skyler hielt an und fiel auf den Hosenboden, ein paar Meter von ihnen entfernt.

In Jakes Finger hing eine Pistole. Ein Blutrinnsal lief aus seinem Mundwinkel und über den Hals hinab, befleckte Sams Hose. Die Hände der Frau, die den Kopf des toten Scharfschützen hielten, waren blutbedeckt.

»Er hat eine verdammte Kugel gefressen«, flüsterte Sam. »Anstatt sich von ihnen …«

Skyler biss die Zähne zusammen und wandte sich ab, kämpfte selbst gegen Tränen. Er wollte auf etwas einschlagen, Rache nehmen. »Ich bin schuld. Wir hätten zusammen landen sollen. Es tut mir so leid.«

Sam kam zu ihm. Sie drückte ihm mit einer Hand die Schulter. Die andere Hand, die mit Jakes Blut verschmiert war, glitt um seinen Nacken, und sie zog ihn zu sich heran, bis sich ihre Stirnen berührten. »Wir stehen einander nicht immer Auge in Auge gegenüber, Skyler, aber das laste ich dir nicht an. Das würde ich nie tun.«

Er blinzelte die Tränen weg und sah sie an. »Du musst dich ducken, damit wir einander Auge in Auge gegenüberstehen«, murmelte er.

Beide lachten. Sam gab ihm einen Kopfstoß, ein leichter Rüffel für seinen Galgenhumor. »Das ist der Skyler, den ich kenne. Genug Tränen, ja?«

»Was machen wir mit Jake?« Er starrte die schlaffe Gestalt seines Freundes an.

»Wir sind Plünderer«, entgegnete Sam und fuhr sich mit dem Handrücken über die Nase, »Wir nehmen sein Zeug und sehen zu, dass wir von diesem unseligen Ort verschwinden. Genau, wie er es gemacht hätte, wenn einer von uns hier liegen würde.«

* * *

Fünf lange Minuten vergingen ohne eine Spur der beiden. Tania starrte auf das offene Maul des Treppenhauses, ohne auf den Piloten Angus zu achten, der ängstlich herumzappelte. Zumindest im Moment waren die Subhumanen weg. Irgendwo anders, dachte sie, oder alle tot.

Eine Gestalt kam aus der Tür – Sam, allein, den Kopf gesenkt und mit hängenden Schultern.

Tania stockte der Atem. Dann sah sie Skyler, gleich hinter der statuesken Frau. Nach ein paar Schritten im Sonnenlicht stolperte der Captain, seine Knie gaben nach. Sam drehte sich um und fing ihn locker auf. Sie trug ihn zum Flugzeug, mehr war nicht zu sehen.

Tania spürte, wie sich in ihrem Magen ein gigantisches Loch auftat.

Sie rannte zurück zur hinteren Luke der Maschine und öffnete sie rechtzeitig, damit Sam auf die Rampe klettern und Skyler ablegen konnte.

Hemmungsloser Zorn zeigte sich auf dem Gesicht der hochgewachsenen Frau. Sie hackte so fest gleichzeitig auf den »Schließen«-Button und auf den roten Knopf der Sprechanlage, dass Tania befürchtete, sie würden kaputtgehen.

»Bring uns verdammt noch mal hier raus«, sagte Sam.

Angus antwortete nicht. Seine Antwort gaben die Turbinen. Sie fuhren brüllend zu voller Leistung hoch, und das Flugzeug neigte sich, als es abhob.

»Anschnallen«, sagte Sam zu Tania, ohne sie anzusehen.

Tania machte einen Schritt, um Skyler aufzuhelfen, aber er winkte sie trotzig beiseite und zog sich selbst in einen Sitz. Mit einem verlorenen Gefühl nahm sie neben ihm Platz und schnallte sich an.

Sam hämmerte mit dem Kolben ihrer Schrotflinte an die Wand, immer wieder. Jeder Aufprall war schwächer als der vorherige, als ihr die Kraft, wenn auch nicht die Wut ausging. Schließlich stolperte sie durch die Tür des Cockpits und schloss sie hinter sich.

Eine Weile beobachtete Tania Skyler, während die *Melville* davonraste. Er schlief oder tat zumindest so.

Sie fühlte sich betäubt, völlig am Ende. Schließlich griff sie mit einer behandschuhten Hand nach vorn und nahm seine, hielt sie fest. Als sich seine Finger um ihre schlossen, musste sie darum kämpfen, die Tränen zurückzuhalten. Sie hatten für ihre Mission jemanden aus ihrer Mannschaft verloren. Ein Mensch war tot, irgendwo in den Tiefen dieses furchtbaren Gebäudes. Allein im Dunkeln, beim Geschnatter dieser Geschöpfe, während sie nach seinem Gesicht krallten …

Die Schuld würde für den Rest ihres Lebens wie ein Damoklesschwert über ihr hängen. Sie wusste das mit völliger Sicherheit. Tania zog sich zurück, fand in ihren Gedanken einen Ort, dem sie einen Sinn abtrotzen konnte. Das Labor auf Ebene Schwarz, ihre Arbeit, ihre Forschung. Nichts wollte sie mehr auf der Welt, als jetzt wieder dort zu sein, und deshalb schloss sie die Augen und begab sich dorthin.

KAPITEL 17

Darwin, Australien

27.1.2283

Von seinem Blickwinkel aus wirkte Darwin wie ein verstreuter, glühender Aschehaufen, als hätte sich Gott höchstpersönlich an die Feuergrube gestellt und die glimmenden Kohlen aus reinem Frust auseinandergekickt.

Russell Blackfield sah sich selbst gerne in der Rolle Gottes.

Er verbrachte die meisten Nächte hier, entspannte sich auf einer zerschlissenen alten Liege auf dem Dach seiner Zentrale in Nightcliff – ein Sonnenschirm sorgte dafür, dass es ihn nicht nassregnete. Er hatte drei Dinge dabei: eine Laterne, die Frachtlisten für den nächsten Tag und eine Flasche Alkohol – was immer er gerade in die Finger bekam.

Von Mitternacht bis zum Morgengrauen prägte er sich die Ladungen ein, die am nächsten Tag durch Nightcliff gehen würden. Das war sein Geheimnis. Unter den Verwaltern und Inspektoren war sein Wissen über alles, was kam und ging, zur Legende angewachsen. In Wirklichkeit war er nie mehr als einen Tag voraus, und es dauerte Stunden, alles auswendig zu lernen.

Pro Gondel, die er sich gemerkt hatte, gestattete er sich zwei Schlucke aus der Flasche, bis die Aufgabe erledigt war. Dann konnte man die Schleusentore öffnen. Er trank und beobachtete die Stadt beim Erwachen. Eine Million Menschen, so schätzte man. Sein Schlaf kam mit der Sonne.

Aber in dieser Nacht drifteten seine Gedanken ab. Ereignisse, die er nicht kontrollieren konnte, verlangten nach seiner Aufmerksamkeit wie hungrige Kätzchen. Die Nachricht, dass im Orbit ein Subhumaner auf freiem Fuß gewesen war, hatte sich wie ein Lauffeuer in der Stadt ausgebreitet. Sie stellte die Gerüchte in den Schatten, dass auch einige im Inneren der Stadt aufgetaucht waren – die ließen sich zumindest erklären.

Stromausfälle machten den Gondeln weiter zu schaffen, jeden Tag wurden es mehr, und niemand hatte eine Erklärung dafür. Nicht mal der Rat. Oder vielleicht hielten sie sie einfach unter Verschluss. Wahrscheinlicher war aber, dass sie die Hosen voll hatten.

Russell trank einen Schluck Wodka und wischte sich mit dem Arm über den Mund. Wandel machte ihm keine Angst. Wandel bedeutete eine Chance für die, die willens waren, sie zu ergreifen.

Er hörte Schritte hinter sich und setzte sich gelassen auf. Seine Mitarbeiter wussten, dass sie ihn hier in Frieden lassen sollten. Schritte bedeuteten, es war wichtig.

»Tut mir leid, dass ich Sie störe«, erklang eine Stimme.

Russell drehte sich um und sah einen Wächter in Uniform. Zu dunkel, um zu erkennen, wer es war – nicht, dass es eine Rolle gespielt hätte. »Was ist?«

Der Mann blieb in ehrerbietigem Abstand stehen. »Die fehlende Arbeiterin aus der Gondel gestern.«

»Was ist mit ihr?«

»Gleich danach ist doch ein Bergungsflugzeug raufgefahren …«

Russell spürte, wie seine Stimmung sich hob. »Die *Melville*, richtig?«

»Sie ist wieder zurück, Sir.«

Russell stellte die Flasche ab. »Am alten Flughafen?«

»Nein, Sir«, stotterte der Mann. »Wir haben sie hierher beordert. Sie ist im Hof. Die Mannschaft steht unter Quarantäne.«

Russell hielt seine Überraschung verborgen. Quarantäne, schau an! So viel Kompetenz hatte einen Toast verdient, deswegen drückte sich Russell die Flasche an die Lippen und trank. »Was ist mit unserer fehlenden Frau?«

»Auf ein Crewmitglied passt die Beschreibung. Wir haben sie in einen eigenen Raum gesteckt.«

»Sie …«, begann Russell, dann hielt er inne. »Gut gemacht. Ich bin schockiert.« Er gab dem Mann die halbvolle Flasche. »Lassen Sie sich's gut gehen. Von hier an übernehme ich.«

* * *

Quarantäne-Vorgänge wurden im Keller des alten Krankenhauses abgewickelt, das sich passenderweise innerhalb der Mauern von Nightcliff befand. Russell marschierte hinein, und die diensthabende Schwester begrüßte ihn.

»Status«, sagte er.

Die kräftige Frau ging neben ihm her. »Drei von ihnen sind zusammen in Raum D. Die vierte sollte ich einzeln behandeln, deshalb ist sie in Raum H. Eine echte Schönheit. Die wird Ihnen gefallen. Steht unter Schock, glaube ich.«

»Schock? Von der Festnahme?«

Die Frau schüttelte den dicklichen Kopf. »Nein, das war schon so, als wir sie aus dem Flugzeug holten. Anscheinend sind sie da draußen in ein Gerangel geraten.«

Russell wurde schneller. »Wo draußen?«

»Hawaii, sagen sie.«

Das passte zu dem Flugplan, der eingegangen war, als der Captain der *Melville* die Befugnis zur Liftfahrt gekauft hatte.

»Weist sie Symptome auf?«, fragte er.

»Sie hatte einen Schutzanzug an. Der Rest behauptet, immun zu sein.«

»Sind sie, ich kenne sie. Erst zu Raum H«, sagte Russell.

Die übergewichtige Frau musste rennen, um mit ihm mitzuhalten. Sie wobbelte auf ihren dicken Beinen und führte ihn durch eine Reihe leerer Korridore und verlassener Wartezimmer.

Die Quarantäneräume bestanden aus zwei Teilen, einem für den Kranken und einem für den Beobachter, getrennt von einem wandgroßen Einwegspiegel. Russell betrat den Beobachtungsbereich vor der Krankenschwester und schaute durch das Glas die Frau auf der anderen Seite an.

Kacheln bedeckten Wände, Boden und Decke der Zelle. Einst hatten sie weiß geleuchtet, inzwischen war der Mörtel schwarz geworden, und überall fanden sich Schimmelflecken. Die Gefangene saß auf einer Metallbank, dem einzigen Möbelstück des Raumes. Sie hatte die Knie angezogen und wippte sanft vor und zurück. Ihre Augen waren geschlossen.

»Sie ist attraktiv, was?«, fragte Russell.

»Habe ich doch gesagt«, antwortete die Krankenschwester. Die alte Hexe leckte sich die Lippen.

»Haben Sie einen Namen rausgekriegt?«

»Nein«, sagte sie. »Sie flüstert was von jemandem namens Jake, dass sie ihn zurückgelassen hätten. Dann sagte sie, sie wolle Neil Platz sprechen. Können Sie sich das vorstellen?«

Russell grinste. Er konnte es sich tatsächlich vorstellen. »Sie sieht etwas schmutzig aus«, stellte er fest. »Wir sollten sie säubern. Was meinen Sie?«

»Sehr umsichtig.«

Russell suchte sich einen einfachen Stuhl in der Ecke des Beobachtungsraums und zog ihn dicht an das Glas. »In Ordnung. Schaffen Sie jemanden da rein und sorgen Sie dafür, dass er sie gut abschrubbt.«

Die grobschlächtige Frau ließ ein fieses Grinsen aufblitzen. »Wird erledigt«, sagte sie.

»Lassen Sie es gründlich machen«, sagte Russell. Er ließ sich auf dem Stuhl nieder, lehnte sich zurück und verschränkte die Arme hinterm Kopf.

Im Großen und Ganzen war die Show enttäuschend. Die wunderhübsche Frau hatte fraglos einen außergewöhnlichen Körper. Aber sie wehrte sich kein einziges Mal.

Er seufzte. Sein Schwanz hatte in der ganzen Zeit kaum gezuckt.

»Steht unter Schock. Was für ein Understatement.«

Sie ließen sie nackt auf der schmalen Bank sitzen, tropfend vor kaltem Seifenwasser, mit dem sie sie eimerweise bespritzt hatten. Sie machte sich nicht die Mühe, sich zu bedecken, nachdem die Krankenpfleger den Raum verlassen hatten. Stattdessen starrte sie geradeaus, direkt auf Russell, als könne sie ihn durch den Spiegel sehen.

Vielleicht würde sie sich ein wenig sträuben, wenn sie wieder einen klaren Gedanken fassen konnte. Dann konnte Russell hineinrauschen und den Retter in der Not spielen. Sie in seine Privatunterkunft entführen, weg von so unzivilisiertem Benehmen.

Aber noch nicht. Gelangweilt verließ Russell den Beobachtungsraum. Die leitende Krankenschwester wartete im Gang auf ihn. »Was soll ich mit ihr tun?«

Russell hielt inne. »Lassen Sie sie da drin schmoren. Ich komme wieder.«

»Was ist mit den Kleidern?«, fragte die Schwester.

»Verbrennen Sie sie«, sagte Russell. »Ich schätze, Sie sollten sie genau auf alle Anzeichen einer Infektion untersuchen. Man kann doch nicht riskieren, dass hier drin eine gottverdammte Sub frei herumläuft.«

Ein hässliches Lächeln breitete sich auf dem Gesicht der Frau aus. »Danke. Sehr gut.«

»Das gilt auch für die anderen, die wir hergeholt haben«, sagte er.

»Ja, natürlich«, entgegnete die Schwester. »Ich fange mit ihr an, denke ich.«

Russell hielt inne. »Wenn Sie ihr weh tun, schneide ich Ihnen die verfluchten Hände ab.«

Sie prallte zurück, stolperte fast über die eigenen Füße. Er bezweifelte, dass er eine solche Reaktion hervorgerufen hätte, hätte er die alte Schachtel geschlagen.

* * *

Die *Melville* stand auf dem Landefeld, von dem sie auch gestartet war. Als Russell eintraf, eine Gruppe von Frachtinspektoren im Schlepptau, begrüßte ihn der ranghöchste diensthabende Wächter.

»Abend, Mr Blackfield, Sir«, sagte der Bursche.

Russell las den Namen von der Uniform ab. »Officer Decklan. Was haben wir hier?«

»Die Maschine ist von der niederländischen Luftwaffe, 2204 gebaut. Registriert als *Melville*, gehört Sky…«

»Skyler Luiken«, sagte Russell an seiner statt. »Ich weiß. Die Schaluppe ist hier schon oft durchgekommen. Was ist drin?«

Decklan stammelte: »Eine volle Tasche und ein verschlossener Metallkasten.«

»Das ist alles?«

Der Wächter schluckte und nickte.

Den ganzen Weg nach Hawaii für so wenig? »Was ist in der Tasche?«

»Keine Ahnung, Sir. Der Befehl lautete, nichts anzufassen.«

Russell nickte. »Gut.« Er deutete auf die drei Inspektoren, die er dabeihatte, und winkte sie zur offenen Frachtrampe. Zu Decklan sagte er: »Niemand darf ohne meine Zustimmung rein oder raus.«

»Jawohl, Sir!«

Russell folgte seinem Inspektionsteam die Rampe hinauf.

Im Frachtraum des Flugzeugs, der bei der letzten Inspektion vollgepackt gewesen war, befand sich diesmal fast nichts. So leer und nackt, sah man dem Vogel seine achtzig Jahre an. Dass er immer noch regelmäßig Missionen flog, sagte viel darüber aus, wie sehr er dem Captain am Herzen lag. Entweder das oder über das Talent desjenigen, der das Ding in Schuss hielt. Russell nahm sich vor, herauszubekommen, wer der Ingenieur war, und zu versuchen, ihn abzuwerben.

»Sir, sehen Sie mal«, sagte einer der Inspektoren.

Russell kniete sich über den Metallkasten. Gute Qualität, aus gebürstetem Aluminium, wie Russell annahm. Die Schlösser sahen nach Militär-Standard aus. »Nicht gerade ein Teil, das so eine Pfeife aus Darwin mit sich rumschleppen würde«, sagte er.

Der Inspektor nahm es auf, nachdem Russell mit einer Geste seine Zustimmung erteilt hatte, und drehte es um, untersuchte es von allen Seiten. »Hier ist das Platz-Logo.« Er zeigte darauf.

Russell grinste. Er konnte es nicht erwarten, Alex davon zu berichten.

»Soll ich es öffnen?«, fragte der Mann.

»Noch nicht«, entgegnete Russell. »Geben Sie es mir erst mal.«

Einer der anderen Inspektoren hatte den großen, schweren Seesack geöffnet. Er hielt Russell die Öffnung hin, damit er hineinschauen konnte. Er war mit einem Wust aus Kabeln und anderen Computer-Ersatzteilen gefüllt.

Russell sah sich in der übrigen Kabine um. Er erinnerte sich an sein Treffen auf Gateway. »Legen Sie etwas Subtilität an den Tag«, sagte er und wiederholte damit Alex' Worte. Sie klangen ganz gut. »Jeder nimmt sich eine Handvoll, mehr nicht.«

»Sir.«

Es war an der Zeit, sich mit seinem Gegenpart ein Stockwerk höher zu beraten, entschied Russell. »Ich komme wieder. Durchsucht es gründlich, Jungs. Ich will eine Liste.«

Die drei Männer nickten gemeinschaftlich.

Bei der Rückkehr in sein Büro nahm er sich Zeit, stieg die zwanzig Treppenabsätze bis nach ganz oben ohne große Eile hinauf. Die Stufen gaben ihm immer Zeit zum Nachdenken, und sein Herz schlug dann schön schnell.

Drinnen ging er als Erstes zum Schreibtisch und nahm eine alte Kamera heraus. Nachdem er den Aktenkoffer auf den Schreibtisch gestellt hatte, fotografierte Russell ihn.

Dann ließ er sein altertümliches Terminal hochlaufen, übertrug das Bild darauf und rief Alex Warthen an.

Er musste etwas laut werden, ehe Gateways Nachtschicht einwilligte, ihren Boss zu wecken.

»Drei Uhr am verdammten Morgen, das ist hoffentlich was Gutes«, sagte Alex.

Russell schickte das Bild, während Alex noch redete. »Ich habe eine ausgesucht hübsche Frau hier unten. Sie hat sich mit einer Bergungsmannschaft nach Hawaii verdünnisiert. Sie verlangt, mit Platz zu sprechen.«

»Wer ist sie?«, fragte Alex.

»Bin mir nicht sicher. Ich habe gehofft, Sie könnten mir dabei helfen«, erwiderte Russell. »Sind Sie an Ihrem Rechner?«

»Kann ich einrichten.«

Russell versuchte, die Geduld nicht zu verlieren. »Ich habe Ihnen ein Bild des Aktenkoffers geschickt, den die Frau dabeihatte, als wir sie aufgegriffen haben.«

»Wie sieht sie aus?«

Russell schloss die Augen, rief sich die Untersuchung ins Gedächtnis. »Mittelgroß. Fit. Schwarzes Haar. Indischer Abstammung, würde ich sagen. Sehr attraktiv. Kleines Muttermal auf der linken Arschbacke.«

»Bitte?«

Russell lachte. »Sie war außerhalb von Darwin. Es war eine volle Untersuchung erforderlich.«

Am anderen Ende entstand eine kurze Pause. Russell hörte, wie Alex den Computer einschaltete.

»Also«, sagte Alex, »ich vermute, es handelt sich um Tania Sharma, eine Wissenschaftlerin von der Anchor-Station.«

»Weit weg von daheim«, sagte Russell.

»Der Aktenkoffer ... sieht aus wie ein Standard-Sicherheitsmodell.«

»Unten hat er ein Platz-Logo.«

Alex nahm sich einen Augenblick Zeit für die Antwort. »Tania und der Alte sind miteinander bekannt.«

»Weshalb sollte sie hier unten sein? Sich mit Schmugglern außerhalb der Aura herumtreiben ...«

»Das«, sagte Alex, »ist eine verdammt gute Frage. Vielleicht hat es etwas mit diesen Stromausfällen zu tun, und dem Auftreten der Subhumanen. Wenn sie die heimlich untersuchen, müssen sie etwas wissen.«

Russell strich mit einer Hand über das glatte Objekt. »Vielleicht kann ich es dem alten Sack zurückverkaufen – und das Mädchen auch.«

Alex schnaufte lange in den Hörer.

Wie nervig, dachte Russell.

»Ich habe eine bessere Idee«, sagte Alex. »Ich werde Ihnen ein kleines Tracking-Gerät runterschicken. Ich werde ...«

»Was bringt mir das?«, fragte Russell.

»Hören Sie«, sagte Alex, »Platz hat was vor. Wenn wir herausfinden, was es ist, haben wir die Oberhand.«

»Wir haben schon die Oberhand. Wir haben den Koffer und die Frau.«

»Die Frau bedeutet nichts«, sagte Alex. »Was in dem Koffer ist, wofür sie die Reise nach Hawaii auf sich genommen hat, das müssen wir rausfinden.«

Das ergab einen Sinn, das musste Russell zugeben. »Also bringen wir dieses Gerät an – und dann?«

»Lassen wir sie gehen. Ich habe Agenten auf jeder Station. Schläfer. Wir sehen uns an, wo sie es hinbringt, und werden die Einzelheiten herausfinden, ohne uns zu verraten.«

Russell trommelte mit den Fingern auf den Koffer. Der Gedanke, seine Trümpfe Alex zu überlassen, gefiel ihm nicht, aber es wäre für später von Vorteil, wenn er ein Gefühl der Teamarbeit kultivierte. Schläfer-Agenten? Bei ihrem Treffen hatte Alex schon darauf angespielt, auch in Nightcliff jemanden eingeschleust zu haben, und nun gestand er, dass es mehr gab. Russell fragte sich, wie weit das Netz genau reichte.

»Schauen Sie«, sagte Alex, »wenn Platz ahnt, dass wir ihm auf der Spur sind, endet die Spur.«

»Schön«, sagte Russell. »Sobald der Koffer mit dem Sender versehen ist, lasse ich sie gehen.«

»Ohne sie belästigt zu haben.«

Darüber lachte Russell. »Ohne ihr etwas getan zu haben. Ich habe einen Ruf zu verlieren.«

* * *

Tania verlor jedes Zeitgefühl. Sie saß auf der kalten Bank, zitternd und nackt, und konnte sich nicht konzentrieren.

Irgendwann, Stunden zuvor, wie es schien, war eine Schwester gekommen. Die alte Frau war sehr nett gewesen, auf eine Art, die einen Brechreiz auslöste, und ihre Hände hatten sich kalt wie Eis angefühlt. Die langwierige, unangenehme Untersuchung, die sie durchgeführt hatte, wäre entwürdigend gewesen, abstoßend, hätte sich Tania dazu aufraffen können, dass es ihr etwas ausmachte.

In Gedanken sah sie immer wieder den Ausdruck in Sams Gesicht vor sich, als sie aus diesem verfluchten Gebäude gekommen war. Wie es sich angefühlt hatte, als Skylers Knie eingeknickt waren. Sie hatten einen der Ihren verloren, für eine Sache, über die sie nichts wussten.

Dann erinnerte sie sich, wie Skyler vergebens gebrüllt und sich zur Wehr gesetzt hatte, als man Tania beim Betreten des Krankenhauses von ihnen getrennt hatte. Er hatte einem Wächter einen Fausthieb versetzt, ehe sie ihn überwältigt hatten. Selbst nach dem Verlust, den er ihretwegen erlitten hatte, hatte er für sie gekämpft.

Als die Tür sich schließlich öffnete, merkte es Tania kaum. Zwei Männer traten ein, einer hatte einen gefalteten grauen Overall dabei. Sie bewegte sich nicht. Stattdessen hielt sie den Blick auf ihr Spiegelbild gerichtet. Sie tat so, als wäre sie diese Frau, die, die mit betäubtem Desinteresse zuschaute. Sie richteten sie auf und zogen sie an, führten ihre Beine in den steifen, kratzigen Stoff, betatschten sie mehr als nötig, während sie ihr das Kleidungsstück über Taille und Brust zogen.

Eine Stimme in ihrem Kopf schrie sie an zu kämpfen, sich zu wehren, aber sie konnte es nicht. Es war sinnlos.

Sie war auf die Erde gekommen, hatte zum ersten Mal seit zehn Jahren einen Fuß auf Erdboden gesetzt. Sie hatte Bäume und Blumen gesehen, die in ungeplanter, natürlicher Schönheit wuchsen, und sie hatte ein merkwürdig menschliches Gesicht gesehen, das von einer Kugel entzweigerissen worden war.

Sie hatte den Tod gesehen.

Als Kind hatte man ihr die Gefahren des Lebens im Orbit beigebracht. Das Wissen, wie tapfer sie alle waren, dass sie so nahe an der Leere lebten, hatte sie mit Stolz erfüllt.

Lächerlich.

Sie kannte jetzt die wahre Gefahr und hatte zum ersten Mal in ihrem Leben wahrhaft Angst gehabt. Die Entwürdigung, die sie nun erleiden musste, war nichts im Vergleich zu dem, was Jake in den Eingeweiden dieses Gebäudes durchgemacht haben musste.

Alles, um ihrer Theorie zu dienen, von der sie ihnen nicht einmal erzählen konnte.

Die Männer zogen sie fertig an. »Gehen wir, Süße. Du sollst dich an einer Gondel-Station einfinden«, sagte einer von ihnen. Seine

Stimme klang, als käme sie von weit her. »Zurück nach Utopia, haha.«

Sie führten sie durch die schmutzigen Gänge des abscheulichen Krankenhauses und über den großen Hof von Nightcliff.

Draußen sog sie die Salzluft ein und schaute zum Himmel hinauf. Das schwebende Liftseil. Der Heimweg. Der einzige Weg.

Sie hörte eine ferne Stimme: ihre eigene, die ihr sagte, sie solle Skyler finden. Um ihm zu sagen, wofür sein Freund gestorben war und dass sie dafür sorgen würde, dass es etwas zu bedeuten hatte.

Die Stimme verhallte.

Falls sie Gelegenheit bekam, darum zu bitten, mit ihm sprechen zu dürfen, verpasste sie sie. Ihre Häscher packten sie in einen Passagiertransporter und begannen mit den Vorbereitungen, ihn ins All zu schicken.

»Der Koffer, nach dem Sie die ganze Zeit gefragt haben«, sagte einer davon. Er schob ihr den metallenen Aktenkoffer in die Hände.

Tania starrte ihn ausdruckslos an.

»Verrückte Tusse«, fügte er leise hinzu.

Vielleicht stimmte das. Vielleicht war sie wahnsinnig geworden. Dieser Gedanke beschäftigte sie, während sie die Kabine an der Gondel befestigten.

Sie saß allein in dem kahlen Zylinder, als er ruckelnd auf das Seil wechselte.

* * *

Als Russell Blackfield die Zelle betrat, einen Schlägertrupp im Schlepptau, ballte Skyler die Fäuste. Ein Kampf wäre Selbstmord gewesen, das wusste er. Sie waren in der Unterzahl und schlechter bewaffnet.

Außerdem waren sie nackt. Das war nicht hilfreich.

Skyler war mit seiner Mannschaft schon öfter in brenzlige Situationen geraten, konnte sich aber nicht erinnern, dass er sich schon jemals so unwohl gefühlt hatte. Acht Stunden hatten sie zu dritt nackt eingezwängt in diesen kleinen Raum verbracht.

»Quarantäne«, hatten die Gefängniswärter gesagt. »Die Klamotten mussten wir verbrennen, tut uns leid.«

Scheiß drauf und auf die schlechten Chancen, dachte Skyler. Er war bereit, die Konsequenzen zu tragen, nur eine nicht: Er wollte wissen, wo Tania war.

»Skyler Luiken, so trifft man sich wieder«, sagte Russell.

Skyler biss sich auf die Zunge und versuchte, den Blick des Mannes festzuhalten. Russell hatte jedoch schon Sams nackte Brust erspäht.

»Man möchte meinen«, sagte Russell locker, »dass ihr euch nach acht Stunden hier drin vielleicht was ausgedacht hättet, was ihr sagen wollt.« Seine Aufmerksamkeit richtete sich langsam wieder auf Skyler, während er redete.

Mit zusammengebissenen Zähnen sagte Skyler: »Wo ist mein fehlendes Crewmitglied?«

»Sie gehört zu Ihrer Mannschaft? Das soll ich Ihnen abnehmen?«

Skyler hielt den Mund.

»Oder sprechen Sie vom armen Jake, der auf Hawaii zurückgelassen wurde …«

Sams Schlag kam so schnell, dass er alle überraschte. Sie landete einen direkten Treffer auf Russells Kinn, womit sie ihn astrein von den Beinen holte.

Er taumelte schwer gegen die Wand und knurrte, als sein Körper auf dem Boden aufschlug.

Einer der Wächter stieß Sam den Schaft seines Gewehrs in den Magen. Ihr blieb die Luft weg, und sie fiel auf ein Knie.

Skyler und Angus stürmten vor.

»Genug!« Russell kämpfte sich wieder hoch, wischte sich Blut aus dem Mundwinkel. »Das war meine Schuld. Ein wunder Punkt. Eindeutig.«

Sam kämpfte darum, wieder ruhig atmen zu können.

Russell schüttelte benommen den Kopf. »Himmel, Frau. Das ist ein Wahnsinnshaken, den du da draufhast. Wenn du einen neuen Job brauchst, meine Tür ist offen.«

Sie spie ihm ins Gesicht.

Der Mann zuckte nicht zurück. Während er den Speichel abwischte, sagte er: »Ich würde dich gern besser kennenlernen, ehe wir Körperflüssigkeiten austauschen.«

Sam richtete sich zu ihrer ganzen eindrucksvollen Größe auf. In ihren Augen leuchtete wilder, unbeherrschter Trotz.

»Sieht so aus, als bräuchte ich auch noch einen Hocker«, sagte Russell, der zu ihr aufblickte. Ein paar Wächter lachten. »Vielleicht ein andermal.« Er schnippte mit den Fingern, woraufhin zwei Krankenschwestern vortraten, die hinter der Gruppe gewartet hatten. Sie hatten frische Kleidung dabei.

Russell schien darauf zu warten, dass sie sich anzogen, aber Skyler machte keine Anstalten, die Klamotten zu nehmen. Sam und Angus folgten seinem Beispiel.

»Jetzt schaut nicht so dumm aus der Wäsche«, sagte Russell. »Oh, wie eindeutig-zweideutig. Ihr dürft auf jeden Fall gehen, Freigabe für Landefeld vier.«

Skyler kniff die Augen zusammen. »Was ist mit …«

»Die Frau bleibt hier. Hausarrest, es steht ein Verhör an.«

»Ich will sie sehen.«

»Abgelehnt.«

Skyler öffnete den Mund, um etwas einzuwenden.

»Ich schlage vor«, sagte Russell, »Sie lassen es. Vorausgesetzt, Sie wollen je wieder in meinem Luftraum fliegen oder eine Fahrt nach oben in Anspruch nehmen.«

Skyler spürte Sams kaltes Starren, ohne sich zu ihr umdrehen zu müssen. Er schluckte die Worte.

»Lasst ihnen zehn Minuten, um sich anzuziehen und zu gehen, dann werft sie raus«, sagte Russell zu seinen Wächtern, während er sich umdrehte und ging. Im Eingang blieb er stehen und warf Samantha einen lüsternen Blick zu. »Die Einladung zur Revanche steht, jederzeit«, sagte er. »Kleidung ist dabei optional.«

Er verließ den Raum, ehe Samantha antworten konnte.

* * *

Neuneinhalb Minuten später hob die *Melville* ab.

Der kurze Flug zum zwei Kilometer entfernten alten Flughafen fühlte sich länger an als die Rückreise von Hawaii.

Samantha hatte kein Wort mit Skyler gewechselt, seit die Wächter sie aus diesem elenden Raum geleitet hatten. Sie stürmte durch die Frachtluke hinaus, fast bevor die *Melville* auf dem Asphalt aufsetzte, und stapfte auf die behelfsmäßige Küche und Kneipe unten bei Woons Hangar zu.

Etwas Hochprozentiges klang nach keiner dummen Idee, aber Skyler entschied sich, erst das Flugzeug zu entladen. Das würde Sam Zeit geben, sich zu beruhigen.

Um der Wahrheit Genüge zu tun, brauchte er selbst Zeit.

»Nimm dir den Abend frei, Angus«, sagte er zu seinem Piloten. »Ich werde mich um das Flugzeug kümmern.« Er klopfte sanft dagegen.

Angus zuckte die Achseln und machte sich auch auf den Weg zu Woons Kneipe, mit gesenktem Kopf und den Händen in den Taschen.

Skyler brauchte vier Stunden, um die Checkliste zur Nachbereitung der Mission durchzugehen. Sehr viel länger als üblich. Noch während die Maschinen die überschüssige Hitze ausspien und die Turbinen herunterfuhren, kontrollierte er sie. Er kontrollierte die

Klappen an den Vertikalschubdüsen und inspizierte jede Keramikkachel auf der Unterseite, um nach Spuren von Rissen oder Abnutzung Ausschau zu halten.

Er war sehr gründlich. Die Arbeit stand zwischen ihm und einem Versinken in Selbstmitleid.

Als er mit dem Zustand des Flugzeugs zufrieden war, wandte er seine Aufmerksamkeit dem Frachtraum zu. Tanias Koffer war, wie er natürlich feststellen musste, weg. Das hatte er erwartet, als man sie alle unter Quarantäne gestellt hatte. Blackfield würde einen saftigen Preis dafür verlangen, wenn er etwas im Hirn hatte.

Überraschenderweise war der Sack mit den anderen Beutestücken an Bord geblieben. Leichter, als er ihn in Erinnerung hatte, aber es war vermutlich immer noch genug darin, um ihre Kosten fürs Stromen und die Auffahrtrechte zu decken.

Ehe er das Flugzeug verließ, fiel ihm noch etwas auf: ein leerer Platz, wo das Foto gehangen hatte, das ihm in Japan in die Hände gefallen war. Das Bild des jungen Neil Platz vor dem Teleskop. Er fragte sich, ob es nun Russell Blackfields Bürowand zierte.

Platz hatte für die Mission zum Teleskop bezahlt, zu einer Anlage, deren Bau er unterstützt hatte. Skyler verstand das nicht. Wenn es dafür einen Grund gab, konnte er ihn nicht nachvollziehen. *Geht mich nichts an*, dachte er und verwarf die Frage. Je weniger er wusste, umso besser. Ein Teil von ihm hoffte, Platz werde den Vertrag mit Prumble nach diesem Debakel aufkündigen. Dann könnte das Leben wieder mehr oder weniger normal weitergehen, mit einem Freund und Scharfschützen weniger.

»Abend, Skyler«, sagte jemand.

Skyler drehte sich um und sah einen Kollegen, den Captain einer anderen Bergungsmannschaft, vorbeischlendern. »Kantro, mein Freund.«

»Habe das von Jake gehört«, sagte der Mann. »Wir werden ihn vermissen.«

Skyler nickte. Er wollte nicht darüber reden. »Ich hoffe, dein Tag ist besser gelaufen. Hast du da draußen was Gutes abgegriffen?«

Kantro zuckte die Achseln. »Wir haben abgebrochen, noch ehe wir einen Schritt nach draußen gemacht hatten. Ein ganzer Haufen Subs hat uns überrannt. Newsubs nennt sie meine Mannschaft. Wir haben sie noch nie so ... organisiert ... erlebt.«

»Genau das ist uns auch passiert«, murmelte Skyler. Der Gedanke ließ eine Gänsehaut auf seinen Armen entstehen. »Newsubs, hm?«

Der andere Captain winkte ab. »Vielleicht haben sich die Bastarde am Ende zusammengerauft«, sagte er mit einem freundlichen Lachen. »Wir sehen uns, Kumpel.«

Skyler marschierte nach drinnen, rang mit dem Gedanken, dass sich die Subhumanen möglicherweise veränderten. Dass das Gebaren, das sie auf Hawaii beobachtet hatten, weit verbreitet sein könnte, der neue Standard. Der Gedanke erschütterte ihn zutiefst.

Erschöpft landete er in seinem Zimmer und legte sich auf seine Pritsche. Als er die Augen schloss, spielte sich die Mission in seinen Gedanken immer wieder ab. Erinnerungen an Jake. Tania in ihrer Zelle in Nightcliff. Seine Phantasie ging mit ihm durch. Als Rettung blieb nur, die Augen zu öffnen.

Der Schlaf würde warten müssen.

Er zog die Decke vom Bett und legte sie sich um die Schultern, schnappte sich die erstbeste Flasche und begab sich aufs Dach.

Der karge Garten auf dem Dach roch nach Zitrusfrüchten, Erde und Regen. Skyler ging hindurch und machte eine Bestandsaufnahme der Pflanzen, die dort wuchsen. Wie es aussah, würden sie viele Tomaten, Papaya und Bananen bekommen. Rambutan auch, aber die mochte er wegen ihrer merkwürdigen Konsistenz nicht. Die konnten die anderen essen. Er zog ein kleines Unkraut unter einem einsamen Sternfrucht-Baum heraus und warf es in den Kompost, ehe er zu seinem Ziel weiterging: einem kleinen Stück Dach auf der Rückseite des Hangars.

Er breitete die Decke aus und setzte sich. Die Geräusche der Betriebsamkeit auf der Hauptlandebahn drangen kaum bis zu diesem Flecken vor. Er legte sich hin, einen Arm unter dem Kopf, und sah den Gondeln zu, wie sie Stück um Stück zu den Planeten und Sternen emporkrochen, die den Himmel über ihm füllten. Die Mondsichel schimmerte nahe dem Horizont in der Hitze.

Zuerst trank er auf Jake.

Den Stillen, der in seiner Rolle als Scharfschütze aufgegangen war. Alles, was er getan hatte, schien dem Ziel gedient zu haben, seine Fähigkeiten zu verbessern. Zielübungen, Training, Meditation. Einmal hatte er auf der Rückreise von einer Mission den Fallschirm genommen und war über Darwins östlichem Elendsviertel, dem Labyrinth, von der *Melville* abgesprungen, einzig und allein, um zu sehen, ob er einen Weg nach draußen finden konnte. »Wenn ich nicht bis Mitternacht zurück bin, gehen die Drinks auf mich«, hatte er gesagt. Er hatte es mit einer Stunde Luft geschafft, hatte sich von Skadz einen Drink einschenken lassen und nicht einmal mit seiner Leistung geprahlt.

Dann trank Skyler auf Tania.

Er bemühte sich, sich vorzustellen, dass Blackfield sie fair behandelte. Noch stärker bemühte er sich, sich nicht vorzustellen, dass sie allein war, in ihrer eigenen Dekontaminationszelle, den Fragen des Bastards ausgeliefert. Oder noch schlimmeren Aktivitäten.

Der Gedanke ließ trotz der lauwarmen Nacht ihn erschauern. Er nahm einen weiteren Schluck und ließ sich von der Wärme des Alkohols erfüllen.

Eine Weile spielte er mit dem Gedanken, zurückzugehen und einen Rettungsversuch zu unternehmen. Aber wozu? Er würde nie wieder im Luftraum von Nightcliff fliegen, und er konnte Tania auch nicht die Genehmigung für eine Fahrt nach Hause verschaffen. Er konnte sich nicht vorstellen, wie sie im Elend Darwins lebte, für immer abgeschnitten von ihrer glitzernden Raumstation.

Irgendwann schlief er ein. Als er erwachte, saß Sam neben ihm. Mit zwei Fingern hielt sie seine Flasche und ließ sie baumeln.

»Angus«, sagte sie undeutlich, »ist in Woons Küche umgekippt.« Sie brach in schallendes Gelächter aus, ein einziges Grunzen und pfeifendes Atmen. »Mit dem Gesicht nach unten! Mitten auf dem Scheißfußboden!«

Skyler richtete sich auf die Ellbogen auf und schüttelte den Nebel aus seinem Kopf. »Wie spät ist es?«

»Weiß der Geier«, sagte Sam. Sie hob die Flasche und nahm einen großen Schluck.

»Sollen wir ihn abholen?«

Sam schüttelte den Kopf. »Woon hat einen Mantel über ihn gelegt. Ist wahrscheinlich gemütlicher als sein Feldbett.«

Eine Weile saßen sie schweigend da. Skyler wandte seine Aufmerksamkeit wieder dem Nachthimmel zu. Weit oben konnte er gerade noch den blinkenden Scheinwerfer einer Gondel erkennen. Als er den Blick senkte, sah er das Schachbrettmuster aus Lichtern, die die wenigen Ecken in Darwin kennzeichneten, in denen noch Strom floss.

Noch weiter unten verfolgte er die Linie der Umzäunung des alten Flughafens. Ganz am Rand standen Hütten und Zelte, ein scharfer Kontrast zu der unkrautverseuchten Fläche dahinter.

Mitten im Unkrautfeld erkannte Skyler eine riesige Ratte, die gerade einen gestohlenen Leckerbissen verschlang. Er formte eine Pistole mit den Fingern und tat, als schösse er auf die Ratte.

Sam beobachtete ihn mit grimmiger Faszination. »Jake hätte diesen Schuss hingekriegt«, sagte sie.

»Einmal«, erzählte Skyler, »damals während der Säuberung, beobachteten Jake und ich dieses beschissene kleine Dorf in der Nähe von Weddell. Ein ganzer Haufen Subs hatte es überrannt. Aber sie waren weit verstreut, nicht wie dieser Clan in Hilo. Es waren nur wir beide da draußen, als Fernspäher, weißt du?«

Er griff nach der Flasche, und Sam gab sie ihm. Sie schlang die Arme um die Knie und legte den Kopf darauf, schaute Skyler von der Seite an.

»Wir waren etwa einen Kilometer entfernt, an einer Hügelflanke waren wir untergekrochen. Egal. Jake studierte den Ort wie ein Besessener mit seinem Fernglas. Ich habe einfach nur versucht, mir nicht in die Hose zu machen.«

Sam lachte. »Eine Scheißangst, was?«

Skyler winkte ab. »Nein, meine Blase war zum Bersten gefüllt. Wir haben uns da draußen, Teufel auch, sechs Stunden lang versteckt. Dann erzählt mir Jake ganz plötzlich, ich solle meine LAW-Rakete bereit machen. Er dehnt die Finger, als würde er sich auf einen Schuss vorbereiten.«

Mit gesenktem Blick schaute Samantha ihn an und nickte.

»Wir waren einen Kilometer entfernt, vergiss das nicht. Keine Verstärkung. Du warst nicht bei der Säuberung dabei, aber du kannst dir vorstellen, wie sie uns Immune einsetzten. Man hat uns überall herumgeschickt, um alles auszukundschaften, um Berichte über ihre Anzahl und die Standorte der Rudel zu liefern.

Auf jeden Fall habe ich mir fast in die Hose gepisst. Aber ich habe die Rakete trotzdem schussbereit gemacht.« Skyler nahm noch einen Schluck aus der Flasche, die inzwischen beinahe leer war. »Ohne Vorwarnung schießt er. Bumm! Klingt wie ein Blitzschlag. Oder Donner, was zum Teufel es auch ist. Ich sehe mir jeden Sub in dem Dorf an, warte drauf, dass einer umkippt. Aber das macht keiner.«

»Scheiße ... er hat vorbeigeschossen?«

»Nein. Nein, nein. Wir reden hier von Jake. Plötzlich drehen sich alle Subs zum Dorfzentrum um, und dann höre ich es.«

»Was? Was hörst du?«, fragte Sam.

»Kirchenglocken.«

»Was zum Henker?«

Skyler schmunzelte bei der Erinnerung. »Jake hat die Glocke im Kirchturm getroffen, so groß wie eine Teekanne, aus einem Kilometer Entfernung.« Er bebte sichtlich. »Ich höre sie immer noch schreien. Nicht wie gestern. Sie waren verzweifelt, zornig. Diese verwirrte Herde der frühen Tage, die man unbedingt ausdünnen musste. Auf jeden Fall strömten die gottverdammten Biester in die alte Kirche im Dorfzentrum, durch die Türen und Fenster, und dann habe ich es kapiert.«

»Sag es mir!«

Skyler grinste breit. »Ich sah sie durch ein paar kleine Fenster, die sich am Kirchturm nach oben zogen, wie sie hinaufstiegen. Sie stolperten und fielen übereinander, weil sie oben bei den Glocken frische Beute machen wollten.«

»Oh, Scheiße«, sagte Sam, die es erriet, ehe er es erzählte.

Skyler nickte. »Ich habe eine Rakete in die Basis des Turms gejagt. Die Detonation war krass, aber, Sam, als dieser Turm zusammenbrach ...«

»Mein Gott«, flüsterte sie.

»Es müssen mindestens fünfzig von ihnen da drin gewesen sein. So, wie Jake die Geschichte erzählte, war es mein Bravourstück. Aber das ist Schwachsinn. Er hat aus einem Kilometer Entfernung auf die Glocke geschossen und diesen Dingern die ewige Ruhe beschert. Mit einer Kugel.«

»Effizient«, sagte Sam.

»Vielleicht drei haben sich rausgewühlt, kaputt und verdreht«, fügte Skyler hinzu. »Jake hat nicht mal Kugeln an sie verschwendet. ›Für die Katz‹, sagte er.«

»Der Mann hatte es drauf, das muss man ihm lassen.«

Brummend nickte Skyler. »Weißt du, was das Beste war? Wir haben endlich was gefunden, wozu eine Kirche gut ist.«

Sam lachte tief aus dem Bauch heraus. Selbstvorwürfe, von Kummer beflügelt, zügelten ihre Heiterkeit schließlich.

Skyler hob die Flasche gen Himmel und trank die Hälfte des Rests. Dann gab er sie Sam.

Sie goss den Rest auf das Dach und warf die leere Flasche nach der Ratte in der Dunkelheit.

KAPITEL 18

Platz-Station

30.1.2283

Die Sirene heulte so laut, dass Neil Schwierigkeiten hatte, klar zu denken.

In jeder Ecke, jedem Raum und Korridor der gigantischen Station litten seine Angestellten unter dem gleichen widerwärtigen Geräusch.

»EVAKUIERUNG! EVAKUIERUNG!«

Die synthetische Stimme wummerte zwischen den langen, dröhnenden Alarmtönen. Das Ganze klang wie eine Parodie, fand Neil. Wie aus einem alten SF-Film aus dem Goldenen Zeitalter. Der Designer dieser Notsysteme hatte Sinn für Humor bewiesen, so viel stand fest.

Er schaltete von »Test« wieder auf »Normal« um.

»Hoffen wir, dass wir das nie wieder hören müssen«, sagte er in sein Handmikro. Einige der versammelten Mitarbeiter lachten höflich. Die meisten schüttelten den Kopf und schoben den Kiefer hin und her, um ihre gepeinigten Ohren freizubekommen.

»So«, sagte Neil. »Mit diesem furchtbaren Ton übergebe ich an meinen Bruder Zane, damit er die Evakuierungsübung leitet.« Er warf einen Blick nach rechts.

Zane stand neben ihm, ein freundliches Grinsen auf dem fröhlichen Gesicht, die Hände vor sich gefaltet. Obwohl er nur zwei Jahre jünger war als Neil, war das ursprüngliche Sandblond seines Haars noch ziemlich präsent. Die Angestellten liebten ihn, höchstwahrscheinlich, weil er ständig gute Laune hatte. Den Geschäftssinn, den Neil besaß, hatte er nie an den Tag gelegt, und er war schon seit langer Zeit mit einfacheren Aufgaben betraut – Wohltätigkeitsveranstaltungen, den Familiensitz in Schuss halten, und nachdem die Krankheit sie gezwungen hatte, in den Orbit umzuziehen, die Beaufsichtigung des Alltagsbetriebs auf der Platz-Station.

Zane übernahm das Mikro. »Unsere letzte Übung liegt ein Jahr zurück«, sagte er, »und angesichts der jüngsten Ereignisse hat mich mein Bruder gebeten, sie häufiger abzuhalten. Vielleicht überlegt er es sich nach dieser wunderbaren Abendmusik noch einmal anders.«

Ängstliches Gekicher aus dem Publikum. Sie waren alle mit den Nerven am Ende, seit ein Subhumaner im Orbit aufgetaucht war. Weitere Ausfälle der Gondeln, so kurz sie auch waren, verstärkten das wachsende Unbehagen noch mehr. Neil schenkte ihnen das strahlendste Lächeln, das er auf Lager hatte. »Ich lege sie in deine fähigen Hände«, sagte er tonlos, dann trat er zurück.

Zane nahm die Details des Evakuierungsplans in Angriff. Für jede Ebene benannte er Verantwortliche, und ein Überblick über die Notausgänge kam zur Sprache. Neil hörte sich das alles im Gehen an. Er nahm sich Zeit, nickte hin und wieder jemandem zu, an dem er vorbeikam. Er sah die Aufregung auf den Gesichtern, trotz der allgemeinen Unruhe. Die Evakuierungsübung war eine willkommene Ablenkung.

»Die Übung wird einen Hüllendurchbruch auf den der Erde zugewandten Ebenen simulieren«, sagte Zanes Stimme über die Lautsprecheranlage. »Daher werden wir über die obere Gondelstation evakuieren.«

Genau wie Neil es vorgeschlagen hatte. Eigentlich war es ein unterschwelliger Befehl gewesen. Die Sicherheitsabläufe der Station kümmerten ihn nicht groß. Er erhoffte sich von alldem, dass die Crew ihr Wissen darüber auffrischte, wie man von einem Augenblick auf den anderen auf dem Lift nach oben fuhr, zu Hab-8, sollte es zu Schwierigkeiten von unten kommen. Von Nightcliff, von der Erde.

»Gehen Sie mit dem Schiff unter, Mr Platz?«, fragte eine Frau, die mit einer Gruppe zu einem nahe gelegenen Verbindungskorridor unterwegs war. Alle lachten über den Scherz.

»Oh, gab es etwa Alarm? Ich habe ihn gar nicht gehört«, entgegnete er. Sie lachten, und er grinste schalkhaft, während er sie durchwinkte. »Weitermachen. Das ist eine ernste Angelegenheit.«

Bald hatte er das Büro für sich. Die Mannschaft war inzwischen wahrscheinlich in der oberen Gondelstation, um die Abläufe durchzuspielen, wie man die Rettungsboote aktivierte und sie am Liftkabel befestigte. Neil rechnete damit, dass er zwei Stunden gesegnete Ruhe haben würde. Mehr als genug für das, was er vorhatte.

Er schloss und verriegelte die Tür, ging zu seinem Safe und öffnete ihn mit einer Kombination aus Daumenabdruck und Zahlencode. Als die schwere Stahltür aufschwang, kniete sich Neil vor einen zweiten Safe, der im ersten steckte. Eine Antiquität, rein mechanisch, klein wie eine Schuhschachtel. Keine komplexe Elektronik, die ausfallen konnte, und kein zwingender Bedarf, einem Computerexperten einen Wartungszugang zu geben.

Er drehte die Nummernscheibe und gab so eine Reihe von Zahlen ein. Die Kombination hatte er seit mehr als zwölf Jahren nicht genutzt, doch sie ging ihm leicht von der Hand.

Es klickte, als das Schloss aufsprang. Neil schloss die Augen und holte tief Luft, dann atmete er langsam aus. Unsicherheit kroch in seine Gedanken, sobald seine Finger sich um den Griff legten. Immerhin war der Inhalt die ganze Zeit sicher gewesen. Niemand außer Neil kannte das Geheimnis, das sich darin befand. Er konnte es doch bestimmt einfach hierlassen, wenn auch nur, um die Erinnerung zu ehren. Vielleicht, um es zu studieren, vielleicht sogar die Wissenschaftler einen Blick darauf werfen zu lassen …

Nein. Er nahm all seinen Mut zusammen. Er musste es zerstören, und zwar heute. Er sollte einfach den ganzen Tresor nehmen und durch eine Luftschleuse hinausbefördern. Die Wahrheit für alle Ewigkeit in der gewaltigen, eisigen Leere treiben lassen.

Dennoch neigte sich seine Hand, zog am Griff der Safetür. Sie öffnete sich.

Seufzend griff Neil hinein und nahm den einzigen Gegenstand darin heraus. Einen Daten-Würfel ohne Aufschrift. Äußerlich war er nichts Besonderes. Neil schloss die Finger um das kühle Keramikobjekt.

Ein letzter Blick, dachte er. *Dann gehst du ins Herz der Sonne.*

Er hielt den Würfel in beiden Händen, als er sich zum Immersionstheater aufmachte. Es fühlte sich wie ein Traum an, dachte er, durch die leere Station zu gehen. Sie wirkte kalt – unheimlich sogar –, wenn nicht ihre Bewohner herumschwirrten. Er erwartete halb, einen Schuljungen auf einem Dreirad vorbeifahren zu sehen. Oder Zwillingsmädchen in gleichen blauen Kleidchen, die Hände um den Griff eines blutigen Messers verschränkt.

Er lachte. Das Geräusch hallte im leeren Korridor wider und führte zu sofortigen Schuldgefühlen. Das, was nun vor ihm lag, war nichts, über das man Scherze machte.

Neil richtete seine Aufmerksamkeit wieder auf den Würfel. Wenn es Geister an diesem Ort gab, dann hielt er sie in den Händen.

Er betrat das Immersionstheater und schaltete die Systeme ein. Ein halbrundes, rotes Sofa zierte die Mitte des runden Raumes, umgeben von Bildschirmen vom Boden bis zur Decke, jeder mit einer höheren Auflösung, als das menschliche Auge wahrnehmen konnte.

Die Belegschaft schätzte diesen Raum sehr, genau wie die große Bibliothek von Unterhaltungsprogrammen, die sich im Speicher der

Station befand. Neues und Altes, voll interaktive Sinneserfahrungen, an denen der Zuschauer teilnehmen konnte, ebenso wie die einfache, passive Popcornware vergangener Jahrhunderte.

Neil setzte sich auf den Rand des gepolsterten roten Diwans und steckte den Daten-Würfel in einen Anschluss im stromlinienförmigen schwarzen Sockel.

Auf dem Würfel waren nur drei Aufzeichnungen. Ehe Neil noch mehr Selbstzweifel aufbauen konnte, griff das System auf die Datei zu und begann mit der automatischen Wiedergabe.

Angst und Verwunderung machten sich langsam in ihm breit. Er hielt eine Hand auf dem Würfel, bereit, ihn aus dem Gerät zu reißen, und beobachtete zum letzten Mal, wie sich die Ereignisse abspielten.

* * *

Es war merkwürdig, die Welt durch die Augen eines Toten zu sehen.

Das Filmmaterial aus einer kleinen Kamera, die auf Sandeep Sharmas Helm angebracht war, stellte die Szene aus dessen Perspektive dar. Es machte Neil beim Zuschauen wütend, dass er alles sah, nur nicht das Gesicht des Mannes. Es gab keine Möglichkeit, die Empfindungen dort zu deuten. Keine Möglichkeit, Abschied zu nehmen, sich zu entschuldigen. Diese Spur Tanias in den Augen ihres Vaters zu sehen.

»Wenn du mir nur vertraut hättest«, flüsterte Neil.

Das Bild zeigte das Innere eines Shuttle-Cockpits, das vollgestopft war mit Anzeigen und bunten Bildschirmen. Sandeep saß am Steuer, nur die Arme und die Oberseite seiner Knie waren im Bildausschnitt erkennbar. Er sah nach rechts, auf einen jungen Neil auf dem Platz des Navigators, der in einen ähnlichen Astronautenanzug gekleidet war.

Was bin ich alt geworden, dachte Neil. Vierundvierzig Jahre seit dieser gottverdammten Mission, und er spürte jeden einzelnen Tag. *Das Gewicht der Welt hat mich fast getötet.*

Die Kamera ruckelte, als Sandeep nickte. Der jüngere Neil ließ ein erwartungsvolles Grinsen aufblitzen und hob den Daumen.

Der Blick richtete sich wieder zum Cockpit und nach vorne durchs Fenster. Noch immer zu weit von dem Objekt entfernt, als dass die Kamera es erfasst hätte, aber Neil wusste, dass es da war. Der Gedanke, dieses Ereignis noch einmal mitzuerleben, war verstörend: zuzuschauen, wie Sandeep und sein jüngeres Ich das Ding zum ersten Mal sahen, die ungehemmte Aufregung auf ihren Gesichtern und in ihren Stimmen zu erkennen. Er spulte vor, bis sie schon über dem verdammten Ding waren.

Foreshadow würden sie es später nennen, nachdem sie seine Bedeutung verstanden hatten. Ein lächerlicher Name, und doch so passend. Es war das erste Schiff der Erbauer, fast achtundzwanzig Jahre vor der Ankunft des Darwin-City-Lifts im Orbit geparkt. Unentdeckt von einer Bevölkerung, die sich nach innen gewandt hatte, die kein Interesse mehr für die überfälligen Versprechen der Wissenschaft aufbrachte und von wiederauflebenden Religionen ausgebremst wurde.

Der Rest des Planeten hatte die Ankunft des Darwin-City-Lifts für eine Überraschung gehalten, für den »Erstkontakt«, als der sie in die Geschichtsbücher einging. Einigen fiel das absurde Glück der Platz-Familie auf, der Eigner des Landes in Nightcliff und so vieler Industriezweige, die sich als Schlüssel zur Nutzung des Lifts erweisen würden. Voller Ehrfurcht angesichts des Alien-Apparats, ignorierte die Bevölkerung solche Fragen weitgehend, und bald schon wurden diese Stimmen nur noch unter den Spinnern am Rande der Gesellschaft laut.

Neil kannte die Wahrheit. Auch Sandeep hatte sie gekannt, bis zu seinem Tod. Die einzige andere Person, der Neil je davon erzählt hatte, war sein Vater, der wahre Geschäftstycoon. Der Alte hatte die beiden jungen Astronauten überzeugt, ihre Entdeckung geheim zu halten, und gemeinsam fingen sie an, Platz Industries umzugestalten, um ihren Fund zum maximalen Vorteil zu nutzen.

Alles wegen dieses gottverdammten Raums, dachte Neil.

Er spulte wieder vor. Übersprang den Teil der Aufzeichnung, in dem Sandeep sie zum ersten Mal an der *Foreshadow*-Station vorbeiflog. Eine glatte schwarze Kugel am Ende eines geaderten, konischen Rumpfes. Exotische Materialien, die man nie analysiert hatte. Neil spulte durch stundenlanges Filmmaterial, in dem sie das Objekt umkreisten, bis er zu dem Teil kam, in dem ihre Robotersonde den Apparat berührte. Ein Unfall, da Sandeep das kleine Gefährt vor lauter Aufregung zu schnell beschleunigt hatte, und doch hatte er alles in Bewegung gesetzt.

Neil verlangsamte den Film auf normale Geschwindigkeit. Er hörte seine eigene erregte Stimme, als sich die Tür öffnete. Sandeep pochte auf Vorsicht, aber der junge Neil wollte, dass sie weiter vordrangen.

Die Sonde schwebte hinein. Neil spulte wieder vor, zu dem Teil, als er und Sandeep die Station betraten, in Raumanzügen, um sie mit eigenen Augen zu sehen.

Foreshadow. Der vermaledeite Raum in ihrem Herzen.

Sechsseitig, jede »Wand« fast fünfzehn Meter hoch. Vier der Paneele waren damals leer gewesen. Auf zweien hatte es merkwürdige Wandbilder gegeben, bunt, als wären sie mit Licht gezeichnet, aber nicht wie der Monitor eines Terminals. Diese Bilder waren von plastischer Anmutung gewesen. Neil spürte, dass er die Hand austrecken und die Dinge hätte spüren können, die er dort sah.

Das erste Wandbild erkannten sie sofort. Es zeigte die Station selbst. *Foreshadow*.

Das nächste Wandbild zeigte etwas Merkwürdiges. Neil hielt das Video an, um es noch einmal zu anzuschauen, ein letztes Mal.

Ein einfaches Bild. Ein fremdartiger Stil, aber unverkennbar. Unten die Erde – ein Teil davon zumindest: das nördliche Australien. Darwin.

Aus dieser Landzunge ragte eine einfache Linie, die sich bis ganz nach oben auf dem Paneel erstreckte und in einem schwarzen Oval endete.

Leicht belustigt lauschte er, wie sein jüngeres Ich und Tanias Vater debattierten, was das zu bedeuten hätte. Die nächsten siebenundzwanzig Jahre würden sie in dem Glauben verbringen, die Botschaft laute, sie sollten das Gerät bauen. Das Wandbild sei eine Art Blaupause. Ein Weltraumlift, ein ewiger Traum von Raumfahrtbegeisterten und SF-Autoren, eine ewige Zielscheibe des Spotts von Ingenieuren und Physikern.

Sie hatten schon damals erkannt, dass eine solche Technologie Jahrzehnte brauchen würde, um sie zu entwickeln und zum Einsatz zu bringen, und doch würden sie das Ziel verfolgen, mit sämtlichen Ressourcen von Platz Industries, die ihnen zur Verfügung standen. Das Wandbild sagte ihnen, es sei zu schaffen, und das hatte als Motivation gereicht.

Sie waren immer noch frustrierend weit davon entfernt, auch nur mit der Konstruktion zu beginnen, als der Alien-Lift eintraf. Erst da wurde ihnen klar, was das Wandbild bedeutete. Eine Botschaft für den, der die sechsseitige Kammer entdeckte, eine Ankündigung dessen, was kommen sollte.

Wissen um die Zukunft – verdammt wertvoll, wenn man es hatte. Genug, um einen Menschen in den Wahnsinn zu treiben.

Neil und sein Vater hatten mit aller Kraft versucht, das Wissen zu schützen.

Sandeep hatten sie bei diesem Plan mitgeschleift, aber er war nie ganz ein Teil ihrer Bemühungen gewesen. Er trug das Verlangen in sich, es der Welt zu erzählen. Ein Verlangen, das schwärte, bis es umschlug.

Töricht, töricht …

Er spulte vor. Die Erkundung der Station rauschte vorüber, bis die Aufzeichnung endete.

Es folgte eine weitere, dreißig Jahre später aufgenommen. Ihre Rückkehr, eine Mission, die sich nur unter Schwierigkeiten hatte durchführen lassen. Es war Sandeeps Idee gewesen. Es gäbe sechs

Paneele, hatte er erklärt, und nur auf zweien seien Bilder gewesen. Vielleicht war ja durch die Ankunft des Lifts …

Er hatte recht gehabt. Neil spulte vor bis zu dem Teil, als er und Sandeep die Kammer mit den Bildern wieder betraten.

Das dritte Paneel war illuminiert. Neil erinnerte sich noch an die Woge der Aufregung, die ihn erfasst hatte, als er es gesehen hatte. Sie hielten das vielleicht Mächtigste in Händen, was ein Mensch je besessen hatte: einen Blick in die Zukunft.

Neil stellte fest, dass er das Video an dieser Stelle nicht anhalten konnte. Er konnte das verfluchte Bild nicht länger anstarren als nötig.

So ein einfaches Piktogramm. Seine Bedeutung so offensichtlich jetzt und damals so verdammt verwirrend. Neil seufzte. Wenn sie es nur enträtselt hätten. Sie hätten so viele Leben retten können. Nicht alle, aber viele. Millionen.

Aber sie hatten es nicht verstanden. Das dritte Bild, fast identisch mit dem zweiten, zeigte unten die Erde, Darwin und den Lift, aber mit einem bedeutenden Unterschied.

Eine undeutliche, geisterhafte Säule erstreckte sich entlang der ganzen Länge des Kabels. Symbolbilder merkwürdiger Gebäude drängten sich auf dem Boden innerhalb der Säule. Scheiben befanden sich in regelmäßigen Abständen entlang des Kabels. Alles innerhalb der Säule.

Außerhalb dieses ätherischen Umrisses gab es nichts. Nur Schwarz.

Sie hatten geglaubt, es sei eine weitere Anleitung. Baut eine große Stadt rund um den Lift. Baut Raumstationen. Der übrige Planet spielte keine Rolle, deswegen war er auf dem Bild ausgeblendet.

Die Version von Neil in diesem Video, inzwischen über sechzig, machte eine hochmütige Bemerkung, sie wären auf diesem Weg schon weit gekommen. Seit der Ankunft des Lifts war Darwin aufgeblüht, und nichts deutete darauf hin, dass das Tempo nachlassen würde. Platz Industries hatte schon mit der Konstruktion einiger Raumstationen begonnen, genau, wie man es auf dem Bild sah.

Bald würden sie es verstehen, kurz nachdem SUBS seinen Siegeszug über den Planeten begann. Wenn sie erst einmal erkannten, dass Darwin sicher war, innerhalb eines kreisrunden Bereiches von acht Kilometern, der sich bis zum oberen Ende des Lifts erstreckte. Ein Zylinder, außerhalb dessen es nur Schwärze gab. So gottverdammt offensichtlich, nachdem es geschehen war.

Das Wandbild war eine Warnung gewesen. *Haltet euch hier auf, armselige Menschen. Eine Säuberung steht bevor.*

Über Neils Wange lief eine Träne, und er wischte sie mit einer zornigen Bewegung weg. Das Ende der Aufzeichnung dräute wie eine Urteilsverkündung vor ihm. Er wusste, er sollte hier anhalten. Warum noch einmal diese Qual durchleben? Nichts Gutes war je daraus erwachsen.

Ein letzter Blick. Damit er es nie vergaß.

Der dritte Teil des Videos begann zwölf Jahre nach dem vorherigen. Die Aufzeichnung begann wie die anderen, nur war diesmal der Beifahrersitz leer. Sandeep hatte das Shuttle allein genommen. Der Auftakt seines Schwanengesangs.

»Milliarden sind tot, wegen deiner Gier«, hatte er früher an diesem Tag über Funk gezürnt. Neil, der in Darwin in Sicherheit war, hatte schweigend zugehört. »Aber du willst immer noch so weitermachen! Die Zukunft für dich behalten! Begreifst du nicht, dass es ein Fluch ist? Ich mache nicht mehr mit. Die Welt, was immer von ihr übrig ist, wird die Wahrheit erfahren. Tania wird die Wahrheit erfahren!«

Neil fragte sich zum tausendsten Mal, ob er sich an der Mission hätte beteiligen sollen. Vielleicht hätte er ihn, wäre er persönlich bei ihm gewesen, zur Vernunft bringen können. Aber er hatte Sandeep gebeten, die Reise zu *Foreshadow* allein zu unternehmen. Auf dem Boden war zu viel Tumult gewesen, zu viel zu tun.

Konfrontiert mit Sandeeps Drohungen tat Neil das Einzige, das ihm einfallen wollte. Er schickte aus der Ferne die elektronischen

Befehle, die nötig waren, um die winzige Außenposten-Station herunterzufahren. Die Luftaufbereitung stand still. Die Datenströme zum Boden erstarben. Bald würde auch Sandeep sterben. Neil konnte sich auf eine Fehlfunktion herausreden, und damit wäre der Fall erledigt.

Die Aufzeichnung ging weiter, wie ein Hochgeschwindigkeitszug, der auf einen Abgrund zuhielt. Neil brachte es jetzt nicht mehr über sich, schnell vorzuspulen. Er sank tief in das Sofa und sah zu.

Sandeep tat das Einzige, was er tun konnte: Er ging zum Shuttle und fuhr es hoch. Es würde ihm Luft und damit Zeit verschaffen. Er saß eine Weile da, ehe er es startete. Er hätte einen verzweifelten Flug Richtung Lift versuchen können, um an eine der Stationen dort anzudocken.

Doch nein. Sandeep hatte nur noch eines im Sinn, und das war nicht sein Überleben. Die Vernunft war ihm längst abhandengekommen. Er flog das Shuttle direkt zu *Foreshadow,* stieg in den Anzug und begann mit dem Bau seiner Bombe.

Ein einfaches Gerät. Grob, aber ausgesprochen effektiv. Kanister mit komprimiertem Treibstoff, ein cleverer Zünder aus Teilen, die er aus dem Cockpit des Shuttles gerissen hatte. In der nächsten Stunde ging Sandeep zwischen dem Shuttle und der Kammer mit den Wandbildern hin und her, brachte die Komponenten an und verband sie.

Mit einer enervierenden, vorsätzlichen Sorgfalt hielt er den Blick vom vierten Bild abgewandt. Mehr als alles andere wollte er vermeiden, dass Neil erfuhr, was für ein Bild dort prangte.

Neil hatte diesen Teil des Videos ein Dutzend Mal angesehen, ein Einzelbild nach dem anderen, um einen kleinen Blick darauf zu erhaschen. Aber nur ein kleiner Teil davon kam überhaupt ins Bild, gerade ausreichend, um zu wissen, dass das vierte Paneel tatsächlich erleuchtet war, aber nichts weiter.

Als er fertig war, ruhte Sandeep sich aus. Er setzte sich eine Weile hin und fixierte seine behelfsmäßige Sprengladung. Dann, am Ende, nahm er einen Fettstift aus seinem Werkzeugbündel und schrieb eine Botschaft auf die Seite eines Treibstoffkanisters. Er malte die Blockschrift mit ruhigem Bedacht auf und starrte sie dann an, um sicherzugehen, dass das Video die Worte aufzeichnete.

Ich tue das, um deinen Wahnsinn zu beenden, nicht meinen.
An deinen Händen klebt das Blut der Erde.

Dann Rauschen.

Es war vollbracht. Die *Foreshadow*-Station, das erste Schiff der Erbauer, hatte sich in eine Wolke aus Schutt verwandelt, die sich in der Leere des Alls ausbreitete oder in der Atmosphäre verbrannte.

Vom vierten Panel gab es keine Aufzeichnung. Nicht der Hauch einer Chance, das fünfte oder sechste zu sehen. Neil trug nur das Wissen mit sich, wann die Ereignisse stattfinden würden. Das Wissen um den Plan, der mit einfachen Markierungen zwischen den Wandbildern dargestellt gewesen war. Mit dem Erdorbit um die Sonne als Konstante, in Vielfachen und dann in Bruchteilen wiedergegeben. Sandeep hatte das Muster entschlüsselt: Jedes Ereignis fand mit einer zeitlichen Verkürzung um den Faktor 0,42 im Vergleich zum letzten statt. Neil hatte das vergangene Jahr damit verbracht, Tania dazu zu ermuntern, das Muster selbst zu ergründen, damit er nicht gezwungen sein würde zuzugeben, dass er in den Plan eingeweiht war.

Neil warf einen Blick auf den Daten-Würfel und die gedruckte Beschriftung auf der Seite. Zahlen, die für jeden anderen zufällig wirkten, aber für ihn stellten sie die Zeit zwischen jedem der sechs Ereignisse dar.

27.86, 11.70, 4.91, 2.06, 0.87

Über siebenundzwanzig Jahre zwischen *Foreshadow* und dem Lift. Knappe zwölf zum Eintreffen von SUBS. Der fünfjährige Abstand seit diesem Ereignis näherte sich dem Ende.

Neil musste den Gedanken erst noch verarbeiten, dass ihnen vor dem fünften Ereignis nur dürftige zwei Jahre blieben und nicht einmal ein ganzes Rund um die Sonne vor dem Finale.

Er schleppte die Zeitleiste der Erbauer mit sich herum wie einen tonnenschweren Felsklotz, der an seinen Knöchel gebunden war. Sie und das Wissen, dass er Sandeep getötet hatte. Er hatte Tanias Vater ermordet, und nun half sie ihm in einer Wendung des Schicksals, die sich in seine Eingeweide fraß, die Lücken zu füllen, die die Taten ihres Vaters hinterlassen hatten. Er hatte sie dafür nach Hawaii geschickt, mitten unter die Subhumanen. Er hatte sie gebeten, ihr Leben zu riskieren, um etwas zu entdecken, das er bereits wusste, nur damit jemand anderes den Zeitplan herausbrachte. Um einen überzeugenden Vorwand für ein entschlosseneres Vorgehen zu erhalten, um einen Vorsprung zu gewinnen.

So betrachtet war Sandeep gescheitert. Neils Wahnsinn, falls das der passende Begriff war, hatte nie nachgelassen. Mehr denn je zuvor wollte er erfahren, was die Erbauer als Nächstes tun würden.

Die Zukunft, seine Zukunft, hing davon ab.

KAPITEL 19

Über Darwin, Australien

4.2.2283

Als der Countdown endete, geschah nichts. Das Flugzeug hätte nach hinten kippen sollen – ein Tauchsprung rückwärts aus hundert Kilometern Höhe.

»Werde ich jetzt ausgeklinkt oder was?«, fragte Skyler.

Sie waren ein gutes Stück über der Atmosphäre, doch die *Melville* blieb an der Gondel befestigt.

Angus griff über seinen Kopf und schaltete die Freigabebestätigung an und aus. Zweimal, dann noch einmal. Obwohl das Licht grün war, geschah nichts. »Abbruch des Ausklinkvorgangs«, sagte er. »Fehlfunktion?«

»Mein Gott. Bei uns?«

»Muss an ihnen liegen. Wir haben grünes Licht.«

Skyler beugte sich vor, versuchte, auf den Displays im Cockpit Fehler zu finden, die Angus entgangen waren. Letztlich hatte Gateway die letzte Entscheidung über das Ausklinken. Ein Sicherheitsmechanismus, um zu verhindern, dass das Flugzeug sich zu früh oder zu spät löste. Auch auf der Gegenseite war die Anzeige grün. »Vielleicht ist der Stromausfall vorhin schuld?«

Angus zuckte die Achseln. Stunden zuvor, als der Aufstieg begonnen hatte, war die Gondelkabine ein paar Sekunden lang stehengeblieben. Die Aufsicht in Nightcliff hatte ihnen in ausgesprochen besorgtem Tonfall mitgeteilt, sie sollten sich keine Sorgen machen.

Die Sprechanlage knisterte. »Was soll der Scheiß, Jungs?«, fragte Sam über Lautsprecher.

Ein Ellbogenstoß Skylers schaltete ihn ab.

Im Pilotensitz hob Angus eine Hand. Sie hörten die Stimme beide über ihr Headset.

»*Melville,* hier Gateway-Aufsicht. Wir stellen einen Code-Red-Ausfall am Primärbügel fest. Bestätigen.«

Skyler legte Angus eine Hand auf die Schulter, um zu zeigen, dass er übernehmen würde.

»Gateway, hier *Melville*. Bestätigt, wir hängen noch.«

Sie warteten dreißig Sekunden schweigend.

»Haben die dich gehört?«, fragte Angus.

»Gateway-Aufsicht«, sagte Skyler ins Mikro. »*Melville*. Bestätige Fehlfunktion des Primärbügels. Wie wäre es, wenn Sie auf den sekundären umschalten?«

»*Melville,* es gibt nur den primären«, meldete sich die Stimme.

»Warum zum Teufel nennt man ihn dann ›primär‹?«, brummte Skyler.

Eine unbehagliche Minute verging.

»*Melville*«, meldete sich die Stimme, »wir müssen Sie zur Fehlerbehebung hoch nach Gateway bringen.«

Angus drehte sich in seinem Sitz um, um Skyler direkt anzusehen. Seine Brauen waren so weit nach oben gezogen, dass sie beinahe unter seinem Helm verschwanden.

»Gateway, bitte wiederholen. Sie holen uns ganz hoch?«

»Bestätigt, *Melville*.«

Skyler grinste. »Verstanden. Wie wäre es mit einem Rundgang, während wir da sind, hm?«

»Negativ«, sagte die Stimme. »Sie werden die ganze Zeit an Bord bleiben.«

»Wie lange wird die Reparatur dauern?«, fragte er.

Eine weitere lange Pause. »Unbekannt«, meldete sie sich nach einer Weile wieder.

Die Möglichkeit, dass ihre Mission enden könnte, ehe sie angefangen hatte, setzte Skyler zu. Seit der Rückkehr von Hawaii war über eine Woche vergangen, ohne Neuigkeiten, ohne neue Anfragen von ihrem Gönner.

Skyler hatte zweimal versucht, etwas über Tanias Status herauszufinden. Die Wachen am Tor von Nightcliff hatten ihn abblitzen lassen, und er vermutete, dass sie nichts wussten. Ein Kranfahrer, den Skyler in einer Shishabar nicht weit von der Festung entfernt getroffen hatte, war ganz freundlich gewesen und hatte sich nach einer kleinen Bestechung bereit erklärt, ein wenig herumzufragen. Er war am nächsten Tag nicht wie ausgemacht zurückgekehrt.

Dann hatte Prumble von Platz eine konkrete Bestellung für einen Satz Ersatzfiltereinheiten erhalten, die, so stand zu hoffen, in einem lang verlassenen Lagerhaus in Abu Dhabi herumlagen. Die Mission war eine willkommene Unterbrechung der Monotonie gewesen, und Skyler nahm an, dass Prumble sich nach Tania erkundigen konnte, wenn sie die Ware lieferten.

Sam öffnete die Tür zum Cockpit und schwebte halb herein. »Was zum Teufel geht hier vor?«

»Wir sitzen fest«, sagte Angus.

»Echt jetzt? Takai sieht aus, als würde er sich dahinten gleich in die Hose machen.«

»Nicht jetzt, Sam«, sagte Skyler.

* * *

Es dauerte eine weitere Stunde, bis die Gondel Gateway erreichte. Ein Paar Roboterarme fuhr aus dem inneren Ring aus und entlud die befestigten Frachtbehälter.

Skyler und Angus beobachteten, wie zwei Arbeiter in voller Montur für einen Weltraumspaziergang aus der Luftschleuse gleich über dem Hauptfrachthangar trieben. Sie schwebten am Dach der *Melville* vorbei außer Sicht.

Nach zwanzig Minuten Stille erwachte der Funk knisternd zum Leben. »*Melville,* hier Gateway. Der Klemmbügel hat sich in geschlossener Stellung versteift. Dauert zirka achtzehn Stunden, das zu reparieren.«

Skyler schüttelte den Kopf. »Unmöglich, Gateway. Wir sind nicht für einen längeren Aufenthalt gerüstet. Die Luft reicht nicht.«

»Wir werden eine Transferröhre ausfahren.«

»Wir haben keine Luftschleuse dafür. Wir sind nur für den Absprung im Van Allen gebaut.«

Eine lange weitere Pause am anderen Ende. »Gut, *Melville.* Wir werden die ganze Sektion der Gondel abtrennen und Sie und Ihr Flugzeug nach drinnen bringen. Wir können die Arbeit hier drin erledigen.«

»Wir sollen achtzehn Stunden hier drin verbringen?«, fragte Skyler.

Eine andere Stimme meldete sich über Funk. »Ohne ordentliche Dekontamination müssen Sie …«

»Dann dekontaminieren Sie uns«, sagte er. »Nichts, was wir nicht schon mal durchgemacht hätten.«

»Oh Gott«, sagte Angus, »nicht schon wieder.«

Eine weitere lange Zeitspanne verging ohne Antwort. Dann: »Man wird Sie und Ihre Mannschaft eskortieren, und Sie müssen in Sektion B bleiben. Waffen und Schmuggelware müssen an Bord bleiben.«

»Sektion B«, sagte Skyler. »Klingt spannend.«

* * *

Es dauerte nicht lange, bis die *Melville* zusammen mit einem großen Teil der Gondel-Aufhängung sicher in eines der großen Frachtladedocks verbracht war. Nachdem sie in dem riesengroßen Raum dreißig Minuten auf den Druckausgleich gewartet hatten, erhielt die Crew die Erlaubnis, das Flugzeug zu verlassen.

Ein Mann in gelbem Schutzanzug und Schutzmaske begrüßte sie. Er führte sie durch einen Tunnel zum Rand der Station. Die Schwerkraft kehrte unterwegs langsam wieder auf ein normales Maß zurück.

Am Eingang zur Dekontamination wies der Mann Sam zu einem getrennten medizinischen Bereich. Sie machte hinter dem Rücken eine unflätige Geste, während sie ging.

»Hier entlang, bitte«, sagte der Mann zu Skyler, Angus und Takai.

Skyler kam der Gedanke, dass der Kontrast zwischen hier und Nightcliff nicht krasser hätte sein können. Blitzblanke, weiße Wände, Luft, bei der es einem nicht den Magen umdrehte, und professionelle Angestellte.

»Bitte ziehen Sie sich aus«, sagte der Mann, »und gehen Sie dort hinein. Ich werde Ihre Kleidung desinfizieren lassen.«

Schweigend folgte Skyler den Anweisungen. Angus und Takai taten es ihm nach. Die Tür führte zu einer engen Industrie-Dusche. Takai begab sich als Letzter in den Raum, und sobald sich die Tür geschlossen hatte, ging ein Strom aus heißem Wasser aus Düsen in der Decke auf sie alle drei nieder. Die Flüssigkeit roch, als seien Chemikalien zugesetzt.

Unter dem warmen Wasser entspannte sich Skyler. Er versuchte, sich daran zu erinnern, wann er zum letzten Mal eine heiße Dusche genommen hatte, aber es fiel ihm nicht ein. »Daran könnte ich mich gewöhnen«, sagte er.

Angus brummte zustimmend.

Die Dekontamination ging sehr viel schneller als mit den mittelalterlichen Methoden in Nightcliff. Beim Abtrocknen fragte sich Skyler, ob Tania noch dort unten war und wie es ihr erging. Es hatte keine

Nachricht über ihren Verbleib gegeben, seit Skyler und die Mannschaft acht Tage zuvor entlassen worden waren.

Ihm kam ein Gedanke, ein Fragment aus einem Tagtraum. Er könnte absichtlich eine weitere Inspektion und damit einen weiteren Trip durch die Festung auf sich nehmen. Er sah vor sich, wie er einen Ausbruch auf die Beine stellte, die atemberaubende Doktorin rettete und in die Gefahren und das Wirrwarr des Labyrinths floh. Der Banditenheld und seine dunkle Prinzessin, die aus der Festung des Wahnsinnigen flohen …

»Macht euch verliebten Jungs das Duschen Spaß?«, fragte Sam, als sie aus dem medizinischen Zentrum kamen.

Der Tagtraum verflog. »Sam! Hab dich so sauber kaum erkannt.«

Sie fasste sich in den Schritt und drückte zu wie ein Rugby-Spieler. »Sie haben hier eine Bar. Wie cool ist das bitte?«

Skyler wandte sich an ihre Begleitung. Inzwischen war es ein richtiger Wächter, der eine schwarze Uniform des Sicherheitsdienstes trug und mit einer Art Elektroschocker bewaffnet war. »Ist die in Sektion B?«

»Ja«, sagte der Mann.

»Dann gehen Sie mal vor.«

Sie durchquerten den großen Empfangsraum. Skyler war immer noch fassungslos, wie sauber es hier war. Verglichen mit dem heruntergekommenen Zustand Darwins sah Gateway aus wie gestern errichtet. Skyler hatte oft sein Leben riskiert, um Ersatzteile für solche Orte aufzutreiben. Ein merkwürdiger Stolz erfasste ihn, als er es nun mit eigenen Augen sah.

Unterwegs hielt Angus die Ohren des Wächters beschäftigt. Skyler ließ sich ein paar Schritte zurückfallen, um neben Sam zu gehen. »Halt die Ohren offen«, flüsterte er. »Wir können ja auch gleich versuchen, ein paar Geschäfte einzustielen, während wir hier festsitzen.«

Sie unterdrückte ein Lachen und schüttelte den Kopf. »Mit dir als Anführer ist eine Mission nie langweilig.«

»Was, bin etwa ich schuld?«

Sie sah ihn von oben herab an. »Skyler, ich bin im Orbit. Zum ersten und vermutlich auch zum letzten Mal. Ich werde mir im Orbit einen Drink genehmigen. Mich im Orbit entspannen. Du kümmerst dich im Orbit ums Geschäft. Klingt das gut oder was?«

Sie beschleunigte ihren Schritt, um zu Angus aufzuholen.

Als sie die Bar erreichten, wurde alles entspannter. Angus und Sam machten ihren Wächter schließlich mürbe und überzeugten ihn, auch etwas zu trinken.

Skyler nahm einen Tisch auf der anderen Seite des gut gefüllten Raums, und Takai kam mit ihm.

»Ich glaube«, sagte Skyler bei einem wahrhaft herrlichen Cider, »du solltest zurück zum Flugzeug gehen. Anbieten, bei der Reparatur zu helfen, oder sagen, dass es dir hier nicht geheuer ist. Irgendwas. Ich bin nicht erfreut darüber, dass sie dort überall rumschwärmen.«

»Sehe ich auch so«, sagte Takai.

»Das Problem wird sein, uns zu benachrichtigen, falls irgendwas …«

»Skyler Luiken?«

Ein Mann mittleren Alters trat an ihren Tisch, flankiert von zwei anderen, die zu grimmig wirkten, als dass sie zum Vergnügen hier sein könnten.

»Hier«, sagte Skyler.

Der Mann beugte sich vor und senkte die Stimme. »Ich vertrete Neil Platz. Er würde sich gern mit Ihnen unterhalten.«

Skyler suchte im Gesicht des Mannes nach einem Anzeichen für falsches Spiel und fand nichts. Er schaute zum Tresen. Sam und Angus lachten mit ihrem vermeintlichen Wächter. »Hier? Wir haben eine Anstandsdame.«

»Darüber würde ich mir keine Sorgen machen«, sagte der Mann. »Platz ist in seinem Büro. Es ist nicht weit zu Fuß.«

»Meine Mannschaft?«

»Sollte hierbleiben.« Er ließ keinen Raum für Widerworte.

Skyler und Takai wechselten einen Blick. »Ist das in Ordnung für dich?«

Takai schüttelte den Kopf. Er hielt den Blick auf Skyler gerichtet.

Skyler runzelte die Stirn und wandte sich dem Mann zu. »Es ist nur so, dass wir ein Problem mit unserem Flugzeug haben, und wir müssen bereit sein …«

Der Mann beugte sich dicht zu ihm. »Die Sache mit dem Bügel?«

»Genau«, sagte Skyler.

»Der Bügel ist in Ordnung«, entgegnete der Mann tonlos. »Wir haben nur einen Vorwand gebraucht, um Sie hier hochzuholen. Verschwenden wir jetzt keine Zeit mehr, hm?«

Skyler zögerte.

»Ihrem Flugzeug passiert nichts.«

»Was will Platz?«

Der Mann musterte Skyler von oben bis unten. »Das frage ich mich auch«, sagte er. »Wollen wir?«

* * *

Die drei Männer führten Skyler aus der vollen Bar zu einer Gangkreuzung, von der er annahm, dass sie Sektion B mit den »oberen« Sektionen verband. Sie blieben zurück und trugen Skyler auf, weiter geradeaus zu gehen.

Am anderen Ende begrüßte ihn eine Frau.

Das Grau in ihrem kurzen Haar ließ Skyler sie auf um die fünfzig schätzen. Dennoch zeigte ihr enger Overall eine muskulöse, geschmeidige Statur.

»Kelly«, sagte sie und streckte die Hand aus. »Kelly Adelaide. Manche nennen mich den Geist.«

Skyler schüttelte sie. »Interessanter Titel. Welche Rolle spielen Sie in dieser Organisation?«

»Was immer Neil an heiklen Aufgaben zu erledigen hat.«

Skyler grinste. »Wie läuft das für Sie?«

Der Anflug eines Lächelns umspielte ihre Mundwinkel. »Ich bin eine vielbeschäftigte Frau. Wo ist Ihr Wächter?«

»Der trinkt was«, sagte Skyler, »mit meiner übrigen Mannschaft.«

Sie nickte und führte ihn durch eine Reihe von Gängen. Als die Stille von höflich zu unbehaglich wechselte, fragte Skyler: »Gehört Platz die Station?«

»Nicht mehr. Nur Sektion H, die er als Außenbüro betreibt. Der Rest untersteht der Jurisdiktion des Rates.«

»Führt er den Rat nicht an?«

Sie warf ihm einen Seitenblick zu. »Er versucht es.«

Skyler dachte darüber nach. »Warum hat er die Kontrolle abgegeben?«

»Fragen Sie ihn selbst«, sagte sie. »Wir sind da.«

Eine große Doppeltür öffnete sich, und er sah das berühmte Gesicht Neil Platz'.

Ein Bild, zehn Jahre alt, drängte sich in Skylers Gedanken. Plakate und Anzeigen, mit denen ganz Darwin zugekleistert gewesen war, um den Einwohnern freundlich in Erinnerung zu rufen, dass Neil hoch oben über ihren Köpfen schuftete, um etwas anzubauen und die Dinge zu produzieren, die sie zum Überleben brauchen.

Es hatte nicht lang gedauert, bis sein unverkennbares Gesicht verunglimpft wurde. Nahrungsknappheit, mangelhafte Waren und etliche andere Fehler machten ihn auf dem Boden zum Staatsfeind Nr. 1.

»Mr Luiken, was für ein Vergnügen.« Er streckte eine Hand aus.

»Mr Platz, äh ... Sir.«

»Mir ist ›Exzellenz‹ lieber.«

Skylers Handschütteln kam ins Stocken. »Ex ... «

»War ein Scherz, junger Mann. Alle nennen mich Neil.«

Sein legendäres Charisma überstieg Skylers Erwartungen. »Dann also Neil. Nennen Sie mich Skyler.«

»Niederländisch?«

»Ja. Aus Utrecht.«

Neil grinste breit. »Der Fliegende Holländer, was?«

»Der wird nie langweilig.«

Der Ältere lachte. »Trinken Sie was mit mir«, sagte er. Er drehte sich um und machte sich auf den Weg – von Skyler erwartete er, dass er ihm folgte.

»Sie haben das Sagen«, entgegnete Skyler.

Sie verließen den Empfangsbereich und begaben sich in den Hauptteil des Orbit-Bürogebäudes. Die Decke war hier sehr viel höher als in anderen Bereichen der Station. *Eine erschreckende Verschwendung wertvollen Lebensraums,* dachte Skyler. Der Raum war in goldenes Licht getaucht, was allem einen merkwürdig gelblichen Glanz verlieh. Ganz anders als die blauen LEDs, die überall sonst waren.

Platz folgte Skylers Blick nach oben. »Natürliches Sonnenlicht, das hier hereingespiegelt wird. Eines meiner liebsten Dinge. Kommen Sie«, sagte er.

Sie traten durch eine weitere Tür in eine Lounge. Zwei Stufen führten hinab in den abgesenkten Mittelteil des Raums, wo sich ein paar Couches gegenüberstanden.

Skyler spürte, wie sich sein Magen beim Anblick der gegenüberliegenden Wand – oder vielmehr ihrer Abwesenheit – verkrampfte. Dort sah man die Erde, die unter ihnen durch die Rotation der Station langsame Spiralen beschrieb.

»Wenn Ihnen bei dem Anblick schwindlig wird, kann ich die Blenden schließen«, sagte Neil.

Skyler schüttelte den Kopf. »Ich war überrascht, dass die Wächter Schusswaffen haben. Wie dick ist das Glas?«

Neil platzte fast vor Stolz. »Das ist kein normales Glas. Es ist eine Art Borosilikatglas. Hier im Orbit hergestellt, in meinen schwerelosen Fabriken. Man bräuchte eine Panzergranate, um durchzukommen.«

»Was ist mit den Wänden?«

»Mehrschichtige Kevlar- und Keramikfaser, mit unserer Markentechnik gewebt.«

»Marke?«, fragte Skyler. »Sie haben doch keine Konkurrenten.«

»Im Augenblick nicht.«

Skyler verkniff sich den Drang, mit dem Mann zu diskutieren. Ihm war nie der Gedanke gekommen, dass Platz beim gegenwärtigen Zustand der Menschheit immer noch wie ein Geschäftsmann dachte. »Erstaunlich«, brachte er hervor.

»Natürlich ein Luxus. Es ist ein ziemlicher Akt, die Temperatur zu kontrollieren.« Er wies auf spezielle Lüftungsöffnungen entlang des Deckenrandes.

Skyler hob eine Hand und spürte einen warmen Luftzug. Es roch steril wie in einer Klinik.

»Setzen Sie sich«, sagte Neil. Er ließ sich auf einem der beiden Couches nieder. Skyler nahm die andere.

»Tut mir leid, die Sache mit Ihrem Flugzeug.«

Skyler spreizte die Finger. »Sie hätten mich einfach einladen können.«

»Nicht wirklich«, sagte Neil. »Die Dinge sind ... schwierig im Augenblick.«

»Was Sie nicht sagen«, entgegnete Skyler. »Also, ehe wir weitermachen, haben Sie für Ms Sharmas Freilassung gesorgt?«

»Tania? Freilassung woraus?«

Skyler lehnte sich weit in den Plüschbezug der Couch zurück. »Also geht es ihr gut.«

Neil rutschte an den Rand seines Sitzes, in seinem Gesicht stand Verwirrung. »Ich fürchte, ich verstehe nicht ganz.«

»Man hat uns in Gewahrsam genommen«, sagte Skyler, »in Nightcliff. Nach der Mission. Wussten Sie das nicht?«

Platz schüttelte den Kopf.

»Sie sagten …« Skyler musste noch einmal ansetzen. »Blackfield, dieser Hurensohn, sagte, er würde sie zum Verhör dabehalten. Ich dachte, sie wäre noch dort.«

Platz holte tief Luft. Er stand auf und ging zum Fenster. Vor dem Hintergrund des kreisenden Planeten sagte er: »Tania hat mir nichts darüber berichtet.« Sein Tonfall wurde ernst. »Ich hoffe, sie …« Seine Stimme versagte.

Skyler blieb still, beobachtete den berühmten Mann, wie er dastand und auf den blauen Planeten hinabstarrte. Er spürte, wie eine Zentnerlast von ihm abfiel. Tania war unverletzt zurückgekehrt.

»Sie hat mir nur erzählt, die Mission sei ein Erfolg gewesen«, sagte Platz. »Rückblickend war sie außerordentlich kurz angebunden.«

»Ich dachte, Sie hätten mich vielleicht hergeholt, um einen Rettungsplan auf die Beine zu stellen«, sagte Skyler.

Platz wandte sich vom Fenster ab und ging zu einem Schrank an der Wand gegenüber von Skyler. Er öffnete ein Fach und bereitete zwei Drinks vor. »Nein«, sagte er, »zum Glück ist das nicht erforderlich.« Er kehrte zur Couch zurück und stellte die Gläser auf einen niedrigen Holztisch zwischen ihnen. »Ich schulde Ihnen großen Dank, dass Sie sie sicher zurückgebracht haben. Sie ist der Schlüssel für … na ja, sie ist bedeutungsvoll für mein Vorhaben.«

Skyler nippte an seinem Getränk und ließ sich von der Flüssigkeit den Mund wärmen. Er nahm sich Zeit beim Schlucken. »Ich schätze, diese neue Mission, einen schicken Wasserfilter zu suchen, ist ein Täuschungsmanöver?«

Neil legte die Fingerspitzen auf den Tisch. »Es hat sich etwas Dringenderes ergeben. Ich musste es mit Ihnen persönlich besprechen.«

»Ich arbeite über Prumble.«

»Dafür ist keine Zeit.«

Skyler beschloss, dass jetzt nicht die Zeit war, moralisch Stellung zu beziehen. Er würde Prumble beteiligen, was immer Platz sagte. »Fahren Sie fort.«

Neil wurde ernst. »Sind Ihnen die sporadischen Stromausfälle des Kabels bekannt?«

Skyler nickte. »Einen gab es auf unserem Weg nach oben. Nur gut, dass die Gondeln so konstruiert sind, dass sie befestigt bleiben, wenn der Strom ausfällt; sonst wäre es eine kurze Reise zurück nach unten gewesen.«

»In der Tat«, entgegnete Neil. Er stand seufzend auf und ging wieder hinüber zum Fenster. Einen Moment lang sagte er nichts, als wäre er gebannt vom Anblick der Erde. »Sie haben vielleicht auch von den Gerüchten gehört, dass SUBS sich innerhalb der Aura ausbreitet.«

In Skylers Magen klaffte ein Loch auf. Er erinnerte sich an das Mädchen, das vor dem Flughafen tot auf dem Boden gelegen und dessen Vater behauptet hatte, es sei eine Neuinfektion gewesen. »Ich hatte gehofft, das seien wirklich nur Gerüchte.«

Neil drehte sich halb um und dachte über seine Antwort nach, ehe er sich wieder dem Ausblick zuwandte. Was immer der Mann wollte, Skyler erkannte, dass er ihm nicht in die Augen schauen konnte.

»Uns ist etwas aufgefallen«, erzählte Skyler. »Auf Hawaii. Die Subs haben sich anders benommen. Sich zu einem großen Clan zusammengetan, zusammengearbeitet. Andere Mannschaften haben Ähnliches berichtet. Newsubs nennen die Bergungsmannschaften sie.«

»Das ist … interessant«, sagte Neil. »Vielleicht gibt es eine Verbindung. Unterm Strich heißt das, mit der Aura stimmt etwas nicht.«

Das Loch in Skylers Bauch vergrößerte sich. Sein Mund wurde trocken.

Neil fuhr fort. »Wir hatten einen Subhumanen, der auf einer der Farm-Plattformen sein Unwesen trieb.«

»Im Orbit?«, fragte Skyler. »Das ist ausgeschlossen.«

»Das dachten wir alle. Die Aura hat … Fehlfunktionen, wie es scheint. Oder jemand manipuliert sie.«

Skyler starrte den Rücken des legendären Mannes an. Die blauweiße Murmel der Erde tief unten drehte sich sanft. Sie sah immer so friedlich aus, ganz gleich, was ihr fehlte.

»Sie werden es in Ordnung bringen, Skyler.«

Skyler hustete. »Was zum Teufel kann ich da tun?«

»Mehr, als Sie denken«, sagte Neil. Er kehrte endlich auf seinen Platz zurück, dann nahm er eine Erdnuss aus einer Schale auf dem Tisch und steckte sie in den Mund. »Anders als im Allgemeinwissen verankert generiert der Lift selbst nicht die Aura. Er ist eher eine Antenne.«

Skyler bewegte sich nicht mehr. Er spürte, dass nur sehr wenige Leute wussten, was man ihm gerade mitteilte.

»Die Aura ist eigentlich das Produkt einer … Maschine tief unter der Oberfläche, unter dem Ende des eigentlichen Kabels.«

»Ich hatte keine Ahnung …«

»Es ist ein gut gehütetes Geheimnis«, winkte Neil ab. »Wir haben dort unten Erkundungen durchgeführt, als der Lift damals eintraf. Wir hoben einen Schacht aus, um leichteren Zugang zu bekommen. Wir haben eine Weile herumgestochert, bis wir zu dem Schluss kamen, dass das Objekt ein weiterer Anker war, wie das Schalenschiff. Ballast.«

»Wodurch sind Sie auf eine andere Theorie gekommen?«

»SUBS brach aus«, sagte Neil. »Wir brauchten nicht lange, um zu erkennen, dass der Lift einen sicheren Hafen bot. Wir haben noch mal ein Team zum unteren Ende geschickt, um herauszufinden, ob die Aura sich bis ganz hinab erstreckt, und es stellte fest, dass das Objekt nicht mehr inaktiv war. Es generierte jede Menge Hitze.«

»Angeschaltet«, sagte Skyler vor sich hin. »Vielleicht schaltet es sich jetzt ab.«

»Genau.«

Skyler fuhr sich mit der Hand durchs Haar, verschaffte sich Zeit zum Nachdenken. »Warum untersuchen Sie es nicht mehr? Schicken noch mal ein Team hin.«

»Da kommen Sie ins Spiel.«

»Ich?«

Neil streckte eine Hand aus, die Skyler zur Geduld mahnte. »Vor fünf Jahren fiel die Entscheidung, den Bereich zu versiegeln. Als unsere Kontrolle über Nightcliff und damit unser Zugang zu diesem Ort auf die Behörden auf dem Boden überging, wurde mir klar, dass es besser war, wenn niemand dort hinabgeht und daran herumpfuscht.«

»Sie könnten es kaputt machen«, nickte Skyler. »Eine Fehlfunktion auslösen.«

Neils Brauen hoben sich langsam. Er sah Skyler an, als hätte er ihn noch nie zuvor gesehen. Als ob der Kommentar irgendeine Offenbarung enthalten hätte. Der Ausdruck wich wieder von seinem Gesicht. »Was uns zu unserer aktuellen Situation bringt.«

»Beantwortet aber nicht meine Frage. Weshalb wir?«

»Wenn das alles von irgendwelchen Querulanten ausgeht, die versuchen, das Ding kaputt zu machen, brauche ich da unten keine Wissenschaftler, sondern Leute, die sie aufhalten können.«

»Ich sehe, worauf das hinausläuft«, sagte Skyler.

Neil schüttelte den Kopf. »Das ist noch nicht alles. Es könnte wirklich eine Fehlfunktion sein. Der Auragenerator selbst ist kein Teil der Aura, womit es für die meisten von uns kompliziert wird, ihn aufzusuchen. Ihre Mannschaft dagegen ...«

»Was erwarten Sie genau von uns?«

»Zunächst gehen Sie da runter und sehen sich um. Wir brauchen Informationen. Suchen Sie nach ... allem. Anzeichen für Verschleiß oder Ausfall. Böswilliges Verhalten.«

»Wir sind keine Wissenschaftler«, sagte Skyler.

»Sie sind immun und können mit einer Waffe umgehen. Sie können unauffällig hineingehen und eine Weile dortbleiben. Sie können sich um Saboteure kümmern, sollte das nötig sein. Sie können sich umschauen, falls nicht. Jedes Team, das ich reinschicke, wird Blackfield in Gewahrsam nehmen.«

Skyler sah aus dem Fenster auf den Planeten hinunter. »Hängt das alles mit den Daten-Würfeln zusammen, die wir zurückgeholt haben?«

»Nein«, sagte Neil.

Skyler rechnete sich aus, dass er nicht viel zu verlieren hatte, wenn er dem Mann auf den Zahn fühlte. Im schlimmsten Fall würde man ihn hinauswerfen und zur Erde zurückschicken, wo er zu seiner üblichen Routine zurückkehren konnte. Normalbetrieb. Er entschied sich, ihn zu drängen. »Sie lügen.«

Neil Platz starrte Skyler lange an.

Ich lüge auch, dachte Skyler. In den »Normalbetrieb« konnte er nie wieder übergehen.

Der Mann lehnte sich in die Polster seiner Couch zurück und schlug ein Bein über das andere. Er legte die Arme ausgebreitet auf die Rückenlehne. »Die Wahrheit ist: Wir sind noch nicht sicher.«

»Was ist auf diesen Daten-Würfeln?«

Platz sah auf den Bezug der Couch hinab, strich mit der Hand darüber. »Ich habe nicht die Freiheit, das zu …«

»Wenn Sie meine Hilfe wollen, muss ich wissen, was zum Teufel vorgeht. Ich habe bei dieser Sache schon jemanden aus meiner Mannschaft verloren, und was immer Sie mir jetzt als Bezahlung anbieten wollen, wird das nicht decken.«

Neil schloss langsam die Augen, dann öffnete er sie wieder. »Es tut mir leid. Das wusste ich nicht.«

»Er kannte die Risiken, aber ein Opfer war es trotzdem.«

Platz erhob sich wieder und ging zum Fenster, diesmal mit schweren, langsamen Schritten. »Was würden Sie dazu sagen, hier oben zu leben?«

Die Worte hingen in der Luft. Die meisten Leute in Darwin träumten davon, aus dem Elend in ein Leben im Orbit erhoben zu werden, doch die wenigsten konnten es verwirklichen. Die erste Schwierigkeit war schlicht der Wohnraum; es gab keinen Platz, wenn nicht jemand rausflog oder starb. Selbst dann standen die Kinder schon existierender Orbitaler an erster Stelle.

Der zweite Grund hatte mit der Qualität der Person zu tun. Die meisten Einwohner Darwins konnten so viel von einem Aufstieg träumen, wie sie wollten, aber das würde nichts an der Tatsache ändern, dass sie nichts zu bieten hatten. Keine akzeptable Ausbildung, keine Fertigkeiten, die sie weiterbringen würden. Bei so wenig Platz war das Letzte, was man im Orbit brauchte, totes Gewicht.

»Ich bin kaum vom richtigen Schlag«, sagte Skyler.

Platz spreizte die Finger weit. »Im Gegenteil. Ich brauche Leute wie Sie. Führer. Kämpfer.«

»Ich bin kein großer Führer. Aber wozu Kämpfer?«

Neil fuhr sich mit einer Hand über den Mund, als wolle er die Worte zurücknehmen. »Was Kämpfer eben tun.«

Skyler schüttelte den Kopf. »Ist das nicht der Job Alex Warthens?«

»Loyale Kämpfer, Mr Luiken.«

Skyler wandte sich zu dem riesengroßen Fenster aus exotischen Materialien um. »Werden Sie wirklich einen Krieg beginnen? Hier oben?«

»Krieg ...« Neil machte eine Pause. »Ich muss meine Interessen schützen. Aktuelle und zukünftige.«

»Was ist mit meiner Mannschaft?«

»Natürlich könnte sie auch kommen.« Er trank aus. »Aber zuerst ...«

»Zuerst die Aura.«

»Die Aura, ja. Bis Sie sich mit einem Bericht melden, wird Tania die Analyse der Daten aus Japan und Hawaii fertig haben. Ich verspreche, sobald ich mehr Informationen habe, werde ich alles erklären.«

Skyler hob sein Glas und trank noch einmal. Der Alkohol wärmte angenehm von innen und schmeckte im Abgang würzig. »Angenommen, ich kann meine Mannschaft zum Mitmachen bewegen, wie gelangen wir in diesen Schacht unterhalb von Nightcliff?«

»Der Primäreingang ist im Keller der Gondelstation, aber der ist permanent versiegelt.«

»Primäreingang ...«

»Was nahelegt, dass es einen sekundären gibt, ja.«

Skyler unterdrückte ein Lachen. Nicht immer.

Der alte Mann drehte sich um und lehnte sich an die Scheibe. »Kennen Sie meinen alten Familiensitz innerhalb der Mauern von Nightcliff? Gut. Er verkümmert jetzt als Langzeitlager, habe ich gehört. Es gibt einen Zugangstunnel im Keller, der in das Silo führt. Er ist gut verborgen, aber ich werde Ihnen Zutritt verschaffen. Gehen Sie rein, schnüffeln Sie rum und erstatten Sie mir Bericht. Ihr Freund Prumble hat einen Kommunikator mit einer Verbindung zu mir.«

»Wie gelange ich nach Nightcliff hinein?«

»Sie sind hier der Ideenreiche. Denken Sie sich etwas aus.«

Ein lautes Klopfen kam von der Tür, und Kelly trat ein.

»Ich habe gebeten, nicht gestört zu werden«, sagte Neil.

Kellys Gesicht war gerötet. »Irgendwas stimmt nicht in der Bar.«

Skyler stand auf.

»Warthens Männer haben den Laden gestürmt«, erklärte Kelly zwischen zwei Atemzügen. »Es gab einen Kampf, es fielen Schüsse.« Die Wörter purzelten aus ihr heraus.

»Meine Mannschaft«, sagte Skyler. Er ging zum Ausgang.

»Warten Sie!«, rief Neil. »Verdammt. Kelly, gehen Sie mit ihm.«

»Was soll ich tun?«, fragte sie.

»Ihn nicht in ihre Hände fallen lassen. Wir sind nicht fertig mit ...«

Skyler rannte hinaus, und Neils Stimme verklang.

KAPITEL 20

Gateway-Station

4.2.2283

Sirenen heulten, als Skyler auf den Lärm im ZEHN HINTEN zulief.

Er hatte keinen Plan, keine Waffe.

Rotierende rote Scheinwerfer an beinahe jeder Ecke ergänzten das übliche blassblaue Licht der Station.

Schnaufend und mit vor Anstrengung hämmerndem Herzen kam er im Hauptkorridor an, der den gesamten Ring von Sektion B umgab, und hielt inne, um sich zu sammeln.

Dahinter, kurz vor dem Punkt, an dem der Gang sich um die Rundung krümmte, befand sich die Bar.

Er sah einen ganzen Trupp Sicherheitskräfte, die sich davor verteilt hatten, hinter jede Deckung gekauert, die sich finden ließ. Mindestens ein Körper lag in der Raummitte auf dem Boden. Skyler sah nur die Beine, aber die Kleidung war unverkennbar: der Fliegeranzug, den er und seine Mannschaft trugen.

Eine der Sicherheitskräfte warf einen prüfenden Blick in Skylers Richtung.

»Der andere! Hinter uns!«

Der verängstigte Wächter hob seine Waffe, eine Pistole, wie Skyler sie noch nie gesehen hatte.

Jemand packte Skyler von hinten und zog ihn durch einen Eingang links von ihm.

Dort befand sich ein kleiner Gang, der von Hunderten Röhren und Mehrzweckpanels gesäumt war. Kelly drückte ihn an die Wand.

»Lassen Sie mich los«, sagte Skyler. »Meine Mannschaft ist dort!«

»Man hat Ihre Mannschaft festgenommen«, gab sie zurück, »oder Schlimmeres.« Ihre Finger flogen über ein Tastenfeld an der Wand. Die Tür schloss sich.

Draußen hörte Skyler das gedämpfte Trampeln von Stiefeln auf dem harten Boden.

»Versiegeln Sie diese Ebene«, rief jemand auf der anderen Seite der Tür, worauf eine Symphonie von Schritten folgte.

»Verdammt«, sagte Kelly. »Wir müssen zurück zu Sektion H. Platz hat ein Shuttle …«

»Ich gehe nirgendwo hin. Loslassen!«

Ihr Blick huschte hin und her, während sie Optionen abwog. »Was ist mit Ihrem Flugzeug? Können Sie es fliegen?«

»Scheiß auf das gottverdammte Flugzeug. Ich muss ihnen helfen …«

Kelly fasste ihn am Kinn. Ihre Hand war rauh und stark wie ein Schraubstock. »Vergessen Sie die Mannschaft! Sie haben einen von Warthens Leuten getötet. Da können Sie nichts tun …«

Sie zuckten beide zusammen, als von der anderen Seite etwas gegen die Tür krachte. Die Wachen, die versuchten, sie einzutreten.

Kelly verlagerte ihren Griff auf seinen Unterarm. »Ihre Entscheidung. Bleiben Sie hier, und Sie sind am Ende tot oder im Gefängnis, genau wie Ihre Mannschaft. Dann wird man Ihr Flugzeug pfänden. Oder fliehen Sie mit Ihrem Flugzeug und stellen Sie sich neu auf. Vertagen Sie den Kampf. Das ist erst der Anfang, Skyler.«

Ein weiteres Krachen, noch lauter. Skyler hörte überbeanspruchtes Metall und wusste, dass die Tür nicht standhalten würde.

Die Folgerichtigkeit ihres Plans wurde mit jeder Sekunde bestechender.

»Gut. Gehen wir«, sagte er.

Sie verschwendete keine Zeit, sprintete durch den Wartungstunnel, der sich in einer bizarren Reihe von Biegungen und Kehren durch die Station wand. Skyler rang die Verzweiflung in seinem Hinterkopf nieder und tat alles, was er konnte, um mitzuhalten.

An einer Kreuzung hielt sie inne und prüfte alle Richtungen. Irgendwo hinter ihnen hörten sie Rufe und Stiefel auf dem harten Boden.

Kelly nahm ein kleines, schmales Gerät vom Gürtel. Oben hatte es einen Knopf, und zwei Metallzinken ragten daraus hervor. »Nehmen Sie das«, sagte sie und gab es Skyler. »Kann man nur einmal verwenden, fürchte ich.«

Er beschwerte sich nicht und nahm die Waffe. »Was ist mit Ihnen?«

Sie beachtete ihn nicht und rannte wieder los. In ihrem üblichen mörderischen Tempo bogen sie rechts ab.

Skyler lief beinahe in sie hinein, als sie mitten im Gang stehen blieb. Sie öffnete einen hellgelben Kasten, der an der Wand hing, und eine Reihe von Notfallwerkzeugen kam zum Vorschein. Sie nahm zwei Rohrzangen und ein Teppichmesserchen heraus.

Eine Rohrzange gab sie Skyler. Sie war fast halb so lang wie sein Arm und angemessen schwer.

»In der Not frisst der Teufel Fliegen«, sagte sie.

»Sehe ich auch so.« Er ließ die kleine Betäubungspistole in den Gürtel gleiten.

Kelly schob die Klinge des Teppichmessers heraus und attackierte damit ein Kabelbündel, das an der Wand verlief.

»Woher wissen Sie das alles?«, fragte Skyler.

Sie arbeitete weiter an den Kabeln. »Ich habe mich hier herumgedrückt. Vier Jahre lang, immer wieder, als alles noch etwas weniger gut organisiert war. Habe für Neil die Augen offengehalten.«

Skyler brummte zustimmend. »Er führt eine ziemlich facettenreiche Operation.«

»Halten Sie sich an meinem Gürtel fest«, sagte sie, als das Bündel nachgab.

»Was?«

»An meinem Gürtel. Schnell!«

Skyler fasste in dem Augenblick nach dem Ledergürtel, als das Kabel durch war.

Der Tunnel versank in völliger Finsternis.

»Nicht loslassen«, sagte sie und war schon wieder in Bewegung.

Sie verlangsamte ihren Schritt, wofür Skyler sehr dankbar war.

»Wissen Sie, warum Neil uns hier heraufgebracht hat?«, fragte Skyler.

»Grob. Er hat ein großes Risiko auf sich genommen, das steht fest.«

Skyler stieß sich den Kopf an einem niedrigen Rohr an der Decke. Er zuckte vor Schmerz zusammen und duckte sich tiefer. In der absoluten Dunkelheit konnte er überhaupt nichts erkennen.

»Neil hat sein Imperium zwar geerbt«, sagte sie, während sie durch die Finsternis liefen, »aber er kann Leute durchaus einschätzen. Normalerweise im Handumdrehen und immer richtig.«

Skyler dachte an das Treffen zurück. Platz mochte mit Details hinterm Berg gehalten haben, aber er hatte viel gesagt. Es war Skyler nicht in den Sinn gekommen, was für ein Vertrauen dazu erforderlich gewesen sein musste.

»Still jetzt, wir sind da«, sagte Kelly.

Eine dünne, senkrechte Linie aus Licht tauchte vor ihnen auf, und sie wurde breiter, als Kelly die Tür öffnete. Dahinter befand sich ein weiterer Bereich der Station, anscheinend verlassen. Sie führte ihn über den breiten Gang und in eine Nische.

Als Kelly sich daranmachte, eine Leiter hinaufzuklettern, die direkt an die Wand genietet war, erkannte Skyler, dass dort die Decke fehlte.

»Wir können nicht den Aufzug nehmen. Er wird einen Alarm auslösen«, sagte sie.

Skyler schob die große Zange in seinen Gürtel und folgte ihr zur inneren Nabe. Als die Gravitation während des Aufstiegs zunehmend nachließ, fühlte er sich immer unbehaglicher.

Oben bewegten sie sich, als wären sie auf dem Mond. Kelly öffnete die Tür vor ihnen und warf einen Blick hindurch.

»Es ist sauber«, sagte sie. »Schnell jetzt.«

In der geringen Gravitation bewegte sie sich sehr viel schneller, mit einer Anmut und einem Selbstvertrauen, das aus jahrelanger Erfahrung resultierte. Skyler musste sich anstrengen, um mitzuhalten. Der innere Ring bestand aus einem breiten Gang, der steil nach oben und außer Sicht verlief.

Kelly hielt an einer weiteren Tür inne, die Skyler bekannt vorkam: Es war die, durch die sie gekommen waren, als man sie von der *Melville* geholt hatte.

»Bereit?«

Skyler nickte.

»Bleiben Sie hinter mir und verhalten Sie sich unauffällig.« Sie nahm ihre Rohrzange heraus und drehte sie in der Hand, um sich mit dem Gewicht vertraut zu machen.

Skyler tat es ihr nach. »Ich versuche es.«

Sie öffnete die Tür und trat bemerkenswert selbstsicher ein.

Skyler, der hinter ihr trieb, konzentrierte sich darauf, seine Bewegungen ruhig und locker zu halten. Über die Schulter sah er sein Flugzeug. Es wartete genau da, wo sie es zurückgelassen hatten. Er spürte, wie sich sein Puls beschleunigte, als er eine Gruppe Wächter sah, die sich darum drängten.

Die Aufmerksamkeit der Wachen richtete sich auf zwei Ingenieure in Handschellen.

Kelly verschwendete keine Zeit. Sie stieß sich nach vorne ab und krachte in die Wache an ihrem Ende des Raumes, die sie damit ins Taumeln brachte. Ehe die anderen etwas tun konnten, schwang sie die Rohrzange. Sie traf den nächsten Wächter mit einem abscheulichen Knirschen mitten im Gesicht. Durch die verminderte Gravitation spritzte das Blut in alle Richtungen.

Skyler versuchte, Kelly zu imitieren, wie sie sich nach vorn gestoßen hatte, aber er schob zu stark mit den Beinen und hatte den falschen Winkel. Heraus kam ein hoher, bogenförmiger Sprung. Als er über die Köpfe der Wächter segelte, schlang er einem die Beine um den Hals und drückte die Füße zusammen, um Halt zu finden. Der verblüffte Mann ruderte mit den Armen und versuchte verzweifelt, Skylers Umklammerung loszuwerden.

Skyler schwang die Rohrzange mit aller Kraft nach unten. Das dicke Metallende traf den armen Mann oben auf der Stirn. Skyler hörte Knochen knacken, und der Mann unter ihm erschlaffte, ging durch die Wucht des Schlages zu Boden.

Eine verhängnisvolle Entwicklung, denn Skyler befand sich auf dem Kopf des Mannes. Der Schwung des toten Wächters hämmerte auch ihn in den Boden. Er lockerte die Füße um den inzwischen schlaffen Hals und hatte nur einen Atemzug Zeit, um die Hände vors Gesicht zu bekommen. Mit einem schmerzhaften Krachen kam er auf. Der Aufprall ließ seine Rohrzange außer Reichweite trudeln.

Skyler rollte sich herum, als eine weitere Wache ihn ansprang. Der Wächter hatte eine kleine Waffe in der Hand, wohl eine Betäubungspistole. Skyler schaffte es, sie mit dem Handrücken wegzuschlagen. Der Wächter nahm den Verlust kaum zur Kenntnis und schlug zu. Während er einen Arm zur Verteidigung hob, machte sich Skyler mit der anderen Hand auf die verzweifelte Suche nach der kleinen Betäubungswaffe, die Kelly ihm gegeben hatte.

Schmerz explodierte in Skylers Kopf, als der Wächter einen heftigen Schlag durchbrachte, ihn direkt über dem rechten Auge traf. Alles verschwamm, dann sah er doppelt.

In der Nähe hörte er Kelly mit den anderen Wächtern kämpfen. Die Arbeiter in Handschellen schrien beide, brüllten sogar. Auf der anderen Seite des Raums hörte Skyler noch jemanden um Hilfe schreien.

Endlich glitt seine Hand über das kleine Gerät. Er packte es, zog es aus dem Gürtel und stieß dem Wächter die Zinken in den Magen. Ein schnelles Klickgeräusch kam von der Waffe.

Der ganze Körper des Wächters hob sich, ein unfreiwilliger Sprung, in der Mikroschwerkraft fast einen Meter hoch. Der Mund und die Augen des Mannes öffneten sich weit, weiter, als Skyler es für möglich gehalten hätte. Seine Arme und Beine zuckten unkontrolliert.

Es dauerte nur ein paar Augenblicke. Als der Stromfluss abbrach, trieb der Mann wieder nach unten und brach über Skyler zusammen, wobei er ein schreckliches, tiefes Stöhnen ausstieß.

Skyler trat so hart um sich, wie er konnte, wodurch der schlaffe Wächter in Spiralen durch den Raum trieb. Skyler rollte sich auf den Bauch und schob sich rechtzeitig hoch, um zu sehen, wie Kelly einem weiteren Wächter einen tödlichen Schlag versetzte. Ihre Rohrzange, Hände und Unterarme waren blutbespritzt.

»Fahren Sie die Turbinen hoch! Ich lasse mir etwas für die Luftschleuse einfallen!«

Ihr Tonfall ließ keinen Raum für Widerworte. Skyler hopste auf die offene Tür der *Melville* zu. Er bewegte sich endlich etwas geschickter, aber sein Kopf pulsierte bei jedem Schritt.

An der Cockpit-Tür hatte sich niemand zu schaffen gemacht, und dafür war er dankbar. Er stieg über den Sitzplatz des Navigators und landete unbeholfen im Pilotensessel.

Nach den nötigsten Vorflugkontrollen warf Skyler die Turbinen an. Rechts sah er, wie Kelly in einen Kontrollraum eindrang und die

Tür hinter sich versiegelte. Er beobachtete, wie sie durch ein Fenster das Schaltpult untersuchte.

Dann duckte sie sich. Eine Reihe kleiner Krater beulte das Spezialglas aus, jeder von einem spinnennetzartigen Gitter aus Rissen umgeben. Offenkundig war die Kavallerie eingetroffen. Sie waren hinter ihm, außerhalb seines Sichtfelds. Wahrscheinlich schwärmten sie zum Flugzeug oder zum Kontrollraum aus. Oder beides.

Er entschied sich spontan für einen Frühstart der Turbinen. Eigentlich war noch kein Niveau erreicht, mit dem man in der Erdschwerkraft hätte abheben können, aber hier ruckte das Flugzeug von seinen Landekufen hoch und begann zu schweben.

Skyler hoffte, der plötzliche Orkan aus den Turbinen werde die umstehenden Wachen von den Beinen reißen. Er konnte sie nicht sehen, aber das Geräusch der Kugeln, die vom Rumpf der *Melville* abprallten, sagte ihm, dass er ihre Aufmerksamkeit hatte.

Er warf einen Blick auf Kelly. Sie schien unzufrieden, musterte angestrengt die Anordnung der Bedienelemente in dem kleinen Raum.

Indem er den Steuerknüppel zurückzog, bewegte Skyler die *Melville* schnell nach links, dann wieder nach rechts. Er drehte einen Vollkreis auf der Stelle, um sich einen Überblick zu verschaffen. Die meisten Wächter hatten hinter einem Wagen mit Ausrüstung Deckung gesucht. Ein paar lagen auf dem Boden und klopften auf rauchende Kleidung. Skyler grinste zufrieden.

Rote Warnlichter an den Wänden blinkten und rotierten. Ein lautes Hornsignal erklang, sogar durch das Cockpitfenster hörbar.

Die Wächter stürzten zur Tür.

Blendendes Licht von oben durchflutete den höhlenartigen Raum. Die Decke, die als Tor der Luftschleuse diente, zog sich auf eine Seite zurück. Der Druckunterschied zwischen dem Raum und dem Vakuum des Weltalls sorgte dafür, dass alles, was nicht festgenietet war, nach draußen gefegt wurde – vorwiegendes Treibgut waren die schlaffen Körper.

Skyler spürte, wie auch die *Melville* aufwärtstrieb. Er warf Kelly einen letzten Blick zu. Sie stand am Fenster, wies mit dringlicher Geste über das Flugzeug.

»Ich gehe schon«, sagte Skyler und artikulierte die Worte deutlich, damit sie sie von seinen Lippen ablesen konnte. »Danke.«

Er schlug mit der Faust auf den Regler seiner Maschinen ein: einmal, zweimal und dann noch einmal. Jeder Impuls erhöhte die Geschwindigkeit des Flugzeugs, und Sekunden später hatte es die Station verlassen.

Die *Melville* war nicht für einen längeren Einsatz im Orbit geschaffen. Er konnte mit den kleinen Manöverraketen kaum Schub generieren. Sie enthielten nur ausreichend chemischen Treibstoff für ein paar Korrekturen der Flugbahn, und der Füllstand war bereits bei fünfzig Prozent.

Als er durch die unendliche Weite des Alls trieb, wurde ihm die Größenordnung dessen, was gerade passiert war, bewusst.

Seine Mannschaft war gefangen oder Schlimmeres. Er hatte auf seiner irren Flucht ein paar Wächter getötet.

Der groteske, törichte Plan, an dem er sich beteiligen sollte, wenn es nach Platz ging. Die Aura retten, dann wartete ein Leben im Orbit. Nicht gerade die verlockendste Belohnung für einen Immunen, aber die Bezahlung spielte keine Rolle. Wenn die Aura ausfiel, war das das Ende von allem.

Trotz eines brennenden Verlangens, zu wenden und einen Rettungsversuch für seine Mannschaft zu unternehmen, wusste er, dass die Aufgabe, die Platz ihm übergeben hatte, Vorrang besaß.

Es gab nichts zu entscheiden, erkannte er. Er musste nach Darwin zurück. Sich irgendwie neu organisieren.

Skyler wartete, bis er ein gutes Stück von Gateway und dem Liftkabel entfernt war. Dann zündete er die Düsen und leitete den Sinkflug zur Erde ein.

KAPITEL 21

Irgendwo über Australien

4.2.2283

In dem Augenblick, in dem er in die Atmosphäre eintrat, erkannte Skyler, dass er sterben würde.

Etwas hinderte die *Melville* daran, den richtigen Winkel beizubehalten, um die Hitze des Wiedereintritts abzulenken.

Er erinnerte sich an die Dringlichkeit in Kellys Gesicht, als sie hektisch über das Flugzeug gedeutet hatte. Sie hatte ihm nicht bedeutet, er solle schnell abhauen: Sie hatte gemeint, dass der Klemmbügel der Gondel immer noch oben auf dem Flugzeug festsaß.

Das gottverdammte Ding hatte das aerodynamische Profil eines Elefanten mitsamt Stoßzähnen. Die beiden großen Arme auf beiden Seiten des Schließmechanismus mussten über das Profil der *Melville* hinausragen, was zu Reibung mit der Luft führte.

Das Flugzeug erbebte, während der Rechner Tausende kleine Korrekturen vornahm, um zu verhindern, dass es nach hinten wegkippte. Wenn es dazu kam, würde es sofort durchbrechen.

Skyler schloss die Augen, und was er dachte, kam einem Gebet näher als je zuvor.

Eine Erinnerung machte sich breit. An etwas, das Neil gesagt hatte.

Der festsitzende Bügel war ein Täuschungsmanöver gewesen.

Die einfachste mögliche Lösung war alles, was Skyler brauchte. Er griff nach oben und betätigte den Ausklink-Schalter, der sie zuvor im Stich gelassen hatte.

Die Wirkung trat sofort ein.

»Ja! Occams Rasiermesser!«, rief Skyler, als der Schließmechanismus aufging.

Er hörte, wie sich die Metallstruktur löste. Einen Augenblick später vernahm er, wie sie sich durch das Heckleitwerk des Flugzeugs schnitt.

»Occam, du Arsch …«

Überall im Cockpit gingen Warnleuchten an. Skyler packte den Steuerknüppel mit beiden Händen und setzte seine ganze Kraft daran, ihn in der Mittelposition zu halten.

Die Bordcomputer spürten den Kontrollverlust des Heckleitwerks und verlegten sich darauf, die Manöverraketen zu nutzen, um die Maschine stabil zu halten. Aber der schnelle Abflug von Gateway hatte sie fast aufgebraucht, und auf einer Höhe von zwanzig Kilometern waren die Raketen leer, und das Flugzeug kreiselte und trudelte. Es war unmöglich, die Kontrolle zurückzugewinnen.

Die *Melville* hatte keine Schleudersitze.

Schmerzlich an eine Seite des Sitzes gepresst, entschied Skyler, den Autopiloten abzuschalten und das Flugzeug ins Gleichgewicht zu bringen. Den Kurs in Richtung Darwin beizubehalten war weniger wichtig als das Überleben des Flugs nach unten.

Während er mit erschreckender Geschwindigkeit fiel und unkontrollierbar trudelte, verlegte Skyler seinen Fokus auf den Absprung.

Er kämpfte sich mit Zähnen und Klauen über den Pilotensessel, dann den Sitzplatz des Navigators und durch die Tür in den Frachtraum. Das Flugzeug ruckelte in den Turbulenzen. Er brauchte alle Kraft, die er noch hatte, um nicht an die Decke zu knallen.

Das rauschende Brüllen des Windes draußen wurde immer lauter. Skyler nahm an, dass ihm etwa dreißig Sekunden blieben, um den Fallschirm anzulegen und das dem Untergang geweihte Flugzeug zu verlassen. Er zog sich an der Wand hoch und öffnete den Schrank, in dem sie die Fallschirme aufbewahrten. Rasch warf er den Packen über, zog nur die Hauptschließe fest. Um den Rest würde er sich draußen kümmern müssen.

Aus einer Laune heraus öffnete er den Spind nebenan, wo die Waffen lagerten. Trauer übermannte ihn, als er Jakes Scharfschützengewehr und daneben Sams Gewehr sah.

Er schüttelte den Kopf, um ihn wieder klar zu kriegen, und riss sein Maschinengewehr heraus, dazu zwei Magazine Munition.

Während er sich zur Rückseite des Frachtraums durchkämpfte, nahm er die Sicherheitsleine in die freie Hand, wickelte sie sich zweimal um den Unterarm und drückte auf den roten Knopf.

Das ohrenbetäubende Brüllen des Windes nahm ihn in Empfang. Der Sog riss ihm die Beine weg, und Skyler schaffte es gerade eben, sich festzuhalten. Wenn er losließ, ehe die Tür sich ganz geöffnet hatte, würde er auf dem Weg nach draußen dagegen stoßen.

Er schloss die Augen vor Schmerz, als sich die Leine um seinen Arm festzog und den Blutfluss abdrückte.

Undeutlich hörte Skyler durch den rauschenden Wind, wie sich der Hydraulikmotor der hinteren Frachttür abschaltete.

Die Tür war offen.

Er ließ los.

Wind hämmerte von allen Seiten auf ihn ein, sobald er das Flugzeug verließ. So schnell seine Finger es erlaubten, zog Skyler seinen Fallschirm weiter fest und sicherte die Waffe. Er zog die Reißleine.

Der Fallschirm öffnete sich, peitschte ihn herum und richtete ihn auf, die Riemen zogen sich mit brutaler Kraft fest. Dann herrschte Frieden. Wie auf einem Kissen aus warmer Luft schwebte er nach unten.

Durch die nötige Eile hatte er die Höhe falsch eingeschätzt. Die Größe der Gebäude unten ließ ihn vermuten, dass er gut tausend Meter hoch war. Er konnte nur zusehen, wie die *Melville*, sein Lebensunterhalt der letzten fünf Jahre, zu einer kleinen Stadt hinabkreiselte.

Das Flugzeug krachte seitlich in ein Bauwerk nahe der Stadtmitte. Steine und Feuer schossen durch die riesige Detonation nach oben.

Jetzt war er wahrhaft gescheitert. Die Mannschaft und das Flugzeug verloren – der schlimmste Alptraum eines Captains. Er hatte nicht mal den Mumm gehabt, mit seinem Schiff unterzugehen.

Der Schmerz drohte ihn zu verschlingen, aber irgendwie überwog der Überlebensinstinkt. Es gab ein Zeitfenster, in dem die Gelegenheit günstig war, seinen Flug zu lenken. Obdach, Wasser und Nahrung würden die einzigen wichtigen Dinge in seinem Leben werden. Das waren sie im Grunde immer, nahm er an, aber nie so konkret.

Indem er die Höhe zu seinem Vorteil nutzte, drehte er sich in einem langsamen Kreis, um den Horizont zu mustern. Die Erinnerung daran, wie er dasselbe für Tania gemacht hatte, überfiel ihn. Es hätte auch Jahre her sein können.

Im Westen füllte die Sonne den Himmel mit einem orangen Nebel über einer Landschaft aus sumpfigen Ebenen und einer winzigen Scheibe Ozean dahinter.

Unter ihm erstreckte sich die verlassene Stadt. Er erkannte, dass er nicht hoch genug war, um einen Landepunkt außerhalb anzusteuern, deshalb sah er sich nach einem guten Ort um. So weit wie möglich im Norden, entschied er. Jedes Stückchen näher an Darwin war ein Stück weniger, das er zu Fuß würde bewältigen müssen.

Ein starker, warmer Südwestwind schob ihn über niedrige, marode Gebäude. Unkraut wucherte in jeder verfügbaren Öffnung. Verlassene Autos verstopften die Straßen. Verzweifelt versuchte er, im Geiste eine Karte der Stadt anzulegen, auf der Suche nach Einkaufsgegenden, Gegenden, wo Nahrung aufbewahrt sein könnte.

Inzwischen hüllten ein paar hundert Meter nordwestlich von ihm Flammen das Gebäude ein, das die *Melville* getroffen hatte. Eine schwarze Rauchsäule waberte in den dunkler werdenden Abendhimmel hinauf.

Er trieb weiter nach unten, lenkte seinen Fallschirm so, dass er möglichst lange weiterfliegen konnte. Beim Blick hinab auf die Hausdächer, durch Löcher, die die Zeit und das Wetter geschaffen hatten, versuchte Skyler, die verräterischen Anzeichen für subhumanes Leben auszumachen. Verlassene Bauwerke waren für sie wie Höhlen.

Er sah die rostige Antenne nicht, bis sie ihn an den Beinen erwischte. Schmerz durchzuckte seinen Körper, als sich das alte, brüchige Metall in seinen Unterschenkel schnitt. Skyler biss die Zähne zusammen, spürte, wie ihm warmes Blut übers Bein lief. Die Antenne brach bei dem Aufprall ab, fiel über den Rand des Daches.

Auf der staubigen Straße darunter zerfiel sie lautstark in ihre Einzelteile.

Mit dem Geräusch ging ein wilder Schrei irgendwo unter ihm einher. Er hallte von den Gebäuden wider. Andere antworteten, weiter entfernt.

Die Geisterstadt erwachte zum Leben.

KAPITEL 22

Gateway-Station

4.2.2283

Nach einer Stunde Vollsperre kamen die Sicherheitskräfte, um Neil Platz zu holen.

Er hatte die Zeit in seinem Privatbüro verbracht und war im Kopf Szenarien durchgegangen. Was, wenn Skyler es nicht von der Station geschafft hatte? Was, wenn er keinen Bericht erstatten konnte? Er würde einen Ersatzplan brauchen, um den Auragenerator tief unter Nightcliff zu inspizieren.

Neil spielte mit der Idee, es dem Rat zu erklären. Zum Teufel, sogar Russell Blackfield. Letztlich verwarf er diesen Gedanken. Wenn andere von der Existenz des Generators erfuhren, würde sich die Nachricht ausbreiten. Blackfield wäre verlockt, dort herumzustochern, möglicherweise alles schlimmer zu machen. Vielleicht sogar absichtlich.

Es war nur ein Irrer nötig, der dort hinunterging und eine einfache Bombe hochgehen ließ, genau wie Sandeep es mit *Foreshadow* gemacht hatte.

Neil rang noch immer mit seinen Optionen, als er den Lärm in der Lobby draußen hörte. Rufe und Spannung, dick wie Nebel, drangen durch die geschlossenen Türen.

Er stand auf und strich seine Hose glatt. Nach einem letzten Blick auf die Erde ging er zur Doppeltür und stieß sie auf.

»Was zum Teufel geht hier vor?«, schrie er.

Sein Sekretär stand hinter seinem Stuhl, drückte sich angesichts eines Trupps bewaffneter Sicherheitskräfte an die Wand.

»Durchsucht alles«, sagte Alex Warthen zum Anführer der Gruppe.

»Tun Sie nichts dergleichen«, entgegnete Neil.

Die Wächter achteten nicht auf den widersprechenden Befehl und strömten vorbei.

»Das ist ein Verbrechen«, fügte Neil hinzu.

Alex Warthen war blass, sein Mund war schmal wie Klingen. Er trat vor, bis er nur noch ein paar Zentimeter von Neil entfernt war. Er sprach in ruhigem, bestimmtem Tonfall. »Verbrecherisch ist einzig und allein die Größe Ihrer gottverdammten Eier. Sie haben unter Vorspiegelung falscher Tatsachen Schmuggler an Bord meiner Station gebracht.«

»Ich habe keine Ahnung …«

»Es reicht, Neil. Diesmal sind Sie zu weit gegangen. Sie lassen mir keine Wahl. Fünf meiner Wachen liegen tot auf der Krankenstation, zusammen mit zwei von Ihren Plündererfreunden. Eine ist im Bau, und sobald sie bereit ist zu reden, wird sie bestätigen, was wir bereits wissen.«

»Das ist mir alles neu«, sagte Neil. Zwei aus der Bergungsmannschaft waren tot. Einer gefangen. Alles, woran er denken konnte, war die Frage, ob Skyler geflohen war. Warthens schießwütige Idiotenbrigade hatte vielleicht alle zum Untergang verdammt, und sie würden es nie erfahren.

»Wir wissen, dass einer von ihnen hier war«, sagte Alex. »Wir haben Sicherheitskameras auf der Station, wie Ihnen höchstwahrscheinlich klar ist.«

»Ich kann nicht jede Pfeife kontrollieren, die an diese Tür kommt. Gegenwärtige Besucher eingeschlossen.«

Alex schüttelte den Kopf. Er wandte sich ab und winkte einem Wächter hinter sich zu. Der Mann trat vor und gab Alex einen tragbaren Terminalmonitor. Alex tippte einen Moment auf dem Gerät in seiner Hand herum, ehe er es zu Neil drehte, damit er es sehen konnte.

»Sehen Sie es sich an«, sagte Alex.

»Was ist das?«, fragte Neil.

Alex lächelte traurig. »Die In-Ear-Kopfhörer, die meine Wächter tragen, haben Kameras. Das hat der arme Kerl aufgezeichnet, der den Auftrag hatte, die Schmuggler zu eskortieren.«

* * *

»Roddy, was für 'ne Kanone lassen sie dich rumschleppen?«, fragte ein junger Mann. Neil hatte Prumble nach einer Beschreibung der ganzen Crew der *Melville* gefragt und ging davon aus, dass es Angus war.

Der Wächter Roddy schaute auf seinen Drink hinab. Er hob das Glas und wirbelte den Inhalt herum. »Nur eine kleine Betäubungswaffe.«

»Kommt doch wohl nicht auf die Größe an, was?«, sagte eine Frau in heiter-angesäuseltem Tonfall. Sam, nahm Neil an. Laut Prumble die einzige Frau der Crew.

Roddy sah auf. Die Frau saß neben ihm, der junge Mann gleich hinter ihr. »Nur Gesetzesvollstrecker dürfen Gaußgewehre tragen. Für uns übrige Trottel hier oben ist das zu gefährlich.«

Sam nahm einen Schluck von ihrem Getränk. Sie war ungewöhnlich groß, mit vollem blondem Haar. »Kann das Teilchen überhaupt jemanden ausschalten?«

Roddy nahm das Gerät aus seinem Gürtelholster. Er hielt es vor sich. »Klar. Die Zinken dringen ein, das Toxin wird freigesetzt, und bämm. Wie wenn man Zuckungen kriegt.«

»Ich frage mich, ob das einen Sub aufhalten könnte«, sagte Angus.

Roddy sah ihn an. »Wenn einer hier reinkommt, werde ich es herausfinden …«

Sam, die die Waffe betrachtete, sagte: »Glaube kaum, dass das funktioniert.«

Roddy sah von ihr zur Waffe und wieder zurück. Das Ruckeln des Videos sorgte dafür, dass Neil leicht übel wurde. »Hattet ihr es schon mit einem zu tun?«

»Einem? Teufel noch mal, wir hatten es mit Dutzenden zu tun.«

»Echt jetzt? Was … ich meine, wie macht ihr …«

Angus stieß Sam mit dem Ellbogen an. »Gesellschaft«, flüsterte er gerade laut genug, dass die Kamera es aufnahm.

Sam fuhr herum, um zur Tür zu schauen, und Roddy folgte ihrem Blick.

Die Aufzeichnung zeigte einen Trupp uniformierter Wächter am Eingang der Kneipe. Sie schwärmten zu beiden Seiten aus, während vier von ihnen eintraten und direkt zu Sam und Angus gingen.

Sie trugen fremdartige Waffen, erkannte Neil. Er wusste über Gaußgewehre Bescheid: Man hatte sie für Orte entwickelt, an denen es keine Flammen geben durfte. Magnetspulen im Gehäuse beschleunigten spezielle Kugeln, die keine Funken schlugen. Keine Zündung, kaum Rückstoß. Aus nächster Nähe tödlich, aber in einer Raumstation gefahrlos anwendbar. Ein paar Kisten solcher Waffen waren sicher auf Hab-8 verstaut, obwohl Kelly sagte, das Risiko, mit einer normalen Pistole ein Feuer zu verursachen, sei eigentlich ziemlich niedrig und sie müssten sich nicht die Mühe machen. Aber Warthens Leute mussten sich an Regularien halten. Ohne solche Beschränkungen bevorzugte Kelly überwältigende Feuerkraft und vertraute auf die Feuerbekämpfungssysteme.

Roddy erhob sich hastig. »Abend, Commander Weck. Stimmt was nicht?«

Commander Weck war klein. Glatzköpfig und weich, mit einem finsteren Gesicht, das vermuten ließ, dass er das Gegenteil beweisen wollte. »Wem gehört das Boot in Bucht vier?«

Roddy schaute an dem Mann vorbei zu einem Tisch in der gegenüberliegenden Ecke. Neil sah, dass dort der letzte Schmuggler saß, ein Ingenieur namens Takai. Der arme Kerl war geisterhaft blass. Der andere Stuhl an seinem Tisch war leer. Dort musste Skyler gesessen haben.

Roddy entgegnete: »Er ist gleich da … na ja, er war da drüben. Ich …«

»Ja«, sagte Commander Weck, dessen Blick zum Tresen schoss, zu den Drinks. »Wie verwunderlich, dass er Ihrer aufmerksamen Wache entgangen ist.«

Sam kam ins Bild; sie war inzwischen aufgestanden. Sie überragte den Wachkommandanten um einiges. »Gibt es Schwierigkeiten, Bonaparte?«

»Wer zum Teufel sind Sie?«, fragte Weck.

»Sam. Ich arbeite auf diesem ›Boot‹, und mein Captain ist wahrscheinlich nur mal eben nach draußen gegangen, um auf eurer kostbaren Station zu scheißen. Vielleicht macht er es sogar auf einem WC.«

Die Kamera folgte Roddys hektischem Blick, der von ihr zu dem jungen Piloten ging. Angus zuckte bei den undeutlichen Worten der Frau zusammen.

»Ah«, sagte Weck, »sind Sie mit so einem Gerät vertraut?«

Sam lächelte. »Ihr Gesicht hat mich dran erinnert.«

Reflexhaft legte er eine Hand auf die Waffe, die er trug.

»Wissen Sie, wie man das Ding benutzt, mein Großer?«, fragte Sam.

»Mach langsam, Sam«, sagte Angus.

Roddy trat zwischen sie. »Commander, entspannen Sie sich. Sie warten nur, bis die Reparaturen beendet sind.«

»Unsinn«, sagte Weck. »Mit ihrem Flugzeug ist alles in Ordnung. Jemand hat es sabotiert, und nun ist ihr Captain weg. Ein Zufall?«

Angus mischte sich ein. »Unmöglich. Ich bin der Pilot, und dieser Schließbolzen …«

»Hat dir jemand eine Frage gestellt?«, sagte Weck.

Angus schloss den Mund.

Neil spürte, wie ihm beim Zuschauen der Mund trocken wurde, und er schluckte.

»Vollstrecker Nichols«, sagte Weck über die Schulter.

Ein weiterer Wächter hinter ihm trat vor. »Sir.«

»Bringen Sie sie in den Bau, lassen Sie ihr Flugzeug durchsuchen und finden Sie …«

Sam kickte den Commander mitten in die Brust. Er stolperte gegen einen Tisch in der Nähe.

»Teufel auch«, flüsterte Neil vor sich hin.

Sie ließ nichts anbrennen, hob die Waffe auf, die Roddy dämlicherweise auf dem Tresen hatte liegen lassen. Sie schoss die Giftzinken auf Wächter Nichols ab. Sekunden später zuckte er wild.

»Sam, was zum Teufel?«, rief Angus.

Sie hechtete vor, landete auf dem dritten Wächter, der noch mit seiner Waffe beschäftigt war. Mit einem dumpfen Geräusch prallte ihre Faust gegen seinen Kiefer.

Roddy sah sich das alles an, ohne sich zu bewegen. Er sah Takai, den Ingenieur, der sich zusammengekauert hatte und an der Wand entlang zur Tür vortastete. Er hatte wohl vor, abzuhauen und Skyler zu suchen, um zu ihrem Flugzeug zu fliehen.

In der Mitte der Bar tobte der Kampf. Wächter warfen sich auf Sam. Arbeiter erhoben sich eilig von ihren Plätzen, drückten sich an die Wand.

Roddy drehte sich um, um nach Angus zu sehen, vielleicht, weil er auf die Idee kam, er könnte endlich seiner Pflicht als Wächter nachkommen. Aber Angus hatte sich längst bewegt. Er kauerte über Weck, der schlaff am Boden lag, und entrang dem Mann das Gewehr.

»Er ist bewaffnet!«, rief Roddy.

Wächter beugten sich von beiden Seiten in den Eingang, hoben die Waffen.

Angus drückte ab, aber die Waffe war nicht kooperativ. Hektisch tastete er herum, um sie zu entsichern.

»Fallen lassen, jetzt!«, schrie ein Wächter von der Tür.

Angus fand den Knopf und drückte darauf. Er hob die Waffe und betätigte den Abzug. Aber Commander Weck, der wieder zu sich gekommen war, trat wild nach den Knöcheln des Piloten. Angus verlor das Gleichgewicht, und knatternd versprühte die Waffe Kugeln entlang der Decke.

Panik brach aus.

Die meisten Arbeiter, die noch in der Bar waren, hechteten unter ihre Tische. Ein paar liefen zur Tür, flohen unmittelbar, bevor die Wachen das Feuer erwiderten.

Roddy kauerte sich hinter seinen Barhocker. Er beobachtete, wie Angus hinter die einzige solide Deckung vor Ort sprang, den Tresen selbst. Die Sicherheitskräfte jagten in kurzen Salven Kugeln in seine Richtung. Panisch riss Roddy die Arme vors Gesicht. Neil hörte die Geräusche der Kugeln, die in die Wände schlugen, und das Klirren, als der Spiegel hinter dem Tresen zerbrach.

Während seine Kameraden sich auf dem Boden mit Sam prügelten, kroch Roddy zum Ende des Tresens. Er schenkte dem Konflikt, der überall um ihn herum tobte, frustrierend wenig Beachtung.

Die Geräuschkulisse verriet Neil allerdings genug. Das war keine einfache Prügelei, und ein einfaches Leugnen würde Alex nicht zufriedenstellen. Es würde zu Untersuchungen und endlosen Ratstreffen kommen, und so einen Unfug konnte Neil sich gerade nicht leisten.

Roddy hielt am Ende der Bar an. Nur Sekunden waren vergangen, seit der Kampf ausgebrochen war. Der letzte Immune, Ingenieur

Takai, war inzwischen an der Tür zu sehen. Der kleine Ingenieur schlug auf den Wächter ein, der ihm am nächsten war, ein schwacher Hieb, der abprallte. Neil sah hilflos zu, wie der Wächter Takai den Schaft seiner Waffe ins Gesicht rammte und ihn damit zu Boden schickte.

Angus spürte unverkennbar die offene Flanke. Neil hörte Schüsse, sehr viel näher. Als Reaktion auf das laute Geräusch zuckte Roddy zusammen, den Blick immer noch auf die Ereignisse an der Tür gerichtet. Kugeln durchsiebten den Wächter, der auf Takai eingeschlagen hatte. Rote Flecken erschienen auf dem zerfetzten Gewebe, das seine Brust bedeckte.

Angus schoss noch einmal auf die andere Seite der Öffnung, aber der Wächter dort hatte sich bereits geduckt, und die Spezialmunition zerbrach, als sie die Wand traf.

»Sam, komm hierher zurück!«, rief der Pilot.

Roddy warf einen Blick auf sie. In der Aufzeichnung sah Neil die Frau auf allen vieren, das Gesicht schmerzlich verzogen, Blut auf dem Shirt. Ein Kampfmesser lag vor ihr auf dem Boden.

Hinter ihr sah Neil, wie Takai aufstehen wollte, eine Hand vor dem blutigen Gesicht. Angus rief ihm eine Warnung zu.

Ein Kugelhagel vom Gang zerfetzte Takais Schulter und Brust. Er ging zu Boden, nur noch eine Leiche.

Hinter dem Tresen schrie Angus seine urtümliche Wut heraus. Er ließ eine Salve Richtung Tür los. Die Wächter dort verschwanden wieder hinter der Wand.

Der Wächter Roddy überwand schließlich seine Angst oder seinen Schock – beides, nahm Neil an – und begann mit der Umrundung des Tresens. Er erhob sich aus der Hocke und versuchte, Angus das Gewehr zu entreißen. Der Pilot, gepackt vom Blutdurst, versetzte Roddy einen Tritt nach hinten und richtete seine Waffe auf den Wächter.

Neil schaute beinahe weg, als die Salve kam. Roddy taumelte zurück, die Kamera schwang hoch zur Decke und dann zur Seite, als der arme Wächter fiel. Beim Aufkommen auf dem Boden legte sich sein schlaffer Arm über die Hälfte des Kamerablickfeldes. Das Bild, das nun um neunzig Grad gekippt war, zeigte die Mitte der Kneipe.

Sam hob das Messer vom Boden auf. Mit einem Schrei durch zusammengebissene Zähne versenkte sie es im Körper des bereits toten Wächters vor ihr.

Angus kam in Sicht. Er packte sie an der Schulter und versuchte, sie zum Tresen zu ziehen. Sie schüttelte ihn ab, hob ein Gewehr auf.

»Komm zurück, verdammt!«

Sie achtete nicht auf ihn und humpelte zur Tür, ihr Gewehr spie Kugeln.

»Runter!«, schrie Angus. Dann hielt er inne wie an Ort und Stelle festgefroren. Er sah sich verwirrt um, dann an sich selbst hinab. Er hatte der Kamera den Rücken zugekehrt, aber Neil wusste Bescheid.

Angus ging in die Knie, dann fiel er zur Seite.

Sam war es gar nicht aufgefallen; sie hatte den Blick zur Tür gerichtet. Sie versuchte noch einmal zu schießen, aber das Gewehr klickte nur. Erkennbar besiegt, warf sie es weg, als die Wächter zur Tür hereinstürmten und sie packten.

* * *

Das Bild auf dem Monitor verschwand, wich einem Ausrufezeichen und den Worten »Stream nicht vorhanden«.

»Was für ein Scheiß ist das?«, fragte Alex.

Neil hoffte, dass sein kurzes Lächeln keinem aufgefallen war. Er wusste sofort, was geschehen war.

Warthen drückte auf dem Gerät herum, sein Zorn wurde sekündlich größer. Der Wächter, der das Gerät gebracht hatte, wollte helfen, aber Alex scheuchte ihn weg. »Suchen Sie ein anderes«, schrie er.

»Ich verstehe noch immer nicht, was das mit mir zu tun hat«, sagte Neil. Er hatte Mühe, den Schock aus seiner Stimme fernzuhalten.

»Wir haben Grund zu der Annahme, dass Sie hier einer Mörderin Unterschlupf gewähren«, sagte Alex. Er schlug mit der flachen Hand auf das Gerät ein. »Verdammt«, knurrte er mit mahlendem Kiefer.

»Unsinn«, entgegnete Neil. »Wem denn?«

»Kelly Adelaide.«

»Die habe ich nicht mehr gesehen, seit ich sie gefeuert habe.«

»Lügen Sie, so viel Sie wollen«, sagte Alex. »Wir werden schon sehen, was auf den Aufzeichnungen zu finden ist, sobald wir sie alle haben.«

»Sir«, meldete der Wächter, »bei dem tritt dasselbe Problem auf.«

»Probieren Sie einen anderen Feed«, sagte Alex.

»Ich kann auf keinen davon zugreifen«, entgegnete der Mann.

Neil sah, wie die Erkenntnis auf Alex' Gesicht trat. »Scheißspiel. Sie löscht das Archiv.«

»Klingt ja nach einem 1-A-Einsatz, den Sie hier abziehen«, sagte Neil.

Alex überging die Spitze. Er wandte sich ab und brüllte Befehle in sein Handmikro. Etwas von einem Team, das sofort ins Datenzentrum gehen sollte. Neil grinste schief, er konnte nicht anders. Kelly würde schon lange weg sein, wenn sie eintrafen. Sie kannte das Labyrinth der Wartungstunnel und Lüftungsschächte auf Gateway besser als jeder andere.

Der Sicherheitschef fuhr zu ihm herum. »Das ist ein ernsthafter Verstoß, Platz. Wenn ich herausfinde, dass Sie den Befehl gegeben haben …«

Neil winkte lässig ab. »Sieht für mich wie eine verhängnisvolle Kneipenschlägerei aus, kombiniert mit unfähigem Datenmanagement. Sie können gehen.«

Warthen kochte. Eine Antwort lag ihm auf der Zunge, die nur durch die Rückkehr der Männer unterbrochen wurde, die er ins Büro geschickt hatte.

»Niemand hier, auf den Ihre Beschreibung passt, Sir«, sagte einer der Sicherheitsleute.

Alex hielt Neils starrem Blick stand. »Halten Sie die völlige Abriegelung der Station aufrecht«, sagte er zu dem Wächter, »bis wir die Sache geklärt haben. Vielleicht wirft die Plünderin in meiner Krankenstation ja ein Licht auf die Ereignisse, wenn sie überlebt.«

»Ja, Sir.«

»Machen Sie sich's bequem, Platz. Ich muss noch Zeugen vernehmen und Datensicherungen wiederherstellen.«

Neil blieb steif stehen und bot Alex nichts mehr, woran er sich noch aufhängen konnte. Er wusste, er hatte gewonnen.

* * *

Neil saß mit seinen Mitarbeitern in der Bürolobby und nahm eine einfache Mahlzeit aus Hummus zu sich, das auf Scheiben aus steifem Kartoffelbrot gestrichen war, als einer von Alex Warthens Helfern vorbeikam, um ihnen zu sagen, dass die Vollsperrung aufgehoben war.

»Haben Sie sie erwischt?«, fragte Neil zu schnell.

»Können sie nicht finden.«

»Was ist mit dem Piloten der Bergungsmannschaft?«

»Er ist mit seinem Flugzeug entkommen«, entgegnete der Wächter. »Mehr sage ich besser nicht.«

Neil nickte und entließ den Mann. Er hatte nichts von Kelly gehört, seit sie aus seinem Büro gelaufen war, um Skyler zu folgen, und auch wenn er inzwischen bezweifelte, dass sie im Flugzeug der Bergungsmannschaft geflohen war, hatte er das Gefühl, dass er nicht hierbleiben konnte, um auf sie zu warten. Die Gateway-Station war zu Feindesland geworden. Am besten räumte er sie, dachte er, zugunsten der Platz-Station weiter oben am Kabel. Er wollte nicht da sein, wenn Alex Warthen Beweise vorlegte, die ihn mit den Bergungsleuten oder Kelly in Verbindung setzten, und Beweise würde er haben, daran gab es keinen Zweifel. Die ganze Sache war nicht gut gelaufen. Sie hatte Leben gekostet, und der Captain der Bergungsmannschaft war gezwungen gewesen, ohne seine Mannschaft aus Immunen zu fliehen.

Nein, sollte Alex doch versuchen, ihn aus seinem Heim zu holen. Dort konnte er sich mit den Besten verschanzen.

»Sehen wir zu, dass wir verdammt noch mal hier rauskommen«, sagte er zu seinen Angestellten. Während der Vollsperrung hatte Neil sie angewiesen, alles Wichtige zu packen und aufbruchsbereit zu sein, und das hatten sie getan.

Zu seinem Empfangsmitarbeiter sagte er: »Schließen Sie alles ab; verriegeln Sie die Türen hinter uns.«

»Wann soll ich wieder öffnen?«

»Ich werde es Sie wissen lassen. Inzwischen haben Sie eine neue Aufgabe: Wanderer. Ich erwarte, dass Sie viel Zeit damit verbringen, auf der Station spazieren zu gehen. Schicken Sie mir täglich Berichte darüber, was Sie hören und von wem.«

»Gewiss.«

»Hier wird es ziemlich hektisch werden. Alles Ungewöhnliche lassen Sie mich sofort wissen«, fügte Neil hinzu.

Der Mann nickte ernst.

»Die Übrigen kommen mit mir.«

Neil trug in einer Hand einen überfüllten Koffer und in der anderen einen Kommunikator. Er führte die Gruppe rasch durch die Gänge. Sie waren leer bis auf Warthens Wächter, die sehr viel präsenter auftraten als sonst. An fast jeder Kreuzung waren zwei stationiert.

Zu Neils Erstaunen und Erleichterung sahen die Wachen einfach zu, wie sie weggingen. Den Zorn in ihren Gesichtern konnte er ihnen nicht übelnehmen. Einige von ihnen waren heute gestorben. Ermordet, hatte Alex gesagt. Von Kelly. Gewalt, Blutvergießen gar waren im Orbit fast unbekannt. Jeden, der sich eines solchen Verbrechens schuldig machte, warf man aus der nächsten Luftschleuse oder beförderte ihn nach Darwin zurück. Im Orbit gab es keinen Platz für längere Gefängnisaufenthalte und keine Toleranz für Menschen, die nichts beitragen konnten.

Er kam zur Andockbucht an der »Oberseite« der Station. Dort scheuchte er alle in seine persönliche Gondel und gab die Anweisung, alles dicht zusammenzuquetschen. Er hatte keine Lust, die Reise zweimal zu machen. Augenblicke später verließ das Fahrzeug die Gateway-Station, den Faden des Lifts nutzte es als Führungsseil.

Als das bescheidene Gefährt von Gateway wegtrieb, dachte Neil über die Sachlage nach. Er wusste, er musste Alex und seinen Plänen einen Schritt voraus bleiben, wenn er Erfolg haben wollte. Gewisse Dinge mussten erledigt werden, sonst war er der Gnade von Warthens Wächtern ausgeliefert.

Er entschuldigte sich aus der Hauptkabine und betrat allein einen kleinen Raum. Dort aktivierte er den Kommunikator und rief die Platz-Station an.

»Holen Sie mir Karl Stromm«, sagte Neil zu der Frau, die am anderen Ende war.

Es dauerte fünf Minuten, ihn zu finden.

»Hier Karl.«

»Neil Platz. Kelly sagt, Sie sind jemand, auf den ich mich verlassen kann, der Dinge geregelt kriegt.«

»Ich tue mein Bestes.«

»Keine Zeit für Bescheidenheit.«

»Kelly ist eine kluge Frau«, gab er zu.

»Reicht mir«, sagte Neil. »Betrachten Sie das als Beförderung. Das Selbstverteidigungs-Training ist vorbei.«

»Alles klar«, sagte er. »Was ist passiert?«

Neil berichtete schnell von den Ereignissen auf Gateway. »Behalten Sie das für sich. Kelly ist nicht erreichbar, deshalb melde ich mich direkt bei Ihnen. Erstens, kontaktieren Sie alle Stationen, auf denen wir Vertreter haben. Sagen Sie ihnen, sie sollen aufpassen, mit wem sie reden und wo. Warthen hat mehr oder weniger zugegeben, dass er überall Spitzel hat. Von seinen gottverdammten Wächtern ganz zu schweigen.«

»Kein Problem. Ich werde die Nachricht verbreiten.«

»Überall außer Anchor«, sagte Neil. »Ich will, dass Sie sich darum persönlich kümmern.«

»Inwiefern?«

»Nehmen Sie ein paar Ihrer besten Schüler und bereiten Sie eine Reise dorthin vor. Sie werden eine Tarnung brauchen … als Ersatz-Wartungstrupp vielleicht. Sprechen Sie mit Mr Brill von der Personalabteilung; man kann ihm bis zu einem gewissen Grad trauen. Ich werde ihm eine Nachricht zukommen lassen, die die Sache autorisiert.«

»Was tun wir, wenn wir dort sind?«

»Daran arbeite ich noch«, sagte Neil. »Seien Sie bereit zum Handeln. Wenn Sie nicht von mir hören, tun Sie, worum Tania Sharma Sie bittet. Bis dahin halten Sie sich bedeckt, ganz gleich, was passiert. Putzen Sie Böden, hören Sie zu und halten Sie mich auf dem Laufenden. Vor allem führen Sie Buch über Warthens Leute. Ihre Schichten, Patrouillenwege, was auch immer.«

»Ich glaube, ich habe eine Vorstellung«, sagte Karl.

»Guter Mann. Gute Reise!«

KAPITEL 23

Gunn, Australien

4.2.2283

Skyler zielte auf einen ausgetrockneten Teich, das Zentrum eines öffentlichen Parks am Südende der Stadt. Einst mochte es ein hübscher Ort gewesen sein, mit Familien, die auf dem Gehsteig im Schatten bewässerter Bäume spazierten. Der Teich, nun knochentrocken, dominierte das Gelände. Von oben sah er aus wie ein Bombenkrater, gesäumt von Opfern in Gestalt skeletthafter Bäume.

Als Skyler auf dem Boden aufkam, durchzuckte ein stechender Schmerz sein Bein. Der Schnitt von der Dachantenne brannte, und warmes Blut rann sein Bein hinab in den Stiefel.

Er strauchelte und rollte sich in die staubige Kuhle des ehemaligen Teichs. Da er seinen Fallschirm nicht mehr brauchte und keine Zeit hatte, ihn einzusammeln, ließ er ihn im heißen Wind davontreiben.

Überall um ihn herum schaukelte sich das verstörende Heulen der Subhumanen zu einem Höhepunkt auf.

Skyler ging davon aus, dass es bis zur Abenddämmerung noch eine Stunde war. Er brauchte einen Unterschlupf, etwas, das er verteidigen konnte, während er die Verletzung verband.

Mit einem angestrengten Brummen humpelte er zum Rand des Teichs, löste die Waffe von seiner Brust und musterte die Stadt. Die meisten Gebäude waren kleine Geschäfte in unterschiedlichen Stadien des Verfalls. Weiter im Norden, Richtung Zentrum, konnte er die Oberseiten einiger Geschäftshäuser und eine Kirchturmspitze erkennen. Etwas weiter entfernt im Westen stand ein Bürogebäude, vielleicht zehn Stockwerke hoch, und hob sich rot gegen den Himmel ab.

Näher an seiner Position erkannte er ein zweistöckiges Haus mit einer Art Laden unten. Die Stufen draußen führten zu einem überdachten Rundgang, der den zweiten Stock umgab. Alle Fenster waren zerbrochen, also würde es als Unterschlupf nicht viel taugen. Aber zumindest konnte er in den zweiten Stock gelangen und sich orientieren, während er das Treppenhaus als natürliche Engstelle nutzte.

Passt schon, entschied er und hinkte darauf zu.

Er machte sich nicht die Mühe, unten zu bleiben, da er sich nun im offenen Gelände befand – eine dunkle Gestalt vor der sandigen Landschaft. Am besten bewegte er sich so schnell wie möglich. Er achtete nicht auf den Schmerz in seiner Schulter und seinen verletzten Unterschenkel und joggte auf das Haus zu.

Als er noch zwanzig Schritte von den Stufen entfernt war, bogen drei Subhumane um die Vorderseite des Hauses. Sie bewegten sich wie eine Einheit, schützten einander auf der Jagd. Ein typisches Rudel, und darum war Skyler dankbar. Nicht die geballte Masse wie auf Hawaii. Er kniete sich hin und eröffnete das Feuer, fällte sie problemlos. Sie hatten ihn noch nicht einmal gesehen.

In der ganzen Stadt wurde das Heulen lauter, und er erkannte, dass hier viel mehr Subhumane waren, als er Kugeln hatte.

Beim Geräusch weiterer schlurfender Schritte aus Richtung Straße sprintete Skyler den restlichen Weg zu den Stufen, verbiss sich dabei knurrend den brennenden Schmerz im Unterschenkel.

Als er an der Treppe ankam, warf er sich den Riemen des Gewehrs über die Schulter und stieg hoch, zwei Stufen auf einmal.

Auf halbem Weg nach oben brachen die verrosteten Stufen unter seinem Gewicht zusammen. Skyler hörte, wie die Bolzen sich lösten und nutzte seinen letzten Schritt, um auf den Rundgang oben zu springen. Er schaffte es gerade eben, die Arme über den Rand des Absatzes zu werfen, aber sie rutschten sofort auf dem staubigen Beton ab.

Unter ihm krachte die Treppe auf den Boden, was zu einem unheilvollen Lärm führte, den man bestimmt ganze Blocks weit hören konnte.

Er musste es ignorieren. Mit einem Griff nach links packte er einen rostigen Eisenstab – Teil des Geländers auf dem Rundgang im zweiten Stock. Zu seiner Überraschung hielt er. In seiner Schulter blühte neuerlicher Schmerz auf, während er sich mühsam auf die Plattform zog. Mit baumelnden Beinen um sich tretend, um Schwung zu generieren, stöhnte er durch zusammengebissene Zähne. Er brauchte alle Kraft, die er aufbringen konnte, um seinen Oberkörper auf den Rundgang zu hieven.

Unter ihm kamen weitere Subhumane hinzu, die zischten und brüllten wie Primaten. Ein Kind führte sie an, vielleicht zehn Jahre alt, mit filzigem, wirrem Haar und einem verstümmelten Arm. Es sprang mit erstaunlicher Kraft zu Skylers baumelnden Beinen hinauf, reine Wildheit in den blutunterlaufenen Augen.

Er spürte, wie das Händchen seinen Stiefel zu fassen bekam, und dann machte sich das zusätzliche Gewicht in seinem unsicheren Halt an der rostigen Eisenstange bemerkbar. Ohne nachzudenken, griff er mit der Rechten nach unten und wischte die schmutzigen Finger des Subhumanen von seinem Stiefel.

Das Kind fiel.

Erst dann bemerkte er seinen Fehler.

Das Gewehr, das er sich ein paar Sekunden zuvor über die rechte Schulter geschlungen hatte, rutschte seinen Arm hinab. Skyler griff danach, aber der Riemen glitt an seinen Fingern vorbei, und er sah hilflos zu, wie die Waffe auf den Boden unter ihm fiel. Sie landete in den Überresten des vergammelten Treppenhauses.

Skyler warf sich über das Geländer auf den Rundgang. Er legte sich auf die Plattform, hielt sich mit beiden Händen das verletzte Bein und zwang sich, gleichmäßig zu atmen.

Lange blieb er bewegungslos liegen, starrte in den Himmel. Um ihn herum ließen die Schreie der einstigen Menschen mit der untergehenden Sonne nach. Er hörte, wie einige von ihnen unten herumschnüffelten und einander anknurrten wie Dingos.

Er kämpfte gegen seine schweren Lider an, weil er nicht schlafen wollte. Schlafen fühlte sich an wie Aufgeben.

Gib auf, dachte er düster erheitert. Dann: *Was denn?*

Er dachte an alles, was er verloren hatte. Die *Melville,* Sam und die restliche Crew – seine ganze Welt. Diese Last trieb ihm Tränen in die Augen.

Ich habe verdammt noch mal nichts mehr, das ich aufgeben kann.

Skyler verdrängte den Gedanken. *Konzentrier dich auf das Unmittelbare,* sagte er sich. *Überlebe.*

Als das letzte Sonnenlicht verblasste, machte sich Skyler daran, mit Stoff, den er aus seinem Hemd riss, sein verletztes Bein zu verbinden. Er wusste, dass er nicht lange bleiben konnte. Die Kreaturen dort unten verloren zwar höchstwahrscheinlich irgendwann das Interesse, aber die Stadt war eindeutig von ihnen überlaufen. Es würde keinen einfachen Weg hinaus geben.

Zufrieden mit der Behandlung der Verletzung rollte sich Skyler herum und schob sich bis zum Rand des Rundgangs. In der Finsternis konnte er unter sich die Umrisse einiger Subhumaner erkennen. Manche liefen umher, die meisten hockten im Dreck, reglos wie der Tod. Er konzentrierte sich auf die Überreste der Treppe und glaubte, ein Licht glitzern zu sehen, das seine fallengelassene Waffe reflektierte.

Als er seine Möglichkeiten überdachte, bemerkte ihn einer der Subhumanen – wieder der Kleine – und knurrte. Das unmenschliche

Geräusch lähmte Skyler. Die anderen Wesen nahmen den Ruf auf. Als sei es ein Ansporn, sprang der Kleine zu der Plattform hoch, auf der Skyler lag, sprang aber einen halben Meter zu kurz. Dann nutzte er die Mauer daneben als Hebel und brachte Skylers Herz mit einem Krallenhieb zum Hämmern, der sein Gesicht nur um ein paar Zentimeter verfehlte.

Skyler wusste, dass der nächste Versuch womöglich erfolgreich sein würde, doch lag er reglos da, an Ort und Stelle festgewachsen. *Ich werde sterben*, dachte er. Das Subhumanen-Kind sprang erneut, wilder Hunger stand ihm deutlich ins Gesicht geschrieben.

Die Spitze eines schmutzigen Fingernagels kratzte Skyler über die Nase. Nur als ein Kitzeln. Der Mund der Kindkreatur verzog sich wütend, als sie auf den Boden zurückfiel. Sie landete auf dem Schutt der Treppe und strauchelte, ihr Knöchel knickte auf unnatürliche Weise um. Ein Schmerzgeheul brach aus dem armen Tier hervor, als es sich im Dreck herumrollte.

Das Kitzeln an der Nasenspitze holte Skyler aus seinem vernebelten Zustand. Er kroch vom Rand des Rundgangs weg und lehnte sich an die Mauer, wollte nur still und unsichtbar dasitzen. Sollte den Monstern da unten doch langweilig werden, bis sie weiterzogen.

Ein paar hundert Meter entfernt, vor dem rötlichen Himmel, sah Skyler die Silhouette des einzelnen hohen Bürogebäudes.

Eine Erhebung. Der erste Schritt, um herauszufinden, wo er war und wie sein Weg zurück nach Darwin aussehen würde.

Die Wolken über ihm wurden dünner. Von seinem Platz aus konnte Skyler nur den südlichen Himmel sehen. Er entschloss sich, um den Rundgang zur Nordseite des Hauses zu kriechen und den Horizont nach den verräterischen Lichtern der Gondelkabinen auf dem Liftkabel abzusuchen. Wenn er sich nahe genug an Darwin befand und der Himmel klar genug war, würde ihm das bei der Orientierung helfen.

Sein Bein pulsierte. Der Schmerz in seiner Schulter, vom Kampf auf Gateway, flammte auf, wann immer er den rechten Arm hob. Er rieb darüber, um die Empfindlichkeit herauszumassieren. Der Gedanke, um den Rundgang zu kriechen, erschien plötzlich wie eine unmögliche Reise. So weit weg wie die Gateway-Station. Er spürte, wie die Kraft aus ihm herausfloss wie Wasser, als der Adrenalinschub nachließ. Seine Konzentration reichte gerade noch dafür, in langen und regelmäßigen Zügen zu atmen. Seine Sicht verschwamm vor Erschöpfung.

Da er nirgends hinkonnte und ohnehin keine Energie besaß, um sich zu bewegen, legte Skyler sich nieder und schloss die Augen. Mit einer Hand rieb er sich die Schulter, die andere umklammerte die verbundene Wunde an seinem Bein.

* * *

Der Schlaf kam nicht.

Sein Geist spielte stattdessen die chaotische Flucht von Gateway erneut durch. Schuldgefühle erfüllten seine Gedanken. Ganz gleich, wie er es auch zu rechtfertigen versuchte, er hatte seine Crew zurückgelassen. Er war geflohen. Welchen Sinn diese Entscheidung damals auch gehabt haben mochte, er hatte Mühe, sich jetzt daran zu erinnern.

Er versuchte, sich die Crew vorzustellen, wie sie in einem Hightech-Gefängnis an Bord der Raumstation darbte. Er hörte regelrecht ihr Gespräch, als sie sich fragten, wo er war. Ob es ihm gutging. Würden sie annehmen, man halte ihn getrennt von ihnen gefangen? Oder er sei bei dem Versuch, sie zu retten, auf heldenhafte Art gestorben?

Bis weit nach Einbruch der Dunkelheit lag er bewegungslos auf dem kalten Beton und stellte sich einen Heldentod vor. Ein Ende, das einem Sterben hier, frierend und allein, in Gott weiß was für einem Kaff, zu bevorzugen war.

Schon der Gedanke daran, nach Darwin zurückzugehen, wie weit es auch sein mochte, erschöpfte ihn. Ein Teil seines Geistes stellte ihm immer wieder dieselbe Frage: Warum die Mühe?

Platz und sein zweifelhafter Plan, die Aura zu retten, wenn dies denn überhaupt nötig war, konnten zum Teufel gehen, dachte Skyler. Wozu brauchte ein Immuner eine Aura? Wenn sie ausfiel und der Rest der undankbaren Welt verging, konnte er endlich ein wenig Frieden und Ruhe finden. Keine Bergungen mehr, keine gottverdammten Listen mit Forderungen und verzweifelten Bitten.

»Aufhören«, flüsterte er. Er schloss die Augen und drängte den Pessimismus wieder in einen Winkel seines Verstandes zurück.

Seine Gedanken wanderten zu Prumble. Wenigstens Prumble sollte er finden. Ihm sagen, was passiert war. Der dicke Mann konnte ihn unterstützen, ihm eine Ecke in seinem riesigen Parkhaus überlassen, in der er sich erholen konnte.

Dann erinnerte sich Skyler daran, dass Prumble ein Satellitentelefon besaß. Eine Direktverbindung zu Platz. Zumindest konnte Skyler herausfinden, was mit seiner Mannschaft passiert war. Das würde wohl bestimmen, was er als Nächstes machte.

Es war ein erster Schritt, ein einleuchtendes Ziel.

Stunden vergingen. Der Sichelmond sorgte für schlechtes Licht, das die Blitze, die wie ein ferner Krieg durch die Wolken im Osten zuckten, alle paar Minuten verstärkten. Für Navigation durch unbekanntes Gelände war das denkbar schlecht, aber die Subs sollten im Moment zumindest ruhen. Schlafen, um Wärme und Kalorien zu sparen, wie jedes wilde Tier.

Skyler setzte sich knurrend auf. Er prüfte den Verband an seinem Bein und stellte fest, dass nur wenig Blut durchgesickert war. Die Verletzung sah trotz der Schmerzen unbedeutend aus.

Er konnte nur hoffen, dass es nicht zu einer Ansteckung kommen würde.

Es war Zeit zum Aufbruch.

Vorsichtig, um kein Geräusch zu verursachen, kroch er zum Rand des Rundgangs vor, dorthin, wo das Treppenhaus zusammengebrochen war, und musterte den Boden darunter.

Die Subhumanen waren restlos verschwunden. Entweder das, oder sie hatten sich gut in den stockdunklen Schatten da unten versteckt. Er hielt den Atem an und lauschte eine Weile. Von den typischen abgehackten Atemgeräuschen war nichts zu hören.

Skyler ließ sich sanft über den Rand hinunter, hing an den Fingerspitzen. Der Schmerz in seiner Schulter kehrte zurück, sobald er die Beine schwang. Als der Schmerz unerträglich wurde, ließ er los, nutzte den Schwung, um seinen Fall von dem Haufen Metall und Beton wegzulenken.

Er fing den Aufprall mit dem heilen Bein ab und rollte sich beim Landen ab, mit leisem Stolz auf sein geschicktes Manöver. Nach dem Aufstehen schob er sich an die Mauer des Gebäudes und wartete. Keine Schreie kamen aus den umgebenden Häusern. Zufrieden kniete er sich vor die Überreste der Stufen und hob seine Waffe wieder auf.

Das Gewicht eines Gewehrs in der Hand verstärkte seine Zuversicht. Er kauerte sich hin und bewegte sich halb gehend, halb laufend an der Wand entlang, die Waffe auf den Boden ein paar Meter vor sich gerichtet. Er spähte um die Ecke auf die breitere Straße dahinter. Staubig, mit Müll übersät und zum Glück leer. Das Haus, neben dem er stand, war einst ein Laden für Künstlerbedarf gewesen, wie das verblichene Schild verriet. Die Fenster waren leer, und er musste nicht hineinschauen, um zu wissen, dass es eine Ruine war. Er versuchte, sich etwas Nützliches einfallen zu lassen, das man aus dem Künstlerbedarf plündern könnte, aber ihm kam nichts in den Sinn. Es war die Zeit nicht wert, nachzusehen.

Weitere Geschäfte säumten die übrige Straße. Keines war höher als drei Stockwerke. Skyler vermutete, dass in dieser Stadt nichts vom Wüten der Aufstände, der Vernachlässigung und der Krankheit verschont geblieben war. Er hatte hundert solche Städte gesehen. In Gedanken stellte er sich sein geliebtes Amsterdam vor, das in einem ähnlichen Zustand darbte.

All die großen Städte der Menschheit, dem Verfall überlassen. Alle außer Darwin – und Darwin würde es allzu bald auch erwischen.

Er sah sich nach dem Bürogebäude um, um sich zu orientieren. Mindestens vierhundert Meter nach Westen und vielleicht hundert nach Süden. Er wusste, dass Geräusche und Bewegungen die Subhumanen anzogen. Die meisten hatten ihre Fähigkeit zu höheren Denkprozessen eingebüßt, aber ihre rudimentären Sinne waren geblieben. Tatsächlich war es beim Verlauf von SUBS so, dass ein rudimentäres Gefühl bis zu einem Punkt zunahm, an dem es alle anderen Gedanken ausblendete, ein Phänomen, das umso unvorhersehbarer wurde, weil niemand wusste, welche Emotion alles übernehmen würde. Zorn, Furcht, Lust ... sogar Humor. In den ersten Tagen war er einigen begegnet, die über alles um sich herum hysterisch gelacht hatten. Sie überlebten meist nicht lange.

Mit gesenkter, entsicherter Waffe machte sich Skyler auf den Weg. Viele dieser Bauwerke dienten vermutlich als Unterschlupf für die Subhumanen, und sie grenzten alle direkt an die Straße. Er brauchte einen Weg, auf dem er außer Sicht bleiben konnte.

Er überquerte die Straße zum Haus direkt gegenüber, das früher eine Buchhandlung gewesen war, und hielt an, um zu lauschen. Er hörte nur ein hauchfeines Flüstern des Windes und ging schnell weiter, vorbei an den zerbrochenen Schaufenstern zu einer Gasse gleich dahinter. Der enge Weg, kaum so breit wie ein Auto, war stockfinster.

Diesem folgte er einen vorsichtigen Schritt nach dem anderen, bis er an die nächste Kreuzung kam. Die Straße dahinter schien einfach eine breitere Gasse zu sein, die vielleicht den Ladenbesitzern zum Anliefern gedient hatte. Im Westen sah Skyler den Büroturm, Ziegel und Glas, die in den sternenbehangenen Westhimmel aufragten.

Noch dreihundert Meter geradeaus.

Er lief schneller und bewegte sich zum Ende der kleinen Gasse. Eine breite Straße kreuzte seinen Weg, gesprenkelt mit den Kadavern verlassener Autos und einem ausgebrannten Stadtbus. Verbrannte Passagiere saßen noch auf den Sitzen, ausgetrocknet und schwarz. Die Dämonen eines Bildhauers vor einer Alptraumkulisse.

Das Ende der Straße bildete den Rand des Geschäftsviertels. Daran schloss sich eine Wohnsiedlung an, mit gleichmäßig verteilten Häusern, die sich in unkrautübersäte Gärten schmiegten. Ein Teil war schon vor Jahren einem Brand anheimgefallen. Er rannte die Straße zwischen Läden und ausgebrannten Häusern entlang.

Eine Limoflasche ruinierte seine leise Flucht. In der mehr oder weniger absoluten Finsternis trat er gegen das alte Ding, so dass es über den aufgebrochenen Asphalt rollte und hüpfte. Das klackernde Geräusch ging endlos weiter, katastrophal laut nach so viel Stille.

Wie aufs Kommando kehrten die Schreie der neuerlich aufgescheuchten Subhumanen zurück, drangen aus den leeren Gebäuden, die die Straße säumten.

Skyler lief.

So schnell es seine Verletzung zuließ, schlug er den direkten Weg zum Büroturm ein. Er hörte rasche Schritte hinter sich.

Ein schneller Blick über die Schulter – mindestens zehn von ihnen verfolgten ihn und holten auf. Er zwang sich, seine Aufmerksamkeit nach vorn zu richten, und bemerkte eine Bewegung rechts von ihm. Ein weiterer Sub kam aus einem alten Haus und lief auf ihn zu. Skyler schoss aus der Hüfte eine Salve ab. Das arme Geschöpf fiel schlitternd nach vorn, völlig erschlafft.

Das ohrenbetäubende Knattern des Maschinengewehrs hatte einen Chor aus geistlosem Geschrei aus allen Richtungen zur Folge.

Skyler legte einen Zahn zu, seine Lunge brannte, während er die letzten paar Meter zum Gebäude sprintete.

Dicke Holzplanken und Teile von Metallplatten, an die kreuz und quer Klingendrahtstreifen genagelt waren, versperrten den Eingang.

Verzweifelt rannte er an der Barrikade vorbei, umkreiste sie und fand den Seiteneingang im gleichen Zustand vor, so dass er zur Rückseite des Hauses weiterlief.

Hinten gab es einen kleinen Parkbereich hinter einem hohen, schmiedeeisernen Zaun. Ein elektrisches Tor war der einzige Weg hinein, aber es war mit einer Kette geschlossen und mit einem Vorhängeschloss gesichert. Daneben befand sich ein kleines, weißes Kartenhäuschen.

Die hechelnden, fauchenden Geräusche waren nur wenige Meter hinter ihm, als Skyler zu dem kleinen Gebäude abbog. Die Fenster des Häuschens waren noch ganz. Skyler schoss auf eines von denen, die in seine Richtung schauten, und sah, wie sich die klare Scheibe in Tausende harte Scherben verwandelte. Er sprang in letzter Sekunde, die Waffe vor sich haltend, und zerschmetterte das Glas in einem Regen aus scharfen Bruchstücken.

Er hatte keine Zeit zu verlieren. Skyler stand auf. Zerbrochenes Glas fiel aus seiner Bekleidung und knirschte unter seinen Füßen. Er ignorierte ein paar kleine Schnitte und zielte. Ein Subhumaner sprang durch das offene Fenster, während er abdrückte. Kugeln durchsiebten die Brust des Wesens, aber der Schwung katapultierte den Leichnam direkt in Skylers Oberkörper, schob ihn nach hinten in die Rückwand des kleinen Häuschens.

Ihm blieb die Luft weg. Es knackte, und Schmerz durchzuckte seine Seite. Sein Kopf wurde in den Nacken geworfen und schlug mit einem dumpfen Knall gegen die Wand. Er sah Sterne. Schnaufend und unsicher schob er den schlaffen Körper von sich und schoss auf den nächsten. Dieser Sub hatte einen gewissen Selbsterhaltungstrieb und duckte sich. Die, die ihm nachkamen, wurden langsamer und sahen einander an, als müssten sie entscheiden, was sie tun sollten.

Skyler nutzte die Gelegenheit und stolperte durch die schmale Tür des Häuschens. Jetzt innerhalb des umzäunten Parkgeländes humpelte er auf den Rückeingang des Gebäudes zu, rang auf dem ganzen

Weg darum, das Gleichgewicht zu halten. Sein Oberkörper brannte, der Schmerz wuchs mit jeder Bewegung.

Verzweifelt schoss er blind hinter sich, während er die Rückseite des Gebäudes musterte. Er hinkte auf die mittlere Doppeltür zu, ohne auf den stechenden Schmerz in seinen Rippen zu achten.

Die Türen waren abgeschlossen.

Skyler fuhr herum und sah vier Subhumane, die über das Tor kletterten. Knurrend hob er das Gewehr. Die Waffe fühlte sich an, als sei ein Sack Steine daran festgebunden. Brennender Schmerz raste bei der Anstrengung durch seinen gesamten Oberkörper, aber er konnte nichts dagegen tun. Skyler zielte auf einen Sub, der gerade die Oberseite des Hindernisses erreichte. Er drückte ab.

Klick.

Er tastete nach dem letzten Magazin, das er sich in die Tasche gestopft hatte, als die *Melville* zur Erde gestürzt war. Die schwarze Metallhülle glitt ihm durch die Finger und fiel zu Boden.

Für einen Sekundenbruchteil hieß Skyler sein Schicksal willkommen. Er sackte zusammen und wartete darauf, dass die rückentwickelten Menschenwesen kamen und ihn in Stücke rissen, wie es ihnen die Seuche einprogrammiert hatte.

Links von ihm erregte etwas seine Aufmerksamkeit. Er sah eine Treppe, die sich seitlich ans Gebäude schmiegte und hinunter in die Dunkelheit führte.

Er lief darauf zu, hielt nur inne, um das Magazin aufzuheben. Jeder hinkende Schritt zu der Treppe sorgte für eine Schmerzspitze in seinen Rippen, die sich wie Messerstiche anfühlte. Er schrie den Schmerz hinaus, während er das Magazin in sein Gewehr klatschte.

Er nahm drei Stufen auf einmal, es war eher ein kontrollierter Fall als ein Abstieg. Die Tür ragte unten auf, und alles, was Skyler tun konnte, war, beim Aufprall den Arm zu heben. Er rechnete mit einer harten Landung, aber sein Gewicht und sein Schwung stießen die Tür weit auf.

Skyler stürzte schwer. Seine Wange klatschte auf den Teppichboden, der nach Fäulnis und etwas anderem roch. Etwas Wildem, wie in einem Tierkäfig. Seine Sicht wurde an den Rändern trüb und verdunkelte sich.

Er rollte sich auf den Rücken und zielte hinauf zum Treppenhaus, während schon der erste Subhumane über dem Rand erschien. Skyler drückte ab und schoss weiter, bis ihm die Kugeln ausgingen.

Während ihm langsam die Sinne schwanden, war er sich vage bewusst, dass er zur Tür kroch und danach griff.

Der Rest war Schwärze.

KAPITEL 24

Darwin, Australien

5.2.2283

Ein gutes Stück nach Mitternacht umkreiste ein Konvoi aus Panzerwagen ein zusammenbrechendes altes Parkhaus in The Gardens, einem unpassend benannten Elendsviertel im südlichen Darwin.

Die Hälfte der Gefährte kam schlitternd auf der Straße davor zu stehen. Schwarz gekleidete Polizisten sprangen heraus und gingen in Verteidigungsstellung. Für potentielle Zuschauer in den Schatten wiesen ihre braunen Helme sie als Sicherheitspersonal von Nightcliff aus – nicht, dass daran irgendein Zweifel bestanden hätte.

Die andere Hälfte des Konvois wurde nicht langsamer. Sie folgten einem besonders großen Wagen, auf dessen Kühlergrill ein dicker, geriffelter Stahlkeil genietet war. Die Elektromotoren des Wagens fuhren hoch, als er in das Metallgitter am Eingang des Parkhauses krachte. Die alten Stangen brachen aus ihren brüchigen Verbindungsstücken und fielen klirrend ins Dunkel.

Die Gefährte strömten in das offene Loch wie Kakerlaken. Sie sausten die Betonspirale hinab, wo die Funken flogen, wann immer ihre grob gepanzerten Außenseiten die gesprungene Seitenwand streiften.

Kaum verbeult vom ersten Aufprall, gab der vorderste Wagen in der letzten Biegung Gas und machte kurzen Prozess mit dem Maschendrahtzaun am Ende. Die Barrikade brach zusammen und teilte sich problemlos, so dass nichts als eine große Tür zwischen den Eindringlingen und dem Inneren des Gebäudes blieb.

Auch sie hielt nicht stand. Als die Ramme sie traf, splitterte das alte Holz, so dass der Schutt in das Lagerhaus und Hauptquartier von Mr Prumble niederregnete, dem berühmten Schmuggler und einem Hauptversorger von Darwins Schwarzmärkten.

Während das mächtige Gefährt rückwärts aus dem Weg fuhr, strömten die Polizisten in das Loch.

Russell Blackfield sah seiner Elite gern bei der Arbeit zu.

Er trat hinter ihnen ein, nur eine Pistole in der Hand. Aus dem Inneren hörte er seine Männer immer wieder »sauber« rufen, während sie sich im Gebäude verteilten. Er wusste, dass sie sich über ihm auch durch die oberen Etagen arbeiteten, obwohl die Kundschafter sagten, dass diese schon lange verlassen waren. Sie waren dennoch einen Blick wert, hatte er während der Planungssitzung beschlossen.

Laut der Aufklärungsberichte, für die Russell bezahlt hatte, standen bei Prumble vierzig Schlägertypen auf der Gehaltsliste, um die Waren zu beschützen, die in diesem übelriechenden Grab von einem Versteck gelagert wurden.

»So viel zur Gegenwehr.«

In dem riesengroßen Raum befand sich gar niemand, bis auf die Männer von Nightcliff. Jemand hatte ihm etwas gesteckt. Er hätte die Informanten einsperren sollen, die Prumble verraten hatten. Die Bestechungsgelder wieder einstreichen, sich ein wenig rächen, falls es nicht gut lief.

Seine Truppen gingen mit fachmännischer Aggressivität vor, trotz des Mangels an Feinden. Russell spazierte an den Waren vorbei, die sorgsam in einem Gang nach dem anderen geordnet und sorgfältig gestapelt waren. Ein innerer Drang, alles auseinanderspritzen zu lassen, verlangte ihm mehr Selbstdisziplin ab, als er üblicherweise an den Tag legte.

Ganz am Ende des letzten Ganges stieß er auf das einzige offensichtliche Versteck – einen weiteren Raum, den man nachträglich in die hintere Ecke der unterirdischen Halle eingebaut hatte.

Dort warteten fünf seiner Wächter, die Waffen auf die solide Metalltür gerichtet. Sie sah genau wie der riesige Kühlhaus-Eingang in der Kantine von Nightcliff aus.

»Aufmachen«, sagte er zu einem seiner Männer. Die anderen schwärmten seitlich aus.

Der Polizist ergriff die Klinke, und sein ganzer Körper zuckte. Alle Gliedmaßen spreizten sich von ihm ab, bis auf den Arm, der mit der Tür verbunden war. Der Mann stieß einen ekelhaften, gutturalen Laut aus, und seine Haare fingen Feuer. Ein weiterer Polizist besaß genug Geistesgegenwart, seinem durch den Stromschlag getöteten Kameraden einen Schlag mit dem Gewehr auf die Brust zu versetzen, um ihn von der Tür weg zu befördern.

Der Raum versank in Dunkelheit. Irgendwo darunter kam ein summender Generator zum Stillstand.

Einige der Soldaten hatten Lampen auf den Helmen oder an die Unterseite ihrer Gewehre montiert. Innerhalb weniger Sekunden gingen sie alle an. Russell nahm eine kleine Handtaschenlampe und richtete sie auf das Opfer.

Tot, oder so gut wie. Der Geruch nach brennenden Haaren und brennender Haut hing in der unbewegten Luft. »Scheiße noch mal, schafft ihn hier raus«, sagte Russell und hielt sich die Nase zu.

Jemand packte den gebratenen Mann am Kragen und schleifte ihn weg.

»Der Strom ist aus. Probiert es noch mal«, sagte Russell. Einer der Männer näherte sich der Tür und tippte sie mit dem Finger an. Nichts geschah, deshalb zog er fest an der Klinke. Die Tür gab nicht nach.

Der Mann versuchte es erneut, diesmal strengte er sich richtig an. Keine Bewegung.

»Genug«, sagte Russell. »Benutzt das ONC-Seil.«

Ein weiterer Polizist kam mit einer aufgewickelten gelben Schnur nach vorne. Er wickelte ein Stück davon ab und klebte es in einem ovalen Muster an die Tür.

Russell legte die Hände um den Mund, um seine Stimme zu verstärken. »Wenn du da drin bist, Prumble, versteck dich lieber unterm Schreibtisch. Falls du da drunter passt.«

Ein paar Männer lachten. Russell drehte sich um und führte alle zurück zum Haupteingang. Der Sprengmeister kam als Letzter und wickelte auf dem Weg einen dünnen blauen Draht ab. Er hockte sich neben Russell.

»Geht in Deckung!«, rief er. Nach einer Pause noch einmal: »Deckung!«

Russell hielt sich die Ohren zu.

Der Wächter schob die Drähte in ein Kästchen, das er in der Hand hielt, und drückte einen Knopf an der Seite.

Das Gebäude erzitterte. Brauner Staub löste sich überall und hing in der abgestandenen Luft.

Russell spürte die Detonation bis in die Knochen. Seine Kleidung flatterte, als sich der Luftdruck rapide veränderte. Teuflisches Zeug, dieses Seil. Er hatte es diesem immunen Bergungsteam abgenommen. Der Typ hatte gesagt, Prumble wäre sein Schieber, eine gar köstliche Ironie.

Es dauerte eine gute Minute, bis Rauch und Staub sich zumindest so weit gelegt hatten, dass man ein paar Meter weit sehen konnte. Russell wollte keine Zeit verschwenden und bedeutete seinen Männern mit einem Handsignal, nach drinnen vorzudringen.

In Zweiergruppen gingen sie hinein, ihre Lichter machten den dicken Rauch noch schlimmer.

»Sauber!«, hörte Russell vom gegenüberliegenden Ende des Raums.

Gottverdammt! Nicht, was er hatte hören wollen. Zwei gutbezahlte Informanten, die man am Vortag draußen von der Straße geholt hatte, hatten geschworen, Prumble sei anwesend. Russells Wächter hatten behauptet, niemand habe das Gebäude verlassen.

Nun stand Russell da wie ein Idiot. Er nahm sich vor, nach diesen beiden doppelzüngigen Wichsern zu suchen und sie draußen an der Auragrenze auszusetzen.

Russell betrat das kleine Büro. Der Teil der Tür, den das ONC-Seil entfernt hatte, war durch den ganzen Raum geflogen, hatte eine Ecke des großen Eichenholzschreibtisches abgerissen und einen alten Aktenschrank ziemlich verbeult. Splitter und Papier lagen auf dem Boden verstreut.

»Prüft diesen Schreibtisch«, sagte Russell, »aber vorsichtig. Ich habe heute schon genug Barbecue gerochen.«

Er erteilte gerne Befehle an niemanden konkret und beobachtete dann, wer die Initiative übernahm. Das diente ihm als Schlüssel für die Wahl derer, die eine Beförderung bekamen.

»Die von euch, die nicht hier drin sind«, sagte Russell laut, »verladet alles in die Wagen. Nichts bleibt zurück.«

Ein Chor wenig begeisterter »Ja, Sir«-Rufe folgte. Sie hatten ein bisschen Action erwartet und waren enttäuscht, stattdessen ein leeres Gebäude vorzufinden. »Was in eure Taschen passt, könnt ihr behalten«, fügte Russell hinzu. Daraufhin ließ das Gebrummel etwas nach.

»Hier ist eine Art Kassenbuch, Sir«, sagte ein Soldat, der in den Aktenschrank schaute. Er gab Russell ein ledergebundenes Notizbuch, das mit seitenweise handgeschriebenen Daten gefüllt war.

»Papierkram, genau mein Traumfund.« Russell blätterte es trotzdem durch. Die hingekritzelten Noten waren im besten Fall kryptisch. Initialen, Kürzel, Zahlen. Zeug, das nur der Autor verstehen konnte, und Russell nahm an, dass genau das der Sinn dahinter war. Er blätterte zum Ende und fand etwas Merkwürdiges.

Die letzten Einträge begannen alle mit den gleichen Initialen: »N. P.«

»Sat telem«, las Russell, der sich auf den abgewetzten Lederstuhl setzte. Das Kissen war steinhart – ohne Zweifel komprimiert von Prumbles gewaltigem Arsch. »Wonach suchst du, Platz, du alter Bock?«

Die Soldaten achteten nicht auf ihn und stopften sich die Taschen mit allem voll, was hineinpasste.

Zwei der Platz-Einträge lauteten »Sat telem«. Satelliten-Telemetrie, wurde Russell klar.

Warum? Was würde er damit anstellen?

Satelliten. Militärsatelliten. Waffen im Orbit aus einem längst vergangenen Zeitalter. Etwas, das Platz gegen den Boden einsetzen konnte, gegen Nightcliff, das ihm wieder die Oberhand verschaffen würde. Russell spürte, wie es ihn eiskalt überlief. Hatte er den alten Bock unterschätzt? Konnte Neil wirklich so schlau sein?

Selbst wenn es nicht stimmte, war es Vorwand genug, um ein paar Schädel einzuschlagen.

Er schloss das Buch, dann grinste er. Es war Zeit, Alex Warthen anzurufen.

KAPITEL 25

Anchor-Station

6.2.2283

Tania schob das Ei-Imitat auf ihrem Teller herum, schuf kunstvolle gelbliche Wirbel auf dem violetten Plastikgeschirr. Die verbesserte Optik half nicht gegen den faden Geschmack.

Gegenüber am Tisch war Natalie mit einer Schale frischem Obst beschäftigt. »Gibt's was Neues von Platz?«

Wissenschaftler von der ganzen Station drängten in die Kantine, um ihr Frühstück einzunehmen. Tania hatte einen Tisch für zwei in einer abgelegenen Ecke genommen, der »weg hier« zu jedem sagte, der auf einen morgendlichen Plausch aus war, das hoffte sie zumindest.

Sie schüttelte den Kopf. »Er ist in irgendwelche politische Auswirkungen eines ›Sicherheits-Vorfalls‹ auf Gateway verwickelt. Mehr wollte er mir nicht erzählen.«

Schuldgefühle nagten an ihr. Sie wusste nicht, warum, aber als Neil sich nach der Mission auf Hawaii erkundigt hatte, hatte sie die ganzen schrecklichen Einzelheiten weggelassen. *Ich habe die Daten, und ich werde sie mir schnellstens anschauen.* Den Rest hatte sie für sich behalten, ein Feuer in ihren Eingeweiden, das sie schürte, wann immer es anfing, nachzulassen, obwohl jeder Instinkt ihr riet, die Belästigung hinter sich zu lassen. Wenn sie es Neil sagte, würde er nur Aufhebens machen und ein Projekt daraus machen, ihr Gerechtigkeit zu verschaffen. Er hatte schon genug Projekte, und das war eines, bei dem sie das Gefühl hatte, dass sie es selbst lösen musste.

»Ich habe gehört, dass sich ein paar Einwohner Darwins einschleichen konnten«, sagte Natalie. »Daraus wurde dann ein großer Wirrwarr mit Warthens Wächtern. Jakobiten, nehme ich an. Sie schreien doch immer herum, man solle ›Jakobs Leiter von den Heiden säubern‹, weißt du?«

Tania sah von ihrem Teller auf. Sie bezweifelte, dass die Welt noch verrückter werden konnte.

»Wie gut, dass wir so weit weg sind«, sagte Natalie.

»Darauf trinken wir«, antwortete Tania. Sie prosteten einander mit Apfelsaft in Hartplastikbechern zu.

Natalie grinste ihre Freundin an. »Geht's dir schon besser?«

»Ich setze auf die heilsame Kraft unerledigter Arbeit«, erklärte Tania. »Ich muss mich beschäftigt halten.«

»Apropos«, sagte Natalie und schaute auf die Uhr. »Wir sollten bald unsere Bilder reinbekommen.«

»Dauert nicht mehr lange«, antwortete Tania. Sie hatte sich auch einen Wecker gestellt.

»Gab es letzte Nacht Probleme?«

»Nein«, sagte Tania mit einem schiefen Lächeln. »Greg und Marcus werden genervt sein, dass ich sie rausgedrängt habe, aber ich werde behaupten, es war ein Tippfehler. Ein Missverständnis. Es war nicht besonders schwer, ihren Task abzubrechen.«

Natalie sah sich um und senkte die Stimme noch mehr. »Was, glaubst du, werden wir finden?«

Tania zuckte die Achseln. »Du weißt, ich ergehe mich nicht gern in Spekulationen.«

»Ach komm schon, tu mir den Gefallen.«

Tania legte die Gabel ab und verschränkte die Arme vor sich auf dem Tisch. Sie sah ihre Freundin lange an. »Ich nehme an, du hast bestimmt eine Theorie, Nat?«

»Klar. Ich kann gar nicht aufhören, drüber nachzudenken.«

»Dann du zuerst.«

Natalie wischte sich den Mund mit einer Stoffserviette ab. »Ich glaube, sie schicken ein großes Passagierschiff, gefüllt mit ihren Leuten.«

»Was?«

»Wie die *Mayflower* oder so.«

Tania unterdrückte ein Lachen. Natalies Energie hob zuverlässig immer ihre Laune.

»Ich meine es ernst«, sagte Natalie. »Denk mal drüber nach. Erst schicken sie den Lift, der uns eine Möglichkeit gibt, hierherauf zu gelangen. Dann schicken sie SUBS, das uns dazu zwingt, hierherauf zu kommen. Nur die Stärksten überleben, nicht?«

»Fahr fort«, sagte Tania.

»Sie geben uns Gelegenheit auszuziehen, und eine Stadt besteht als symbolisches Angebot fort. Vielleicht können sie nicht in einer Atmosphäre überleben, in der kein SUBS herumschwirrt.«

»Warum geben sie uns nicht mehr Zeit? Oder einen ganzen Erdteil?«

Natalie zuckte die Achseln. »Vielleicht können sie keine so große Aura erschaffen.«

»Ich sehe eine große Lücke bei diesem Gedanken«, sagte Tania.

»Schieß los.«

»Weshalb sollten sie uns Gelegenheit zur Flucht geben? Warum neunundneunzig Prozent von uns umbringen, aber hier aufhören?«

Natalies Grinsen erlosch. Ihr Blick zuckte wild umher. »Na gut, genug von meiner Idee, was für eine hast du?«

»Ich spekuliere nicht gern.«

»Komm schon!«

»Ich erzähle dir, was Neil glaubt«, sagte Tania. »Er glaubt, sie kommen, um die Sache zu Ende zu bringen.«

Das desillusionierte Natalie. Als sie begriff, dass Tania nichts mehr sagen würde, aß sie weiter.

Ein paar Minuten später piepsten ihre Uhren gleichzeitig.

»Unsere Bilder«, sagte Tania.

Natalie zögerte.

»Was ist?«, fragte Tania.

»Es ist nur … ich bin nicht sicher, ob ich es noch wissen will.«

Tania nahm sie an der Hand. »Unsinn. Wir sind Wissenschaftlerinnen. Eine echte Entdeckung ist eine Gelegenheit, die man nur einmal im Leben bekommt.«

* * *

Mit dem Einbruch der Dunkelheit auf der Oberfläche des Planeten unterhalb hatten die Korridore ihre Anmutung eines nächtlichen Waldes eingebüßt. Die Beleuchtungskörper an der Decke simulierten volles Sonnenlicht. Tania gefiel das nächtliche Erscheinungsbild besser. Nun war es nur ein weißer Gang mit grünem Teppich.

Natalie zückte ihren Ausweis, um die Tür zu öffnen, und Tania atmete beim Anblick des leeren Raums erleichtert auf.

Sie gingen direkt zu dem gigantischen Aufbau aus mehreren Monitoren im Hinterzimmer am anderen Ende des Labors. Natalie machte sich auf den Weg zum Konsolensitz in der Mitte.

»Ich fahre«, sagte Tania und schob sie zur Seite. »Die Daten sind über meinen Account verschlüsselt.«

Ihre Assistentin nahm die Anweisung hin, ohne mit der Wimper zu zucken, und begab sich hinter den Sessel, um Tania den Platz zu überlassen.

»Sehen wir mal, was wir haben«, sagte Tania. Sie gab ihr Passwort ein und wartete. Natalie legte ihr ängstlich eine Hand auf die Schulter.

Der alternde Rechner brauchte ein paar Sekunden, um zu reagieren, und dann noch eine Minute, um auf die Rohdaten aus der gestrigen Nachthimmelobservation zuzugreifen und sie darzustellen. Auf dem Bildschirm vor ihnen erschien eine Panoramakarte des Universums.

»Ich habe die Daten von Japan und Hawaii benutzt«, sagte Tania, »um den wahrscheinlichen Vektor zu errechnen, den das erste Schiff der Erbauer benutzt haben müsste. Diesen Kurs habe ich an die Änderungen der Position der Erde und unseres Sonnensystems angepasst.« Sie hob einen Teilabschnitt der Sternenkarte hervor, und Hunderte kleine Boxen tauchten darauf auf. Jede füllte sich nach und nach mit einem Bildchen. »Die gelben Vierecke sind die Bilder, die wir gestern Nacht aufgenommen haben. Die überschüssigen sind alt.«

»Das ist ziemlich viel Gelb«, sagte Natalie.

»Es wird noch schlimmer«, fuhr Tania fort. »Bei jedem gelben Viereck habe ich eine Sequenz von sechs Bildern aufgenommen, damit wir Bewegungen erkennen können.«

»Das wird ewig dauern«, sagte Natalie. »Was, wenn wir ein Programm schreiben, das sie automatisch nach Abweichungen durchsucht? Greg könnte das im Schlaf raushauen.«

Tania schüttelte den Kopf. »Wir haben schon eins, ein ziemlich ausgeklügeltes. Aber es braucht sämtliche Computerressourcen, und dadurch würde man wirklich etliche Alarme auslösen.«

»Verdammt.«

»Ich weiß. Heben wir uns das als letzte Zuflucht auf.«

Tania wählte die erste gelbe Box, und ein Sternenmeer füllte die drei Bildschirme. Bis auf eine kaum erkennbare Farbänderung sahen sie alle gleich aus.

Sie schloss das Bild und öffnete ein weiteres.

Natalie runzelte konzentriert die Stirn. »Kann ich einen Moment ans Steuer?«

Tania rollte ihren Sessel aus dem Weg und beobachtete, wie Natalie vortrat und sich übers Keyboard beugte. Sie arbeitete fieberhaft, ihre Finger verschwammen. Mit jedem Tastendruck verlagerte sich die Ansicht auf eine neue Konfiguration.

Kurz darauf trat Natalie zurück. »Versuchs noch mal.«

Tania rollte ihren Sessel zurück ans Gerät und wählte die nächste gelbe Box. Sobald sie bunt unterlegt war, wurde die Selektion auch für die Reihe der fünf anschließenden Boxen angezeigt. Sie vergrößerten sich parallel, gleichmäßig verteilt über die große Anzeige.

»Hier tippen«, sagte Natalie und zeigte hin.

Tania tat es, und die nächsten Bilder einer jeden Sequenz wurden eingespielt. Sie tippte wieder und sah sich die dritte an. »Genial«, sagte sie.

»Nicht so detailliert, aber wir können leichter nach Bewegungen Ausschau halten.«

»Ja, und das an sechs Stellen auf einmal«, sagte Tania. »Tolle Idee.«

Natalie legte Tania beide Hände auf die Schulter. »Noch dreißig Minuten, bis das Frühstück um ist und die Leute anfangen, hier den Kopf reinzustecken.«

Tania nickte. Sie arbeitete noch fieberhafter, unterstützt durch das schlaue System, das Natalie sich ausgedacht hatte.

Nach zwanzig Minuten spürte Tania, dass ihre Augen langsam glasig wurden. Die Bilder verschwammen zu einer willkürlichen Ansammlung von Sternen. Sie rutschte im Sessel herum und rieb sich über eine Verspannung in der Schulter. Natalie schob ihre Hand beiseite und übernahm diese Aufgabe, massierte mit genau dem richtigen Druck. Es fühlte sich gut an, wenn auch leicht ablenkend. Tania tat ihr Bestes, es zu ignorieren, und konzentrierte sich doppelt auf die Bilder.

Ein Dutzend mehr Abfolgen zogen vorüber, ohne dass es ein Anzeichen für Bewegung gegeben hätte.

»Warte. Zurück«, sagte Natalie.

Tania hielt die Abfolge an und scrollte langsam durch die Bilder zurück.

»Halt. Fokus auf das zweite von links.«

Tania starrte das vollkommen durchschnittliche Bild mit Sternen vor dem leeren Nichts des Universums an. »Was ist damit, Nat?«

»In der Ecke.« Natalie deutete darauf.

In der unteren linken Ecke, ganz am Rand der Aufnahme, erkannte Tania ein dunkelgraues Objekt, beinahe unsichtbar vor dem schwarzen Hintergrund. Es gehörte dort allerdings nicht hin. Tania wählte das Bild aus, um es auf allen Bildschirmen anzuzeigen. Sie passte die Einstellungen an, um den grauen Fleck in die Mitte zu holen, und ließ die Abfolge durchlaufen.

Das verschwommene Objekt bewegte sich, anders als die Sterne im Hintergrund.

»Ich will verdammt sein«, sagte Natalie.

Tania runzelte die Stirn. »Es könnte ein Asteroid oder so was sein.«

»Arghh! Du bist so eine Pessimistin. Es sind die Erbauer!«

Tania fand, dass der graue Klecks vage an die Form des Schalenschiffs erinnerte. »Wir müssen sicher sein, ehe wir Neil kontaktieren. Nehmen wir mit dem Teleskop beim nächsten Durchgang eine hochauflösende Aufnahme auf.«

Natalie hopste auf und ab. »Das ist großartig! Sie kommen zurück, und zwar nach einem Ablaufplan!«

»Wir werden sehen«, sagte Tania. Sie brauchte all ihre Selbstdisziplin, um Natalies ansteckende Begeisterung abzuwehren. Ihr Bauchgefühl war bereits zum selben Schluss gekommen. Eventualitäten und ihre Auswirkungen überfluteten ihren Verstand. Alle Wege führten aber zum selben Ort: Ihre Welt würde sich abermals verändern.

»Wir werden sehen«, wiederholte sie nur für sich.

KAPITEL 26

Gateway-Station

7.2.2283

Neil Platz schritt durch die Doppeltür der Ratskammern. Er hielt lange genug inne, um seinem Gefolge zu befehlen, draußen zu warten.

Ein großer Konferenzraum diente als Versammlungsort des Rates, beherrscht von einem langen, rechteckigen Tisch und zwanzig Lederstühlen mit hohen Lehnen. Ein typisches Fenster von Platz Industries beherrschte die gegenüberliegende Wand.

Der übrige Rat saß schon am Tisch, unterhielt sich leise, wartete.

Die Stühle an den beiden Tischenden blieben gewohnheitsmäßig leer. Früher hatten Neil und sein Bruder Zane jeweils am Kopf des Tisches gesessen. Nun hatten sie als Primi inter Pares zwischen den anderen zu sitzen. Eine dämliche Änderung, aber eine, auf der dieser Rat von Emporkömmlingen vehement bestanden hatte.

In den letzten Jahren hatte sich der Rat in der Regel nur einmal alle zwei Monate getroffen. Die Punkte waren immer die gleichen: Wie viel Nahrung sollte nach unten gehen, wie viel Wasser und Luft würden nach oben kommen?

»Bin ich der Letzte?«, fragte er in die Runde.

Michael Carney, der Chef der Einwanderungsbehörde, runzelte die Stirn. »Einige von uns warten schon seit einer halben Stunde.«

»Guter Gott, wie haben Sie das überlebt? Wie ich sehe, sind Sie noch nicht darauf zurückverfallen, Ihre Assistenten zu essen.« Seine erhobene Stimme sorgte dafür, dass sich die anderen Mitglieder umdrehten. Sie hatten alle einen oder zwei Sekretäre dabei.

Zwei Wächter mit unbewegten Gesichtern, einfach gekleidet, rahmten Alex Warthen ein. »Hier läuft eine Mörderin frei herum«, sagte der Sicherheitschef. »Wie wäre es, wenn wir das Geplauder sein lassen und anfangen, hm?«

»Einverstanden. Jetzt, wo wir alle da sind, fangen wir an«, sagte Sofia Windon mit ihrer gleichmäßigen, kühlen Stimme.

Neil mochte Sofia ganz gern. Sie füllte den undankbaren Job des Ressourcenmanagements präzise und gerecht aus. Leider erwies sich ihre Stimme im Rat oft als entscheidend, wenn es ein Patt gab, und sie war keiner speziellen Fraktion verbunden.

Sofia beugte sich vor. »Erst ... «

»Erster Tagesordnungspunkt«, sagte Neil. »Ich beantrage, dass dieses Ratstreffen nur für Mitglieder ist.«

Sofia warf ihm einen verärgerten Blick zu. Sie nahm die Aufgabe, diese Zusammenkünfte auf die Beine zu stellen, sehr ernst. »Weshalb?«

»Nennen wir es Gerüchteeindämmung«, sagte Neil. »Wir haben knifflige Punkte zu diskutieren, und ich werde ausnahmsweise sehr offen sein.«

»Das war für Sie doch noch nie ein Problem «, sagte Alex.

Ehe Neil antworten konnte, hob Sofia eine Hand. »Nun gut, stimmen wir ab. Wer ist dafür?«

Nur Alex und der Herstellungsleiter, Charlie Williams, ließen die Hände unter dem Tisch.

»Antrag angenommen«, sagte Sofia. Sie sah sich im Raum nach der ganzen Schar der Hilfskräfte um. »Wenn Sie uns bitte verlassen würden ... «

Einige reagierten nur langsam auf den Befehl und schauten zur Bestätigung ihre Chefs an. Alex warf einen schrägen Blick über die Schulter und ruckte mit dem Kopf in Richtung Tür. Seine Leibwächter entfernten sich wortlos.

Nachdem das erledigt war, fuhr Sofia fort: »Der Zweck dieses Treffens besteht darin, zwei Angelegenheiten zu besprechen. Erstens den Sicherheitsvorfall, der sich am 4. Februar hier ereignet hat. Zweitens die andauernden Störungen in der Stromversorgung des Lifts, was es vielleicht der Subhumanen-Krankheit ermöglicht, sich innerhalb der Aura auszubreiten. Sie unterbrechen auch die Luft- und Wasserlieferungen aus Nightcliff.«

Amanda McKnight, die ein in den Kinderschuhen steckendes Bildungsprojekt leitete, beugte sich vor. »Können wir auch den Mangel an Terminals für die Kinder …«

»Klar«, sagte Neil. »Dann können sie alle drauf herumtippen, während sie ersticken.«

»Das war überflüssig.«

»Luft und Wasser, Miss McKnight, stehen ein bisschen weiter oben auf der Prioritätenliste.«

Alex Warthen lehnte sich in seinem Sessel zurück. »Ich will einen dritten Punkt auf die Tagesordnung setzen. Den ständigen Schmuggel von Sore auf die Anchor-Station und die geheime Forschung, die dort vorgenommen wird.« Er hielt um des Effekts willen inne. »Wenn ich das so sagen darf, besteht ein Bezug zu dem ›Sicherheitsvorfall‹, dem zickenden Lift und den unzuverlässigen Lieferungen.«

Neil spürte, wie seine Haut kribbelte. Alex starrte ihn mit süffisanter Zufriedenheit an. Er wusste etwas.

»Kümmern wir uns erst einmal um die Sicherheitslage«, sagte Sofia. »Alex?«

Er nickte. »Ich habe von der Gefangenen, einer Samantha Rinn, Söldnerin auf diesem Bergungsflugzeug aus Darwin, einige nützliche Informationen erhalten.«

»Was ist mit dem Flugzeug selbst?«

Alex zuckte die Achseln. »Es ist aus dem Orbit ausgetreten, aber nie in Darwin gelandet. Die verklemmte Befestigung war noch dran. Wir nehmen an, es ist abgestürzt, keine Überlebenden. Als Vorsichtsmaßnahme haben wir die Behörden in Nightcliff informiert.«

»Behörden. Das ist stark«, sagte Neil. Er hielt seine Miene und seinen Tonfall ruhig, während seine Gedanken durch die Konsequenzen fegten. Wenn Skyler tot war, blieben ihm nur zwei Möglichkeiten, was die Aura betraf: allen von der Existenz des Aura-Generators zu erzählen, auch Blackfield, oder nichts zu verraten und zu hoffen, dass sein größerer Plan losgetreten werden konnte, ehe die Aura ganz ausfiel.

Neil entschied sich, nichts zu sagen.

Alex fuhr fort: »Die Gefangene behauptet, ihr Flugzeug sei nicht aus der Gondel ausgeklinkt worden, weil es eine Fehlfunktion des Equipments auf unserer Seite gegeben hätte. Unsere Nachforschungen haben gezeigt, dass jemand absichtlich die Steuerung sabotiert hat.«

»Wer?«, fragte Sofia.

»Die Nachforschungen laufen noch«, antwortete Alex. »Wir befragen die Arbeiter, die gerade Dienst hatten, aber mein Bauchgefühl sagt mir, Kelly Adelaide ist dafür verantwortlich.«

»Ja«, sagte Sofia, »in Ihrem Bericht erwähnen Sie sie mehrfach.«

»Sie hat drei meiner Wächter ermordet.«

»Angeblich«, warf Neil ein.

»Zwar hat jemand die Aufzeichnungen gelöscht, aber ich habe Zeugen.«

»Doch keinen Täter.«

»Alles zu seiner Zeit«, sagte Alex. »Was mich zu meinem ersten Antrag bringt. Ich hätte gerne die Zustimmung des Rates, die Platz-Station zu durchsuchen. Wir glauben, sie ist dorthin geflohen.«

Neil schoss in seinem Sessel nach vorne. »Grotesk.«

»Miss Adelaide ist Ihre Angestellte, oder?«

»War«, knirschte Neil. »Vergangenheit.«

»Ah? Ich bin mir da nicht so sicher.«

»Ich bleibe nicht hier sitzen und höre mir unbegründete Anschuldigungen an.«

»So unbegründet klingen sie nicht«, sagte ein anderes Ratsmitglied.

Neil warf einen Blick nach links auf Dr. Bettina Moore, die die Kliniken und das entsprechende Personal unter sich hatte. Vor Jahren war sie mit Alex im Bett gewesen, und sie verstanden sich noch immer gut. Sie stand tendenziell auf seiner Seite.

Sofia wandte sich ihr zu. »Dr. Moore?«

»Neil hat diese Frau früher beschäftigt. Das bestreitet niemand«, sagte sie nüchtern. »Im Bericht steht, dass man Gateway zweimal von vorne bis hinten durchsucht hat. Es ist doch plausibel, dass sie in vertrautes Gebiet geflohen ist. Ob Neil oder seine Angestellten davon wissen, ist dabei uninteressant.«

»Warthen stellt in meiner Station die Sicherheit genauso sicher wie überall sonst«, sagte Neil. »Ich möchte bezweifeln, dass sie an einem so wachsamen Stab vorbeikäme.«

»Mein Stab hat auf Ihren Befehl außerhalb des Frachtbereichs keinen Zutritt.«

»Wo sie auch angekommen wäre, wenn ich mich nicht täusche.«

»Meine Herren, bitte«, sagte Sofia. »Neil, das Orbitalstationssicherheitsgesetz, das auch Sie unterzeichnet haben, gestattet dem Direktor des Sicherheitsdienstes oder seinen Vertretern ungehinderten Zutritt zu allen Stationen.«

»Mit dem Einverständnis dieses Rates«, verbesserte Neil. »Belehren Sie mich nicht über die Bestimmungen dieser sogenannten Regierung, Sofia. Ich habe das verdammte Gremium immerhin aus der Taufe gehoben.«

Alex nutzte die Chance. »Dann stimmen wir doch ab.«

Das taten sie. Fünf zu vier zugunsten des genehmigten Zugangs für Warthen.

Darauf folgte eine ungemütliche Stille. Neil trommelte mit den Fingern auf den Tisch.

Oliver Devanneaux räusperte sich. »Wenn wir jetzt bitte zu dringenderen Angelegenheiten kommen könnten«, flüsterte er. Sein Ressort: Verbrauchsgüter.

»Luft und Wasser«, sagte Sofia. »Natürlich, fahren Sie fort.«

»Nightcliff hat wieder mal gedroht, die Lieferungen auszusetzen, indem es behauptet, besorgt wegen der Stromschwankungen zu sein, die inzwischen beinahe stündlich auftreten.« Oliver sah sie alle an. »Sie haben unsere Unterstützungsangebote abgelehnt und sind jetzt beinahe um zwanzig Gondeln im Rückstand.«

»Blackfield wird nachgeben, wenn die Nahrung ausgeht«, sagte jemand.

»Alex«, sagte Sofia, »Sie haben ihn auf Gateway getroffen. Was glauben Sie?«

Der Sicherheitschef zuckte die Achseln. »Er will einen Sitz im Rat. Das wissen Sie.«

»Oh, ausgezeichnet«, sagte Neil. »Davon werden die Gondeln sicher wieder flott.«

»Vielleicht sollten wir uns mit der Wurzel des Ganzen beschäftigen«, sagte Warthen. Er starrte Neil an.

Tiefe Stille senkte sich über den Tisch.

Sofia sagte schließlich: »Und die wäre?«

»Ich war auf der Anchor-Station«, sagte der Mann. »Vor kurzem. Sie haben das Schalenschiff ziemlich heftig sondiert …«

Neil verbiss sich prustend ein Lachen. »Das tun wir schon seit Jahren«, sagte er.

»Ich bin noch nicht fertig«, antwortete Alex. Er ließ den Blick über den Tisch schweifen. »Diese Untersuchungen sind die intensivsten, die sie je durchgeführt haben; einer der Wissenschaftler hat das gesagt. Nicht nur das, man hat mir zugetragen, dass Neil kürzlich nach Darwin gereist ist, um etwas bei einer Gruppe Schmuggler zu kaufen.«

Alle schwiegen. Neil spürte ihre Blicke, konzentrierte sich aber auf Alex.

»Genau den Schmugglern«, fügte Alex hinzu, »die vier Wächter auf genau dieser Station getötet haben, vor drei Tagen. Wenn Sie mich fragen, hängt das alles zusammen.«

»Das ist stark«, sagte Neil. »Sind die Freimaurer auch beteiligt? Bitte fahren Sie fort.«

Alex achtete inzwischen nicht mehr auf ihn. Er redete mit allen anderen. »Erst sucht Neil Darwin auf, ohne dass der Rat dem zugestimmt hätte. Getarnt, wie ich hinzufügen möchte. Dann finden wir das mit diesen ›Intensiv-Untersuchungen‹ des Schalenschiffs heraus, die zufällig genau zu der Zeit stattfinden, in der auch diese merkwürdigen Stromschwankungen auftreten. Vergessen wir nicht die beiden Fälle von SUBS im Orbit. Schließlich unternimmt eine von Neils Vorzeigewissenschaftlerinnen, Tania Sharma, persönlich eine gefährliche Reise außerhalb der Aura an Bord eines Bergungsflugzeugs. Desselben Flugzeugs, das dann unter zweifelhaften Umständen nach Gateway gelangt.«

Er sah alle an. »Ich sage Ihnen, es hängt zusammen. Die Untersuchungen am Schalenschiff verursachen die Stromschwankungen und die Ausbrüche von SUBS. Neils Wissenschaftler gehen mit rücksichtsloser Nachlässigkeit vor. Diese Untersuchung sollte sich auf zwei Orte konzentrieren: die Platz- und die Anchor-Station.«

Neil schluckte. Er erinnerte sich kaum mehr an die nebensächliche Bemerkung, die einer der Forscher auf Anchor zur Durchführung einer detaillierten Untersuchung des Schalenschiffs gemacht hatte. Das gottverdammte Ding war ein Wrack, und alle wussten es. Der Versuch, es zu kartieren, war harmlos und stand in keinerlei Zusammenhang, aber das spielte keine Rolle. Alex hatte sich diesen

Informationskrümel geschnappt und setzte ihn nun verdammt gewitzt ein.

Man musste Alex zugutehalten, dass er den Angriff noch weitertrieb. »Russell Blackfield hat meines Erachtens jedes Recht zur Sorge. Die Stromausfälle sind im Moment nur ärgerlich, aber sie werden schlimmer. Eine Gondel, die zurück auf die Erde fällt, würde wie eine Bombe in Nightcliff einschlagen.«

»Sie können nicht runterfallen, Sie Idiot«, sagte Neil. »Im Ruhezustand sind sie befestigt. Meine Ingenieure sind keine Narren.«

»Wir haben darauf nur Ihr Wort«, antwortete der Mann. »Eine unabhängige Prüfung …«

»Jetzt sind Sie einfach nur ein Arschloch«, sagte Neil. Er warf einen Blick auf den restlichen Rat. »Er und Russell stecken unter einer Decke. Er taktiert nur, um Blackfield an diesen Tisch zu bekommen.«

»Ist es nicht eindeutig«, sagte Alex, »für jeden hier, dass Nightcliff in dieser Gleichung eine bedeutende Rolle spielt? Holen Sie tief Luft, wenn Sie mir nicht glauben. Spüren Sie die Luft in Ihrer Lunge. Nur zu, nippen Sie an Ihrem Wasser.«

Alle schwiegen.

Alex erhob sich und legte die Hände auf den Tisch. »Dieser Rat, wir neun, sind nur fünfzig Prozent des Bildes. Russell Blackfield herrscht im Moment über die andere Hälfte. Das ist zu viel Macht in den Händen eines Menschen. Haben Sie von den Ausschreitungen da unten gehört? Lassen Sie sich sagen, sie verfluchen uns, nicht ihn. Man wird uns die Schuld an allem geben, wenn wir ihn nicht herholen.«

Sofia sprach mit großer Gelassenheit. »Neil, was denken Sie? Hat Russell die Bewohner Darwins hinter sich?«

»Natürlich«, sagte Neil und sah sie an. »Alles, was sie über den Orbit wissen, kommt von ihm. Abgesehen von Alex und Michael, wer hier hat die Erde in den letzten sechs Monaten aufgesucht? Hat im letzten Jahr die Festung verlassen?«

Im Raum herrschte Grabesstille.

Neil fuhr fort: »Ich war vor zwei Wochen dort, das ist wahr. Um zu arrangieren, dass …«

»Um zu arrangieren, dass sie bei den Schmugglern einkaufen können«, sagte Alex.

»Um bedeutende Informationen für meine Forscher zu beschaffen«, blaffte Neil zurück.

»Richtig. Wir freuen uns auf die Früchte Ihrer Entdeckungen oben in der Anchor-Station, Neil. Ich bin sicher, unsere Enkel werden sie auch mit Spannung erwarten.«

»Meine Herren, bitte!«, sagte Sofia und schlug mit der flachen Hand auf den Tisch. »Alex, Sie hatten vorhin etwas zu sagen.«

Er legte die Hände vor sich auf den Tisch. »Das alles ließe sich einfacher lösen, wenn Blackfield einen Sitz an diesem Tisch hätte. Dadurch wäre er nur noch ein Zehntel der Gleichung, nicht mehr die Hälfte. Das ist es wert.«

Neil knurrte: »Wir stimmen doch nicht schon wieder darüber ab, oder?«

»Die Lage hat sich verändert. Blackfield ist nicht mehr nur ein Torwächter. Er hält alles dort unten am Laufen und hat seine Macht gefestigt.« Alex sah nacheinander alle außer Neil an. »Ob es uns gefällt oder nicht, er und die Festung sind bedeutend für unser Wohlergehen. Wir holen ihn besser in unseren Kreis …«

»Keine Chance«, sagte Neil mit tiefer, lauter Stimme. »Entheben Sie ihn sofort seiner Macht und bringen Sie jemanden in diese Position, den wir kontrollieren können.«

Alle redeten gleichzeitig.

Alex überschrie sie: »Ich werde meine Sicherheitskräfte nicht hinabschicken, um Nightcliff zu unterwerfen …«

»Möglicherweise müssen wir dann noch einen weiteren Personalwechsel vornehmen«, sagte Neil.

»Gewöhnen Sie sich daran, heute Ratsabstimmungen zu verlieren, Neil.«

Neil schwieg. Die Unterhaltung am Tisch verstummte.

»Er hat Nightcliff zu gut im Griff«, sagte Alex. »Der Versuch, ihn abzusägen, würde viele Leben und wertvolle Ressourcen kosten. Besonders, wenn die Alternative ist, ihn einfach hier am Tisch sitzen zu lassen.«

Neil wandte sich zu den anderen Ratsmitgliedern. »Wo er seine Macht auch auf den Orbit ausweiten kann.«

»Wo wir ihn kontrollieren können. Der Preis für seinen Beitritt wäre, dass die Autorität dieses Rates sich erweitert und auch Nightcliff und Darwin umfasst. Biegen wir ihn nach unseren Vorstellungen«, sagte Alex.

Neil schüttelte den Kopf. »Dem würde er nie zustimmen, und das wissen Sie.«

Es klopfte.

»Herein«, sagte Sofia.

Neils Sekretär streckte den Kopf herein. Auf einen Wink Sofias hin trat er ein und ging direkt zu Neil. Er flüsterte ihm ein paar Augenblicke etwas ins Ohr, dann richtete er sich auf.

»Ich bitte um eine Vertagung«, sagte Neil. »Ich muss mich um wichtige Obliegenheiten kümmern.«

Sofia sah die Mitglieder nacheinander an. Alex schien kurz davor zu stehen, aufzubegehren. Dann setzte er sich.

Sofia beugte den Kopf zu Neil. »Es ist drei Uhr nachmittags. Wir treffen uns nach dem Abendessen wieder, um acht.«

KAPITEL 27

Anchor-Station

7.2.2283

Tania wartete nervös am Schreibtisch in ihrem Zimmer.

Ihr Terminal zeigte ein detailliertes Bild des Objektes, das sich nun der Erde näherte. Das hochauflösende Bild, aufgenommen mit dem Teleskop in der Nacht zuvor, ließ keinen Zweifel daran, worum es sich handelte.

Zehn Minuten, nachdem sie Neils Sekretär kontaktiert hatte, nahm Neil endlich den Kommunikator am anderen Ende auf.

»Tut mir leid«, sagte er zwischen keuchenden Atemzügen, »ich wollte es nicht auf der Station annehmen. Zu viele von Warthens Schlägern lungern da herum. Ich bin den ganzen Weg zu meiner Gondel gerannt.«

»Schon gut«, sagte Tania. »Bist du allein?«

»Soweit das möglich ist. Also raus damit. Es kommt nichts, oder? Es war alles vergebens?«

Sie zögerte, ausgebremst durch den untypischen Defätismus in seiner Stimme.

»Ich wusste es«, sagte er. »Das Nachlassen der Aura ist das nächste Ereignis. Gottverdammt …«

»Es kommt ein weiteres Schalenschiff«, sagte sie.

Neil war kurz sprachlos. »Bist du sicher?«

»Ja«, sagte Tania. »Genau wie das, das wir hier auf Anchor haben, soweit ich das sagen kann.«

Ein langes Schweigen folgte. »Ist es nach Darwin unterwegs?«

»Das lässt sich unmöglich sagen«, antwortete Tania. »Wir brauchen mehr Zeit.«

Nach ein paar weiteren Sekunden fuhr er fort: »Also, was weißt du?«

»Es ist schon ziemlich nah«, erklärte sie. »Natalie versucht, das Teleskop heute Nacht für eine weitere Aufnahme in Anspruch zu nehmen, die uns zeigen wird, wie schnell es sich bewegt, aber nicht die Bremsrate.«

»Wie lange wirst du brauchen, um die herauszufinden?«

Tania dachte nach. »Drei oder vier Tage, glaube ich.«

»Warum so lange?«, fragte Neil.

»Wir teilen uns hier oben die Teleskopzeit. Die anderen werden noch misstrauisch, wenn wir immer wieder die Nutzungspläne ändern.«

»Wer benutzt das Teleskop noch?«

»Greg«, antwortete sie. »Greg und Marcus.«

»Ich schicke ihnen eine Nachricht«, sagte er. »Etwas angemessen Kryptisches, das sie darüber informiert, dass ihr Projekt ausgesetzt wird und sie dir das Ding ganz überlassen sollen.«

Seine Fähigkeit, solche gewaltigen Neuigkeiten hinzunehmen und sich sofort praktischen Angelegenheiten zuzuwenden, erstaunte sie. »Ich dachte, du wärst aufgeregter«, sagte sie.

Ein erschöpftes Seufzen kam durch die In-Ear-Kopfhörer. »Ich hatte mir eingeredet, das Nachlassen der Aura sei das nächste Ereignis der Erbauer. Zum Teufel, es könnte immer noch so sein.«

Sein Tonfall verwirrte sie. Immer, wenn sie darüber redeten, war es, als hätte er bereits akzeptiert, dass die Erbauer in einer endlosen

Reihe immer wieder zurückkehren würden. Sie rief sich ins Gedächtnis, mit wem sie sprach. Neil hatte einen laserartigen Fokus auf die Zukunft, auf Chancen und Konsequenzen. Er ließ Ereignisse nicht einfach geschehen, sonnte sich nicht im Entdeckungsakt.

»Hier unten läuft es schlecht«, fuhr er fort. »Der Rat ist mehr oder weniger bereit, Russell Blackfields Forderungen nachzugeben. Wir werden schnell handeln müssen, ehe er einen Fuß in die Tür bekommt.«

Tania spürte, wie ihr Herz bei der Erwähnung Blackfields schneller schlug. Eine Vision blitzte in ihren Gedanken auf, die Anchor-Station verquickt mit dem Quarantäneraum in Nightcliff. Sie zog den Reißverschluss ihres Overalls ganz hoch.

»Es wird alles sehr schnell gehen, Tania. Wir müssen bereit sein.«

»Kann ich dich etwas fragen?«

»Natürlich, meine Liebe.«

Tania schluckte und schloss die Augen. »Wusstest du von den Daten in Toyama, ehe ich darum gebeten habe?«

»Wie bitte?«, fragte er. »Natürlich nicht. Was soll das?«

»Aber du warst am Teleskop.«

»Ich glaube nicht …«

»Ich habe ein Foto gesehen«, sagte sie. »Du und mein Vater, wie ihr davorsteht.«

»Vielleicht irrst du dich?«, fragte er. »Oder, wer weiß … dein Vater und ich haben in unseren Glanzzeiten Dutzende wissenschaftliche Institutionen gefördert. Vielleicht ist es mir entfallen.«

Tania hörte, dass er log. Eine subtile Tonänderung, etwas, das wahrzunehmen lebenslange Freundschaft erforderte. »Vielleicht«, sagte sie und starrte das Bild vor ihr an. Es schien ihr nicht der richtige Augenblick, sich gegen ihn zu stellen. Er hatte es vielleicht wirklich vergessen.

»Wenn es dir dann bessergeht«, sagte er, »kann ich unsere Aufzeichnungen prüfen.«

»Nein, vergiss es«, antwortete sie.

»Bleib konzentriert, meine Liebe.«

»Es würde mir bessergehen, wenn mir der Plan bekannt wäre.«

»Den wirst du erfahren«, sagte er, »wenn es sicher ist, ihn dir zu erzählen. Aber das wesentliche Puzzlestück ist dieses Schiff. Das Was, Wann und Wo.«

»Ich verspreche, du wirst es wissen, sobald ich es weiß«, sagte sie.

»Gut. Tania?«

»Ja?«

»Pass auf dich auf. Warthen hat versucht, dem Rat mit Gerede über ›Geheimforschungen‹ Angst zu machen. Vergiss nicht, dass er noch immer die Sicherheitskräfte bei euch leitet.«

»Wir sind vorsichtig«, antwortete Tania. Es klang beinahe wahr.

KAPITEL 28

Gateway-Station

7.2.2283

In der Abgeschiedenheit seiner persönlichen Gondel lag Neil in einem Sessel und ließ seine Gedanken zurück zur Ankunft des Lifts driften.

Darwin hatte fast zwölf Jahre gehabt, um sich rund um den Lift in Nightcliff auszubreiten, ehe die Seuche gekommen war. Sein Standort war ein außergewöhnlicher Glücksfall gewesen – ein leicht zu verteidigendes Stück Land, auf zwei Seiten vom Meer begrenzt, in einer kleinen, aber reichen Stadt in einem Land, das Frieden mit der Welt hatte. Es hätte nicht besser laufen können, für die Erde und für das Vermächtnis der Platz.

Neil stellte sich den Darwin-City-Lift vor, der sich von Australien nach oben erstreckte, auf seiner ganzen Länge von statischer Elektrizität durch die atmosphärische Reibung umwirbelt. Weiter hinauf ins All, durch die Gateway-Station und hinauf, immer höher, bis nach Anchor. Zum Schalenschiff.

Dann stellte er sich ein weiteres vor. Ein weiteres Schalenschiff, das schwebend neben seinem Bruder in Stellung ging. Welchem Zweck mochte es dienen? Ein Spiegelbild des ursprünglichen abspulen, die ganzen vierzigtausend Kilometer? Ein redundantes System – das klang sinnvoll.

Der erste Lift hatte Ausfälle. Möglicherweise ein Ersatz? Durchaus denkbar, wenn man Neil fragte.

Wie der Grund auch aussah, er wusste, was zu tun war: Er musste die Kontrolle über Nightcliff und den Rat wiedererlangen.

Dazu brauchte er mehr Ressourcen im Orbit. Mehr Arbeiter, mehr Kämpfer. Mehr Waffen. Er wurde alt, und es ging alles zu langsam. Er verfluchte sich dafür, dass er die Macht überhaupt abgegeben hatte.

Es war Zeit, die Karten auf den Tisch zu legen, entschied er. Ehe es zu spät war.

Er konnte nicht darauf warten, dass Tanias Analyse beendet wurde. Etwas kam, und daher musste etwas geschehen.

Neil entschied, mit der Annahme zu arbeiten, dass ein weiteres Schiff in Darwin ankommen würde. Ob es nun kam, um das ursprüngliche zu reparieren oder zu ersetzen oder aus einem anderen Grund, war unmöglich herauszubekommen. Es würde so lange unmöglich herauszubekommen sein, bis es zu spät war, um zu reagieren.

Er musste einen Tipp wagen. Einen Ersatz-Lift konnte er mental erfassen.

Er schob sich aus dem Sessel und machte sich auf den Weg durch seine private Landebucht zurück in die Gateway-Station. Neil stieg durch den leeren Korridor hinab, der wie eine Speiche mit dem äußeren Rand der ringförmigen Struktur verbunden war. Er spürte, wie die künstliche Gravitation ihn langsam erfasste.

Das Außenbüro war verlassen, seit er nach dem Sicherheitsvorfall alle auf die Platz-Station zurückbeordert hatte. Neil streifte durch die Gänge. Es dauerte noch ein paar Stunden, bis der Rat wieder zusammentrat, und er hatte keine Eile, in diese Gesellschaft zurückzukehren.

Er brauchte ein Druckmittel. Etwas, das seine Gegner davon abhalten würde, ihre überlegene Feuerkraft einzusetzen. Etwas, das sie zu zum Verhandeln zwingen würde, oder noch besser, dazu, ihre Macht aufzugeben.

Ein Plan nahm in seinem Kopf Gestalt an.

Vor allem musste Neil die Entkopplungs-Codes ändern.

Seit die Firma begonnen hatte, das Rückgrat des Lifts mit Raumstationen zu bestücken, hatte Neil darauf bestanden, sie an einem zentralen Standort zu bauen und sie anschließend in ihre letztliche Position zu bringen. Es war zu teuer, die Infrastruktur für die Herstellung jedes Mal an den neuen Standort zu verlegen.

Ein zusätzlicher Nutzen war, dass man die Stationen neu anordnen konnte. Es war eine komplexe, schwierige Prozedur, die nicht oft zum Einsatz kam. Er wusste, die verschiedenen Stationsbelegschaften spielten den Prozess selten durch. Hätte es nicht jüngst ein Projekt gegeben, um die Farm-Plattformen neu anzuordnen, wäre Neil nicht sicher gewesen, ob jemand ohne lange Einweisung gewusst hätte, wie man das machte.

Aber wie die Dinge standen, würden die Wissenschaftler auf Anchor wissen, was zu tun war. Tania würde es wissen.

Doch zuerst die Codes. Er konnte nicht zulassen, dass jemand die Prozedur abbrach, sobald sie begonnen hatte. Neil ging zurück zu seiner Gondel, aktivierte das Terminal und startete den Vorgang.

Den Rest würde er planen müssen, während die Dinge sich entwickelten.

Trotz der schwindelerregenden Reihe von Hürden, die vor ihm lagen, konnte Neil nicht anders. Er war erregt. Er lebte. Zum ersten Mal seit Jahren schaute er auf eine Zukunft voller Unbekannter.

Eine Zukunft, die man erobern konnte.

* * *

Sofia Windon beugte sich in ihrem Sessel vor, die Finger auf dem kalten Marmortisch vor ihr zu einem Zelt aneinandergelegt.

»Die Ja-Stimmen überwiegen«, sagte sie leise. »Russell Blackfield wird sich dem Rat anschließen.«

Alex Warthen sah erwartungsvoll zu Neil, beobachtete, ob es zu einer Reaktion kam. Hoffte möglicherweise, dass Neil einen Wutanfall bekommen würde.

Stattdessen grinste Neil. »Na gut«, sagte er. »Scheint, als wäre diese Ratssitzung um.«

»Wir haben immer noch eine ganze Reihe von Punkten …«, begann Sofia.

»Ich nicht. Ich ziehe mich aus dem Rat zurück«, unterbrach Neil sie.

Seine Stimme klang mit mehr Autorität durch den Raum, als er selbst für möglich gehalten hätte.

Warthen hüstelte. »Bitte?«

»Ich werde mich keiner Razzia durch Sie oder Ihre inkompetenten Sicherheitskräfte unterwerfen. Ich werde nicht um Wasser feilschen, das aus meinen eigenen Entsalzungsanlagen kommt. Ich werde die Integrität meines Forschungsstabes nicht anzweifeln lassen«, sagte er, und seine Stimme wurde immer lauter, »und ich werde mich nicht mit Russell Blackfield an diesen Tisch setzen.«

Alex regte sich nicht; er war fassungslos. Sofias Mund klappte auf. Der Rest des Rates saß völlig perplex da.

»Sie wollen Nahrung, die in meinen Farmen hergestellt wird?«, rief Neil. »Sie wollen Wasser aus meinen Anlagen? Ich denke in meinem Hauptquartier über jedes vernünftige Angebot nach. Ich wünsche Ihnen einen guten Tag.«

Er stürmte aus dem Raum, ehe jemand reagieren konnte. Selbst sein Bruder wirkte gelähmt.

Sollen sie doch darauf herumkauen, dachte Neil, *während Vorbereitungen getroffen werden.* Wenn er ihnen einen Schritt voraus blieb, konnte er dieses Rennen gewinnen.

KAPITEL 29

Platz-Station

8.2.2283

Auf der Platz-Station waren die Gondel-Zugänge für Passagiere mit Standard-Erdgravitation ausgestattet, einem einzigartigen Feature, auf das Neil während der Konstruktion der Station bestanden hatte.

Acht S-förmige Führungsschienen beförderten eintreffende Gondeln vom Liftseil weg zu den Empfangsstationen am äußeren Rand der oberen und unteren Stationsringe. Einzelne Schienen ließen sich einfahren, damit bestimmte Kabinen an der Gondel angeschlossen bleiben würden, so dass sie ganz durch die Station fahren oder in einem traditionelleren Dock in der mittleren Nabe entladen werden konnten, wo die fehlende simulierte Schwerkraft das Ausladen von Vorräten erleichterte.

Gäste durften in Würde auf ihren eigenen Beinen aus ihren Gondelkabinen aussteigen, während Arbeiter und Vorräte zur leichten Verteilung in die mittleren Ebenen befördert werden konnten.

Die Vorrichtung hatte einen Nachteil: Sie war kompliziert. Sie brauchte einen Raum voller Equipment und Beaufsichtigung rund um die Uhr durch eine echte Person.

Neil stand hinter der Gondel-Operatorin, einer Frau mittleren Alters mit schulterlangem schwarzem Haar und einem starken venezolanischen Akzent.

Sie starrten die schematische Darstellung an, die auf dem großen Monitor an der längsten Wand des Raumes angezeigt wurde. Von hier aus ließ sich der gesamte Verkehr auf dem Lift verfolgen, aber Neils Aufmerksamkeit galt einer einzelnen Gondel, die sich von Gateway aus der Station näherte.

Die Frachtliste und Ausstattung der Gondel waren als »nicht verfügbar« gelistet. Das hatte er noch nie gesehen, obwohl es ihn nicht erstaunte. Alex kam, um seine Kontrolle durchzuführen, Scheiß auf die Erlaubnis.

»Wann können wir ein Bild sehen?«, fragte Neil. »Ich muss wissen, welche Kabinen Menschen transportieren.«

Sie musterte die Anzeige lang, dann tippte sie ein paar Befehle in das Panel vor ihren Fingerspitzen. »Jeden Augenblick, Mr Platz.«

»Neil«, sagte er. »Holen Sie es trotzdem schon mal auf die Anzeige, ich schaue mir an, wie es ins Bild kommt.«

Sie nickte langsam, dann tanzten ihre Finger träge über das Eingabe-Panel. Eine Aufnahme erschien auf dem riesigen wandgroßen Display, das sich schnell mit einem hochauflösenden Bild des Liftkabels füllte. Die Erde lag darunter, zum Großteil im Schatten. Obwohl sich das Kabel ausgezeichnet von dem dunklen Planeten darunter abhob, war die Gondel, die sich näherte, noch nicht sichtbar.

»Soll ich Sie rufen, wenn sie ankommt?«, fragte die Frau.

»Warum?«, fragte er. »Ich bin doch jetzt hier.«

»Es ist nur ... ich habe jetzt Pause.«

Sie hatte schon nachdenklich gewirkt, als er den Kontrollraum betreten hatte. Kein Mensch, der unter Beobachtung gut arbeitete, entschied Neil. Manchmal hatte seine Anwesenheit diesen Effekt, aber jetzt war keine Zeit für solchen Unsinn. »Vergessen Sie Ihre verdammte Pause«, sagte er. »Wir haben eine unangekündigte Gondel, die auf uns zurast. Ich brauche Sie hier.«

Sie sank in ihrem Stuhl zusammen.

»Soll ich eine Ablösung rufen?«

»Nein«, brummte sie. »Ich …«

»Da ist sie«, sagte Neil und deutete auf das Display. »Vergrößern Sie das.«

Die Frau zögerte erneut.

»Vergrößern!«

»Ich brauche ein Glas Wasser«, flüsterte sie und stand auf.

»Verdammter Mist«, sagte Neil. »Setzen Sie sich. Ich hole Ihnen Ihr verdammtes Wasser. Sie besorgen mir ein klares Bild von dieser Gondel.«

Er stapfte zur Tür und stieß sie auf. Draußen hasteten ein paar seiner Mitarbeiter umher und unterhielten sich gedämpft. Sie zuckten zusammen, als er aus dem Raum stürmte.

Stress und Anspannung. Er fand sie an allen Ecken und Enden, seit er aus der Ratssitzung zurückgekehrt war. Die Nachricht von seinem Rückzug war ihm auf dem Weg zur Station vorausgeeilt, und niemand wusste, was er davon halten sollte. Neil hatte sie isoliert, und viele hatten Familie oder Freunde auf anderen Stationen.

Er zog in Betracht, einen von ihnen das Wasser holen zu schicken, zögerte aber. Ein kurzer Spaziergang könnte ihm guttun. Niemandem war geholfen, wenn er bei der Ankunft der Gondel gereizt und übernervös war.

Der Gemeinschaftsraum war einen viertel Ring entfernt, und Neil gab sich bewusst Mühe, langsam zu gehen. Er verschränkte die Hände hinter dem Rücken und ging auf der Mitte des burgunderroten Teppichs entlang, der den ganzen Ring umgab.

Warthen kam, daran hatte Neil keinen Zweifel. Der Mann musste seine Drohung wahrmachen, die Station zu durchsuchen, sonst würde er den Rückhalt verlieren, den er offenbar im Rat aufbauen wollte.

Im Kopf ging Neil zum hundertsten Mal die möglichen Szenarien durch. Er hatte das Sicherheitspersonal aus Gateway bereits in die zentrale Frachtbucht eingeschlossen, bereit zum Abtransport. Er hatte befohlen, alle Empfangsräume auf dem landwärts gerichteten Deck mit veränderten Türcodes zu versiegeln. Wenn Alex' Gondel eintraf, würde Neil jede Personen-Kabine zu verschiedenen Empfangsräumen schicken lassen. Sie aufteilen, verwirren. Sie rechneten gewiss damit, in der zentralen Frachtbucht anzukommen.

Sobald sie aufgeteilt waren, würde Neil sich an sie wenden. *Nehmt eure Kameraden und geht nach Hause, ihr seid hier nicht mehr willkommen.* So was in der Art. Seine geheim ausgebildeten Kämpfer, die vor jedem Empfangsraum stationiert waren, standen bereit, falls sich Warthen entschied, nicht darauf einzugehen. Neil hoffte, sie hinter dem Vorhang behalten zu können, aber er würde sie einsetzen, wenn es nötig wurde.

Ein solider Plan, dachte er, *wenn man das von so etwas sagen kann.* Als er mit dem dummen Wasserbecher zurück in den Kontrollraum kam, fühlte er sich entspannt.

Sogar glücklich.

* * *

»Hier, Ihr Getränk«, sagte Neil. Er gab der Frau den roten Plastikbecher, den Blick auf den großen Monitor hinter ihr gerichtet.

Die vergrößerte Einspeisung aus der Kamera zeigte die näherkommende Gondel von oben. Ein zylindrischer Mittelpunkt, in dem der Steige-Mechanismus untergebracht war und aus dem acht spinnenartige Ausleger ragten, an die man die Kabinen hängen konnte.

Nur vier Kabinen hingen von den Armen der Gondel, alle zur Personenbeförderung geeignet. *Perfekt,* dachte Neil.

»Wann wird sie am Verteiler ankommen?«, fragte er.

Die Frau warf einen Blick auf die Status-Anzeigen. Langsam nippte sie dabei an ihrem Wasser. »In drei Minuten«, sagte sie dann.

»Leiten Sie alle Kabinen in die unteren Empfangsbereiche. Ich muss wissen, in welchen Räumen sie eintreffen werden.«

Sie drehte sich auf dem Stuhl zu Neil um, schaute aber zu Boden. »Dafür brauche ich ein paar Minuten«, sagte sie.

»Die haben wir nicht. Fühlen Sie sich unwohl oder so?«

»Nein.«

»Was zur Hölle noch mal ist dann Ihr verdammtes Problem? Das ist dringend.«

Statt zu antworten, wandte sich die Frau wieder den Monitoren zu.

Mit einer raschen Bewegung goss sie den Inhalt ihres Bechers über die Konsole.

Funken flogen, Monitore flackerten und wurden dunkel. Blassblauer Rauch schoss aus den Ritzen, den die hungrigen Luftpanels in der Decke nach oben zogen.

Die Frau floh.

Sie rannte aus der Tür und in den Korridor, ehe Neil begriff, was passiert war. Er starrte einfach den Bildschirm an, auf dem das Bild der Gondel gewesen war.

»Haltet sie!«, rief er. »So halte sie doch jemand auf!«

Neil eilte zur Tür hinaus, wobei er einen Passanten umrannte. Er sah nach links und rechts den gekrümmten Gang entlang und sah nichts. Die Frau war einfach verschwunden.

»Wo ist sie langgelaufen?«, fragte er den Mann, den er umgeworfen hatte. Der deutete von Neil aus gesehen nach links.

Er machte sich an die Verfolgung, ohne auf die Klagen seiner alten Muskeln zu achten. Aber nach nur wenigen Schritten hielt er an.

Der Schock des Verrats hatte ihn geistig überfordert. Neil erkannte dieses Gefühl und ordnete den Vorfall bewusst als nichts weiter, als eine neuerliche Facette im größeren Ablauf der Ereignisse zu werden.

Er dachte über die schnell näherkommende Gondel und dann über seine Teams aus handverlesenen Kämpfern, die an den Empfangsbuchten aufgestellt waren, wo aufgrund der Sabotage überhaupt keine Kabinen ankommen würden, nach.

Seine Männer waren am falschen Ort, und wertvolle Sekunden verrannen.

Neil zog in Erwägung, Alex an Bord kommen zu lassen. Ihm entgegenzukommen und ihm sogar bei der Suche zu helfen. Immerhin war es unwahrscheinlich, dass er auf etwas stieß, das ihm weiterhelfen würde. Kelly war nicht an Bord der Station. Tatsächlich war sie immer noch auf Gateway, genau unter ihrer Nase.

Neil besaß keine Aufzeichnungen von seinen Treffen mit ihr oder seinen anderen Geheimprojekten. Hab-8 hatte eine perfekte Deckung. Tanias Forschung lief unter dem Radar. Da er die *Foreshadow*-Dateien vernichtet hatte, gab es nichts wirklich Ernstes, was Alex finden könnte.

Nein, dachte er. Er musste Einspruch erheben. Wenn Neil die Durchsuchung erlaubte, würde Alex nie wieder gehen. Tagelang würden sich Sicherheitsbeamte hier herumtreiben, möglicherweise noch länger, und das würde wirklich alles sehr schwierig gestalten.

Die Verräterin würde warten müssen.

Neil drehte sich um und lief zum nächsten Notfallmelder, klappte den Schutzdeckel hoch und zog den roten Griff nach unten.

Sofort heulten Sirenen. Er tat sein Bestes, um den ohrenbetäubenden Krach auszublenden und rannte in einen Raum in der Nähe. Er schlug die Tür zu und fischte ein Handfunkgerät aus der Tasche.

»Zane, bitte kommen.«

»Ich bin da, Bruder«, lautete die Antwort. »Weißt du, was es mit dem Alarm …«

»Hör zu«, zischte Neil. »Such unseren Nachtschicht-Operator für die Gondeln und stell ihn sofort in Dienst. Jemand hat das Hauptterminal sabotiert. Ich kann nur hoffen, dass es ein Ersatzgerät gibt.«

»Sabotage?«, murmelte er. »Was …?«

»Leite es sofort in die Wege. Ich will, dass die ankommende Gondel aus Gateway gewendet wird, ehe sie auch nur andockt. Uns bleiben nur Minuten. Weniger als das.«

»Was ist mit dem Alarm?«

»Sag allen über die Lautsprecheranlage, sie sollen in ihren Unterkünften bleiben. Ich erkläre es später.«

»Gut«, erwiderte Zane.

Das Wenden der Gondel war allenfalls ein Versuch, aber es würde dem Eindringen ein rasches Ende bereiten, wenn es sich rechtzeitig bewerkstelligen ließ. Neil wusste, dass er dessen ungeachtet für die Alternative bereit sein musste. Er tippte auf den Bildschirm des Funkgeräts, um es auf eine voreingestellte sichere Frequenz umzustellen.

»Die Gondel-Steuerung ist gestört«, sagte er. »Begeben Sie sich im Eiltempo zur zentralen Andockbucht.«

Die vier neu ausgebildeten Befehlshaber seiner Spezialtruppen bestätigten nacheinander den Befehl. Kelly hatte gute Arbeit geleistet.

* * *

Die cremeweißen Gänge der Platz-Station verschwammen zu einem Sumpf aus Eingängen, Schotten und warmem Licht, während Neil zur zentralen Andockbucht joggte.

Er sprintete ein Stück, nur um festzustellen, dass seine alten Beine da nicht mithalten konnten.

Ein Verrat anderer Art, dachte er.

Der Gedanke, zu einer Auseinandersetzung mit Alex außer Atem und kaputt zu erscheinen, verschaffte Neil die nötige Ausrede, die er brauchte, um langsamer zu machen.

Zanes Stimme kam über Funk. »Neil, die Ersatzsteuerung für die Gondel ist in L-4-J-2.«

Ein primärer Speichen-Knotenpunkt auf der Ebene, zu der Neil gerade rannte. Es war durchaus sinnvoll, die zweite Steuerung in der Nähe der Frachtbucht unterzubringen.

»Danke«, sagte Neil. »Was ist mit dem Operator aus der Nachtschicht?«

»Er war nicht in seinem Zimmer«, sagte Zane. »Wir suchen noch.«

Mit plötzlicher Gewissheit erkannte Neil, dass sie den Mann nicht finden würden, zumindest nicht in einem Zustand, in dem er die Gondeln bedienen konnte. Die Saboteurin war wahrscheinlich direkt zum Zimmer des armen Bastards gerannt, nachdem sie vor Neil geflohen war.

Schlau.

»Bleibt dran«, sagte Neil. Er entschloss sich, seine tiefergehenden Ängste vor Zane verborgen zu halten. Es war nicht die große Stärke seines Bruders, mit Stresssituationen umzugehen.

Neil schaltete wieder auf die sichere Frequenz um. »Sammeln bei L-4-J-2«, sagte er.

»Wir sind schon da«, antwortete einer der Anführer. Er musste schreien, um ein lautes Zischen zu übertönen.

»Was ist das für ein Geräusch?«, fragte Neil.

»Dampf!«, erwiderte der Mann. »Sie schneiden sich durch die gottverdammte Luftschleuse!«

Neil zwang seine Beine, sich schneller zu bewegen. Schon die Tatsache, dass sie einen Knallgasbrenner mitgebracht hatten, sprach dafür, dass Alex mit der Aussperrung gerechnet hatte. Es würde kein einfaches Patt geben.

»Verschanzen Sie sich«, sagte Neil. »Ich bin bald da.«

Er konnte nur hoffen, dass Alex nicht mit bewaffnetem Widerstand gerechnet hatte.

Team 3 traf mit Neil zusammen, kurz bevor er Ebene 4 erreichte. Er ließ sie die Führung übernehmen und knurrte gegen das Brennen in seinen Oberschenkelmuskeln an, als er rannte, um mit ihnen mitzuhalten.

Ehe die Kreuzung in Sicht kam, hörte er vereinzelte Schüsse.

Dampf wogte durch die Luft, strömte von »oben« herab, wo der Verbindungsgang zur zentralen Frachtbucht führte. Neil konnte nur ein paar Meter in die Wolke hineinsehen. Das dauernde Zischen eines Schneidbrenners hoch über ihnen in der Speiche übertönte sogar die Alarmsirene.

»Report«, sagte er zur ersten Kommandosoldatin, der er begegnete.

Die Frau drückte sich an die Wand und nutzte eine Stützstrebe als improvisierte Deckung. »Sie sind durch die Luftschleuse. Waren überrascht, uns zu sehen, so viel kann ich sagen.«

»Wie viele?«

»Zwanzig«, antwortete sie. »Dreißig. Schwer zu sagen. Wir haben ein paar Schüsse abgegeben, ehe sie uns hier festgenagelt haben. Sie haben schwere Waffen dabei.«

Dreißig Mann. Neils vier Teams bestanden aus je vier Mitgliedern. Fast ein 2:1-Verhältnis. »Wenn sie schon durch die Schleuse sind, warum schneiden sie dann noch immer?«

Jemand, der weiter vorne im Dampf verborgen war, entgegnete: »Sie arbeiten an einer Seitentür, auf halbem Weg die Speiche runter.«

Ein weiteres Team traf ein, was Neils Zuversicht steigerte. »Warthen will zu den Gondel-Steuerungen«, sagte er. »Sie wollen uns die Möglichkeit nehmen, die Station zu verlassen, und das können wir nicht zulassen.«

Im wogenden Dampf sah er nickende Köpfe.

»In diesem Tunnel sind sie leichte Ziele«, sagte jemand. »Glatte Wände, schwache Gravitation.«

Die Rotation der Station stellte hier im äußeren Rand die Standard-Erdgravitation her, die nachließ, je weiter man die Speiche zur zentralen Bucht hinaufging. Neil hatte nicht bedacht, dass sich der Feind dadurch möglicherweise langsam und ungelenk bewegte. Ein kleiner Vorteil nur, aber er würde ihn nutzen.

»Konzentriert das Feuer«, befahl Neil. »Alle zusammen.«

»Wir sehen in diesem Dampf nichts«, sagte die Frau.

»Schießt blind«, gab Neil zurück. »Es ist ein schmaler Tunnel. Irgendwas solltet ihr treffen. Wenn jeder von euch eine Salve abschießt, wird ihnen klar, dass wir es ernst meinen.«

»Jedes Team nimmt eine Ecke«, sagte einer der Befehlshaber.

Sie schwärmten aus und verschwanden im wirbelnden Dampf. Neil fühlte sich ohne Waffe in der Hand nackt, obwohl er nur ein paarmal im Leben eine Pistole gehalten hatte. Schluckend machte er ein paar zögerliche Schritte in die Wolke hinein, nur schnell genug, um den Rücken des letzten Kommandosoldaten in Sicht zu behalten.

»Auf drei«, hörte er jemanden sagen. »Ein ... zwei ...«

Die ersten Schüsse fielen. Mündungsfeuer ließ gespenstische Gestalten in der Dampfwolke aufscheinen, als alle sechzehn Kämpfer sich vorbeugten und nach oben in den Zugangsschacht schossen wie Revolutionäre, die einen Umsturz feierten.

Von oben kamen Überraschungs- und Schmerzensschreie.

Ein Körper trieb den vertikalen Korridor herunter und fiel schneller, sobald die falsche Gravitation auf ihn einwirkte. Mit einem dumpfen Geräusch kam er auf dem Boden auf, zwei weitere folgten wenige Sekunden später.

Einer von ihnen verlor im Fallen seine Waffe. Sie schlitterte über die Kacheln und kam rotierend in der Nähe von Neil zu liegen.

Das Geräusch des Schneidbrenners änderte sich, dann endete es.

»Zurück, alle!«, rief Neil, als sich der Nebel lichtete.

Warthens Truppen beantworteten den Angriff mit einem gnadenlosen Sperrfeuer. Kugeln hämmerten gefühlt eine Minute lang auf den Boden des Ganges. Die Spezialmunition ließ keine Funken fliegen, hinterließ aber Hunderte kleiner Pockennarben auf dem Boden.

Neil hörte, wie Kugeln in alle Richtungen abprallten und über die Kacheln klapperten, während sie Schwung verloren.

Er sah, wie einer seiner Männer einen Schuss in den Unterschenkel bekam. Blutspritzer sprenkelten den Boden wie vergossene Farbe. Zwei seiner Teamkameraden zogen ihn aus der Schusslinie, ohne auf seine gepeinigten Schreie zu achten.

Die fallengelassene Waffe lag in Neils Nähe. Er griff danach, seine Finger streiften das schwarze Metall, als weitere Schüsse von oben erklangen. Warthens Männer nutzten die Gelegenheit.

Neil riss die Waffe an sich, während er sich aus der Gefahrenzone schlich.

Irgendwo über sich hörte er das Geräusch von Metall, das auf Metall traf, vermischt mit dem stetigen Bellen abgefeuerter Waffen. Wiederholte kraftvolle Schläge, als ginge jemand mit einer Brechstange auf einen Computer los.

Er erkannte, dass das möglicherweise gar nicht so weit von der Wahrheit entfernt war. Sie waren im Gondel-Raum und machten Kleinholz daraus.

Aus dem vertikalen Schacht fielen Kugeln wie Regen, und dann hörte so plötzlich, wie er begonnen hatte, der Beschuss auf.

Neils Stegreif-Kommandos waren traumatisiert. Zwei waren augenscheinlich verletzt. Er entschloss sich, die Initiative zu ergreifen, und trat in den offenen Bereich unter dem Speichenkorridor.

Er sah Männer nach oben steigen, zur Luftschleuse an der Frachtbucht hinauf. Sie setzten den Beschuss aus, damit sich ihre Kameraden aus dem Kontrollraum zurückziehen konnten.

Neil hob die Waffe und drückte ab. Das kurzläufige Gewehr hustete und spie Tod. Es traf mit unbändiger Kraft seine Schulter, und die Vibration ließ es ihm beinahe aus der Hand fallen. Seine Schüsse beschrieben eine wilde Bahn an der Seite des Schachts hinauf, nach oben und über die kletternden Männer. Der Bogen traf auch auf die Männer, die oben warteten, was sie zwang, sich wegzudrücken und in

Deckung zu gehen. Eine langsame, ungeschickte Bewegung in der Schwerelosigkeit, in der sie sich aufhielten.

Das Gewehr verstummte, hatte keine Munition mehr. Neil glaubte, möglicherweise jemanden in den Rücken getroffen zu haben, ehe man die Leute aus dem Schacht gezogen hatte.

Aber es war zu spät gewesen. Er sah Rauchwolken aus dem Ersatz-Gondel-Kontrollraum auf halbem Weg den Schacht hinaufströmen.

Warthens Männer, die aus der Frachtbucht herabspähten, erholten sich von Neils Kugelhagel und hoben die Waffen. Neil trat zurück, plötzlich ganz ruhig. Er ließ sie schießen. Wartete, bis es vorbei war.

Als der Kugelhagel ein Ende nahm, wusste er, dass sie sich zurückgezogen hatten.

Minuten vergingen in Stille. Neils Männer sammelten sich schließlich wieder und riskierten es, hinauf zur Frachtbucht zu klettern, aber er wartete im Gang. Er wusste, sie würden sie leer vorfinden.

Inzwischen würden Alex und seine Männer auf dem Liftkabel zur Gateway-Station nur fünfzig Kilometer tiefer zischen.

Alles in allem betrachtete Neil die Auseinandersetzung als unentschieden. Alex war es nicht gelungen, in die eigentliche Station zu gelangen, und er hatte seine gewünschte »Kontrolle« nicht durchführen können. Außerdem hatte er jetzt gar keine Präsenz mehr auf der Platz-Station, was bedeutete, Neil konnte weitermachen, ohne unter Beobachtung zu stehen.

Aber die Gondelsteuerung war weg. Sie würden sich darauf verlassen müssen, dass die anderen Stationen den aus- und eingehenden Verkehr leiteten. Stationen, die Warthens Wächter kontrollierten. Ein großes Problem, egal, wie man es betrachtete, aber noch während Neil half, die Leichen aus dem durch den Kugelhagel in Mitleidenschaft gezogenen Gang zu schleppen, ersann er Back-up-Pläne.

KAPITEL 30

Darwin, Australien

9.2.2283

Am Horizont westlich von Darwin tanzten Blitze durch tiefviolette Wolken, die Bereiche aus hellem Lila über dem ruhigen Meer entstehen ließen.

Russell Blackfield zählte die Sekunden, bis der Donner über die Stadt wogte. Auf einem Balkon hoch über Nightcliffs Westmauer stand er nackt im warmen Lufthauch der Regenzeit. Einst war dies ein Hotel gewesen, für die Tausenden, die von überall auf der Welt nach Darwin gekommen waren, um den Alien-Apparat zu begaffen.

Im Zimmer hinter ihm lag eine Hure auf dem Bett. Sie schlief. Er hatte sie ausgelaugt, hatte ihr mehr gegeben, als sie erwartet hatte. Er holte tief Luft und reckte sich. Nach dem Sex war Russell nie nach Schlaf zumute. Eigentlich brauchte er einen guten Lauf.

Er kehrte ins Zimmer zurück und sammelte seine Kleider ein, wobei er aufpasste, die schlafende Frau nicht zu stören.

»Hure« war nicht nett, entschied er. Sie hatte es ehrlich gewollt und im Gegenzug um nichts gebeten. Nicht offen jedenfalls. Sie wollten alle dasselbe – Status und letztlich einen Ausflug auf der Leiter in ein besseres Leben.

Russell hielt inne, nachdem er seine Hose angezogen hatte, und setzte sich neben sie aufs Bett. Sie lag auf der Seite, den Rücken ihm zugekehrt.

Aus dem Nichts kam ein Gedanke, ein Gedanke, der ihm bisher noch nie gekommen war. Vielleicht sollte er sich eine Frau nehmen.

Am Vortag hatte er von Sofia Windon persönlich die Nachricht erhalten, dass er in den Orbitalrat gewählt worden war, ein Posten, der ihm freien Zutritt zu jeder Station gewähren würde. Er würde für längere Aufenthalte sogar eine Unterkunft auf Gateway erhalten. Er war jetzt ein Orbitaler, auch wenn sein Amt hier in Nightcliff blieb.

Darüber hinaus hatte sich Neil Platz zurückgezogen. Wie günstig.

Ja, eine Ehefrau. Zum ersten Mal im Leben konnte er der, die mit ihm zusammen war, mit Recht ein Leben im Orbit als Vergütung anbieten.

Er ließ einen Finger über den gebogenen Rücken der Frau streichen. Sie hatte einen schönen Körper. Dünn, wie die meisten Einwohner Darwins, aber insgesamt war sie wohlproportioniert. Er strich mit dem Finger über die Rundung ihres Pos und ihre Hüfte hinab. Würde sie eine gute Gattin abgeben?

Russell versuchte, sich sich selbst als Ehemann dieser Frau vorzustellen. Wie er jede Nacht mit ihr schlief.

Wie war ihr verdammter Name noch mal?

Es stimmte schon, sie hatte ihn am Abend befriedigt, und ein paar Male zuvor auch. Wie lang konnte das anhalten?

Sie war so bereit gewesen. So ausgesprochen öde.

Er wollte jemanden, den seine Forderungen im Schlafzimmer entrüsteten. Jemanden mit runderen, weicheren Kurven. Jemanden, den er korrumpieren konnte.

Jemanden mit einem Namen, der es wert war, dass man sich daran erinnerte.

Seine Gedanken wanderten zu Tania Sharma.

Alles zu seiner Zeit. Russell stand auf und zog sich fertig an.

Auf dem großen Hof plantschte er durch Pfützen – Überbleibsel des Sturms, der nun am Westhimmel weiterzog. Er suchte sich zufällig ein paar Baracken aus und platzte ohne anzuklopfen hinein.

Ein Soldat, der auf einem knarzenden Holzstuhl am Eingang gesessen hatte, sprang auf. Seine Überraschung verwandelte sich in einen Salut, als er erkannte, wen er vor sich hatte.

Russell war zufrieden, dass der Wachposten nicht geschlafen hatte, aber das ließ er sich nicht anmerken.

»Weck alle«, sagte er. »Wir gehen laufen.«

»Ja, Sir!«, antwortete der Wächter. Nicht mehr als ein Jüngling.

»Ich bin vorne. Ihr habt dreißig Sekunden.« Die Reaktion des Jugendlichen gefiel ihm, wie ihm das Gesicht entgleiste und er in ungeschicktes Gestammel ausbrach. Russell machte auf dem Absatz kehrt und ging nach draußen, begleitet vom Geräusch geschriener Befehle und hektischer Männer, die von ihren Kojen rollten.

Sechzig Sekunden später standen die Wächter in einer Art Reihe vor ihm. Obwohl es ein paar geschafft hatten, sich in Uniformen zu werfen, waren die meisten noch in Unterhemden und Shorts. Er ließ die Nachlässigkeit durchgehen.

»Ich habe Lust auf einen Lauf«, sagte Russell. »Wie sieht's mit euch aus?«

In perfektem Einklang taten sie ihr Einverständnis kund.

»Gut. Einmal um die Mauer, glaube ich«, sagte Russell. Er bog links ab, zum Haupttor, und rannte los. Hinter ihm hörte er das befriedigende Geräusch von achtzig Füßen, die im Gleichschritt mit seinen aufsetzten.

Er schlug ein flottes Tempo an, bog kurz vor dem gigantischen Tor scharf ab und lief dann die Stufen bis zur Oberseite der Mauer hinauf. Eine Route, die er oft lief, häufig mit einem zufälligen Trupp hinter sich im Schlepptau. Sie kannten den Drill.

Die Mauer verlief in einem groben Kreis rund um die Basis des Lifts, außer dort, wo sie der Küste folgte, mit einer Gesamtlänge von etwas mehr als fünf Kilometern. Sie war mehr als fünfzehn Meter hoch, mit steil abfallenden Seiten, und nur auf einem Bruchteil der Strecke gab es ein Geländer, das einen vor dem Sturz bewahrte.

Zum Großteil, darunter auf der ganzen Strecke am Meer entlang, war es nur flacher, wettergegerbter Beton, schlüpfrig von der Meeresgischt. Ein Fehltritt würde zu einem unglücklichen Aufprall auf Asphalt im Osten und Süden oder zerklüfteten, flachen Felsen im Norden und Westen führen.

Wenige fielen tatsächlich. Teufel auch, der Letzte hatte sogar überlebt, wenn Russell sich richtig erinnerte. Er war jetzt etwa so brauchbar wie ein Pferd mit zwei Beinen, aber er hatte überlebt. Laufen an und für sich war eine Aktivität, die das Hirn betäubte. Fügte man eine Prise Risiko dazu, kam aber etwas dabei heraus.

Die Gruppe verteilte sich allmählich, als sie an der Ein-Kilometer-Marke angelangten. Nur ein kleiner Teil der Wächter konnte mit Russell mithalten, und am Ende würden es, das wusste er, nur noch er und ein oder zwei andere sein.

Russell hielt das für eine gute Möglichkeit, Kandidaten für seine Elitegarde zu finden, und natürlich wussten die Männer, dass er diejenigen, die neben ihm ins Ziel liefen, häufig mit einer willigen Frau belohnte.

Das war eine gute Motivation und auch gut für die Frau, soweit es Russell betraf – Übung machte den Meister.

Auf der Mitte der Nordmauer, am alten Landungssteg, hörte er jemanden nach ihm rufen. Er nahm an, es sei einer der Wächter hinter ihm, der darum bettelte, die Geschwindigkeit zu drosseln, und achtete nicht darauf. Aber beim zweiten Ruf erkannte er, dass die Stimme von unten kam. Russell schaute nach links unten und sah jemanden mit beiden Armen winken.

»Was zum Teufel willst du? Ich laufe!«, brüllte er zu der dunklen Gestalt hinab.

»Gateway ist dran; sie sagen, es ist dringend«, schrie der Mann zurück.

»Hast du ihnen gesagt, dass ich beim Laufen bin?«

Der Mann stammelte.

»Das war ein Scherz«, rief Russell. »Ich bin gleich da.«

* * *

Russell nahm den Anruf in seinem Büro entgegen.

»Blackfield«, sagte er ins Mikro.

Am anderen Ende klang es nach Aufruhr. Er hörte im Hintergrund leise Stimmen.

»Russell, hallo.«

Warthen. Er klang entkräftet.

»Was kann ich für Sie tun? Hier gab es keine Spur von diesem Bergungspiloten, Skyler, wie heißt er noch gleich? Falls Sie deswegen anrufen.«

»Hier oben entwickelt sich ein Problem, und ich brauche Hilfe.«

Russell lächelte. Erst ein Tag, und schon war er unabdingbar. »Sie klingen echt erholungsbedürftig.«

»Habe eine Kugel abgekriegt«, gab Alex zurück. »In die Schulter. Ich habe ein fies gebrochenes Schlüsselbein.«

»Scheiße«, sagte Russell und beugte sich vor. »Sie haben meine Aufmerksamkeit. Was ist los?«

Alex erzählte die Geschichte vom missglückten Überfall auf die Platz-Station. »Er war vorbereitet. Mit gut bewaffneten Kämpfern. Zum Glück war meine Schläferin auf der Station geistesgegenwärtig genug und hat gehandelt, ehe Platz meine Männer aufteilen konnte. Ohne ihre Hilfe wären wir völlig gescheitert.«

»Was hat Neil vor?«

Alex hielt inne. »Was meinen Sie?«

»Warum«, fragte Russell seufzend, »hat er gegen Sie gekämpft? Hätte er nicht einfach die Gondeln umdrehen können? Das Ganze komplett vermeiden?«

Noch eine Pause. Daran hatte er wohl nicht gedacht. Dann sagte Alex: »Ich muss davon ausgehen, dass er Verluste herbeiführen wollte, nicht vermeiden. Eines ist sicher: Er versteckt auf dieser Station etwas, das es wert ist, dafür zu töten.«

Russell versuchte, die Konsequenzen zu erfassen. Er spürte, wie sich Kopfschmerzen anbahnten. »Wo komme ich ins Spiel?«

»Wir brauchen Verstärkung, Vorräte. Meine Männer sind weder zahlreich genug, noch sind sie für so etwas ausgebildet.«

»Sie wollen es noch einmal probieren?«

»Auf jeden Fall«, sagte Alex. »Platz ist jetzt nicht mehr nur ein einstiges Ratsmitglied, er ist ein kaltblütiger Mörder. Der blöde Tattergreis hat mir die Ausrede geliefert, die ich brauche, um ihn lahmzulegen, für immer.«

»Uns«, sagte Russell. »Er hat uns die Ausrede geliefert.«

»Ja. Natürlich.«

Russell drehte seinen Sessel, um aus dem schmutzigen Fenster auf die Skyline Darwins zu schauen. Die Gebäude, nur Schatten vor dem Licht der Morgendämmerung, wirkten wie eine Reihe von Grabsteinen.

Alex unterbrach seinen Gedankengang. »Also?«

»Ich werde innerhalb einer Stunde eine Abteilung Soldaten zum Einsatz gegen Aufständische losschicken. Ganz harte Bastarde.« Russell ging zur Tür und winkte seinen Assistenten herein. Dann sagte er zu ihm: »Schwadron 4 und 6, volle Ausrüstung, in dreißig Minuten im Hof. Los.«

Der Mann nickte und lief zum Treppenhaus.

»Sie werden Luft und Wasser mitbringen«, sagte Russell zu Alex.

»Nahrung auch, wenn Sie können. Die Farmen befinden sich über der Platz-Station, deswegen hat er sie gewissermaßen im Griff. Ich weiß, dass bei Ihnen da unten auch Mangel herrscht und so weiter …«

»Haha. Kein Problem, es gibt genug, um eine Armee durchzufüttern.«

»Alles klar«, sagte Alex, »dann bis bald. Der Doc ist hier und verordnet mir Ruhe. Dabei fällt mir ein: Durch meine Schulter bin ich ziemlich unbrauchbar. Chief Larsen, mein Stellvertreter, wird in meinem Namen handeln.«

»Taugt er was?«

»Ich habe ihn gerade erst getroffen«, gab Alex zu. »Er war Sicherheitschef oben in Hab-1.«

»Er war Sicherheitschef an einem so wichtigen Ort, und Sie haben ihn gerade erst getroffen?«

»Das war bisher nie nötig«, sagte Alex, »weil er seinen Job so gut gemacht hat.«

Das konnte Russell nachvollziehen. Seine besten Leute waren die, denen er eine Aufgabe übergeben und sie dann vergessen konnte. »Ich freue mich drauf, mit ihm zu arbeiten. Blackfield Ende.«

Er schaltete die Verbindung ab und starrte auf den Horizont. Elendsviertel, soweit das Auge reichte. Eine Million hungrige Mäuler und durchfallverschmierte Ärsche.

Sobald Platz ganz und gar geschlagen war, würde Blackfield bekanntgeben, dass die Dinge hier unten anders laufen würden. Er würde die Nahrung freigeben und die restlichen Entsalzungsanlagen in Betrieb nehmen.

Die Leute würden seinen Namen preisen. Er hörte ihn beinahe im Grollen des Donners.

* * *

Die Männer stellten sich in unregelmäßiger Formation auf. Russell marschierte an den Reihen auf und ab und motivierte sie mit schnellen Schlagstockhieben auf die Unterschenkel zu einer geraden Aufstellung. Sie brauchten nicht lange, bis sie merkten, dass er es ernst meinte.

Zweihundert Mann. Viele von ihnen hatten noch die Ausrüstung, die sie sich nach dem Zusammenbruch bei der australischen Armee angeeignet hatten. Ein paar besaßen Waffen, die sie sich selbst beschafft hatten. Russell fragte nie, wie sie an solche Ausrüstung kamen. Sie mussten nur beweisen, dass alles funktionierte und sie ausreichend Munition dafür hatten.

Vorne hielt Russell inne, den Rücken den versammelten Männern zugewandt. Es nieselte, nicht viel mehr als ein Dunst. Er sah am Liftkabel empor, das ein paar hundert Meter höher im Nebel verschwand.

Sein Blick wandte sich den emsigen Dockarbeitern vor den Reihen der Soldaten zu. Sie bereiteten zehn Fracht-Gondeln für die Reise vor. Seinen Anweisungen folgend, würde jede die Maximallast von acht Containern befördern: zwei mit Wasser, zwei mit Pressluft, zwei mit Verpflegung und zwei mit Männern.

Über allem ragte ein Kran auf, um die gigantischen Gefährte hochzuheben und in Position zu bringen, wo eine weitere Mannschaft sie am Kabel befestigen würde. Milliarden mikroskopisch kleiner Beine im Zentralschacht der Gondel würden dann das dünne Kabel umfassen und aufwärtskriechen.

Russell drehte sich um und sah die Männer an. Schlagartig nahmen mehr oder weniger gleichzeitig sie Habachtstellung ein.

Er hob an: »Ich weiß, dass euch allen unsere wöchentlichen Spritztouren raus auf den Platz gefallen, um die Aufständischen niederzuschlagen.«

Daraufhin lachten einige Männer, und viele jubelten zustimmend.

»Ich weiß auch, dass ihr alle enttäuscht seid, dass ihr nicht auf Patrouille raus an die Auragrenze geschickt wurdet, um ein paar Zielübungen mit diesen angeblichen Rudeln von ›Newsubs‹ zu veranstalten.«

Diesmal kam eine Mischung aus Grummeln und Zustimmung. Die Gerüchte beschäftigten sie alle: Subs, die in großen Rudeln zusammenarbeiteten und aus der Freizone hereinkamen, um durch Straßenzüge zu randalieren. Russell glaubte das nicht, aber er hatte ein paar Schwadronen ausgesandt, um seine Bemühungen zu demonstrieren.

»Gut, für euren Haufen habe ich eine andere Aufgabe. Etwas weit Interessanteres.«

Jetzt war es still. Sie hingen an seinen Lippen.

»Die Zeit für Spielereien«, sagte Russell und hob dabei die Stimme, »ist um.« Der Wirkung wegen hielt er kurz inne, genoss den Anblick, als zweihundert Leuten das Feixen aus dem Gesicht fiel. Es wurde still im Hof bis auf den Regen, der von den Dächern tropfte – und die geschäftigen Gondel-Mannschaften.

Er fuhr fort: »Der heutige Tag ist ein Wendepunkt. Er wird der Beginn einer neuen Ära, in der wir Darwiner nicht mehr von den Brosamen vom Tisch jener leben, die über uns sitzen.« Nun hatte er ihre ungeteilte Aufmerksamkeit. »Gestern hat man eine Routine-Sicherheitsinspektion, angeführt von meinem orbitalen Gegenpart und Freund Alex Warthen, auf der Platz-Station in einen Hinterhalt gelockt.«

Ein Murmeln ging durch die Reihen. Russell hob eine Hand und wartete auf Ruhe.

»Neil Platz hat die erste Salve verschossen. In einem Konflikt, den ich heute beenden will.«

Alle erhoben gleichzeitig die Stimme, ein einziger Jubelruf. Russell spürte einen Anflug von Stolz und tat sich daran gütlich.

»Kommandant Warthen hat dreißig seiner besten Männer zur Platz-Station mitgenommen, und sie wurden zurückgeworfen. Der Kommandant selbst hat sich eine Kugel eingefangen.« Russell schritt auf und ab, die Hände hinter dem Rücken verschränkt. Das hatte er in einem alten Kriegsfilm gesehen, und es hatte ihm gefallen. »Sie haben sich nach Gateway zurückgezogen«, sagte er und deutete nach oben, »nur vierhundert Kilometer da entlang.«

Russell hielt vor einem der Soldaten inne, einem Schwarzen mit blutunterlaufenen Augen. »Kannst du dir vorstellen, was er getan hat, nachdem er dort angekommen war?«

»Nein, Sir«, sagte der Mann.

Russell musterte den Soldaten von oben bis unten und nickte zufrieden. Er wandte sich wieder an die gesamte Truppe. »Er hat mich angerufen und um Hilfe gefleht!«

Sie schrien erneut durcheinander, lauter diesmal.

»Seht ihr, da oben haben sie es ziemlich leicht«, sagte Russell. »Warthens Männer sind weich. Was er jetzt braucht, ist eine Schar knochenharter Hurensöhne, die wissen, wie man Aufrührer in Schach hält und bereit sind, ihnen die Schädel einzuschlagen!«

Der letzte Teil ging in den Rufen der Männer unter, die nun ihre Gewehre gegen die Handflächen klatschen ließen.

»Werden wir uns hier verstecken, in der Sicherheit dieser Mauern?«

»Nein, Sir!«

»Werden wir uns hier zusammenkauern und auf eine weitere Ladung verdorbenes Obst warten?«

»Nein, Sir!«

»Nein, Sir, so ist es.« Russell kehrte zu seinem Platz vor der Truppe zurück. »Wir werden Folgendes tun: Wir sind die Kavallerie, die ihnen zu Hilfe eilt.«

»Ja, Sir!«

»Wir werden Folgendes tun: Wir treten in ein paar orbitale Ärsche!«

»Ja, Sir!«

»Wir weichen nicht zurück«, sagte Russell und senkte die Stimme, um sie näher rücken zu lassen, »bis der verfickte Neil Platz für seinen feigen Hinterhalt bezahlt hat.«

Sie jubelten wieder, laut genug, um ganz Nightcliff und, wie Russell vermutete, einen Großteil Darwins zu wecken.

»Lasst euch gesagt sein, der verfickte Neil Platz wird nie wieder bestimmen, wie es in Nightcliff und in Darwin läuft.«

Die Männer brüllten.

Russell wandte sich wieder den Gondeln zu, vor allem, um sein breites Lächeln zu verbergen.

Das würde ein Spaß werden.

KAPITEL 31

Auragrenze, Darwin, Australien

9.2.2283

Drei Soldaten von Nightcliff kauerten sich im Erdgeschoss an die staubige Fassade. Der beißende Geruch verbrannten Schießpulvers erfüllte die neblige Luft, und überall auf dem Betonboden lagen leere Patronenhülsen.

Einer stand im offenen Eingang, lehnte sich hinaus, um auf die Straße dahinter zu schauen.

Mit weißen Knöcheln hielt er seine AK-47 umklammert, die er in die Achselhöhle stützte. Sein Gesicht war schweiß- und blutverschmiert. Rauch ringelte sich noch von der Spitze seines Gewehrlaufs empor.

Draußen verstopften verlassene Autos die Straße, viele noch von den Überresten derer besetzt, die es fünf Jahre zuvor fast nach Darwin, in die Sicherheit der Aura, geschafft hatten. Sie hatten es bis zur wandernden, wogenden Aura geschafft, nur um hier im Stau zu sterben, nicht bereit, die Sicherheit ihrer Autos zu verlassen, während Subhumane die Gegend überschwemmten. Das Niemandsland war seitdem dem Verfall überlassen gewesen.

Bis zu diesem Abend.

Ramesh blickte auf seine eigene mickrige Pistole hinunter. Eine Antiquität, mit seinen letzten vier Kugeln im Magazin.

»Wir sind abgeschnitten«, sagte der dritte Mann, der neben dem großen, rechteckigen Loch kauerte, in dem einst ein Schaufenster gewesen war. »Wir werden es nie zurück zur Barrikade schaffen.«

»Halt's Maul«, sagte der Mann an der Tür. Sein kastanienbrauner Helm hatte eine hässliche Delle von einem Reifenheber, den ein Newsub geschwungen hatte. »Es kommen mehr. Ich höre sie.«

»Wir sind erledigt«, sagte der Mann am Fenster.

Ramesh stimmte dem stillschweigend zu. Vier Kameraden aus seiner Schwadron lagen draußen auf der Straße. Zwei waren davongelaufen und gehörten jetzt zu den Reihen ihrer Feinde. Er ließ einen Finger über die Pistole gleiten und beschloss, die letzte Kugel für sich selbst aufzuheben. Selbst wenn sie eine weitere Welle dieser sogenannten Newsubs überlebten – es spielte keine Rolle. Sie saßen schon zu lange außerhalb der Barrikade fest. Hier war der Schutz der Aura nicht so gut, und er spürte bereits, wie sich Kopfschmerzen anbahnten. Das erste Krankheitszeichen, das wusste jeder.

Blackfields Befehl hatte gelautet, die Auragrenze von Newsubs zu befreien. Schnelle Ausfälle in die dunklen Straßen, ihre Nester finden, sie säubern und zurückkehren. Als Belohnung würden die Freiwilligen auf der Liste für den Orbitaldienst landen.

Das war es nicht wert. Nicht einmal ansatzweise. Draußen auf der Straße hörte Ramesh ihr unmenschliches Grunzen, inzwischen ganz nah.

»Unsere Verstärkung sollte bald kommen«, sagte der Wächter an der Tür. »Wir halten hier aus. Klar?«

Der am Fenster stand mit einem Knurren auf. »Warum warten? Scheiß drauf, lass uns mit den anderen zur Barrikade zurückgehen. Wir werden noch krank, wenn wir länger bleiben.«

Einer der Subhumanen schrie, ein so schreckliches Geräusch, dass Ramesh sich die Ohren zuhalten wollte. Dann endete der Schrei abrupt.

Schüsse ratterten auf der Straße, beleuchteten die Fassaden verlassener Gebäude mit kurzen Blitzen. Ramesh ging zum Fenster, er konnte nicht anders. »Verstärkung?«, fragte er.

Niemand musste ihm antworten. Die Schüsse kamen von außerhalb Darwins, nicht von der Barrikade. Subhumane liefen über die Autowracks auf das Geräusch zu, jede Salve von der nicht einsehbaren Stellung weiter hinten auf der Straße beleuchtete ihre dürren Gestalten. Einem flog mitten im Sprung der Kopf in den Nacken, und er fiel leblos hin, gleich vor dem leeren Schaufenster. Drei weitere fielen in ebenso vielen Sekunden.

In diesen Lichtblitzen sah Ramesh einen Mann auf einem ausgebrannten Lastkraftwagen stehen. Er schwenkte die Waffe in flinken Bögen, gab mit entnervender Ruhe seine Schüsse ab. Das Gewehr klang anders als ein AK. Leiser, raffinierter.

»Wer zum Teufel ist das?«, fragte der Soldat im Eingang.

Es war Ramesh einerlei. Konnte Jesus Christus sein oder der Teufel höchstpersönlich. So oder so, der Mann tötete Subs reihenweise, und nur das zählte.

Von jenseits der Aura lief ein Subhumaner in dessen totem Winkel auf den Mann zu. Ramesh zielte und schoss. Er traf nicht, aber die Kreatur wurde langsamer, und in den nächsten Sekunden zuckte der Körper, als Kugeln ihn zerfetzten.

»Helft ihm«, brachte Ramesh hervor, während er wieder schoss. Noch zwei Kugeln.

Seine Kameraden kamen in die Gänge und gaben Feuerschutz.

Der Mann sah sie und sprang von dem Fahrzeug. Er rannte auf ihre Stellung zu, während er schoss, einen Arm an den Oberkörper gepresst.

* * *

Skyler pflügte durch den Eingang und glitt an der Rückwand in eine sitzende Position. Seine Rippen schienen zu brennen, und er wollte in Ohnmacht fallen, sobald er die Wand erreicht hatte.

Drei Männer in dem Laden starrten ihn mit wildem Blick an. »Hört nicht meinetwegen auf zu schießen «, sagte Skyler.

Der mit dem kastanienbraunen Helm an der Tür drehte sich um und schoss wieder. Also ein Wächter aus Nightcliff. Die anderen beiden sahen aus wie Straßenschläger. Einer, ein Inder, kroch zu Skyler. »Ich bin Ramesh. Alles in Ordnung?«

»Ich brauche nur einen Moment«, gab Skyler zurück.

»Das war erstaunlich«, wisperte er. »Was du getan hast ...«

»Wird keine Rolle spielen, wenn sie hier reinkommen. Schieß weiter.«

»Keine Munition mehr«, gab Ramesh zu.

Skyler zog eine Sonton-Pistole aus einem Schulterholster. Er hatte die Waffe auf seinem qualvollen Marsch nach Hause gefunden, am Leichnam eines toten Verkehrspolizisten. Er drehte die Waffe und schob sie Ramesh in die wartende Hand.

Die Schüsse der anderen verstummten, als sich die Newsubs zurückzogen.

»Wer bist du?«, fragte der Mann, die Augen auf die schöne Pistole gerichtet.

»Skyler ...«

»Skyler?«, sagte der an der Tür. Er schwang sein AK-47 herum und zielte auf Skylers Brust. »Blackfield hat ein gigantisches Kopfgeld auf dich ausgesetzt.«

Ehe Skyler antworten konnte, segelte ein Subhumaner durch das offene Fenster. Er rang den Wächter nieder, der dort kniete, und zerkratzte ihm das Gesicht, während sie in die Mitte des Raums kugelten.

Skyler floh zu einer Hintertür, die weiter ins Gebäude hineinführte. Er hatte keine Ahnung, wo es hinging; er wusste nur, er musste weg.

»Komm zurück!« Der Ruf kam von Ramesh, und Skyler ignorierte ihn.

Zu seinem Ärger führte der Korridor nicht zu einem Ausgang, sondern in ein Treppenhaus nach oben. Skyler nahm drei Stufen auf einmal, einen Absatz nach dem anderen. Die Kampfgeräusche blieben hinter und unter ihm zurück.

In der vierten Etage hielt Skyler an und duckte sich in einen Seitengang. Der Zustand des Gebäudes war hier nicht anders als im Erdgeschoss – Betonböden und freigelegte Stützsäulen. Er lauschte an der Treppe, hörte nur den Kampf unten.

Das würde sich ändern, und zwar bald. Welche Seite auch gewann, Skyler musste davon ausgehen, dass sie das Gebäude durchsuchen würde.

Er rannte zu den leeren Fenstern an der Außenwand. Skyler beugte sich hinaus und musterte die Straße darunter, gerade rechtzeitig, um zu sehen, wie der Anführer seine große Waffe abfeuerte. Das Geräusch des Gewehrs hallte durch die verlassenen Häuser an der schmalen Straße wie eine Reihe von Donnerschlägen.

Auch hinter einem Schutthaufen auf der Straße schoss jemand hervor. Skyler konnte es nicht gut erkennen, aber er nahm an, dass Verstärkung eingetroffen war, um die Männer unten zu retten.

Überall waren Subhumane. Sie liefen umher, wichen Waffen aus, die sie auf einer urtümlichen Ebene verstanden, und tänzelten auf ihre Angreifer zu.

Skyler schaute nach links zu der Barriere aus Schrott, die die Außenbezirke von Darwins Slums kennzeichnete. Dann sah er hinauf zu den Dächern, dicht an dicht vor dem nächtlichen Himmel.

Dächer.

Er rannte zurück zur Treppe und stieg weiter nach oben, ohne auf den brennenden Schmerz seiner Rippen zu achten. Zwei Tage zuvor hatte er sich Mull um die Brust gewickelt, aber der Verband half kaum.

Nach sechs weiteren Absätzen krachte er durch eine ziemlich rostige Metalltür. Skyler kam rutschend zum Stehen. Mehrere Löcher durchzogen die unebene Oberfläche, verursacht von der Erosion durch Regenwasserpfützen, die keinen offenen Ablauf fanden. Er suchte sich behutsam einen Weg über das Dach, zur nach Darwin blickenden Seite des Gebäudes. Am Himmel über Nightcliff bot sich ihm ein eigenartiger Anblick. Er zählte fünfzehn Gondeln, die am Lift in die Wolken emporkrochen. Sie fuhren alle auf einem Haufen, die erste trennte weniger als ein Kilometer von der letzten.

Darüber konnte er sich später noch Sorgen machen. Er schaute in der Hoffnung auf eine schmale Stelle, über die er springen konnte, zum Nachbargebäude und sah etwas sogar noch Besseres.

Eine krude Brücke, aus alten Leitern konstruiert, die man zusammengebunden hatte, überspannte die Lücke zwischen diesem Dach und dem nächsten. Man musste nicht einmal die Höhe in Betracht ziehen, um die Brücke furchterregend zu finden.

Aber es war der einzige Weg, daher nahm ihn Skyler.

Er trat über den Rand des Daches und prüfte die erste Leiter vorsichtig mit einem Fuß. Sie federte unter seinem Gewicht. Skyler schluckte und trat zurück. Dieser Weg wirkte plötzlich wie Irrsinn.

Hinter ihm quietschte die Metalltür. Die Entscheidung war gefallen. Er bewegte sich mit schnellen, gleichmäßigen Schritten, rollte jedes Mal den Fuß ab, um das Wippen zu minimieren. Die Leiter ächzte unter seinem Gewicht, aber sie hielt.

»Stehen bleiben!«

»Kommt nicht in Frage!«, rief Skyler, der halb drüben war. Er konnte die andere Seite schon schmecken.

Ein Schuss krachte. Er hörte, wie die Kugel über seinen Kopf zischte. Ein gezielter Fehlschuss? Er bezweifelte, dass diese Wächter so fähig waren.

Skyler achtete nicht darauf und sprang auf das Dach gegenüber. Er landete mit den Füßen voraus auf einer niedrigen Umfriedungsmauer. Sein Schwung trug ihn darüber und aufs eigentliche Dach, kurz bevor eine weitere Kugel in die niedrige Mauer hinter ihm einschlug. Skyler rollte aus, dann suchte er hinter der hüfthohen Umfriedung Deckung.

Auf dem anderen Dach hörte Skyler die leise Stimme des Kommandanten der Schwadron. Er sprach nicht leise genug.

»Hast du ihn erwischt?«

Der andere klang zuversichtlich. »Glaube schon, im Rücken.«

»Prüf es nach«, sagte der Befehlshaber. »Ich gebe dir …«

Skyler kam in die Hocke hoch, zielte mit dem Gewehr und feuerte eine Salve. Er hatte nur noch wenige kostbare Kugeln übrig, obwohl er während seines Höllentrips nach Hause sogar noch zwei neue Magazine gefunden hatte, aber er musste sie abschütteln. Der Befehlshaber duckte sich geschickt nach rechts. Skylers Kugeln trafen den anderen Mann mitten in die Brust, und er stürzte zu Boden.

Der Befehlshaber hob sein Gewehr über den Überhang des gegenüberliegenden Dachs und schoss blind. Skyler hatte so einen Versuch schon sehr oft gesehen, immer mit demselben Ergebnis: Die Leute bemühten sich zu sehr um einen Ausgleich und schossen zu tief. Dieser Typ bildete keine Ausnahme. Er achtete nicht auf die Schüsse und lehnte sich stattdessen über das Mäuerchen. Er packte das Ende der Leiterbrücke und schob. Sie löste sich problemlos, stürzte hinab in die Dunkelheit. Skyler duckte sich wieder hinter die Umfriedung, die ihm Deckung gab, und lauschte auf das zufriedenstellende Krachen, als die Leiter auf dem Boden aufkam.

Er holte tief Luft und kroch dann am Rand des Daches entlang nach links.

»Wir werden dich finden!«, rief der Befehlshaber vom anderen Gebäude herüber.

An der Ecke ging Skyler in die Hocke und wandte sich in die Richtung, in der der andere Mann gewesen war. Er reckte sich weit genug hoch, um einen Blick aufs andere Dach werfen zu können, und stellte fest, dass es leer war.

Er erhob sich und ging quer über das Dach zu einem Eingang, der in das Gebäude darunter führte. Dabei bewegte er sich wie eine Krabbe, die Waffe aufs andere Dach gerichtet. Keine Spur von dem Wächter aus Nightcliff. Möglicherweise hatte er aufgegeben.

Eher nicht, entschied Skyler. Er versetzte sich in den anderen hinein und ging davon aus, dass er in diesem Moment die Stufen hinabraste, um Skyler zu erwischen, wenn er dieses Gebäude zu verlassen versuchte.

Skyler ging zum Westrand des Dachs. Das nächste Gebäude war ein Stockwerk niedriger, aber nahe. Er ging rückwärts, nahm Anlauf und sprang.

Den ersten Aufprall fing er mit den Füßen ab und rollte sich schnell zusammen, die heile Schulter nach vorne gerichtet.

Brennender Schmerz loderte in seinem Rippenbogen auf. Skyler bremste seine Rolle und blieb zusammengerollt liegen, holte langsam Luft, bis das Brennen nachließ. Jeder Winkel seines Verstandes drängte ihn zum Aufhören, zum Ausruhen.

Noch nicht.

Er nutzte die gleiche Technik, um ein weiteres Dach zu überqueren, erst dann begann er den Abstieg. Das Gebäude schien eine Unterkunft für Gastarbeiter gewesen zu sein, als solche Leute noch in Scharen nach Darwin gekommen waren, um Arbeit bei der Produktion der Infrastruktur zu finden, die in den Orbit ging. Ein Raum nach dem anderen voller Stockbetten in unterschiedlichen Zuständen. Alle Matratzen hatte sich schon jemand geholt, auch die Sprungfedern und alles andere, was nicht festgenietet war.

Skyler hielt sich ans Haupttreppenhaus und ging abwärts, so schnell es seine müden Beine und brennenden Rippen zuließen. Wenige Augenblicke danach spähte er aus einem Loch, wo früher die Eingangstür gewesen war.

Vor dem Gebäude verlief eine breite Straße. In ihrer Mitte befand sich ein fünf Meter hoher Müllhügel. Darwins Grenze.

Auf der Barrikade, etwa hundert Meter weiter rechts, stand eine Gruppe Männer und wartete. Worauf, konnte er nicht erkennen. Sie schauten, wie Skyler annahm, auf der Straße in die Richtung, wo ein paar Minuten zuvor der Kampf stattgefunden hatte.

Er verließ die Deckung des Gebäudes und rannte von ihnen weg, hielt sich dicht an die Häuser.

Sobald sie außer Sicht waren, ging Skyler zur Barrikade und kletterte hinauf.

Er spähte über die Kante und schaute genau auf den Rand von Darwins dicht bevölkerten Elendsvierteln. Es war ein scharfer Kontrast zum Niemandsland, denn auf den Straßen jenseits der Barrikade wimmelte es von Leuten. Lagerfeuer, die in unregelmäßigen Abständen mitten auf der Straße brannten, beleuchteten ihre Umrisse. Ein Feuer brannte in einem umgedrehten Kühlschrank, ein anderes in einem alten Boot. Um jedes scharten sich Leute, drängten sich aneinander. Einige brieten etwas über den Flammen. Ratte, vermutete Skyler. Was gab es sonst schon? Er entschied, es sei besser, die Antwort auf diese Frage nicht zu kennen.

Ihre Angst vor SUBS war so tief verwurzelt, dass sie alle einen Sicherheitsabstand zur Barrikade einhielten, und das war alles, worauf es jetzt ankam. Skyler zog sich über den Rand und kroch auf der anderen Seite hinunter.

Zu Hause. Er war zu Hause.

* * *

Der Sturm kam aus dem Nichts, und in weniger als zehn Minuten hatte sich die Atmosphäre der Stadt von einem milden Abend zu einem flutartigen Regen gewandelt. Die Straßen wurden leerer, und das passte Skyler sehr gut.

Er blieb für sich, hielt den Kopf gesenkt, ging zielstrebig, aber niemals gehetzt. Jeder Atemzug fühlte sich an wie ein Stachel im Fleisch. Er versteckte die Waffe unter seiner Fliegerjacke, so gut es ging. Niemand in diesem Teil Darwins konnte sich eine solche Waffe leisten, geschweige denn sie lange bei sich behalten. Am besten hängte er sie nicht an die große Glocke.

Der alte Flughafen schien ihm wie eine Oase.

Am hohen Maschendrahtzaun, der den Flugplatz umgab, hielt er an und lehnte sich dagegen. Er wartete in der Hoffnung, es würde eine Patrouille vorbeikommen. Jemand, den er kannte. Alle Bewohner des Flughafens patrouillierten reihum am Zaun.

Lauwarmer Regen durchnässte seine Kleider. Nach zehn Minuten begriff er, dass keine Patrouille die Runde machte. Etwas stimmte nicht.

Er fixierte die Reihe der Hangars entlang der alten Landebahn. Der flache Asphalt, der nicht mehr als Rollbahn beim Starten oder Landen gebraucht wurde, diente schon lange als Fundament für Hangars. Mehr als hundert dieser Bauwerke verteilten sich auf der gesamten Länge der Piste. Selbst in diesem Sturm hätte etwas los sein müssen.

Skyler gab das Warten auf. Stattdessen machte er sich auf den Weg am Zaun entlang zum Haupttor.

Ein gutes Stück, bevor er ankam, sah er eine Armada gepanzerter Nightcliff-Fahrzeuge wild rund um den Eingang parken. Ihn abriegeln. Eine Handvoll Soldaten mit kastanienbraunen Helmen war auf dem Gelände. Die meisten hingen vor Woons Gaststätte herum, der Gemeinschaftsküche am Anfang der Landebahn. Skyler konnte mit Mühe ein paar seiner Nachbarn erkennen; sie diskutierten lebhaft mit den Soldaten.

Soldaten, die die Waffen im Anschlag hatten.

Dieser Anblick zerschlug jede Hoffnung, hier unterschlüpfen zu können. Schlimmer noch, sein Unglück zog jetzt alle anderen Mannschaften in Mitleidenschaft.

Er schlich sich näher heran, bis er auf der Landebahn weit genug sah, um einen Blick auf seinen eigenen Hangar werfen zu können. Möglicherweise waren die Wachen ja aus einem anderen Grund da. Er wusste, dass er sich falsche Hoffnungen machte – er wusste es, ehe er auch nur einen Blick auf den Eingang zu seinem Zuhause erhaschte. Dennoch traf ihn der Anblick wie ein Hammerschlag.

Ein stetiger Strom von Soldaten ging durch die Hangartore ein und aus, sie trugen, was immer sie tragen konnten. Er sah sogar zwei von ihnen gemeinsam eines der Stockbetten auf einen Lkw verladen.

Skyler drehte sich um und entfernte sich vom Zaun, machte sich auf den Weg zurück in die Stadt. Seine Gedanken rasten. Er brauchte einen Unterschlupf, einen Ort zum Nachdenken. Um seine Infiltration Nightcliffs zu planen. Er brauchte Ressourcen.

Er brauchte Prumble.

KAPITEL 32

Anchor-Station

9.2.2283

Tania rieb sich den Schlaf aus den Augen und las die Nachricht noch einmal:

Sprich mit niemandem.

Geh sofort zu Raum 32, Ebene Grau. Passwort: Antilope.

– N. P.

Neil hier? Es lief ihr eiskalt den Rücken hinunter, auf ihren Armen erschien eine Million kleiner Erhebungen.

Sie zog einen Overall an, ihre Gedanken rasten.

Auf der Anchor-Station herrschte Hochspannung. Seit die Nachricht vom Kampf auf der Platz-Station eingetroffen war, hatte die Security die Zugänge zu den Andockbuchten gesperrt.

Befehle, hatten sie gesagt.

Gerüchte von dem Tumult im Rat breiteten sich aus. Einige sagten, Neil sei zurückgetreten; andere sagten, Alex sei zurückgetreten. Sie hatte sogar gehört, Alex habe Neil wegen »Verrats« in den Bau geworfen.

Und nun zum ersten Mal Nachricht von Neil. Der kryptische Text war nicht gerade hilfreich, um Tania zu beruhigen.

Als sie aus ihrem Zimmer auf den dunklen Gang trat, zog sie in Erwägung, Natalie zu wecken. Was immer jetzt geschah, sie waren zusammen darin verstrickt, und Tania stellte fest, dass sie sich nach dem Trost einer Mitwisserin sehnte.

Sprich mit niemandem.

Sie hörte die Worte in Neils befehlsgewohnter Stimme. Erinnerungen gingen damit einher, wie sie unter einem Avocado-Baum saß und Ameisen beobachtete, die einen einsamen Nachzügler verzehrten, der aus dem Gewirr der Äste gefallen war. Damals hatte er mit dieser Stimme zu ihr gesprochen, sie gedrängt, das Projekt allein zu übernehmen. Damals hatte sie ihn hintergangen, aber jetzt würde sie es nicht tun.

In ganz natürlichem Tempo begab sich Tania auf Ebene Grau. Diese Sektion suchte sie fast nie auf, aber der Bauplan war genau wie überall sonst. Beim Gehen fragte sie sich, ob wohl ein Wächter sie aufhalten würde. In den letzten Tagen hatten sich einige aus ihrem Mitarbeiterstab beschwert, dass man sie befragt hatte, wenn sie zwischen den Ebenen unterwegs gewesen waren.

Wieder Befehle.

Sie zog in Erwägung, Alex Warthen zu kontaktieren und eine Erklärung zu verlangen, und dieser Gedanke sorgte dafür, dass sie Neil nur umso mehr vermisste. Mit solchen Sorgen kam sie sonst zu ihm und wusste, er würde ihre Sache vor dem Rat vertreten.

Sie erreichte unbehelligt Raum 32. Dem verblichenen Schild an der Wand zufolge war es ein typischer Stationsbesprechungsraum.

Als sie die Tür öffnen wollte, stellte sie fest, dass sie verschlossen war. Das Durchziehen ihrer Zugangskarte brachte nichts. Auf dem Tastenfeld unter dem Kartenschlitz tippte sie die Zahlen ein, mit denen man Antilope buchstabierte.

Das Schloss sprang mit einem gedämpften Klicken auf, und sie öffnete die Tür zu einem Raum voller Leute. Neil war nicht unter ihnen.

»Kommen Sie herein und schließen Sie die Tür«, sagte ein Mann am Tisch. Hochgewachsen und dürr, mit zwei Büscheln grauem Haar über dem Ohr und einer Brille mit eckigem Rand. Er kam ihr vage bekannt vor.

Sie trat ein und ließ die Tür mit einem Klicken hinter sich zufallen. Ein ovaler Tisch beherrschte den Raum. Es gab auch Stühle, aber man hatte sie an die gegenüberliegende Wand geschoben.

Etwa zwanzig Männer und Frauen standen am Tisch, musterten Karten der Station, die darauf ausgebreitet waren. Als Tania eintrat, hoben alle den Kopf und starrten sie an.

Sie meinte, ein paar von ihnen schon auf der Station gesehen zu haben, aber sie konnte keinen beim Namen nennen.

»Was geht hier vor?«, fragte sie. »Wer sind Sie?«

»Karl Stromm«, sagte der Mann mit der beginnenden Glatze.

»Kenne ich Sie?«

Er lächelte sie liebenswürdig an. »Ich habe Ihnen heute Ihr Frühstück serviert.«

Die Erinnerung war sofort da, klar wie der Tag. Dieser Mann in einer Schürze, wie er ihr ein Ei-Imitat vorlegte. Sie sah sich die Übrigen an, und die Puzzleteile passten zusammen. Unwichtige Wartungsarbeiter, Köche, Reinigungspersonal.

Leute, die nicht auffielen.

»Ich nehme an, Neil hat Sie nicht eingewiesen«, sagte Karl.

Tania schüttelte den Kopf.

Er nickte einmal. »Kommen Sie zu uns an den Tisch. Wir brauchen Ihre Hilfe.«

»Wobei?«, fragte sie und näherte sich zögernd den ausgebreiteten Karten.

»Neil will dem Gegner einen Schritt vorausbleiben.«

Sie spürte, wie sich ihr Puls beschleunigte. »Was meinen Sie damit?«

»Meuterei, Miss Sharma. Meuterei.«

KAPITEL 33

Darwin, Australien

9.2.2283

Mitten auf der Straße fiel Skyler auf die Knie und brach in bitteres Lachen aus.

Das Tor zu Prumbles Parkhaus war nur noch ein zerfetzter Haufen verbogenen Metalls. Schutt lag auf der Straße vor dem Gebäude, ein paar Sammler in Lumpen füllten Rupfensäcke mit den wertvolleren Teilen. Beim Klang von Skylers Lachen stoben sie auseinander.

Mein Flugzeug ist zerstört, meine Freunde sind tot oder gefangen, mein Hangar ist ausgeplündert, und jetzt das?

Skyler warf einen Blick über die Schulter auf den Lift. Nie hatte er ferner gewirkt.

Wie betäubt zwang er sich auf die unsteten Beine. Einen Fuß vor den anderen; noch einmal. Er tappte zum Eingang des Parkhauses und ging die Rampe hinab. Der Rauchgeruch war überwältigend. Er zog sich das Hemd über Mund und Nase.

Am unteren Ende der Rampe schaltete Skyler das Licht unter seinem Gewehrlauf ein. Die Innentür, die zu Prumbles Lager führte, war zertrümmert, genauso wie ein Großteil der Wand darum herum.

Dahinter lagen angekohlte, zertrümmerte Regale und umgeworfene Plastikbehälter, deren Seiten teilweise geschmolzen waren.

Prumble musste tot sein. Tot oder verschwunden. Hier gab es nichts mehr von Wert. Jemand hatte alles durchwühlt und dann zerstört. Hinten im Parkhaus fand Skyler Prumbles Büro. Die Kühlhaustür lag auf dem Boden, zusammengestaucht wie eine weggeworfene Bierdose. Der Boden darum herum war mit Brandspuren übersät.

Sie hatten starken Sprengstoff benutzt. Skyler hatte keine Zweifel, wer der Schuldige war.

Neues Ziel, dachte er. *Blackfield finden und ihm mit einem heißen Schürhaken die Augen ausstechen.*

Ein weiteres Kästchen auf einer wachsenden Liste unmöglicher Aufgaben, das auf ein Häkchen wartete.

Er verließ das Parkhaus, seine Füße bewegten sich von allein, denn er hatte keinen Willen mehr zum Weitergehen. Er stellte sich in einem Haus auf der anderen Straßenseite vor dem Regen unter und klappte vor Schmerz zusammen. Ein Schmerz, der nicht aus seinen Verletzungen resultierte, sondern aus Mutlosigkeit. Seine Hoffnung, die Aura zu reparieren und in den Orbit zurückzukehren, verblich, in den Staub getreten von den Karten, die ihm das Schicksal gegeben hatte. Er musste sich jetzt aufs Überleben konzentrieren.

Vielleicht konnte er zu Grillo gehen und darum betteln, eines seiner beschissenen Flugzeuge für ihn fliegen zu dürfen. Sollte er so weit gekommen sein, nur um sich diesem Bastard anzuschließen? Es schien das fast perfekte Ende der Reihe seiner persönlichen Tragödien zu sein.

Vielleicht sollte er einfach gehen, in die Freizone, wie es Skadz gemacht hatte. Den ganzen Schlamassel denen überlassen, die dazu gezwungen waren, sich darin zu wälzen.

Er dachte an den Tag zurück, als er Prumble im Café getroffen hatte. An das Gefühl, das er gehabt hatte, als er den Beutel voller makelloser Banknoten gesehen hatte.

Das Café. Prumble hatte gewitzelt, dort in Ruhestand gehen zu wollen. Vielleicht war es so witzig gar nicht gemeint gewesen, dachte Skyler. Er kannte die Besitzerin auf jeden Fall ziemlich gut, und er hatte gesagt, er träfe sich dort immer mit seinem Kontaktmann aus Nightcliff.

Wenn er lange genug in dem Café wartete, dachte Skyler, würde der Mann aus Nightcliff vielleicht wieder hinkommen und nach Prumble suchen. Er wohnte in Nightcliff, und das hieß, er war ein möglicher Weg hinein.

Möglicherweise hatte die alte Frau, der das Ding gehörte, auch etwas von dem dicken Mann gehört. Vielleicht wusste sie sogar, ob er den Angriff auf seine Zuflucht überlebt hatte.

Der Erschöpfung nahe und ohne eine andere Option tat Skyler das Einzige, was er tun konnte: weitergehen.

* * *

Er kam spät an. Aufgrund der Uhrzeit und des starken Regens waren die Straßen so gut wie leer. Nur ein weiterer Laden hatte in der Nähe des Clarke's geöffnet: eine Einzimmerbude zum Kartenspielen. Die Anwesenden, vier ältere Männer, waren um einen Tisch versammelt und spielten Mah-Jongg. Sie merkten kaum, dass Skyler vorbeikam.

Er atmete erleichtert auf. Das Café war offen. Besser noch, es war leer.

Die alte Singhalesin saß hinter dem Tresen und strickte. Sie musterte ihn argwöhnisch, zeigte ihm aber dennoch ein zahnloses Lächeln.

Skyler konnte sich nicht an ihren Namen erinnern. Er bat um Kaffee und ein Gebäckstück, das mit einer Art Bohnenpaste gefüllt war. Er versuchte, nicht an den Ursprung der Füllung zu denken und verschlang es, noch ehe er sich hingesetzt hatte. Verspätet fragte er sich, womit er bezahlen würde.

Als sie den Kaffee brachte, dankte ihr Skyler und sagte: »Sprechen Sie Englisch?«

»Bisschen«, sagte sie.

»Haben Sie Prumble gesehen? Den dicken Mann?«

Sie kniff die Augen zusammen. Das Lächeln blieb. Langsam schüttelte sie den Kopf.

»Bitte«, sagte er, »jemand hat sein Parkhaus angegriffen. Ich muss herausfinden, ob er noch lebt.«

»Ich nicht kenne«, sagte sie.

Schlechte Lügnerin, dachte Skyler.

Er sah in seinen Kaffeebecher. »Er hat Ihnen die Kaffeebohnen gegeben, nicht?«

Sie sah sich unsicher um.

»Ich habe sie ihm aus Vietnam mitgebracht. Kennen Sie Vietnam?« Sie starrte ihn nur an. »Prumble hat mich hingeschickt, um ein paar Teile für ein Röntgengerät zu holen. Wir sind über einem Lazarett abgesprungen, um danach zu suchen.«

Die Alte starrte ihn weiter an. Er war nicht sicher, ob sie überhaupt etwas verstand.

Die Details der Mission blitzten wie ein Tagtraum in Skylers Gedanken auf. »Ich erinnere mich, dass wir die Teile, die wir brauchten, sofort fanden und Zeit für ein paar Erkundungen hatten. Skadz und ich gingen zu einem Haus auf der Basis; es hatte irgendeinem Funktionär der kommunistischen Partei gehört. Im Keller war ein ganzes geheimes Vorratslager aufgestapelt, darunter auch eine Kiste mit haltbarem Kaffee. Kaffee, ja? In einer speziellen Dose.« Er deutete es mit den Armen an. »Da war ein weißer Streifen drauf, diagonal, so.«

Ihr Blick schoss zum Tresen. Skyler hoffte, allmählich zu ihr durchzudringen.

»Kaffee«, sagte sie schließlich.

»Ja. Aus Vietnam. Von Prumble.«

Sie ging weg, unter dem schäbigen Holzbalken durch, der als Tresen diente, und durch einen mit einem Vorhang abgetrennten Eingang.

»Hören Sie«, rief Skyler ihr nach, »vor ein paar Wochen hat sich Prumble hier mit einem Mann getroffen. Einem Mann in einem langen Mantel. Ich muss diesen Mann kontaktieren. Wenn Sie mir helfen können …«

Hinter dem Vorhang war nichts zu hören. Skyler gab auf und kostete sein Getränk, genoss das starke Aroma.

Er sah durch das schmutzige Fenster zu, wie der Regen auf die Gasse dahinter hämmerte. Gnadenlos. Er sah an der Seite des Gebäudes direkt gegenüber empor. Auf jedem Fensterbrett standen Behälter aller Größen und Formen, völlig ohne Sicherung, um jeden Tropfen Wasser aufzufangen, der zu bekommen war.

Er fragte sich, ob sich hier je etwas ändern würde. Die Stadt starb Stück für Stück. Die Entropie würde gewinnen.

Ein Geräusch hinter dem Tresen erregte seine Aufmerksamkeit, und er drehte sich um.

Da stand Prumble, stützte sich auf seinen Gehstock, ein breites Grinsen im Gesicht.

»Ich traue meinen Augen kaum«, sagte er.

»Prumble!« Skyler stand auf und umarmte den Mann.

»Ich dachte, du wärst tot«, sagte Prumble lachend.

»Dito. Ich war im Parkhaus …«

»Ah. Blackfields Werk. Ich war zu der Zeit drinnen.«

»Doch du hast überlebt? Na ja, natürlich. Was haben sie gesucht?«

Prumble seufzte. Die Alte stellte einen gesprungenen Becher vor ihm ab, und er dankte ihr. Zu Skyler sagte Prumble: »Was Belastendes gegen Platz. Jemand hat ihnen einen Tipp gegeben.«

»Darüber weiß ich vielleicht etwas«, sagte Skyler.

»Ach?«

Skyler beugte sich weiter vor. »Hast du etwas von Sam oder den anderen gehört?«

Der Fette schüttelte den Kopf. »Ich habe mich bedeckt gehalten. Aber deine Frage macht mir Angst.«

»Es ist viel geschehen.«

Prumble nahm seinen Becher. »Komm mit und erzähl mir alles. Ich sitze lieber nicht am Fenster im Schatten von Nightcliff. Immerhin bin ich ein gesuchter Mann.«

Skyler folgte ihm durch den Vorhang hinter dem Tresen und eine enge, steile Treppe hinauf.

»Renuka war so nett, mir ein Zimmer anzubieten«, sagte Prumble, während er seinen massigen Leib die Treppe hinaufwuchtete, »solange ich es brauche. Ihr Mann und ihr Sohn sind verstorben, wie es aussieht.«

Sie betraten ein Zimmerchen, bei dem Prumble gerade so eben durch die Tür passte. Es roch nach alten Socken und hatte knapp drei Meter Seitenlänge.

Da es jedoch keine Möbel gab, bot es genug Platz zum Überleben. Statt eines Bettes bedeckten Schichten aus fadenscheinigen Teppichen und Decken den Boden. Mottenzerfressene Kissen füllten eine Ecke.

»Es ist ganz gemütlich«, sagte Prumble und nahm vorsichtig auf dem Boden Platz. Skyler setzte sich ihm gegenüber.

Prumble war eine Weile damit beschäftigt, den Kissenstapel hinter sich zu richten, um seinen Rücken zu stützen. »Jetzt erzähl«, sagte der Fette.

»Gleich«, antwortete Skyler und legte sich auf den weichen Boden. Er fühlte sich warm an und roch nach Zimt. Skyler schloss die Augen.

KAPITEL 34

Anchor-Station

9.2.2283

Tania hielt den Blick zu Boden gerichtet. Sie zog die Baseballmütze tiefer, die sie sich geliehen hatte, um ihr Gesicht zu verstecken. Die Überraschung wäre hinüber, wenn jemand sie zu früh erkannte.

Zwei Wächter bemannten den Posten. Sie waren über ein abgenutztes Brettspiel gebeugt und achteten nicht groß auf die Reinigungsmannschaft, die des Wegs kam. Ihre Reaktion sprach von einem Routinevorgang. Beide waren leicht bewaffnet, mit Hand-Immobilisierungsgeräten auf Toxinbasis und Standard-Schlagstöcken. Beide waren außer Form.

»Die Waffen, bitte«, sagte einer aus der Reinigungsmannschaft. Ein anderer öffnete eine Segeltuchtasche und hielt sie ihnen hin. »Langsam.«

Die beiden Wächter sahen verwirrt von ihrem Spiel auf. Weit hinten in der Gruppe beobachtete Tania das Ganze unerkannt. Die Aufmerksamkeit der Wächter war ganz auf die Waffen gerichtet, die in ihre Richtung zeigten. Nachdem sie kurz Blicke gewechselt hatten, legten sie ihre eigenen Waffen in die geöffnete Tasche und wichen zurück, um abzuwarten.

»Zeigen Sie mir Ihren Dienstplan«, sagte der Befehlshaber.

Einer der Wächter nahm bedächtig ein Klemmbrett vom Tisch und reichte es ihm.

Der Reinigungsmann warf nicht mal einen Blick darauf. Stattdessen gab er es über die Schulter an ein anderes Mitglied der Gruppe weiter. Er ließ die beiden überraschten Wächter kein einziges Mal aus den Augen. »Zugangskarten.«

Die Männer zögerten, wenn auch nur einen Augenblick, ehe sie die Schlüsselkarten zückten. Diese und das Klemmbrett erreichten Tania. Sie warf einen Blick darauf und bestätigte den Empfang mit einem leichten Nicken für den Anführer ihres Meuterertrupps. Ihr fiel auf, dass sie seinen Namen vergessen hatte.

Die Wächter warteten zitternd.

»Wo sind Ihre Unterkünfte?«, fragte der Befehlshaber.

»Grün fünfzehn«, antwortete einer der Wächter.

»Grün siebzehn«, sagte der andere.

»Gehen Sie voraus.« Vier der angeblichen Hausmeister folgten den beiden Wächtern, als sie aufstanden und zu ihren Räumen schlurften. Die anderen Reinigungskräfte bezogen um den Security-Posten Stellung und taten, als gingen sie ihrer Aufgabe nach.

Es war an der Zeit, dass Tania ihren Teil beitrug. Wortlos drehte sie sich um und ging durch den nach oben gekrümmten Gang. Nach ein paar hundert Metern stieß sie auf eine weitere große Reinigungsmannschaft, die um die Tür des Haupt-Computerlabors herumwuselte und diese mit einem schwarzen Plastikeimer offen hielt.

Tania grüßte sie mit hochgerecktem Daumen und ging durch die Tür, ohne innezuhalten.

Im Labor bog sie scharf rechts ab zu zwei Doppeltüren, auf denen *Zutritt nur für Sicherheitsdienst* stand.

Dort wartete Karl. Sie zeigte ihm die Schlüssel und lächelte ihn an, wovon sie sich versprach, Zuversicht auszustrahlen. Eigentlich spürte sie nichts als Entsetzen bei dem, was sie taten.

»Gute Arbeit«, sagte Karl. »Probleme?«

»Sie haben kooperiert. Ich musste nicht mit ihnen reden.«

Das Schloss knackte laut, als sie die Karte durch den Leser zog.

»Lasst niemanden rein«, sagte Karl zu dem Team am Eingang. Dann führte er Tania in den Sicherheits-Kontrollraum der Anchor-Station.

Sie ging sofort zu einem Panel mit Bildschirmen, zog die Karte erneut durch und tippte auf den Bildschirm, bis sie auf Ebene Rot schaute. Den Frachtbereich.

Karl stand neben ihr, und gemeinsam beobachteten sie, wie sich die zweite Phase ihres Plans entfaltete.

Auf dem Bildschirm mischte sich eine Wartungsmannschaft unter vier Sicherheitskräfte. Tania ging in Gedanken die Geschichte durch, die sie vorbereitet hatten. Die Arbeiter würden den Wachhabenden erzählen, sie würden für einen gut gemeinten, aber schlecht ausgeführten Streich an ihrem Boss bestraft. Ihre Strafe: Sie mussten eine Kontrolle an allen angedockten Gondeln durchführen und alle Luftschleusentore auf Lecks prüfen. Die Wächter lachten und winkten sie hinein.

Setzen wir auf die allgemeine Verachtung für Bürokraten, hatte Karl gesagt.

Brillant, dachte Tania.

Als sie den Andockbereich betreten hatten, bezogen die verkleideten Arbeiter schwebend um die lachenden Wächter herum Stellung. Der Dienst auf Ebene Rot galt als Aufgabe für Sicherheitskräfte, die die Arschkarte gezogen hatten, anders als der Posten der beiden Nachlässigen, auf die Tanias Gruppe getroffen war. Diese Wachposten würden jünger sein und eher Widerstand leisten. Das waren Karls Worte gewesen, und wieder behielt er recht.

Auf dem Bildschirm brach ein Kampf aus, eine ungeschickte Auseinandersetzung in der schwerelosen Umgebung. Ein Wachposten hatte so viel Geistesgegenwart, sich umzudrehen und abzustoßen, so dass er zu einem Alarmpanel zehn Meter entfernt flog. Niemand verfolgte ihn.

Der Wächter erreichte den Hebel und legte ihn um. Dann ein zweites Mal.

»So vorhersehbar«, sagte Karl und tippte auf den zweiten Bildschirm.

Tania beobachtete, wie der Mann sich wieder dem Kampf zuwandte. Die anderen Wachposten verloren eindeutig, und nun verteilten sich drei Arbeiter, um es mit dem letzten aufzunehmen. Tania hielt den Atem an. Sie zogen Waffen, und die Vorstellung, dass auf der Station noch mehr Blut fließen würde, erschreckte sie.

Nachdem er seine Entscheidung noch einmal überdacht hatte, ließ der verbleibende Wächter seine Waffe fallen und hob die Hände. Die Waffe trudelte weg, und Tania stieß erleichtert die Luft aus.

Innerhalb einer Minute waren die Wächter gefesselt und geknebelt. Laut Plan würde man sie in einem der Büros auf Ebene Purpur einschließen und auf weitere Anweisungen warten.

»Es ist Zeit, Miss Sharma«, sagte Karl.

Tania zögerte. »Können Sie das nicht machen?«

Karl tätschelte ihr sanft den Arm. »Ich putze Klos«, sagte er, »soweit es die Leute hier angeht. Jetzt ist die Stimme einer Respektsperson erforderlich. Eine bekannte Stimme.«

Sie nickte. Er hatte recht, aber das machte es nicht leichter. »Das geht alles so schnell«, sagte sie und beobachtete auf dem Bildschirm, wie die Wächter aus dem Bild eskortiert wurden.

»Neil hat einen Plan«, erwiderte Karl. »Wir müssen uns darauf verlassen.«

Tania fragte sich, ob Neil wirklich alles durchdacht hatte. Mehr als alles andere wollte sie mit ihm reden. Nein, mehr als alles andere wollte sie zurück zu ihrer Forschung und nichts mehr mit solchen Aktivitäten zu tun haben.

Stattdessen würde sie zur gesamten Station sprechen müssen. Zögernd nahm sie das Mikro.

»Ich bitte um Ihre Aufmerksamkeit. Hier spricht Dr. Tania Sharma. Wegen einer immer schlimmer werdenden Spaltung, die durch den Orbitalrat verläuft, hat Neil Platz mich gebeten, die Sicherheit auf der Anchor-Station zu übernehmen. Seien Sie versichert, ich tue das nicht gerne. Nach einem gewalttätigen, unprovozierten Angriff auf die Platz-Station gestern hatte ich jedoch das Gefühl, dass etwas getan werden musste, um die Sicherheit aller hier zu garantieren. In dieser Obliegenheit habe ich Neils vollen Segen.

Ich habe das Sicherheitspersonal vorübergehend aus dem Dienst entlassen, weil es mit Alex Warthen kollaboriert, der den Angriff auf die Platz-Station befohlen hat.

Wenn die Meinungsverschiedenheiten im Rat geregelt sind, wird sich die Lage wieder normalisieren. Bis dahin hat mich Neil zur Direktorin der Anchor-Station ernannt. Ich bitte Sie, weiter Ihre normalen Aufgaben auszuführen. Die Station ist mit genügend Nahrung, Wasser und Luft ausgestattet.

Es tut mir leid, Ihnen mitteilen zu müssen, dass ich die externe Kommunikation vorübergehend ausgesetzt habe. Ich weiß, viele von Ihnen haben Familie an anderer Stelle im Orbit. Ich verspreche Ihnen, ich werde die Maßgabe rückgängig machen, sobald die Krise gelöst ist.

Ich habe für zehn Uhr vormittags ein Treffen mit allen Abteilungsleitern einberufen, um Fragen zu beantworten und die Lage genauer zu schildern. Bitte richten Sie sich mit Ihren Beschwerden an sie. Danke für Ihre Aufmerksamkeit.«

Tania schaltete das Mikro ab und vergrub den Kopf in den Händen.

»Gut gemacht«, sagte Karl.

»Es wird keine Rolle spielen«, antwortete Tania, ohne die Hände zu senken, »wenn Neil das nicht alles bald auflöst.«

Da das Wichtige erledigt war, machte sich Karl daran, dem Rest seiner Gruppe spezifische Befehle zu geben. »Ich muss nachdenken«, sagte Tania und ging in den hinteren Teil des Labors.

Sobald sie allein war, schlüpfte sie in den Forschungsraum und loggte sich ein. Das hochauflösende Bild der nächtlichen Teleskopscans erwartete sie. Sie warf einen letzten Blick auf die Tür und füllte dann die Monitore mit dem Bild.

Das Schiff der Erbauer war in der Mitte, eine rätselhafte Masse vor der Schwärze des Weltraums. Sie vergrößerte den Ausschnitt und musterte die unverkennbare längliche Form. Durch das dunkle Material gab es noch immer keine ausreichenden Einzelheiten, um auf einen Zweck zu schließen, aber es ließ sich mit Mühe und Not etwas erkennen, das wie ein Schild an der Nase des Gefährts wirkte.

Tania ging um den Tisch und trat direkt vor den Bildschirm. Sie fuhr das Gefährt mit dem Finger nach, auf der Suche nach irgendeinem anderen Unterschied, und fand keinen.

Sie trat zurück und musterte die ganze Szene. Ein paar kleine Verfärbungen fielen ihr ins Auge. Auf dem linken Bildschirm, nahe der oberen Ecke, war ein winziger grauer Klumpen gerade eben sichtbar. Ein weiterer befand sich nahe der Mitte. Sie musterte den rechten Bildschirm und fand einen weiteren.

»Mehrere Schiffe?«, murmelte sie.

Besorgt trat Tania wieder an die Konsole und ließ ein weiteres Mal Natalies Programm laufen, blätterte sich durch die ganze Bilder-Sequenz, die das Teleskop aufgenommen hatte. Nur drei Bilder waren entstanden, und wenn man sie nacheinander anzeigte, sah man, dass die winzigen Klumpen in einer lockeren Formation mit dem neuen Schiff der Erbauer flogen, neben dem sie winzig erschienen. Selbst anhand von nur drei Bildern erkannte Tania, dass die kleineren Objekte sich von dem Schiff absetzten.

Sie zählte insgesamt fünf, und welchem Zweck sie dienten, konnte sie sich nicht einmal annähernd vorstellen.

KAPITEL 35

Gateway-Station

9.2.2283

In der primären Frachtbucht auf Gateways unterem Ring trieben die Männer aus Nightcliff wie Ballons, die man hatte fliegen lassen. Nur die wenigsten schafften es, mit Russell mitzuhalten, als er sich zum Ausgang bewegte, wo ihn ein gedrungener Sicherheitsbeamter erwartete. Der Mann hatte ein Gesicht wie eine Bulldogge, und sein sandfarbenes Haar war kurz gestutzt. Ex-Militär durch und durch.

»Jarred Larsen«, sagte der Mann und streckte Russell eine Hand hin, als er hereinschwebte.

»Ich habe eine Horde Krankenschwestern und Dekontaminationsduschen erwartet«, sagte Russell.

»Dafür ist keine Zeit.«

»Also brechen wir bald zur Platz-Station auf?«, fragte Russell und packte einen Handgriff. Zwei der drei Soldaten, die ihm durch den Raum gefolgt waren, fanden etwas, an dem sie sich festhalten konnten, und landeten einigermaßen sicher. Der dritte prallte von der Wand ab und trudelte langsam weg.

Russell rümpfte die Nase.

Jarred fiel es entweder nicht auf, oder es war ihm einerlei. »Nicht nötig. Sie sind zu uns gekommen. Platz' Männer haben den oberen Ring eingenommen, aber bisher haben wir es geschafft, sie dort in Schach zu halten.«

»Sie sind in die Offensive gegangen? Wie sind sie denn aus den Gondeln gekommen?«

»Sie haben keine benutzt. Sie kamen in Rettungsbooten. Irgendwie haben sie die Sektion aus der Ferne abgeriegelt«, erwiderte Jarred.

»Ganz schön mutig, dieser Hurensohn. Wo ist Warthen?«

»Noch auf der Krankenstation, steht unter Beruhigungsmitteln. Sie kommen gerade rechtzeitig, wir wollten eben versuchen, die Sektion wieder einzunehmen. An jedem anderen Tag hätte ich Ihre Männer die Waffen gegen Gaußgewehre tauschen lassen, wie die Stationsregularien es verlangen, aber heute werden wir eine Ausnahme machen.«

Russell wandte sich zu seinen Soldaten um. Langsam gelang es ihnen, sich zu orientieren und zum Ausgang zu schweben. »Ich muss mit Ihrem Dockvorsteher reden.«

Jarred rief eine Frau auf der anderen Seite der Bucht; sie beaufsichtigte eine Gruppe, die Vorräte von der ersten Gondel ablud. Sie hörte ihren Namen und schob sich mit beispielloser Präzision durch die Bucht. Einer der Soldaten von Nightcliff wäre beinahe mit ihr zusammengestoßen, als sie vorüberschwebte.

»Hören Sie«, sagte Russell zu ihr, »gleich hinter dieser kommen neun weitere Gondeln. Mir ist klar, dass Sie die Vorräte dringend benötigen, aber wenn Sie so freundlich wären und, äh, meinen Soldaten dabei behilflich wären, sich zum äußeren Ring zu begeben?«

»Klar«, sagte die Frau. »Noch etwas?« Sie richtete die Frage an Jarred.

Er schüttelte den Kopf. Die Frau, Williams, nickte ihnen zu und kehrte zu ihrer Mannschaft zurück. Russell und Jarred sahen zu, wie sie ihr Team effizient anwies, die übrigen Soldaten einzusammeln, die wie ein Haufen toter Fische im Raum trieben, und sie entlang der Wand in der Nähe des Eingangs abzustellen. Diesen umgab ein Geländer, und zum Glück waren die Männer schlau genug, danach zu greifen.

»Sie könnte nützlich sein«, sagte Russell, »um meine Männer im Kampf in der Schwerelosigkeit auszubilden.«

»Stimmt. Darüber hatte ich noch nicht nachgedacht. Ich glaube, bis dahin werden unsere Leute alle Aufgaben in Schwerelosigkeit regeln.«

Russell sah noch ein paar Sekunden völlig fasziniert zu. Seine Aufmerksamkeit kehrte schließlich wieder zur anstehenden Aufgabe zurück. »Gehen Sie voraus, Captain Larsen.«

Der gedrungene Mann bewegte sich schnell durch die Zugangsröhre, die von der inneren Frachtbucht zum äußeren Ring führte. Russell grübelte über die ausgefallene Dekontamination nach. Er hatte noch nie gehört, dass das passiert war. Die Lage war wohl wirklich unerfreulich.

Die Zugangsröhre veränderte sich nach und nach von etwas, durch das sie sich bewegten, zu etwas, durch das sie fielen. Rote Metallstäbe an den Wänden verwandelten sich von Handgriffen in die Sprossen einer Leiter.

Larsen hielt plötzlich vor einem großen Plan an der Wand an. »An jeder Hauptkreuzung gibt es eine Karte«, sagte er, »am besten merkt man es sich aber.« Sein Tonfall war bestimmender, als Russell guthieß, aber er ließ es durchgehen. Er stellte sich den Mann bereits als Anführer eines Trupps vor, da konnte er ihn auch gleich mit der Rolle vertraut werden lassen.

Die Männer musterten die Karte. Einer fragte: »Wo ist der Konflikt aktuell?«

Jarred wies auf drei Orte, die die Verbindungen zwischen dem – wenn man den Abstand von der Erde betrachtete – obersten Deck und dem Deck daneben markierten. »Platz gehört im Grunde in

Sektion H. Er hat dort ein paar Büros. Lagerräume. Er hat diese Türen per Fernsteuerung versiegelt«, sagte er und wies darauf, »was uns daran gehindert hat, sie an der Gondelstation aufzuhalten.«

»Platz ist bei ihnen?«

Jarred zuckte die Achseln. »Ich habe das nicht wörtlich gemeint. Wir wissen es nicht.«

»Sind die Türen noch zu?«, fragte Russell.

»Nicht ganz. Wir waren dabei, sie mit Gewalt zu öffnen, als die Schießerei losging. Momentan schaffen wir es mit Mühe und Not, sie innerhalb von Sektion H zu halten.«

»Von wie vielen reden wir?«, fragte jemand.

»Unbekannt«, sagte Jarred. Kurz angebunden, kein Gelaber – dieser Typ war Russell wirklich sympathisch. »Vier kleine Shuttles haben angedockt, aber wir wissen nicht, wie viele an Bord waren.«

Blackfield musterte die Karte. »Gibt es einen anderen Weg in diesen Bereich?«

»Über die Gondeln«, sagte der Captain und wies auf das Liftseil. »Man wäre allerdings ein leichtes Ziel, wenn man dort aussteigt. Als die Überwachungskameras noch intakt waren, zeigten sie, dass sie die Frachtbucht gut im Auge behalten.«

Russell hatte eine Idee. »Ich brauche einen Freiwilligen«, sagte er zu seinen Männern. Es herrschte kein Mangel, alle Hände gingen hoch. Er wählte zufällig einen aus. »Hör zu. Geh zurück zum Dock. Deine Mission besteht darin, den Rest der Truppen, sobald sie ankommen, in die drei Kampfzonen zu führen, bis du andere Befehle erhältst. Verteil sie gleichmäßig, klar?«

»Ja, Sir«, sagte der Mann. Er schien es schon zu bedauern, sich freiwillig gemeldet zu haben und den Kampf zu verpassen.

»Während du wartest«, fuhr Russell fort, »sieh zu, ob du und die Dockvorsteherin leere Luftkanister findet. Beladet damit eine Gondel, befestigt etwas daran, das wie eine Zündschnur aussieht, und schickt sie hoch zur Gondelstation in Sektion H.«

»Sir?«

»Das hält sie auf Trab«, sagte Russell. »Sie werden Zeit und Leute darauf verschwenden, bis das Spiel auffliegt.«

Der Soldat grinste, genauso wie die anderen. »Gute Idee.«

»Los«, sagte Russell.

Während sich die Männer umdrehten und den Weg zurückliefen, den sie gekommen waren, wandte sich Russell wieder an Larsen. »Gehen Sie vor.«

Keine dreißig Sekunden später erklang ein Alarm.

Jarred blieb wie angewurzelt stehen und tippte auf den kleinen Kommunikator in seinem Ohr. Das komplette Sicherheitspersonal Gateways war damit ausgestattet, wie Russell auffiel. Das kleine Gerät verlieh dem Träger eine Aura der Bedeutung. Er nahm sich vor, um ein solches Gerät zu bitten.

Der Captain hörte ein paar Sekunden zu, dann warf er einen Seitenblick auf Russell. »Ärger im Bau.«

»Was?«

»Ein Ausbruchsversuch«, sagte Jarred, der immer noch lauschte. Er lief los und rief über die Schulter: »Hier entlang!«

* * *

Russell befahl seinen Männern, den Eingang zum Bau zu sichern. Er folgte Jarred in den kleinen Vorraum der vier Zellen.

Dort wartete ein Wächter, sein Gesicht war bleich und rotfleckig. Er drückte sich eine Hand auf den Hinterkopf. »Ich saß einfach an meinem Schreibtisch«, sagte er zu Jarred. »Dann … nichts. Ich bin vor ein paar Minuten aufgewacht.«

»Waren Sie allein?«

»Nein«, brummte er. Sein Blick schoss nach links zur einzigen offenen Zellentür. »Da drin habe ich Barry gefunden, statt der Gefangenen. Er ist tot.«

»Treten Sie zur Seite«, sagte Jarred. Statt in die Zelle zu gehen, wie Russell es erwartet hätte, ging er zum Schreibtisch. »Die Kameras haben möglicherweise etwas aufgezeichnet.«

Während er auf dem Terminal herumtippte, ging Russell hinüber zur Zellentür. Sie schien unbeschädigt. Drinnen lag ein Wächter auf dem Boden, die Arme ungelenk unter sich verschränkt, blauer Flecken am Hals. »Der Gefangene hat ihn vielleicht hineingelockt?«, sagte Russell.

»Nein«, antwortete Jarred. »Schauen Sie.«

Der Bildschirm vor ihm zeigte die Ansicht einer Kamera an der Decke.

»Vor fünfzehn Minuten«, sagte Jarred.

In der Aufzeichnung winkte der Wächter am Schreibtisch einer weiteren Wache, die sich mit einer bedeckten Schale in der Hand näherte. Essen, nahm Russell an. Es gab keinen Ton, aber Russell sah, wie sich die beiden Männer ein paar Augenblicke unterhielten. Anschließend ging der mit dem Essen weiter zum Zellenblock.

Zehn Sekunden vergingen. Dann stand der Mann am Schreibtisch plötzlich auf und drehte sich um. Er hatte etwas gehört.

Eine Person näherte sich vom Eingang, in seinem Rücken. Eine Frau, sah Russell. Klein und schmal, in hautenger schwarzer Kleidung. Sie traf den Wächter am Hinterkopf – vielleicht mit einer Pistole – und er fiel um wie ein Sack Sand.

Was dann passierte, überraschte ihn. Die Frau griff über den Schreibtisch, ohne einen Blick an das Terminal zu verschwenden. Ihre Hand raste über die Tastatur, und die Videoaufzeichnung endete.

Ein absoluter Profi. Russell pfiff anerkennend. »Wer zum Teufel ist das?«

»Der ›Geist‹«, sagte Jarred. »Kelly Adelaide. Arbeitet für Platz, auch wenn er es bestreitet. Eine echte Plage.«

»Wer war in der Zelle?«

Der benommene Wachmann antwortete: »Eine Frau aus einer Bergungsmannschaft aus Darwin.«

»Die Immune? Sam?«, fragte Russell. Als der Wachposten nickte, wandte er sich an Jarred. »Die ist knallhart. Ich bin schon mal mit ihr aneinandergeraten.«

»Gut zu wissen.«

»Sie können nicht weit sein«, sagte Russell und entsicherte seine Pistole.

Jarred schüttelte den Kopf. »Sie ist beim Geist. Sie sind längst weg, glauben Sie mir. Sie versuchen schon seit beinahe einer Woche, sie zu finden.«

Eine Woche. Russell konnte sich kaum vorstellen, dass irgendwer auch nur dreißig Sekunden in so einer Blechbüchse allein sein konnte. »Na«, sagte er und musterte die Szene, »hier herumstehen bringt nichts. Schlagen wir ein paar Schädel ein.«

* * *

Auf halbem Weg zu Sektion G drückte Jarred einen Finger ans Ohr und rannte los. »Sie sind durchgebrochen«, sagte er zu Russell. »Sie drängen unsere Männer zurück.« Seine vier Soldaten liefen mit ihm nach vorne.

Als die Kämpfenden allmählich in Sicht kamen, wurde Russell langsamer. Er wandte sich an seine zwanzig Mann. »Hört zu«, sagte er. »Die agieren hier alle wie Weicheier. Hoch, schießen, ducken, wiederholen. Davon will ich nichts wissen. Wir werden da reinbrettern wie ein Haufen Subs und ihnen eine Heidenangst machen.«

Alle nickten. Sie grinsten. Russell stellte fest, dass auch er selbst breit grinste.

Russell wandte sich dem Kampf zu und lief los. Aus dem Lauf wurde ein Sprint, als seine Männer zu ihm aufholten. Einige überholten ihn sogar. Der Blutdurst übernahm die Führung, und er genoss es.

Sie stürmten vor, als würden sie Rugby spielen, rasten brüllend auf den Feind zu und schossen wild um sich. Eine schockierende und effektive Taktik.

Sie erwischten Platz' Truppen auf dem falschen Fuß. Diese kauerten sich hinter jegliche Deckung, die sich im Hagel der Kugeln und markerschütternden Schreie auftreiben ließ. Ehe sie das Feuer erwidern konnten, waren die Wächter von Nightcliff schon bei ihnen. Russell rannte, so schnell er konnte, und er fiel trotzdem ans Ende der Gruppe zurück. Ihr Mut erfüllte ihn mit Stolz.

Es folgte ein Blutbad, das Russells Erwartungen überstieg. In wenigen Sekunden lagen fünf Platz-Soldaten tot oder sterbend am Boden. Einige, die schon lagen, fingen sich eine zweite Kugel ein.

Blackfields Soldaten drangen weiter vor, in den Korridor mit der Verbindung, und überließen es den bestürzten Wachen von Gateway, den Boden zu sichern, den sie bereits gutgemacht hatten. Im Verbindungsgang war es eng – er war nicht breiter als drei Personen und bot auf einer Strecke von zwanzig Metern keine Deckung. Sie eilten vor.

Russell kam an Larsen vorbei, der hinter einem umgeworfenen Metalltisch kauerte. Jarred rief etwas. Es klang wie eine Warnung. Russell lief lachend weiter.

Jarred rief noch einmal, viel lauter diesmal: »Blackfield! Hinterhalt!«

Er hörte den Schrei zwei Schritte, bevor er den Korridor betrat. Etwas an Jarreds Tonfall drang zu ihm durch. Mit dem letzten Schritt bog er zur Wand neben der Tür ab.

Ein Sturm aus Pistolenschüssen brach vom Platz-Ende des Korridors über die Kreuzung herein. Männer schrien und fielen.

Verdammt leichte Beute, dachte Russell. *Ups!*

Er fuhr herum, eine Hand erhoben, und befahl den Männern, die noch hinter ihm waren, anzuhalten. Den meisten gelang es, dem Aufruf Folge zu leisten, und sie bogen ab, um entlang der Wand neben ihrem Befehlshaber in Deckung zu gehen. Ein paar konnten nicht mehr abbremsen und starben im offenen Eingang.

Jarred kam näher und platzierte sich an der Wand neben Russell.

Auf der Kreuzung, auf der anderen Seite der Wand, schrien die Verwundeten. »Ich schätze, wir haben uns etwas mitreißen lassen«, sagte Russell. Niemand lachte.

Ein Soldat schaffte es herauszukriechen, in seinem Kreuz wuchs ein Blutfleck. Russell zog ihn in Sicherheit.

»Wie viele sind da oben?«, fragte er den gestürzten Mann.

Mit zusammengebissenen Zähnen antwortete er: »Konnte es nicht erkennen. Sie sind verschanzt.«

Russell machte eine Bestandsaufnahme seiner Männer an der Wand. Zehn der zwanzig standen noch. Eine ernüchternde Zahl. In den Gesichtern der Überlebenden sah Russell keine Angst, aber die Großspurigkeit war auf jeden Fall weggewischt. Er beugte sich zu dem Mann neben ihm. »Wir halten die Stellung, bis der Rest der Jungs eintrifft. Weitersagen.«

Während sich die Befehle durch die Reihe ausbreiteten, zog Russell Larsen beiseite. »Die zweite Schwadron bringt Tränengas mit. Das wird sie schon raustreiben.«

»Das geht nicht. Die Zirkulatoren werden es ansaugen und über die ganze Station verteilen.«

Aus dem Korridor mit der Kreuzung hörte Russell ein tiefes Klirren. Das Geräusch hallte durch Boden und Wände. »Was zum Teufel …?«

Jarred begab sich zum Eingang und wagte einen schnellen Blick. »Diese verfickten … sie haben es versiegelt. Das Notschott.«

Russell beugte sich vor und sah es auch. Eine riesige Metallbarriere verlief auf halbem Weg über den Verbindungsgang.

Jarred schnitt eine Grimasse. »Wir sollten die anderen Verbindungen prüfen. Möglicherweise konnten sie nicht alle drei versiegeln.«

»Ich komme mit Ihnen«, erwiderte Russell. »Du«, sagte er zum nächstbesten Soldaten, »hast das Sagen. Niemand kommt durch diese Tür, klar?«

»Klar!«

»Geh voraus, Bruder«, sagte Russell zu Jarred.

* * *

Er stand vor dem vierten verschlossenen Notschott, das Sektion H abriegelte. Zwanzig Minuten zuvor, nachdem er und Jarred sie alle versiegelt vorgefunden hatten, war Russells Befehl ergangen, ein wenig ONC-Seil zu verwenden, und er hatte vier Männer geschickt, um es zu holen. Jarred hatte sie begleitet, um Warthen Bericht zu erstatten.

Russell trat gegen die Barriere. »Wo zum Teufel ist mein Sprengstoff?«, rief er.

Seine Männer wuselten herum, und sie versuchten auf einmal alle, geschäftig zu wirken.

Larsen erschien eine Minute später, allein und mit leeren Händen.

Russell breitete die Arme aus. »Sollen wir es aufkratzen?«

»Alex sagte, kein Sprengstoff«, antwortete er. »Wir können keinen Schaden an der Station riskieren.«

»Na toll«, sagte Russell. »Lassen wir die Bastarde entkommen.«

»Ich habe ein Team geschickt, um einen Knallgasbrenner von der Wartung zu holen«, sagte Jarred. »Sind sie nicht aufgetaucht?«

Russell sah sich ostentativ um.

»Verdammt«, sagte Jarred. Er zückte einen kleinen Handkommunikator. »Hier ist Larsen, wo ist mein Brenner?«

Am anderen Ende war nur Rauschen zu hören.

Schließlich kam knisternd eine Stimme aus dem kleinen Lautsprecher. »Fiske hier, Sir, ich bin in der Nähe der Wartung. Soll ich sie suchen?«

»Ja, bitte.«

Unbehagliche Stille folgte. Russell ging vor der Tür auf und ab, bemüht, seinen Zorn in Schach zu halten. Er konnte sich Platz' Männer vorstellen, wie sie sich alles Nützliche schnappten und in ihre Rettungsboote stopften.

Minuten später rauschte das Funkgerät wieder. »Fiske hier, Sir. Wir haben ein Problem.«

»Was ist?«

»Sie sind tot. Sieht aus wie ein Hinterhalt.«

Jarred klatschte sich gegen die Stirn und zog die Hand dann über das ausgemergelte Gesicht.

Russell empfand ganz ähnlich. Der Feind sollte doch in Sektion H eingeschlossen sein. »Wie zum Teufel …? Oh … ich verstehe. Der ›Geist‹ und die Gefangene.«

»Was für ein gottverdammter Scheiß-Schlamassel«, sagte Jarred. Er hob das Funkgerät an den Mund. »Alle mal herhören: Hier sind ein paar Infiltratoren unterwegs. Zwei Frauen. Eine kennen wir: Kelly Adelaide, klein, mit kurzem, braunem Haar. Die andere ist Samantha Rinn, ungewöhnlich groß und stark. Blond.«

Russell knirschte mit den Zähnen. Sam. Sie hatte ihm ins Gesicht gespuckt, ihm vor seinen Männern eins übergebraten. Er rieb sich geistesabwesend das Kinn. Selbst jetzt, nach Wochen, tat der überraschende Schlag noch weh. Er hatte sie gehen lassen, hatte Nachsicht gezeigt, und das hatte man davon.

»Also«, sagte Jarred, »bleibt alle aufmerksam und haltet die Stellung. Niemand geht allein irgendwohin, klar?«

»Sie schicken keine Suchmannschaften aus?«, fragte Russell.

Jarred bedeckte das Mikro. »Niemand kennt diesen Ort besser als Kelly Adelaide. Lassen wir sie zu uns kommen.«

Russell dachte darüber nach und nickte verkrampft. Er wandte sich an seine Soldaten, die in der Nähe standen. »Du«, sagte er zum einzigen, den er erkannte, »nimm drei Männer von jeder Tür und geht zurück zur Andockbucht. Ich will nicht, dass diese Schlampen auch nur in die Nähe unserer Vorräte gelangen.«

Der Mann salutierte und begann sich sein Team zusammenzusuchen.

»Es ist Zeit, dass ich mich mit Alex direkt unterhalte«, sagte Russell zu Jarred.

* * *

Alex war, wie er feststellte, wach und munter.

Auf der Krankenstation wimmelte es vor Verwundeten und denen, die sich um sie kümmerten, womit sie zu einem Ort wurde, der sich nur schlecht für die Ausarbeitung einer Taktik eignete.

Zum Glück hatte man Alex etwas Privatsphäre gewährt. Sein Bett stand an der Rückwand, und darum herum verlief ein Sichtschutzvorhang.

»Sie haben es geschafft«, sagte Alex, als er den Befehlshaber von Nightcliff durch die Stoffwand kommen sah.

»Habe sogar Freunde mitgebracht.«

»Das habe ich gehört.« Alex tippte auf einen kleinen Handkommunikator auf seinem Nachttisch. »Habe alles mitverfolgt, so gut ich konnte.«

»Wie geht's der Schulter?«

»Solange ich mich nicht bewege, tut sie abscheulich weh.«

Russell sah sich nach einem Stuhl um, und da er keinen fand, setzte er sich auf den Bettrand. »Der Alte ist zäher, als wir dachten.«

Alex runzelte die Stirn. »Ich weiß nicht, woher er all die Waffen und die Leute, die damit umgehen können, hat.«

»Heimtückischer Bastard.«

Larsen streckte den Kopf durch den Vorhang. »Darf ich?«

Alex nickte und zuckte beim Schmerz, den die Bewegung auslöste, leicht zusammen. Sein Stellvertreter kam durch den Vorhang.

»Wir haben uns da oben endlich durch eine Tür geschnitten«, sagte Jarred. »Sie sind weg. Bis auf ein paar primitive Sprengfallen gibt es keine Spur von ihnen. Sie, äh … sie haben die Räume ausgenommen.«

Alex schloss die Augen, sein Stirnrunzeln vertiefte sich.

»Zumindest konnten wir sie auf Sektion H eindämmen«, sagte Russell.

Jarred räusperte sich und hielt seine Aufmerksamkeit auf Alex gerichtet. »Ich glaube nicht, dass sie vorhatten, sich über Sektion H hinauszubewegen, Sir.«

»Erklären Sie sich.«

»Sie hatten nicht genügend Männer dabei, um die Kontrolle über die Station zu übernehmen, und sie haben unsere Linien auf Sektion G einmal durchbrochen, sind aber nicht weiter vorgedrungen.«

»Was zum Teufel wollten sie also?«, fragte Russell.

Jarred blieb weiter auf Alex konzentriert. »ERVs«, sagte er, dann erklärte er es, ehe Russell fragen konnte: »Externe Reparatur-Vehikel.«

Alex fragte: »Wie viele haben sie?«

»Sechs«, sagte Jarred zu Alex.

Russell kicherte. »Platz will der Station einen neuen Anstrich verpassen?«

»Er ist uns«, sagte Jarred, »schlicht und einfach weiter einen Schritt voraus. Das war offen gesagt ein ziemlich kluger Zug.«

Alex drehte sich leicht in seinem Bett und zuckte bei der Bewegung vor Schmerz zusammen. »Er baut eine Transportflotte auf, weil wir seine Gondeln stillgelegt haben.«

»Dann«, sagte Russell, »hat er halt ein paar Flitzer. Wo ist das Problem?«

»Um uns mache ich mir Sorgen«, sagte Alex. »Wir werden alle vor demselben Problem stehen.«

»Inwiefern?«

»Adelaide«, sagte Jarred, »und die andere.«

Russell begriff. »Sie meinen Sabotage.«

»Ja. Genau, wie wir es bei ihm gemacht haben.«

»Wenn sie es schaffen, die Gondel-Steuerung zu sprengen«, sagte Russell, »sind wir dann hier eingeschlossen?«

»Nicht ganz«, antwortete Alex. »Es gibt einen ganzen Friedhof voller Transportschiffe am alten Dock in Sektion E. Sobald das Gondel-System installiert war, wurden sie überflüssig, aber im Notfall sollten sie noch funktionieren.«

»Himmel«, sagte Jarred. »Wir müssen diesen Raum sichern. Ich kümmere mich darum.«

Er schob sich durch den Sichtschutzvorhang und brüllte bereits Befehle in sein Headset.

»Nicht gerade ideal«, sagte Russell. »Wir müssen das beenden, und zwar bald.«

»Das sehe ich auch so«, antwortete Alex. »Ich werde mit dem Rat reden …«

»Nein«, sagte Russell. »Neil hält sich nicht an die Regeln, also sollten wir es auch nicht tun. Wir beide sind sowieso die einzigen beiden Mitglieder mit Macht. Es ist Zeit, dass wir tun, was wir besprochen haben.«

Alex schloss die Augen, sein Gesicht spannte sich an. Er hatte große Schmerzen, erkannte Russell.

Die Qualen ließen rasch nach, und Alex sagte: »Ich bin nicht in einem Zustand, in dem ich einen Gegenangriff anführen kann.«

»Kein Problem. Ich kümmere mich darum.«

Alex seufzte. »Ich dachte eher an Larsen.«

Ah, hier kommt's also, dachte Russell. Zwei Verbündete, die sich für die Zeit nach dem Sieg positionierten. »Tolle Idee. Außerdem habe ich eine andere Mission zu leiten«, sagte er. Als Alex eine Braue hob, fuhr er fort: »Ich vermute, wenn wir die Platz-Station angreifen, wird sie der alte Bock einfach aufgeben und weiter nach oben wandern. Wir brauchen ein Druckmittel. Etwas, das ihm wichtig ist.«

»Anchor.«

»Genau.« Russell grinste. »Ich werde einige Schwadronen in ein paar dieser ERVs packen. Wir klemmen ihn zwischen uns ein, abgeschnitten in seiner blöden Zentrale, und dann haben wir seine Forschung in der Hand, die Intelligenzbestien, die sie durchführen, nicht zu vergessen. Er wird kapitulieren müssen.«

»In der Tat«, sagte Alex. »Ihr Plan ist gar nicht mal so übel.«

Wow, danke! »Ihnen wird der ganze Spaß entgehen«, sagte Russell. »Ich stelle eine Schwadron zusammen. Wer kann mir helfen, diese alten Boote aus dem Lager zu holen?«

»Larsen kann Ihnen zeigen, an wen Sie sich wenden müssen. Ein paar meiner älteren Wächter sind qualifiziert, sie zu fliegen.«

»Gut. Ruhen Sie sich aus; wir kümmern uns um alles.«

»Ich habe eine Agentin auf der Anchor-Station«, sagte Alex, als Russell sich abwandte. »Sie kann Ihnen helfen, sich dort festzusetzen.«

»Name?«

»Natalie Ammon. Tania Sharmas Assistentin.«

Russell ließ ein durchtriebenes Grinsen sehen. »Ich mag Ihre Art zu denken, Alex.«

Ohne Vorwarnung fiel der Strom aus, und im Zimmer wurde es plötzlich dunkel.

Im Dunkeln sagte Alex: »Dann los mit Ihnen. Ich muss mich um ein Ungezieferproblem kümmern.«

Hinter dem Vorhang hörten sie das medizinische Personal durch die Finsternis wuseln, ehe der Notstrom ansprang und das Zimmer in ein sanftes, grünes Licht tauchte.

KAPITEL 36

Darwin, Australien

10.2.2283

Skyler erwachte mit einem Schaudern. Angespannt und verwirrt schoss er hoch.

Die Bewegung ließ neuerlichen Schmerz in seinen gebrochenen Rippen aufflammen. Er tastete mit den Fingerspitzen über den Bereich, und obwohl es noch unangenehm war, glaubte er, das Schlimmste überstanden zu haben. Wenn er sich vorsichtig bewegte, würde er damit leben können.

Prumble saß neben ihm. Zwei Schalen mit dampfender Nudelsuppe standen an der Tür auf dem Teppich. Ein Räucherstäbchen brannte in einem kleinen Messinghalter und erfüllte das Zimmer mit dem üppigen Geruch von Zimt.

»Guten Morgen«, sagte Prumble.

»Wie lange war ich weg?«

»Sechzehn Stunden, ob du es glaubst oder nicht. Der Regen ist weitergezogen.«

»Sechzehn? Teufel auch.«

»Du bist einmal aufgewacht«, sagte Prumble, »hast am Wasser genippt und bist sofort wieder eingeschlafen.«

Skyler setzte ich auf und brummte. Er lehnte sich an die Wand und spannte die Muskeln an, um die Steifheit aus seinen Gliedmaßen zu vertreiben, rieb sich den Schlaf aus den Augen und kratzte über die Stoppeln in seinem Gesicht. »Hast du was aus deinem Parkhaus geborgen?«

Prumble grinste sardonisch. »Sie haben mich nicht ganz ausgeräubert. Brauchst du etwas?«

»Wie sieht es mit einem neuen Flugzeug und einer Mannschaft dafür aus?«

Das Grinsen des Fetten verflog halb. »Ist gerade aus, fürchte ich.«

»Dein Sat-Komm, das dir Neil Platz gab?«

Das Grinsen verschwand ganz. »Hat Blackfield eingesackt.«

»Ich gebe mich mit einem Rasiermesser zufrieden«, sagte Skyler und kratzte über die Stoppeln an seinem Hals.

»Da hast du Glück.«

»Das ist ein Anfang.«

Prumble gab ihm eine Schale Suppe und schlürfte aus der anderen.

Skyler stellte seine weg und lehnte sich noch einmal an die Wand. Einen Moment lang schloss er die Augen, dann starrte er an die Decke.

Prumble wartete, hob die Tonschale an den Mund und schaufelte mit einem Paar abgenutzter Essstäbchen heiße Nudeln hinein. »Wenn man mich fragt, Skyler, dann ist dieser große Ramen-Raub, den du und Skadz abgezogen habt … wann war das noch gleich?«

Skyler hob drei Finger.

»Vor drei Jahren«, fuhr Prumble fort, »bis heute einfach top.«

»Deswegen heißen sie ja auch ›Top Ramen‹.«

Der Fette stöhnte über den lahmen Witz, dann lachte er zwischen zwei Bissen.

»Alles, wofür wir gearbeitet haben, ist weg«, sagte Skyler. In seinen Ohren klang seine Stimme fern und belegt.

»Ist mir klar.«

»Was machst du jetzt?«

Prumble seufzte. »In Pension gehen, vermute ich, und meinen Lebensabend genießen. Das Etablissement hier kaufen, wenn ich kann. Oder über den Zutritt zu einer Dachkommune verhandeln. Wir kennen eine, bei der wir eine Dankesschuld offenhaben, oder? Dieser Finger, den du mitgebracht hattest? Er hat im Übrigen gepasst. Sie waren sehr zufrieden. Ja, die könnte ich anrufen. ›Macht euch keine Sorgen, ich esse nicht viel!‹« Er brach in herzliches Gelächter aus und hielt sich den gigantischen Bauch.

Skyler musterte seinen alten Freund. »Keine Rachegelüste?«

Der große Mann lächelte. »Ich sagte ›genießen‹, oder? Rache bedeutet, über die Vergangenheit zu brüten, und das passt nicht zu mir. Du könntest dich mir im Ruhestand anschließen, weißt du.«

»Eines Tages eventuell. Aber wie es aussieht, habe ich noch etwas zu erledigen.«

»Aha? Erzähl.«

Skyler ließ sich über das Treffen mit Platz und die Mission aus, den Auragenerator zu überprüfen. Er erzählte auch die Geschichte seiner Flucht von Gateway und der darauffolgenden Bruchlandung in Gunn. Wie die Subhumanen ihn in den Keller eines Ärztehauses gejagt hatten, der sich als Tierklinik erwiesen hatte – ein unglaublicher Glücksfall inmitten so furchtbarer Ereignisse. Dort hatte er das Bewusstsein verloren, war zwei Stunden später wieder erwacht und hatte sich nur lange genug aufgehalten, um seine Wunden zu verbinden. Schließlich erzählte Skyler von seinem scheußlichen Marsch zurück nach Darwin, dessen einziger Lichtblick die Entdeckung eines längst verlassenen Polizei-Busses gewesen war, in dem er ein paar wertvolle Magazine mit Munition gefunden hatte, die in seine Waffe gepasst hatten. Prumble hörte genau zu, stellte nur wenige Fragen.

Schließlich gewann Skylers Hunger die Oberhand, und er nahm die Schale. Es wurde still im Zimmer, während beide aßen.

»Ich habe interessante Gerüchte gehört«, sagte Prumble. »Man hat Blackfield in den Orbitalrat gewählt, Platz ist aus Protest zurückgetreten.«

Skyler hörte auf zu kauen. Nichts Gutes konnte daraus hervorgehen, wenn Blackfields Machtbasis wuchs. Neil Platz' Worte über Anführer und Kämpfer kamen ihm in den Sinn. »Der Alte wird nicht still abtreten«, sagte Skyler.

»Man sagt, Nightcliff schickt ganze Gondeln voller Truppen über die Leiter hinauf.«

»Die habe ich auf dem Herweg gesehen. Sahen aus wie eine Perlenschnur.«

Prumble musterte seinen Freund. »Was hast du vor?«

»Ich brauche einen Weg nach Nightcliff hinein. Platz sagte, der Eingang zu diesem Generator sei unter dem alten Anwesen.«

»Wirkt auf mich wie eine aussichtslose Mission«, sagte Prumble. »Ohne dir zu nahe treten zu wollen.«

»Kein Problem.«

»Was dann? Du hast keine Chance, ihm deine Erkenntnisse mitzuteilen.«

Skyler beugte sich vor. Er stellte die leere Schüssel weg. »Danach muss ich in den Orbit. Zumindest zurück nach Gateway. Ich kann ihm seine gottverdammten Daten schicken und dann herausfinden, was mit der Crew passiert ist. Wenn nötig, werde ich mich im Austausch für ihre Freiheit anbieten.«

Prumble räusperte sich. »Also kein so unbescheidenes Projekt wie eine Gartenkommune.«

Skyler zuckte die Achseln. »Mir bleibt hier nichts mehr. Ich kann mir nicht vorstellen, mir etwas Neues aufzubauen, und ich werde das Gefühl nicht los, meine Leute da oben im Stich gelassen zu haben.«

»Die Aura ist alles«, sagte Prumble. »Du hast getan, was du tun musstest.«

»Es war ein Riesenerfolg«, ätzte Skyler. »Dahinter stand der Gedanke, das Flugzeug zu retten. Das habe ich schön verbockt. Einmal mehr glänze ich mit Führungsqualitäten.«

»Wäre es besser gewesen, wenn du geblieben wärst? Am Ende tot oder im Knast?«

Skyler zuckte die Achseln, nicht sicher, welches Ende am besten gewesen wäre.

»Schluss mit dem Selbsthass«, sagte Prumble. »Du bringst meinen empfindlichen Magen durcheinander.«

Skyler starrte den Rauchfaden des Räucherstäbchens an.

»Also«, sagte Prumble, »ein Weg nach Nightcliff hinein?«

»Ich hatte gehofft, du hättest vielleicht ein paar Ideen«, antwortete Skyler.

»Da habe ich sogar Besseres auf Lager.«

Skyler sah ihm in die lächelnden Augen.

»Willst du ein Stück spazieren gehen?«, fragte Prumble.

* * *

Skyler ging neben Prumble durch die schmalen Gassen des Labyrinths. Der Regen hatte nachgelassen, wie Prumble gesagt hatte, und in dieser Atempause war die Stadt geschäftig. Regen wäre vorzuziehen gewesen. Regen konnte keinen Taschendiebstahl begehen oder einem ein Messer ins Kreuz rammen.

Doch die Menge teilte sich. Prumble schritt mit vollkommener Zuversicht durch den Morast. Er hatte das Kinn hochgereckt und die Arme angewinkelt wie ein Bodybuilder, sein lederner Staubmantel wehte hinter ihm. Seinen Gehstock hielt er mit einer Faust umklammert, als könne er jederzeit aus einer Laune heraus damit zuschlagen.

Der Anblick einiger Jakobiten, die in einer Seitengasse vor einer kleinen Menge predigten, ließ Skyler die Galle hochkommen. Er schluckte und hielt den Blick nach vorn gerichtet.

Prumble nahm einen seltsamen, indirekten Weg voller scharfer Kurven, plötzlicher Stopps und zurückverfolgter Schritte. Er hielt oft inne, um sich in Läden oder kleine Nischen zu ducken, wo er sich sein schmerzendes Bein rieb.

»Wir können uns irgendwo hinsetzen«, sagte Skyler, »wenn du eine Pause brauchst.«

»Dem Bein geht's gut«, sagte Prumble und stützte sich auf seinen Gehstock, während er sich das Knie rieb. »Aber mein Bauch ist recht auffällig, und ich fürchte, dass Blackfields Agenten noch nach mir Ausschau halten.«

Ein weiteres Dutzend Male bogen sie unvermittelt ab, und Skyler war ehrlich verirrt. Dann betrat Prumble eine Sackgasse und hielt an. Er umging den einzigen Mieter dieser öden Stätte: eine riesengroße graue Ratte. Am hinteren Ende der Gasse befand sich eine kleine Stahltür. Prumble holte einen Schlüsselbund aus seiner Jacke, suchte aus den Hunderten Schlüsseln, die daran hingen, einen aus und öffnete die Tür. Er schob Skyler am Ellbogen durch und folgte ihm dann.

Es ging ein feuchtes Treppenhaus hinunter, dann kamen die beiden an eine Tür mit Vorhängeschloss, auf der STROM- UND WASSERVERSORGUNG und ZUTRITT NUR FÜR BEFUGTE eingraviert war. Sie sah mindestens hundert Jahre alt aus. Prumble schüttelte seinen Schlüsselring, ging mit dem Daumen die Silber- und Messingteile daran durch und suchte einen weiteren aus.

Der kleine Raum dahinter war gerade groß genug, um das Einzige zu beherbergen, das ihn auszeichnete: eine runde Stahlluke im Boden.

Eine Leiter führte hinunter in die Dunkelheit und in den stechenden Geruch nach Abwasser.

»Du gerissener Bastard«, sagte Skyler, als sie unten ankamen und in den breiten Abwassertunnel traten. »Der führt nach Nightcliff?«

»Ja«, sagte er. »Na ja … so etwa. Wirst schon sehen.«

Aus einer anderen Jackentasche holte Prumble eine kleine, tragbare LED-Lampe. Das blasse, blauweiße Licht ließ eine Schabenpopulation epischen Ausmaßes sichtbar werden. Die Insekten stoben vor der Lichtquelle auseinander und verliehen jedem Schatten eine wirbelnde, schimmernde Tiefe.

Der röhrenförmige Tunnel war etwa fünf Meter breit. Ein schmales Bächlein mit fauligem Wasser, von verrottenden Klumpen unidentifizierbaren Abfalls verschmutzt, mäanderte über den Boden. An einer Seite verlief ein schmaler Weg, den ein verrostetes altes Geländer säumte. Skyler musste sich nach links beugen, um sich nicht dauernd den Kopf anzustoßen.

»Sensationell«, sagte er. »Ich wusste nicht, dass es das gibt.«

»Das wissen nur wenige«, sagte Prumble. »Ich habe diesen Ort durch Zufall entdeckt.«

Skyler sah in beide Richtungen. »Man möchte meinen, hier gäbe es mehr Wasser.«

Prumble schüttelte den Kopf. »Es ist das ursprüngliche System, von damals, als Darwin noch ein Städtchen war. Das moderne System mit Mikrotunneln ist gleich über uns, dahin läuft das meiste ab.«

So, wie Prumble mit allem hier vertraut war, ging Skyler davon aus, dass der Mann hier unten viel Zeit verbracht hatte. Prumble transportierte wahrscheinlich seine Waren hier entlang oder bezahlte andere dafür.

Der Fette atmete tief ein. »Nicht allzu schrecklich hier unten nach einem guten Regen!«

Der Mief trieb Skyler das Wasser in die Augen. Er hörte das Echo quiekender Ratten in der Ferne. »Wer weiß noch davon?«

»Hin und wieder treffe ich andere Leute hier unten, meist zwielichtige Gestalten, die ihre Drogen transportieren. Die kann man leicht verscheuchen.«

»Wie weit erstreckt es sich?«

»Es deckt die ganze Ausdehnung der alten Stadt ab«, sagte Prumble. »Obwohl ein paar Tunnel mit Gittern blockiert oder gar mit Beton aufgefüllt sind.« Sie kamen zur ersten Tunnelkreuzung. »Wie steht es um deine Vorräte?«

Skyler tätschelte seine Waffe. »Ich habe genug Munition, um eine Armee aufzuhalten. Vorausgesetzt, sie besteht nur aus zwei Leuten.«

»Dann machen wir einen Umweg«, sagte Prumble.

Der Großteil der Reise verlief stumm. Nach dreißig Minuten wurde Skyler schwindlig von dem Mief. Schließlich verließen sie den Steg und stiegen eine weitere Treppe hinauf, die an eine schwere, versperrte Tür führte. Prumble hatte den Schlüssel.

Skyler folgte dem großen Mann in einen Raum voller Metallspinde und allerlei Zeug, im Grunde eine verkleinerte Version von Prumbles Parkhaus. Ein Tisch aus dickem Holz beherrschte die Mitte des Raums.

»Was ist das alles?«, fragte Skyler.

»Meine geheime Reserve«, sagte Prumble mit großer Geste. »Wir sind direkt unter meinem Parkhaus. Wie es das Schicksal wollte, war ich hier unten, als Blackfield zuschlug. Sie haben den Geheimzugang nicht gefunden.« Der Hüne ging zur linken Wand und fing an, Schränke zu öffnen.

»Heilige Maria Mutter Gottes«, sagte Skyler.

Waffen aller Art und Größe füllten die Schränke.

»Eigentlich habe ich das alles wohlüberlegt aus deinen Lieferungen abgeschöpft. Ich hoffe, du verzeihst mir.«

Skyler trat vor und nahm sich ein schweres Sturmgewehr.

»Ich habe vor, die meisten davon zu verkaufen«, sagte Prumble. »Es ist alles, was mir noch bleibt. Aber du, mein Freund, darfst dir nehmen, was du für deine Selbstmordmission brauchst.«

»Ich habe vor zu überleben«, empörte sich Skyler.

»Bedien dich.«

Skyler stellte das Gewehr zurück, da er wusste, dass die vor ihm liegende Aufgabe Heimlichkeit erforderte. Stattdessen nahm er fünf Magazine mit Dum-Dum-Geschossen für seine MP.

»Das könnte nützlich sein«, sagte Prumble und gab ihm einen kleinen, schwarzen Zylinder. Ein holografisches Visier, das auf seine Waffe passte. »Nimm dir auch ein paar Handgranaten.«

Skyler tat, wie ihm geheißen, und schob sie vorsichtig in seinen Rucksack. »Hör zu. Wegen der zweiten Hälfte des Plans«, sagte er.

»Was denn?«

»Ich dachte, na ja, ich habe gehofft, du würdest mir verraten, wie es weitergeht.«

Der Fette grinste. »Die Abwasserkanäle führen in der Tat nach Nightcliff«, sagte er und durchquerte den Raum zu einem weiteren Schrank. »Aber eine Reihe von Eisentoren blockiert den Zugang. Ich bin nie weiter vorgedrungen, daher habe ich keine Schlüssel. Du musst allerdings nicht auf dem gleichen Weg wieder raus, wie du hereingelangt bist.«

Mit behutsamen Bewegungen holte Prumble einen braunen Karton aus dem Schrank und stellte ihn neben Skyler auf den Tisch.

Darin befanden sich eingewickelte Riegel aus Plastiksprengstoff. Genug, um ein kleines Haus zum Einsturz zu bringen, nahm Skyler an. Prumble stellte eine zweite Schachtel daneben, voller Detonatoren, Laser-Zünder und einer Spindel mit Glasfaserkabel.

»Sie sind alt«, sagte Prumble, »aber sie sollten reichen.« Er nahm einen der Riegel und wog ihn in der Hand. »Zwei davon sollten die Sache regeln, also nehmen wir vier mit, was?«

KAPITEL 37

Darwin, Australien

10. 2. 2283

Der Plan erforderte, dass sie warteten, bis der nächste Sturm die Stadt erreichte. In der Regenzeit dauerte das in Darwin weniger als einen Tag.

Donner, so hoffte Prumble, würde jedes Geräusch und jegliche Vibration verbergen, die ihre Aktivitäten auslösten. Skyler war nicht angetan von der Vorstellung, aus dem Kanal unter Nightcliff in einen Kreis aus Waffen emporzusteigen, die auf sein Gesicht gerichtet waren, und stimmte zu. Um sich die Zeit zu vertreiben, schlug er vor, sich durch das Parkhaus aufs Dach zu begeben, damit sie den Himmel betrachten konnten.

Ein spektakulärer Sonnenuntergang begrüßte sie – purpurrot und saphirblau, von breiten Streifen violetter Wolken durchbrochen. Die Regenzeit wusste bei all ihren Mängeln ein Gemälde zu schaffen.

Trotz dieser Show zog der Lift Skylers Blick auf sich. »Die Subhumanen verändern sich, glaube ich. Mutieren oder … so was.«

»Das habe ich auch gehört«, sagte Prumble. »Newsubs, oder? Ganze Rudel suchen sich einen Weg zum Stadtrand. Manche sagen, sie seien schon bis in die Narrows gekommen.«

Skyler seufzte lang. Der Berg von Problemen, der sich in den letzten Wochen angesammelt hatte, fühlte sich an, als würde man lebend begraben. »Wie lange gibst du uns noch?«

Prumble starrte auf den Horizont, sein Ledermantel peitschte in der Brise. »Du überlebst mich bestimmt um gute …«

»Ich meine uns allen«, sagte Skyler. »Der Menschheit.«

»Oh.« Der dicke Mann dachte darüber nach. »Ich nehme an, wir kriegen, was wir verdient haben, dafür, was wir der guten alten Mutter Natur angetan haben.«

Skyler senkte den Blick und nickte trübsinnig. »Sie ist ziemlich nachtragend, was?«

»Ich würde tippen«, sagte Prumble, » ein Jahrzehnt. Die Bevölkerung hier unten schrumpft ständig, und die Konstruktion da oben könnte nur eine Schnecke mit Stolz erfüllen.«

Skyler nahm einen Stein und warf ihn über den Rand. »Man weiß nie. Wir sind zäh.«

»Möglicherweise. Möglicherweise.«

Ihr Gespräch wandte sich weniger deprimierenden Themen zu, bis ein paar Kilometer entfernt ein zorniger Morast aus Wolken aufwallte. Blitze zuckten in den violetten Bäuschen.

»Ich glaube, es ist Zeit«, sagte Prumble.

Skyler stimmte zu und ging voraus, zurück in den Schutzraum.

* * *

Zwei Stunden später erreichten sie die Barrikade.

Sechs Eisentore, im Abstand von einem halben Meter hintereinander angeordnet, blockierten den Tunnel. Die Lücken zwischen den Gitterstäben eines jeden Tors waren gerade groß genug, dass Skyler eine Hand durchschieben konnte.

»Das wird entsetzlich laut«, sagte er, als er durch das erste Tor griff. Mit äußerster Vorsicht schob er einen Riegel Plastiksprengstoff an die zweite Barrikade. Eine Schleife aus Isolierband an der Rückseite verband ihn mit dem Gitter.

Das Ganze wiederholte er am ersten Gitter.

»Wir sind hier unter dem Ryland Square«, sagte Prumble. »Noch nicht mal an der Mauer, und es ist Sturm. Das passt schon.«

»Ich mache mir mehr Sorgen um meine Ohren«, sagte Skyler. »Wir sollten so weit zurückgehen wie möglich.«

Die Spindel aus Glasfaserkabel enthielt fünfzig Meter des orangefarbenen Drahtes, und Skyler hatte vor, sie vollständig zu verbrauchen. Er schob zwei Detonatoren mit Laserzündung in jeden Sprengstoffriegel und steckte die optischen Verbindungen in einen Verteiler am Ende des Hauptkabels.

»Gehen wir«, sagte er. Prumble griff nach der restlichen Ausrüstung und ging den Weg zurück, den sie gekommen waren. Skyler folgte ihm und rollte das Kabel ab, während sie gingen.

Regenwasser rauschte in den alten Tunnel und schuf einen knietiefen, blubbernden Bach auf dem Boden der Röhre. Das Geräusch hatte eine seltsam beruhigende Wirkung auf Skyler, solange er nicht auf den Geruch nach Exkrementen und Urin achtete.

Als das Kabel zu Ende war, gab ihm Prumble den Auslösemechanismus. Eine einfache Metallschachtel, so groß wie ein Kartenspiel, mit einem Ein-Aus-Schalter und einem roten Knopf. Skyler stellte den Schalter auf »Ein« und legte das Gerät auf den Boden, weil er es mit dem Fuß aktivieren wollte. Er hielt sich die Ohren zu und sah Prumble an. »Hier kommt …«

»Warte«, sagte Prumble.

Skyler zog die Finger aus den Ohren. »Was ist?«

Der dicke Mann wirkte wie ein Kind am Rande der Tränen. Seine Unterlippe zitterte.

»Was ist?«

»Wenn du das Gitter weggesprengt hast«, sagte Prumble, »wirst du da schnell reingehen müssen. Falls sie es hören.«

»Ja und?«, fragte Skyler.

»Das könnte deswegen der Abschied sein.« Prumble trat vor und umarmte Skyler fest.

Das Gesicht in das Lederimitat von Prumbles Mantel gedrückt, wartete Skyler darauf, dass die Umarmung endete, ehe er etwas sagte. »Es ist kein Abschied, klar?«

»Unterschätze nicht die Gefahr, in die du dich begibst.«

»Es ist kein Abschied«, wiederholte Skyler. »Es ist wenn überhaupt ein Bis-bald-mal. Ich erledige das und hole die Mannschaft zurück, und wir werden unsere Tage damit verbringen, in deinem kleinen ruhigen Café Karten zu spielen und auf die guten alten Zeiten trinken.«

Prumble presste die Lippen zu einer schmalen Linie zusammen, als hätte er in eine Zitrone gebissen.

Er unterdrückt Tränen, erkannte Skyler.

»Mach das mal lieber, du Bastard«, sagte Prumble schließlich mit einem schwermütigen Lachen. »Was immer geschieht, ich bin entweder hier oder hinterlasse dir eine Nachricht.«

»Gut.«

»Ich meine es ernst. Wenn du mich allein in dieser Stadt verkommen lässt, werde ich dich jagen und mich auf dich setzen.«

Skyler schüttelte den Kopf und klopfte seinem Freund auf die Schulter. »Ein Schicksal, schlimmer als SUBS«, brachte er lachend hervor.

Der dicke Mann grinste, nickte und tänzelte auf seine übliche Weise. »Ohren zuhalten«, flötete er und tänzelte hinüber zum Detonator. Ohne jede Anmut wirbelte er einmal herum und trat dann auf den Schalter.

Die Welt erzitterte.

Skyler spürte die Detonation mehr, als er sie hörte. Seine Kleidung peitschte um ihn herum, und eine Woge aus heißem Wind prallte in ihn hinein. Metall- und Betonstücke klatschten nur wenige Meter entfernt ins Wasser.

»Los jetzt«, sagte Prumble, als der Splitterregen ein Ende hatte.

Skyler packte den Arm des Mannes noch einmal. »Danke. Für alles. Du bist ein echter Freund.«

»Jetzt werd mir hier nicht weinerlich, du Mädchen. Ab in den Höllenschlund mit dir.«

* * *

Zwei Riegel Plastiksprengstoff waren übertrieben gewesen.

Alle sechs Eisengitter waren ein verbogenes Wrack, rostige Gerippe. Der Beton um den Sprengbereich herum zeigte Risse, durch die schon Grundwasser sickerte.

»Du kannst so einen Mist in der Stadt nicht dulden, hä, Russell?«, sagte Skyler laut, und das Geräusch schallte durch den Tunnel. Blackfield war doch nicht ganz so paranoid.

Der Steg am Rand des Abwassertunnels war bei der Explosion zusammengebrochen. Da es keine andere Möglichkeit gab, verzog Skyler das Gesicht und trat ins dunkle Wasser des Baches. Flüssigkeit strömte entsetzlich kalt in seine Springerstiefel.

Mit klappernden Zähnen nahm er sich Zeit, um die ruinierte Barrikade zu umrunden. Bei allen Verletzungen, die er erlitten hatte, war das Letzte, was er seiner Ansicht nach brauchte, ein hässlicher Schnitt von einem verformten, rostigen Eisenstück.

Prumble hatte Skyler den Beutel gegeben, in dem die beiden zusätzlichen Stücke Sprengstoff waren, dazu die entsprechenden Zünder und Auslöser. Er drückte die Tasche mit einem Arm an die Brust, den anderen brauchte er, um sein Gewehr zu halten, das auch als Taschenlampe diente.

Als er sicher hinter der Barrikade war, ging Skyler weitere fünfzig Meter am Rand des Kanals entlang, bis er in eine kleine Nische mit einem Zugangsschacht kam. Die runde Röhre führte geradewegs hinauf in die Dunkelheit, an einer Seite gab es eine Eisenleiter. Skyler setzte einen Fuß auf die unterste Sprosse und stieg hoch, prüfte die Leiter mit seinem Gewicht.

Zufrieden schlang er sich den Beutel mit Sprengstoff über die Schulter und hängte dann sein Gewehr darüber. Er zog den Gewehrriemen fest und richtete die Waffe, so dass sie gerade nach oben zeigte, damit er mit beiden Händen klettern konnte und trotzdem noch etwas sah. Auf der zweiten Stufe hielt er inne und prüfte zum dritten Mal, ob sie gesichert war, weil er vermeiden wollte, sich ins Kinn zu schießen. Die Vorstellung eines so grotesken Endes für seinen Ausflug ließ ihn in der Dunkelheit und dem Gestank leise kichern.

Die Leiter endete an einem fest verschweißten Kanaldeckel. Prumble hatte ihn davor gewarnt. Beim Bau der neuen Kanäle hatte man die alten in weiten Teilen versiegelt.

Skyler hielt sich an der Leiter fest und horchte eine Weile. Durch die fingergroßen Löcher in der Stahlplatte hörte er die schwachen Geräusche auf dem Hof von Nightcliff. Die laufenden Maschinen der Frachtkräne. Ein lautes Scheppern, als ein Container auf Asphalt traf. Dachte er zumindest.

Er überlegte, ob er etwas von dem Plastiksprengstoff verwenden sollte, um den Deckel zu öffnen, aber eine Explosion innerhalb der Mauern von Nightcliff würde so nahe an der Oberfläche nicht unbemerkt bleiben. Seufzend stieg er zurück nach unten und ging weiter durch den Abwassertunnel.

Nach weiteren hundert Metern krümmte der Tunnel sich nach links und führte nach oben. Erschöpft ruhte sich Skyler fünf Minuten aus, ehe er den Aufstieg begann. Kalter, klammer Schweiß bedeckte seinen Körper. Er dachte über die Ironie nach, dass der größte Schmerz, den er erdulden musste, nachdem er sich das Bein zerschnitten, die Rippen angeknackst und den Kopf verbeult hatte, von den Füßen kam. Das Gehen würde ihn noch umbringen.

Skyler ging weiter, als die Schaben sich für seine Stiefel zu interessieren begannen. Die Insekten knirschten unter seinen Füßen, während er den Tunnel hinaufmarschierte. Er fragte sich, wie weit das Meer noch entfernt war.

Am Ende der Steigung angekommen, betrat Skyler einen höhlenartigen unterirdischen Raum, der aus etlichen in merkwürdigen Winkeln zueinander stehenden Seitenwänden bestand. Sein Licht erhellte die gegenüberliegende Seite nur schwach. Die Wände waren von Abflussrohren durchzogen. Ein Knotenpunkt, erkannte Skyler. Jeder alte Abwassertunnel unter Nightcliff mündete wohl hier.

Er zählte vier Zugangsleitern, die von oben herabreichten, und nahm sich vor, jede auszuprobieren. In diesem Moment wollte er nichts mehr, als dem Gestank und der Dunkelheit zu entkommen. Die ersten beiden erwiesen sich als versiegelt, aber der dritte Kanaldeckel gab leicht nach, als er sich dagegen drückte.

Mit unterdrückter Erleichterung schob Skyler den Deckel mit jedem Quentchen Kraft hoch, das er aufbringen konnte. Der Deckel wog mindestens fünfzig Kilo. Skylers Halt auf der Leiter war so unsicher, dass er ihn, wie sich herausstellte, fast nicht heben konnte. Er hielt inne und rutschte auf der Leiter herum, einen Fuß gegen eine abgesplitterte Stelle im Beton auf der anderen Seite des Schachts gestemmt, um die zweite Hand freizubekommen.

Knurrend schob er mit beiden Armen aufwärts und hob den Deckel ein paar Zentimeter an. Sein Fuß rutschte ein wenig auf dem Beton ab, ehe er wieder Halt fand. Skyler konnte es nicht riskieren, den Deckel hochzuhalten und die Umgebung zu mustern – wenn er sich nicht beeilte, würde er fallen. Deshalb verwandte er seine Kraft darauf, den Deckel wegzuschieben.

Absolute Dunkelheit drang von oben herab. Skyler schaltete die Taschenlampe aus, damit seine Augen sich anpassten, bevor er hinaufstieg und sich umsah.

Der Kanaldeckel führte hinter einem Backsteingebäude nach oben unter ein Vordach, das in einer breiten Gasse, in der offensichtlich kaputte Maschinen lagerten, den Himmel aussperrte. Ein paar Traktoren und alte Lkw waren in der Sackgasse geparkt, vom Schmutz, Staub und Regen mehrerer Jahre bedeckt. Alles, was sich als nützlich erweisen könnte, hatte schon längst jemand ausgebaut.

Am Eingang der Gasse konnte Skyler nur die Seite eines weiteren Hauses erkennen, einstöckig und von dunklen Fenstern gesäumt. Er sah unter dem Vordach heraus nach oben und musterte den Nachthimmel. Sturmwolken füllten ihn von einem Rand zum anderen, aber er erkannte das Liftkabel und den Turm, der seine Basis beschützte. Anhand dieser Landmarken konnte er sich orientieren. Er war auf der Westseite der Festung Nightcliff, neben der Mauer, die zum Meer blickte. Das alte Platz-Anwesen lag im Nordosten, wenn er sich recht entsann.

Skyler musterte das Haus vor sich. Auch wenn es dunkel war, konnte er durch die schmutzigen Fenster gerade genug sehen, um Reihen von Stockbetten zu erkennen. Er sah an seiner nassen, schmutzigen Kleidung hinab und dann wieder zum Fenster. Eine Nightcliff-Uniform wäre ein verdammt nützliches Upgrade gewesen, und wenn schon nicht wegen der Verkleidung, dann zumindest aufgrund des Geruchs.

Er ging um die Baracken herum zu ihrer Rückseite, darauf bedacht, sich vom Zentralhof der Festung fernzuhalten. Er bewegte sich zwanglos. Sollte ihm jemand begegnen, wäre es nicht hilfreich, wenn er herumschlich. Besser verhielt er sich so, als würde er hierhergehören.

Die Hintertür des Gebäudes gab nicht nach, als er die Klinke bewegte. Skyler drückte ein Ohr dagegen und lauschte, aber von drinnen kam kein Geräusch. Vielleicht hatte Blackfield all seine Männer in den Orbit verlegt?

Skyler wartete auf einen Donnerschlag und trat die Tür ein. Er eilte hinein, die Waffe im Anschlag. Als er die Taschenlampe einschaltete, stellte er fest, dass der Raum wirklich leer war. Die Stockbetten waren nicht gemacht, es sah nach überstürztem Aufbruch aus. Ohne anzuhalten, rannte Skyler zum vorderen Teil des Gebäudes und verschloss die Eingangstür.

Durch ein Fenster neben der Tür sah er einen Teil von Nightcliffs Frachthof. Ein Wassertransporter stand auf einem der vier Landefelder, seine Turbinen wirbelten im Leerlauf einen zornigen Nebel auf. Arbeiter liefen unter dem Flugzeug hin und her, um einen blauen Wassercontainer loszumachen.

Die drei anderen Felder waren leer. Skyler sah nur einen Wachmann, der am anderen Ende Richtung Lift schaute und mit verschränkten Armen und gesenktem Kopf an einem Mast lehnte.

»Wie wachsam«, brummte Skyler.

Er drehte sich um, um eine Ersatzuniform zu suchen, aber die heulenden Turbinen eines weiteren Flugzeugs ließen seine Aufmerksamkeit wieder zum Hof wandern.

Ein großes Flugzeug kam über der östlichen Mauer der Festung in Sicht.

Kantros Flugzeug. Eine Maschine mit breitem Rumpf und kurzer Reichweite, die oft benutzt wurde, um frischen Erdboden von den verlassenen Farmen jenseits der Aura zu holen. Skyler kehrte zum Fenster zurück, um zuzusehen. Kantro war ein Freund, und ein Freund wäre hilfreich.

Als das Flugzeug über die Mauer kam, strömte eine große Gruppe Nightcliff-Wächter aus dem Kontrollturm. Mindestens zwanzig Männer und Frauen.

Eine Inspektion? Zumindest war Skyler nicht der Einzige, auf den sie es abgesehen hatten. Die Größe der Streitmacht war allerdings etwas übertrieben für eine Durchsuchung.

Die, die Waffen hatten, rannten auf das letzte Landefeld der Reihe zu und begannen es zu umstellen. Die anderen eilten weiter zu den Baracken. Einer drehte sich um und winkte zum Fenster des Kontrollturms hinauf, hoch über dem Hof.

Skyler folgte der Geste des Wachpostens hinauf zu der Stelle, wo der Aufseher saß. Mehrere Gesichter reihten sich dort am Fenster, alle schauten zu Kantros Maschine.

Ein Wächter platzte durch die Tür der Baracken, die Augen groß wie Untertassen. Er warf nicht mal einen Blick auf Skyler, während er zum Spind rannte und eine Pistole herausnahm. Seine Finger zitterten, als er ein Magazin in die Waffe fummelte.

»Was ist los?«, fragte Skyler, als der Mann zurück zur Tür lief.

»Newsubs sind auf ein Bergungsflugzeug gelangt«, brüllte er, während er aus der Tür zum umstellten Landefeld stürmte.

Skyler konzentrierte sich auf Kantros Maschine, die sich inzwischen dem Landefeld näherte. Durchs Cockpitfenster sah er den Piloten. Noch während Skyler hinschaute, griff der Pilot mit einer Hand nach einer Pistole und schoss in den Rückraum des Cockpits. Das Flugzeug neigte sich zur Seite und driftete ab.

Subhumane drangen in das enge Cockpit ein, und der Pilot schoss verzweifelt, jeder Schuss beleuchtete die wilden Gesichter der Kreaturen.

Das Flugzeug verfehlte ein nahe stehendes Gebäude nur um wenige Meter, schwenkte heftig zurück, glich die Neigung zu stark aus. Es bewegte sich zu schnell in die andere Richtung, und diesmal schnitt ein Flügel durch die Ecke eines Gerüsts, das sich an den Liftturm anschloss. Funken und Trümmer regneten herab.

Auf dem Landefeld brachen Wachen aus der Formation aus, gingen in Deckung oder rannten los, um sich eine Zuflucht zu suchen.

Irgendwo hinter sich hörte Skyler das Geräusch hydraulischer Motoren, gefolgt vom tiefen, hohlen Heulen eines Alarms. Eine Geschützbatterie auf Nightcliffs Mauer machte sich schussbereit.

»Scheiße!«, flüsterte er. Nightcliff würde lieber flammenden Schutt auf den Frachthof regnen lassen, als zu riskieren, dass das trudelnde Flugzeug den Gondel-Turm oder schlimmer, das Kabel selbst beschädigte.

Das Geräusch der Turbinen fuhr plötzlich zu einem hohen Heulen hoch, und das Flugzeug neigte sich nach vorn, dann nach hinten. Skyler erhaschte noch einen Blick aufs Cockpit und sah niemanden mehr am Steuer. Er öffnete die Barackentür und trat in den Matsch, um besser sehen zu können. Die Uniform konnte warten.

Das Flugzeug drehte sich und verlor an Höhe. Es war nur noch fünf Meter über dem Asphalt. Es ruckte hart nach rechts, und das Turbinengeräusch erstarb.

Da wusste Skyler, dass das Flugzeug auf der Südseite des Hofs abstürzen würde. Wenn es auf dem Bauch landete, wäre der Schaden möglicherweise nicht katastrophal, aber im Inneren würden alle ziemlich schlimm durchgerüttelt werden.

Er machte ein paar Schritte auf die Szene zu, dann hielt er inne. Im Norden sah er über den Dächern das alte Platz-Anwesen. Dieser Anblick sorgte dafür, dass er zwischen zwei Möglichkeiten gefangen war: hinrennen, um den Leuten in dem Flugzeug helfen, und sich dabei zu erkennen geben, oder den Absturz als Ablenkung nutzen und seine Mission fortsetzen.

Kantro war ein Freund, aber Skyler gefiel der Gedanke nicht, an der Seite der Schläger von Nightcliff gegen eine Schar Subhumaner zu kämpfen. Früher oder später würde jemandem auffallen, dass er nicht auf den Hof gehörte, und man würde ihn verhaften. Mission gescheitert.

»Die Aura ist alles«, hallte Prumbles Stimme durch seinen Kopf. »Du hast getan, was du tun musstest.«

Die schaukelnde Maschine neigte sich wieder, und ihr Steuerbordflügel knallte auf den Boden. Dann fiel sie wie ein Stein und krachte mit dem quälenden Geräusch von Metall, das über Fels schabte, auf die gepflasterte Oberfläche.

Aus den Türen angrenzender Gebäude stürmten Leute. Die Wächter kamen aus der Deckung, während das dem Untergang geweihte Flugzeug über den Boden schlitterte und mit einem niedrigen Gebäude südlich des Hofs kollidierte. Dort kam es zur Ruhe, halb in das Gebäude verkeilt. Eine Wolke aus Staub und Schutt erfüllte die Luft.

Die hintere Frachtluke war offen. Drinnen waren Leute, eine ganze Menge, dicht gedrängt und zerlumpt. Sie drängten über die offene Rampe in den Hof. Einige von ihnen hetzten auf allen vieren dahin.

Skyler rannte nach Norden, Rufe, Schreie und Schussgeräusche im Rücken. Er wollte damit nichts zu tun haben, und außerdem war es zehnmal mehr Ablenkung, als er brauchte.

Dass ein Flugzeug aus der Freizone es ungebeten bis in den Hof von Nightcliff geschafft hatte, war eine Sache. Dass es den Frachtraum voller Subhumaner gehabt hatte, war schierer Wahnsinn. Kantro oder der Pilot mussten bis zur letzten Minute gewartet haben, ehe sie über Funk um Hilfe gebeten hatten, sonst hätte Nightcliff sie schon abgeschossen, lange bevor sie die Festung erreichten.

»Nicht mein Problem«, sagte sich Skyler im Rennen. Er richtete den Blick auf das Anwesen und schwang die Beine, seine Schmerzen waren im Adrenalinrausch vergessen. Aus einem Gebäude vor ihm trat eine Gestalt. Eine rundliche Frau im verschmutzten Kittel einer Krankenschwester. Skyler schob sie mit der Schulter aus dem Weg, und sie fiel mit einem verblüfften Schrei zu Boden.

Sie rief ihm nach, er solle anhalten. Rief um Hilfe.

Skyler drehte sich um, um etwas über die Schulter zu brüllen, und sah einen Subhumanen auf sie zurasen. Das einst menschliche Geschöpf packte die arme Frau, und sie verschwanden in dem Eingang, aus dem sie gekommen war. Ein überraschter Ausruf, der sich in einen Schmerzensschrei verwandelte, kam von drinnen.

Ein weiterer Subhumaner war dem ersten gefolgt. Er richtete den Blick auf Skyler und eilte auf ihn zu. Ein dürres Ding mit einem so ruhigen, gelassenen Gesicht, dass Skyler beinahe gestolpert wäre.

Entschlossen, sich seine Kugeln aufzusparen, wandte sich Skyler nach vorn und rannte, so schnell er konnte. Das Anwesen kam komplett in Sicht. Er warf sich auf den kläglichen Maschendrahtzaun, der es umgab, und kletterte.

Auf der anderen Seite ließ er sich fallen und landete vom Gebäude abgewandt direkt vor dem Gesicht des dürren Subhumanen. Die Kreatur knallte in den Zaun und packte den Draht mit weiß anlaufenden Knöcheln und dem unveränderten, unheimlich gelassenen Gesichtsausdruck.

Sie wisperte etwas. Eine Frau, schon etwas über das mittlere Alter hinaus, schätzte er aufgrund der grauen Strähnen in ihrem zerwühlten Haar. Er sah nach unten und erkannte, dass sie die zerfetzten Überreste eines Schutzanzugs trug.

Also erst jüngst angesteckt. Jemand aus Kantros Mannschaft. Er sah sich ihr Gesicht näher an und versuchte, sich zu erinnern.

Sie legte den Kopf schief und flüsterte wieder, lauter diesmal. »Spiel mit mir.«

»Heute nicht. Bin bisschen beschäftigt.«

»Spiel mit mir«, schrie sie und schüttelte den Zaun. Ihr Blick schoss nach oben.

Sie kletterte los.

KAPITEL 38

Unter Darwin, Australien

11.2.2283

Das Anwesen der Familie Platz, einst ein ultramodernes architektonisches Wunder aus spitzen Winkeln und leuchtend weißen Wänden, sah aus, als würde es bald zusammenbrechen.

Reste von Sperrholzplatten bedeckten alle Fenster. Schwarzschimmel kroch aus einem Wald erstickenden Unkrauts die Wände empor. Eine dicke, rostige Kette, die in einer liegenden Acht um die gusseisernen Griffe gewickelt war, hielt die Vordertür, zwei vier Meter hohe und mindestens ebenso breite, dicke Holzplatten, geschlossen. Ein Vorhängeschloss, so groß wie Skylers Hand, stellte klar, dass Gäste nicht willkommen waren.

Im vollen Lauf, das Geräusch des klappernden Zauns hinter sich, drehte Skyler nach rechts ab, weg von der gigantischen Tür. Ein schäbiges Stück Sperrholz ragte vor ihm auf, bedeckte den Bereich, an dem einst ein bodentiefes Fenster den Eingang flankiert hatte. Hoffte er zumindest.

Er sprang und rammte mit der Schulter die dünne Holzwand. Mit einem Ellbogen schützte Skyler sein Gesicht, als er in einem Regen aus Splittern und Bruchstücken durch die kümmerliche Barrikade krachte. Im Inneren des Foyers hieß ihn ein kalter Marmorboden willkommen, als er hart auf dem Rücken landete.

Skylers Kopf knallte auf die staubige Steinfläche. Er verzog das Gesicht und rollte sich herum, die Waffe liegend im Anschlag. Er zielte auf die Lücke, die er geschaffen hatte, und zählte. Die Alien-Krankheit trieb die Infizierten dazu, menschliche Beute mit unnachgiebigem Eifer zu verfolgen. Die Kreatur würde in etwa fünf Sekunden durch das Loch springen.

Er zählte bis fünf. Dann bis zehn. Bis zwanzig.

Nur Staub und der ferne Lärm eines schrecklichen Kampfes drangen zu ihm vor.

Skyler schürzte die Lippen und richtete sich auf ein Knie auf. Möglicherweise konnte die Sub den Zaun gar nicht erklimmen. Die Erfahrung sagte ihm etwas anderes, aber – ob es einem gefiel oder nicht – die Dinge änderten sich. Alten Erwartungen konnte man nicht mehr trauen.

Er ließ es darauf ankommen und schwang sein Gewehr im Bogen durch den riesigen, leeren Raum. Marmor, wo man nur hinsah. Eine Säulenreihe säumte die Wände, eine impressionistische Interpretation des klassisch-römischen Stils mit lauter Ecken und Kanten.

Stapel mit beschrifteten Kisten und Aktenschränke füllten die Ecken des Raums. Skyler erinnerte sich vage an Neils Worte während des Treffens, irgendwas darüber, man habe das Anwesen zum Langzeitlager degradiert. Der Tür mit der Kette und dem dicken Staubüberzug auf jeder flachen Oberfläche nach zu urteilen war hier seit Monaten niemand mehr gewesen, vielleicht seit Jahren.

Die Treppe gegenüber der Doppeltür führte halb in ein Obergeschoss, ehe sie sich in zwei Treppenhäuser teilte, die nach Osten und Westen führten.

Oben war bedeutungslos. Platz hatte gesagt, der verborgene Eingang zum Liftsilo läge im Keller, aber sonst nichts. Wenn er dieses prächtige Haus betrachtete, stellte Skyler sich vor, dass der Weg hinein in einem riesigen Weinkeller verborgen war. Er malte sich aus, wie er eine Gargylenstatue drehte, um den geheimen Zugang hinter einer falschen Wand aus alten Flaschen zu enthüllen. Diese Vorstellung zauberte ihm ein Lächeln auf die Lippen. »Ziemliche Erzschurkennummer, Platz«, brummte er.

Mindestens dreißig Sekunden vergingen ohne eine Spur der Subhumanen. Wahrscheinlich hatte sie jemand anderen zum »Spielen« gefunden. Möglicherweise hatten die überraschten Wächter im Hof von Nightcliff es geschafft, den bizarren Angriff niederzuschlagen. Jedenfalls verschwendete er Zeit.

Skyler ging rückwärts in einen der inneren Räume, wartete bis zur letzten Sekunde, um sein Gewehr von dem Loch weg zu schwenken, das er beim Hereinkommen hinterlassen hatte. Die schale Luft roch nach Schimmel. Holzsplitter knirschten unter seinen Stiefeln.

Er huschte durch ein grandioses Esszimmer. Stühle lagen unordentlich um einen zehn Meter langen Tisch. Ein Lüster war irgendwann auf die polierte Holzoberfläche gefallen und auf einer Seite heruntergerutscht. Skyler ging darum herum und weiter in die angrenzende Küche.

Sie war groß genug, um ein großes Restaurant zu bedienen, und hatte vier Reihen mit Arbeitsplatten. Öfen in Gastroqualität, Herdplatten und Spülen waren auf ihrer ganzen Länge verteilt. Oder zumindest Teile davon. Ein Großteil von der Einrichtung war schon lange partiell oder ganz entfernt worden. Fehlende Wasserhähne, ein Herd ohne Tür oder Bedienfeld. Dem Plünderer in Skyler fiel es instinktiv auf. Was fehlte, was nützlich war.

Er ging zur gegenüberliegenden Wand, fixiert auf die Vorstellung vom Weinkeller. Aber die Durchsuchung der Küche brachte nichts zum Vorschein. Er suchte in einem Kühlraum, in einer Vorratskammer, die zehnmal so groß war wie seine Unterkunft im Hangar, und zuletzt in einem einfachen, kleinen Speisezimmer, von dem er annahm, dass dort die Angestellten ihre Mahlzeiten eingenommen hatten.

Zurück im Hauptspeisebereich, nahm Skyler den ersten Gang, der davon wegführte. Bis auf den gelegentlichen Hauch von Licht, der durch ein vernageltes Fenster fiel, kam die einzige Beleuchtung von der an seinem Gewehr montierten Lampe.

Der Gang war einst mit einem flauschigen Teppich ausgestattet gewesen. Nun glitschte das Gewebe unter seinen Stiefeln weg wie alte Haut. Rechteckige Flecken an der Wand zeigten, wo einst Bilder gehangen hatten.

Skyler tippte auf jeden Lichtschalter, an dem er vorbeikam. Keiner funktionierte. *Ist am besten so,* dachte er. Der fehlende Strom hatte höchstwahrscheinlich den verlassenen Zustand des Hauses herbeigeführt, und das passte ihm.

Hinter jeder Tür, an der er vorbeikam, fand er einfache Schlafzimmer und hinter einer einen kleinen Aufenthaltsraum mit Regalen und sogar einem Schachbrett, das mitten im Spiel eingefroren war.

Am Ende des Ganges kam er an eine Tür, die sich von den anderen unterschied. Sie war dick und stabil, mit einem großen Metallgriff und einem Feld für eine Schlüsselkarte an der Wand daneben.

Skyler stellte fest, dass der Griff abgebrochen war. Absichtlich, wenn man die Scharten betrachtete. Die Tür ließ sich leicht aufschieben, und er ging durch.

Stufen führten abwärts. Skyler seufzte vor Erleichterung und trottete hinab, nahm immer zwei Stufen auf einmal. Am Fuß der Treppe fand er eine weitere Tür, die wie die vorher schon vor langer Zeit mit Gewalt geöffnet worden war.

Dahinter stieß er auf ein Büro. Ein großzügiger Raum, an einer Seite von abgetrennten Arbeitsbereichen gesäumt, die andere mit einem gemeinschaftlichen Arbeitsbereich – Sofas vor einer Reihe Monitor-Panels, die vom Boden bis zur Decke reichten. Jemand hatte alle Bildschirme zerschlagen und dem Verfall überlassen. In Gedanken sah Skyler, wie sie hell leuchtend liefen und Nachrichten von den Finanzmärkten der Welt anzeigten, oder die Gesichter weit entfernter Platz-Mitarbeiter, die Neil Neuigkeiten von seinen großen Unternehmensfusionen brachten.

Eine große, runde Tür beherrschte die gegenüberliegende Wand. Ein Geldschrank, der auch in jede Bank gepasst hätte. Brandspuren führten vom Hauptschließzylinder seitlich weg, und ein elektronisches Tastenfeld hing an ausgefransten Kabeln aus der Wand.

Trotz der Schäden war die Tür zum Safe fest verschlossen. Skyler starrte sie lange an. Er durchforstete seinen Geist nach Erinnerungen an Neils Worte. Er hatte das Wort »geheim« benutzt, um den Eingang zu beschreiben. Nein, das Wort »verborgen«. Eine riesengroße Tresortür ging nicht als verborgen durch.

Von oben drang ein leises Geräusch an seine Ohren. Ein feines Kratzen, so schnell vorbei, wie es gekommen war. Er stand reglos da und lauschte.

Dutzende Male war er an solchen Orten gewesen. Stockfinster und totenstill. Gefahr lauerte vor oder hinter ihm. Er hatte jedoch nie einen solchen Ort absichtlich allein durchsucht. Sams Abwesenheit machte sein Unbehagen nur größer.

Es herrschte Grabesstille. Ein Phantomgeräusch möglicherweise. Sinnestäuschung und Müdigkeit, die sich gegen ihn verschworen.

Skyler trat in die Mitte des Raums und drehte sich auf der Stelle, um die Umgebung mit dem Licht abzusuchen. Es fühlte sich richtig an, dass hier der versteckte Eingang sein sollte. Immer wieder kehrte seine Aufmerksamkeit zu der riesigen Tresortür zurück. Eine innere Stimme sagte ihm, genau das sei beabsichtigt. Diese Barriere war so groß und verführerisch, dass jeder Eindringling einen Tunnelblick bekam, sobald er sie sah.

Skyler kehrte ihr den Rücken zu und musterte den übrigen Raum.

Die Tür, durch die er gekommen war. Daran war nichts Interessantes.

Die Arbeitsbereiche. Möglicherweise verbargen sie einen kleinen Zugangskorridor? Sein Bauchgefühl sagte nein.

Die letzte Möglichkeit waren die zerstörten Monitore. Es sah aus, als habe jemand jeden einzelnen mit einem Vorschlaghammer bearbeitet. Das war ziemlich merkwürdig in einer Welt, in der man solche Geräte ständig brauchte, besonders im Orbit.

Sie waren sehr seltsam angebracht, fiel ihm auf. Immer zwei nebeneinander, vom Boden bis zur Decke. Fast wie eine …

Tür.

Den Blick auf die Monitore gerichtet, schwang Skyler die Beine über das Sofa zwischen ihm und der Wand und stellte sich vor den Geräten auf. Sie waren bündig an der Wand angebracht. Er sah sie sich von der Seite an, ließ einen Finger über den Rand eines Bildschirms gleiten. Vage spürte er eine Ritze. Ein winziger Spalt, kurz bevor die Monitore an die Wand stießen.

Ich will verdammt sein, dachte er. Die Monitore hatte man zerschlagen, um zu verhindern, dass sie jemand abnahm. Ein cleverer Trick, das musste er zugeben.

Er suchte nach einem Knopf, einem Hebel … nach irgend etwas, das die Wand öffnen könnte. Er fuhr mit der Hand über die Unterseiten jedes Tisches oder Schreibpults, drückte auf die Knöpfe jedes Monitors, der an der Wand montiert war. Nichts klappte.

»Scheiße«, sagte er laut. Er hatte keine Zeit für Behutsamkeit oder Anstand. Platz konnte ein Team anheuern, das später zurückkommen und alles reparieren würde.

Er legte sein Gewehr auf einen Schreibtisch in der Nähe des Eingangs, das Licht ließ er auf die Monitore fallen. Dann stellte er den Beutel, den Prumble ihm gegeben hatte, auf den Boden und nahm einen Riegel Plastiksprengstoff heraus.

Als die Sprengkapseln angebracht waren, suchte Skyler einen Zünder heraus. Da er kein Glasfaserkabel mehr hatte, konnte er keinen Schalter nehmen, deswegen musste es eine zeitversetzte Zündung tun. Er entschied sich für eine Zündschnur mit zwanzig Sekunden, plante im Kopf schon seine Route. Die Stufen hinauf, durch den

Gang und unter den großen Tisch im Esszimmer, falls Teile der Decke herabfielen.

Er stand da und sah auf die Reihe der Monitore. Die Ladung war zwischen den beiden untersten Bildschirmen angebracht. Also dann …

Mit dem Daumen startete er den Zwanzig-Sekunden-Zeitzünder.

»Spiel mit mir.«

Ein heiseres, schwaches Flüstern vom Eingang. Im Raum. Neben seinem Gewehr.

Die Subhumane stand zusammengekauert da, sprungbereit, den Kopf zur Seite gelegt wie ein Affe. Ihre blutunterlaufenen Augen waren groß wie Untertassen. »Spielen«, wiederholte sie.

Skyler sah das Gewehr an. Dann sie.

Fünfzehn Sekunden.

Er trat auf die Waffe zu, und die Frau war wie sein Spiegelbild, nur einen halben Meter seitlich versetzt. Ein Grinsen hob ihre Mundwinkel.

Zehn Sekunden.

Skyler zog in Erwägung, gegen sie zu kämpfen. Keine Zeit dafür. Er dachte darüber nach, zum Gewehr hin anzutäuschen und dann an ihr vorbeizurennen. Konnte funktionieren, aber sie konnte ihn auch genauso gut angreifen.

Fünf Sekunden.

Er zögerte.

Vier.

Drei.

Skyler wirbelte herum und rannte nach hinten, drei Schritte bis zum Arbeitsbereich neben der riesigen Tresortür.

Die Subhumane verfolgte ihn lachend.

Eins.

Skyler hechtete nach vorn.

Grellweißes Licht umfing ihn. Die Wände erzitterten. Nein, alles erzitterte. Die Explosion erwischte ihn an den Beinen, als er wie ein Turner über die halbhohe Wand setzte, die die Vorderseite des Abteils bildete.

Das Geräusch war so laut, dass es seine Ohren betäubte. Alles wurde mucksmäuschenstill und langsam. Er war sich seines Körpers seltsam bewusst, der wie eine Lumpenpuppe herumwirbelte und mit den Füßen voraus in die gegenüberliegende Wand des Abteils krachte. Zu seiner befremdeten Freude gab die Wand nach. Eine provisorische Oberfläche, die einen Meter vor der eigentlichen Wand des Raumes stand. Das Provisorium brach zusammen und dämpfte den Aufprall seiner Füße ab.

Mit einem hohen Pfeifen kehrte sein Gehör zurück, schmetterte ihm von überall und nirgends entgegen. Auf dem Boden unter dem herabprasselnden Schutt hielt er sich völlig sinnlos die Ohren zu – das Pfeifen blieb.

Durch und durch erschüttertt, rappelte sich Skyler auf wackligen Beinen auf und musterte den Raum. Der ziegelförmige Sprengkörper hatte seine Aufgabe erledigt, und nicht nur das. Die halbe Wand war zusammen mit der Vertäfelung aus Bildschirmen verschwunden. Durch den Rauch konnte er den angrenzenden Raum erkennen.

Nein, keinen Raum, erkannte er, sondern einen Gang, beleuchtet von einer Reihe sanfter gelber Lichter im Boden.

Skyler taumelte auf tauben Füßen durch die Trümmer, zweimal strauchelte er. Er warf einen Blick dorthin, wo die Subhumane gestanden hatte, aber in dem Staubvorhang sah er keine Spur des Wesens. Sie musste die Explosion voll abbekommen haben und völlig ausgelöscht worden sein. Gut.

Hustend betrat er den Gang.

* * *

Skyler war mehr als hundert Stufen der Wendeltreppe hinabgegangen, die das Silo säumte, als ihm klarwurde, wo er war – und dass er sein Gewehr zurückgelassen hatte.

Er hielt an, packte das kalte Metallgeländer und musterte seine Umgebung.

Das Silo, eine perfekt runde Röhre, die aus der Erde herausgeschnitten war, erstreckte sich über ihm fünfzig Meter nach oben. In der Mitte der von Menschenhand gebauten Decke befand sich ein Durchlass, durch den das Liftkabel verlief, eine vollkommen gerade Linie aus einem so dünnen schwarzen Faden, dass er die Augen zusammenkneifen musste, um ihn überhaupt zu erkennen. Die klapprige Treppe führte um die Innenwand des Silos bis ganz nach unten.

Dort hinunter schaute er, folgte der Wendeltreppe, beugte sich hinaus, um ihren Weg in die Grube zu erfassen. Er schätzte, dass sie noch einmal fünfhundert Meter hinabreichte. Eine Reihe roter Lichter, die in regelmäßigen Abständen in der Röhre platziert waren, stellte die einzige Beleuchtung dar.

Skyler beugte sich weiter vor, um den Boden zu sehen, aber die dicke, trübe Luft verbarg, was immer sich dort unten befand. Ein unregelmäßiges Summen drang herauf, heiser und in ständig wechselnder Tonhöhe wie ein stotternder Motor.

Er entschied sich, zurückzugehen und sein Gewehr zu holen, nur für alle Fälle. Nach zwei Schritten erstarrte er.

Oben auf der Treppe trat die Subhumane aus demselben Tunnel, durch den auch er gekommen war. Sie stolperte zur ersten Stufe und schrie, eher, weil sie ihn sah, als wegen der Schmerzen, die sie leiden musste. Selbst aus dieser Entfernung erkannte Skyler die blutenden Wunden und Abschürfungen auf ihrem ganzen Körper. Teile ihrer Haut waren verkohlt und rissen bereits auf.

Sie hatte wirklich die Hauptlast der Explosion abbekommen. Erstaunlich, dass sie überlebt hatte, und noch erstaunlicher, dass sie noch laufen konnte.

Er war mit diesem Gedanken kaum fertig, als sie sich anschickte, die Treppe herabzukommen. Gackernd vor unmenschlichen Emotionen, rannte sie auf ihn zu.

Schiere Panik erfasste Skyler und nagelte ihn auf der Stelle fest. Jeder Instinkt schrie ihm zu, davonzulaufen, nicht zu kämpfen. Er war der Ansicht, er könne mit der Frau in einem Kampf fertig werden, wenn er ihre Verletzungen mit seinen verglich. Was er befürchtete, war, dass sie gar nicht kämpfen wollte, sondern sich auf ihn werfen, um zu »spielen«, und sie dabei beide über das Geländer in den Tod stürzen würden.

Doch sein Körper weigerte sich, etwas zu tun. Das Wesen lief die Wendeltreppe herab, motiviert von Gefühlen, die so ursprünglich und ungefiltert waren, dass Skyler fast neidisch wurde.

Immerhin konnte sich die Frau bewegen.

Dann stürzte sie, fiel ein paar Stufen herunter, bevor gegen die Außenwand prallte.

Während die Subhumane sich mit Krallen und Zähnen wieder hochzog, fand Skyler den Willen zur Flucht. Er drehte sich um und nahm eine Stufe, dann noch eine. Bald lief er, dann rannte er, klapperte über die Metallstufen hinunter, als seine urtümliche Angst nachließ.

Ungezählte Stufen verschwammen miteinander. Das summende Geräusch wurde immer lauter. Auf dem gekrümmten Weg wurde ihm schwindlig, und er war sich sicher, dass er genau wie die Subhumane ausrutschen würde. Dann würde er sehr, sehr weit rollen, ehe sein Schwung verbraucht war. Gegen jeden Instinkt, den er besaß, wurde Skyler langsamer, bis er mit seiner eigenen Geschwindigkeit umgehen konnte. Er warf einen Blick zurück und sah die Frau auf der Spirale direkt über sich, immer noch hinter ihm her, und sie holte auf.

Sie fiel wieder. Er hörte sie heulen und geifern, dann verfiel sie in ein tiefes Stöhnen. Ein schlimmerer Sturz als der vorherige. Skyler hielt an und nutzte die Gelegenheit, um Atem zu schöpfen.

Die Luft hier war dick und warm. Sie machte aus der einfachen Aufgabe einzuatmen eine bewusste Anstrengung. Aus seinen Kleidern troff der Schweiß. Mehr als alles in der Welt wünschte er sich einen Schluck kaltes Wasser.

Er beugte sich noch einmal übers Geländer. Das seltsame, abgehackte Summen aus den Tiefen der Grube war jetzt so laut, dass er sich die Ohren zuhalten wollte. Er war etwa bei der Hälfte des Abstiegs und konnte nun Konturen in der feuchten Luft unterhalb erkennen. Das Liftkabel reichte direkt hinab ins Herz eines schalenförmigen Bodens. Das dunkle Material, aufgefächert wie die Irisblende einer Kameralinse, sah nicht wie etwas aus, was Skyler schon je zuvor gesehen hätte. Pures, mattes Schwarz, das von geometrischen Mustern durchsetzt war …

Etwas rammte ihn, hob ihn hoch. Die Frau.

Skyler schrie vor Bestürzung auf. Er griff verzweifelt nach dem Geländer und verfehlte es, dann fiel er. Er kam ins Trudeln, die warme Luft wurde heißer, rauschte mit rasender Geschwindigkeit an ihm vorbei.

Er hörte keuchendes Lachen ganz in der Nähe. Die Subhumane, die über ihm durch die Luft wirbelte.

Sie würden beide sterben, dachte er, in dieser dunklen Grube, von der niemand wusste.

Dann übertönte das tiefe, schreckliche Summen das Gelächter, ständig stotternd und abgehackt. Es kam von unten, von der schalenförmigen Irisblende, die nun auf ihn zuraste.

Irgendeine perverse Nische von Skylers Verstand wollte das Baumaterial der Erbauer aus der Nähe sehen. Er drehte sich. Möglicherweise konnte er Einzelheiten erkennen, bevor er seine Hirnmasse darauf verspritzte.

Zu seinem Entsetzen öffnete sich die Iris im letzten Augenblick pulsierend. Er segelte mit einem Rauschen direkt daran vorbei. Die Subhumane auch.

Darunter erwartete ihn ein helles Licht, und als er hineinfiel, verlangsamte sich die Zeit, bis er spürte, wie er mitten in der Luft hing.

Er fühlte sich, als stünde jeder Traum, den er je gehabt hatte, alles, was er je gerochen oder berührt, geschmeckt oder gehört hatte, plötzlich zu seiner allgefälligen Betrachtung bereit. Als habe sich jedes einzelne Neuron in seinem Gehirn geöffnet und seinen Inhalt dargelegt. Er stellte fest, dass er sich auf alles auf einmal konzentrieren konnte, und doch weigerte sich jede Erinnerung oder Empfindung, auf die er zugreifen wollte, in den Vordergrund zu treten.

Skyler nahm das alles mit ungekannter Ruhe auf. Er fühlte sich warm und schwerelos, wie in einem Bad. Alles glühte wie elektrisch aufgeladen. Ein Teil von ihm wusste, dass diese Erfahrung ihn überwältigen sollte, und doch stellte er fest, dass er nur neugierig war.

Ich bin tot, dachte er. *Ist gar nicht so schlimm.*

Dann entglitten ihm die Bilder. Er schwebte immer schneller aufwärts, bis er flog, angetrieben von einer ungesehenen Kraft, bis er über das glühende Loch hinausschoss. Die Irisblende unter ihm schloss sich wieder, und er stürzte darauf.

Mit einem dumpfen Knall, der ihm den Kopf durchrüttelte, fiel er auf die harte, kalte Oberfläche. Ein Winkel seines Verstandes nahm die feinen, kantigen Muster wahr, die anscheinend in die Oberfläche geätzt waren. Ineinander verschlungene Linien unterschiedlicher Tiefe, wie Adern in einem Blatt, wären es nicht völlig gerade Linien und rechte Winkel gewesen.

Dann verschwamm seine Sicht, als sein Verstand wieder ins Schlingern geriet und sich in einem verwirrten Gewimmel aus Schmerzen vom Aufprall verlor.

Skyler rollte sich auf den Bauch und wuchtete sich hoch. Alles schwankte vor ihm. Er blinzelte, rieb sich die Augen. Doch nicht tot.

Die Wirklichkeit ordnete sich. Langsam kehrte seine Sicht in den Normalbereich zurück. Er stand auf dem fremdartigen Boden, die

Irisblende zu seinen Füßen war fest geschlossen. Das Treppenhaus endete an der Wand des Zugangsschachts einen Meter über ihm.

Der Summton war verstummt.

Eigentlich hörte Skyler nur seine eigenen Atemzüge und hin und wieder einen scharfen, vibrierenden Ton, der über das Liftkabel lief.

In plötzlicher Panik wirbelte Skyler herum, sah hinter sich, dann nach links und rechts, um die Subhumane zu finden. Aber er war allein.

Sie war fort. Vom Auragenerator angezogen und verzehrt.

Aber ich nicht, dachte er. *Er hat mich abgelehnt. Als würde ich nicht … passen.*

KAPITEL 39

Anchor-Station

12.2.2283

Tania joggte seit zehn Minuten durch den stillen, gekrümmten Gang von Ebene Schwarz, als der Alarm losheulte.

Das pulsierende Kreischen riss sie aus einem hart erarbeiteten meditativen Zustand. Sie machte einen ungeschickten Schritt und fiel hin. Sie schürfte sich am Teppich die Handflächen auf, als sie ihren Fall abbremste.

»Kann ich denn nie Frieden haben?«, murmelte sie vor sich hin.

In keiner Richtung sah sie Rauch, hörte kein Zischen entweichender Luft. Keine unmittelbare Gefahr also, und diese Erkenntnis verstärkte ihre Angst nur. Erinnerungen an das Auftauchen der Subhumanen ein paar Wochen zuvor blitzten in ihren Gedanken auf.

Sie fixierte den gekrümmten Gang und entdeckte einen Zugangskorridor zu Ebene Grau in der Nähe. Mit einem schnellen Spurt erreichte sie ihn und stellte fest, dass die Verbindungsschotten noch offen waren. Während einer Dekompression oder bei einem Brand wäre die Verbindung zwischen den Ebenen abgeriegelt gewesen. Ein Sicherheitsproblem dagegen erforderte das Gegenteil – die diensthabenden Wachmannschaften brauchten ungehinderten Zugang.

Alle offiziellen Wachposten waren in ihre Quartiere eingeschlossen, bis auf ein paar, die ihre Bereitschaft, sich auf die Platz-Seite der Auseinandersetzung zu begeben, überzeugend zu vermitteln gewusst hatten.

Tania drehte sich um und rannte zurück zu ihrem Quartier. Ein paar andere Forscher streckten die Köpfe aus abgedunkelten Räumen, warfen ihr verschlafene, verwirrte Blicke zu. Sie ignorierte ihre Fragen und erreichte ihre eigene Tür, wo sie auf Natalie stieß, die bei ihr anklopfte.

»Da bist du ja«, sagte Natalie. »Was ist denn los?«

»Keine Ahnung, finden wir es heraus.« Tania entriegelte die Tür und ließ sie hinter sich offen, als sie eintrat. Nat folgte ihr.

Das Terminal auf dem Schreibtisch summte laut, noch bevor Tania dort ankam. Sie schaltete den Monitor ein, als sie sich hinsetzte, dann tippte sie auf die Tastatur, um den Anruf anzunehmen.

»Ja«, sagte sie.

Vom anderen Ende der Leitung hörte sie Schreie, Aufruhr. Kampfgeräusche. Auf dem Monitor stand, der Anruf käme vom Lagerbereich auf Ebene Rot, ganz am anderen Ende der Station.

»... durch die Luftschleusen ...« Eine zerhackte Stimme voller Panik. »... kann sie nicht aufhalten ...«

»Langsam«, sagte Tania, »ich verstehe Sie nicht.«

Sie hörte eine Reihe von Schreien und Rascheln, dann ein lautes Klicken. Die Verbindung war tot.

Auch der Alarm verstummte.

Tania versuchte, die Verbindung wiederherzustellen, aber es kam nur eine Fehlermeldung. Sie versuchte es beim Sicherheitsposten, aber auch das war vergebens.

»Kämpfe ... mein Gott, Nat, sie kämpfen.«

»Wir sind Meuterer«, sagte Nat. »Was hast du erwartet ...«

»Ich wollte nie, dass jemand Schaden nimmt.«

»Das beruht auf Gegenseitigkeit, Schatz.«

Es wurde still im Raum, während Tania sich bemühte, einen Plan zu entwickeln. Sie spürte Natalies erwartungsvollen Blick. Alle auf der Station dachten sicher dasselbe und warteten auf ihre Befehle. Beobachteten, wie sie sich hielt. Setzten auf sie. Tania war die Anführerin ihres kleinen Schurkenstaats geworden, was auch immer daraus werden würde.

Tania dachte an Hawaii, an Bäume, Vögel und Insekten. Nicht an die Hölle, in der sie gelandet waren, sondern die idyllische Version, die sie von oben gesehen hatten. Sie hätte alles gegeben, um dort zu sein, weit weg von diesem sterilen Ort, dieser Situation …

»Wir sollten zu Ebene Grün gehen«, sagte Natalie. Ihre ruhige Stimme fühlte sich an wie das Zupfen der Schwerkraft.

»Ja«, sagte Tania. »Du hast recht. Der Kommunikator ist tot. Wir sollten Karl suchen …«

»Nein.« Nat packte sie an der Schulter. »Ins Labor. Wir müssen unser Programm abstellen. Die Daten verschlüsseln. Sie sichern.«

»Aber was dann?«

»Dann verstecken wir uns irgendwo. Warten darauf, dass sich das Ganze auflöst.«

Tania schüttelte den Kopf. »Das würde sich hervorragend in meinem Zeugnis als Anführerin machen.«

»›Hervorragende Fähigkeit zur Vermeidung von Konfrontationen und im Einsatz von Tarntechniken‹.«

»Sehr witzig«, sagte Tania.

* * *

Tania ging voraus, kroch an der Wand entlang, die Augen fest auf den »Horizont« des Korridors gerichtet, der sich etwa hundert Meter weiter vorne nach oben außer Sicht krümmte. Sie trafen unterwegs nur auf stille Gänge, was Tanias Besorgnis noch weiter steigerte.

An der Tür des Computerlabors trat Natalie vor, die Schlüsselkarte in der Hand. »Ich habe sie«, sagte sie. Die Tür öffnete sich klickend, und Natalie machte Platz.

Tania schob die Tür zu dem dunklen Raum auf, so dass Licht hineinfiel.

Tausend blinkende Lichtpunkte von den zahlreichen Terminals schwebten wie Sterne in der Finsternis. Sie lief hinein und hörte, wie ihr Natalie folgte.

Im rückwärtigen Bereich des Labors duckte sie sich in den abgeschotteten Forschungsraum, ging direkt zum Terminal und schaltete den Bildschirm mit ihrem Passwort frei.

Die Monitore erwachten zum Leben.

»Ich habe die Tür zum Gang offen gelassen«, sagte Natalie und lief zurück in Richtung Vordereingang. »Bin gleich wieder da!«

Tania wollte sagen, sie solle sich die Mühe nicht machen, aber sie vergaß alles, was mit der gegenwärtigen Lage zu tun hatte, als die riesigen Displays an der Wand zum Leben erwachten.

Am Tag zuvor waren sie zu dem Schluss gekommen, dass das Eintreffen des Schiffs der Erbauer unmittelbar bevorstand, und mit einigen schwierigen Berechnungen und ein wenig cleverer Programmierkunst Natalies hatten sie genau bestimmt, wo es ihrer Ansicht nach in eine geostationäre Umlaufbahn eintreten würde.

Tania hatte bis spätnachts gearbeitet, lange nachdem Natalie die Augen zugefallen waren und sie sich zurückgezogen hatte. Sie hatte einen alten Platz-Kartensatelliten angezapft, seine Routineaufgabe überschrieben und ihn zur anderen Seite des Planeten geschickt. Indem sie sich einen Mustererkennungscode aus einem von Natalies genialen Programmen geborgt hatte, hatte Tania ihn angewiesen, nach dem neuen Schalenschiff Ausschau zu halten und einen Videofeed zurück zu ihr zu schicken.

Das Bild zauberte ein Lächeln auf ihr Gesicht. »Nat«, wisperte sie. »Wir hatten recht. Wir haben es geschafft …«

Ein Schalenschiff wie das erste war hoch über der Erde in Stellung gegangen. Tania kniff die Augen zusammen und nahm eine Hand vor den Mund, um ein erfreutes Lachen zu ersticken.

An der Spitze des Schalenschiffs blinkte Sonnenlicht auf dem dünnen Faden eines Liftkabels.

Ein weiterer Weltraumlift. Ein neuer. Ein Neubeginn. Von den anderen kleineren Gebilden sah sie keine Spur, aber das war ein Problem für ein andermal. Offensichtlich hatten sie keine Invasionsflotte geschickt, keine Weltuntergangsmaschine.

Sie merkte, dass ihr Tränen übers Gesicht liefen.

»Komm her und schau dir das an, Nat!«, rief Tania.

Ihre Assistentin war schon zu lange weg. Vielleicht kundschaftete sie den Gang aus. Oder …

»Hallo, Miss Sharma«, sagte ein Mann hinter ihr. »Komm her und schau dir was an?«

Sie erkannte die Stimme nicht. Sie verhieß Schwierigkeiten, so viel war klar. Tanias Vorkehrungen für Geheimprojekte machten sich bezahlt, als sie eine einzelne Taste drückte. Sofort löschte ein Skript, das sie geschrieben hatte, die Bildschirmanzeige und verschlüsselte und versteckte alle Daten.

»Oh«, sagte der Mann, »das hätten Sie nicht tun sollen. Weg da.«

Tania drehte sich zu ihm um und ging einen Schritt nach rechts. »Es war nur eine Simulation«, sagte sie probeweise.

Der Mann hielt eine Pistole auf sie gerichtet und hatte Nat am Ellbogen gefasst. Nats Blick war von den inzwischen leeren Monitoren gebannt. Sie hatte das Bild gesehen – sie wusste, was die Erbauer geschickt hatten.

Ein halbes Dutzend weiterer Leute war im Raum, alle in schwarzen Uniformen und mit Waffen in der Hand.

»Wer sind Sie?«, fragte Tania. »Was wollen Sie hier?«

Er trat lässig vor sie hin, und sie versuchte, ihn herausfordernd anzustarren. »Ich habe gehört, Sie hätten hier das Sagen«, sagte er.

Tanias Nasenflügel blähten sich. Sie biss die Zähne zusammen, sagte nichts.

»Ich wollte gerade die Gegensprechanlage nutzen«, fuhr der Mann fort, »und Sie nach unten bitten. Danke, dass Sie mir das Warten erspart haben.«

»Was wollen Sie?«

Er ignorierte die Frage und wandte seine Aufmerksamkeit Natalie zu. »Wer sind Sie, Süße?«

»Natalie Ammon.«

»Ach ja«, sagte er. »Alex schickt Grüße.«

»Richten Sie diesem Schwein aus, er soll sich verpissen«, erwiderte Natalie.

»Was …«, fing Tania an. Sie hielt sich zurück, als ihr klarwurde, wer vor ihr stand. Russell Blackfield. Tania war ihm während ihrer Haft in Nightcliff nicht begegnet, aber sie hatte keinen Zweifel daran, dass er die Art, wie man sie dort behandelt hatte, entweder befohlen oder billigend in Kauf genommen hatte.

Natalies Kommentar verwirrte ihn einen Augenblick lang. »Ich werde Ihre Botschaft übermitteln«, sagte er, für Tanias Ohren ziemlich lahm.

»Lassen Sie sie aus dem Spiel«, sagte Tania. »Was wollen Sie?«

Er hielt den Blickkontakt mit Natalie einen Moment lang aufrecht, musterte sie, dann richtete er seine Aufmerksamkeit auf Tania.

»Zwei Dinge«, sagte Russell. »Erstens will ich, dass Sie an diese Gegensprechanlage gehen und der Station mitteilen, dass ich nun die Kontrolle habe. Ihre lächerliche ›Sicherheitstruppe‹ ist abgesetzt.«

Tania schluckte. »Was noch?«

Russell grinste. »Sie werden mir alles über die Forschung erzählen, die Sie für Platz durchführen. Ich habe mir sagen lassen, sie sei faszinierend.«

KAPITEL 40

Platz-Station

12.2.2283

Neil holte tief Luft.

Auf dem Bildschirm vor ihm wogte ein Meer aus feindlichen Soldaten durch die eleganten Gänge der Platz-Station, seiner Heimat.

Die Zeit lief ab.

Sein Blick zuckte wieder zu der Konsole links von ihm. Tania hatte seit Stunden schon keinen Bericht abgegeben und auch nicht auf seine Anrufe reagiert. Der Bildschirm blieb leer.

»Verdammter Mist«, sagte er, obwohl ihm niemand zuhörte.

Eine Entscheidung musste her. Noch nie in seinem Erwachsenenleben war es ihm so schwergefallen, sich festzulegen.

Die Soldaten waren inzwischen nahe, schon jenseits der Mittelmarkierung, schnitten sich mit rücksichtsloser Begeisterung durch geschlossene Luftschleusen.

Wenn er nur mehr Zeit gehabt hätte. Wenn sie sich nur gemeldet hätte. Still sprach er ein Gebet, hoffte, dass ihre Herrschaft über die Anchor-Station unangetastet war.

Zane erschien in der Tür, die Ungeduld stand ihm klar ins Gesicht geschrieben. »Alle warten«, sagte er. »Es bleibt keine Zeit mehr.«

Neil wog seine Möglichkeiten ab, während Zane herüberspazierte und sich hinter ihn stellte, nach vorn gebeugt, um seine Sicherheits-Feeds zu mustern. Soldaten aus Gateway drängten durch die evakuierten Gänge der Ebenen drei und vier.

»Sie sind fast da, Neil«, sagte Zane, dem es irgendwie gelang, ganz ruhig zu bleiben. Er war immer so gefasst. »Ich weiß nicht, warum du wartest, die Station ist verloren ...«

Neil Platz wuchtete sich hoch. Er hatte getan, was er konnte, hatte alle Vorkehrungen bis hin zur letzten Einzelheit getroffen. Er hatte alle Befehle gegeben, alle Pläne geliefert.

Bis auf einen. Den wichtigsten.

Tania brauchte noch immer ein entscheidendes Set von Codes. Codes, bei denen Neil es nicht riskieren konnte, dass sie Warthen in die Hände fielen. Oder sonst irgendwem. Wenn auf Anchor etwas schiefgegangen war, ihr ganzer Plan bedroht war ...

Es war besser, es nicht zu riskieren. In ein paar Stunden würde er auf Hab-8 eintreffen und konnte von dort noch einmal versuchen, Tania zu erreichen.

»Gut. Gehen wir«, sagte er.

Er ließ Zane vorgehen und sah ihm nach, wie er mehr oder weniger zum Lift rannte. Neil ließ sich etwas zurückfallen, ging allein durch den prächtigen Korridor, der von seinem Büro bis zum Hauptlift auf der gegenüberliegenden Seite des Rings führte. Er ließ das Design auf sich wirken, alles nach seinen Vorgaben gebaut. Bodenbelag aus üppigem Burgunderrot, kontrastiert mit sandfarbenen Wänden.

Die Station, die inzwischen fast siebzehn Jahre auf dem Buckel hatte, war genauso gemütlich geworden wie sein altes Anwesen in Nightcliff. Vielleicht sogar gemütlicher, obwohl er den Geruch der salzigen Luft vermisste. Die Brise, die hämmernden Regenfälle, die alles reinigten. Längst vergangene Tage.

Ungebeten suchte ihn eine Vision heim. Die ältere Dr. Sharma, Prathima, wie sie auf dem Sonnendeck zwischen Neil und Sandeep saß und die kleine Tania auf dem Schoß schaukelte. Sie alle lachten über die Freude des Kindes.

Prathima. Eine beeindruckende Frau, die nur noch von ihrer Tochter in den Schatten gestellt wurde. Sie war in ihr frühes Grab gegangen, ohne zu wissen, dass oder wie ihr Mann gestorben war. Es war besser so.

Tja, und die kleine Tania. Ihr Wust aus dunklem Haar, das gerade nach oben abstand, stets neugierig, leuchtende, aufgerissene Augen, selbst damals schon. Ihr Lachen eine Mischung aus Furcht und Freude, als ihre Mutter sie immer höher hüpfen ließ, während Neil und Sandeep sie anstachelten.

Neil lächelte vor sich hin. Er spürte, wie ihm Tränen kamen.

»Zane«, rief er. Sein Bruder war hinter der Biegung des Gangs verschwunden. »Geh schon mal vor, beginne die Startprozedur.«

Er hörte Zanes Stimme aus der Ferne. »Was?«

»Ich habe etwas vergessen«, rief Neil ihm zu. »Dauert nur einen Moment …«

Ein Dampfstrahl rauschte durch eine Tür zehn Meter weiter vorn. Die heiße Luft zischte so laut, dass Neil das Schneidegeräusch des Brenners kaum hörte.

Zu spät. Er hatte zu lange gewartet.

Neil fuhr herum und rannte zu seinem Büro. Der Klang von Stiefeltritten erfüllte den Raum hinter ihm. Jemand schrie. Zane? Keine Zeit, es herauszufinden.

Er stürmte durch die schwere Eichentür seines Büros und hielt direkt auf seinen Schreibtisch zu.

Weitere Rufe von draußen, nah. Er brauchte Zeit.

Er ging wieder zur Tür und riskierte einen Blick in den Gang. Vier schwarzgekleidete Soldaten kamen vorsichtig auf ihn zu, von den Füßen bis zur Taille sichtbar, da sie durch den gekrümmten Korridor kamen. Er stellte fest, dass er wie gelähmt war, als das fast fremdartige Gefühl der Angst ihn packte.

Einer der Wächter zielte, und Neil duckte sich im selben Atemzug zurück in sein Büro, indem er die Bewegung wahrnahm. Die Kugel zischte an seinem Kopf vorbei und bohrte sich mit einem leisen, gedämpften Geräusch in die Rückwand des Büros.

Neil ging das Risiko ein und rollte sich an der offenen Tür vorbei. Die Soldaten reagierten zu langsam und eröffneten das Feuer, nachdem er den Zwischenraum durchquert hatte. Kugeln schlugen in den Teppich, die Wände, die Decke und erfüllten die Luft mit Staub und Schuttbrocken.

Neil warf die Tür zu.

Er schickte sich an, sie zu verschließen – ein Fehler. Als er den Knauf packte, ging eine weitere Salve durch die dünne Tür und hinterließ in einem zufälligen Muster Dutzende Löcher auf der Oberfläche. Zwei Kugeln drangen durch seinen Arm, rissen ähnliche Löcher in den Ärmel seines Mantels. An den Rändern wallte Blut auf.

Neil schrie mit zusammengebissenen Zähnen auf und schaffte es, die Tür zu versperren, ehe er an der Wand zusammensackte. Er versuchte, Druck auf die Wunde auszuüben, was die Schmerzen nur auf eine völlig neue Ebene hievte. Sein gesamter linker Arm fühlte sich an, als brenne er.

Weitere Kugeln durchlöcherten die Tür oder klatschten in die dickere Wand, die sie nicht durchdringen konnten, wobei sie aber nicht weniger Spektakel machten.

Die Konsole. Das ist alles, worauf es ankommt, du Narr!

Neil hörte seine eigene Stimme wie die eines seiner Lehrer, der ihn wegen einer Fehlleistung in der Schule anbrüllte. Die Phantomstimme schaffte es, den Schmerz zu durchdringen, der seine Gedanken umwölkte. Er rappelte sich auf und biss jedes Mal die Zähne zusammen, wenn sein linker Arm sich bewegte. Inzwischen waren die Ärmel seines Hemdes und seines Mantels blutgetränkt, Blut sammelte sich auf dem Boden unter ihm. Er achtete nicht darauf. Die Konsole.

Hinter der Tür hörte er Stiefel – viele. »Hast du auch genug Leute dabei, um einen alten Mann auszuschalten, Warthen?«, rief er und zwang seine Beine, ihn zurück zum Safe zu bringen. Der Weg schien so weit.

Die Antwort kam schnell. »Wir haben nicht angefangen, Mr Platz, und das wissen Sie.«

Nicht Warthens Stimme. Neil lachte. »Was, Alex hat's nicht geschafft? Er hat Sie geschickt, um die Drecksarbeit zu erledigen, oder was?«

»Sie können jetzt Schluss machen, Neil. Geben Sie auf.«

»Wie heißen Sie, mein Sohn?«

Eine Pause. »Jarred Larsen.«

Neil griff zur Konsole und nutzte seine unverletzte Hand, um sein Passwort einzutippen. Der Bildschirm leuchtete auf.

»Gut«, sagte Neil mit erhobener Stimme. »Ich komme raus. Feuer einstellen.«

Gezwungen, nur einen Arm zu benutzen, griff Neil auf die Informationen zu, die er mit Tania hatte teilen wollen. Er wählte die Daten aus und schob sie in eine knappe Nachricht an sie.

Dann öffnete er eine neue Nachricht an Zane. Betreff: »Falls ich sterbe.«

»Platz?«, rief Jarred von der anderen Seite der Tür. »Sie haben drei Sekunden, dann kommen wir rein.«

Mit einem schmerzerfüllten Knurren begann Neil, ein Geständnis zu tippen.

»Wissen Sie was?«, rief Neil. »Ficken Sie sich ins Knie. Wer diesen Raum betritt, ist ein toter Mann.« Die leere Drohung würde ihm, wie er hoffte, ein paar zusätzliche Sekunden verschaffen. Er tippte so schnell, wie er mit einer Hand konnte. Frieden erfüllte ihn, als er das Geheimnis, das er so lange mit sich herumgeschleppt hatte, in Worte fasste. Er konnte nur hoffen, dass Zane seinen kryptischen Worten einen Sinn würde abzutrotzen wissen.

Ein schwarzgekleideter Soldat trat die Tür ein und stürmte herein.

Neil tippte weiter, die Last fiel mit jedem Buchstaben von ihm ab, und der Soldat reagierte, wie er es gelernt hatte: Er zielte und schoss.

Im selben Atemzug, als Neil auf »Senden« tippte, drang die Kugel mitten durch die Stirn in sein Gehirn. Er fiel auf die Knie und kippte zur Seite, bei Bewusstsein, aber merkwürdig im Reinen mit sich und der Welt.

Er sah ihre schwarzen Stiefel von der Seite, ehe seine Sicht sich allmählich trübte und trübte und trübte und trübte bis zur Leere …

KAPITEL 41

Darwin, Australien

13.2.2283

Benommen und taub trottete Skyler die Treppen des Silos empor. Die Erinnerung an das, was unten passiert war, verblasste schon, und er ließ es geschehen. Die bizarren Empfindungen seines Verstandes, der sich weit öffnete, die Maschine, die ihn wieder nach draußen schob, während sie die Subhumane behielt … nichts davon ergab Sinn. Er fragte sich, ob seine Immunität das Gerät verwirrt hatte, als fände es an seiner Art keinen Geschmack.

Er hatte sich dort unten in völliger Stille hingesetzt, sich die schwarze Irisblende und ihre fremdartigen Muster angeschaut und war davon ausgegangen, dass auch die Subhumane wieder auftauchen würde. Hatte sich gefragt, warum nicht, als es nicht geschah. Er hatte sogar eine Weile geschlafen. Ein paar Stunden, vermutete er, aber er hatte keine Möglichkeit, sich zu vergewissern, denn seine Uhr hatte den Geist aufgegeben.

Er erkannte, dass es ihm eigentlich egal war.

Die Aufgabe, die Platz ihm zugeteilt hatte, schien in der Rückschau lächerlich. Bei der Vorstellung, Platz zu erklären, was er gesehen hatte, grinste er.

Ja, ich habe das Ziel erreicht. Ja, es klang wie ein stotterndes Düsentriebwerk, als ich ankam, und war totenstill, als ich ging. Ich habe möglicherweise zerstört, was ich reparieren wollte, und euch alle dem Untergang geweiht. Aber zumindest ist für mich bei dem ganzen Deal ein Alien-Hirnfick rausgesprungen.

'tschuldigung, Kumpel. Nächstes Mal?

Die Aura vernichtet. Die Möglichkeit ließ ihn abrupt innehalten. Er schaute auf und stellte sich vor, dass eine Million Subhumaner auf ihn wartete, bereit, ihn in Stücke zu reißen, weil er sie alle dem Untergang geweiht hatte.

Wer könnte es ihnen verübeln? Skyler machte einen müden Schritt, dann noch einen.

* * *

Sonnenlicht erhitzte den feuchten Boden Nightcliffs, und vom Meer kam eine steife, warme Brise, die den Geruch nach Salz mit sich trug.

Skyler blinzelte ins Licht, schirmte die Augen mit einer Hand ab und trat durch genau das Loch hinaus, das er geschaffen hatte, als er in das Anwesen eingedrungen war.

Im Süden lag Kantros Maschine, immer noch in der Seite eines niedrigen Gebäudes in der Nähe des Landefelds verkeilt. Der Vogel hing schief, und ein Flügel lag teilweise auf dem Asphalt, irreparabel verbogen. Einige Leute zogen schwere Ketten über den Rumpf, während in der Nähe ein alter Traktor lief, bereit, das angeschlagene Flugzeug wegzuschleppen.

Skyler musterte den Rest der Szenerie; die Landefelder, die Gondelstation und den Lift dahinter. Vom Angriff der Subhumanen gab es keine Spur mehr, und einen kurzen Moment lang dachte Skyler, er hätte vielleicht Tage in dem Silo verbracht, nicht nur Stunden.

Aber ein Mann, der Blut aufwischte, widerlegte diese Theorie. Er kippte Wasser aus einem alten Putzeimer auf einen roten Fleck auf dem Boden und bürstete mit einem Kehrbesen mit dicken Borsten darüber.

Skyler blinzelte gegen die Sonne und folgte mit seinen Blicken dem Kabel den ganzen Weg hinauf, bis es im Himmel über ihm verschwand. Zwei Gondeln stiegen träge auf.

»Alles in Ordnung, Kumpel?«, fragte jemand.

Skyler warf einen Blick nach unten und sah einen Wachposten aus Nightcliff am Zaun stehen, genau dem Zaun, über den er und die Subhumane auf dem Weg nach drinnen geklettert waren.

Der Soldat war kaum größer als ein siebzehnjähriger Junge – groß genug für Skylers Bedürfnisse.

»Ja«, krächzte er. Hustend machte er seinen Hals frei. »Ja, alles in Ordnung.«

Der Junge rümpfte die Nase. »Ich glaube, du solltest nicht da drin sein.«

Skyler ging zum Zaun. »Bin da reingeflohen, als der Angriff kam, und ich vermute, ich habe mir den Schädel angestoßen. Habe ich die Action verpasst?«

Der Junge entspannte sich. Er hatte nur einen Schlagstock als Waffe, und seine Uniform sah zusammengewürfelt aus. Tarnfleckhose, abgelatschte, dunkelgraue Laufschuhe und ein kurzärmliges schwarzes Hemd. Das einzige Stück Uniform, auf das es jedoch ankam, war der kastanienbraune Helm auf seinem Kopf. Der Name Nera war darauf gesprüht.

Nera sah sich auf dem Landeplatz um und zuckte die Achseln. »Ich habe sie auch verpasst. Ich war auf der Ostmauer. Was tust du hier?«

»Sachen reparieren«, brachte Skyler hervor. »Waschbecken, Klos. Apropos, ich muss dringend mal pissen.«

»In meiner Baracke gibt's eine Schüssel, die funktioniert. Kommst du mit?«

»Geh vor«, sagte Skyler.

Der Junge begann zu rennen, Richtung Südwesten durch niedrige Gebäude, und Skyler hielt sich dicht hinter ihm.

»Dich habe ich noch nie gesehen«, sagte Skyler und versuchte, beiläufig zu klingen.

»Bin gerade erst beigetreten.«

»Echt? Scheinst dich aber gut auszukennen.«

Nera nahm das als Kompliment und entspannte sich etwas, als sie die Baracke betraten. »Ich lerne recht schnell«, sagte er.

»Sieht so aus.« Die Baracke war leer. »Nicht sonderlich viel los hier, was?«

»Sind fast alle nach oben gegangen.«

»Weshalb?«

Der Junge sah ihn von der Seite an. »Blackfields Krieg«, sagte er.

Ein paar Tage nur, und schon hatte die Konfrontation einen Namen. Skyler zuckte zusammen.

Nera fuhr for: »Er gibt es dem alten Platz grade so richtig, sagen sie.«

»Aber du sitzt hier fest?«

»Ich bin erst beigetreten«, wiederholte er. »Die Veteranen kriegen als Erstes ihre Chance, aber ich hoffe, ich werde noch ausgewählt. Der Dienstplan wird um Punkt sechs ausgehängt.«

»Ah.«

»Hier ist die Toilette«, sagte Nera. Er blieb vor einer Tür im rückwärtigen Bereich stehen.

»Ich brauche nur eine Minute«, sagte Skyler.

Er ging nach drinnen und stellte fest, dass der Raum leer war. Skyler prüfte dennoch jede Kabine, um sicherzugehen. Hoch an der Wand gab es drei Fenster über einer Reihe schlecht in Schuss gehaltener Waschbecken. Sie waren alle zu und ohnehin zu klein, um sich durchzuquetschen.

Er schrie und lief zur Tür, stieß sie mit übertriebener Panik auf.

Nera, der an der Wand gelehnt hatte, fuhr hoch.

»Da ist …« Skyler tat, als müsse er zu Atem kommen. »Da ist ein Mann in der Kabine. Tot … glaube ich. Oh Gott, ich muss gleich kotzen.«

Der Wachposten beugte sich in den Raum, machte aber keine Anstalten einzutreten. »Tot?«

»Schau es dir selbst an«, keuchte Skyler.

Der Junge betrat das Klo, als sei es randvoll mit wartenden Subhumanen. Sein Blick war fest auf die Kabinen gerichtet. »In welcher?«, fragte er mit peinlichem Kieksen.

»In der letzten«, sagte Skyler. Er betrat hinter dem vorsichtigen Wachposten den Raum und zog die Tür zu.

Der arme Junge war so auf die Kabine fixiert, dass er gar nicht hörte, wie Skyler sich ihm von hinten näherte. Ein schneller Schlag auf den Hinterkopf, und Nera brach zusammen.

Skyler konnte ihn nicht töten. Der Junge schien unschuldig, versuchte nur, sein Leben ein wenig zu verbessern. Aber trotzdem konnte Skyler nicht zulassen, dass er jemanden warnte.

Mit schnellen Bewegungen tauschte er die Kleidung mit dem Bewusstlosen. Seine Schuhe behielt er an. Vor allem jedoch setzte er sich den kastanienbraunen Helm eines Soldaten von Nightcliff auf. Er war eng, aber er würde gehen.

* * *

Die Festung war fast verlassen. Bis auf die Mannschaft, die die abgestürzte Maschine wegräumte, sah Skyler nur ein paar Wachen. Die meisten waren wohl auf der Mauer und versuchten, das Kontingent von außen wie immer aussehen zu lassen.

Skyler hob den bewusstlosen Nera auf eine Schulter und verließ die Baracke durch die Hintertür. Sobald er draußen war, tat er sein Bestes, sich selbstsicher zu bewegen. Nur ein weiterer Leichnam, den ein Soldat durch die Festung schleifte; sicher nicht das erste und auch nicht das letzte Mal.

Es dauerte ein paar Minuten, bis Skyler den Kanaldeckel fand, durch den er gekommen war. Fast eine Stunde musste er schuften, um Nera in den Tunnel darunter hinabzulassen und ihn in den Raum zu bringen, in dem alle Tunnel zusammenkamen.

Der Junge schien ganz helle zu sein, daher nahm Skyler an, er würde einen Weg aus dem Kanal finden, wenn er erwachte. Es stand zu hoffen, dass es dazu erst kam, wenn Skyler längst einen Weg auf eine Gondel gefunden hatte. Ein kalkuliertes Risiko, aber ihm fiel nichts anderes ein, wenn er den armen Jungen nicht erwürgen wollte.

Laut Nera hatte er bis sechs Uhr, ehe man die nächste Liste mit Namen aushängte. Skyler wollte die Liste prüfen, und wenn Neras Name nicht auftauchte, würde er jemanden suchen, der darauf stand, und seinen Platz einnehmen. Er entschloss sich, bis dahin so zu tun, als hätte er Dienst. Er hatte gedient und wusste, dass man, selbst wenn man nichts zu tun hatte, beschäftigt aussehen musste.

In der Baracke schnappte sich Skyler einen Besen und fegte den Boden. Die niedere Tätigkeit ordnete seine Gedanken, beruhigte ihn. Er verlor sich darin und hätte beinahe die verschlossene Kiste am Ende einer Reihe von Stockbetten übersehen, auf deren Seite *Nera* gekritzelt war. Skyler fand den Schlüssel in einer Tasche seiner geborgten Uniform.

Er schob seine Selbstvorwürfe beiseite. Es fühlte sich nie gut an, die Besitztümer eines anderen zu durchwühlen, aber es war besser als kehren.

Die Gegenstände erinnerten ihn an seine eigene unschuldige Vorstellung davon, was man in einem Ausbildungslager unbedingt brauchte: Spielkarten, etliche Schnappschüsse von Freunden, die – vermutlich zu keinem geringen Preis – auf dem Hauptbasar in der Nähe des Zentrums von Darwin aufgenommen und ausgedruckt worden waren, einen abgenutzten Bleistift, der mit einem Gummi an einem teilweise benutzten karierten Block befestigt war.

Skyler nahm nur ein Feuerzeug und ein halbvolles Päckchen schrecklich riechender Zigaretten, den Rest ließ er, wie er ihn vorgefunden hatte.

Als er sich in seiner Verkleidung besser fühlte, beschloss er, sich nach draußen zu wagen und so viel über die Lage im Orbit herauszufinden, wie er konnte.

Er ging zur Mauer. Oben auf der mächtigen Barrikade ging er langsam Patrouille, nickte den anderen Wächtern zu, an denen er vorbeikam. Schließlich erreichte er die Stelle, von der aus man den Ryland Square überblickte, gleich vor dem Südtor, wo letzten Monat die Aufstände begonnen hatten. Er verfolgte den Weg, den die *Melville* genommen hatte, als sie über die Mauer gekommen war, den Bauch voller Beute, die allzu bald beschlagnahmt werden sollte.

Eine Ewigkeit war seit diesem Tag vergangen. Ein Teil von ihm erwartete, die *Melville* dort zu sehen, Angus am Steuer, der diesen erschütternden Anblick aufnahm, ohne innezuhalten.

Es war so merkwürdig, hier oben zu sein, den kastanienbraunen Helm zu tragen. So eine bizarre Wendung hätte er sich im Traum nicht vorstellen können.

Er ging zum Rand der Mauer und wagte einen Blick darüber. Rund um das Tor zur Festung hatte sich eine Menschenmenge versammelt. Sein Puls raste – er hatte Angst, dass man ihm befehlen würde, noch einen Aufstand niederzuschlagen. Dann erkannte er, dass sie feierten, nicht randalierten. In einem Meer von Leuten sah er einen Nahrungscontainer nach dem anderen entlang des Fußes der Mauer liegen, geöffnet für eine Heerschar gieriger Hände.

Blackfield hatte die Einheimischen befriedet, wie es schien. Einige skandierten seinen Namen.

Darüber runzelte Skyler der Stirn. Was für ein gerissener Bastard.

Am Aussichtspunkt über dem Südtor hielt Skyler an und bot den durchnässten Wachposten, die dort standen, als säßen sie der Versammlung vor, eine Zigarette an.

»Seht sie euch an«, sagte ein Wächter.

»Wie Schweine am Futtertrog«, sagte der andere. Er war wenige Tage zuvor vermutlich noch einer von ihnen gewesen.

Skyler versuchte mitzuspielen. »Geht doch nichts über eine Mahlzeit, wenn man Leute zusammenbringen will, hm?«

»Scheiße«, sagte der zweite Wachposten, als er sich die Zigarette zwischen die Lippen klemmte. »Das wird nicht vorhalten, wenn die Gondeln nicht langsam mal wieder in diese Richtung fahren.«

»Kommt nichts herunter?«, fragte Skyler.

Der Wächter warf ihm einen Blick von der Seite zu. »Immer nur in eine Richtung auf einmal, Kumpel.«

»Ach ja. Stimmt ja.«

Der zweite Wachmann schaute zum Himmel auf, blinzelte in die helle Sonne. »Immerhin läuft der Strom jetzt wieder stabil. Das wird alles beschleunigen.«

Skyler nickte langsam und stolperte weg, sein Geist war ins Taumeln geraten.

Stabiler Strom. Hatte es verdammt nochmal geklappt?

Er dachte zurück an das Silo. Als er mit der Subhumanen in diese ... Energie gefallen war, und an das tiefe, unregelmäßige Summen, das ihn auf dem Weg hinab vorangetrieben hatte. Das Geräusch war verstummt gewesen, als er wieder herausgekommen war.

Den Grund konnte er nicht nachvollziehen. Er hatte nichts getan, um das gottverdammte Ding zu reparieren. Er hatte einen riesigen Scheiß gebaut, wenn überhaupt. Er hatte dem Alien-Gerät nur eine höchst oberflächliche Inspektion angedeihen lassen und ihm einen Subhumanen geopfert.

Es hatte keinen Zweck, darauf herumzureiten. Was immer der Grund war, die Stromversorgung hatte sich stabilisiert, und das verhieß eine schnellere Reise in den Orbit, nur darauf kam es an. Diese Schlussfolgerung hob seine Laune etwas, ob er es nun herbeigeführt hatte oder nicht.

Er folgte der Mauer zum Osttor, das schon lange versiegelt war. Hier gab es keine jubelnde Menge, nur den täglichen Markt im Schatten der Mauer. Skyler hatte hier schon Waren gekauft und verkauft – überschüssige Gegenstände von Missionen auf gut Glück außerhalb der Stadt, eingetauscht gegen Notwendigkeiten, die innerhalb der Stadtmauern produziert wurden. An diesem Tag war der Markt wegen der üppig gefüllten Container, die am Ryland Square offen zugänglich waren, beinahe leer.

Blackfields Krieg. Skyler schüttelte den Kopf. Neil Platz' Angebot hatte regelrecht paranoid gewirkt, als er es Skyler gemacht hatte. Jetzt nicht mehr.

Sein Magen knurrte, als sein Weg auf der Mauer zur Nordseite führte, ans Meer. Zeit, nach der Kantine zu suchen. Was zu futtern und als Beilage etwas lauschen.

Sie war leicht zu finden. Jeder Wachposten, der keinen Dienst hatte, fand sich in dem großen Gebäude ein, das dem Aussehen nach einst als Lagerhaus gedient hatte.

Skyler schnappte sich ein Tablett mit dem angebotenen Essen – eine Auswahl an Gemüse mit Hummus und fragwürdigen Crackern. Die Sitzgelegenheiten bestanden aus einer Ansammlung von Bänken, die in Reihen standen und in Sachen Alter und Zustand die ganze Bandbreite abdeckten.

Die für solche Orte üblichen Gruppen waren nirgends zu sehen. Das lag, wie Skyler vermutete, daran, dass alle erfahrenen Soldaten in den Orbit gegangen waren. Stattdessen saßen alle dicht beisammen an der Südwand.

Ein Mann saß etwas abseits von der restlichen Menge, und Skyler erkannte ihn: der, der ihm den Speicherchip mit Anforderungen aus dem Orbit zugesteckt hatte. Prumbles »Kontaktmann« Kip.

Skyler nutzte die Gelegenheit und ging auf den Mann zu.

»Was dagegen, wenn ich mich setze?«

Kip sah von seiner Mahlzeit auf, die er mit einer Gabel auf einem Blechteller herumschob. »Herrgott, gebt ihr Typen nie auf?«

»Danke«, sagte Skyler, ließ sein Tablett auf den Tisch fallen und nahm auf der Bank Platz. »Meine Füße bringen mich um. Bringen mich um! Ich hatte den ganzen Vormittag Wache auf den Mauern.«

»Schön für Sie«, sagte der Mann. Er schob immer noch sein Essen auf dem verbeulten Metallgeschirr hin und her, verwandelte es in Brei.

»Was tun Sie hier?«

Er warf Skyler einen genervten Blick zu. Dann fing er sich und schaute wieder auf seinen Teller. »Die Orbit-Liste ist abhängig von der Dienstzeit, Sie verschwenden also Ihre Zeit. Ich kann Ihnen nicht helfen.«

»Orbit-Liste? Ich betreibe nur freundliche …«

Kips Gabel hielt inne. »Klar, klar. Ich bin für den Orbitaldienst verantwortlich, und plötzlich will jeder mein Kumpel sein. Unsinn.«

»Ich bin neu hier«, sagte Skyler.

»Ach was.«

»Irgendwas Neues von oben?«

Kip ließ die Gabel fallen und konzentrierte sich auf Skyler. »Ich bin nicht in der Stimmung, wenn es Ihnen nichts ausmacht.«

Skyler spreizte die Finger und schickte sich an, das geschmacklose Essen zu vertilgen. Nach ein paar stummen Bissen wagte er sich aus der Deckung. »Prumble lässt grüßen.«

Wie Skyler es sich erhofft hatte, fuhr Kips Kopf hoch. »Sie kennen ihn?«

Mit einem lässigen Nicken sagte Skyler: »Eigentlich kenne ich auch Sie.«

Kip sah sich um. Die Farbe war aus seinem Gesicht gewichen. »Wer zum Teufel sind Sie?«, zischte er.

Skyler schob den Teller mit dem furchtbaren Essen zur Seite und starrte Kip an.

»Ach ja«, nickte Kip. »Der Immune. Skyler, oder? Ich will verdammt sein.«

»Wenn Sie die Wachen rufen, bringe ich Sie um, ehe die hier sind«, sagte Skyler.

Kip saß ein paar Augenblicke wie versteinert, dann zuckte er die Achseln und beschäftigte sich wieder mit den Mustern in seinem Hummus. »Was wollen Sie?«

Skyler grinste. »Ganz einfach. Fügen Sie den Namen Nera auf Ihrer Orbit-Liste ein und vergessen Sie, dass wir uns je begegnet sind, oder ... «

»Oder ... was? Sie verraten mich an Blackfield? Ich bin nichts mehr. Nicht ohne Prumble. Ohne Sie, offen gesagt. Nur ein Rädchen in dieser gottverdammten Maschine.«

»Wissen Sie«, sagte Skyler, »ich habe auch alles verloren. Mein Flugzeug, meine Mannschaft, das Geschäft, das mir Prumble über Sie vermittelt hat. Die ganze Kette ist zerbrochen, und wir sind im Arsch.« Er senkte die Stimme, so dass Kip näher kommen musste. »Alles, was ich Ihnen sagen kann, ist, dass ich in den Orbit muss. Meine Mannschaft ist dort gefangen, und ich muss sie finden. Das bin ich ihr schuldig.«

Kips Gabel regte sich nicht mehr. Er schaute nicht auf.

»Sie sind nicht nichts, Kip«, fügte Skyler hinzu. »Sie sind der Mann, der mich in den Orbit bringen kann.«

Kip verstummte. Lange starrte er die versammelten Wächter von Nightcliff an, die sich in der Ecke der Kantine drängten. Sie waren plump und ausgelassen. Machten dreckige Witze und lachten einander aus.

»Ich werde sehen, was ich tun kann«, sagte Kip. Dann stand er auf und schlenderte aus dem Raum, sein unvollendetes Mahl war vergessen.

* * *

Um vier Uhr begab sich Skyler zum Frachthof und fragte, wo er einchecken sollte. Ein Arbeiter gab ihm knappe Anweisungen.

Etwa zwanzig weitere Wachposten, die alle versuchten, sich zu benehmen, als sei eine Reise in den Orbit für sie keine große Sache, kamen um die Basisstation der Gondeln zusammen. Skyler stand am Rande des Rudels, seinen kastanienbraunen Helm tief ins Gesicht gezogen.

Die chaotische Situation im Orbit und der komplexe Vorgang, Truppen und Ausrüstung über den Lift nach oben zu befördern, machte es ihm leichter, als er sich erhofft hatte, mit dem Milieu zu verschmelzen. In einer Lage wie dieser gingen Einzelheiten unter. Dinge fielen durchs Raster.

Verkleidungen erfüllten ihren Zweck.

Eine Stunde später senkte sich die Gondelkabine herab. Skyler wartete, bis die anderen sich aufgestellt hatten, ehe er sich in die Schlange begab. Er nannte der Frau mit dem Klemmbrett den Namen Nera und wurde ohne auch nur einen oberflächlichen Blick durchgewinkt.

KAPITEL 42

Anchor-Station

14.2.2283

Schlag Mitternacht startete sich Tanias Terminal neu. Der Bildschirm spielte flackernd die Startsequenz ab und erhellte ihre kleine Kabine mit einem unvermittelten blaugrünen Leuchten.

Sie lag seit Stunden wach, hatte an die Decke gestarrt und nachgedacht. Als es plötzlich hell wurde, setzte sie sich hin und schwang die Beine aus dem Bett.

Blackfield hatte sie kurz nach seiner Ankunft unter Hausarrest gestellt. Sein Plan, der anscheinend vorgesehen hatte, sie sofort zu verhören, hatte sich nach der ersten Frage geändert, die er gestellt hatte.

»Sie werden mir alles über die Forschung erzählen, die Sie für Platz durchführen«, hatte er gesagt.

»Nein«, hatte sie geantwortet.

Dann hatte Natalie sich zu Wort gemeldet, mit so ruhiger, gefasster Stimme, dass Tania wie betäubt gewesen war. »Ich erzähle es Ihnen«, hatte Nat gesagt. »Ich habe ohnehin den Großteil der Arbeit erledigt.«

In Russells Gesicht hatte sich ein großes Grinsen ausgebreitet. Er hatte zwei Wachposten aufgetragen, Tania in ihre Unterkunft einzusperren, bis sie neue Befehle erhielten. Sie war zu entsetzt gewesen, um sich zu wehren. Sie hatte nur verblüfft Nat angestarrt und versucht, auch nur den Hauch einer Erklärung für ihren Verrat zu finden. Aber Nat, ihre Assistentin und Freundin, wollte ihr nicht in die Augen schauen. Stattdessen konzentrierte sie sich völlig auf Blackfield und erweckte ganz und gar den Eindruck einer eifrigen Helferin.

Tania hatte nicht die Genehmigung, jemanden zu treffen. Sie hatte es mit ihrem Rechner versucht, sobald die Tür sich hinter ihr geschlossen hatte, nur um festzustellen, dass er in einem stationsweiten »Wartungsmodus« gesperrt war. Der hörbare Piepton des Neustarts war die erste Veränderung in ihrer monotonen Gefangenschaft.

Dann hörte sie ein weiteres Geräusch, das sie zusammenzucken ließ.

Die Tür entriegelte sich.

Sie starrte den Griff an, wartete darauf, dass jemand eintrat, fragte sich, ob sie den Rechner abschalten und so tun sollte, als würde sie schlafen. Die Tür blieb zu.

Verwirrt ging sie hin und öffnete sie einen Spaltbreit. Draußen war der Gang dunkel und ruhig. Sie ließ die Tür angelehnt, weil sie Angst hatte, das Schloss könne sich wieder schließen, wenn sie sie zumachte, und ging zu ihrem Terminal.

Statt der üblichen Aufforderung, das Passwort einzugeben, zeigte es ihre Nachrichten an. Eine war neu, von Neil Platz, gesendet achtzehn Stunden zuvor.

Mit einem Ansturm von Hoffnung öffnete sie sie und las: *»Ich bin tot oder gefangen – Folgendes musst du tun …«*

Die Hoffnung wich Schmerz, als Neils unverfälschte, abrupte Worte in der zweiten Hälfte der Nachricht sie erreichten.

Neil hatte ein Ausfallsicherungsprogramm ausgelöst, das er vor Monaten in die Systeme der Stationen eingespeist hatte. Die Türschlösser hatten sich geöffnet, die Sicherheitssysteme wurden auf monatealte Back-ups zurückgesetzt.

Sie wollte trauern, wollte wegen des ganzen Wahnsinns gegen die Wand hämmern. Sie wusste, dass Neil sich nie hätte gefangen nehmen lassen. Er war zu stolz. Er war fort, und sie konnte nicht einmal an seiner Seite sein. Genau wie beim Tod ihres Vaters.

Aber Neils bewundernswertes Talent zum Vorausdenken verhalf ihr zu einem plötzlichen Schimmer Zuversicht. Durch die Worte, die folgten, wich der Schmerz einer Aufregung, wie sie sie noch nie gekannt hatte. Neils Plan, so irre und mutig wie der Mann selbst, ließ sie atemlos zurück.

Tania las es zweimal, kämpfte die ganze Zeit über mit den Tränen. Einen Moment lang saß sie voller Ehrfurcht vor Neils Vorausschau da. Die paar einfachen Sätze legten nahe, dass er monatelang, sogar jahrelang minutiös geplant hatte.

Sie merkte sich die Anweisungen. Dann löschte sie die Nachricht und startete das Terminal neu.

Auf dem Gang kamen Leute aus ihren Räumen. Sie nahm sich einen Augenblick Zeit, um sich zu beruhigen, setzte ein Gesicht auf, das Mut verhieß, und trat hinaus in den Korridor.

»Was ist los?«, fragte ein Nachbar. »Warum haben sich die Türen entriegelt?«

»Ich weiß nicht «, gab Tania zurück. »Bleiben Sie in Ihrem Zimmer. Ich sehe nach.«

Sie begab sich rasch zu Natalies Abteil und fand es leer vor.

Erinnerungsfetzen an ihre Gefangenschaft in Nightcliff drängten in ihren Verstand. Beim Gedanken daran, was Nat gerade zugestoßen sein könnte, erbebte sie. Das arme Mädchen hatte keine Ahnung, wozu Blackfield und seine Schläger trotz ihres Angebots, ihnen zu helfen, fähig waren. Doch Neils Nachricht beschäftigte Tanias Geist noch stärker. Nat würde warten müssen.

Tania war unterwegs zur Beobachtungslounge.

Einmal hörte sie Soldaten durch den Hauptkorridor sprinten. Sie duckte sich ins nächste Abteil, schob die Tür zu und wartete.

In dem engen Raum umarmten sich ein Mann und eine Frau, beide spärlich bekleidet, und sahen sie mit aufgerissenen Augen an. Tania erkannte in einem der beiden einen unwichtigen Forscher.

»Die Türen sind aufgegangen«, nuschelte er ängstlich, »und wir hatten einander …«

»Still«, sagte Tania zu angespannt. Der Mann schluckte den Rest seiner Erklärung hinunter. Tania wandte sich zur Tür und lehnte sich dagegen. Sie drückte ein Ohr an die Fläche und lauschte, während die Soldaten vorbeirannten. Sobald ihre Schritte verklungen waren, nickte sie dem Liebespaar zu und trat wieder auf den Gang.

Die Wachposten waren unterwegs zu ihrem Raum, daran hatte sie keine Zweifel. Sie durfte keine Zeit verschwenden. Tania sprintete den restlichen Weg.

Sternenlicht, das sich durch die riesengroßen Fenster ergoss, war das einzige Licht in der Beobachtungslounge. Trotz allem, was sich um sie herum ereignete, raubte der Anblick des Schalenschiffs und der Erde dahinter Tania immer noch den Atem.

Sie schüttelte das Gefühl ab und ging zur Bank. Erinnerungen an hundert beiläufige Unterhaltungen mit dem Alten rangen um ihre Aufmerksamkeit. »Deine Eltern wären stolz auf dich«, hatte er oft gesagt – das einzige Lob von Bedeutung, das sie je erhalten hatte.

Sie kniete sich auf die Bank und sah unter dem Polster nach. Im Dunkeln erkannte sie nur Schatten. Sie griff darunter und strich über die kühle Plastikstützfläche. Ihre Finger ertasteten etwas. Papier. Ein Umschlag, der festgeklebt war, damit er nicht herunterfiel. Sosehr sie es auch versuchte, sie konnte ihn nicht lösen, aber dann stießen ihre Finger auf eine Klappe am Rand. Sie nestelte sie auf und nahm die Fingernägel, um nach dem Papierbündel darin zu greifen. Es passte gerade so in den Umschlag, aber mit etwas Mühe löste es sich.

Die Oberlichter gingen wieder an. Entlang des gekrümmten Gangs hörte sie das schnappende Geräusch von Türen, die sich verriegelten.

Sie war froh, dass sie ihre hatte offenstehen lassen. Wenn es so blieb, konnte sie sich wieder hineinschleichen.

Tania stopfte sich die gefalteten Papiere unters Hemd und ging eilig zu einer nahe gelegenen Toilette. Ein erleichtertes Seufzen kam ihr über die Lippen, als sie die Tür probierte und feststellte, dass sie offen war. In dem weißgekachelten Raum war es hell, so sehr, dass sie die Augen zukneifen musste. Tania ging zu der Kabine ganz am Ende der Reihe, schloss die Tür hinter sich und setzte sich auf den Wassertank über der Toilette, auf dem Sitz stellte sie die Füße ab.

Erst dann holte sie die Papiere heraus und las.

Die Informationen, die die enthielten, waren erschreckend und berauschend zugleich.

* * *

Am Morgen betraten drei Wachposten Tanias Zimmer, ohne anzuklopfen. Sie schoss kerzengerade hoch und zog die Decke nach oben, um sich zu bedecken.

»Anziehen«, sagte der Größte von ihnen. »Blackfield will Sie sehen.« Sie blieben stehen und warteten auf eine Antwort.

»Wo ist meine Assistentin? Natalie Amm … «

»Ziehen Sie sich an.«

Sie umkrallte die Decke, bis ihre Knöchel weiß wurden. »Macht es Ihnen etwas aus, draußen zu warten?«

Die Worte hingen in der Luft, während der Mann in der Mitte nur grinste. »Er sagte, wir sollen nicht Hand an Sie legen, aber von Zuschauen hat er nichts gesagt.« Einer seiner Freunde ließ die Tür mit einem Tritt zuschnappen, und die drei standen da und warteten.

Sie ließ die Decke fallen und stand auf, entschlossen, sich keine Schwäche anmerken zu lassen. Die Soldaten waren enttäuscht, als sie merkten, dass sie ein Tanktop und Laufshorts trug, aber ihre Blicke blieben trotzdem an ihr kleben, während sie in einen Overall stieg.

»So geraten sie unten in Darwin einfach nicht«, sagte einer der Wachposten. Ein zweiter lachte. Sie bemühte sich, sie zu ignorieren, und verfluchte ihre zitternden Hände.

»Er hat gesagt, wir sollen nicht Hand an Sie legen.« Tania dachte über die Schlussfolgerungen nach. Blackfield wollte sie für sich. Oder brauchte noch etwas von ihr. In einem Winkel ihres Verstandes fragte eine leise Stimme, ob sie ihren Körper als Waffe einsetzen könnte. Sie verabscheute sich dafür, daran auch nur zu denken.

Lieber würde sie sterben.

Tania schlüpfte in das Kleidungsstück und zog den Reißverschluss zu. »Gehen wir.«

Der Große übernahm die Führung, ging durch den Korridor, als gehöre er ihm, was der Wahrheit auch recht nahe kam. Sie trafen nur ein paar andere Forscher, die alle von einer Wache eskortiert wurden. Tania bemühte sich, ihre Verlegenheit zu kaschieren. Nach der Meuterei war sie zu einer Art Anführerin geworden, und für den Gegenangriff war sie völlig unvorbereitet gewesen. Sie hatte sie im Stich gelassen, und sie bezweifelte, dass die Wachposten den Befehl hatten, auch an sonst niemanden Hand anzulegen.

Sie hatte, seit Blackfield und seine Truppen eingetroffen waren, nichts von den anderen Meuterern gehört. Entweder hatten sie sich gewehrt und waren gescheitert, oder sie waren weggelaufen.

»Rein da«, sagte der Schläger, der vorausging.

Tania war in Gedanken gewesen. Sie stand vor dem Besprechungsraum auf Ebene Schwarz. Die drei Wachposten bezogen auf beiden Seiten der Tür Stellung, so dass es Tania überlassen blieb, sie zu öffnen. Sie drehte den Knauf und trat ein.

»Tania!«

Mit großer Erleichterung sah sie Nat und lief zu ihr. Sie umarmten einander.

»Aber nicht küssen«, sagte Blackfield. »Der Raum hier ist jugendfrei.«

Der Klang seiner Stimme ließ Tania das Herz schwer werden. »Ich habe mir solche Sorgen gemacht«, flüsterte Tania, die Natalie so fest hielt, wie sie nur konnte. »Warum hast du das Angebot gemacht, ihm …«

»Später«, wisperte Natalie.

»Das reicht«, sagte Russell, »ich fange ja gleich an zu heulen.«

»Hat er dir weh getan?«, fragte Tania.

Russell warf die Arme in die Luft. »Ich bin hier, verdammt. Hallo?«

Tania ließ Natalie los und erkannte, dass sie weinte. Sie weinten beide. Sie wischte sich die Tränen mit dem Ärmel ab und wandte sich an Russell. »Wenn Sie ihr etwas getan haben …«

»Ihr geht's gut. Ihnen geht's gut. Korrekt?«

Nat hielt Tanias Hand weiter fest und drückte sie. Sie nickte.

»Na also, sehen Sie? Es geht allen gut.«

Tania stand ihren Mann. »Was wollen Sie?«

»Ein Dankeschön wäre nett.«

»Ein Dankeschön?«

Er wies auf Natalie. »Nicht an mich, an sie. Ihre Geliebte hier hat Ihnen die Freiheit verschafft. Natürlich nur unter gewissen Bedingungen.«

Tania warf einen raschen Blick zu Natalie, die traurig lächelte und den Blick auf den Tisch gerichtet hielt. Geliebte? Sie hatte wohl in aller Eile eine Geschichte zusammengeklöppelt. Sie richtete den Blick wieder auf Russell. »Welche Bedingungen?«

»Ich dachte, das wäre klar«, antwortete er. »Ihre Forschung. Ich will, dass Sie sie zu Ende führen, jetzt, und ich will Ergebnisse.«

Ehe Tania sich eine Antwort überlegen konnte, zog Russell eine eklig aussehende Pistole aus einem Holster in seiner Jacke.

Im Raum wurde es totenstill, als er die Mündung auf Nat richtete.

»Ihr beiden Turteltäubchen habt vierundzwanzig Stunden«, erklärte er, »um mir zu sagen, wo das Schiff der Erbauer parken wird.«

Bei dieser Offenbarung riss Tania die Augen auf. Sie hatte es ihm wirklich verraten. Zumindest hatte sie die entscheidende Information für sich behalten. Wenn sie ihm das gesagt hätte, wäre alles vorbei gewesen.

»Ja, richtig. Dein Mädchen da hat gesungen wie ein Vögelchen, wenn ihr Mund nicht anderweitig beschäftigt war. Was für ein fleißiges kleines Wunderkind! Sehr überzeugend.«

»Du hast gesagt, du würdest es ihr nicht verraten, du Hurensohn«, sagte Natalie, deren Worte in dem abgeschlossenen Raum überraschend laut hallten.

Russells Aufmerksamkeit blieb auf Tania gerichtet. »Keine Verschleppung mehr, keine Ausreden. In vierundzwanzig Stunden will ich den Ort wissen, an dem mein neues Erbauerschiff angekommen ist, oder Ihre Freundin hier stirbt.«

Tania schluckte, und tief im Inneren verfluchte sie sich, weil sie das tat. »Töten Sie stattdessen mich.«

»So viel Glück haben Sie nicht, fürchte ich. Nein, wenn Sie mir nicht geben, was ich will, werden Sie den Rest Ihres Lebens damit verbringen, meinen Soldaten zu Diensten zu sein, und das ist dann erst der Anfang Ihres Elends«, sagte Russell.

»Was, wenn wir kooperieren?«

Er grinste. »Dann können Sie hier weitermachen und auch zukünftig tun, was zum Teufel Sie tun. Es gibt keinen Grund, dass sich das unter der neuen Weltordnung ändern muss. Bleiben Sie hier, arbeiten Sie und genießen Sie das Vergnügen, einander zur Gesellschaft zu haben.«

Seinen ständigen Anspielungen auf ihre angebliche Romanze wohnte ein Hauch von Spott inne. Tania fragte sich, ob er es wirklich glaubte oder es einfach nur witzig fand. Sie schaute zu Natalie. Ihre Blicke trafen sich und hielten einander für einen langen, angespannten Augenblick fest. Dann nickte ihr Natalie zu, eine kaum wahrnehmbare Geste, die Tania erwiderte.

»Gut«, sagte sie zu Blackfield. »Lassen Sie bitte einfach nur den Rest der Mannschaft in Frieden.«

»Abgemacht, für vierundzwanzig Stunden. Die jetzt beginnen.«

* * *

Sie begaben sich mit einer Eskorte schweigend zum Computerlabor auf Ebene Grün.

Im vorderen Raum des Labors nahm Tania eine Reihe von gebundenen Ordnern aus einem Regal, während die Wächter ganz in der Nähe blieben, ehe sie weiter zum hinteren Raum gingen.

Zwei Wachposten blieben bei ihnen, nahmen jeweils seitlich neben der Tür Platz.

»Das ist unnötig«, sagte Tania. »Hier kann man nirgendwo hin.«

»Befehle«, blaffte einer der Wachposten zurück.

Sie zuckte die Achseln und setzte sich an die Konsole, aktivierte die drei großen Monitore, die die rückwärtige Wand umspannten. Eine Reihe kleinerer Monitore auf dem Tisch erwachte desgleichen flackernd zum Leben.

Tania wandte sich an Natalie, ehe diese sich hinsetzen konnte. »Würdest du die Lichter dimmen, bitte?«

»Mach ich schon«, sagte der Wachposten. Er saß neben dem Schalter und drehte diesen auf ein Viertel zurück.

Nat nahm neben Tania Platz und breitete die Ordner aus, die Tania ihr gab. »Wo hast du aufgehört?«, fragte sie. Die ersten Worte, die sie sagte, seit sie Russell verlassen hatten. Eine ehrliche Entschuldigung war in ihrem Tonfall hörbar, unausgesprochen, aber dennoch willkommen.

Tanias Finger tanzten übers Keyboard, füllten die Monitore mit Myriaden von Bildern und Datenstrukturen. Sie ging die Seiten in einem der Ordner durch, bis er in der Mitte geöffnet dalag. »Hier. Letzte Woche dachte ich noch, es würde womöglich von der Atmosphäre abprallen, eine Atmosphärenbremsung machen und eventuell beim nächsten Vorbeiflug in Position gehen, in einem Jahr oder so. Aber schau mal …«

Ein rascher Blick auf die Wachposten bewies, dass sie nicht gut aufpassten. Sie nahm einen Bleistift und kreiste einen Abschnitt des Berichts ein, daneben schrieb sie:

Hast du es ihm gesagt?

»Es bremst mit einer unfassbaren Geschwindigkeit«, fuhr sie fort. »Ich hätte nicht gedacht, dass das möglich ist.«

Natalie nickte und nahm den Stift. »Ich verstehe, was du meinst.« Unter Tanias Worte fügte sie hinzu:

Wir haben das Bild gesehen, er weiß, dass es ein neuer Lift ist. Ich konnte ihn überzeugen, dass er noch Monate entfernt ist.

Während sie schrieb, sagte sie: »Hast du die Ankunftszeit berechnet?«

Ihre Stimme klang für Tania falsch, wie die einer Laienschauspielerin in einem schlechten Stück. Tania nahm den Stift wieder an sich und radierte weg, was sie geschrieben hatten, dann blätterte sie um.

»Schau dir mal diese Zahlen an.« Sie deutete auf einen zufälligen Datensatz.

Sie schrieb:

Ich kann die Station nicht so lange leiden lassen. Habe einen Plan. Wir müssen uns unter vier Augen unterhalten.

Sie unterstrich »unter vier Augen« und sagte: »Die Bremsrate macht all unsere Prognosen zunichte.«

Natalie nahm den Bleistift und fügte hinzu:

Ich habe eine Idee.

Sie radierte die Wörter aus und blätterte zu einer zufälligen Seite im Ordner. »Wie lange wird es dauern, das neu zu berechnen?«

Tania hatte keine Ahnung, woran Natalie dachte, aber sie sah ihr Zwinkern und spielte mit. »Zirka acht Stunden.«

»Dann fangen wir mal an.«

* * *

Vier Stunden später ging Tania in ihrem Zimmer auf und ab und wartete nervös darauf, dass Natalie kam.

Dreißig Minuten hatten sie so getan, als arbeite sie an der Datenanalyse, um den Anschein zu wahren, sie gäbe sich Mühe, ehe sie den Wächtern gesagt hatten, dass sie dem Computer Zeit geben müssten, um die Simulationen laufen zu lassen.

Die Wachposten wollten vor Ort warten, aber Natalie sagte, dass sie lieber in ihr Zimmer zurückgebracht werden würde, um sich auszuruhen.

Nachdem die Wächter Tania in ihren eigenen Raum bugsiert und die Tür verriegelt hatten, hatte sie damit gerechnet zu hören, wie sie mit Natalie weiter durch den Korridor gingen, um dasselbe zu tun. Stattdessen hatten sie sich in die andere Richtung entfernt.

Ihre Vorstellung spielte verrückt. Hatten sie Natalie zu einem Verhör gebracht? Konnte sie mit so etwas umgehen? Tania wusste, dass die Antwort Nein lautete. Nat kannte ihre Grenzen vermutlich auch, was erklärte, warum sie sich entschieden hatte, die willige Informantin zu spielen.

Ihre Gedanken kehrten zu den Anweisungen zurück, die Neil in dem Umschlag hinterlassen hatte. Ein Schauer lief ihr über den Rücken. Ein sensationeller Plan – mutiger, als sie ihn je selbst hätte ersinnen können.

Schritte vor der Tür. Schwere Schritte.

Sie waren früh dran.

Tania erkannte, dass sie immer noch angezogen war, und als die Tür entriegelt wurde, schaltete sie abrupt das Licht aus, setzte sich auf die Bettkante und fuhr sich mit der Hand durch die Haare, um auszusehen, als hätte sie geschlafen.

Die Tür öffnete sich und gab den Schattenriss eines Soldaten preis.

»Es sind noch keine acht Stunden, oder?« Tania ließ ihre Stimme schläfrig klingen.

»Blackfield sagt, Sie können duschen, wenn Sie wollen«, sagte er. Dann schnupperte er in der schlechten Luft des Raums. »Ist auch verdammt noch mal Zeit.«

»Erinnert Sie das an Darwin?«

Der Wächter lachte tatsächlich, wenn auch nur für eine Sekunde, und ging beiseite, damit sie aus dem Zimmer kommen konnte.

Sie nahm ein Handtuch aus dem Schrank und betrat den Gang. Die Duschen auf dieser Ebene waren mit den Toiletten verbunden, und der Wachposten folgte ihr nach drinnen.

Tania wirbelte herum. »Sie warten draußen oder bringen mich zurück in …«

»Entspannen Sie sich«, sagte er und ging an ihr vorbei an der Reihe von Spinden entlang zur großen, offenen Dusche. Der geflieste Raum war quadratisch, mit sechs Duschköpfen, die aus drei Wänden ragten. »Ich mache nur meinen Job«, sagte er, während er die beiden Ecken prüfte, die von der Tür aus nicht einsehbar waren.

Zufrieden kam er zurück zur Tür und schob sie auf. »Sie haben zwanzig Minuten«, sagte er mit einem leichten Lächeln.

Etwas an diesem Lächeln bereitete ihr Sorgen. Einen Augenblick stand sie wie angewurzelt, wusste nicht, was sie tun sollte.

Ehe sie sich entscheiden konnte, öffnete sich die Tür erneut, und Nat kam herein, mit einem eigenen Handtuch unter dem Arm.

»Was geht hier vor?«, zischte Tania.

Nat kam dicht zu ihr und umarmte sie rasch. »Wenn das Wasser läuft«, sagte sie so leise, dass Tania es kaum verstand.

Damit legte Natalie ihr Handtuch auf die Metallbank vor den Spinden und fing an, sich auszuziehen. Tania stand bewegungslos da.

»Komm schon, Schatz«, sagte Nat. Sie lächelte seltsam, während sie zur Dusche trottete und den Hahn aufdrehte.

»*Wenn das Wasser läuft.*« Tania hielt den Kopf still und sah sich in der Dusche um. Sie hörten zu. Oder, noch schlimmer, sahen zu.

Natalie stand unter einer Fontäne dampfenden Wassers, fuhr sich mit den Händen durchs Haar, als wäre alles in Ordnung.

Mit Magenschmerzen vor Furcht schlüpfte Tania aus ihrem Overall. Sie stand nackt da, die Arme fest vor der Brust verschränkt, und warf einen raschen Blick zurück zur Tür. Sie blieb geschlossen. Schließlich ging sie zur Dusche.

Im Dampf des heißen Wassers wurde Natalies Körper bereits unsichtbar.

Tania drehte die Dusche neben der Natalies auf und stellte sie so heiß ein, wie sie glaubte, es aushalten zu können. Ihre Freundin nahm ihre Hand. Tania erwartete einen freundlichen Druck, aber Natalie zog sie an sich, bis sich ihre Körper berührten, während ihnen warmes Wasser über die Schultern floss. Natalies Arm schlang sich um ihre Taille, drückte sie fest an sich.

»Was machst du …«, fing Tania an, bevor sich ihre Lippen trafen. Nat küsste sie drängend, voller Leidenschaft, ganz und gar nicht wie eine Freundin.

Tania konnte nur dastehen, völlig gelähmt, die Lippen fest verschlossen.

»Entspann dich«, wisperte Natalie. »Russell gestattet das nur, weil er sich Hoffnung auf eine gute Show macht. Der Dampf sollte das meiste ihrer Vorstellung überlassen.«

Da verstand Tania. Natalie hatte auf Russells perverse Neigungen gesetzt, und zwar von dem Augenblick an, als er sie im Computerlabor überrascht hatte.

Sie konnte nur an die Nacht denken, die sie in den Eingeweiden von Nightcliff verbracht hatte. Irgendwie hatte sie sich davon überzeugt, dass der wandgroße Spiegel genau das gewesen war und dass auf der anderen Seite niemand gesessen hatte. Eine Lüge, die sie gebraucht hatte, um diese Nacht und die Wochen seither zu überstehen. Aber im Herzen wusste sie, dass Russell zugesehen hatte.

Tania kniff die Augen fest zu und schob die Erinnerung Natalie zuliebe mit Gewalt beiseite. Wenn sie die Täuschung jetzt offenlegte, hätte das für sie beide schlimme Folgen.

Sie wurde sich bewusst, dass sie beide Arme vor sich hielt, als wolle ein Jakobiten-Prediger sie begrapschen. Zitternd vor Lampenfieber erwiderte sie Natalies Umarmung, so gut sie konnte. Unter dem Strom des kochend heißen Wassers schaffte sie es, ihre Schultern ein wenig zu entspannen.

Natalie zog Tanias Kopf mit einer Hand an ihre Schulter, während sie die andere über ihren Rücken gleiten ließ. Dann flüsterte sie ihr ins Ohr: »Russell zeichnet das auf, also sprich leise.«

Nervös und unsicher versuchte Tania, auf Natalies Rücken einen Ort für ihre Hände zu finden. Etwas, das nach inniger Zuneigung aussah, wie sie hoffte. »Er vertraut dir so weit, dass er uns allein lässt? Nat, mein Gott, wie hast du ihn überzeugt? Was musstest du tun?«

»Psst«, flüsterte Natalie. Sie hielt sie noch fester als vorher, als könne Tania ausrutschen und hinfallen. »Es ist nicht, wie du denkst. Er sagt solche Sachen nur, um dich zu provozieren.«

»Wenn sie dir etwas getan haben … dich missbraucht haben …«

Natalie umfasste ihren Hinterkopf. »Er will nur, dass du das denkst. Es gibt keinen leichten Weg drum herum, also sage ich es einfach. Ich arbeite seit mehr als einem Jahr für Alex Warthen.«

Tania versuchte, sich zurückzuziehen, sich zu wehren, als sie diese Beichte hörte. Aber Natalie hielt sie zu fest.

»Bitte hör zu. Alex hat mich erpresst. Er wollte etwas über die Forschung hier wissen und hat mich im Gegenzug aus einem schrecklichen Leben in Darwin herausgeholt. Es schien alles ganz harmlos, bis ich erwähnte, dass Neil sich privat mit dir trifft, und er wollte, dass ich den Grund herausfinde. Ich habe mich geweigert, und sein Hilfsangebot hat sich in Drohungen verwandelt. Bitte glaub mir.«

Lange stand Tania in ungläubigem Entsetzen da. Ein Strudel widersprüchlicher Gefühle wirbelte durch ihre Gedanken, aber je länger sie dort unter dem warmen Wasser stand, in Natalies Armen, desto weiter zogen sie sich zurück, bis nur noch eines übrig war.

»Ich verzeihe dir«, sagte Tania. »Ich verzeihe dir …«

Natalie brach in erschütterndes Schluchzen aus, ihre Knie knickten ein, und sie zog Tania mit sich nach unten. Es war an Tania, sie zu halten. Sie legte ihre Freundin sanft auf den Boden, setzte sich ihr gegenüber und bot ihr eine Schulter.

Natalie vergrub den Kopf dort und schluchzte.

Tania ließ sie weinen und vergoss auch selbst ein paar Tränen. Neil war tot oder gefangen, und nun hatte ihre beste Freundin ihren Verrat gestanden. Ihre langjährige Heimat war zum Gefängnis geworden, geleitet von dem Mann, den sie auf der ganzen Welt am meisten hasste. Einem Mann, der, wenn er bekam, was er wollte, bald das neue Schiff kontrollieren würde, das die Erbauer geschickt hatten.

Tania hatte sich noch nie so allein gefühlt wie dort auf dem nassen Boden, eng umschlungen mit ihrer besten Freundin. Sie fühlte sich, als sei die Station um sie herum verschwunden und hätte die kalte Leere des Raums offenbart.

Tania musste Neils Plan zu Ende führen und wusste nun, dass sie Natalie nicht mehr vertrauen konnte. Es trieb ihr ein Messer in die Eingeweide, sich das einzugestehen.

Mit wachsender Entschlossenheit legte sie die Lippen an Natalies Ohr und flüsterte: »Was jetzt? Wirst du Russell verraten …«

»Natürlich nicht«, sagte Natalie. »Er ist ein Monster. Ich habe ihm gesagt, du lässt mich im Unklaren, aber vielleicht könnte ich ja mit dir schlafen … wieder …«

»Ich würde das Geheimnis dann in der Hitze der Leidenschaft preisgeben?«

Natalie erschauerte. »Er hat mich seinen Wachposten versprochen, wenn ich es ihm nicht sage.«

Tania spannte sich an, übermannt von Wut. Sie erhob sich.

»Nein«, sagte Natalie und packte ihre Arme, »nein!« Sie schaffte es, Tania wieder in eine sitzende Position zu ziehen. »Er sieht zu, vergiss das nicht. Wenn er glaubt, wir spinnen hier nur Intrigen …«

»Ich … ich werde ihn umlegen. Alex auch.«

»Nein, Tania. Tut mir leid, aber wir sind keine Kämpferinnen.«

»Doch, wenn man uns in die Ecke treibt …« Das Bild Skylers, der einem Subhumanen ins Gesicht schoss, kam ihr urplötzlich in den Sinn. Entschlossen, instinktiv. Keine Skrupel. »Hör zu, du musst ihm einen falschen Ort für den Lift nennen.«

Nat saß ganz reglos da. »Er wird es herausfinden und uns töten.«

»Diese Gelegenheit wird er nicht kriegen«, sagte Tania. Nichts wollte sie mehr, als die Information teilen, die Neil ihr überlassen hatte, aber Natalie hatte sie monatelang belogen. Tania spürte, dass sie ihr verzieh, ja, aber das Vertrauen war erschüttert. »Ich … ich habe einen Plan. Einen guten, aber wir müssen Blackfield überzeugen, an den falschen Ort zu gehen.«

»Er wird es herausfinden! Er wird hinfliegen und keinen Lift vorfinden.«

»Mach dir darum keine Sorgen. Das gehört zum Plan.«

Natalie nickte, wischte sich die Nase ab. Sie lächelte sogar, wenn auch nur leicht.

Tania blieb bei ihr auf dem kalten, gefliesten Boden, ließ sich vom warmen Wasser berieseln. Es dauerte nicht lang, bis ein Wachposten hereinkam.

»Die Zeit ist um«, sagte er.

Zu Tanias Erstaunen wartete er draußen, während sie sich anzogen.

* * *

Genau acht Stunden, nachdem die Simulation begonnen hatte, eskortierte man Tania aus ihrem Zimmer.

Auf der Anchor-Station war es nie ruhiger gewesen. Sogar die Soldaten aus Nightcliff hatten gnädigerweise keine boshaften Bemerkungen auf Lager.

Ihr Tempo blieb aber hoch, und Tania konnte spüren, wie die Leere in ihren Eingeweiden größer wurde, als sie sich dem Computerlabor näherten.

Der Halt war kurz, aber lang genug, dass Tania die »Ergebnisse« kontrollieren konnte. Sie machte eine kurze Show daraus, dann erklärte sie sich bereit, mit Russell zu sprechen.

Sie verließen das Labor, und die Wachposten führten sie auf Ebene Weiß, zur einzigen Luxuskabine der Station. Ein Raum, der normalerweise Neil vorbehalten war. Nach allem, was Tania über die Wachposten mitbekommen hatte, verbrachte Russell den Großteil seiner Zeit dort und nutzte das Computerterminal, um die verschiedenen Sicherheitskameras der Station zu prüfen. *Zu seiner Erheiterung,* dachte Tania, *nicht zu jemandes Sicherheit.*

Als die Wachposten an die opulente Doppeltür klopften, zwang sich Tania zur Ruhe.

»Herein«, sagte Russell von drinnen.

Die Wächter öffneten je einen Türflügel, so dass Tania dazwischenstand und einen merkwürdig grandiosen Auftritt hinlegen konnte.

»Gesellen Sie sich zu uns«, sagte Russell. Er saß an einem Tischchen neben einem Fenster, das die Rückwand des Raumes einnahm. Ein halb gegessenes Frühstück stand vor ihm. Draußen schwebte das Schalenschiff, zum Teil ausgeleuchtet, der Rest war in den stetig wandernden Schatten der Ringe der Anchor-Station verborgen.

Natalie saß neben ihm, ihr Essen war unberührt, und sie wirkte zerzaust, als hätte sie nicht geschlafen. Den Blick hielt sie auf den Rumpf des Alienschiffs gerichtet.

Tania näherte sich langsam dem einzigen freien Stuhl. »Ich stehe lieber«, sagte sie.

»Unsinn, essen Sie was.«

Tania warf einen Blick auf den Stuhl. Jeder Instinkt sagte ihr, sie solle sich widersetzen, ihm zeigen, dass sie stark sein konnte, dass er nicht alles gewinnen konnte.

Russell knallte seine Gabel gegen den Tisch.

Der Wutausbruch ließ Tania zusammenzucken. »Setzen Sie sich. Sofort.«

Langsam ließ sie sich nieder, beobachtete Natalie. Ihre Freundin hatte bei dem lauten Geräusch nicht mal geblinzelt. Sie starrte immer noch hinaus auf das Alienrelikt.

Sie hatten Stunden zuvor in der Dusche eine Abmachung getroffen, dass Natalies Blick abgewandt bleiben würde, wenn sie sich das nächste Mal sahen und die Täuschung noch standhielt.

»Nat, gib deiner Liebsten doch einen Gutenmorgenkuss«, sagte Russell, den Mund voller Ei-Imitat.

Daraufhin drehte Nat sich um, lächelte Tania traurig an und drückte ihr die Hand.

Russell rülpste und sagte: »Das ist kein Kuss.«

Natalie schien aus einer Trance zu erwachen. »Hast du noch nicht genug gesehen?«

»Was, das Duschen? Das war extrem enttäuschend.« Er schnitt Natalies Entgegnung ab, ehe sie etwas sagen konnte. »Also, verraten Sie mir, Tania, wann wird mein neuer Lift landen?«

»Meinen Sie nicht den neuen Lift des Rates?«

Er kaute einen Bissen mit offenem Mund. »Sagen Sie es mir, ehe ich wütend werde, bitte.«

Tania ließ Natalie los und legte die Hände in den Schoß, starrte darauf. »Er ist schon da.«

Im Raum wurde es bis auf das Summen der Luftaufbereitung sehr still.

»Wenn sich der Faden mit der gegenwärtigen Geschwindigkeit weiter abspult«, sagte sie mit ruhiger, ausdrucksloser Stimme, »sollte er morgen den Boden berühren.«

Russell legte sanft seine Gabel ab. Seine Augen waren fest auf Tania gerichtet. »Wo?«

»Ich …«

»Wo?«

Tania war nie eine gute Lügnerin gewesen. Diese Lüge hatte sie stundenlang in ihr Kissen geübt.

Russell holte eine kleine Pistole unter dem Tisch hervor und richtete sie auf Natalie. »Sagen Sie es, oder sie stirbt.«

»Kiribati.«

»Hä?«

Tania schluckte schwer, sah immer noch auf ihre Hände hinab, die sie im Schoß verschränkt hielt. »Der Inselstaat Kiribati. Etwa dreitausend Kilometer östlich von Darwin.«

»Ist der groß?«

»Nein, ziemlich klein.«

Russell steckte die Waffe wieder ins Holster an seiner Hüfte, und Tania spürte, wie ein Teil der Spannung in ihr nachließ. Er schob seinen Stuhl nach hinten und erhob sich, um aus dem Fenster auf das erste Alienschiff zu blicken. »Wachen«, rief er. Sekunden später öffnete sich die Tür, und die beiden Soldaten, die Tania eskortiert hatten, marschierten herein.

Trotz des Hasses, den sie in sich verschlossen hielt, musste Tania daran denken, wie sehr Russell in diesem Augenblick Neil Platz ähnelte. Zuversichtlich, kurz vor der Überheblichkeit.

Die Wachen postierten sich hinter Tania.

»Natalie, meine Liebe«, sagte Russell nach einer langen Wartezeit. »Lügt sie?«

»Ja.«

Tania drehte sich zu ihr um. »Was tust du …«

Natalie achtete nicht auf sie und sagte ruhig zu Russell: »Ich verrate es dir nur, wenn du versprichst, sie am Leben zu lassen.«

Er lachte. »Ich verspreche, sie am Leben zu lassen.«

»Wenn du versprichst, ihr nichts anzutun«, korrigierte sich Natalie.

»Ich verspreche, sie am Leben zu lassen.«

Natalie warf ihm einen finsteren Blick zu.

»Ich mache Witze, scheiße noch mal. Du hast mein Wort.«

»Das ja so viel wert.«

»Ist das Beste, was ich gerade anbieten kann. Wo?«

Natalie sah ihm tief in die Augen, ihre Zähne waren fest zusammengebissen, die Fäuste geballt.

»Sag mir wo, und ihr wird nichts geschehen. Sag mir nichts, und ich lasse sie von den Wachen verprügeln, bis du redest.«

»Afrika.«

»Nein!«, schrie Tania. Die Wachen packten sie an beiden Armen, diesmal schmerzhaft fest.

Russell ließ Natalie keine Sekunde aus den Augen. »Also, Afrika ist schon ziemlich groß.«

»Im Kongo, in der Nähe einer Stadt namens Gemena. Wir haben die Koordinaten.«

Tania sträubte sich wild gegen den Griff der Wachen, eine erfolglose Anstrengung. »Wie konntest du?«

»Schon besser«, grinste Russell. »Wann kommt er an?«

»Der Teil war die Wahrheit«, sagte Natalie. »Er kommt schon runter und sollte in ein paar Tagen unten festmachen.«

»Nein!«, brüllte Tania so laut, dass Natalie sichtlich zusammenzuckte.

»Bringt sie weg«, sagte Russell leise. »Sperrt sie in ihr Zimmer, bis wir den Ort gesichert haben.«

Rücksichtslos hievten die Wachen Tania hoch und schleiften sie aus dem Raum. Währenddessen zischte sie Natalie und Russell ununterbrochen Flüche zu. Genau wie den Wachen.

Als die Tür zuschlug, brüllte sie noch lauter. Sie überraschte sich selbst mit den Verwünschungen, die sie ausspie.

Die ganze Zeit über dachte sie nur eines.

Gut gemacht, Nat. Gut gemacht.

* * *

Russell kehrte auf seinen Platz zurück und hatte schon wieder eine Gabel voll Ei im Mund, ehe er sich richtig hingesetzt hatte. »Ich habe sie noch nie so widerspenstig erlebt«, sagte er.

»Ich könnte versuchen, mich mit ihr zu versöhnen«, antwortete Natalie sanft. »Sie beruhigen. Du könntest zuschauen.«

»Genug davon. Ihr seid so erotisch wie balzende Barsche«, sagte Russell. »Du kommst mit mir.«

Natalies Augen wurden groß. »Wohin?«

»Nach Afrika natürlich. Um herauszufinden, wer von euch gelogen hat.«

KAPITEL 43

Anfahrt Gateway-Station

14.2.2283

Skyler stellte sich bei der Fahrt mit dem Lift schlafend.

Es war schwerer, als er angenommen hatte. Mehr als einmal stieß ihn ein nervöser Soldat an und wollte darüber sprechen, was sie oben erwartete. Skyler hielt die Augen geschlossen und brummte genervte Antworten. Schließlich gaben sie auf und ließen ihn in Ruhe.

Es erwies sich als extrem hilfreich zu lauschen. Weite Teile der Diskussion drehten sich um die legendär großartigen Frauen des Orbits, und was sie bei ihrer Ankunft mit ihnen vorhatten. Ab der dritten Protz-Tirade wollte Skyler jedem einzelnen den Hals umdrehen. Bei der vierten dachte er an Tania Sharma, weit entfernt auf der Anchor-Station.

Er fragte sich, ob der Abstand allein sie vor solchen Männern schützen konnte.

Sie sprachen über den Kampf gegen Platz und seine planlose Armee. Das führte zu weiteren Debatten, und Skyler hörte gut zu. Alles nur Gerüchte, aber jedem guten Gerücht wohnte ein Körnchen Wahrheit inne.

»Platz hat eine Geheimarmee aus Superkriegern aufgebaut, die bis an die Zähne mit exotischen Alienwaffen ausgestattet sind«, sagte einer, worüber alle lachten.

»Nein«, antwortete ein anderer, »er hat seinem Küchenpersonal nur pistolenförmige Gurken in die Hand gedrückt.«

»Unsinn, er hat keine Armee – nur ein Katapult, mit dem er seinen Schwachsinn auf uns schleudert!« Alle lachten.

»Spielt keine Rolle«, sagte ein weiterer, »Platz ist schon tot.«

Skyler grübelte über die Folgen nach, falls das stimmte. Der Konflikt wäre vorüber, ehe er richtig angefangen hätte, und er könnte zu seinem normalen Leben zurückkehren.

Nein, dachte er. Was immer geschah, in sein normales Leben konnte er niemals zurückkehren, und seine Zukunft würde nur so gut sein, wie er sie gestaltete.

»Was ist mit dem Geist?«, fragte jemand.

»Ein Mythos«, war die Antwort.

»Nein, es stimmt. Der Geist tötet jeden Soldaten, der allein auf der Gateway-Station herumspaziert.« Das führte zu ängstlichem Gelächter, und Skyler kämpfte gegen den Drang an zu fragen, worüber zum Teufel sie sprachen.

Viel später kommentierten sie etwas nüchterner Russell Blackfields Stellung im Rat, nachdem ihnen die anderen Themen ausgegangen waren.

Mit immer noch geschlossenen Augen hörte Skyler zu, wie besonders zwei Männer, eindeutig Studenten der Gegenwartspolitik, die Lage einschätzten.

»Platz ist noch an der Macht, sicher, aber wenn Russell ihnen nicht die Stirn geboten hätte, ihnen allen, wäre Darwin ihrer Gnade ausgeliefert.«

»Ist wirklich Zeit, dass Platz mal eins auf die Fresse kriegt«, sagte der andere Soldat. »An dieser Titte nuckelt Darwin schon viel zu lange.« Dafür gab es ein Hurra vom Rest der Schwadron.

Das Gespräch wandte sich danach profanerem Draufgängertum zu, und Skyler schlief langsam ein.

Kurz bevor er einnickte, fiel ihm auf, dass die Gondel unter keinerlei Stromausfällen gelitten hatte.

* * *

Nachdem er als Letzter ausgestiegen war, schwebte Skyler am hinteren Ende seiner adoptierten Schwadron durch die geschäftige Frachtbucht. Die meisten schlugen in der niedrigen Schwerkraft wild um sich, stießen sich in seltsamen Winkeln ab, prallten in Container oder Kameraden. Das führte dazu, dass er sich leicht einreihen konnte.

Stationspersonal schob Wasserbehälter und Pressluftttanks mit einer Effizienz aus der gerade eingetroffenen Gondel, die man außerhalb von Militäreinsätzen nur selten zu Gesicht bekam. Diverse Mitarbeiter von Gateway schwebten umher, um den Soldaten zu helfen, die in gefährliches Terrain abtrieben oder es schafften, mitten in der Luft festzuhängen.

Es waren weitaus mehr Soldaten aus Nightcliff anwesend als Personal von Gateway, das ihnen half.

Dadurch kam Skyler der Gedanke, Russell habe entweder auf den Aufstand durch Neil Platz ungemein überreagiert oder hege sehr viel größere Ambitionen.

Seine Schwadronskameraden sammelten sich am Eingang einer Zugangsröhre, wo eine einheimische Wache von der Gateway-Station sie erwartete.

Skyler schob seinen Helm tief ins Gesicht und hielt den Blick auf den Boden gerichtet.

»Ich bin Corporal Sobchak«, sagte der Gateway-Wächter mit erhobener Stimme.

Einer der Soldaten rief zurück: »Wann gibt es endlich Action?«

»Wann bekommen wir eine Frau zu sehen?«, fragte ein weiterer, was ihm ein paar Lacher einbrachte.

»Das habe ich doch gemeint«, sagte der erste, gefolgt von noch lauterem Lachen.

»Schluss damit«, bellte Sobchak. »Folgt mir und denkt daran, je weiter wir von der Nabe wegkommen, desto schwerer werdet ihr.« Damit drehte er sich um und schwebte durch den öden Metallkorridor »hinunter«, eine Hand immer in Reichweite der rotlackierten Leiter, die den ganzen Gang entlangführte.

Skyler ließ sich zurückfallen, folgte dem letzten Mann in die Röhre. Während sie abwärts schwebten, wurde sein Vordermann nachlässig und trieb zu weit von der Leiter weg, während die simulierte Schwerkraft anzuziehen begann. Skyler packte ihn am Kragen und riss ihn zurück in Sicherheit.

»Danke«, sagte er.

»Keine Ursache«, antwortete Skyler.

»Schwerelosigkeit, Mann!«

»Ja«, sagte Skyler, »Wahnsinn.« Er sprach monoton, in der Hoffnung, die Unterhaltung abzutöten. Es klappte.

Am unteren Ende des Schachtes und wieder mit gewohntem Körpergewicht folgten die Truppen Sobchak am Dekontaminationsbereich vorbei. Vorher war es ein breiter Gang gewesen, aber jetzt standen Betten und Matratzen an den Wänden aufgereiht.

Der Anblick der Verwundeten aus Nightcliff brachte das verbleibende Geschnatter der frisch Angekommenen zum Schweigen.

»Wer ist das?«, fragte jemand Sobchak und nickte zu einem mit einem Vorhang abgetrennten Bereich eines Nebenraums hin.

»Alex Warthen«, sagte der Corporal. »Er ist der Sicherheits …«

»Ich weiß. Was ist passiert?«

»Hat sich auf der Platz-Station eine Kugel in der Schulter eingefangen, die ihm das Schlüsselbein zertrümmert hat.«

»Haben sie den Hurensohn erwischt?«

»Nicht bei diesem Versuch. Beim zweiten Mal.«

Das erregte Skylers Aufmerksamkeit. »Platz ist ...?«

»Tot, ja. Schuss in die Stirn.« Sobchak bedeutete der Gruppe, ihm zu folgen. »Sie haben seine Leiche aus der Luftschleuse geworfen und so.«

Skyler lehnte sich an die Wand und schloss die Augen.

Das Ende einer Ära. Alles würde sich verändern. Neil war tot, und Russell richtete sich dreist im Orbit ein? Was für einen Hauch von Gleichgewicht es zuvor auch gegeben haben mochte, er würde sich zweifellos verflüchtigen.

Seine Gedanken kehrten zu Tania zurück. Er fragt sich, wie es ihr ging. Erhielt sie ihre Befehle nun von Blackfield? Dieser Gedanke machte ihn ganz krank.

Der Rat würde wohl zerfallen. Keines der anderen Mitglieder war ihm gut bekannt. Platz war das Gesicht der Gruppe gewesen, durch seine Bekanntheit als Anführer akzeptiert. Irgendwie bezweifelte Skyler, dass der Rest sich gegen eine Persönlichkeit wie Blackfield zusammentun konnte.

»Scheiße«, sagte ein Soldat links neben Skyler, »gibt's dann überhaupt noch was zu kämpfen?«

»Der Großteil seiner Mitarbeiter und Söldner ist geflohen«, sagte Sobchak, »Platz war der letzte auf der Station, haben unsere Männer gesagt. Dafür muss man dem alten Bock Respekt zollen.«

Einige der Männer grinsten. Skyler nicht.

»Wo sind sie denn alle hin?«

»Das wollen alle wissen«, sagte der Corporal.

Seltsam, dachte Skyler. Er ließ es darauf ankommen. »Wo ist Blackfield?«

»Er hat eine Schwadron nach Anchor geführt, falls der Feind dorthin geflohen ist. Wenn nicht, werden sie sich wieder nach unten durchschlagen, und wir arbeiten uns nach oben vor. Früher oder später werden wir sie in die Enge treiben.«

Skyler nahm die Information auf, ohne mit der Wimper zu zucken, aber seine Gedanken rasten. Blackfield, auf Anchor, bei Tania. Er schmeckte Galle und schluckte sie.

Sobchak führte sie am ZEHN HINTEN vorbei, der Bar, in der Skyler seine Crew zum letzten Mal gesehen hatte. Dort wimmelte es vor Soldaten und Stationsmitarbeitern. Von dem Blutvergießen, das hier stattgefunden hatte, war keine Spur mehr zu sehen.

Ein beeindruckend muskulöser Mann mit sandfarbenem Haar näherte sich vom Tresen. Sobchak salutierte sofort zackig, als er ihn bemerkte. »Chief Larsen.«

»Stehen Sie bequem.«

Der Mann hatte wache Augen, und Skyler sorgte dafür, dass er seinen Blick erwiderte, als der Captain die Gruppe musterte. Etwas anderes hätte nur unerwünschte Aufmerksamkeit erregt.

Zufrieden sah Larsen auf das Klemmbrett, das er bei sich hatte. »Dieser Haufen ist für ...?«

»Stationspatrouille«, sagte Sobchak. »Sektionen B und C.«

Einer der jungen Wachposten aus Nightcliff meldete sich zu Wort. »Sicherheitsdienst? Zum Teufel damit, ich will ...«

»Das reicht«, sagte Larsen. Er sah nicht vom Klemmbrett auf, und seine Stimme, auch wenn sie ruhig war, strahlte absolute Befehlsgewalt aus. »Wach- und Sicherheitsdienst. Alle Gondeln sind im Augenblick auf dem Weg hierher, also kann man jetzt nirgends hin. Nahrung ist wichtiger als ihr Typen.« Er hielt inne, um ihre Aufmerksamkeit auf sich zu ziehen. Die nervösen Rekruten beruhigten sich. »Platz ist tot, aber er hatte eine Privatarmee unbekannter Stärke. Man kann nur raten, wie er es geschafft hat, sie auszubilden oder zu bewaffnen. Das Problem ist, sie sind Gott weiß wo. Wenn wir sie finden, haben wir Arbeit. Bis dahin haben wir ein Problem vor Ort, um das wir uns kümmern müssen.«

Skyler war auf die Tatsache fixiert, dass die Gondeln nach unten fuhren, nicht nach oben. Eine Fahrt nach Anchor würde warten müssen.

Jemand fragte: »Problem? Sie meinen den Geist?«

»Rebellen«, sagte Larsen. »Mindestens zwei Frauen.«

»Samantha«, brummte Skyler. Laut, wie ihm auffiel.

Larsen funkelte ihn an. »Bitte?«

»Sollte einfach sein«, brachte Skyler hervor.

Der Chief richtete den Blick auf ihn. Skyler spürte, wie sein Herz raste, und bemühte sich um Haltung. Schließlich wandte sich Larsen zum Glück ab.

»Weisen Sie sie ein«, sagte Larsen zu Sobchak und marschierte hinaus.

»Ja, Sir.«

Mit einem langen Ausatmen zwang Skyler sich zur Ruhe. Zwei Frauen. Eine war sicher Kelly. Die andere … da konnte er nur hoffen.

Die Schwadron versammelte sich um einen Tisch in der Mitte der Bar. Eine Karte, die darauf lag, zeigte die Gateway-Station in allen Einzelheiten.

»Jeder Gang und Raum an diesem vermaledeiten Ort«, sagte Sobchak, »ist durch ein komplexes Netzwerk aus Tunneln und Schächten verbunden, die die Luft umwälzen und aufbereiten, Wasser und Abwasser führen und die ganze Verkabelung beinhalten, und so fort.«

»Was sind das für rote Markierungen?«, fragte jemand.

Sobchak amtete langsam und frustriert aus. »Wo unsere Leute in einen Hinterhalt geraten sind.«

Skyler warf einen Blick auf den Plan. Die Markierungen waren überraschend zahlreich und weit verbreitet. Er dachte an Kelly und die bemerkenswerte Geschwindigkeit, mit der sie ihn durch die Versorgungsschächte geführt hatte.

Während die Einweisung weiterging, arbeitete sich Skyler durch den vollgestopften Raum, bewegte sich beiläufig, bis er die Tür erreichte. Ohne zurückzublicken, trat er aus der Kneipe.

Im Gang dahinter schnürte er sich sechzig Sekunden lang die Stiefel. Sobald er sicher wusste, dass sein Abgang niemandem aufgefallen war oder dass es zumindest niemanden kümmerte, ging er durch den sanft gekrümmten Gang davon, auf der Suche nach einem Geist.

* * *

Er hatte keinen anderen Plan als einfach umherzuwandern. Sich sichtbar zu präsentieren und zu sehen, ob dieser sogenannte Geist versuchen würde, ihn zu überfallen. Er hoffte nur, dass sie ihn erkennen würde, bevor sie ihm etwas antat.

Sektion B erwies sich als zu voll für Skylers Bedürfnisse. Vorbei an trödelnden Gruppen von Stationsmitarbeitern, von denen ihn einige mit offener Abneigung beäugten, nahm er den ersten Verbindungstunnel, der ihn in Sektion C führte. Am Schott am Ende des Tunnels standen sechs Wachen, die Skyler lauthals plaudernd antraf. Sie trugen Uniformen von Nightcliff wie seine und nahmen kaum zur Kenntnis, dass er vorbeiging. Er schlug eine stete Geschwindigkeit an, den Blick nach vorne gerichtet, und bog nach links ab, um durch den geräumigen, gekrümmten Korridor zu gehen. Sobald die Wachposten an der Verbindung außer Sicht waren, wurde ihre Unterhaltung leiser, und Skyler war völlig allein.

Er wurde langsamer, blieb schließlich stehen und näherte sich der Wand, neben der er sich hinkauerte. Auf der unteren Hälfte der Fläche war ein feines Muster aus kleinen Löchlein. Als Skyler eine Hand darüber hielt, spürte er einen hauchfeinen, kühlen Luftstrom.

Er musterte den Gang um sich herum und bemerkte, dass jeder dritte Abschnitt der Wand auf halber Höhe einen ähnlichen Auslass hatte. Er erinnerte sich an seine Flucht von der Station mit Kelly und den Wartungstunnel, durch den sie ihn geführt hatte, mit all seinen Windungen und Abzweigungen. Es wäre unmöglich für ihn, sie jetzt aufzustöbern, das wusste er. Am besten ließ er sie zu sich kommen.

Eine Patrouille näherte sich. Skyler stand schnell auf und salutierte.

»Wahnsinn, hier draußen allein rumzulaufen, Freund«, sagte einer.

»Befehle«, brummte Skyler. »Sobchak sagte, ich soll mich im Bau melden und aushelfen.«

Sie waren zu dritt und trugen Uniformen von Gateway. Der, der sprach, war mittleren Alters; die anderen hielt Skyler für knapp zwanzig.

»Er hat dich allein losgeschickt?«, fragte Thomas, wie er laut dem Namensschild seiner Jacke hieß.

Skyler erkannte den Ton, den jemand anschlug, der auf Streit aus war. Er hatte ihn schon häufig genug gehört. Er schaute nach links und rechts, um sich über die rhetorische Frage lustig zu machen. »Offenbar.«

Thomas kam einen Schritt näher. »Kommst du mir jetzt schlau oder was?«

»Ich komme Ihnen nicht unschlau.«

»Was?«, fragte der jüngere Wachposten links.

Skyler verdrehte die Augen. »Ich komme euch schlau. Das war eine doppelte Verneinung. Egal.«

Thomas machte noch einen Schritt auf Skyler zu, nun stand er auf einer Armeslänge Abstand. »Weißt du, was ich glaube, Kumpel? Ich glaube, ihr arroganten Bastarde wisst nicht, wie man mit Befehlen umgeht.«

»Nein«, sagte Skyler, »wir müssen nur nicht zu dritt sein, um mit ein paar Frauen fertig zu werden.«

Alle drei hatten sich die Waffen über die Schulter gehängt. Das hieß, dass sie sie nur langsam ziehen konnten und bei einem Faustkampf davon behindert wurden. Skyler hatte das Gefühl, er könnte eine Chance haben, falls es ernst wurde …

Der Soldat links von ihm taumelte zurück, um seinen Hals schlang sich ein Arm. Er schrie überrascht auf, als dieser ihn in eine Öffnung zog, die sich hinter ihm in der Wand geöffnet hatte.

Skyler nutzte die Gelegenheit und rammte Thomas die Stirn gegen die Nase. Blut spritzte aus dem Gesicht des Mannes, und seine Instinkte wurden zu seinen schlimmsten Feinden, als sie ihn nach der zertrümmerten Masse greifen ließen. Er jaulte so laut, dass Skyler dachte, die ganze Station würde es hören.

Skyler kniete sich hin, senkte die Schulter und stieß sich ab, warf sich in die Körpermitte des Mannes und hob ihn vom Boden. Der Wächter rechts, der wie ein Blödmann auf die Stelle starrte, an der Sekunden zuvor noch sein Gefährte gewesen war, hatte keine Zeit zu reagieren, als Skyler den Anführer direkt in ihn hineinrammte. Sie fielen alle drei mit verknoteten Gliedmaßen zu Boden.

Eine Faust traf Skyler am Kinn. Es war kein Schwung dahinter, nur ein verzweifelter Hieb. Skyler achtete nicht darauf und konzentrierte sich auf das MG über der Schulter des Anführers.

Ohne Vorwarnung verschwand der zweite junge Wachposten durch den Luftauslass. Er schrie – angsterfüllte, entsetzte Töne. Aus dem Inneren des Belüftungsschachts hörte Skyler ein dumpfes, feuchtes Geräusch, und der Lärm verstummte.

»Kelly, ich bin's, Skyler!«, brüllte er, während er dem Anführer endlich die Waffe abnahm.

Der Mann schlug wild um sich, als ihm klarwurde, dass sein Tod bevorstand. Er grapschte und krallte nach Skyler und rollte sich auf den Rücken, während ihm Blut aus der Nase strömte. Skyler trat zu, ein heftiger Tritt direkt gegen die zertrümmerte Nase des Mannes. Der verdrehte die Augen und brach schlaff zusammen.

Skyler saß keuchend mitten im Gang, umklammerte das Gewehr. Im Belüftungsschacht sah er eine Gestalt, dann erschien ein Gesicht.

»Na, du Idiot«, sagte Sam, »komm schon.«

Als er ihr vertrautes Gesicht sah, war der Kampf vergessen. »Du lebst«, sagte er.

»Spar dir das. Wir müssen uns verdammt noch mal sofort vom Acker machen.«

Skyler schaute nach rechts und links. Der gekrümmte Gang wirkte leer. Nein, erkannte Skyler, als er es hörte: Schritte, ziemlich viele, und nahe. Er schob ihr die Waffe über den Boden zu und rollte sich in den Schacht.

Kelly wartete weiter drinnen, über die Leichen der beiden verschwundenen Wächter gekauert. Sie lächelte ihn an.

»Sie haben es gehört«, sagte Sam, »wir müssen weg.« Sie ließ die Abdeckung des Schachts wieder zugleiten, als sei es ihr in Fleisch und Blut übergegangen.

»Geh voraus«, sagte Kelly. »Willkommen zurück, Skyler.«

Er gab ihr die Hand. »Schön, dich zu sehen.«

»Du wirst also mit ein paar Frauen fertig, ja?«

Skyler lächelte. »Liegt alles an meinem burschikosen Aussehen.«

Sam kicherte und kroch tiefer in den Lüftungsschacht, während Kelly die Wächter in eine Ecke schob.

»Der Kadaver im Gang …«, sagte Skyler.

»Sein Gesicht«, antwortete Kelly, »wird ihnen eine Heidenangst einjagen. Das mehrt unseren Ruf und verschafft uns Zeit.«

Er kroch, so leise er konnte, und hatte Mühe mitzuhalten. Sams Bewegungen waren flüssig, geübt. Sie machte trotz der Eile keinen Lärm, Skyler hingegen schien an jedes Hindernis in dem engen Gang zu stoßen.

Sie fühlte sich hier wohl, erkannte er.

Kelly hielt sich dicht hinter Skyler. Er versuchte, schneller zu kriechen, während sein Rücken an der Oberseite des Tunnels entlangschrammte. Keine der Frauen sagte etwas, deswegen war auch Skyler still.

Nachdem sie fast zwei Minuten, ohne innezuhalten, um Ecken und Abzweigungen gekrochen waren, betraten sie einen Wartungstunnel, der identisch mit dem schien, durch den Kelly ihn während seiner letzten Flucht geführt hatte.

Skylers Lunge lechzte nach Luft, aber es stand keine Pause an. Sam führte sie weiter schnell durch den dunklen Gang. Er folgte ihr, duckte sich unter Hindernissen durch, die er im trüben Licht kaum sehen konnte.

»Sam«, sagte Skyler.

»Später«, erwiderte sie. Sie wurde nicht langsamer. Skyler fiel auf, dass er Kelly nicht hinter sich hörte, also warf er einen Blick zurück. Es war zu dunkel, um sicher zu sein, aber sie schien nicht da zu sein.

»Wo ist Kelly?«, fragte er.

»Sie kommt schon nach. Nicht langsamer werden.«

Sie liefen und liefen, dann kletterten sie. Eine Reihe kleiner Panels beleuchtete einen vertikalen Schacht, und beim Blick zurück sah Skyler, wie Kelly unten die Röhre betrat, zehn Sekunden hinter ihm.

Der Schacht führte bis zum mittleren Ring, aber Samantha hielt auf halbem Weg inne und öffnete eine zurückgesetzte Zugangstür. Als Skyler ihr hindurch folgte, fiel ihm auf, dass der Schließmechanismus mit Isolierband abgeklebt war.

»Sie haben versucht, uns über die Schlösser aufzuspüren«, erklärte Sam.

Näher am Mittelpunkt der Station zog die Gravitation mit zwei Dritteln ihrer normalen Stärke an ihnen. Skyler musste seine Schritte anpassen, um nicht laufend gegen die Decke zu prallen. Dicke Rohre und Kabelschächte säumten den engen Gang.

Schließlich hielt Sam an. Zum ersten Mal, seit Skyler sie kannte, umarmte sie ihn. Sie schlang ihm die Arme um die Schultern und drückte ihn, bis ihm die Arme weh taten.

Allein für diese heftige Umarmung hatte sich die ganze Reise gelohnt.

Sie wich abrupt zurück. »Ich kann nicht glauben, dass du uns verdammt noch mal zurückgelassen hast«, sagte sie. Die Worte strömten durch eine wirre Mischung aus Lachen und Weinen aus ihr hervor.

»Ich freue mich auch, dich zu sehen.«

Ihre Hände hielten ihn noch immer an den Schultern umfasst. »Takai und Angus ...«

Ihre Mimik beendete den Satz. Tränen traten ihm in die Augen, und er blinzelte sie weg. Er sah die beiden Männer vor sich, wie sie tot auf dem Boden dieser Kneipe lagen, wie sie mit leblosen Augen zur Decke starrten, ihn direkt anstierten. Skyler versuchte vergeblich, die Vision abzuschütteln, sie durch einen glücklichen Moment zu ersetzen. Stattdessen war alles, was er sich vorstellen konnte, ihr totenstarrer Blick, der sich in ihn bohrte, anklagend und voller Qual.

»Also sind es jetzt nur noch wir beide«, sagte er dumpf.

Sam biss sich auf die Unterlippe, ihr ganzes Gesicht verhärtete sich, während sie eine Woge des Kummers zurückhielt.

»Es tut mir so leid«, wisperte Skyler. »Ich dachte ... wir, Kelly und ich, dachten, dass ihr alle drei ...«

»Ich weiß«, gab Sam zurück.

»Ich habe versucht, zu euch zu kommen, aber wir waren zu spät.«

»Ich weiß. Kelly hat es mir erzählt. Ich bin nur froh, dass du nicht ... Was soll das mit der verdammten Nightcliff-Uniform?«

Verwirrt warf Skyler einen Blick auf seine Kleider. »Oh. Ich habe mir eine Mitfahrgelegenheit nach oben besorgt.«

Sam hob die Brauen.

Schließlich kam Kelly durch die Tür und schloss sie hinter sich. Sie umarmte Skyler rasch. »Als ich auf deinem Vogel noch diesen Schließbügel sah, war ich mir ganz sicher, dass er nicht fliegen würde«, sagte sie.

»Ist er auch nicht«, sagte Skyler mit gerunzelter Stirn.

Sam ließ seine Schultern los. »Die *Mel* ist weg?«

Skyler musste nicht antworten; seine Miene sagte alles. »Ich musste abspringen, zehn Kilometer südlich der Aura.«

Darüber runzelte sie die Stirn. »Probleme auf dem Rückweg?«

»Nur Probleme. Es ist eine lange Geschichte«, sagte Skyler, »und wir haben nicht so viel Zeit.«

»Musst du irgendwo hin?«, fragte Kelly.

»Ich hatte gehofft, dich zu finden«, erklärte Skyler, »und mich nach Anchor aufzumachen.«

»Anchor?«, fragte Samantha. Dann: »Oh. Die Wissenschaftlerin.«

»Da oben ist Blackfield, und du weißt, wie er ist. Ich muss ihr helfen, wenn ich kann.«

Zähneknirschend nickte Sam. »Ich dachte, du wärst meinetwegen zurückgekommen.«

Die Bemerkung war wie ein Schlag in den Magen. »Bin ich. Ursprünglich, um mich im Austausch für dich und die Jungs anzubieten«, sagte er. »Aber dann habe ich gehört, dass Blackfield nach Anchor unterwegs und Platz tot ist.«

Kellys Miene spannte sich an. Sie saugte an ihrer Unterlippe.

»Entschuldige«, sagte Skyler. »Ich dachte, das wüsstest du schon.«

»Ich wusste es«, antwortete Kelly. »Das macht es nicht leichter.«

Sam legte ihr eine Hand in den Nacken und gab ihr eine Soldatenumarmung.

»Platz hat mir gesagt, Tania sei der Schlüssel zu allem«, erklärte Skyler. »Wir müssen zu ihr.«

»Dir ist klar«, sagte Kelly, »dass Anchor am anderen Ende einer vierzigtausend Kilometer langen Straße liegt, die der Feind kontrolliert.«

Er zuckte die Achseln. »Das Ganze begann wegen ihrer Forschung. Für ihr Wissen hat Platz sein Leben gegeben, und ich nehme an, das würde er nicht umsonst tun. Wenn du also glaubst, dass Platz einen Grund für alles hatte, was passiert ist …«

»… dann ist diese Wissenschaftlerin diejenige, die es beenden kann.«

Skyler nickte.

Sam verschränkte die Arme vor der Brust. »An der Gondelstation wimmelt es von Nightcliff-Schlägern.«

Einen Augenblick lang herrschte Schweigen. Dann sagte Kelly: »Ich weiß, was wir machen.«

* * *

Kelly ging voran.

Sie bestand auf Schweigen, während sie sich auf einem komplizierten Weg bewegten, der häufig die normalen Korridore der Station querte. Ihr Wissen über den Aufbau der Station war möglicherweise absolut, dachte Skyler, aber er fragte sich, wie lange sie jetzt durchhalten würde, wo so viele Patrouillen nach ihr Ausschau hielten. Sam an ihrer Seite erhöhte das Risiko vermutlich, auch wenn sie gemeinsam effektiver vorgehen konnten.

Einmal hielt sie in einem großen, würfelförmigen Raum mit Ventilatoren an, die zwei ganze Wände einnahmen. Das Geräusch verschaffte ihnen eine gute Deckung, und der Luftstrom fühlte sich auf Skylers schweißgetränkter Uniform gut an. Kelly befahl eine Rast.

»Wir sind dicht dran«, sagte sie.

Skyler bemühte sich, wieder normal zu atmen. »Wie lautet der Plan?«

»Es gibt eine Startbucht in Sektion E, nicht weit entfernt, in der ältere Wartungsschiffe lagern. Bau- und Reparaturfahrzeuge, solche Sachen.«

»Was machen wir dort?«

»Eines erbeuten«, sagte Kelly, »und du fliegst uns nach Anchor.«

Skyler trat näher an die Ventilatoren, ließ sich vom stetigen, trockenen Luftstrom den Schweiß auf der Haut trocknen. »Was, wenn ich sie nicht fliegen kann? Was, wenn sie keine so große Reichweite haben?«

»Haben sie«, sagte Kelly. »Wir haben Arbeiter belauscht. So sind Russell und seine Männer nach Anchor gelangt, ohne durch die anderen Stationen zu müssen.«

Widerwillig nickte Skyler.

Kelly zuckte die Achseln. »Das ist die beste Idee, die ich habe.«

Die Tatsache, dass Blackfield sie benutzt hatte, um nach Anchor zu gelangen, bedeutete, dass sie über die Reichweite verfügten. Natürlich, erkannte Skyler, würden sie im All nicht viel Kraftstoff brauchen. Er musste aufhören, wie ein Pilot auf der Erde zu denken, und zwar bald.

»Kann nicht schaden, sich das mal anzusehen«, sagte er schließlich.

Nachdem das geklärt war, ging Kelly wieder voraus, diesmal sogar noch schneller als vorher. Zweimal mussten sie durch enge Räume krabbeln, was die Schmerzen in Skylers heilender Schulter und seinen Rippen neu anfachte.

Kelly hatte aber recht gehabt, als sie gesagt hatte, sie seien nahe dran: Kurze Zeit später hielt sie eine Hand hoch, als sie das Ende eines warmen, dunklen Korridors erreichten.

»Wartet hier«, sagte Kelly. »Ich werde kundschaften gehen.«

Skyler erwartete halb, dass Sam Einspruch erhob. Wenn er einen solchen Befehl gegeben hätte, hätte sie es getan, aber seine alte Kameradin reagierte kaum. Es überraschte ihn, wie sehr sich die beiden Frauen aneinander gewöhnt hatten. Sie arbeiteten zusammen wie zwei altgediente Partnerinnen.

Als er mit Samantha allein war, stellte Skyler fest, dass ihm nichts einfiel, was er sagen könnte. Er fühlte sich wie ein Außenseiter. Die unausgesprochene Wahrheit sah so aus, dass sie seine Mannschaft verlassen und sich der Kellys angeschlossen hatte.

Nicht, dass Skyler noch eine Mannschaft gehabt hätte. Oder auch nur ein Flugzeug.

»Was machst du, wenn das alles vorbei ist?«, fragte er.

»Du weißt, ich denke nicht so weit voraus.«

Sein Bauchgefühl sagte ihm, er solle sich für alles, was geschehen war, entschuldigen. Am Ende aber konnte er sich nicht dazu durchringen, die Worte auszusprechen.

Kelly kam mit einem Körper im Schlepptau zurück, einem Soldaten von Nightcliff. Auf seinem Hinterkopf bemerkte Skyler einen Blutfleck. »Der einzige Wachposten. Gehen wir«, sagte sie.

Der Mann konnte verwundet oder tot sein, und Skyler hatte Angst zu fragen. Er spürte, wie durch all die Gewalt der zurückliegenden Woche eine Müdigkeit in ihm heranwuchs. Es erinnerte ihn an die Säuberung, und das war etwas, woran er lieber nicht zurückdachte. Die dunkelste Zeit des dunkelsten Jahrzehnts der menschlichen Geschichte, wenn es nach ihm ging.

Eine ausladende Bucht erwartete sie, als sie den Korridor verließen; sie war fast halb so groß wie der Hangar am alten Flughafen. Auf dem Boden verstreut stand ein halbes Dutzend Wartungsfahrzeuge in unterschiedlichen Zuständen der Reparaturbedürftigkeit. Verschiedene Ersatzteile bedeckten jede Fläche, und in den Ecken des Raums stapelten sich alte Container, die in den Schatten kaum sichtbar waren.

Kelly hob die Hand und ging in die Hocke, Samantha tat es ihr sofort nach. Skyler ging auch in die Knie und ließ seine Ohren sich anpassen.

Er hörte Stimmen. In der Ferne, entspannt, immer lauter.

»Skyler«, flüsterte Kelly.

Er bewegte sich zu ihr.

»Nimm den Platz des Wächters ein.«

»Was?«

Sie warf einen Blick auf seinen Helm, und Skyler fiel ein, dass er noch Neras Uniform trug. Er nickte und eilte durch die Andockbucht. Am gegenüberliegenden Ende stieß er auf große, doppelte Schotttore, die beide offen standen, und dahinter einen Standardkorridor von Gateway, der lotrecht auf den Raum zulief.

Er schätzte, dass sich zwei Leute näherten, möglicherweise auch drei. Mit nur wenigen Sekunden Luft kam er am Eingang an, lehnte sich an die Wand und begann, auf seinen Fingernägeln zu kauen.

Zwei Männer kamen um die Ecke. Einer war ein Wächter von Gateway, der andere trug den grauen Overall des Stationspersonals.

Skyler dachte, sie würden ihn vielleicht nicht einmal zur Kenntnis nehmen, aber der Wachmann blieb plötzlich stehen.

»Nicht faul werden«, sagte er und begutachtete Skylers Haltung. »Blackfield ist auf dem Rückweg, und es sind noch immer zwei Gefangene auf freiem Fuß.«

Mit rasenden Gedanken ob dieser Neuigkeiten setzte Skyler einen überraschten Gesichtsausdruck auf. »Haben Sie es nicht gehört?«

»Was?«

»Sie haben sie«, sagte Skyler. »Den Geist. Äh, die Geister. Erst seit ein paar Minuten.«

»Quatsch. Wo?«

Der Stationsmitarbeiter war jetzt auch stehen geblieben und hörte zu.

»Oben an der Gondelstation, da wollten sie abhauen.« Skyler schätzte die Reaktion des Mannes sorgsam ab und spürte Unsicherheit. Er drängte weiter: »Sie sollten sich das anschauen.«

Der Wächter trat von einem Fuß auf den anderen und sah zu dem Arbeiter hinüber, mit dem er gekommen war. Dann wandte er sich an Skyler. »Kannst du ihm helfen? Er muss ein paar Werkzeuge rüber zu Sektion B befördern.«

»Klar«, sagte Skyler. Zu schnell, dachte er dann und fügte hinzu: »Ist ja jetzt sinnlos, hier Wache zu stehen, was?«

Der Wächter war bereits in den Gang getreten und kehrte Skyler den Rücken zu. »Danke, Kumpel.«

Skyler drehte sich zu dem Arbeiter um und sah, wie Sam leise wie eine Katze hinter ihm aus den Schatten kam.

Zu seiner Überraschung tötete sie ihn nicht. Oder schlug ihn auch nur k. o.

Stattdessen trat Samantha hinter den Mann und drückte ihm ihre Waffe in den Rücken. »Ich hoffe schwer, Sie wissen, wie man eins dieser Boote flottkriegt«, sagte sie.

* * *

Der gefangene Arbeiter war, wie sich herausstellte, ein großer Fan des Geists.

»Ich kann diese Nightcliff-Rüpel nicht leiden«, sagte er und bot an, ihnen bedingungslos zu helfen.

Er führte Skyler schnell zu einem der Reparaturschiffe. »Es ist das Einzige, das annähernd in einem flugfähigen Zustand ist, fürchte ich.«

Skyler konzentrierte sich auf die Lenkung im Cockpit. Es gab nicht viel zu sehen. Drei flache Touchscreen-Felder und weniger Knöpfe als an einem Getränkeautomaten. Das kleine Schiff sah mindestens so alt aus wie die Station. Verspätet fiel ihm auf, dass es nur einen Sitz hatte. »Halt, das geht nicht. Nur Platz für einen.«

»Das ist schon gut«, sagte Kelly. Ihre ruhige Antwort kam wie aus der Pistole geschossen.

»Wir bleiben hier«, fügte Sam hinzu.

Skyler trat von dem Schiff weg. »Was ist mit Anchor?«

»Schau«, sagte Kelly. »Du hast diesen Wächter gehört. Blackfield ist auf dem Rückweg. Deine Wissenschaftlerin mag die Lösung sein, aber er ist das Problem. Das ist unsere Chance, seine Machtergreifung ein für alle Mal zu sabotieren.«

»Außerdem«, fügte Sam hinzu, »könnte Tania bei ihm sein, nach allem, was wir wissen. Wir müssen für beide Fälle Vorkehrungen treffen.«

Es passte zu Russells Ruf, eine solche Frau gefangen zu nehmen. Der Gedanke frustrierte ihn. »Guter Punkt.«

»Wenn sie nicht dabei ist, können wir dir Zeit verschaffen und Blackfield zu töten versuchen.«

Er suchte nach einem Gegenargument, irgendeinem Alternativplan. Ihm fiel nichts ein.

Sie kam näher und gab ihm eine Soldatenumarmung.

»Schnell jetzt«, sagte sie. »Wir verschaffen diesem Kerl ein Alibi, wenn du weg bist, und decken deinen Abflug. Niemand wird was mitkriegen.«

KAPITEL 44

Gateway-Station

16.2.2283

Russell trommelte mit den Fingern auf die Armlehne. Er hasste es zu warten.

Auf der anderen Seite des behelfsmäßigen Lazaretts schlief Alex Warthen – medikamentös sediert, äußerst ärgerlich. *So viel zu tun. Wach auf, du Arschloch.*

Als die Krankenschwester hereinkam, packte Russell sie am Arm. Gröber, als nötig war. »Wecken Sie ihn.«

»Das kann ich nicht«, sagte sie. »Nehmen Sie die Hand weg.«

Er verfestigte den Griff so stark, dass sie zusammenzuckte, ehe er losließ. »Vielleicht werde ich ihn wecken.«

»Davon kann ich nur abraten«, sagte die Krankenschwester. »Er braucht Ruhe. Er konnte kaum stehen, nachdem …«

»Spielt keine Rolle«, sagte Alex, dessen Stimme von den Medikamenten belegt klang. »Ich bin wach.«

»Lassen Sie uns allein«, sagte Russell zu der Schwester.

Endlich ein Befehl, den sie befolgte.

Alex rieb sich die Schulter. »Wie lange war ich weg?«

»Die ganze Zeit, seit ich hier bin«, antwortete Russell. »Mindestens zehn Minuten.« Er beobachtete, wie der verletzte Direktor die Kissen ordnete, um sich in eine sitzende Position aufzurichten. Alex zuckte vor Schmerz merklich zusammen, als er den Körper drehte, um sie zu stapeln.

Russell sah auf die Uhr.

»Danke für die Hilfe«, sagte Alex.

»Hmm?«

»Nichts. Wie ist die Lage?«

Russell grinste. »Ihre Agentin auf der Anchor-Station hat sich als extrem nützlich erwiesen.«

Alex schloss die Augen. Kurz dachte Russell, er wäre wieder eingeschlafen. »Wie geht es Natalie?«

»Ich habe sie zur Direktorin der Abteilung für Arglist befördert.«

»Sie arbeitet für mich«, sagte Alex.

»Dann ist sie eben Leiharbeiterin bei mir. Ich brauche sie noch.«

Alex starrte ihn finster an, ein Ausdruck, den Russell Warthen am liebsten mit einem schnellen Hieb auf das gebrochene Schlüsselbein aus dem Gesicht gewischt hätte. Stattdessen beugte er sich vor und sah dem Mann in die Augen.

»Die Sache ist die, Alex, ich glaube, sie hat sich da oben eingewöhnt. Ist ihrer grandiosen Chefin verfallen, und wer könnte es ihr auch verübeln? Nun hat entweder sie oder Dr. Sharma mich glatt belogen. Bis ich herausfinde, wer von den beiden es war, weicht mir Natalie nicht von der Seite. Sie ist ein Unterpfand.«

Alex lag eine Weile regungslos da, tastete vorsichtig an seiner verletzten Schulter herum. »Wo ist sie?«

»In meiner Gondel. Wartet auf unseren Aufbruch.«

»Wohin sind Sie denn so eilig unterwegs?«

Russell erhob sich. »Diese Auskunft gibt es nur bei begründetem Informationsbedarf.«

Ein langes Schweigen folgte. »Ich dachte, wir wären in dieser Sache Partner.«

Russell entschied sich, es etwas lockerer anzugehen. Alex musste möglicherweise noch ein wenig länger sein Verbündeter bleiben. »Sind wir. Nichts für ungut, aber hier gibt es zu viele Ohren.«

»Der Rat? Keine Sorge, der wird das aussitzen. Sobald die Dinge unter Kontrolle sind …«

»Vom Rat rede ich nicht. Auf den ist geschissen; er ist so gut wie abserviert.«

Alex starrte Russell lange direkt in die Augen. Immer wieder verzog er dabei den Mund. »Wir haben nie darüber geredet, den Rat aufzulösen. Sie sind nicht der Einzige, für den hier etwas auf dem Spiel steht.«

Russell ging zum Fußende des Bettes. »Ich sagte, ich habe nicht vom Rat gesprochen. Den heben wir uns für später auf. Ich spreche von den vermissten Soldaten. Sind inzwischen dreizehn.«

»Dreizehn. Herrgott …«

»Sieben davon gehören mir. Das gerät außer Kontrolle.«

»Ich werde mit Larsen sprechen.«

»Quatsch. Sie ruhen sich aus, ich werde Larsen und die Übrigen motivieren.«

Russell drehte sich um und schob sich durch den Vorhang, ehe Alex etwas erwidern konnte. Als er das Lazarett verließ, grinste er. Ein langsames Unterwandern von Alex' Kommandostruktur passte gut zu seinen Plänen. *Jetzt, wo du da drin festsitzt, mein Freund, ist es so viel leichter.*

* * *

»Wie geht es ihm?«, fragte Captain Larsen, als Russell aus dem Lazarett kam.

Russell wurde nicht langsamer. »Trinken Sie einen mit mir.«

»Ja, Sir.«

Der kompakte Mann schloss sich ihm gemeinsam mit drei Wächtern von Nightcliff an.

Russell dachte zurück an seinen Lauf auf den Zinnen der Festung, wie er, nach dem Sex von Energie erfüllt, die Männer ausgelacht hatte, die versucht hatten, mit ihm mitzuhalten. Hier oben war es nicht ganz dasselbe. Es fühlte sich an, als lebe man in einem Bunker.

Es tat weh, es zuzugeben, aber er vermisste das Gefühl des Windes im Gesicht. Sobald er alles unter Kontrolle hatte, würde er sich seine Zeit zwischen dem Orbit und Darwin aufteilen, beschloss er.

Er zwang sich, sich zu konzentrieren. »Was unternehmen Sie, um diese mythischen Geister zu fangen?«

Larsen räusperte sich. »Ich habe Männer an jeder Kreuzung zwischen A und C. Wir glauben, wir haben sie dort festgesetzt.«

»Wie kommt es, dass sie noch frei sind? Es sind sieben gottverdammte Tage.«

»Ah«, sagte Larsen, »na ja. Das Labyrinth aus Luftschächten, Wartungstunneln und Werkzeugkammern ist nicht gut dokumentiert, und sie scheinen zu wissen, wo die Überwachungskameras sind. Ich habe befohlen, ein paar davon umzuhängen, und wir haben einen kurzen Blick erhascht. Wir haben die umliegenden Bereiche sofort abgeriegelt.«

»Gute Idee.«

Larsen lachte, ein trauriges Geräusch. »Das dachte ich auch, aber sie sind gewitzt. Das eine Bild ist alles, was wir bekommen haben.«

»Zeigen Sie es mir«, sagte Russell.

»Klar«, sagte Larsen.

»Jetzt.«

Sie gingen direkt an der Bar vorbei, die bis auf den Barkeeper leer war. Ein Stück weiter betraten sie den Zwischendeck-Verbindungsgang. Etwa zwölf Wachposten gingen ruckartig in Habachtstellung, als sie die beiden Offiziere und ihre Eskorte bemerkten. Ein paar schienen geschlafen zu haben.

»Gibt es eine Spur von ihnen?«, fragte Russell einen trübäugigen jungen Mann.

»Nein, Sir!«

»Sie verstecken sich nicht hinter Ihren Lidern, was?«

»Äh …«

Russell schob den Burschen in den Hauptkorridor. »Laufen Sie eine Runde, Gefreiter.«

»Eine … eine Runde? Allein?«

»Ja, allein, Sie Idiot. Wir nennen Sie ab sofort Gefreiter Geistmagnet. Los.« Der Bursche stammelte, dann nahm er sein Gewehr ab und sprintete den gekrümmten Gang entlang. »Sie«, sagte Russell zu einem anderen Wächter, »sind Corporal Triffmich. Sie nehmen die andere Richtung.«

»Ja, Sir«, sagte der Mann und rannte in einem Tempo los, das an Befehlsverweigerung grenzte.

»Captain Larsen, wir müssen uns ein wenig über Disziplin unterhalten«, sagte Russell, während sie weiter zu Sektion B gingen, zum Sicherheitsbüro.

»Alex handhabt das im Allgemeinen …«

»Alex kann sich kaum bewegen, und er schläft noch mehr als diese Kerle. Sie müssen diese Scheiße unter Kontrolle bekommen.«

»Ich werde es mit Alex besprechen.«

»Nein, Sie haben es gerade mit mir besprochen. Ich werde die Entscheidungen treffen, bis er wieder auf den Beinen ist.«

Diese Aussage brachte ihm ein paar Sekunden des Zögerns von Captain Larsen ein, was Russell sehr positiv fand. »Danke, Sir«, sagte der Captain.

Auf halbem Weg zum Sicherheitsbüro hörte Russell ein seltsames Geräusch. Ein hauchzartes Schaben von Metall auf Metall. Er nahm es irgendwo hinten links wahr. Beiläufig nahm er seine Pistole aus dem Holster und lud eine Kugel in die Kammer, wobei er den Lauf der Waffe abdeckte, um das Geräusch zu dämpfen.

»Stimmt was nicht?«, fragte Larsen leise.

»Möglicherweise. Haben Sie ein Funkgerät?«

»Im Büro.«

»Ich will, dass dieser Gang versiegelt wird. So schnell wie möglich.«

Larsen zögerte. »Scheiße«, sagte der Captain laut. Zu laut.

»Was?«

»Ich habe vergessen, die Wasserverteilungsbefehle zu erneuern«, sagte Larsen.

Schlechter Schauspieler, dachte Blackfield. »Ja und?«

»Das lässt sich nur äußerst schwer wieder hinbiegen, wenn die Gondeln erst mal weg sind. Wir kümmern uns lieber darum.«

Russell seufzte. »Gehen Sie vor, ich bin erschöpft. Ich treffe Sie dann da.« Russell fuhr zwei seiner Wachen an, die dicht hinter ihm waren. »Ihr begleitet ihn.« Sie nickten.

Larsen rannte voraus, die beiden Soldaten reihten sich bei ihm ein. Russell wartete, bis sie außer Sicht waren.

Er wurde langsamer und blieb stehen, drehte sich zu dem einen verbleibenden Wächter rechts von ihm um. »Soldat, Ihr Stiefel ist offen.« Russell nickte absichtlich übertrieben zum Boden hin.

»Tut mir leid, Sir«, sagte der Wachposten. Der Mann ließ sich Zeit, tat, als würde er sich den Schuh binden.

Endlich Kompetenz. Russell lehnte sich gegen den Stützbalken der Wand, schob die Hände und die Waffe in die Jackentasche.

Er spitzte die Ohren. Fast übertönt von seinem eigenen Atem, dem Herumtasten des Soldaten und dem ständig vibrierenden Dröhnen der Luftaufbereitung hörte er wieder das Geräusch. Das hauchfeine Kratzen von Metall auf Metall hinter dem knienden Wächter.

Russell nahm die geladene Waffe aus seiner Tasche und leckte sich über die Lippen. Er würde seinen Zorn auf diesen Geist herabregnen lassen …

Er spürte, wie starke Hände nach seinen Knöcheln griffen und zogen. Fest. Im selben Atemzug traf ihn etwas Großes mitten in den

Rücken – eine Schulter. Beinahe hätte er seine Waffe verloren, als seine Hände instinktiv nach vorne schnellten, um seinen Fall zu bremsen. Zu langsam. Sein Kinn knallte auf die Bodenfliesen.

Er erhaschte einen raschen Blick auf seine Ein-Mann-Eskorte. Der Wachposten lag ebenfalls auf dem Bauch, auf seinen Lippen bildete sich ein Schrei, als er in einen offenen Auslass hinter sich gezogen wurde.

Russell rollte sich auf den Rücken, als er spürte, wie ihn etwas zur gegenüberliegenden Wand zerrte. Im Dunkeln vor ihm erhaschte er einen Blick auf blondes Haar.

Russell hob seine Waffe und schoss.

KAPITEL 45

Gateway-Station

16.2.2283

Wie geplant ging die Kugel um einen Zentimeter links daneben. Ein Warnschuss, und zwar ein verdammt knapper.

»Genug«, sagte Russell. »Der nächste geht ins Auge.«

Die Frau zog nicht mehr an seinen Beinen. Ihr Griff lockerte sich.

»Das gilt auch für dich, oder deine Freundin hier stirbt!«, brüllte er über die Schulter. Der Lärm hinter ihm fand ein jähes Ende.

Russell schob sich aus dem Belüftungsschacht und erhob sich auf ein Knie. »Die Hände dahin, wo ich sie sehen kann«, sagte er. »Jetzt! Alle beide!«

Ein Paar Hände ragten aus der Dunkelheit. Dann ein weiteres, von der anderen Seite.

Der Wachposten, der mit Russell gewartet und so beeindruckend geschauspielert hatte, kroch von der Öffnung weg und stand auf, etwas unsicher.

Russell hielt seine Waffe auf die Blondine gerichtet. Er warf einen Blick auf den benommenen Wächter und wies mit dem Kopf zum anderen Schacht. Der Mann verstand den Wink, hob sein MG auf und richtete es auf die Öffnung.

»Jetzt komm raus da«, sagte Russell. »Langsam, ich bin sehr geduldig.«

Die Frau kam aus dem Schacht. Groß, furchterregend. Es dauerte nicht lang, bis er sie erkannte.

»So sieht man sich wieder«, sagte Russell und legte den Kopf in den Nacken, um sie anzuschauen. »Mit Kleidung habe ich dich fast nicht erkannt.«

Sie starrte zu ihm zurück, mit brodelnder Wut im Blick, und hielt den Mund.

»Wer ist deine Freundin?« Er griff nach vorn und nahm ihr eine Waffe aus dem Gürtel, die er dann in den Gang warf. »Entwaffne sie auch«, befahl er dem Wachposten.

»Ich bin Kelly Adelaide«, sagte die andere Frau.

In ihrer Stimme lag ein flapsiger Unterton, den Russell vom ersten Augenblick an verabscheute. Er kämpfte gegen den Drang an, sie an Ort und Stelle zu erschießen.

Ein Geräusch erregte seine Aufmerksamkeit: herbeieilende Männer. Sekunden später waren Larsen und die anderen Wachen bei ihm.

»Ihre Geister, Captain«, sagte Russell.

»Gut gemacht.« Er schnaufte vom Laufen. »Wie lauten Ihre Befehle? Sollen wir sie in den Bau bringen?«

Ein Schauer durchlief Russell, als er das Wort Befehle hörte. Möglicherweise würde sich Larsen ihm doch noch anschließen. »Wir wissen alle, dass das nicht reicht«, sagte er. »Ich werde sie mitnehmen und ihnen ein wenig die Gastfreundschaft Nightcliffs demonstrieren.«

* * *

An Bord seiner Gondel überprüfte Russell, ob die Frauen ordentlich gefesselt waren. Seine Männer hatten es wohl etwas zu gut gemeint – sie sahen aus wie Mumien.

Natalie saß mit angewiderter Miene allein an der gegenüberliegenden Wand, an einen Sitz, so weit wie möglich entfernt von den Gefangenen, geschnallt. Russell zog in Erwägung, sie für den Blick zu rügen, aber er hatte noch zu tun.

Er schwebte zur Kabine auf der zweiten Ebene, wo das einzige Terminal der Gondel angesiedelt war, und gab den Code für die Nightcliff-Aufsicht ein.

»Holen Sie Osmak ran«, sagte er zu der Person, die sich meldete. »Ich werde warten. Beeilen Sie sich.«

»Beeilen« war immer noch sehr interpretationsfähig, bemerkte er, während er wartete. Minuten vergingen, bevor er schließlich spürte, wie die Gondel ruckelte, und das Summen des Greifapparats hörte, als der Vortrieb auf dem Liftkabel einsetzte.

Richtung Erde. Eine Expedition nach Afrika. Er grinste. Er sah sich schon dort im hohen Gras stehen, die Arme über der Brust verschränkt, ein Willkommensgrinsen auf dem Gesicht. Zane Platz, der Tollpatsch, wie er aus seiner Gondel in die helle Sonne stolperte und direkt in den Lauf eines MGs starrte.

»Osmak«, kam eine Stimme vom Terminal.

Russell hatte den Kerl über die Jahre mit einiger Erheiterung beobachtet und ihm seine kleine Schmuggeloperation durchgehen lassen. Solange er nicht zu ehrgeizig wurde, konnte jeder auf seine Weise davon profitieren. Bis vor zwei Tagen. Russell ließ den Hammer fallen. Er brauchte die Kontakte des Mannes. »Wie läuft die Planung?«

Bei ihrer Unterhaltung am Vortag hatte Russell ihm unter Androhung eines qualvollen Todes spezifische, anspruchsvolle Befehle erteilt: »Suchen Sie mir zehn Flugzeuge, mindestens, die mit minimaler Fracht bis nach Afrika kommen«, hatte er gesagt. »Schutzanzüge für fünfzig Leute. Überlebensvorräte für ein paar Tage.« Er hatte Kip mitgeteilt, ihm sei egal, wen er dafür hinzuziehen oder welche Drohungen er aussprechen musste. »Erledigen Sie es einfach«, hatte er gesagt.

Osmak räusperte sich laut. »Wir werden bereit sein, Mr Blackfield.«

»Ausgezeichnet.«

»Sie, äh …«

»Was?«

»Die Bergungsmannschaften fliegen seit dem Überfall nicht mehr. Ich weiß nicht recht, wie …«

»Wir haben keine Zeit, uns um sie zu kümmern. Kontaktieren Sie Grillo, er hat ausreichend Flugzeuge.« Flugzeuge und Ehrgeiz. Der Slumlord versuchte seit Monaten, sich Russells Gunst zu erschleichen. Es war an der Zeit herauszufinden, wie ehrgeizig er wirklich war.

KAPITEL 46

Im Anflug auf die Anchor-Station

17.2.2283

Raumflug war, wie Skyler feststellte, nicht sonderlich aufregend. Nachdem er Gateway verlassen hatte, ließ er sich ein paar hundert Meter von der Station wegtreiben, richtete sich am Liftkabel aus und zündete die Triebwerke, bis er eine anständige Fluggeschwindigkeit erreicht hatte. Sein Bauchgefühl wollte das kleine Schiff noch stärker beschleunigen, aber er wusste, dass er am anderen Ende Treibstoff zum Bremsen brauchen würde, und wollte nicht riskieren, an der Station vorbeizuschießen und den Rest seines Lebens im Weltraum zu treiben. Ein solches Leben würde sich eine Woche hinziehen, wenn man nach der Anzeige ging, die seinen Luftvorrat protokollierte.

Er nahm während des Fluges ein paar kleinere Kurskorrekturen vor, um einen Zusammenstoß mit den sehr viel größeren Farmplattformen zu vermeiden, die sich in Gruppen in unterschiedlichen Abständen entlang des Kabels ballten. Er hatte sogar etwas geschlafen, und diese Tatsache und die Rationen, die er unter dem Sitz gefunden hatte, sorgten für ein erfrischtes und waches Gefühl, als endlich die Anchor-Station vor ihm aufragte. Er drehte sich und drosselte die Geschwindigkeit.

Der Status auf der Station war ihm ein völliges Rätsel. Blackfield war aufgebrochen, das wusste Skyler. Eine Zeitlang hatte er auf dem Flug überlegt, seine Nightcliff-Uniform auszuziehen, für den Fall, dass die Stationsmitarbeiter vor Ort wieder die Kontrolle übernommen hatten. Er verwarf die Idee, als ihm auffiel, dass er nichts anderes anzuziehen hatte. Mit gerümpfter Nase erkannte Skyler, dass saubere Klamotten ganz oben auf seiner Liste stehen sollten, sobald er drinnen war.

Da er mit der Steuerung des Schiffchens schon besser zurechtkam, nutzte er die kleinen Manövrierdüsen, um an den gigantischen rotierenden Ringen weiter nach außen zu fliegen. Das kleine Schiff schwebte Richtung Ring in der Mitte. Ihm fiel auf, dass es zwischen dem mittleren Ring und dem darüber und darunter große Lücken gab, und ihm wurde schnell klar, warum.

Hier endete der Darwin-City-Lift. Er sah die Überreste des Schiffs der Erbauer, umgeben vom langsam rotierenden Mittelring der Station. Er hatte Bilder gesehen wie jeder andere, aber der Anblick war dennoch ehrfurchtgebietend.

Er nahm sich einen Moment, um die spektakuläre Aussicht auf sich wirken zu lassen.

Das Schiff der Erbauer, das da lag wie ein Fossil, beunruhigte ihn. Welchem Zweck hatte es gedient, ein Schiff durch die gewaltige Leere zu schicken, um einen Weltraumlift zu bauen? Hatten sie sich die Erde gezielt ausgesucht, oder war es einfach Schicksal gewesen? Er bezweifelte, dass das je irgendwer erfahren würde.

An Backbord ragte die Erde im Fenster auf, drehte sich sachte in all ihrer Größe. Der Anblick beruhigte ihn.

Er konzentrierte sich, suchte die Stationsringe nach Andockluken von Frachtbuchten ab. Der Ring, der der Erde am nächsten war, besaß natürlich eine Bucht, aber Skyler nahm an, dass sie schwer bewacht sein würde.

Auf dem obersten Ring schien es auch eine Frachtbucht zu geben, aber diese Ebene lag draußen hinter dem Ende des Liftkabels und wurde deswegen vermutlich nie angeflogen. Er fragte sich, ob sie überhaupt funktionstüchtig war, und entschloss sich weiterzusuchen.

Die Ebene direkt unter dem mittleren Ring war die einzige andere Möglichkeit. Er sah zwei Frachtluken seitlich auf der inneren Nabe. Skyler holte tief Luft, richtete sein Schiff aus und setzte einen kurzen Impuls mit den Triebwerken, während er sich fragte, wie er sie öffnen würde.

* * *

Fünfzig Meter von der Station entfernt leuchtete ein Panel auf dem Cockpitfenster auf, das die Luken markierte und Andock-Optionen anbot.

»Wie nett«, sagte Skyler. Er tippte auf die Option für manuelle Öffnung, was eine erneute Bestätigung erforderte. Sobald er damit fertig war, lehnte er sich zurück und sah zu, wie der Rechner alles abwickelte.

Die Luke glitt mit einem stillen Willkommensgruß auf. Sein Schiff trieb in präzisem, geringem Tempo hinein und drehte sich in letzter Sekunde, um nach draußen Richtung Raum zu blicken.

Auf einem Panel unter seinem Fenster erschien die rückwärtige Ansicht. Skyler atmete auf, als er eine leere Bucht vor sich sah.

Das Schiff landete ganz sanft in der gegenüberliegenden Ecke der kleinen Bucht. Skyler wartete, bis die Lichter an den Seiten der Luken grün wurden, ehe er sich abschnallte und das kleine Schiff ausschaltete.

Er stürzte das letzte Wasser hinunter und aß ein Preservall-Päckchen Apfelsoße, in die irgendein Körnerkram gemischt war. Es schmeckte nach nichts. Dann blieb er lange mit geschlossenen Augen sitzen. Wenn jemand kam, um nachzusehen, warum sich die Frachtluken geöffnet hatten, würde er sagen, dass er beinahe eine Vergnügungsfahrt gemacht hätte, es sich aber anders überlegt hatte.

Niemand kam. Skyler schob sich aus dem Wartungsschiff und strich seine Kleidung glatt. Er fuhr sich mit einer Hand durchs Haar, bevor er den Nightcliff-Helm wieder aufsetzte. Dann schüttelte er sich die Trägheit aus den Gliedern. Hinten im engen Cockpit des Schiffs enthielt ein kleiner versiegelter Container seinen Urin und die Ausscheidungen vom Flug, bisher den einzigen echten Beweis, dass er dort drin gewesen war. Er überlegte, ob er einen Ort suchen sollte, um den Container zu verstauen, oder einfach die ganze Bucht entlüften, um zu verschleiern, dass er das Schiffchen benutzt hatte. Der Gedanke, man werde das Schiff genauestens durchsuchen, schien absurd, deshalb ließ er es zurück und ging aus der Bucht.

Die Anchor-Station fühlte sich von Anfang an entschieden fortschrittlicher an als Gateway. Skyler nahm an, sie war nach einem sorgfältigen Plan konstruiert, nicht so wahllos wie die unterste Station. Er glitt und kletterte den Tunnel hinab, der zum äußeren Abschnitt des Ringes führte, den er betreten hatte. Gravitation oder zumindest ihre Illusion war ein willkommenes Gefühl nach zwei schwerelosen Tagen in dem winzigen Wartungsschiff.

Skyler stieg von der Leiter auf einen Boden aus waldgrünen Platten.

»Wer zum Teufel bist du?«

Er drehte sich zu der Stimme um, sein Herz raste. Eine Nightcliff-Wache stand nur wenige Meter entfernt.

»Nera«, sagte Skyler. »Wer zum Teufel bist du?«

»Gehörst du zur Ablösungs-Schwadron?«

Skyler ergriff die Gelegenheit wie ein überraschendes Geburtstagsgeschenk und nickte. »Man hat mir gesagt, ich soll hier Streife laufen.«

Der Mann trat von einem Fuß auf den anderen, kniff die Augen zusammen. »Wer hat das befohlen?«

Vorsicht jetzt. »War wahrscheinlich nur eine Verwechslung.«

»Tja«, sagte der Wächter, »ich brauche keine Hilfe. Such dir einen anderen Posten.«

»Mach ich. Äh, wie geht's zurück?«

Der Wächter seufzte und deutete mit dem Kopf auf die Seite rechts von Skyler.

* * *

»Du hast keine Spezialfähigkeiten?«

Skyler stand im Sicherheitsbüro auf der Ebene mit den grünen Fußböden vor dem Mann, dem Russell Blackfield das Sagen überlassen hatte. »Ich werde mit meinen Patrouillen immer pünktlich fertig«, sagte Skyler.

»Wenn das mal keine verfickte Superkraft ist.« Der Mann ließ den Stift fallen und fuhr sich mit der Hand über das längliche Gesicht. »Das ist vielleicht ein Posten, am unteren Ende der Leiter mit einem Haufen Idioten.«

»Ja, Sir.«

»Ich habe nicht mit dir gesprochen.«

»Ja, Sir.«

Der Mann lehnte sich in seinem Stuhl zurück und rieb sich die Augen. »Also … dann lauf doch Streife, wenn du darin so gut bist. Such dir eine Ebene aus; sie sind alle unterbesetzt, auch trotz euch Neuankömmlingen.«

»Irgendwo?«

»Außer Ebene Weiß, dort brauche ich niemanden mehr. Alle wollen … was zum Teufel das auch ist … anschauen.«

Skyler hatte im Gang draußen kurz eine Karte der Station gesehen, aber er hatte keine Ahnung, wo Tania sein würde. Er musste einen Einheimischen finden, der es ihm sagen konnte. »Gut. Wo ist die Kantine?«

»Herrgott«, sagte der Mann. »Ich bin umgeben von faulen Idioten.« Er hackte auf den Tasten des Terminals auf seinem Tisch herum. »Du kannst mit allen anderen essen. Patrouilliere auf Ebene Schwarz, so weit weg von mir wie möglich. Es gibt aber eine Regel. Blackfield sagte, niemand fasst die Wissenschaftlerin namens Sharma an. Auf die hat er ›Anspruch‹. Herrgott. Egal, halt dich einfach von ihr fern. Wenn du in diese Richtung irgendeinen Drang verspürst, geh in den Überwachungsraum. Die haben ein Video von ihr in der Dusche.«

Sie war hier, das war doch immerhin etwas. Über den letzten Teil wollte Skyler nicht nachdenken. Er kämpfte den Drang nieder, dem Mann den Hals umzudrehen. »Ja, Sir.«

»Der Nächste, der hier reinkommt, weiß besser, wie man ein gottverdammtes Terminal repariert.«

Skyler salutierte, eine Geste, die keine Beachtung fand, und schritt aus dem Raum.

Die Worte des Mannes hallten in Skylers Kopf wider. Blackfield hatte ein Anrecht auf Tania angemeldet. Der Kommentar ließ ihm die Haare zu Berge stehen, genau wie die Andeutung, dass sie ein anzügliches Video von ihr gemacht hatten.

An der Sicherheitskonsole draußen hielt er inne. Ein Panel an der nächsten Wand stand einen Spaltbreit auf.

In der Ferne, außer Sicht, hörte er Stimmen. Jemand lachte. Hinter sich hörte Skyler den Administrator fluchen und mit der Faust auf die Tastatur des Terminals eindreschen.

Skyler wollte nicht beim Herumschnüffeln erwischt werden, aber das Sicherheitspanel verlockte ihn. Er öffnete es und stieß auf eine Reihe von Schlüsselkarten, die darin hingen.

Rasch pflückte Skyler eine von ihrem Haken und stopfte sie sich in die Tasche.

Er ging weiter durch die Gänge, so schnell er es wagte. Die Ebenen der Anchor-Station waren ausgedehnter als auf Gateway, besonders Ebene Weiß, wo sie anscheinend das Schalenschiff der Erbauer erforschten. Unterwegs traf er nur auf Nightcliff-Wachen, und davon nur wenige und selten. Blackfield hatte nur eine Rumpfmannschaft zurückgelassen.

Nach Ebene Weiß betrat er die mit dem Namen Weizen. Der Kachelboden hatte eine erdige, goldene Farbe.

Ein großes Wandbild am Eingang zeigte einen Ausschnitt einer der riesigen landwirtschaftlichen Plattformen, bedeckt von Hunderten Anbauflächen in allen Grün- und Goldtönen.

Wider Willen war Skyler beeindruckt von der Qualität der künstlerischen Arbeit und dem Wunder der Ingenieurskunst, das sie darstellte. Das Logo von Platz Space-Ag hing prominent daneben.

Er ging weiter bis Ebene Schwarz, begab sich zur nächsten Tür im gekrümmten Gang und bewegte den Knauf. Es klickte, als die Verriegelung sich löste.

»Hallo?« Skyler schob die Tür leicht auf.

Ein Mann in T-Shirt und Unterwäsche saß auf einer Koje. Er wirkte krank, starrte Skyler müde an.

»Ich bin auf Ihrer Seite«, sagte Skyler leise.

In die Miene des Mannes trat langsam Hoffnung, wie ein Licht, das eingeschaltet wurde.

»Geht es Ihnen gut? Können Sie gehen?«

Seine Stimme brach, als er sagte: »Haben Sie was zu essen?«

»Tut mir leid«, antwortete Skyler.

»Gehören Sie zum Widerstand?«

Was immer das bedeutete, es klang erfolgversprechend und war nahe genug an der Wahrheit.

»Ja. Ich suche Tania Sharma.«

Der Mann starrte auf einen unspezifischen Punkt neben Skyler. Dunkle Tränensäcke hingen unter seinen trüben Augen. »Ich habe gehört, Blackfield hat sie erwürgt.«

Skyler spürte, wie ihn Entsetzen durchfuhr, und rang um Kontrolle. Es klang nach einem Gerücht, und sie passten nicht zu dem, was der Verwalter gesagt hatte.

»Wissen Sie, wo ihr Zimmer ist?«

»Zwei-zehn, glaube ich. Nehmen Sie mich mit«, sagte er.

»Wie viele andere Wachposten patrouillieren auf dieser Ebene?«

»Nehmen Sie mich mit!«

Skyler legte dem Mann eine Hand auf die Schulter. »Werde ich, aber noch nicht jetzt. Ich kann mir keinen Alarm leisten.«

Der gebrechliche Mann musterte Skylers Gesicht. Er ließ den Kopf hängen und nickte langsam.

* * *

Neben der Tür hing ein Schild mit der Aufschrift »210«. Skyler zog die Karte durch, die er gestohlen hatte, und hörte, wie das Schloss sich entriegelte.

»Tania?«, fragte er. Im Zimmer war es dunkel. »Ich bin's, Skyler. Erinnern Sie sich, auf Hawaii?« Seine Stimme klang dümmlich in seinen Ohren.

Tania Sharma schaltete ein Licht neben dem Bett an. Mit Augen wie Untertassen stand sie auf zitternden Beinen vor ihm. Ihre Unterlippe bebte, während ihr Tränen über die Wangen liefen.

Skyler fing sie auf, als sie zusammenzubrechen drohte. Sie packte ihn am Ärmel und schluchzte in seine Brust. Skyler nahm sie fest in die Arme und ließ sie langsam zu einer sitzenden Position auf dem Boden vor dem Bett sinken.

»Ich bin so froh, ein freundliches Gesicht zu sehen«, sagte sie zwischen Schluchzern und keuchenden Atemzügen.

»Dito.«

»Ihre Uniform«, sagte sie plötzlich dumpf.

»Ich werde sie verbrennen, sobald ich Gelegenheit dazu habe«, sagte er. »Im Augenblick ist sie recht nützlich.«

»Sie sind der Letzte, mit dem ich … wie haben Sie …?«

»Wo ein Wille ist«, sagte er und ließ das Klischee unvollendet.

»Das ist ja mal ein Wille.«

»Er ist so ziemlich alles, was mir noch bleibt.«

Sie lächelte. Ein zartes Lächeln, aber so voller Dankbarkeit, dass Skyler eine sofortige, überwältigende Liebe für sie empfand. »Danke«, brachte sie hervor.

Skyler wischte ihr eine Träne von der Wange. »Wir müssen hier raus, Tania. Schnell. Ich habe ein Schiff ...«

»Nein«, sagte sie.

Skyler runzelte verdutzt die Stirn.

In ihrem Gesicht lag plötzlich ein entschlossener Ausdruck. »Wir können nicht weg; wir müssen die Station wieder einnehmen. Das ist entscheidend. Machen Sie sich keine Sorgen, ich habe einen Plan.«

* * *

Skyler spähte in den Gang vor ihrer Unterkunft hinaus und sah niemanden. »Wohin?«

»Ich muss aufs Klo«, sagte Tania. »Das geht nach links.«

Er trat in den Gang, nahm sie am Arm, als eskortiere er sie als Gefangene, und hoffte, dass seine Verkleidung als Wächter von Nightcliff weiterhin dienlich sein würde.

»Warten Sie«, sagte sie.

Er ließ sie los, und sie lief ein kurzes Stück zu einer Tür weiter hinten im Gang, an die sie energisch klopfte. »Nat? Natalie?«

Skyler hörte, dass sie sich große Sorgen machte. Er beobachtete, wie sie noch einmal klopfte, dann trat er neben sie. »Lassen Sie mich«, sagte er. Er zog die Schlüsselkarte wieder durch und schob die Tür auf, nachdem sie sich entriegelt hatte.

Das Bett war gemacht. Ein Paar Hausschuhe standen perfekt ausgerichtet auf dem Boden.

»Wen suchen wir?«, fragte Skyler.

»Meine Assistentin Natalie. Zuletzt habe ich sie bei Blackfield gesehen.«

»Er ist weg. Nach Gateway. Hat die meisten seiner Männer mitgenommen.«

»Dann hat unsere Lüge besser funktioniert als erwartet.«

Daraufhin zog Skyler eine Braue hoch.

»Ich werde es Ihnen später erklären.«

Er nickte und nahm wieder ihren Arm, fasste sie sanft am Ellbogen. Dann gingen sie ein kurzes Stück zu den öffentlichen Klos.

Wenig später kam sie heraus und wirkte frischer: sauberes Gesicht, das schwarze Haar streng hochgesteckt und keine Spur von Tränen auf ihrer Wangen.

Sie ging zu Skyler und küsste ihn.

»Ich bin fertig mit Weinen«, sagte sie, als sich ihre Lippen voneinander lösten. »Ich bin fertig damit, mich schwach zu fühlen. Danke nochmal, dass du mich gesucht hast.«

Skyler bekam keine Antwort heraus. Er lächelte einfach. »Wohin?«

»Zuerst«, sagte sie, »falle ich um, wenn ich nichts esse.«

»Wo ist die Cafeteria?«

Sie schüttelte den Kopf. »Zu weit. Zu riskant. Wir haben ein paar Snacks im Observatorium.«

»Geh voraus«, sagte er.

Obwohl der Gang leer war, sprach Skyler leise. »Tania, haben sie … hat Russell dir etwas getan? Oder …«

»Nein«, sagte sie, »nicht direkt.«

Ihre Wortwahl erfüllte ihn mit Angst. »Wie meinst du das?«

»Natalie. Er hat darauf angespielt, sie misshandelt zu haben, weil ich schwieg. Lügen, glaube ich, mit der Absicht, mich zur Kooperation zu bewegen.«

»Bist du sicher? Blackfield hat einen Ruf …«

Tanias Miene wurde starr, ihr Blick ging in die Ferne. »Eine andere Art von Lüge. Natalie war verpflichtet, mit ihm zu kooperieren. Es hat sich gezeigt, dass sie schon einige Zeit für Warthen arbeitet.«

»Mein Gott«, wisperte Skyler. Er versuchte, sich vorzustellen, wie es wäre, wenn sich erweisen würde, dass jemand aus seiner Mannschaft auf Blackfields Gehaltsliste stand. Schon der Gedanke brachte sein Blut in Wallung. »Wie hast du es herausgefunden?«

Tania schwieg eine Weile. »Sie wollte es erklären, aber man hat uns nie allein gelassen. Meine Phantasie spielte natürlich verrückt. Um ehrlich zu sein war ich bereit, ihm zu geben, was immer er wollte, wenn ich dafür ihre Sicherheit bekomme.«

»Das kann ich verstehen.«

Sie nickte. »Dann kam sie auf den Gedanken, Russell zu erzählen, wir seien ein Liebespaar. Sie hat seine Perversion gegen ihn gewandt.«

»Ah. Die Dusche.«

Tania warf ihm einen Blick zu. »Wie hast du …?«

Skyler seufzte. »Die Ratte, die zurzeit für die Station verantwortlich ist, hat es erwähnt. Sieht aus, als wärst du eine Berühmtheit im hiesigen Videoring.«

»Oh, toll.«

»Denk dir einfach«, sagte Skyler, »dass es sie zumindest von dir ferngehalten hat. Na ja, das und Blackfields Befehle.«

»Hast, äh, hast du …?«

»Nein«, sagte Skyler. »Nein, so bin ich nicht.«

Sie drückte seinen Arm. »Hier rein«, sagte sie an einer Doppeltür. Sie führte in einen großen, runden Raum, den die Okulareinheit eines Teleskops beherrschte. Computerterminals säumten eine Hälfte des Raums, Metallspinde die andere. Tania ging direkt zu einem Spind. »Hunger?«

»Ich könnte was essen«, sagte Skyler.

Sie öffnete ihn und wühlte darin herum. »Sieh mal nach, ob eines dieser Terminals sich anschalten lässt.«

Skyler versuchte es bei jedem, aber kein Einschaltknopf lieferte ein Ergebnis. »Tot.«

»Das ist unsere nächste Aufgabe.« Sie hatte einen Plastikbehälter voller eingeschweißter Energieriegel in der Hand. Sie stellte ihn ab und riss eine Einschweißung auf. Der Riegel verschwand mit erstaunlichem Tempo in ihrem Mund. Dann besann sie sich und warf Skyler einen zu.

Er fing ihn, deutete dann auf die Reihe leerer Monitore. »Können wir die in Ordnung bringen?«

Tania ging zurück zum Schrank, kam mit zwei Flaschen aus Edelstahl zurück. Sie gab ihm eine davon.

Das Wasser darin schmeckte metallisch, aber er war dankbar dafür. Er stürzte die halbe Flasche hinunter, ehe er den Deckel wieder zuschraubte.

»Sie sind vermutlich vom Sicherheitszentrum aus gesperrt«, sagte Tania.

»Warum habt ihr hier einen Nahrungs- und Wasservorrat?«, fragte Skyler.

Sie zog eine Braue hoch. »Es ist unsere Zuflucht, falls es zu einem Sonnensturm kommt. Außerdem sind wir Workaholics. Leute forschen manchmal die ganze Nacht hier drin. Üblicherweise ist richtig viel los.«

Eine Weile aßen beide schweigend. Er sprach als Erster. »Hat es hier oben in letzter Zeit noch weitere Subhumane gegeben? Stromschwankungen am Kabel?«

»Nein«, sagte sie. »Zumindest nicht, dass ich wüsste. Wieso?«

Skyler erzählte ihr von Neils Bitte und den Ereignissen in der Grube unter Nightcliff. »Ich habe keine Ahnung, wie«, schloss Skyler, »aber ich glaube, ich habe es repariert. Es ist, als hätte dieses Ding einfach … essen müssen.«

Sie starrte ihn an. Dann runzelte sie die Stirn. »Das ist vielleicht gar nicht so weit von der Wahrheit entfernt. Ernsthaft: Geh davon aus, dass diese Subhumanen einen seltenen, neuen Stamm der Krankheit hatten. Die Aura hatte bis zu deinem Besuch eindeutig Schwierigkeiten, damit umzugehen. Vielleicht brauchte sie nur eine …« Sie hielt inne, suchte nach dem richtigen Wort. »Probe.«

Er nickte verdrießlich. »Was immer es ist, an mir hat es jedenfalls keinen Geschmack gefunden.«

»Was auch Sinn ergibt«, sagte sie und lachte, als sich auf seinem Gesicht Einwände abzeichneten. »Du bist immun. Wozu sollte sie dich brauchen?«

Skyler aß den Rest seines Riegels. Das Wasser hinterließ einen metallischen Geschmack im Mund, aber er trank es dennoch aus. »Was war überhaupt auf diesen Daten-Würfeln?«

Die Energie in ihrem Gesicht schwand. »Beweise«, sagte sie. »Neil und ich dachten, die Erbauer würden eines Tages zurückkehren, und mir wurde klar, wenn ich wüsste, wo am Himmel ich suchen müsste, könnte ich sie vielleicht vorab sehen. Dafür habe ich Daten der vorherigen Ereignisse gebraucht.«

»Du hattest recht, nehme ich an?«

Sie nickte, und doch sah er Zweifel in ihrem Blick. »Ich dachte, sie seien Jahre entfernt, aber sie waren schon über uns. Wir hatten Glück, dass Neil euch just zu diesem Zeitpunkt angeheuert hat, oder wir hätten sie verpasst.«

Ihrem Tonfall entnahm Skyler, dass sie das nicht so ganz glaubte. Das Timing erschien tatsächlich etwas unheimlich. »Sie sind also wieder da? Noch ein Care-Paket, oder sind sie diesmal persönlich aufgetaucht?«

»Soweit wir wissen«, sagte Tania, »baut das Schiff einen neuen Weltraumlift.«

Fast hätte er gelacht. Die Menschheit konnte kaum eines der gottverdammten Dinger am Laufen halten. Was würde ein zweites nützen?

Die Antwort traf ihn sofort: Neu starten. Es richtig machen.

»Also, wie lautet der Plan?«

»Ich brauche ein funktionierendes Terminal«, sagte sie. Sie vervollständigte ihre Runde durch den Raum und hielt vor Skyler an. »Platz hat den Plan ausgearbeitet. Er hat ihn mir geschickt, ehe er gestorben ist.«

»Es ist Zeit, mich einzuweihen«, sagte Skyler. »In alles.«

Sie tat es. Seine Augen wurden bei jedem Wort größer.

* * *

»Was in Gottes Namen tut sie denn hier?«

Die durchdringende Stimme des Stationskommandanten ließ Skyler zusammenzucken. Er hielt Tanias Arm hinter ihrem Rücken, als brächte er sie gegen ihren Willen her.

»Sie sagten doch … ich dachte, Sie sagten, ich soll sie herbringen?« Skyler kratzte sich hinterm Ohr.

»Ich habe nie etwas Derartiges verlauten lassen, du Idiot!«

Skyler kratzte sich erneut hinterm Ohr. Seufzte. »Als ich ging, sagten Sie doch: › … außer sie kann ein Terminal reparieren‹.«

Der Mann schäumte. »Ich habe nicht von ihr gesprochen, du Idiot. Ich … Moment mal, kann sie das? Können Sie das?«, fragte er Tania.

»Was?«

»Ein Terminal reparieren.«

Tania hielt inne. Skyler drückte leicht ihren Arm, um ihr Sicherheit zu geben. »Ich weigere mich«, sagte sie.

Der Mann beugte sich über seinen geborgten Schreibtisch und zerknüllte mit der Faust zerstreut ein Blatt Papier. »Wenn Sie es nicht tun«, sagte er, »werde ich Sie verprügeln lassen.«

»Das würden Sie nicht wagen«, antwortete Tania.

»Bitte?«

»Oh«, sagte Skyler, »ich habe ihr schon erklärt, dass wir ihr kein Haar krümmen dürfen. Blackfields Befehle, haben Sie gesagt.«

Frustriert schloss der Kommandant die Augen. »Was hast du ihr sonst noch gesagt?«

Skyler sah zur Decke. »Hmm … Nur, dass sie noch hübscher ist, als Sie es mir beschrieben haben.«

»Was mich verwirrt hat«, sagte Tania. »Sind wir uns schon mal begegnet?«

Skyler meldete sich zu Wort, ehe der nervöse Mann etwas hervorbrachte. »Er sagte, er hat Sie in einem Video geseh …«

»Das reicht, Nera.« Er las den Namen von Skylers Uniform ab. »Ich werde dich bei der Säuberung der Unrat-Container einsetzen.«

Tania hüstelte höflich. »Ich schlage Ihnen einen Handel vor«, sagte sie.

Er richtete seine Aufmerksamkeit auf sie. »Lassen Sie hören.«

»Zwei Dinge. Sofern ich es richtig verstehe, hat die Stationscrew seit beinahe vierundzwanzig Stunden nichts zu essen bekommen und durfte keine Toiletten benutzen.«

»Ich bin unterbesetzt. Selbst mit der Schwadron zur Ablösung, die gestern eingetroffen ist. Sie haben mir Esel wie diesen Typen geschickt …«

»Ich verstehe, aber meine Leute sind alle eingesperrt, also sind Ihre Patrouillen sinnlos.«

»Ach ja?«

Tania ignorierte ihn und fuhr fort: »Lassen Sie die Wartungsmannschaft frei, damit sie Essen ausliefern und Grunddienste zur Verfügung stellen kann, unter Bewachung natürlich. Erlauben Sie unseren Leuten Klopausen, und bringen Sie sie wieder in ihre Zimmer. Eine Ebene nach der anderen, damit Sie genug Security zur Verfügung haben.«

Er blinzelte.

Skyler dachte, dass sie die Forderung perfekt betont hatte. Ganz kurz vor einem Befehl, ein Quentchen mehr als ein Vorschlag.

Das Wiesel fuhr sich mit einer Hand über den kahl werdenden Kopf. »Wie lautet die zweite Bedingung?«

»Meine Assistentin Natalie Ammon. Ich will sie sehen. Ich will mich vergewissern, dass es ihr gutgeht.«

Er rutschte unbehaglich auf seinem Stuhl herum. Die Bitte war unerfüllbar, und Skyler genoss es zu sehen, wie der Mann sich wand.

»Reparieren Sie zuerst das Terminal«, sagte er.

»Ich werde das Terminal reparieren«, antwortete Tania souverän, »nachdem Sie Ebene Schwarz mit Essen versorgt und meine Assistentin hergebracht haben.«

Skyler beobachtete den Mann, spürte seine berechnenden Gedankengänge. Tanias geniale Idee könnte tatsächlich funktionieren: Zwei Forderungen stellen, eine davon unmöglich, so dass die andere verdaulicher erschien.

»Ihre zweite Forderung lässt sich nicht erfüllen«, bemerkte er tonlos.

Tania stürzte sich vor. »Ihr gottverdammten Monster …«

»Halt«, sagte der Mann und hob die Hände. »Es geht ihr gut, sie ist nur nicht hier.«

»Wo ist sie?«, krächzte Tania.

»Blackfield hat sie mitgenommen.«

Eine gespannte Stille senkte sich auf den Raum.

»Wohin?«, fragte Skyler.

»Geht dich nichts an, Nera.«

»Gut«, sagte Tania, »gut. Versorgen Sie wenigstens das Personal. Lassen Sie die Hausmeister ein wenig Ordnung machen.«

Die Unterlippe des Mannes spannte sich an, als wolle er sie verziehen. »Ich erteile jetzt den Befehl, wenn Sie sofort anfangen, und Sie können hierbleiben und die Fortschritte mit ansehen. Passt das für Sie?«

»Abgemacht.«

»Abgemacht«, sagte Skyler.

»Nera, verpiss dich«, sagte der Mann. »Such dir doch ein Loch, in das du dich verkriechen kannst …«

Tania trat entschlossen einen halben Schritt vor und damit zwischen sie. »Er bleibt.«

»Wieso?«

»Er ist der Einzige von euch, der mich mit Würde behandelt hat.«

»Na toll«, stöhnte er. »Genau die Eigenschaft, die ich an einem Gefängniswärter schätze.«

Skyler griente stolz.

»Paul!«, rief der Befehlshaber. Ein paar Sekunden später tauchte ein weiterer Wachposten auf, an dem Skyler und Tania auf dem Weg nach drinnen vorbeigekommen waren, und salutierte salopp. »Haben wir das Nahrungsmittellager gefunden?«

»Es ist eine große Station«, sagte Paul.

»Ebene Rot«, sagte Tania, »Raum acht.«

Der Administrator sank auf seinem Sitz zusammen. Er rieb sich mit den Zeigefingern die Schläfen. »Ich brauche einen gottverdammten Drink. Na gut, ich will, dass alle verfügbaren Wachen ihre Bereiche sichern und sich dann auf Ebene Rot melden. Bringt Nahrung und Wasser in jeden besetzten Raum, beginnend mit den Wartungsmitarbeitern, verstanden?«

»Ja, Sir.«

»Lassen Sie anschließend die Hausmeister Essen und Wasser auf jede Ebene schleppen. Erlauben Sie den Stationsmitarbeitern, die Toiletten zu nutzen. Eine Ebene nach der anderen, unter Beaufsichtigung.«

»Verstanden.«

»Ich will regelmäßige Statusberichte. Wegtreten.« Der Soldat namens Paul salutierte, machte auf dem Absatz kehrt und ging. Der Kommandant warf Skyler einen Blick zu. »Siehst du das, Nera? Das nennt man Kompetenz.«

»Das haben Sie sehr gut gemacht, Sir.«

»Ich meinte ihn – Herrgott, vergiss es einfach.« Er trat vom Schreibtisch zurück und hielt die Stuhllehne, dann wies er auf Tania. »Dr. Sharma, das Terminal?«

»Wie soll ich Sie nennen? Hauptmann?«

»Edgar reicht.«

»Hauptmann Edgar also.«

Er verzog das Gesicht. »Administrator, wenn es sein muss.«

Tania nahm Platz, während Skyler sich in der Nähe der Tür herumdrückte. Er beobachtete, wie Edgar hinter Tania Stellung bezog und jeden Tastendruck beobachtete.

Tania arbeitete lange schweigend an der Tastatur. Manchmal schüttelte sie verärgert den Kopf und murmelte irgendwelche Fachausdrücke, die Edgar vorgab zu verstehen.

Ein Handfunkgerät auf dem Schreibtisch erwachte knisternd zum Leben. Die Stimme des Wachpostens Paul wurde hörbar. »Administrator?«

Edgar nahm das Gerät. »Ja?«

»Ich habe die meisten Männer zusammen. Wir beginnen mit dem Auspacken der Nahrungsmittel.«

»Fortfahren. Halten Sie mich auf dem Laufenden.« Er stellte das Funkgerät wieder ab.

Dieser Bericht war für Skyler das Stichwort. Angst durchströmte ihn, und er nahm sich ein paar Sekunden, um sich zu beruhigen. *Entspann dich, los geht's.*

»Hey«, sagte Skyler, »also, dieses Dusch-Video. Kann ich es …«

Edgar lachte verängstigt. »Nera, kann ich einen Augenblick draußen mit dir sprechen?«

»Klar.«

Der Mann mit der beginnenden Glatze kam um den Tisch und stapfte an Skyler vorbei, ohne ihm in die Augen zu schauen. Skyler blinzelte Tania zu und folgte dem Mann hinaus auf den Gang.

»Was hast du für ein Problem?«, fauchte er Skyler an.

»Sir?«

»Hast du für deinen dummen Mund keinen Filter?«

Skyler tat überrascht. »Filter? Was habe ich denn gesagt?«

»Das Video, du Idiot.«

»Wie sie jemandem eine kalte Dusche verpasst?«

Ein Strom von Flüchen ergoss sich aus Edgars Mund, während er im Gang auf und ab stapfte. »Wie sie verdammt nochmal duscht. Keine kalte Dusche im übertragenen Sinne, eine richtige Dusche.«

Skylers Gesicht blieb unbewegt.

»Wasser? Seife?«

Langsam hob Skyler die Brauen. »Oh … oh!«

»Endlich versteht er es! Es ist ein verficktes Wunder!«

Sie standen einander gegenüber. Skyler fürchtete, der Mann könne kurz vor dem Herzinfarkt stehen, so abgehackt, wie er atmete.

»Also«, sagte Skyler, »kann ich es sehen?«

Er glaubte, der Mann würde auf ihn losgehen. Das hätte er vielleicht auch getan, wenn kein Alarm ertönt wäre. Edgar wandte sich zum Büro um, auf seinen Lippen bildete sich ein Wort.

Er sah Skylers Schlag nicht kommen. Er traf Edgar direkt auf der Wange. Da der Mann völlig unvorbereitet war, riss ihn der Schlag halb herum. Skyler bewegte sich schnell, nutzte seinen Vorteil. Er landete einen Aufwärtshaken, der von Edgars Nacken abprallte.

Unsicher auf den Beinen schlug Edgar um sich. Seine Faust traf Skyler direkt unter der Nase, so dass ihm die Oberlippe platzte.

Skyler schmeckte Blut. Er packte Edgar am Kragen seines Hemdes und schob den Kopf des Mannes nach vorne, wobei er gleichzeitig das Knie nach oben riss, um ihm entgegenzukommen. Ein brutaler Aufprall, bei dem der Knochen von Skylers Kniescheibe in Edgars Gesicht knirschte. Der Mann schrie. Er brach zusammen, ächzte einmal und lag still.

Tanias Augen waren entsetzt geweitet, als Skyler den Körper an den Füßen ins Büro zog.

»Deine Lippe«, sagte sie.

»Das ist nichts. Was ist mit dem Alarm?«

Sie schluckte. Skyler erkannte, dass die Bestürzung in ihrem Gesicht nichts mit Edgars schlaffem Körper zu tun hatte. »Ich habe Ebene Rot abgeriegelt.«

»Gute Idee.«

Sie blieb ungerührt. »Wo sich die Nahrungsvorräte befinden – das war nicht gelogen.«

»Ah.« Skyler machte sich Gedanken über die Folgen. Grundnahrungsmittel würden in den nächsten Wochen kritisch werden. »Dann stehlen wir eben. Auf den anderen Ebenen. Leeren Wasserpumpen, schnappen uns alles Essbare, das Leute auf ihren Zimmern haben.«

»Das reicht möglicherweise nicht.«

Skyler kauerte sich neben sie. »Menschen sind erfinderisch. Vertrau mir.«

»Wir haben keine Zeit. Die Wachen werden die manuelle Überbrückung finden.«

Er fand, dass sie bleich wirkte, erschöpft. »Möglich. Sind nicht gerade die Hellsten.«

»Deine Lippe sieht abscheulich aus.«

Skyler ging zurück zu Edgar und riss ein Stück vom Hemdsärmel des Mannes ab. Er drückte es sich auf die Lippe, der stechende Schmerz ließ ihn zusammenzucken. »Ich lasse es später von jemandem anschauen. Wechsle nicht das Thema.«

Damit brachte er sie zum Lächeln. Das war immerhin etwas, und Skyler erwiderte das Lächeln.

»Nachdem jetzt der System-Hardlock aufgehoben ist, muss ich das interstationäre Netz vom Computerlabor aus neustarten.«

»Wie weit ist das weg?«

»Auf dieser Ebene. Nicht weit.«

Er ging zurück zu Edgar, nahm die Pistole des Mannes aus dem Holster und reichte sie Tania. »Weißt du, wie man damit umgeht?«

»Das hast du mich schon mal gefragt, auf dem Weg nach Hawaii.«

»Richtig, habe ich vergessen. Hast du es inzwischen gelernt?«

Sie runzelte die Stirn über seinen Spott. »Das liegt nicht in meinem Wesen.«

»Ich weiß. Ich glaube, deswegen mag ich dich so.«

Er lächelte sie an, als sie ihm die Waffe zurückgab.

* * *

Skyler spähte ins Hauptcomputerlabor und schwenkte die Waffe über den halb verdunkelten Raum. »Leer«, sagte er.

Tania folgte ihm hinein. »Dahinten«, sagte sie und deutete auf eine Tür am gegenüberliegenden Ende des Raums.

Skyler öffnete die Tür. Auch leer. Er ließ Tania ein und bewachte die Tür, während sie sich an den Computersystemen zu schaffen machte.

»Sechzig Sekunden«, übertönte sie die zornigen Pieptöne, die von der Maschine kamen.

»Was dann?«

Sie tippte auf den Rand des Schreibtischs, während sie darauf wartete, dass der Prozess durchlief. »Dann entriegeln sich die Türen. Kannst du eine Ankündigung über Lautsprecher machen? Wir müssen alle so schnell wie möglich auf Ebene Schwarz bringen. Meine Freunde von der Wartung können es koordinieren.«

»Mach die Ansage lieber selbst. Dich kennen sie.«

Tania dachte darüber nach. »Das sagt mir schon zum zweiten Mal jemand. Ich schätze, du hast recht«, sagte sie. Ein etwas mürrischer Ausdruck glitt über ihr Gesicht. »Such dir lieber was anderes zum Anziehen« sagte sie, »es sei denn, du willst fälschlicherweise aus einer Luftschleuse befördert werden.«

Skyler sah an sich herab. Auf der zerschlissenen Nightcliff-Uniform waren Blutspuren von seiner geplatzten Lippe. Er schaute auf, nur um festzustellen, dass sich Tania längst auf das Terminal konzentrierte. Er spürte, wie seine Hochachtung für sie wuchs. Der couragierte Plan, den Neil ihr hinterlassen hatte, hatte ernste, weltverändernde Folgen. Es würde keinen Weg zurück geben, und doch arbeitete sie so entschlossen und effizient daran, dass Skyler davon abgesehen hatte, den Plan in Frage zu stellen.

»Schau«, sagte Tania.

Der große Wandmonitor wurde hell. Skyler sah eine schematische Darstellung des Lifts, für jede Station am Kabel stand ein Piktogramm. Da er in den vergangenen Tagen die gesamte Strecke abgeflogen war, erkannte er die Ansicht.

»Die Farmplattformen sind in Vierergruppen angeordnet«, sagte sie, während sie schnell auf die Tastatur tippte. »Insgesamt gibt es zwanzig.«

Skyler konzentrierte sich darauf und stellte sich vor, wie riesig sie waren, viel größer als die anderen Stationen. Sie erinnerten an Schneeflocken, dachte er, mit etlichen sich verzweigenden Armen, die aus riesigen, röhrenförmigen Segmenten bestanden.

Als er den Bildschirm betrachtete, wurde eine nach der anderen rot.

Skyler schluckte. »Sind da Leute drauf?«

»Minimal besetzt«, sagte Tania. »Ich habe sie angewiesen, sich schnellstens in die Personalbereiche zu begeben.«

»Zumindest müssen sie sich keine Sorgen um Verpflegung machen«, sagte Skyler.

In den nächsten Minuten beobachteten Skyler und Tania schweigend, wie die Landwirtschaftsplattformen sich vom Lift lösten. Sie trieben alle in der gleichen Geschwindigkeit in die gleiche Richtung weg.

Bis auf eine.

»Tut mir so leid, Natalie«, wisperte Tania. Eine Träne lief ihr übers Gesicht.

Skyler fand keine Worte, um sie zu trösten. In dem Plan, den sie mit Natalie ersonnen hatte, war nicht vorgesehen gewesen, dass Russell eine von ihnen mit zur Erdoberfläche nahm.

Tania lehnte sich zurück und wischte sich die Tränen mit den Handflächen ab. »Schätze, jetzt sind wir dran.«

»Wir haben immer noch Wachposten aus Nightcliff an Bord.«

»Ich habe schreckliche Angst.« Ihre Stimme war weit weg, zitterte. »Wir lassen Darwin verhungern. Ich … mein Gott, ich habe sie dem Untergang geweiht.«

Er drückte sanft ihre Schulter. »Nein. Darwin kann nur auf eine Weise verhungern, nämlich wenn der Rat oder wer immer das Sagen hat, nicht verhandeln will.« Aus seinem Mund klangen die Worte gehaltlos. Sie blieb bewegungslos sitzen, war nicht überzeugt. »Neil hat das alles vorausgesehen«, fügte er hinzu. »Er hat diesen Plan ausgeklügelt, weil er funktionieren wird. Glaub daran und zieh es durch.«

Diese Aussage kam an. Tania nickte, wischte sich eine weitere Träne ab, die sich in ihrem Augenwinkel bildete.

»Wir sollten uns beeilen«, sagte Skyler.

»Ja. Du hast recht. Nur eines noch.« Sie schob den Stuhl nach hinten und stand auf. »Holen wir alle auf Ebene Schwarz und versiegeln sie.«

KAPITEL 47

Gemena, Kongo

17.2.2283

Die kleine Armada von Flugzeugen stand auf einer geschwärzten Lichtung, aufgefächert zu einem groben Kreis. Die schnell fließenden, trüben Wasser des Kongo schlängelten sich auf drei Seiten um eine versengte Nehrung.

An der vierten Seite der Lichtung wogte schwarzer Rauch aus einem dichten Dschungeldach, in dem Flammen glühten.

Die Explosionen waren ungeheuer befriedigend gewesen. Russell hatte noch nie zuvor eine Rakete abgeschossen. Oder zwei. Ganz bestimmt keine Salve aus sechzehn. Aber dieser neue Lift-Standort brauchte offenes Land, und ein kleiner Schauer von Medusa-Raketen lieferte genau das.

Nach der Landung hatte er angeordnet, die Gegend zu sichern. Bisher waren die Soldaten keinen Subhumanen begegnet. Zumindest hatten sie keine gesehen. Als Echo zwischen den brennenden Bäumen war ein leichtes Jaulen und Kreischen hörbar, vermischt mit den Rufen einer unermesslichen Zahl einheimischer Vögel.

Von dem Lärm bekam er Kopfweh. Vielleicht lag es auch an der unbequemen Kleidung, die er trug. Abgestandene Luft kam aus dem

Aufbereitungsapparat auf seinem Rücken – natürlich von Platz Industries gefertigt, verdammt noch mal. Damit fühlte sich Russell genau wie im Orbit: wie eine Sardine. Dennoch weigerte er sich, seine Unzufriedenheit zu zeigen.

»Irgendwas von der zweiten Schwadron?« Er kauerte auf der offenen Frachtrampe seines kürzlich beschlagnahmten Flugzeugs. Die Flotte, insgesamt achtzehn Flugzeuge, hatte weitestgehend der Slumlord Grillo zur Verfügung gestellt, der überraschend wenig im Gegenzug verlangt hatte. Nur eine Zusammenkunft von Angesicht zu Angesicht nach ihrer Rückkehr. Russell erwartete definitiv, dass er dann Forderungen stellen würde, und freute sich bereits darauf, sich mit ihm zusammenzusetzen und sie sich anzuhören. Soweit es ihn betraf, war das alles, wozu er verpflichtet war.

Kip Osmak sah vom Funkgerät auf. »Nichts. Die zweite Schwadron meldet sich nicht.«

Russell mochte den Mann nicht. Er kümmerte sich um die Verkehrskontrolle des Lifts in Nightcliff und hatte bis vor kurzem als Vermittler für Schmuggler gearbeitet, eine Rolle, durch die er einige nützliche Kontakte aufgebaut hatte, wie etwa zu Grillo. Aber er stand auch im Ruf, monatliche Ausflüge in nahe gelegene Puffs in Darwin zu unternehmen. Russell verstand nicht, warum jemand in einer Stadt Geld für Sex hinlegte, in der man alles tun konnte, wonach einem der Sinn stand. Russell hatte sich entschlossen, Kip an der kurzen Leine zu halten, bis seine Zweckdienlichkeit sich erübrigt hatte.

Der Gedanke an Huren erinnerte ihn an Natalie. Er sah hinaus auf die kokelnde Ebene, um sie zu suchen. In den Schutzanzügen sahen auf diese Entfernung alle gleich aus, aber er fand sie. Die ziellose Art, auf die sie sich bewegte, und die Tatsache, dass sie keine Waffe trug, verrieten sie. Er sah keinen Nachteil darin, sie herumspazieren zu lassen. Sie konnte nirgends hin außer in die Flammen, den Fluss oder wieder an Bord des Flugzeugs.

Sie stand am Rande des gesicherten Gebietes, sah zum Dschungel. Zweifellos fasziniert von den Flammen. Er fragte sich, ob sie je vorher ein Feuer gesehen hatte.

Russell nahm seine Waffe und machte sich über die Lichtung auf den Weg zu ihr.

»Du siehst in die falsche Richtung«, sagte er und erschreckte sie damit. »Er wird von oben kommen.« Um seine Worte zu unterstreichen, sah er in den beeindruckenden Himmel hinauf. Ein brillanter Farbverlauf, Kobaltblau im Osten, das einem tiefen Schwarz im Westen wich. Rauch von den Feuern wogte in einer riesigen Säule empor, jagte die Dunkelheit hinaus Richtung Meer, ein paar tausend Kilometer entfernt.

»Ich war noch nie außerhalb der Stadt«, sagte Natalie. Ihre Stimme klang weit entfernt. »Habe noch nie so viele Bäume gesehen.«

»Weißt du, was ich sehe?«, fragte Russell.

Sie drehte leicht den Kopf, betrachtete ihn aus dem Augenwinkel.

»Bauholz.«

Natalies Reaktion war ein Blinzeln. Der Rest ihres Gesichts war unerschütterlich. Das Gesicht eines Menschen, der wusste, dass er verdammt war.

»Blackfield!« Die Stimme kam von hinter ihnen, war panisch. Gleichzeitig ertönte ein Chor aus Schreien.

Russell drehte sich um und wollte nachsehen, worum es bei dem Lärm ging. Diese Männer verfielen wegen jeder Kleinigkeit in Panik.

Neben ihm rannte Natalie los, direkt in den brennenden Dschungel.

Russell schaute hin und her, unsicher, ob er die Frau verfolgen oder herausfinden sollte, was seine Truppen erschreckt hatte. Waren diese sogenannten Newsubs endlich aufgetaucht?

Die Soldaten brüllten alle, stoben auseinander, wiesen zum Himmel. Er sah hinauf, hoffte, einen Blick auf den dünnen schwarzen

Faden des herabkommenden neuen Lifts zu erhaschen. Dabei zu sein, wenn er landete – das war der Stoff, aus dem Legenden bestanden. Das wünschte sich Russell vielleicht mehr als alles andere.

Stattdessen sah er einen Feuerball.

Einen gigantischen Ball aus Flammen, der um eine dunkle Masse in der Mitte wogte und sekündlich größer wurde. Er zerbrach vor Russells Augen in tausend glühende Stücke.

Jemand rannte in ihn hinein, lief weiter. Der Schlag riss ihn aus seiner Trance. Russell fuhr herum und sah Natalie in Richtung Bäume rennen. Er eilte ihr nach.

Die erste Explosion tauchte die ganze Gegend in ein grellgelbes Licht.

Russell warf sich zu Boden, als die zweite Detonation erfolgte. Er landete hart auf dem Ellbogen, ehe er schlitternd zum Liegen kam.

Unten bleiben, rief eine Stimme in seinem Kopf. Weitere Einschläge gingen hinter ihm nieder, peitschten kurze Orkane aus sengendem Wind über ihn hinweg. Fels- und Erdbrocken rauschten an ihm vorbei, drohten, seinen Schutzanzug in Stücke zu reißen. Er wusste, er musste weg, weit weg.

Wie Natalie. Sie war in dem Moment losgelaufen, als sich die Gelegenheit ergeben hatte.

Die Schlampe hatte es gewusst.

Russell ignorierte die Stimme in seinem Kopf und zwang sich zum Aufstehen. Er lief zum Waldrand, wankte in der Wucht einer weiteren Explosion, konnte gerade noch das Gleichgewicht halten. Der Boden hob und senkte sich wie die Brust einer entsetzten Bestie.

Was immer das war, es war nicht der Lift. Der Krater, der von der Ankunft des Darwin-City-Lifts zurückgeblieben war, war nicht größer als ein Stadtbus.

Russell erreichte einen Abhang, der in eine schmale Rinne führte. Natalie klomm gerade auf der gegenüberliegenden Seite nach oben. Sie drehte sich um und sah direkt an Russell vorbei. Selbst durch ihre

Maske und auf diese Entfernung konnte er sehen, wie ihre Augen groß wurden. In einer ruhigen, fließenden Bewegung stand sie auf, hob den Kopf gen Himmel und breitete die Arme aus, um ihr Schicksal zu begrüßen.

Im selben Atemzug färbte sich die Welt in blendende Orangetöne. Durchdringende Hitze röstete ihm den Rücken.

Russell warf sich über den Rand des Abhanges, als eine riesige Explosion den Himmel füllte.

Mitten in der Luft hob etwas seine Beine an, so dass er einen Salto schlug, ehe er auf dem Rücken landete. Durch den harten Aufschlag entwich die Luft aus seiner Lunge. Mit geschlossenen Augen rang er nach Luft und glitt einen feuchten Hügel hinab, aus dem Ranken ragten.

Durch die Plastikmaske sah Russell, dass der Himmel mit Rauch und Feuer gefüllt war. Splitter von der Detonation regneten um ihn herab – von kleinsten Steinchen bis hin zu Erdbrocken von der Größe einer Faust. Der abgetrennte Torso eines Mannes landete in der Nähe, ein Arm hing noch daran.

Russell hob in panischer Angst davor, den Brocken zu sehen, der ihm das Leben nehmen würde, ehe er ihn erwischte, die Hände.

Der Schuttregen ließ nach. Ein paar steingroße Brocken trafen ihn an Brust und Unterschenkel, hart genug, um wahrscheinlich hässliche Dellen zu hinterlassen, aber nicht ausreichend, um den Anzug zu durchbohren.

Er wusste nicht, wie lange er auf dem Abhang liegen blieb, die Hände vor dem Gesicht. Eine unmännliche Haltung. Er setzte sich auf, achtete dabei nicht auf den stechenden Schmerz in seinem Rücken, weil er auf seinem Luftaufbereitungsgerät gelandet war. Die Schlampe war nirgends zu sehen.

»Ich wusste, dass du lügst!«, rief Russell in den Urwald, seine Stimme hallte in seiner Maske. Gelächter brach aus ihm hervor, er konnte es nicht zurückhalten. Nicht nur hatte Natalie gelogen, sondern Tania hatte versucht, sie beide dafür zu töten. Eine gottverdammte Falle, und er musste den Hut davor ziehen. Es hätte sogar fast funktioniert. Sein Lachen erstarb, ließ nur noch Rachedurst in ihm zurück.

Als sich der Rauch verzog, kroch Russell zum Rand des Abhangs und betrachtete, was vor ihm lag. Ein Krater, gefüllt mit glühenden Bruchstücken aus verdrehtem Metall, war an die Stelle der Lichtung getreten.

Er überprüfte seinen eigenen Zustand. Der Schutzanzug sah furchtbar aus, voller Schrammen und Brandspuren. Doch er schien noch ganz zu sein. Er griff hinter seinen Rücken, prüfte den Lufttank, spürte die beruhigende Vibration des kleinen Motors. Er funktionierte und gab keine Warnmeldung aus. Der Anzug schützte immer noch vor der Krankheit.

Russell taumelte über das Schuttfeld. Er fragte sich, was da herabgefallen war. Ein Meteor? Unwahrscheinlich. Das hier war haargenau gezielt gewesen. Was immer es war, es musste riesig gewesen sein. Trümmerteile füllten den flachen, weiten Krater. Der Aufschlagpunkt zog sich über das Flussufer, unmittelbar außerhalb des Kreises von Flugzeugen, die er auf der Lichtung versammelt hatte.

Kein Volltreffer, aber verdammt nah daran.

Er ignorierte die Einschlagzone in dem Wissen, dass dort niemand überlebt haben konnte. Sein Weg führte durch ein Feld aus Körpern, ein paar davon bewegten sich noch. Auch sie ignorierte er. Ihre Anzüge waren nur noch Fetzen. So gut wie tot. Er hätte sie erschossen, hätte er die Kugeln erübrigen können.

Auf der anderen Seite des Kraters waren noch ein paar Flugzeuge übrig. Er ging an ihnen entlang. »Jemand hier?«, fragte er immer wieder. Angst machte sich in ihm breit. Eine solche Katastrophe zu überleben, mit noch versiegeltem Anzug, nur um dann hier draußen festzusitzen? Ohne Ausweg, außer durch den afrikanischen Urwald zu streifen, bis ihm die Luft ausging.

Eine Kugel für sich selbst konnte Russell erübrigen. So viel wusste er.

»Hier«, rief jemand, eine klägliche Stimme von hinten. Russell drehte sich um und sah einen Mann aus der hinteren Luke eines Flugzeugs kommen.

»Bist du Pilot?«

Der Mann schüttelte den Kopf. Er hinkte die Rampe herunter, ohne das linke Bein zu belasten. »Was ist geschehen?«

»Such einen Piloten, oder wir sitzen hier fest. Ist dein Anzug heil?« Russell ging zu ihm, um nach Löchern im Stoff Ausschau zu halten. Der Mann tastete panisch mit den Händen darauf herum, ganz hektisch vor jäher Angst. »Entspann dich. Umdrehen«, sagte Russell.

Über dem linken Knie entdeckte Russell ein Loch, nicht breiter als ein kleiner Finger, mit einer Spur Blut darunter. Er knirschte mit den Zähnen. »Alles klar. Such einen Piloten, ja? Ich gehe hier lang.« Er wies zum Fluss.

Der Mann nickte, doch sein Gesicht war von Angst verzerrt. Sein Blick schweifte über die Verwüstung, seine Augen wurden groß.

»Wie heißt du, Sohn?«

»Charlie.«

»Entspann dich, Charlie«, sagte Russell. »Wir kommen hier im Nu raus.«

»Einen Piloten finden«, sagte Charlie. »Einen ... Piloten finden.« Er stolperte davon, weg vom Fluss, und zog das linke Bein nach.

Russell lockerte die Waffe im Holster, den Blick auf Charlies Hinterkopf gerichtet. Der arme Bastard hatte die Krankheit wahrscheinlich bereits. Er zögerte, dann ließ er den Mann gehen. Es blieb noch viel Zeit, und im Augenblick konnte Russell das zusätzliche Augenpaar gebrauchen. Charlie konnte vermutlich noch eine weitere Stunde durchhalten.

Er ging weiter durch das Labyrinth aus Flugzeugen auf den Fluss zu. Den Großteil der Maschinen hatte es durcheinandergewirbelt wie Blätter. Was für eine unglaubliche Verschwendung! Russell hatte für die Mission fast jedes Flugzeug zusammengesucht, das er auftreiben konnte. Er hatte befohlen, sie mit dem Lift hochzuziehen, und Nightcliffs Stromreserven stark angezapft, um ihre Ultrakondensatoren für den langen Flug zu stromen. Die meisten schafften den langen Trip nur aufgrund der Tatsache, dass es keine Fracht zu befördern gab.

Russell hatte ausreichend Männer gewollt, um den Standort zu sichern, falls die verschollenen Kämpfer, die Platz treu ergeben waren, hierher unterwegs waren.

Das Geräusch eines Motors, der summend anlief, unterbrach seine Gedanken. Es kam von irgendwo weiter vorn, in der Nähe des Flusses. Russell lief so schnell, wie es ihm sein Schutzanzug erlaubte.

Am Ufer des Kongo fand er die Maschine. Der Schub der Düsen wurde zunehmend stärker, bog die kniehohen Schilfstengel nach unten, bis sie platt lagen. Russell lief schneller, zog seine Waffe. Er kam vor der Kanzel zum Stehen, sah dem Piloten in die Augen. Während er zielte, machte Russell mit der anderen Hand eine Bewegung nach unten.

Der Pilot starrte zurück, schwebte an Ort und Stelle, die Turbinen jaulten unter der Belastung auf. Russell wusste nicht, ob seine Kugel die Scheibe durchdringen konnte – nicht, dass es eine Rolle spielte. Seine Drohung hatte die erwünschte Wirkung. Das große Flugzeug senkte sich wieder zur Erde.

Russell holte den Feigling an der Tür ab. »Die eigene Haut retten, was?«

»Ich wollte kreisen.« Jetzt erkannte Russell, dass es eine Pilotin war. »Aus der Luft nach Überlebenden suchen.«

»Vergessen Sie's, es gibt keine. Bringen Sie mich nach Darwin.«

Sie musterte die gepeinigte Landschaft hinter ihm. Er sah das Glitzern sich anbahnender Tränen in ihren Augen. Möglicherweise hatte sie Freunde da draußen. Einen Geliebten vielleicht.

»Befehl aufgehoben«, sagte Russell. »Ich brauche das Funkgerät. Sie können sich umschauen.«

»Danke, Sir.«

»Ich will wissen, wie viele Vögel noch fliegen und wie viele Piloten überlebt haben.«

»Verstanden.«

»Kennen Sie einen Typen namens Charlie?«

Sie schüttelte den Kopf.

»Wenn Sie ihm begegnen, seien Sie vorsichtig. Sein Anzug ist durchlöchert, es ist nur eine Frage der Zeit, bis er uns den Sub macht.«

Sie salutierte und lief hinaus ins Schilf.

Russell beobachtete, wie sie sich den Abhang hinaufzog und abrupt innehielt, sobald sie die ganze Lichtung sah. Er würde ihr fünf Minuten für die Suche lassen.

Auf dem Kopilotensitz fand er ein Headset-Verbindungsstück und schob es in die Buchse in der Taille seines Anzugs. Die Maschine hatte eine moderne Steuerung, sie stammte ohne Zweifel aus der Zeit nach der Ankunft des Darwin-City-Lifts. Er wischte mit einem behandschuhten Finger über den Touchscreen, der flackernd anging. Die Schnittstelle hatte eine beruhigende, bernsteinfarbene Tönung. Er wählte die Frequenz.

Das heftige Rauschen in seinen Ohren war von einer dünnen Stimme durchsetzt. »… Alpha eins, hier Beta eins, bitte kommen!«

»Blackfield hier«, sagte Russell. »Wir hatten einen falschen Standort. Sichern Sie die neue Liftanlage, und wir werden zu Ihnen …«

»Negativ«, sagte die Stimme. »Hier ist nichts.«

Da erkannte er die Wahrheit. Sie hatten beide gelogen. Oder, gestand er sich ein, Natalie hatte ihre Geschichte geglaubt, und Tania hatte sie beide hereingelegt.

Keiner der beiden Orte würde Standort eines neuen Lifts sein. Teufel auch, vielleicht gab es gar keinen. Man hatte ihn gefoppt, keine

Frage. »Vergessen Sie's«, sagte er. »Evakuieren Sie den Bereich sofort, kehren Sie nach Darwin zurück.«

»Verstanden«, sagte die Stimme. »Rückzug und Rückkehr zur Basis.«

Russell ließ sich auf den gepolsterten Kopilotensessel sinken und stieß einen langen Atemzug aus. Er packte die Armlehnen und drückte mit aller Kraft zu.

* * *

Später kehrte die Pilotin zurück. Eine schweigsame Gruppe folgte ihr in das Flugzeug, insgesamt sechs Leute, das Wiesel Kip unter ihnen. Seine Augen waren aufgerissen und blickten ins Leere, sein ohnehin schon bleiches Gesicht war nun knochenweiß.

Russell musterte die armselige Gruppe besorgt. »Ist das alles?«

Sie schüttelte den Kopf. »Wir haben sie auf die Flugzeuge aufgeteilt.«

»Haben Sie die Anzüge geprüft?«

»Sie sind sauber«, sagte sie. »Ein paar waren es nicht. Sie sind davongelaufen, als sie mich gesehen haben, oder haben es versucht.«

»Was ist mit den Maschinen?«

»Sieben sind noch flugfähig.«

»Sieben. Scheiße.« Sieben von achtzehn. Die Anzahl von Flugzeugen auf der Welt, von denen man wusste, dass sie noch funktionierten, war gerade enorm geschrumpft. Russell spürte, wie sich in seiner Brust etwas zusammenzog. Tania hatte den Überlebenschancen der Menschheit einen großen Schlag versetzt, ob geplant oder nicht.

Er warf einen Blick auf die Überlebenden, die inzwischen in zwei Reihen auf Sitzen entlang der Rumpfwände festgegurtet waren. »Hat jemand von euch gesehen, was uns erwischt hat?«

Niemand sagte etwas.

Dann kam es aus dem Cockpit: »Nightcliff über Funk.«

Russell spürte eine dunkle Leere, tief in seinen Eingeweiden. »Sagen Sie nicht, dass es die auch erwischt hat.«

»Nein«, antwortete die Pilotin. »Etwas ist heruntergekommen, aber unmittelbar außerhalb der Aura explodiert, in der alten Innenstadt. Sie sagen – Augenblick. Gateway berichtet, alle Farmplattformen seien verschwunden.«

»Was zum Teufel soll das heißen?«

Sie wandte ihm im Cockpit das Gesicht zu, hob einen Finger und hörte zu. »Sie haben sich abgekoppelt und sind abgetrieben. Auch ein Teil der Anchor-Station.«

Ein Teil der Anchor-Station.

Russell schwindelte. Seine Hände wurden kalt, und seine Sicht verschwamm. Der Gedanke, dass Tania so etwas tun würde, dass sie es so exakt in die Wege leiten konnte, erschütterte ihn. Er hatte sie fürchterlich unterschätzt.

Dennoch hatte sie danebengeschossen, und dafür würde sie leiden, dafür würde er sorgen.

Als das Flugzeug von der versengten Erde abhob, lächelte Russell Blackfield unwillkürlich.

Ich ziehe den Hut vor dir, Tania, dachte er. *Du spielst falsch, das haben wir gemeinsam. Aber niemand,* niemand *spielt so falsch wie ich.*

KAPITEL 48

Ebene Schwarz, früherer Teil der Anchor-Station

19.2.2283

Ich habe eine Schale erwartet, wie bei dem anderen«, sagte Tania. »Diese … Blume … ist schön.«

Trotz des unglaublichen Anblicks durch das Fensterchen stellte Skyler fest, dass er sie anstarrte. Ihre Augen waren vor Erstaunen weit aufgerissen, und dennoch huschte ihr Blick von einem Detail zum nächsten, analysierte pausenlos. Er hatte keinen Zweifel, dass das, was sie unternommen hatte, um gegen Russell Blackfield vorzugehen, schwer auf ihr lastete, aber sie hatte seither nicht darüber gesprochen. Selbst wenn der beherzte Plan funktioniert hatte, würde der Kollateralschaden sie ewig heimsuchen.

Ein paar Kilometer entfernt spulte das neue Schiff der Erbauer das Liftkabel ab.

Er stimmte ihrer Beurteilung nicht zu, sagte aber nichts. Tania war schön. Dieses Schiff sah seiner Ansicht nach furchterregend aus.

Es hatte zugegebenermaßen eine gewisse Ähnlichkeit mit einer Blume. Eine konische Form aus mattschwarzen Blütenblättern, die gen Erde zeigte. Das Material sah aus wie die Irisblende, auf die er tief unter Nightcliff gestoßen war. Selbst von hier aus konnte er das feine Muster erkennen, das die Oberfläche durchsetzte.

Das Schalenschiff schmiegte sich hinein, es war identisch mit dem über Darwin. Fast identisch, rief er sich in Erinnerung. Laut Tania war das Schiff grob zwanzig Prozent größer. Diese Tatsache allein entfachte heftige Spekulationen bei den anderen Wissenschaftlern an Bord von Ebene Schwarz.

Tania hatte ein paar kleinere Schiffe erwähnt, die auf den Teleskopbildern sichtbar gewesen seien, aber von ihnen war im Moment keine Spur zu sehen.

Stundenlang beobachteten sie ehrfürchtig, wie sich das Schiff langsam selbst ausschlachtete und das Liftkabel aus dem Material seiner ›Blütenblätter‹ spann. Die langen, ovalen Halme wurden erkennbar kleiner, bis man sie nicht mehr sehen konnte.

Bei der Mannschaft war eine wachsende Nervosität spürbar. Zwanzig Stunden waren eine lange Zeit für das improvisierte Raumschiff, das sechshundert Leute zu versorgen hatte.

Strom war nicht das Thema. Ein kleiner Ersatz-Thorium-Reaktor konnte die ringförmige Station Tausende Jahre mit Energie versorgen, wenn nötig. Nein, das besorgte Flüstern betraf nur Luft und Wasser. Aufbereiter brachten sie nur begrenzt weiter, da die von Platz gebauten Stationen mit einer stetigen Versorgung im Hinterkopf designt worden waren.

Sie hatten Funkstille gewahrt, seit sie Ebene Schwarz von der Anchor-Station gelöst hatten, und warteten darauf, etwas von den einstigen Mitarbeitern der Platz-Station zu hören. Luft und Wasser schwanden rasch. Wenn Platz' Team es nicht schaffte, seine Hälfte des Plans umzusetzen, würde Ebene Schwarz zurück zum Darwin-City-Lift treiben und die Bestrafung über sich ergehen lassen müssen, die sie erwartete.

»Sie muss als Schild gedient haben«, sagte Tania.

Skyler sog ihre Stimme auf wie den Duft eines exotischen Gewürzes. Ein leichter Akzent, der von ihren indischen Eltern stammte, klang gleichzeitig sanft und gebieterisch. Es machte ihm seine eigene Aussprache bewusst, das Produkt einer Kindheit, die er auf den Straßen Amsterdams verbracht hatte.

Er wusste, dass seine Fragen dieses Image vom einfachen Mann nicht gerade aufbesserten. Für sie klangen sie sicher dumm, aber er stellte sie dennoch, nur um weiterzureden. Um sie von den Sorgen ob der Tatsache abzubringen, dass Neils geheime Station noch keinen Kontakt zu ihnen hergestellt hatte. »Als Schild. Wie das?«

»Wegen der überbrückten Entfernung«, sagte sie, »der nötigen Geschwindigkeit. Man kann es fast nicht fassen. Jedes mikroskopische interstellare Staubkörnchen muss dann wie ein Geschoss wirken.«

Skyler musterte die Blütenblätter mit neuem Blick. »Sie wirken perfekt. Na ja, vorher zumindest, bevor sie sich zum Faden umformten.«

»Selbstheilend.« Sie rutschte auf dem Stuhl herum, beugte sich näher ans Fenster. »Wir wussten, dass sie das können. Jedes Mal, wenn wir einen Fehler in der Hülle des Schalenschiffs oder am Liftkabel entdeckt haben, erwies sich bei einem zweiten Blick, dass er sich reparierte.«

Er murmelte erstaunt vor sich hin.

»Stell dir vor, wir hätten diese Fähigkeit«, sagte sie. »Der ganze Verfall Darwins, ersetzt durch Gebäude, die sich selbst heilen. Das war es, worauf es Neil letztlich abgesehen hatte.«

»Da hätte ich keinen Job mehr. Keine Ersatzteile mehr, die man holen muss.«

Sie stieß ihn spielerisch mit dem Ellbogen an. »Du hättest immer noch genug zu tun.«

Ein junger Mann schwebte hinter ihnen heran, nutzte die Lehne von Skylers Sitzplatz, um sich zu bremsen. »Dr. Sharma, tut mir leid, dass ich störe.«

»Was gibt es, Tim?«

Der junge Mann hatte rotbraunes Haar und dazu passende Augen. Ein Haufen Sommersprossen war auf seinen bleichen Wangen und seiner Nase verteilt, und sein schmales Kinn sorgte nur dafür, dass die beiden riesigen Ohren betont wurden. Er hatte gewissenhaft die Steuerung der Station bemannt, seit sie sich abgekoppelt hatten. Soweit Tania es Skyler erklärt hatte, war es vorher Tims Aufgabe gewesen, die Feinjustierung bei der Positionierung der Farmplattformen zu programmieren und zu verwalten. Niemand sonst an Bord von Ebene Schwarz wusste, wie man die Steuerung bediente.

Tim zögerte. »Zane Platz«, sagte er schließlich. »Er lebt, und ich habe ihn gerade dran.«

Tania fuhr auf dem Sitz herum, die Aussicht war vergessen. Skyler machte sich auf schlechte Nachrichten gefasst und drehte sich langsamer.

Aber Tim hatte ein breites Grinsen auf dem Gesicht. »Stellt euch vor: Er sagt, sie haben eine Gondel nach oben auf den Weg gebracht. Voller Vorräte.«

Tania schlug beide Hände vor den Mund – ein kleines, erleichtertes Lachen drang trotzdem heraus. Sie sah aus, als würde sie gleich weinen.

»Sie sind schon auf dem Boden?«, fragte Skyler. »Mit einer Gondelstation?«

»Nein.« Das Grinsen auf Tims Lippen wurde noch breiter. Er sah Tania an. »Wissen Sie von Hab-8, der nie fertig werdenden Station, über die der Rat immer debattiert hat? Zane und der Rest der Platz-Station sind dorthin umgesiedelt.«

»Neil hat es durchgezogen«, sagte Tania mehr zu sich als zu sonst jemandem. Erstaunt schüttelte sie den Kopf.

»Es parkt vierhundert Kilometer über der Oberfläche. Die Gondeln und Vorräte waren im Voraus dort eingelagert. Zane nennt es New Gateway.«

Braucht einen besseren Namen, dachte Skyler.

»Kommen Sie mit«, sagte Tim zu Tania. »Zane will Sie sprechen.«

»Leite den Andockprozess ein«, antwortete sie, während sie nach oben aus dem Stuhl schwebte. »Wir müssen bereit sein, die Gondel in Empfang zu nehmen.«

Sie schob sich von der Wand weg und schwebte mit der Grazie einer Tänzerin in den gekrümmten Gang zur vorübergehenden Kommandozentrale dahinter.

Skyler blieb sitzen und sah ihr nach, nicht sicher, was er tun sollte. Er war auf ihren Wunsch seit der erfolgreichen Abtrennung von Ebene Schwarz an ihrer Seite gewesen. Während sie den Flug vom Kabel über Darwin zum neuen Schalenschiff arrangiert hatten, hatte sie ihn wie einen Gleichberechtigten behandelt, obwohl Skyler die ganze Zeit die Blicke ihrer Mitarbeiter gespürt hatte, die sich zweifellos fragten, wer der Fremde war, den Tania ganz in ihrer Nähe haben wollte. Inmitten all der Ereignisse hatte sie sich nicht die Mühe gemacht, ihn vorzustellen.

Mit der Nachricht vom Kontakt mit Zane wandelte sich das Szenario. Neil mochte weg sein, aber er hatte seinen Teil des Plans umgesetzt, und obgleich Skyler nichts über Zane wusste, gab der Name Platz der Crew um ihn herum sichtlich Auftrieb. Tania schwebte aus dem Raum, ohne einen Blick auf ihn zu werfen. Er wusste, dass es nicht von Dauer sein würde, dass seine Zukunft nicht daraus bestehen würde, einfach nur um Dr. Tania Sharma zu sein. Und doch hatte er es nicht gewagt, die Sprache auf das Thema zu bringen, wie seine Rolle aussehen würde in der neuen … neuen was? Nation? Was immer es war, jetzt würde sich alles schnell ändern.

Überleben war alles, was sie im Sinn haben sollten. Romantische Irrungen konnten auf ein anderes Mal warten.

Innerhalb von Minuten änderte der schwebende Ring von Ebene

Schwarz, vormals angeschlossen an die Anchor-Station, seinen Kurs und schwebte langsam zum neuen Schiff der Erbauer und zum neuen Lift.

* * *

Sobald sich der Kontakt mit Zane herumsprach, hob sich die Laune an Bord der Ebene-Schwarz-Station. Aus besorgtem Geflüster wurden belebte Unterhaltungen. Skyler ließ zu, dass die Aussicht ihn gefangen nahm und das aufgeregte Gerede ausblendete, das um ihn herum aufkam.

Das Schiff der Erbauer ragte inzwischen nur noch ein paar hundert Meter über seinem Fenster auf. Sonnenlicht flirrte auf dem dünnen Kabel, so dass er die Linie hinauf bis zum Bug des Schiffs der Erbauer verfolgen konnte. Vor seinen Augen verflüchtigte sich das letzte Material aus den Blütenblättern, als ein unsichtbarer Vorgang es in das Kabel umwandelte. Ebene Schwarz schwebte inzwischen sehr viel näher, vielleicht fünfzig Meter entfernt.

Dass er hier saß und einen solchen Anblick vor sich hatte, überraschte ihn. Wenn er ihn nur mit Freunden hätte teilen können. Sam hätte jetzt wohl schon ein Dutzend anzüglicher Bemerkungen über die phallische Form des Schiffs losgelassen. Eine plötzlich an ihm zehrende Trauer zerstörte den Moment. Wieder hatte er Sam zurückgelassen. Sie war völlig abgeschnitten, hatte keinen sicheren Rückzugsort, nur Kelly an ihrer Seite.

Diesmal hatte sie die Entscheidung zumindest selbst getroffen, aber nach dem, was Tania und Skyler getan hatten … konnte Sams Lage nur böse enden.

Ein Mann kam näher und wies auf den leeren Platz neben Skyler. Ein Fremder, einer der Wissenschaftler der Anchor-Station, die sich mit ihnen auf Ebene Schwarz drängten.

»Das ist wirklich eindrucksvoll«, sagte der Mann, fasziniert von dem Ausblick.

Skyler brummte etwas Zustimmendes. Er vermisste die Stille, in der Tania ihn zurückgelassen hatte, schon.

»Uff«, rief der Mann aufgeschreckt. »Was ist das?«

Skyler konzentrierte sich auf die Stelle, auf die der Mann wies, den Bug des Schiffs der Erbauer. Dort öffnete sich eine Irisblende, in ihrer Mitte das Liftkabel. Sie weitete sich vor Skylers Augen.

Ein Schattenriss kam hervor. Eine dunkle Masse, so groß wie eine voll beladene Gondel, schätzte Skyler, quetschte sich aus der runden Öffnung.

Sie bewegte sich den Lift hinab.

Skyler wurde klar, dass sie noch immer auf das Kabel zutrieben, dass sie kurz vor dem Festmachen standen, damit Zanes Gondel andocken konnte.

»Teufel auch«, sagte er.

Skyler fuhr aus seinem Sitz hoch, drehte sich um und stieß sich mit beiden Beinen von der Wand ab, drang vor in den Hauptkorridor, auf dem Tania verschwunden war. Scharen von Stationsmitarbeitern, die sich im Mittelgang zusammenkauerten, sahen überrascht zu ihm auf.

Er rief: »Tania! Halt uns an! Stopp das Festmachen!«

Da er von der Seitenwand abprallte, verlor Skyler Schwung und stellte fest, dass er frei trieb. Eine der Wissenschaftlerinnen streckte einen Arm nach ihm aus, und Skyler nahm ihre Hand. Sie zog ihn zur Wand, wo er sich sofort wieder abstieß, diesmal in einem besseren Winkel.

Durch die Station ging ein Ruck. Die im Gang versammelten Leute keuchten auf, es klang nach Angst.

Aus der Tür vor ihm spähte Tania. »Wir haben angehalten. Was ist?«

Skyler nahm ihre ausgestreckte Hand und stützte sein Bein am Türpfosten ab. »Etwas kommt aus dem Schiff. Auf dem Lift nach unten.«

Ihre Augen wurden groß. Nicht vor Sorge, erkannte Skyler, sondern vor Aufregung. »Ich muss das sehen!«

»Tania«, sagte er, »die Gondel. Die Vorräte. Sie müssen sie umdrehen.«

Ihr Gesicht verriet jetzt Sorge. Sie drehte sich wieder zum Raum, schob sich hinein. »Tim«, begann sie.

»Schon dabei«, erwiderte der Mann. Er hatte sich in einem Stuhl vor einer Konsole festgeschnallt.

Tania trieb an ihm vorbei zu zwei Bildschirmen, die auf einer Bank an der gegenüberliegenden Wand aufgestellt waren. Einer zeigte das Schiff der Erbauer. Der zweite zeigte die Erde weit unter ihnen. Als Skyler sich diesem Bildschirm näherte, sah er einen Fleck in der Nähe des Mittelpunkts der Darstellung. Die Gondel.

»Oh nein«, sagte Tania. »Tim, schnell ...«

Hinter ihnen schrie Tim angsterfüllt in ein Headset, man solle die Gondel wenden.

Skyler schaute auf den Bildschirm links von sich. Die dunkle Masse, länglich wie eine Art Samenkapsel, hatte das Schiff der Erbauer ganz verlassen.

Eine weitere Form drang hervor, identisch mit der ersten. Skyler hielt die Luft an.

»Bitte, bitte«, sagte Tania tonlos. »Tim!«

Der Mann brüllte in das Headset.

Vor Skylers Augen beschleunigte die erste Masse, bewegte sich rasch aus dem Bildausschnitt des ersten Monitors hinaus. Entsetzt beobachtete er, wie sie auf dem erdseitigen Monitor in Sicht kam.

Die Kapsel beschleunigte mit enormer Geschwindigkeit, raste Richtung Erde. Die Gondel hatte keine Chance.

Skyler sah die Explosion als Fleck auf dem Bildschirm. Bruchstücke breiteten sich in einer Wolke aus Pressluft und Wasserdampf aus.

Ihre Überlebenschance war zerstört.

Eine weitere Kapsel brauste auf dem Kabel hinab. Dann noch eine. So ging es fast zwei Minuten lang weiter. Skyler versuchte, sie zu zählen, bei fünfzig hielt er an. Niemand hatte ein Wort gesagt, seit die Gondel explodiert war.

So schnell er begonnen hatte, endete der Strom der Kapseln der Erbauer, und eine tödliche Stille erfasste den vollgestopften Kontrollraum.

Skyler stellte schließlich die Frage: »Was jetzt?«

Niemand antwortete. Ihm war ohnehin nur wichtig, was Tania dachte. Sie sah ihn an, sagte aber nichts.

Skylers Gedanken rasten. Die Gondeln waren nicht das einzige Problem. »Jemand muss Zane sagen, dass sie das Liftkabel freimachen müssen. New Gateway und ... Scheiße, die ganzen Farmplattformen. Alles muss weg.«

»Die Landwirtschaftsplattformen sind noch nicht befestigt«, sagte Tania ruhig.

Ihre Miene passte zu der Tania, die er auf Hawaii gesehen hatte, als sie vor den Subhumanen geflohen waren. Skyler versuchte, ihr mit einem Lächeln Sicherheit zu geben. »Das ist doch schon mal was.«

Tim gab Anweisungen über sein Headset. Bei dem Tempo, mit der sich die Kapseln bewegten, fragte sich Skyler, ob es etwas nützen würde. Dann fiel ihm ein, um welche Entfernungen es hier ging. Er hatte fast zwei Tage gebraucht, um von Gateway nach Anchor zu kommen. Wie schnell diese Kapseln sich auch bewegten, dachte er, es sollte mindestens ein paar Stunden dauern, bis sie New Gateway erreichten.

Tania nahm seine Hand. »Skyler, was tun wir? Sollen wir kehrtmachen?«

Er hörte Angst in ihrer Stimme. Schlimmer noch, sie wollte Antworten von ihm. Alle anderen im Raum hatten ihre Zukunft auf ihre Führungsstärke gesetzt.

»Gib noch nicht auf«, sagte er zu ihr.

* * *

»Wir sehen sie«, sagte Zane Platz.

Tim hatte mit der Hilfe einiger Wissenschaftler von Anchor das Headset an einen Lautsprecher des Terminals angeschlossen.

Inzwischen hatte sich eine Reihe der leitenden Mitarbeiter von Anchor in dem kleinen Kontrollraum eingefunden. Der beengte Raum ließ ein klaustrophobisches Gefühl in Skyler aufkommen, aber er behielt es für sich.

»Ich habe mindestens fünfzig gezählt«, sagte Skyler. Daraufhin keuchten ein paar der anwesenden Wissenschaftler auf. Er hörte jemanden nicht zum ersten Mal fragen, welchem Zweck die Kapseln dienten. Flüsternde Nebendiskussionen kamen unter den Forschern auf.

»Ja«, sagte Zane aus dem Lautsprecher. »Sie kommen gerade an uns vorbei. Schnelle kleine Biester, was?«

Er klang ganz locker. Kein Hauch von Sorge, und Skyler war dankbar dafür. Tania seufzte vor Erleichterung.

Eine lange Minute verging.

»Ich glaube, wir sind durch«, fügte Zane hinzu.

Ein Chor aus Jubelrufen erhob sich unter den Anwesenden. Manche umarmten einander, ein unbeholfenes Unterfangen in der Schwerelosigkeit.

Skyler musterte Tania. Ihre Miene blieb vor Sorge verkniffen. »Konzentrieren wir uns«, sagte sie. »Es gilt, keine Zeit zu verschwenden. Wenn wir keine Vorräte kriegen …«

Im Raum wurde es wieder still.

»Ich will Ideen hören«, sagte sie.

Jemand weiter hinten fragte: »Könnten Sie eine weitere Gondel schicken?«

Zane antwortete: »Könnten wir. Neil hat es geschafft, die Komponenten für sechs Gondeln auf dieser Station zu verstecken. Ein Team hat schon angefangen, die verbleibenden fünf zusammenzubauen, aber das dauert. Dann müssten wir die Vorräte einladen. Ich weiß nicht, ob sie euch, äh, rechtzeitig erreichen.«

Diese ernüchternden Worte brachten die Gruppe zum Schweigen.

Skyler zermarterte sein Gehirn auf der Suche nach etwas, irgendwas, das helfen könnte. Eine Idee kam ihm, und er meldete sich zu Wort. »Was ist mit den Farmen?«

Tania wandte sich zu ihm um. »Was meinst du?«

»Können wir runter zu ihnen? Irgendwie an eine davon andocken und …«

»Natürlich«, murmelte Tania. Andere nickten. »Natürlich.«

»Aber können wir eine Verbindung schaffen?«, fragte Skyler. »Luft und Wasser an unsere Systeme anschließen?«

»Die Andockringe sind alle einheitlich«, lächelte Tim. »Spezifiziert von Platz.«

»Wie lange würde es zur nächstgelegenen Farm dauern?«

»Ein paar Stunden«, sagte Tania. »Denke ich.«

Reicht nicht, dachte Skyler. Er sah an den versammelten Gesichtern, dass alle denselben düsteren Gedanken hatten.

Tim rieb sich das Kinn. »Wir könnten die nächstgelegene Landwirtschaftsplattform heraufholen«, sagte er, »um uns auf halbem Weg zu treffen.«

»Perfekt«, sagte Skyler. »Tun Sie's.«

Tania wandte sich zu ihm um, einen amüsierten Ausdruck im Gesicht.

»Wenn«, sagte Skyler, »Sie einverstanden sind, Ms Sharma. Tania. Dr. Sharma.«

Zanes Stimme kam über Lautsprecher. »Wer spricht da?«

»Skyler Luiken, Sir.«

»Ich erkläre es später«, fügte Tania hinzu.

»Entschlossenes Handeln ist hier nötig«, sagte Zane über Lautsprecher. »Ich freue mich darauf, Sie zu treffen, Skyler.«

»Dito.«

Tania zwinkerte ihm zu. »Tim«, sagte sie, »bring uns runter.«

Zanes Stimme kam wieder über den Lautsprecher. »Ich werde eine weitere Gondel schicken, sobald wir können, Tania. Ich denke, du solltest darin runterfahren – wir haben viel zu besprechen.«

»Sehe ich auch so. Dann treffen wir uns bald.«

»Eins noch.«

Skyler hörte die Kraftanstrengung in Zanes Stimme.

»Wir sind noch dran«, sagte Tania.

»Blackfield lebt.« Zane hielt inne. Als niemand etwas sagte, fuhr er fort: »Wir haben eine Übertragung aus Gateway aufgefangen. Die Lage in Darwin ist düster, wie es klingt.«

»Verstehe«, sagte Tania mit einem Beben in der Stimme. Im Raum war es still.

»Du hast getan, was du tun musstest«, wisperte Skyler, so dass nur sie es hören konnte.

»Sag ... das nicht.« Sie schloss die Augen. »Wir werden das diskutieren, wenn ich eintreffe, Zane. Könntest du inzwischen vielleicht versuchen, einen Kommunikator-Chat mit dem Rat einzurichten?«

»Ich bin nicht sicher, ob es noch einen Rat gibt«, sagte er. »Aber wir arbeiten dran.«

Der Lautsprecher verstummte. Nach und nach verließen die Wissenschaftler, in Gespräche vertieft, den kleinen Kontrollraum.

»Skyler«, sagte Tania. Ihre Stimme hatte plötzlich einen Befehlston, der seine Aufmerksamkeit erregte.

»Ja?«

»Ich will, dass du den Boden unten erkundest, wo der Lift gelandet ist.«

Die verbliebenen Leute hielten inne, um zuzuhören.

»Du bist Experte im Aufstöbern von Dingen. Ideenreichtum ist dein Job.«

»War mein Job«, sagte er. »Aber du hast recht. Das klingt sinnvoll.«

»Wenn wir in New Gateway ankommen, kannst du die Gondel nach unten nehmen.«

Er nickte. Als Tania sich wieder dem Bildschirm zuwenden wollte, sagte er: »Warte …«

»Hm?«

»Was, wenn dieser Lift keinen Schutz gegen SUBS bietet?«

Sie runzelte die Stirn. »Warum sollte er nicht?«

Skyler zuckte die Achseln. »Ich glaube nicht, dass wir irgendwas als gegeben betrachten sollten, nachdem diese … Kapseln … nach unten gefahren sind.«

»Dann ist es umso zweckmäßiger, wenn du gehst, denn du bist immun.«

Diese Aussage löste zweifelnde Blicke der Umstehenden aus. Skyler achtete nicht darauf. »Eigentlich nicht. Wenn ich gehe, bleibt die Frage unbeantwortet. Ich glaube, es muss jemand mitkommen.«

»Jemand, der die Luft prüft.«

Er nickte langsam und ließ die Worte wirken.

»Kanarienvogel im Kohlebergwerk«, brummte Tim.

Tanias Mund wurde zu einer harten, schmalen Linie. »Ich kann niemandem befehlen, das zu tun.«

»Dann verbreite die Nachricht«, sagte Skyler. »Wir brauchen einen Freiwilligen.«

KAPITEL 49

Darwin, Australien

24.2.2283

Sein Büro in Nightcliff fühlte sich nicht mehr behaglich an. Russell ging auf und ab, knirschte mit den Zähnen und wartete darauf, dass die Verbindung hergestellt wurde. Er war nur Sekunden davon entfernt gewesen, eine Gondel in den Orbit zu besteigen, als die Anfrage gekommen war.

Sein Gemüt brodelte wie ein stürmisches Meer. Die gottverdammte Frau hatte ihn besiegt. Das konnte er zugeben. Es war der Gedanke, dass er jetzt betteln gehen musste, der ihm den Magen umdrehte.

Außer, sie wollte es ihm einfach nur unter die Nase reiben.

»Ich hab's fast«, sagt Kip, der an Russells Terminal saß. »Ja. Verbindung steht.«

»Wird auch Zeit. Werde ich sie sehen können?«

»Nur Tonübertragung«, sagte Kip, der vom Tisch zurücktrat.

»Typisch«, sagte Russell. Er würde ihre Körpersprache nicht deuten können. Die Frau war wirklich ein helles Köpfchen. Russell schwor sich, sie nie mehr zu unterschätzen.

Er nahm an seinem Schreibtisch Platz und beugte sich zum Mikro. »Hier Blackfield.«

»Hallo, Russell.« Ihre Stimme klang hell und ruhig. »Tania Sharma.«

Er hatte sich dieses Gespräch in Gedanken ausgemalt, seit er die Ausmaße ihres Verrats erkannt hatte. In diesem Moment konnte er sich an kein Wort davon erinnern, und das beruhigte ihn gewissermaßen. Er war ein Mensch, der lieber spontan reagierte.

»Sie klingen gut«, fing er an. »Gut genährt.«

»Wenn wir die Besprechung bitte auf …«

»Mir geht's gut«, sagte er. »Danke der Nachfrage. Ich weiß die Farm zu schätzen, die Sie geschickt haben, während ich auf Urlaub in Afrika war, aber ich fürchte, sie hat den Wiedereintritt nicht überstanden.«

Schweigen am anderen Ende. Sie ließ sich nicht provozieren, wie es schien. Russell fragte sich, wer bei ihr saß und sie beriet. Mehr als das fragte er sich, wo zum Teufel sie war.

»Ihre andere Bombe ist übrigens vorbeigegangen.«

»Was meinen Sie?« Man musste ihr zugutehalten, dass sie konsterniert klang.

Russell drehte sich auf seinem Stuhl um, sein Blick richtete sich auf die Rauchfahne, die aus der alten Innenstadt von Darwin aufstieg. »Man sagt, die Explosion habe die ganze Stadt erschüttert. Nightcliff ist unbeschädigt. Ich vermute, das war Ihr Ziel. Sie hatten Glück, dass sie außerhalb der Aura gelandet ist, sonst hätten Sie noch viel mehr unschuldiges Blut an den Händen.«

Grabesstille. Diese gottverdammte Frau hatte nichts zu sagen.

»Na gut«, fuhr Russell fort. »Sie haben angerufen. Was haben Sie auf dem Herzen, junge Frau?«

»Ich dachte, wir könnten ein Übereinkommen erzielen.«

»Ein Übereinkommen?« Er unterdrückte grunzend ein Lachen. »Das geht Ihnen im Kopf herum? Ich dachte, es wären möglicherweise die ganzen Leute, die Sie verhungern lassen.«

Wieder eine Pause. Die Stille zog sich so lange, dass Russell glaubte, die Verbindung wäre vielleicht unterbrochen.

Auf der anderen Seite des Raums trat Kip unbehaglich von einem Fuß auf den anderen. Russell hatte vergessen, dass er noch da war, und wies mit dem Kopf zur Tür. Der Mann brach überstürzt auf.

Tania meldete sich. »Wir haben einen Vorschlag …«

»Wie wäre es damit? Sie schicken die Farmen zurück, alle, und ich werde Sie nicht jagen und erwürgen.«

»Bitte, Russell. Dafür ist keine Zeit.« Ihre Stimme klang, verdammt noch mal, immer noch ruhig.

Unter äußerster Anstrengung gelang es ihm, seinen Zorn zu schlucken. Ihm fiel auf, dass sie »Übereinkommen« gesagt hatte. Zu wissen, was sie brauchte, würde eine Menge über ihre Situation enthüllen. »Na gut, was wollen Sie?«

»Ich werde es direkt sagen, Mr Blackfield.«

»Gut.«

»Wir haben Nahrung. Sie haben Leute.«

Leute. Keine Luft, kein Wasser. Nicht mal Vorräte. Leute.

Also mussten sie einen weiteren Lift haben. Das zumindest war keine Lüge gewesen.

»Ich höre«, sagte er.

»Wir schlagen einen einfachen Handel vor.«

Sie benutzte immer das Wort *wir*. Russell fand das aufschlussreich. »Fahren Sie fort.« Zu Russells Verblüffung erwies es sich als nützlich, sie weiterplappern zu lassen.

»Es ist eigentlich ganz einfach. Wir werden Nahrungscontainer nach Gateway schicken, wo Sie sie entladen werden. Sie werden sie mit Leuten an Bord zurückschicken.«

»Wie viel Nahrung?«, fragte er. »Wie viele Leute?«

Eine Pause folgte. Er stellte sich vor, wie sie irgendwo in ihrer Blechbüchse saß und sich mit ihren Wissenschaftler-Kollegen besprach – das war das erste Mal, dass jemand unter ihnen Macht geschmeckt hatte. Er fragte sich, wie schnell es sie korrumpieren würde. Möglicherweise war es schon geschehen.

»Ein Behälter enthält grob drei Tonnen Nahrung. Im Tausch für jeden will ich vierzig Leute.«

Eine endlose Fülle von Gedanken rang um seine Aufmerksamkeit. Er spürte, wie sich Migräne anbahnte, und fragte sich, wo die nächste Flasche war. »Sie schicken besser eine ganze Menge. Ich muss eine Stadt ernähren, von den verdammten Orbitalen ganz zu schweigen.«

»Wenn Sie leere Container zur Verfügung stellen, ist das kein Problem«, sagte sie. »Haben wir eine Einigung?«

»Welche Leute? Tun es auch zufällige Idioten aus den Elendsvierteln?«

»Wir haben eine Liste vorbereitet.«

Natürlich hatten sie das. »Soll ich sie in Ketten raufschicken?«

Die Worte kamen einfach aus ihm heraus, darauf folgte Stille. Wenn er eine Grenze überschritten hatte, sollte es so sein – die Worte hatten sich gut angefühlt.

»Ich bin mir der ekelhaften Natur des Ganzen durchaus bewusst, Mr Blackfield. Die Liste ist kurz. Darüber hinaus wollen wir gesunde Freiwillige.«

Er schnaubte. »Sollen die Männer vielleicht gut bestückt sein? Sie könnten einen Harem für ihr kleines Spielzeugreich aufbauen. Oder bevorzugen Sie Frauen? Darüber bin ich mir nicht ganz im Klaren. Ich würde Ihre Assistentin fragen, aber als ich sie zum letzten Mal gesehen habe, haben Sie sie gerade ausgelöscht – in kleine Stücke gesprengt.«

Tania verstummte wieder. Ihm kam der Gedanke, dass sie nicht einmal nach Natalie gefragt hatte. Oder nach sonst jemandem.

Russell wusste längst, dass er ihren Forderungen zustimmen würde. Er brauchte die Nahrung, und die arrogante Frau bot ihm die perfekte Möglichkeit, Spione bei ihr einzuschleusen. Das war ihr bestimmt klar, aber was für eine Wahl hatte sie schon?

Wie gesagt, sie brauchte Leute.

Es würde Russell keine Probleme bereiten, eine endlose Parade aus Räubern und Idioten zu rekrutieren, die er ihr schicken konnte. Darauf hatte er das Monopol.

»Schön«, sagte er. »Besprechen wir die Einzelheiten.«

KAPITEL 50

Belém, Brasilien

26.2.2283

Fünfzig Meter über der Erde bremste die Gondelkabine, bis sie nur noch kroch, genau, wie sie es programmiert hatten. Auf zwanzig Metern Höhe würde sie ganz anhalten, und Skyler würde endlich die Luke öffnen können. Die einfache Gondelkabine besaß keine externe Kamera und lediglich ein kleines Bullauge, durch das er nur einen wolkigen Himmel und endlosen Regenwald sah.

Ein weiteres Mal kontrollierte er seine Ausrüstung, obwohl er wusste, dass alles fertig war. Auf der langen Reise von New Gateway herunter war er es bereits ein halbes Dutzend Mal durchgegangen. Angst durchströmte ihn, unnachgiebig und ablenkend. Das Einzige, wodurch sie sich dem Anschein nach bändigen ließ, war das Festzurren von Riemen, das Ausrichten von Schnallen. Beschäftigungstherapie.

Skyler warf einen Blick auf seinen freiwilligen Begleiter Karl Stromm. Er wollte den Schutzanzug des Mannes noch einmal prüfen. Karl hatte beim letzten Mal schon abgewinkt, und jetzt sah er fast wütend aus. Er hatte jedes Recht dazu.

»Beinahe da«, sagte Skyler.

Karl nickte. Bald würde er sein Leben oder seine geistige Gesundheit aufs Spiel setzen, indem er diesen Anzug öffnete – eine mutige Tat, die er sehr schnell akzeptiert hatte.

»Er gehört zu den Männern, die Neil heimlich ausgebildet hat. Ein einstiger Feuerwehrmann, glaube ich. Er hat den Aufstand auf Anchor organisiert«, hatte Tania erklärt. Mit einem Grinsen hatte sie hinzugefügt: »Ihr werdet euch glänzend verstehen.«

Die Kabine kam ruckelnd zum Stehen. Ein Moment unbehaglicher Stille verging, bis das kleine Licht an der Luke von Rot auf Grün umschaltete.

Das einfache Gefährt verfügte über keine Fenster oder Monitore wie die Gondeln, die regelmäßig auf dem Kabel von Darwin verkehrten. Skyler konnte nur hoffen, dass die Höhenmesser richtig gearbeitet hatten.

Skyler ging zum Griff und packte ihn. »Bereit?«

»Bringen wir es hinter uns.« Karls Stimme kam blechern durch den Lautsprecher am Helm.

Der Mann besaß eine natürliche Ruhe. Diese Einstellung erinnerte Skyler an Jake, und dadurch fühlte er sich zuversichtlich.

Mit einem Knurren zog er den Verriegelungshebel zur Seite, nahm den inneren Griff und drehte ihn im Halbkreis. Zischend kam es zum Druckausgleich. Eine Linie aus Sonnenlicht erschien und verbreiterte sich, füllte wenig später die enge Kabine aus.

Schwere, warme Luft trug den üppigen Geruch einer wilden Pflanzenwelt herein. Skyler atmete tief ein. In den letzten paar Wochen, in Darwin und im All, hatte er vergessen, was für eine schiere Freude es war, frische Luft zu atmen.

Als die Luke aufschwang, stellte Skyler fest, dass er gen Süden blickte. Ein breiter, schneller Fluss rauschte von Osten nach Westen vorbei. Frischwasser also ganz in der Nähe. Kein schlechter Anfang.

Auf dem gegenüberliegenden Ufer erstreckte sich kilometerweit dichtes, grünes Sumpfland. Weiter im Westen wichen die saftigen Höhenzüge Bergen. Im Osten sah er das Blätterdach eines üppigen Waldes, nur durchbrochen von einer Rauchfahne ein paar Kilometer entfernt. Zu groß für ein Lagerfeuer. Herabgefallener Schutt von der zerstörten Gondel, nahm er an. Skyler rückte näher an die Öffnung und steckte den Kopf hinaus, um nach unten zu schauen.

Er erstarrte, beeindruckt von dem, was er sah.

»Reden Sie«, sagte Karl hinter ihm.

Skyler rang nach Worten, fand aber keine. Der Lift war mitten in einer Art Gewerbegebiet oder Universität gelandet. Den Bereich um das Kabel hatte die Ankunft des Lifts dem Erdboden gleichgemacht, aber er war nicht leer.

Aus dem Erdboden ragten in perfekt abgemessenen Abständen Gebäude auf. Aliengebäude.

»Da ist … eine Stadt«, brachte Skyler hervor.

»Belém. Warum flüstern Sie?«

»Nicht Belém«, sagte Skyler. »Die Erbauer.«

Die Oberfläche der mattschwarzen Gebäude ähnelte dem Blumenschiff hoch über ihnen. Skyler erkannte, dass es möglicherweise gar keine Bauwerke waren. Er sah keine Eingänge oder Fenster, nur feste Massen, die in konzentrischen Vierecken um das Liftkabel angeordnet waren. Die in der Nähe des äußeren Randes waren zehn Meter hoch, diejenigen in der Mitte mindestens dreißig. Keine zwei hatten genau den gleichen Grundriss, obwohl die Formen einander so weit ähnelten, dass Skyler das Gefühl bekam, sie hätten einen gemeinsamen Zweck.

Am Fuß des Kabels, wo er einen Krater erwartet hätte, sah Skyler eine riesige schwarze Scheibe mit Rillen entlang des Randes. Sie sah aus wie ein kolossales Zahnrad, das auf der Seite lag.

Hinter Skyler kam Karl nach vorne und versuchte, ihm über die Schulter zu schauen. Sein Atem ging in lauten, erregten Stößen. »Sehen Sie einen … einen von ihnen?«

Skyler schüttelte den Kopf. Bis auf Vögel und Insektenschwärme sah er keine Lebenszeichen. »Lassen wir die Leiter runter und schauen uns um.«

* * *

Fünfzehn Minuten lang marschierten sie schweigend und erkundeten die Alienbauwerke. Je mehr Skyler sah, desto mehr kam es ihm eher wie ein Außenposten vor als wie eine Stadt.

Er bestand aus etwa zweihundert Gebäuden. Mehr als die Anzahl der »Kapseln«, die aus dem All am Kabel nach unten geschossen waren.

»Keine Spur von den Erbauern«, sagte er zu sich ebenso sehr wie zu Karl.

»Automatisierter Aufbau«, antwortete der. »Wie der Lift.«

Welchem Zweck die Bauwerke dienten, konnte sich Skyler nicht vorstellen. Er trat nahe an eines heran und musterte das Material. Die eleganten, kleinteilig gestalteten Wände waren mit feinen geometrischen Verzierungen überzogen, aus stets geraden Linien und rechten Winkeln in einer chaotischen Mischung. Diese Adern waren unterschiedlich tief – vom feinsten Hauch bis hin zu einem Zentimeter Tiefe, wie auf der Irisblende, die er unter Nightcliff entdeckt hatte. »Ich kann es kaum erwarten, bis Tania das sieht.«

Karl stieß ein Lachen aus. »Nicht nur sie, der ganze Haufen. Sie werden sich gegenseitig auf die Füße treten, um das zu erforschen.«

Sie kundschafteten den ganzen Bereich aus. Mit jedem Schritt spürte Skyler, wie sein Staunen nachließ. Er rief sich ihre Aufgabe in Erinnerung. Die Alienbauwerke ließen keinen Platz, um rund um den Fuß des Lifts etwas zu bauen, was die Errichtung einer Gondelstation schwierig machen würde.

Dahinter wartete die menschliche Stadt Belém wie ein überreifer Obstbaum, dachte Skyler, für jeden bereit, der sich daran bedienen wollte. Man konnte dort jahrelang Vorräte abschöpfen, ehe es nötig wurde, weiter nach draußen vorzudringen, und selbst dann war der amerikanische Kontinent noch völlig unangetastet, seit die Krankheit über die Welt hereingebrochen war. Kein Bergungsflugzeug aus Darwin hatte eine so große Reichweite. Bei all den Möglichkeiten überschlugen sich seine Gedanken.

»Wir werden gut zu tun haben«, sagte Karl.

»Ich fühle mich«, sagte Skyler, »wie ein Siedler.«

Der andere Mann grunzte. »Ist doch dicht genug dran an der Wahrheit.«

Skyler musterte den Rand Beléms genauer. Bei seinen Ausflügen in die Freizone hatte er Hunderte solcher Städte gesehen und erwischte sich dabei, sich vorzumerken, welche Gebäude wertvolle Ressourcen enthalten mochten und welche bewohnt sein könnten. Kliniken, Hotels und Lager standen ganz oben auf seiner Liste. Verspätet fragte er sich, ob es in der Nähe Flughäfen gab.

Ein Gutteil der Stadt fiel unter den Schutz des Lifts, wenn man davon ausging, dass er eine Aura generierte. Der Gedanke erinnerte Skyler daran, warum sie hergekommen waren.

»Ich glaube, es ist an der Zeit«, sagte er. »Wenn Sie bereit sind.«

Karl nickte knapp, immer noch stoisch.

Skyler hängte sich das Gewehr um und trat vor den Mann. »Halten Sie den Blick auf mich gerichtet«, sagte er. »Wenn komische Gedanken auftauchen, müssen Sie es mir sagen. Dann versiegeln wir sie gleich wieder.«

»Wenn es schlimm ist«, antwortete Karl, »erschießen Sie mich. Keine Diskussion. Erledigen Sie mich gleich hier.«

Skyler streckte die Hände aus und nahm die Bügel, die Karls Maske hielten. »Schon mal frische Luft gerochen?«

Karl schüttelte den Kopf.

»Es gibt nichts Vergleichbares«, sagte Skyler.

Er zog Karl den Helm vom Kopf und hielt ihn zwischen ihnen, um ihn ihm schnell wieder aufsetzen zu können.

Eine Minute verging, dann zwei. Karl starrte Skyler nur an, sein Atem ging anfangs schnell. Nach und nach bekam er ihn unter Kontrolle und entspannte sich. Er atmete mit geschlossenen Augen tief ein. Skyler sah, wie sich seine Nasenflügel blähten, wie seine Augen zuckten. Das Gesicht des Mannes drückte Genuss aus.

»Herrlich«, rief er. »Diese Wohlgerüche ...«

»Sage ich doch.«

»Wie beim ersten Mal, als ich echt guten Wein probiert habe.«

Nach zehn ereignislosen Minuten setzte sich Skyler und gab Karl einen Wink, es ihm nachzutun. Er ging davon aus, dass eine Stunde Kontakt genügte, deswegen schlugen sie die Zeit mit dem Austausch ihrer Lebensgeschichte tot.

Die Stunde verging. Karl zeigte keine Spur einer Ansteckung.

»Ich glaube, wir sollten zurückkehren«, sagte Skyler. Ein Kommunikator, der die Zweiwegekommunikation mit dem Orbit ermöglicht hätte, war noch nicht eingerichtet, und er wollte ihre Entdeckung unbedingt mit Tania und den anderen teilen.

Karl nickte und ging voraus, zurück zur Leiter.

Unterwegs erwischte sich Skyler dabei, nach oben zu schauen, die säulenartigen Konturen des Außenpostens der Erbauer zu betrachten, wie sie vorbeizogen. Damit beschwor er eine Kindheitserinnerung herauf, einen undeutlichen Eindruck davon, durch eine Allee mit Bäumen zu spazieren, den Kopf in den Nacken gelegt, um die Äste über ihm zu sehen ...

Skyler stolperte.

Sein Zeh war an einer freiliegenden Baumwurzel hängengeblieben, und er stürzte. Instinktiv streckte er eine Hand aus, um sich abzufangen, und berührte einen der Türme der Erbauer.

Er gab nach, bewegte sich, als hätte er keinerlei Gewicht. Aus seiner Basis kam ein tiefes, knarrendes Geräusch.

Auf einem Knie sah Skyler zu. Auch Karl hielt inne, sein Gesicht ausdruckslos.

Der dunkle Turm, am Fuß drei Meter breit und zwanzig Meter hoch, trieb über den schlammigen Boden, als befände er sich in der Schwerelosigkeit. Er bewegte sich langsamer als Skyler in Schrittgeschwindigkeit.

Skyler konnte nur starren, sah ihm nach. Ein Teil von ihm begriff, dass er nicht langsamer wurde und sich seine Form an der Basis ständig veränderte, um sich der Bodenkontur anzupassen.

»Es hält nicht an«, sagte Karl. »Skyler! Es hält nicht an!«

Auf seinem Weg würde das Objekt direkt in ein weiteres der gewaltigen Gebilde gleiten. Skyler spürte, wie ihm das Herz in die Hose rutschte. Was hatte er ausgelöst?

Sekunden vor dem Aufprall bewegte sich auch das zweite Bauwerk. Es veränderte seinen Standort weit genug, um den Zusammenstoß zu verhindern, dann kehrte es genau an seine vorherige Position zurück.

Der Turm, den Skyler angestoßen hatte, hielt nicht an. Ein weiteres Gebäude glitt ihm aus dem Weg, dann ein drittes.

Als der Turm am letzten seiner Art vorbei war, bewegte er sich weiter, seine Geschwindigkeit blieb unverändert. Eine gleichbleibende, geradlinige Bewegung in genau die Richtung, in die Skyler ihn geschoben hatte.

Richtung Fluss, der ein paar hundert Meter weit entfernt war.

Er glitt im Winkel auf das große Gewässer zu. Skyler stellte fest, dass er lief, seine Füße hämmerten auf den feuchten Boden. Er warf Karls Helm weg und setzte die Arme ein.

Das Gebilde begann zum Flussufer hinabzugleiten, mit stets veränderlicher Basis, um der Bodenkontur gerecht zu werden, so dass der Turm selbst kerzengerade blieb. Skyler konnte sich nicht mal ansatzweise vorstellen, was für eine Technologie hinter so etwas stecken mochte. Alles, was er wusste, war, dass er das Ding nicht in den breiten Fluss fallen lassen konnte.

Mit nur wenigen Metern Luft umrundete er das gleitende Objekt und suchte sich einen festen Stand zwischen dem Turm und dem Strom. Das Gebilde ragte vor ihm auf, dabei knarrte es die ganze Zeit wie ein gigantischer Baum in einer steifen Brise.

Unsicher, was er tun sollte, streckte Skyler die Hände aus und verzog das Gesicht. Er grub die Füße in den Schlamm und beugte sich vor, als das Ding ihn erreichte, um sich mit all seiner Kraft dagegen zu lehnen und es aufzuhalten.

Der Druck an seinen Händen fühlte sich außerordentlich solide an, als es auf seine Haut traf, und doch wurde es bis zum nächsten Herzschlag langsamer und hielt an.

Das knarrende Geräusch verhallte.

Während das Wasser an seinen Beinen leckte, stand Skyler vor der Säule und kratzte sich am Kopf. Aus einer Laune heraus streckte er einen Finger aus und drückte gegen die dunkle Oberfläche. Wieder hörte er das Knarren, leiser, und der Turm glitt weg, so langsam, dass es ihm erst nicht auffiel.

»Unfassbar.«

Karl erreichte ihn. Er hielt neben Skyler an und legte keuchend die Hände auf die Knie. Er würde ein paar Tage brauchen, um sich an die frische Luft zu gewöhnen, erkannte Skyler. Das würden sie alle.

»Was hat das zu bedeuten?«, fragte Karl.

Die Masse trieb weiter auf die anderen zu, als gleite sie auf einer unsichtbaren Luftschicht dahin. Die ganze Zeit über kam aus der Basis dieses geheimnisvolle, knarrende Geräusch wie bei einem alten Holzschiff, das auf ruhigen Wogen krängte. Skyler konnte nur den Kopf schütteln.

Sie beobachteten es vom Flussufer aus. Das Ding kroch weiter den Weg zurück, den es gekommen war.

»Ich frage mich, wie weit es sich bewegt hätte, wenn Sie es nicht aufgehalten hätten«, sagte Karl. »Wenn man davon ausgeht, dass sie nicht sinken.«

»Gute Frage«, antwortete Skyler. »Ich weiß nicht, warum, aber ich denke, es wäre sehr, sehr weit gekommen.«

Noch während er es aussprach, erreichte das Ding seine Pendants. Respektvoll schweigend beobachtete Skyler, wie die anderen Türme aus dem Weg glitten und dann wieder zurückkehrten, sobald das bewegliche Objekt vorübergekommen war.

»Wir sollten gehen«, sagte Skyler. Tania musste davon erfahren. Er konnte sich den Ausdruck auf ihrem Gesicht bereits vorstellen.

»Mmmpf«, brummte Karl. Er fiel auf ein Knie, die Finger an die Schläfen gepresst.

»Was ist?«, fragte Skyler. Inzwischen grub Karl sich die Finger in die Schläfen. »Was ist?«

»Was glauben Sie denn? Wir haben uns zu weit entfernt!«

Skyler schlang einen Arm um Karl, ohne darüber nachzudenken, und zog den Mann hoch. Karl wehrte sich – er stöhnte vor Schmerz. Auf jedem Schritt des Weges versuchte er, sich aus Skylers Arm zu befreien. Nach einer Infektion mit der Krankheit waren viele zunächst auf dieser Weise betroffen – das waren die, die schnell starben.

Vierhundert Meter, schätzte Skyler. Sie hatten sich nur vierhundert Meter von der Basis des Kabels entfernt und damit bereits die Auragrenze erreicht. Nicht mal annähernd die neun Kilometer, die der Lift von Darwin gewährte. Die begrenzte Reichweite ließ Zweifel an ihren Plänen und den Überlebenschancen aller aufkommen. Sie würden so wenig Platz haben.

»Langsamer«, sagte Karl. »Alles gut. Der Schmerz ist weg.«

Skyler ließ den Mann langsam zu Boden gleiten und setzte sich neben ihn. Sie hatten sich nur etwa fünfzig Meter auf den Lift zubewegt.

»Es kam so schnell«, brummte Karl, der sich immer noch die Schläfen rieb.

Skyler musterte den dunklen Obelisken, der durch die Reihen der anderen zurückglitt. Er drehte sich um und warf einen Blick zurück zum Ufer. »Bleiben Sie hier«, sagte er zu Karl.

Skyler handelte, noch während sich die Idee herauskristallisierte, und rannte zurück zu dem wandernden Turm, ging auf seine andere Seite und lenkte ihn noch einmal zum Fluss. Er stellte fest, dass er mit wenig Anstrengung seine Richtung bestimmen konnte, indem er leicht auf eine Seite drückte, während der Turm neben ihm »schwebte«. Vorübergehend kroch Skyler neben ihm her. Er sah keine Lücke zwischen seiner Basis und dem schlammigen Boden darunter, und doch war ihm irgendwie klar, dass er wirklich schwebte. Er fragte sich, warum der Wind keine Wirkung auf ihn zu haben schien, während die sanfteste Berührung, zu der er fähig war, seine Richtung ändern konnte.

Er lenkte den Turm zu einer Position auf halbem Weg zwischen Karl und der Basis des Lifts.

»Was tun Sie?«, rief Karl. »In Ihren Augen steht ein seltsamer Ausdruck, das sehe ich von hier aus.«

»Wie schlimm war es wirklich?«, rief Skyler zurück.

»Schlimm.«

»So schlimm, dass Sie keinen schnellen Test mehr machen wollen?«

Karl zog eine Braue hoch. »Ich schätze, dafür bin ich zu haben. Was haben Sie vor?«

Skyler trat neben das riesige Objekt und brachte es leidlich zum Stillstand. »Gehen Sie noch mal Richtung Fluss.«

Karl warf einen Blick hinter sich. Der Fluss war fünfzig Meter entfernt.

»Rufen Sie in dem Moment, in dem Sie den Schmerz spüren«, sagte Skyler.

Skeptisch machte sich Karl auf den Weg zurück zum Wasser. Zehn Schritte weiter krümmte er sich vor Schmerz.

Skyler lehnte sich gegen den Turm und schob. Wieder spürte er einen anfänglichen Widerstand, als sei das Ding ganz die solide Masse, die es zu sein schien. Dann schmolz das Gewicht dahin, und das Ding bewegte sich.

Als es dieselbe Entfernung zurückgelegt hatte, die Karl sich bewegt hatte, sah Skyler, dass der mühsam auf die Beine kam und sich beruhigte.

»Es geht mir gut!«, rief Karl. »Heilige Scheiße, es geht mir gut!«

Mein Gott, wir können es gestalten, dachte Skyler.

Zweihundert Türme, jeder konnte eine Nische mit geschütztem Raum schaffen. Kleiner als der in Darwin, aber beweglich …

In seinen Gedanken eröffneten sich Möglichkeiten. »Aurastraßen«, die sich vom Lift in die nützlichsten Gegenden Beléms erstreckten. Nischen mit sicherem, gut zu verteidigendem Terrain. Teams, die in die Wildnis vordrangen, stets einen Turm in ihrer Mitte, und so viel erkundeten, wie sie wollten.

Für ein Bergungsteam war es ein Traum.

Er grinste breit und ungeniert. Ein Lächeln, geboren aus schierer Begeisterung.

Aus Entdeckerfreude.

DANKSAGUNG

Ohne die Hilfe und Unterstützung folgender Leute wäre dieser Roman nicht möglich gewesen:

Meine unendlich geduldige Frau Nancy.

Sara Megibow, meine Agentin und Vorkämpferin.

Mein aufmerksamer Lektor Mike Braff.

Meine ganze Familie und meine Freunde, besonders die Brotherhood of the Cosmonicans.

Kip Williams, der mich ermutigt hat, diese Geschichte allen anderen vorzuziehen, nachdem ich ihm das Konzept vorgestellt hatte.

Mein herzlichster Dank geht an:

Meine Vettern Paul, Daniel und Sean. Sie haben eine Million Fragen gestellt und mich gezwungen, meine Geschichte ordentlich hinzukriegen.

Mike Kalmbach, der half, indem er im ersten Entwurf eine Unzahl Schwächen aufdeckte.

Xavier Burrow für seine Einblicke in das »Leben am Boden« in Darwin.

Ich entschuldige mich aufrichtig bei den wunderbaren Bewohnern von Darwin, Australien, dafür, dass ich ihre schöne Stadt in ein fiktives post-apokalyptisches Dreckloch verwandelt habe. Es ist nicht persönlich gemeint, ehrlich.